DEI

Massimo Marcotullio

Das Blut des Skorpions

Massimo Marcotullio

Das Blut des Skorpions

Thriller

Aus dem Italienischen
Von Karin Diemerling

Gustav Lübbe Verlag

Gustav Lübbe Verlag in der Verlagsgruppe Lübbe

Übersetzung aus dem Italienischen von Karin Diemerling

Titel der italienischen Originalausgabe:
»Il Sangue dello Scorpione«

Lektorat: Konstanze Allnach
Satz: Bosbach Kommunikation & Design GmbH, Köln
Gesetzt aus der Adobe Caslon
Druck und Einband: GGP Media GmbH, Pößneck

Printed in Germany
ISBN: 978-3-7857-2331-9

5 4 3 2 1

Sie finden uns im Internet unter: www.luebbe.de

Bitte beachten Sie auch: www.lesejury.de

Kapitel 1

Seit einiger Zeit stand Pater Athanasius Kircher sehr früh am Morgen auf, selbst für seine Verhältnisse.

Bekanntermaßen hat der Körper mit fortschreitendem Alter ein geringeres Bedürfnis nach Ruhe, und Pater Kircher war bereits in jene Lebensphase eingetreten, in der die Jugend nur noch eine ferne Erinnerung ist.

Aber das war nicht der einzige Grund.

Eine unerklärliche Unruhe und ein bedrückendes Gefühl bevorstehenden Unheils hatten sich seiner Seele bemächtigt, ohne dass er sich dessen völlig bewusst war.

Sogar seine Studien wurden davon beeinflusst.

Von der Stunde des Sonnenuntergangs an, wenn die ersten Sterne am hohen, klaren Himmel von Rom erschienen, bis weit nach Mitternacht blieb Pater Kircher im Observatorium auf dem Dach des Collegium Romanum und verfolgte den Lauf der Sterne, indem er unablässig in das Teleskop blickte, das er selbst entwickelt hatte. Erst wenn die Müdigkeit und das Alter ihm die weitere Beobachtung der Gestirne verwehrten, legte er sich schlafen. Doch schon nach wenigen Stunden, noch vor Sonnenaufgang, war er wieder hellwach und auf den Beinen, um den Ergebnissen seiner nächtlichen Studien einen Sinn zu verleihen.

Einem ungeübten Auge erscheint der Sternenhimmel immer gleich und unveränderlich in seiner Unermesslichkeit. Aber Pater Kircher sah nicht mit den Augen eines Laien zu ihm hinauf.

Er verstand es, von diesem mit funkelnden Edelsteinen bestickten Mantel die Bahnen und Umlaufbahnen, den Auf- und Untergang von Gestirnen sowie ihre verschiedenen Konstellationen abzulesen, die für gewöhnliche Sterbliche keinerlei Bedeutung haben, dem bewanderten Astronomen jedoch Millionen von Geschichten erzählen und Milliarden von Möglichkeiten andeuten.

In diesem Teppich aus leuchtenden Diamanten suchte Pater Kircher nach einer Erklärung für die Sorge und die düstere Vorahnung, die ihn bedrückten.

Der Mönch war davon überzeugt, dass man im Lauf der Gestirne über das immense nächtliche Himmelszelt den Willen Gottes und das Schicksal der Menschen erkennen konnte. All die Dinge, die dem Mann von der Straße als verworren, chaotisch und willkürlich erschienen, trugen nach Kirchers Auffassung das Zeichen des Schöpferwillens. Nichts geschah durch Zufall, jedes Ereignis, jede noch so geringe Begebenheit, jede Kleinigkeit waren Teil eines großen Plans, den der unergründliche göttliche Geist erdacht hatte.

Auch an jenem Morgen Anfang Mai, Anno Domini 1666, erhob sich Pater Kircher in diesem Glauben von seinem Lager.

Er ging zum Fenster und öffnete die Läden, um die frische Morgenluft einzuatmen. Der Himmel färbte sich über der Horizontlinie gerade zartrosa, während die letzten Sterne nach und nach verblassten, als würden sie sich bereits vor dem triumphalen Einzug des Tagesgestirns verneigen.

Kircher sog tief den noch vorhandenen geheimnisvollen Duft der Nacht ein und genoss diesen Moment, bevor der Wagen des Apoll die Geschöpfe der Persephone zurück in die Tiefen des Hades jagte, dieses kurze Intermezzo, wenn die Erde herrenlos zu sein schien und zwischen dem Reich des Olymp und der Unterwelt schwebte.

Die verlassenen Straßen, die noch nicht von einer lärmenden, ihren Alltagsgeschäften nachgehenden Menschenmenge bevölkert waren, erzählten von der unvergänglichen Erhabenheit der Ewigen Stadt, von ihrer jahrtausendealten Geschichte und ihrer Bestimmung als Führerin der Völker der Erde.

Pater Kircher freute sich an diesen wenigen Augenblicken des Friedens, bevor er sich seufzend wieder seinem Schreibtisch zuwandte, auf dem die Sternenkarten ausgebreitet waren, die er im Laufe seiner unermüdlichen astronomischen Forschungen mit Einträgen versehen hatte.

Die Beobachtungen der vergangenen Nacht schienen zu bestätigen, was er schon seit einiger Zeit vermutete. Die Abweichungen der Planeten von ihren Umlaufbahnen, die Anordnung der Leitsterne, die Bahnen der Boliden – all das trug dazu bei, eine höchst ungewöhnliche Sternenkonjunktion entstehen zu lassen, wie sie das menschliche Auge nur selten zu sehen bekam.

Orion und Kassiopeia, die in einer Flucht mit dem Mond und dem Mars standen, waren dabei, ein Bild zu formen, von dem er vor Jahren einmal in einer chaldäischen Schrift in hebräischer Übersetzung gelesen hatte, einer Schrift, die sich noch in irgendeinem verborgenen Winkel seiner umfangreichen Bibliothek befinden musste.

Kircher erhob sich von seinem Stuhl, ging im Zimmer auf und ab und versuchte sich an den Standort des Buches zu erinnern.

Im Laufe der Zeit und mit der wachsenden Anzahl von Büchern hatte es sich als notwendig erwiesen, die Bände nach einem bestimmten logischen System zu ordnen, das einen leichteren Zugriff auf sie ermöglichte. Er selbst hatte eine sehr nützliche Archivierungsmethode erfunden, die allerdings etwas unkonventionell war und sich von den Systemen der wichtigsten Bibliotheken der Zeit unterschied. Leider war der junge Seminarist, dem die Ordnung seiner Bibliothek anvertraut worden war, vor wenigen Monaten von einem bösartigen Fieber dahingerafft worden, noch ehe er die Arbeit hatte abschließen können, und sein Nachfolger hatte sich der Aufgabe nicht gewachsen gezeigt. Somit musste Kircher jedes Mal, wenn er einen Band brauchte, den er nur selten zurate zog, sich auf sein – zum Glück ausgezeichnetes – Gedächtnis verlassen statt auf das System, das er entwickelt hatte.

Die hebräischen Texte befanden sich im Bereich AB, aber er war nicht sicher, ob das gesuchte Buch dort auch stand, da der Verfasser ein chaldäischer Christ war. Wahrscheinlich hatte der Nachfolger des verstorbenen Bibliothekars es in seiner ärgerlichen Beschränktheit zwischen die zoroastrischen Texte gestellt, von denen viele in hebräischer Sprache abgefasst waren. Und diese standen im Sektor AG.

Konzentriert ließ der Pater seinen Blick über die Rücken der Bände schweifen, als er einen kleinen, sich bewegenden Punkt am Rande des Regals bemerkte.

Sofort wurden seine Hände schweißnass, und sein Atem ging keuchend, während die kleine Spinne über das glatte Holz auf ihr unbekanntes Ziel zuhuschte.

Wie immer versuchte Kircher seine Phobie unter Kontrolle zu bringen, musste dazu jedoch seine gesamte Selbstbeherrschung aufbieten.

Seine Abscheu vor Insekten war ein Geheimnis, das er eifersüchtig hütete und das seinen Ursprung in der fernen Vergangenheit hatte. Er selbst vermied es sorgfältig, den Grund in sein Bewusstsein dringen zu lassen.

Reglos wartete er darauf, dass die Spinne sich entfernte, und beobachtete sie nur aus dem Augenwinkel. Als sie endlich aus seinem Gesichtsfeld verschwunden war, fasste er Mut und konnte die gesuchte Schrift aus dem Regal ziehen.

Er trug sie zum Schreibtisch und blätterte mit immer noch zitternden Fingern darin. Seite für Seite überflog er die eckigen hebräischen Schriftzeichen auf der Suche nach der gewünschten Stelle.

Schließlich fand er die Beschreibung des von ihm vermuteten Phänomens am Beginn eines Kapitels über ungewöhnliche Sternenkonstellationen, einer Art Auflistung von Besonderheiten im Tierkreis, die mit großer Sachkenntnis zusammengestellt worden war.

In dem Kapitel wurde auch erwähnt, dass die chaldäischen Priester der Antike eine Zeit großer Unsicherheit vorausgesagt hatten, wenn Orion und Kassiopeia in dieser speziellen Konjunktion mit dem Mond und dem Mars standen.

Erst wenige Male seit der Erschaffung der Welt hatten Sterne und Planeten sich in dieser eigentümlichen Konstellation befunden, und jedes Mal waren unheilvolle und zerstörerische Ereignisse darauf gefolgt: die Herrschaft Sennacheribs des Zerstörers, die Machtergreifung Kyros' des Großen und der Feldzug Alexanders in Asien.

Der gelehrte Verfasser des Bandes schrieb, dass die chaldäischen Priester eine solche Konstellation als »Zeitalter des Skorpions« bezeichneten, weil die beiden Hörner der Figur, welche die Himmelskörper am Nachthimmel bildeten, ganz klar den Umriss des giftigen Insekts zeigten, wie man auch der beigefügten Zeichnung entnehmen konnte.

Die Lektüre des Textes und das Betrachten der Zeichnung wirkten wie ein Messerstich in die Brust von Pater Kircher. Auch mit größter Willensanstrengung konnte er seine Gefühle nicht länger beherrschen, und seine Gedanken richteten sich auf längst vergangene Ereignisse, die er für immer tief in sich begraben zu haben gehofft hatte.

Wie zur Bestätigung seiner Ängste, während die Kräfte der Vernunft noch gegen die finstere Macht der Furcht ankämpften, schickte eine Totenglocke ihre Klage in den heiteren Himmel der Hauptstadt der Christenheit.

Halb aus seinen Grübeleien gerissen lauschte Kircher einen Moment lang dem traurigen Geläut. Dann blickte er auf seine Tischuhr und dachte, wie ungewöhnlich ein solcher Klang doch zu dieser frühen Stunde war.

Er stand vom Tisch auf, rannte fast zur Tür und rief mit lauter Stimme nach seinem Diener Fernando, der atemlos herbeigelaufen kam.

»Fernando, hast du diese Glocke gehört?«, fragte Kircher.

»Ja, Pater«, antwortete der Diener, »wie seltsam. Das Geläut scheint von Santa Maria Maggiore zu kommen. Ich verstehe nicht, warum sie dort so früh schon die Glocken läuten. Es muss etwas Schlimmes passiert sein.«

»Ich bitte dich, Fernando, geh hin und sieh nach, was vorgefallen ist. Und komm sofort zurück, um mir Bericht zu erstatten. Na los, geh schon, beeil dich.«

Seufzend machte sich der Diener auf den Weg.

Vom Jesuitenkolleg bis nach Santa Maria Maggiore war es ein

ordentlicher Fußmarsch. Der arme Fernando hatte sich aufgrund der Gewohnheiten seines Herrn erst spät hinlegen können und war schon vor dem ersten Hahnenschrei wieder aufgestanden, weshalb ihm ein langer Botengang zusätzlich zu seinen normalen Pflichten nun gar nicht gelegen kam. Andererseits war der Pater ihm immer ein guter Herr gewesen, geduldig und verständnisvoll, auch wenn er in letzter Zeit eine gewisse Gereiztheit bei Verspätungen und anderen Missgeschicken an den Tag legte, an denen manchmal menschliche Schwäche die Schuld trug, manchmal aber auch das Schicksal und damit der unerforschliche Wille Gottes. Alles in allem bedeutete also ein Spaziergang, so lang er auch sein mochte, nicht das Ende der Welt.

Kaum war er auf die Straße getreten, begegnete er dem Karren des Gemüsehändlers, der wie jeden Morgen das Kolleg belieferte. Fernando sagte sich, dass der Mann doch gerade aus der Richtung kam, die er selber würde einschlagen müssen, und dass er von ihm vielleicht etwas erfahren konnte.

»Ja, ich komme gerade von Santa Maria Maggiore«, bestätigte der Händler, »dort hat sich viel Volk versammelt. Offenbar ist in der Kirche ein Mord geschehen, man hat einen Jesuitenpater umgebracht, einen Deutschen, Pater Bartolomeo Sowieso … Stolzi, hieß er, glaub ich, ja, Stolzi, Friede seiner Seele.«

Fernando dankte dem Mann, froh, dass der ihm den Weg erspart hatte, und lief schnell wieder die Treppe hinauf, um Pater Kircher über das Geschehen in Kenntnis zu setzen.

Der Jesuit reagierte mit offensichtlicher Bestürzung auf die Nachricht.

»Stolzi … Damit muss Pater Stoltz gemeint sein …« Die Angewohnheit der Römer, die Nachnamen von Fremden zu italianisieren, verärgerte ihn stets aufs Neue. »Bist du sicher, dass das der Name ist? Du hast dich nicht verhört?«

»Nein, ich glaube nicht«, antwortete Fernando. »Es war ein deutscher Geistlicher. Aber was habt Ihr denn, Pater Kircher, fühlt Ihr Euch nicht gut? Habt Ihr ihn gekannt?«

Kircher nickte und vergrub das Gesicht in den Händen.

»Euch ist nicht wohl, Pater«, stellte der Diener fest, »kann ich etwas für Euch tun?«

»Nein, Fernando. Ich habe nur nicht mit einer so bösen Nachricht gerechnet. Weiß man, wie er umgebracht wurde?«

»Der Gemüsehändler hat es selbst nicht gesehen, aber nach allem, was er gehört hat, ist der Pater wohl enthauptet worden. Wenn Ihr wollt, laufe ich hin und erkundige mich eingehender.«

»Nein, das ist nicht nötig ... nicht nötig. Du kannst jetzt gehen. Aber falls du später mehr erfährst, komm zu mir und berichte mir davon. Im Moment brauche ich nichts weiter.«

Verwundert verließ Fernando das Arbeitszimmer seines Herrn, denn der Pater war normalerweise viel zu sehr mit seinen Studien beschäftigt, um sich sonderlich für die Ereignisse in der Stadt zu interessieren. Vielleicht lag es tatsächlich daran, dass er den Toten gekannt hatte.

In diese Überlegungen vertieft bemerkte Fernando den Mann nicht, der vor den Räumen von Pater Kircher wartete, und rempelte ihn beinahe an, als er in Richtung der Unterkünfte der Dienerschaft gehen wollte.

»Pass doch auf, wo du hintrittst!«, schimpfte der Mann, der schnell einen Schritt zur Seite machte, um dem Zusammenstoß mit dem wohlbeleibten Diener zu entgehen.

»Verzeiht, Signore, ich hatte Euch nicht gesehen.«

Fernando musterte den Besucher und kniff dabei die Augen zusammen, um den Blick schärfer zu stellen. Seit einiger Zeit begann sein Augenlicht ihm den einen oder anderen üblen Streich zu spielen.

Teils seiner schlechten Augen, teils des Dämmerlichts wegen, das im Gang herrschte, brauchte er einen Moment, um den Mann wiederzuerkennen.

Dann endlich sah er, dass es sich um diesen lombardischen Maler handelte, der Pater Kircher seit Neuestem öfter in seinem Studierzimmer aufsuchte. Er hieß Giovanni Battista Sacchi, war aber in Künstlerkreisen besser als »Il Fulminacci«, »der Blitzschlag«, bekannt, vermutlich wegen seines aufbrausenden Temperaments.

Er war um die dreißig, nicht sehr groß, aber kräftig gebaut. Sein Gesicht wurde halb von einem Hut mit breiter Krempe verdeckt, an der eine lange Pfauenfeder prangte. Er trug einen gelben Rock, der etwas zu eng geschnitten war für seine massige Gestalt, und hohe Stiefel, die bis übers Knie reichten. An seinem Gürtel, nur teilweise verborgen durch den langen Umhang, hing ein Degen von beachtlichen Ausmaßen.

Der Diener blinzelte in das Gesicht seines Gegenübers, während die dunklen Augen des Malers ihn vor Zorn über diesen Anschlag auf seine Würde durchbohren zu wollen schienen.

Als Erstes fiel an dem Mann eine markante Nase von großzügigen Proportionen auf, unter der ein dichter, pomadisierter Schnurrbart in Henkelform wuchs. Dieser wurde durch einen Spitzbart ergänzt, der das ansonsten recht rundliche Gesicht wohl etwas strecken sollte.

Kurzum, er sah weniger wie ein Künstler aus als wie einer dieser zwielichtigen Hochstapler, die sich zuhauf in Rom herumtrieben.

Zwar versuchte er wie ein Edelmann aufzutreten, doch seine verschlissene, abgetragene Kleidung und die zahlreichen Flicken auf seinem Umhang legten die Vermutung nahe, dass er nicht gerade in Saus und Braus lebte. Zumindest darin entsprach er dem Bild, das man allgemein von einem aufstrebenden Künstler hatte: überheblich und mittellos.

»Ist dein Herr in seinem Zimmer?«, fragte der Maler mit seinem wohlklingenden Bariton.

»Ja, Signore, aber ich glaube nicht …«

»Kein langes Geschwätz, melde ihm, dass Giovanni Battista Sacchi ihn zu sprechen wünscht!«

Kapitel II

Angesichts dieses herrischen Gebarens brachte Fernando nicht den Mut auf, sich zu widersetzen, denn das hätte sicherlich zu einem heftigen Wortwechsel geführt, und so kehrte er resigniert in das Studierzimmer seines Herrn zurück.

Der Maler bereitete sich indessen darauf vor, von dem berühmten Gelehrten empfangen zu werden, das heißt, er gab seiner äußeren Erscheinung den letzten Schliff, soweit das eben möglich war. Er legte den Umhang ordentlicher um seine breiten Schultern und zupfte an den Falten, damit die Flicken und gestopften Stellen möglichst wenig zu sehen waren. In einem Spiegel an der Wand betrachtete er sich kritisch, setzte den großen Hut noch ein wenig schräger auf und prüfte, ob sein Schnurrbart auch gut saß. Nach diesen Handgriffen warf er einen letzten Blick auf sein Spiegelbild und fand es alles in allem zufriedenstellend.

Er besuchte Pater Kircher bereits geraume Zeit, seit dieser ihn mit einer Reihe von Zeichnungen für eine Veröffentlichung über ägyptische Obelisken beauftragt hatte. In den letzten Jahren herrschte in Rom eine rege Bautätigkeit. Es wurden neue Kirchen, neue Palazzi, neue Sitze für die verschiedenen Kongregationen errichtet, und jedes Mal, wenn die Bauarbeiter alte Gebäude abrissen oder Fundamente für die neuen aushoben, brachten sie Überreste des antiken Rom aus dem Bauch der Erde ans Licht. Schon seit einigen Jahren war aufgrund dieser Funde ein neues Interesse am klassischen Altertum erwacht, und Gelehrte aus ganz Europa eilten herbei, um die Rätsel und Geheimnisse dieser untergegangenen Welt zu ergründen. Das bestgehütete unter den zahlreichen Geheimnissen der antiken Welt war zweifellos das der Hieroglyphen, welche die ägyptischen Obelisken schmückten, und Pater Kircher widmete einen großen Teil seiner Forschungskraft dem Studium und der Entzifferung dieser mysteriösen Schriftzeichen.

Die Interessen des Deutschen beschränkten sich jedoch nicht allein auf das alte Ägypten, sondern erstreckten sich auf so vielfältige Bereiche wie die Metallurgie und die Musik, die Astronomie und die Alchemie, die Vulkanologie und die Optik. Im Laufe eines seiner vielen Gespräche mit dem Jesuiten geschah es denn auch, dass Sacchi ihm die ungewöhnliche Behinderung gestand, unter der er litt, weil er hoffte, dass der Universalgelehrte ein Heilmittel dafür finden könne.

Bereits seit seiner frühen Jugend plagte den Maler ein merkwürdiger Sehfehler. Solange er sich mit kleineren Bildern und Zeichnungen beschäftigte, war seine Sehfähigkeit so gut wie vollkommen, aber sobald er es mit Arbeiten größeren Ausmaßes zu tun hatte, verzerrte sich seine Sicht auf eine Weise, dass man beim Betrachten des fertigen Bildes den Eindruck gewann, die Figuren seien auf unnatürliche Weise in die Länge gezogen, als wäre der Untergrund, auf den sie gemalt worden waren, gedehnt oder gestreckt worden.

Natürlich schränkte ihn dieses Problem bei seiner künstlerischen Tätigkeit stark ein, besonders in einer Zeit, in der vor allem großformatige Gemälde und Fresken verlangt wurden.

Pater Kircher hatte sich an Sacchis Fall interessiert gezeigt und ihm angeboten, ein Paar Augengläser zu entwickeln und von seinen Gehilfen schleifen zu lassen, mit denen er wieder richtig sehen können würde. Er hatte ihm erklärt, dass mehrere Anproben nötig sein würden, um die Konvexität der Gläser Schritt für Schritt anzupassen, bis sie das gewünschte Ergebnis erzielen würden.

Seit einigen Wochen suchte der Maler den Gelehrten daher regelmäßig zu diesen Anproben auf, bei denen Kircher Instrumente verwendete, von deren Existenz Sacchi bislang nicht einmal etwas geahnt hatte. Obwohl er von den optischen Phänomenen, die ihn persönlich betrafen, praktisch nichts verstand, glaubte er, dass die Behebung seines Problems zum Greifen nahe war. Die letzten

Gläser, die Kircher ihm zum Probieren gegeben hatte, schienen seinen Sehfehler schon fast vollständig zu korrigieren, und er war zuversichtlich, dass sie bald ein optimales Resultat erzielen würden.

Während der Maler diesen Gedanken nachhing, klopfte der Diener an Kirchers Tür, trat ein und legte seinem Herrn dar, warum er sich erlaubte, ihn in diesem unpassenden Moment zu stören.

»Ach Gott«, sagte der Jesuit, »die Verabredung mit diesem Sacchi hatte ich ganz vergessen. Ich bin jetzt nicht in der Stimmung, ihn zu sehen. Sag ihm, er soll morgen wiederkommen. Ich bin zu erschüttert, ich muss allein sein.«

»Ich fürchte, er wird darauf bestehen, empfangen zu werden, Pater.«

»Das ist mir egal. Denk dir etwas aus. Sag ihm, ich sei krank, ich hätte Fieber. Schick ihn weg.«

Wenig erfreut darüber, dem Maler diese Nachricht überbringen zu müssen, schlich Fernando hinaus und suchte nach einer Erklärung, mit der er nicht den zu erwartenden Zorn auf sich ziehen würde.

Am Ende beschloss er, Sacchi einfach die Wahrheit zu sagen und zu hoffen, dass er die Bestürzung seines Herrn verstehen und sich damit abfinden würde, morgen wiederzukommen.

»Erschüttert?«, platzte der Maler heraus, kaum dass er die Worte des Dieners vernommen hatte. »Von was ist er erschüttert, von der Gnade Gottes?«

»Habt Ihr es nicht gehört?«

»Was gehört, zum Donnerwetter? Red schon, ich bin nicht in der Stimmung zum Rätselraten.«

»Von dem Verbrechen in Santa Maria Maggiore, Signore. Ein Mönch ist ermordet worden, ein deutscher Jesuit. Ich glaube, er war ein Freund von Pater Kircher, auch wenn ich ehrlich gesagt bis heute noch nie von ihm gehört hatte. Es heißt, er sei enthauptet worden.«

»Beim Barte des Teufels, enthauptet? Diese Stadt wird immer gefährlicher. Ich habe ja schon viel gehört, von Dieben, Huren,

Betrügern, Teufelsanbetern. Auch von dieser Bande von Straßenräubern auf der Via Appia Antica, direkt vor den Toren Roms. Aber ein enthaupteter Priester in einer Kirche, das ist ein starkes Stück. Er war ein Freund von Kircher, sagst du?«

»Ja, so schien es mir, auch wenn mein Herr es nicht ausdrücklich gesagt hat. Aber er hat zugegeben, ihn gekannt zu haben. Im Vertrauen gesagt habe ich ihn noch nie so verstört gesehen.«

»Das glaube ich gern!«, rief der Maler. »Ein geköpfter Mönch in einer unserer Kirchen. Es ist nicht zu fassen! Ich verstehe seine Bestürzung und kann mir gut vorstellen, dass er jetzt lieber allein sein möchte. Richte ihm meine Ehrerbietung aus und versichere ihm, dass ich ihn nicht mehr stören werde, bis er sich von dem Schrecken erholt hat. Ich werde morgen wiederkommen, um mich nach seinem Befinden zu erkundigen.«

Damit machte der Künstler auf dem Absatz kehrt, wobei sein geflickter Mantel um ihn herumschwang, und entfernte sich mit energischen Schritten durch den Flur.

»Ein geköpfter Mönch in einer Kirche«, murmelte er vor sich hin, während er das Collegium Romanum verließ, »es ist nicht zu glauben!«

In der Tat handelte es sich um einen außergewöhnlichen Vorfall, selbst für eine so verdorbene und unsichere Stadt wie Rom. Hier durfte man mit allem Schindluder treiben, musste aber den Klerus unbehelligt lassen, wenn man nicht in Schwierigkeiten so groß wie die Kuppel von Sankt Peter geraten wollte.

Fulminacci beschloss, sich den Ort des Geschehens mit eigenen Augen anzusehen.

In einer Zeit, in der es wenig Zerstreuung für das einfache Volk gab, war eine derartige Sensation durchaus den Fußmarsch nach Santa Maria Maggiore wert. Neben der morbiden Neugier, die solche Bluttaten immer auslösten, hegte der Maler aber auch ein berufliches Interesse. Man hatte schließlich nicht jeden Tag die Gelegenheit, eine echte Enthauptungsszene zu zeichnen, und früher oder später würden ihm die angefertigten Skizzen gewiss von Nutzen sein.

Es war ein strahlend schöner Frühlingstag, wie man ihn nur in Rom genießen konnte.

Der Himmel leuchtete klar und wolkenlos; in der Nacht hatte es geregnet, und jetzt erstrahlten die Häuser, Paläste und Straßen in einem reinen, kristallenen Licht. Die Kontraste zwischen den Bereichen, die im Schatten, und denen, die in der Sonne lagen, waren so scharf, dass sie mit einem Kohlestift gezeichnet zu sein schienen.

Alles duftete nach Sauberkeit.

Der Maler schritt kräftig in Richtung des Esquilinhügels aus, auf dem sich die Kirche erhob. Innerhalb weniger Minuten überquerte er den vom Palazzo Doria beherrschten Platz und erreichte die Kirche Santissimi Apostoli, hinter der man die dicht belaubten Hügel des Parks der Villa Colonna erblickte.

Der schöne Tag hatte alle Römer hinaus auf die Straßen gelockt, die daher noch belebter und überfüllter waren als gewöhnlich. Kinder rannten im Zickzack zwischen den Beinen der Erwachsenen herum und spielten das beliebte Spiel des »Wachtelsprungs«, das der Maler als Kind selbst mit Begeisterung betrieben hatte. In Rom wurde es jedoch etwas anders gespielt, vor allem bestanden die Mannschaften aus Dutzenden von Kindern statt aus nur wenigen wie bei ihm zu Hause. Außerdem legten die Teilnehmer eine Wildheit an den Tag, die in seinen Augen übertrieben war und so weit ging, dass die Sicherheit der Passanten gefährdet wurde.

Mehr als einmal riskierte er es auf seinem Weg, von diesen schreienden Horden umgerannt zu werden. Er reagierte seiner Gewohnheit gemäß jedes Mal äußerst energisch darauf, überhäufte die hohnlachenden Rotzgören mit deftigen Beschimpfungen und teilte hier und da ein paar Fußtritte aus, die zu seiner großen Befriedigung manchmal sogar ihr Ziel trafen.

Das Durcheinander wurde noch dadurch vergrößert, dass ihm aus der anderen Richtung Herden von Schafen und Ziegen entgegenkamen, die von ihren Hirten aus dem Umland auf die vielen, in jedem Stadtteil abgehaltenen Märkte getrieben wurden. An den Straßenrändern boten Bratereistände ihre einfachen, duftenden

Gerichte an. Laute Gruppen von jungen Wäscherinnen gingen munter schwatzend auf den Fluss zu und erregten die Aufmerksamkeit des Malers, der sich nicht das Vergnügen versagte, ihnen ein paar anzügliche Scherzworte zuzurufen.

Wie es sich für echte Bewohner Roms gehörte, die genauso flink mit der Zunge wie mit den Händen waren, zeigten sich die Mädchen keineswegs beleidigt oder verlegen über die Worte des jungen Mannes mit dem entschlossenen Auftreten und dem großen Schnurrbart, sondern zahlten es ihm mit gleicher Münze zurück.

Je weiter er die Apostelkirche hinter sich ließ, desto spärlicher wurden die Häuser und machten bald ganz einigen Obst- und Gemüsegärten Platz, in denen man Bauern und Tagelöhner bei der Arbeit sehen konnte. Hier und dort kündete dichtes Strauchwerk von einer dahinterliegenden Villa. Unter den Villen des Viertels war die Villa Aldobrandini gewiss die prächtigste, weshalb der Maler wie immer davor stehen blieb, um ihre harmonische, eindrucksvolle Bauweise zu bewundern.

Es war ein angenehmer Spaziergang, und im Nu, beinahe ehe er sich's versah, fand sich der Künstler auf dem Platz vor Santa Maria Maggiore wieder.

Kapitel III

Vor der Basilika hatte sich eine große Menge von Schaulustigen und Nichtstuern versammelt, die lärmend auf das Hauptportal zudrängten.

Der Maler ließ sich nicht entmutigen. Unter Einsatz seiner Ellbogen gelang es ihm, sich einen Weg durch den Menschenauflauf zu bahnen und in die Kirche zu gelangen.

Drinnen herrschte ein noch größeres Gedränge als draußen. Alles schob und drückte auf die Kapelle im rechten Seitenschiff zu, in der sich das Verbrechen ereignet hatte.

Fulminacci hatte diese Kirche bereits früher besucht, insbesondere, um die prächtigen Mosaiken der von Ponzio entworfenen Cappella Paolina zu studieren, von der er sich zu dem Hintergrund eines seiner Gemälde hatte inspirieren lassen.

Jetzt jedoch musste er sich in die entgegengesetzte Richtung zur Kapelle des heiligen Sakraments vorarbeiten, die Papst Sixtus V. gewidmet und Ende des vergangenen Jahrhunderts fertiggestellt worden war.

Mit großer Mühe schob er sich weiter, aber das Gedränge wurde immer dichter, und trotz seines energischen Rempelns machte er nur wenig Fortschritte. Als er etwa die Hälfte geschafft hatte, stolperte er über den Stab eines Bettlers, der sich wie er zum Ort des Verbrechens durchboxen wollte. Der Maler verlor das Gleichgewicht und fiel auf die Knie, glitt eine glatte Marmorstufe hinunter und landete hinter dem Sockel einer Statue. Um sich wieder aufzurichten, stützte er sich mit der rechten Hand an dem Sockel ab, wobei seine Halt suchenden Finger sich unwillkürlich um einen runden, kleinen Gegenstand schlossen.

Ein Blick genügte ihm, um zu erkennen, dass es sich um etwas Kostbares handelte, einen schimmernden Stein in einer silbernen, fein ziselierten Fassung. Blitzschnell ließ er das Schmuckstück in seiner Rocktasche verschwinden und hoffte, dass der rechtmäßige Besitzer das heimliche Manöver nicht mitbekommen hatte. Als er sich umblickte, stellte er fest, dass niemand zu ihm hinsah, denn alle Augen waren auf die Kapelle zu seiner Rechten gerichtet. Er würde später noch Zeit und Gelegenheit haben, seinen Fund zu begutachten, wenn er dieses Gewühl erst einmal hinter sich gelassen hatte.

Wieder auf den Beinen, kämpfte er sich weiter durch, bis er endlich eine Stelle erreichte, von der aus er den Tatort überblicken konnte.

Die Leiche lag in der Nähe eines prunkvoll geschmückten Altars und war mit einem Tuch bedeckt, sodass man nur die Füße sehen konnte.

Die Menge wurde mit Müh und Not von einem Dutzend Soldaten in päpstlicher Uniform auf Abstand gehalten, die sich der langen Griffe ihrer Piken bedienten, um dem Ansturm Einhalt zu gebieten.

Neben der sterblichen Hülle des Mönchs bemerkte Fulminacci einen Offizier der Wache, zwei wichtig aussehende Männer in dunkler Kleidung und einen hochrangigen Geistlichen. Sie sprachen verhalten miteinander.

Auf einen Wink des Prälaten hin hob der Offizier einen Zipfel des Tuchs an, damit der Geistliche, der offenbar gerade erst eingetroffen war, die Leiche sehen konnte.

Das Opfer lag mit seitlich ausgebreiteten Armen auf dem Rücken, in einer recht gemessenen Haltung also, wenn man die Umstände seines Dahinscheidens bedachte. Der abgetrennte Kopf war auf seine Brust gesetzt worden. Nach dem vielen, ringsum verspritzten Blut zu urteilen, musste der Leichnam von denjenigen, die als Erste herbeigeeilt waren und ihn gefunden hatten, so hergerichtet worden sein.

Fulminacci holte die provisorische Brille aus der Tasche, die Pater Kircher ihm gegeben hatte, und setzte sie sich auf die Nase, um alles genauer betrachten zu können. Soweit er es aus dieser

Entfernung abschätzen konnte, war der tödliche Hieb mit viel Kraft und einer extrem scharfen Klinge ausgeführt worden. Die Ränder der grausigen Wunde wirkten glatt und ebenmäßig, ohne Risse.

Aus einer Tasche an seinem Gürtel zog der Maler einen kleinen Papierblock und einen feinen Kohlestift hervor, um damit die Szene detailgenau abzuzeichnen. Was ihn am meisten interessierte, war der Ausdruck auf dem Gesicht des Toten.

In den Jahren, die er bereits in Rom lebte, hatte er mehreren öffentlichen Enthauptungen von Straßenräubern und Mördern beigewohnt, denn diese Ereignisse kamen ziemlich häufig vor und zogen stets eine große Zuschauermenge an.

In der Mehrheit der Fälle handelte es sich bei den Verurteilten um einfache Männer aus dem Volk, die durch ein armseliges Leben in Elend und Verbrechen verroht waren. Sie hatten meist schon die Leiden einer langen Kerkerhaft hinter sich und mehrere Verhöre unter Folter erlitten, ehe sie vor ihren Henker traten. Man kann sich vorstellen, in welchem Zustand sie das Schafott bestiegen und wie wenig sie folglich als Modell für das Porträt eines heiligen Märtyrers geeignet waren, dessen Antlitz bereits vom göttlichen Licht verklärt wird.

Hier hatte er jedoch erstmals Gelegenheit, einen toten Mönch nach der Natur zu zeichnen, einen vermutlich frommen Mann, dessen Züge ein Altarbild mit einer Szene aus dem Evangelium nicht entstellen würden.

Tatsächlich entsprach das Gesicht des Jesuiten vollkommen den Erwartungen des Malers, auch wenn es selbst in der Totenstarre noch einen gewissen Ausdruck der Überraschung erkennen ließ.

Er arbeitete einige Minuten lang rasch und konzentriert, bis er ein ausreichend wirklichkeitsgetreues Abbild angefertigt hatte.

Als die Skizze fertig war, richtete er seine Aufmerksamkeit erneut auf die Personen, die den entstellten Leichnam umgaben, um nach weiterem Material zu suchen, das er später einmal verwenden konnte.

In der ersten Reihe, unmittelbar vor den Wachen, die das Volk in Schach hielten, bemerkte er sogleich den Bettler, der ihn vorhin zu Fall gebracht hatte.

Im ersten Moment war er versucht, sich zu ihm durchzukämpfen, um ihm die Lektion zu erteilen, die er verdiente. Fulminacci war kein Mann, der gern die andere Wange hinhielt, und die von diesem Elenden erlittene Demütigung ließ das Blut in seinen Adern kochen, aber er machte sich schnell klar, dass es äußerst schwierig sein würde, seinen Widersacher in diesem höllischen Gedränge zu erreichen. Außerdem schien es ihm in Anbetracht der anwesenden Wachen keine gute Idee zu sein, eine Schlägerei anzufangen – noch dazu in einer Kirche und in Gegenwart eines ermordeten Priesters.

Seit er sich in der Hauptstadt der Christenheit aufhielt, war er schon mehrmals einem Trupp solcher Schergen aufgefallen, und nie hatte es sich um eine angenehme Erfahrung gehandelt.

Andererseits konnte er diese Grobheit nicht einfach auf sich sitzen lassen, und da eine sofortige Rache nicht möglich war, beschloss er, den Bettler zu zeichnen, um sich sein Aussehen einzuprägen. Bestimmt würde er bald wieder seinen Weg kreuzen, und dann hoffentlich unter günstigeren Umständen.

Er versuchte, die Gesichtszüge des zerlumpten Individuums besonders genau wiederzugeben, auch wenn sich dieses Unterfangen als überaus schwierig erwies. Der Mann bewegte sich nämlich hektisch durch die Menge, wobei er seinen Stab wie eine Keule schwang und sich umsah, als hätte er etwas verloren. Seine Augen schnellten unablässig hin und her, und seine Miene war aufmerksam und konzentriert, der Mund wild entschlossen zusammengekniffen.

Der Maler sagte sich, dass der Lump wohl nach einem geeigneten Opfer für einen Taschendiebstahl suchte, denn diese Tätigkeit wurde von einer bestimmten Sorte von Bettlern mit großer Geschicklichkeit ausgeübt.

Als er seine Porträtzeichnung beendet hatte, entfernte sich Fulminacci vom Tatort und trieb sich noch ein wenig in dem Getümmel in der großen Basilika herum.

Aus den Gesprächsfetzen, die er hier und da aufschnappte, erfuhr er, dass Pater Bartolomeo Stoltz, Jesuit und erster Bibliothekar der Segnatura Vaticana, der päpstlichen Bibliothek, ein von allen geschätzter Ordensbruder gewesen war, dessen Namen nicht das kleinste Gerücht befleckte.

Allein das war schon ungewöhnlich in einer Zeit, in der die Würdenträger der Kirche eine gewisse Neigung zu, gelinde gesagt, lockeren Sitten zeigten. Bischöfe, Monsignori, erlauchte Kardinäle und andere Kirchenfürsten – alle, die im Leben der Stadt eine größere oder kleinere Rolle spielten, wurden früher oder später in irgendeinen Skandal verwickelt, und wenn eine Schmiergeldaffäre ruchbar wurde, konnte man sicher sein, dass eine Soutane dahintersteckte.

Solche Vorfälle waren ein gefundenes Fressen für das Volk, das sich bei jedem Anzeichen von Unmoral wochenlang, monatelang oder manchmal sogar jahrelang über diesen oder jenen vornehmen Namen das Maul zerriss, sosehr die Machthabenden auch versuchten, dies zu unterbinden.

Über Pater Stoltz hingegen war nie auch nur das Geringste zu hören gewesen.

Fulminacci, der keine Ausnahme bildete, was die Sensationslüsternheit der Leute anging, war denn auch in gewisser Weise enttäuscht, als sich bestätigte, dass Pater Stoltz allem Anschein nach ein untadeliges Leben geführt hatte. Wobei seine Enttäuschung allerdings von Beunruhigung durchsetzt war, denn die Todesumstände des Geistlichen verhießen nichts Gutes.

In der Öffentlichkeit wahrten die Mitglieder der römischen Aristokratie, sowohl die weltlichen als auch die geistlichen, die strengsten und höflichsten Umgangsformen, aber es war kein Geheimnis, dass solche Förmlichkeiten rein äußerlich waren.

Von jeher fochten gegnerische Lager in der Stadt einen gnadenlosen Krieg hinter den Kulissen aus, um an die Macht zu gelangen oder an der Macht zu bleiben. Der Hass saß auf allen Seiten tief, und häufig wurden Skandale von dieser oder jener Partei dazu benutzt, den Gegner in Misskredit zu bringen. Auch hatte es schon oft Gerede über den verdächtigen Tod einer einflussreichen Persönlichkeit gegeben, der nach Meinung von Beobachtern weder dem göttlichen Willen noch dem Lauf der Natur zugeschrieben werden konnte.

Die bevorzugte Waffe war dabei das Gift, wenn man dem, was so gemunkelt wurde, Glauben schenken durfte. Seit Menschengedenken aber war es noch nie vorgekommen, dass ein möglicher Feind auf so offene und brutale Weise unschädlich gemacht worden war.

Diese Dinge wusste der Maler natürlich nur vom Hörensagen, denn seine gesellschaftliche Stellung erlaubte es ihm nicht, in höheren Kreisen zu verkehren.

Wohl aber verkehrte er in den Tavernen, und in den Tavernen wurde viel über solche Dinge geredet.

Wenn ein paar Männer um einen Krug Wein herumsaßen, fand sich immer auch der Diener eines Signor Sowieso oder der Barbier des Kardinals XY, der sich gut informiert über die geheimen Machenschaften und Intrigen im Umfeld der Mächtigen zeigte. Von solchen Leuten erfuhr man von alten und neuen Feindschaften oder von Bündnissen zwischen dieser und jener Familie und dieser und jener Partei.

So inoffiziell diese Informationen auch waren, das einfache Volk wusste doch stets gut Bescheid darüber, wenn in der Politik etwas im Gange war, ganz zu schweigen davon, was in den Schlafgemächern vor sich ging.

Seine Erfahrung nach einigen Jahren in Rom sagte dem Maler, dass es unabsehbare Folgen haben würde, sollte auch nur der Schatten eines Verdachts aufkommen, Pater Stoltz könnte im Zusammenhang mit irgendwelchen politischen Machenschaften ermordet worden sein.

Solche Überlegungen machten den Mord noch mysteriöser.

Wenn man dazu bedachte, dass der Jesuit mit den Intrigenspielen der Mächtigen oder fleischlichen Ausschweifungen offenbar nichts zu tun gehabt hatte, erschien seine Ermordung als ein unlösbares Rätsel.

Nachdem Fulminacci sich davon überzeugt hatte, dass es nichts weiter gab, womit er seine Neugier stillen konnte, verließ er die Kirche.

Während er die breite Treppe hinunterging und dabei den Nachzüglern auswich, die erst jetzt zu dem Spektakel eilten, tastete er seine Jackentasche ab, um sicherzustellen, dass ihm der gerade gefundene Gegenstand in dem Gewühl nicht wieder entwendet worden war.

Kapitel IV

Fulminacci entfernte sich von Santa Maria Maggiore und ging auf die Stadtmitte zu.

Als er den Hauptplatz des Esquilin hinter sich gelassen und die Obstgärten erreicht hatte, sah er sich nach einem ruhigen Winkel um, wo er seinen kostbaren Fund in Augenschein nehmen konnte.

Er bog von der stark frequentierten Hauptstraße ab und schlug einen von Hecken gesäumten Weg ein, der auf einen kleinen Platz mit einer großen, dicht belaubten Platane in der Mitte führte.

Hier wartete er kurz ab, ob er auch wirklich allein war und niemand hinter ihm den Weg entlangkam, bevor er das Schmuckstück aus der Tasche holte.

Es handelte sich um einen eiförmigen Bernstein von der Größe einer Walnuss in einer Fassung aus massivem Silber, die oben mit einer Öse versehen war, offenbar, um den Stein an einer Kette um den Hals oder am Gürtel tragen zu können.

Die Fassung war zierlich in Form zweier Brombeerranken gearbeitet, die sich um den Bernstein wanden und sich an der Öse mit elegantem Schwung vereinten.

Der Maler hielt das Schmuckstück gegen das Licht und sah, dass ein Insekt darin gefangen war. Mit Bernstein war er schon früher in Kontakt gekommen, denn die Juwelierläden in Mailand boten jede Menge davon an, und ein paarmal war er von einem Goldschmied mit einem Entwurf für eine Fassung beauftragt worden. Noch nie aber war ihm ein so einzigartiges Stück begegnet: In der Mitte des durchsichtigen Harzes konnte man einen winzigen Skorpion erkennen, vollständig erhalten und perfekt konserviert.

Das Schmuckstück war zweifellos sehr wertvoll, und er dachte daran, es Pater Kircher zu bringen, der schon seit vielen Jahren ein Kuriositätenkabinett mit ungewöhnlichen und seltsamen Gegenständen aus aller Welt unterhielt.

Um die Finanzen des Malers stand es dieser Tage nicht zum Besten. Er war zwei Monate mit der Miete im Rückstand, seine Rechnung bei der Osteria, in der er einen großen Teil seiner Mahlzeiten zu sich nahm, belief sich mittlerweile auf eine beträchtliche Summe, und bei drei oder vier zwielichtigen Zeitgenossen hatte er nicht geringe Spielschulden. Kurzum, seine Situation war besorgniserregend, zumal er auf absehbare Zeit keine Einnahmen zu erwarten hatte, mit denen er all diese Schulden begleichen konnte.

Er drehte seinen kostbaren Fund in der Hand und war sicher, vom Pater einen Betrag dafür zu bekommen, der ausreichte, um die offenen Rechnungen zu begleichen. Mehr noch, wenn er sich beim Handeln geschickt genug anstellte, würde er vielleicht eine Zeit lang gar keine Geldsorgen mehr haben.

Er schob das Schmuckstück wieder in die Rocktasche und kehrte auf die Hauptstraße zurück, wo er sogleich den Weg zum Collegium Romanum einschlug.

Es war nicht nur die Aussicht auf einen üppigen Geldsegen, die ihn antrieb. Der kleine Skorpion, der im Innern des Bernsteins zu schwimmen schien, hatte ihn neugierig gemacht. Sosehr er auch seine Fantasie bemühte, konnte er sich doch nicht vorstellen, wie das Insekt in diesen Stein hineingekommen war, und er hoffte, dass Pater Kircher ihm dieses merkwürdige Phänomen erklären würde.

Er brauchte nicht lange bis zum Jesuitenkolleg, denn der Gedanke an eine ebenso ansehnliche wie unerwartete Einnahme verlieh ihm Flügel.

Mit langen Schritten ging er durch den Haupteingang und rannte fast die Treppe hinauf, die zu Kirchers Räumen führte.

Im Korridor wurde er vom Diener Fernando aufgehalten, der gerade in diesem Moment aus dem Schlafzimmer des Geistlichen kam.

»Ich muss mit Pater Kircher sprechen«, sagte der Maler und verlieh seiner Stimme die größtmögliche Autorität, »es geht um eine dringende Angelegenheit.«

»Pater Kircher ist unpässlich, Signore«, antwortete der Diener, »er hat ausdrücklich darum gebeten, nicht gestört zu werden.«

»Ich kann nicht warten«, insistierte Fulminacci. »Wenn er den Grund meines Besuches erfährt, wird er froh sein, mich empfangen zu haben. Geh und melde mich ihm!«

Fernando verstand, dass es keinen Zweck hatte, sich diesem Großmaul zu widersetzen. Sein herrisches, drohendes Verhalten schüchterte ihn jedes Mal aufs Neue ein. Mit einem ergebenen Seufzer kehrte er dem Maler den Rücken, klopfte unterwürfig an die Tür und trat ein.

Pater Kircher saß in seinem Sessel und starrte mit abwesendem Blick in den blauen Himmel. Seine herabhängenden Schultern, die im Schoß gefalteten, bleichen und leicht zitternden Hände, der halb geöffnete Mund – alles an ihm sprach von seinem inneren Aufruhr.

Fernando richtete seinem Herrn den Wunsch des Malers aus und verhehlte auch nicht dessen Beharrlichkeit.

Kircher rieb sich müde die Augen.

»Dieser Mensch gibt nie auf«, sagte er mit leiser Stimme. »Führ ihn herein, Fernando. Da wir ihn anders nicht loswerden, wollen wir wenigstens hören, was er will.«

Sobald er vor dem Pater stand, berichtete Fulminacci, was er im Laufe des Vormittags erlebt hatte, und gab ihm das Schmuckstück.

Kircher wirkte geistesabwesend und nahm es, ohne es anzusehen. Es kostete ihn offenbar eine gewisse Anstrengung, seine Augen auf den schimmernden Bernstein zu richten.

Doch kaum hatte er ihn bewusst betrachtet, veränderte sich seine Haltung vollkommen. Sein vorher schon blasses Gesicht wurde weiß wie die Wand, und er fing an, in seiner Muttersprache zu stammeln: »Mein Gott … mein Gott …«

Wie hypnotisiert starrte der Pater den Gegenstand einen endlosen Augenblick an, dann erschlaffte seine Hand, sodass das Schmuckstück auf den Teppich fiel und ein Stück davonrollte. Kircher wollte sich aus seinem Sessel erheben, aber die Beine gehorchten ihm nicht, und er sank entkräftet in das weiche Polster zurück.

Fulminacci stürzte zu ihm, besorgt und verwirrt über seine Reaktion und voller Angst, ein ernstes Übel könnte den Pater befallen haben.

Die Hände des Jesuiten waren eiskalt, die Lippen bläulich, und sein Atem ging keuchend.

Weil der Maler nicht wusste, wie er sich nützlich machen konnte, rannte er zur Tür und rief nach dem Diener, der in der Nähe geblieben war und sofort herbeieilte.

Umsorgt von Fernando schien Kircher kurz zu sich zu kommen und riss die Augen weit auf, aber sein Blick war glasig.

»Ist es immer noch nicht vorbei?«, murmelte er und fiel wieder in seinen halb bewusstlosen Zustand zurück.

Fernando lief hinaus, um einen Arzt zu rufen, und da dieser ebenfalls der Gesellschaft Jesu angehörte, traf er innerhalb weniger Minuten ein.

Der Arzt schickte den Maler barsch weg und trug Kircher mit Fernandos Hilfe zum Bett. Es vergingen mehrere Minuten, ehe der Pater das Bewusstsein wiedererlangte.

Als Kircher die Augen aufschlug, befand er sich in einem Zustand tiefer Erschöpfung, weshalb der Arzt auf sein ursprüngliches Vorhaben, einen Aderlass vorzunehmen, verzichtete. Stattdessen ließ er einen Kelch mit starkem griechischem Wein aus Monemvassia kommen, dem er ein paar Gewürze hinzufügte, und verabreichte mit Fernandos Unterstützung dem Kranken ein paar Schluck davon.

Der Wein brachte wieder etwas Farbe auf die Wangen des Paters, der sogar die Kraft fand, seinen Helfern zu danken und sie zu bitten, ihn nun ein wenig ruhen zu lassen.

Widerstrebend zogen sich die beiden Männer zurück, ließen die Tür aber halb offen stehen. Fernando würde direkt davor

Wache halten und bei Bedarf sofort an das Lager seines Herrn eilen.

Als er allein war, schloss Kircher erschöpft die Augen. Der Wein hatte seinen Körper gewärmt, aber seine Seele war von einer Kälte durchdrungen, die durch nichts gelindert werden konnte.

Es war die Kälte eines Winters vor vielen Jahren, über vierzig mochten es jetzt sein, eines schrecklichen Winters in der jesuitischen Novizenschule von Paderborn in Deutschland, seiner Heimat.

Zu dieser Zeit war er noch ein Student gewesen, kaum mehr als zwanzig Jahre alt, hatte aber bereits den Weg der Erkenntnis und des Wissens beschritten.

Das Leben in der Novizenschule verlief ruhig und geordnet, bestimmt von Studien und Gottesdiensten. Der Lärm des weltlichen Lebens blieb hinter den schützenden Mauern zurück, und nichts schien den Frieden der Gemeinschaft stören zu können.

Bis die klösterliche Stille in einer stürmischen Nacht von einem markerschütternden Schrei zerrissen worden war.

Aufgeschreckt von diesem ungewöhnlichen und schaurigen Laut waren die Novizen in die Korridore geströmt, wo sie ängstlich und verwirrt miteinander tuschelten.

Einer der Patres hatte einen jungen Novizen barbarisch ermordet in seiner Zelle aufgefunden.

Kircher, dessen Zelle sich im selben Flügel des Gebäudes befand, gelangte als einer der Ersten an den Ort der Untat.

Die Leiche lag ausgestreckt auf dem kalten Steinfußboden, das lange Nachthemd war bis zum Oberkörper hochgeschoben, und die nackten Beine waren obszön entblößt. Aber das war nicht das Schlimmste. Jemand brachte eine Laterne, worauf sich den jungen Männern ein Anblick bot, der ihnen das Blut in den Adern gefrieren ließ. Der Leiche fehlte der Kopf, er war in die andere Ecke der Zelle gerollt, wo er mit dem Ausdruck des Entsetzens an die Decke starrte.

Das Blut, das immer noch in Rinnsalen aus dem Hals des Toten floss, bedeckte den Fußboden und sammelte sich zu einer großen Pfütze, die schon fast an den nackten, starren Füßen der umstehenden Novizen leckte.

Furcht und Schrecken loderten in den verstörten Gemütern der jungen Männer auf wie ein Feuer in trockenem Gras, und die Aufsicht führenden Mönche hatten nicht wenig Mühe, die Ordnung wiederherzustellen.

Am nächsten Morgen wurde eine Untersuchung eingeleitet, und alle Schüler wurden danach befragt, ob sie während der Schreckensnacht etwas Außergewöhnliches gehört oder gesehen hätten.

Das Ergebnis war entmutigend.

Niemand wusste etwas Erhellendes zu sagen, denn zum Zeitpunkt des Verbrechens hatten alle tief und fest geschlafen.

Die folgenden Tage vergingen in einem Klima nervösen Misstrauens. Jeder beobachtete seinen Nachbarn und fragte sich, ob der Mitbruder, der bei der Morgenandacht neben ihm saß oder die Abendmahlzeit ihm gegenüber einnahm, am Ende der brutale Mörder war, der das Leben im Novizeninternat erschüttert hatte.

In der Woche darauf wiederholte sich die Tat. Diesmal war das Opfer ein Schüler aus dem Norden des Landes, ein großer, fröhlicher und gutmütiger Junge, der von allen gemocht wurde.

Die Tatumstände waren dieselben. Es wurden keine Spuren gefunden, und keine Zeugenaussage konnte Licht auf diesen zweiten Mord werfen.

In der Novizenschule bildeten sich gegensätzliche Lager, die die Vorfälle unterschiedlich auslegten, und es kam zu heftigen Streitigkeiten, die von den Oberen mit ungewöhnlicher Härte beigelegt wurden.

Um wenigstens einen Anschein von Ordnung aufrechtzuerhalten, ordneten die leitenden Patres nächtliche Patrouillen an, in der Hoffnung, dass eine breite und engmaschige Überwachung des Gebäudes eine Wiederholung der erschütternden Vorfälle verhindern möge.

Es wurden Wachdienste eingeteilt, von denen keiner der Schüler ausgenommen werden durfte. Ihre Runden sollten die ganze

Schule abdecken, und die Novizenpaare, welche die Gänge abgehen sollten, wurden durch das Los bestimmt, damit keinerlei Verdacht einer Komplizenschaft aufkommen konnte.

In einer Nacht in der folgenden Woche geschah es, dass Kircher, als er in den stillen, kalten Korridoren auf Patrouille ging, dem Bösen plötzlich Auge in Auge gegenüberstand.

Er war in Gesellschaft seines Zellennachbarn, eines Jünglings aus München von stattlichem Körperbau und munterem Wesen, als sein Kamerad ein unaufschiebbares Bedürfnis verspürte und in Richtung der Latrine verschwand. Auf Kirchers Einwände hin lachte er nur und sagte, dass er doch nur kurz fort sein werde. Kircher starb fast vor Angst bei dem Gedanken, allein in dem dunklen Gang zurückzubleiben, aber um nicht als Feigling zu gelten, fand er sich schließlich damit ab, geduldig auf die Rückkehr seines Kameraden zu warten.

Allerdings wollte er nicht mitten im Korridor stehen bleiben, wo ihn jeder sehen konnte, sondern beschloss, sich in einer Nische zu verkriechen. Es ging ja nur um ein paar Minuten, dachte er.

In der Wandnische stand eine Statue, die einen der Gründer der Novizenschule darstellte und hinter die sich Kircher nun zwängte, sodass er von einem Vorbeigehenden nicht gesehen werden konnte.

Es herrschte eine Eiseskälte im Gang, aber die Nacht war schon weit fortgeschritten, und die Müdigkeit begann die Oberhand über seine Furcht zu gewinnen, sodass er, ohne es zu merken, einnickte.

Kircher hatte keine Ahnung – niemand konnte so etwas ahnen –, was das Schicksal, der Zufall oder für einen Gläubigen wie ihn der Wille des Schöpfers seine schläfrigen Augen kurz darauf erblicken lassen sollte.

Kapitel V

In dem Dämmerzustand, in dem er sich befand, weder schlafend noch wachend, hörte Kircher die Schreie nicht gleich, die aus einem der Seitengänge zu ihm drangen.

Es dauerte einen Moment, bis er wieder Herr seiner Sinne war. Er schüttelte den Kopf, um sein benebeltes Gehirn klar zu bekommen, und vernahm auf einmal neben dem fernen Lärm der Schreie leise Schritte, die sich näherten.

Weil er dachte, es sei sein Kamerad, der endlich zurückkam, wollte er gerade sein unbequemes Versteck verlassen, konnte sich jedoch kaum bewegen, so steif waren seine Glieder vor Kälte und Reglosigkeit.

Das war sein Glück.

Direkt vor der Nische hielten die Schritte an. Die Beine eines Mannes, die in hohen Stiefeln aus weichem, dunklem Leder steckten, traten in die Einbuchtung und kamen nur eine Handbreit vor seinen weit aufgerissenen Augen zum Stehen.

Der Mann drehte sich ein wenig zur Seite, vermutlich, um den dunklen Korridor überblicken zu können. Auf diese Weise geriet der Saum eines dunklen, aschfarbenen Umhangs in Kirchers Gesichtsfeld und gleich darauf auch das Aufblitzen eines gezückten Schwertes, von dessen Schneide lange Zungen frischen Blutes herabtropften.

Es war ein ungewöhnlich geformtes Schwert, stellte der junge Mönch trotz seiner Todesangst fest, ganz anders als die Waffen der vielen Wachen und Soldaten, die sich in diesen unruhigen Zeiten in den deutschen Städten herumtrieben. Seine Klinge war lang und schmal und sah fast zerbrechlich aus, wäre nicht dieses unheimliche Funkeln gewesen, das von der schwachen Beleuchtung im Gang hervorgerufen wurde.

Der Mann bewegte sich und hob das Schwert ruckartig nach vorn. Er atmete schwer, als wäre er gerade schnell gerannt, und sein Körper dünstete einen starken Schweißgeruch aus. In seiner kauernden Hockstellung konnte Kircher nur seine Beine und den breiten Gürtel erkennen, der um seine Hüften lag.

Durch die Bewegung des Mannes verrutschte der Umhang ein Stück und öffnete sich so weit, dass Kircher rechts an seinem Gürtel einen Gegenstand bemerkte, nur ein paar Zentimeter von seiner steif gefrorenen Nase entfernt.

Jemand musste Fackeln in dem Gang entzündet haben, der rechtwinklig zu diesem verlief, denn es gab auf einmal mehr Licht, das vermutlich von den hohen Fenstern reflektiert wurde.

Der Schein war immer noch schwach, ermöglichte es dem jungen Novizen nun aber, den Gegenstand klar zu erkennen: Es war ein eiförmiger Bernstein in einer Silberfassung.

Plötzlich erstarrte der Fremde und wurde zu einer zweiten Statue, vielleicht, weil er ein Geräusch gehört hatte. Das Pendeln des kleinen Schmuckstücks wurde langsamer und kam schließlich ganz zum Stillstand, sodass der arme Kircher es genauer betrachten konnte.

In der Mitte des Bernsteins schwamm ein schwarzer Skorpion, dessen Schwanz mit dem tödlichen Stachel in einem anmutigen Schwung nach rechts gebogen war.

Gelähmt vor Furcht, aber auch fasziniert von dem Anblick des Insekts verharrte der junge Mönch eine endlos erscheinende Zeit in dieser Position.

Die Schreie ließen allmählich nach. Der Unbekannte sah sich um, trat von der Nische weg und entfernte sich mit schnellen, leisen Schritten durch den Korridor.

Der ganze Zwischenfall hatte wahrscheinlich nur wenige Augenblicke gedauert, die ausreichten, damit der Besitzer des Skorpions Atem holen und beschließen konnte, in welche Richtung er fliehen sollte, aber Kircher war es wie eine Ewigkeit vorgekommen.

Er blieb noch lange reglos dort hocken und wagte kaum zu

atmen vor Angst, der Mörder könne zurückkommen und ihn bemerken. Irgendwann traute er sich schließlich, sein Versteck zu verlassen.

Die Stimmen kamen näher, der Lichtschein wurde heller, und kurz darauf lief eine Gruppe von Novizen in heller Panik durch den Gang.

Kircher folgte ihnen und erreichte rennend den Gebäudeflügel, in dem sich bereits eine große Menge von Schülern und Lehrern zusammendrängte.

Er brauchte sich nicht erst nach vorn durchzuschieben und selbst einen Blick auf das Geschehen zu werfen, um zu wissen, was passiert war.

Auf der anderen Seite der geschlossenen Mauer aus Menschen lag die dritte Leiche mit abgetrenntem Kopf, das Hemd bis zu den Schultern hochgeschoben und den Unterkörper der Kälte der Nacht preisgegeben.

Kircher hatte weder den Mut noch die Kraft, jemandem sein schreckliches nächtliches Erlebnis anzuvertrauen. Bei seinem langen Ausharren hinter der Statue hatte er sich verkühlt und sich ein heftiges Fieber zugezogen, weshalb es mehrere Tage dauerte, bis er den normalen Alltag mit seinen Mitbrüdern wieder aufnehmen konnte.

Obschon das Leben in der Novizenschule von Paderborn nach dieser entsetzlichen Mordserie nicht mehr normal genannt werden konnte.

Es wurde eine neue Untersuchung eingeleitet, und die Patrouillen wurden verstärkt und Tag und Nacht eingesetzt. Es herrschte eine Atmosphäre des Verdachts und der Furcht. Niemand fühlte sich mehr sicher.

Als wäre das noch nicht schlimm genug, beschloss die Geschichte, mit Nachdruck an die Tore der Stadt zu klopfen. Herzog Christian von Braunschweig, ein Protestant und erklärter Feind der Papisten im Allgemeinen und der Jesuiten im Besonderen, begann die Stadt mit seinen Söldnern, seinen Kanonen und Arkebusen zu belagern.

Die Situation der Eingeschlossenen wurde bald hoffnungslos. Auch wenn sie viel Mut und Entschlossenheit bei der verzweifelten Verteidigung ihrer Garnison zeigten, waren sie doch in der Minderzahl, schlecht ausgebildet und noch schlechter bewaffnet.

Ende Januar, als der Fall der Stadt auch bei den tapfersten Kämpfern als sicher galt, gelang Kircher zusammen mit zwei Brüdern die Flucht durch die feindlichen Linien, indem sie sich eine Kampfpause zunutze machten.

Drei Tage und drei Nächte irrten sie durch das verschneite Land, ohne Essen und durch ihre dünne Kleidung nur unzureichend geschützt gegen die Eiseskälte, die ein unablässiger Wind aus den öden Steppen des Ostens herbeiblies.

Gerade als die drei Kameraden völlig entkräftet aufgeben wollten, kam ihnen die Vorsehung in Gestalt eines katholischen Adeligen zu Hilfe und rettete sie.

Später erfuhr Kircher, dass die Flucht aus der inzwischen eroberten Stadt auf abenteuerliche Weise noch weiteren Kommilitonen gelungen war, die sich anschließend in alle Winde zerstreut hatten. Andere, die nicht so viel Glück gehabt hatten, waren von den Truppen des Herzogs gefangen genommen und auf dem Marktplatz aufgeknüpft worden.

Kircher kehrte nie wieder nach Paderborn zurück. Die Wechselfälle des Lebens führten ihn in andere deutsche Städte, nach Österreich, nach Frankreich und schließlich nach Rom.

Seit jenem eisigen Winter waren inzwischen vierundvierzig Jahre vergangen, doch die schreckliche Kälte hatte seine Glieder nie ganz verlassen. Viel schlimmer aber noch war das Bild dieses winzigen Insekts im Bernstein, dieses Skorpions, der auch jetzt noch, nach fast einem halben Jahrhundert, eine makabre Gavotte vor seinen Augen tanzte.

Die Erinnerung war glücklicherweise mit der Zeit verblasst und weniger beängstigend und bedrohlich geworden. Die Albträume, die ihn in den ersten Jahren des Nachts heimgesucht hatten, tauchten allmählich seltener auf und waren irgendwann nur noch sporadische Episoden.

Bis der Maler gekommen war und ihm dieses Bernsteinschmuckstück gezeigt hatte.

Im selben Moment waren die ganze Angst und die ganze Verzweiflung, die sich in einen Winkel seiner Seele zurückgezogen hatten, wieder hervorgetreten, und er war erneut dieser Furcht ohne Namen, ohne Gestalt und ohne Hoffnung zum Opfer gefallen.

Eine Nemesis, die er für immer gebannt zu haben glaubte, meldete sich zurück.

Geschüttelt von Zittern und Frost versuchte er noch nicht einmal, seiner Verstörung mit Vernunft beizukommen oder als Wissenschaftler über den Gegenstand nachzudenken, der aus der fernen Vergangenheit wiederaufgetaucht war. Sein Geist verlor sich auf dunklen Pfaden, die mit düsteren Vorahnungen und Ankündigungen bevorstehenden Unheils gepflastert waren.

Der Skorpion.

Die Sterne hatten ihn nicht belogen.

Das Zeitalter des Skorpions war wieder angebrochen.

Kapitel VI

Nachdem er das Collegium Romanum verlassen hatte, begab sich Fulminacci zum Stadtteil Trastevere, wo er wohnte, um dort sein Stammlokal aufzusuchen und zu Mittag zu essen.

Pater Kirchers Reaktion auf den Bernstein hatte ihn verblüfft und nachdenklich gemacht. Ein solches Verhalten schien ihm nicht zu der rationalen Distanziertheit des Gelehrten zu passen, die er bisher kennengelernt hatte.

Was ihn stets an Kircher fasziniert hatte, war gerade sein unerschütterlicher Gleichmut gewesen, den er nur aufgab – und auch dann nur zum Teil –, wenn es um wissenschaftliche Experimente, Vermessungen, kosmologische Theorien und anatomische Forschungen ging.

Ihn so aufgewühlt, ja entsetzt zu sehen, enthüllte ihm eine Seite von Kirchers Wesen, die er nie vermutet hätte.

Fulminacci griff auf eine der Binsenweisheiten zurück, die das geistige Erbe der schlichten Gemüter sind, und sagte sich, dass man seine Mitmenschen niemals richtig kannte, auch wenn man noch so lange Umgang mit ihnen hatte. Und sein Umgang mit dem gelehrten Jesuiten konnte weder beständig noch lang anhaltend genannt werden.

In diese Gedanken versunken fand sich der Maler plötzlich vor dem Palazzo Mattei wieder, direkt am Eingang zum Viertel von Sant'Angelo, dem Ghetto von Rom.

Der Anblick der abweisenden Fassade des Palazzos genügte, um ihn in schlechte Laune zu versetzen.

Die Mattei waren seit Jahrhunderten die Wächter des Ghettos; sie hatten die Schlüssel inne, und ihnen oblag die Aufgabe, jeden Abend beim Ave-Maria die Tore des Viertels zu schließen.

Im vergangenen Jahr hatte das Oberhaupt der mächtigen Familie ihn beauftragt, eines dieser Tore mit Fresken zu schmücken, da die ursprüngliche Bemalung schon zweihundert Jahre alt und irreparabel beschädigt war.

Fulminacci hatte sich mit Eifer an die Arbeit gemacht. Seine auf Pappe ausgeführten Entwürfe waren vom Auftraggeber gebilligt worden, und im Laufe weniger Wochen hatte er das Fresko vollendet gehabt.

Als er jedoch den Lohn für seine Arbeit erhalten sollte, war es plötzlich zu Schwierigkeiten gekommen. Nach Meinung des Familienoberhaupts waren die Farben zu leuchtend, die Perspektive fand er verzerrt und die menschlichen Figuren unnatürlich in die Länge gezogen. Kurzum, das alte Problem. Es hatte endlose Debatten gegeben, aber wie immer in solchen Fällen hatten die Adeligen den Sieg davongetragen und ihm am Ende nur die Hälfte der vereinbarten Summe bezahlt.

Wieder einmal hatte die Moral der Epoche triumphiert: Die großen Fische fressen die kleinen.

Es heißt auch, wer den Schaden hat, braucht für den Spott nicht zu sorgen: Neben der finanziellen Einbuße musste der Maler auch noch diesen Lump von Anwalt bezahlen, der seine Sache mit so empörend schlechtem Ausgang vertreten hatte.

Fulminacci unterdrückte mit Mühe die Wut, die jedes Mal in ihm hochkochte, wenn er an diesem Haus vorbeikam, setzte seinen Weg durch die Ottavia-Arkaden fort, wo mit großer Lebhaftigkeit der Fischmarkt abgehalten wurde, und betrat die gewundenen und übel riechenden Gassen des Ghettos.

Die Giudecca, wie die Römer den Stadtteil Sant'Angelo nannten, war das armseligste Viertel der Stadt. Da sie keine unbeweglichen Güter besitzen durften, mussten die Juden in baufälligen Hütten hausen, obwohl die Gemeinde keineswegs Not leidend war. Eine Generation nach der anderen wurden die Familien der Kinder Israels in dicht an dicht stehenden Bruchbuden zusammengepfercht, wofür sie obendrein alles andere als bescheidene Mieten berappen mussten, auch wenn die Stadtoberen in regelmäßigen Abständen versuchten, einen Höchstbetrag festzusetzen.

Diese Zustände wurden noch dadurch verschlimmert, dass das Viertel im niedrigst gelegenen Teil der Stadt lag und die Hütten des jüdischen Ghettos jedes Mal, wenn der Tiber aufgrund starker Regenfälle über die Ufer trat, in den Fluten standen.

Keine angenehme Situation also. Dennoch blühte die Gemeinde, soweit man das trotz der wiederkehrenden Wellen von Antisemitismus sagen konnte, und ging ihren vielfältigen Gewerben und Geschäften nach. Es kam nämlich vor, dass selbst die reichsten und mächtigsten Familien Roms sich wegen eines Kredits an die jüdischen Bankiers wenden mussten, damit sie ihren verschwenderischen Lebensstil fortsetzen konnten.

Diese Überlegungen brachten den Maler auf eine neue Idee, an die er zuerst nicht gedacht hatte, weil er so versessen darauf gewesen war, den Anhänger an Pater Kircher zu verkaufen.

Unter den vielen Geschäften, welche die Juden Roms betrieben, war das florierendste zweifellos die Pfandleihe. Es gab nur wenige Römer, die im Laufe ihres Lebens nicht früher oder später einmal bei einem dieser erdrückend engen Läden anklopften, egal, ob Adelige oder Leute aus dem Volk, Kirchenfürsten oder Fuhrknechte. In der jüngeren Vergangenheit hatten sogar einige Päpste auf die Dienste dieser besonderen Handelsunternehmen zurückgreifen müssen.

Auch der Maler war schon bei mehr als einer Gelegenheit durch diese engen Gassen gestreift und hatte ein Bündel armseligen Inhalts dabeigehabt, für den er ein wenig Bargeld zu bekommen hoffte.

Von den zahlreichen Pfandleihern, die ihre Schaufenster in diesen übervölkerten Straßen aneinanderreihten, erschien ihm Piperno stets als der ehrlichste, weshalb er jetzt auf den winzigen Platz zuhielt, an dem sich dessen Geschäft befand.

Piperno empfing ihn mit dem gewohnten Lächeln und dem rituellen Gruß seiner Religion. Er war ein kleiner, rundlicher Mann, der in seiner liebenswürdigen Art dafür sorgte, dass seine Kunden sich auch unter den nicht eben vergnüglichen Umständen, die sie zu ihm führten, wohlfühlten.

Ohne lange Vorrede zeigte der Maler ihm das Schmuckstück und fragte ihn, ob er daran interessiert sei und wie viel es wert sei. Dabei versäumte Fulminacci es nicht, darauf hinzuweisen, dass der Gegenstand ein altes Familienerbstück sei, von dem er sich nur unter großem Bedauern trenne.

Piperno begutachtete den Anhänger mit großer Aufmerksamkeit und unverkennbarem Interesse, doch als es ans Verhandeln ging, verhielt er sich plötzlich ausweichend.

»Ein ungewöhnliches Stück, keine Frage«, begann er, »allerdings sind die Preise für Bernstein im Moment im Keller, muss ich Euch sagen. Es gibt kaum Nachfrage, versteht Ihr? Ich handele nur selten damit. Im Norden ist der Markt dafür größer. Wenn Ihr nach Mailand oder Venedig gingt, könntet Ihr bestimmt ein gutes Angebot dafür bekommen, aber hier in Rom … Hier werden andere Kostbarkeiten verlangt.«

»Kommt, Piperno, treibt keine Spielchen mit mir. Ihr wisst so gut wie ich, dass dieses Schmuckstück einen Haufen Geld wert ist. In Mailand habe ich für mehrere Goldschmiede gearbeitet, die Fassungen für Bernsteine herstellten, und ich weiß genau, dass es seltene und kostbare Steine sind, die bei den Damen sehr begehrt sind. Versucht nicht, mich übers Ohr zu hauen, sondern macht mir ein vernünftiges Angebot. Ich will nicht gierig erscheinen, aber auch nicht übervorteilt werden!«

»Aber nein, Signore, wo denkt Ihr hin! Es ist nur so, dass ich mit Bernstein nicht viel Erfahrung habe. Ich wüsste nicht, was ich Euch anbieten sollte, vor allem in Anbetracht der Schwierigkeiten, die ich beim Weiterverkauf hätte.«

Das Stirnrunzeln des Malers, dessen geringe Geduld schon beinahe erschöpft war, veranlasste den Pfandleiher, sich auf eine Verzögerungstaktik zu verlegen.

»Ich könnte Euch entgegenkommen, indem ich ein bisschen bei meinen Kollegen herumfrage. Gut möglich, dass einer von ihnen sich mehr für diese Art von Preziosen interessiert. Kommt morgen zwei Stunden vor Sonnenuntergang wieder, dann werde ich sicher Neuigkeiten für Euch haben.«

Wenig überzeugt von der Rede des Mannes verließ Fulminacci den Laden. Piperno kannte sich normalerweise auf jedem Gebiet gut aus, besonders, wenn es um Kunsthandwerk von einigem Wert ging, ob das byzantinische Ikonen waren oder türkischer oder maurischer Schmuck. Es erschien ihm daher höchst fragwürdig, dass der Pfandleiher sich mit der Schätzung eines Schmuckstücks aus Bernstein so schwertat, was ein zugegeben eher seltenes, aber keineswegs unbekanntes Material in der Ewigen Stadt war.

Es musste noch etwas anderes dahinterstecken.

Höchstwahrscheinlich hatte der gewitzte Händler den unschätzbaren Wert des Anhängers erkannt und sich gesagt, dass geringes Interesse zu zeigen die beste Strategie war, um ihn für einen Apfel und ein Ei zu erwerben.

Die alte Geschichte also: In Rom wie in Mailand und vermutlich auch in Prag, Paris oder London durfte ein armer Christenmensch sich nie den Luxus erlauben, in seiner Wachsamkeit nachzulassen, wenn er nicht von irgendeinem Schlaumeier hereingelegt werden wollte.

Deshalb musste er sich nun gut überlegen, welcher Taktik er sich bedienen wollte.

Fulminacci hatte die kleine Piazza noch nicht überquert, als der Pfandleiher Piperno bereits zur Tat schritt. Seine Miene hatte den gewohnten gutmütigen Ausdruck verloren und war ernst vor Sorge, als er an der Treppe, die ins obere Stockwerk führte, nach seinem zwölfjährigen Sohn Aronne rief. In seiner Stimme, die sonst so melodiös war, dass sie fast schon einfältig klang, schwang ein schriller, krächzender Ton mit, der so gar nicht zu seinem Charakter passte.

Aronne kam mit dem Ungestüm der Jugend die enge, steile Treppe hinuntergerannt.

»Aronne, erinnerst du dich an den Mann von heute Vormittag?«, fragte Piperno.

»Ja, Vater, Ihr meint den, der zusammen mit diesen anderen gekommen ist, alle in dunklen Umhängen, nicht wahr?«

»Erinnerst du dich noch, wo er wohnt?«

»Ja, Vater, im Gasthaus zur Gans, dort hinten bei …«

»Ja, ja, genau«, unterbrach ihn sein Vater. »Du musst etwas für mich erledigen. Geh zu dieser Herberge und benachrichtige den Mann, dass jemand gekommen ist, um mir das Schmuckstück anzubieten, über das wir gesprochen haben. Kannst du dir das merken?«

»Ja, Vater, ich soll zur Gans gehen und dem großen alten Mann sagen, dass jemand gekommen ist und dir das Schmuckstück angeboten hat.«

»Sehr gut, und nun lauf. Trödel nicht auf der Straße herum wie sonst, und setz die Kappe mit dem gelben Flicken auf, denn wenn die Wachen einen Juden ohne Erkennungszeichen sehen, kriegen wir Ärger. Und komm gleich wieder zurück, verstanden?«

Der Junge setzte seine Kappe auf und sauste davon wie eine Musketenkugel.

Piperno wischte sich seufzend den Schweiß von der Stirn, obwohl die Temperatur in dem feuchten Laden alles andere als hoch war, und hoffte, dass Aronne seine Sache gut machte.

Die Drohungen, die er erst vor wenigen Stunden von diesem großen, hageren Mann mit einem Gesicht wie eine ausgegrabene Leiche erhalten hatte, jagten ihm immer noch einen Schauer über den Rücken. Sosehr es ihm missfiel, einem Kunden wie dem Maler einen derart bösen Streich zu spielen, wusste er doch nur zu gut, dass er keine andere Wahl hatte. Er tröstete sich mit dem Gedanken, dass dieser Fremde mit seiner Eskorte von Galgenvögeln gewiss sämtliche Geschäfte des Ghettos abgeklappert und auch seine Kollegen auf diese unverhohlene Art bedroht hatte. Wenn nicht er, Piperno, ihm die Information gegeben hätte, nach der er so energisch verlangte, hätte es ein anderer getan.

Leben und Besitz eines Juden in Rom hingen von jeher an einem seidenen Faden, auch wenn die Situation sich im Vergleich zum vorigen Jahrhundert verbessert hatte. Kein Einwohner des Ghettos durfte sich erlauben, die Mächtigen gegen sich aufzubringen, denn jeder falsche Schritt konnte mit der Beschlagnahmung seines Eigentums oder gar mit dem Tod bestraft werden.

Auch die Ermordung dieses Geistlichen am Morgen verhieß nichts Gutes. Piperno hoffte, dass der oder die Täter schnell gefasst wurden, da die Schergen sonst einen anderen Sündenbock finden mussten, und die Erfahrung lehrte, dass sie den gern unter den Juden suchten.

Fulminacci hatte unterdessen das Ghetto hinter sich gelassen, die Ponte Fabricio, auch Judenbrücke genannt, überquert und das Gassenlabyrinth des volkstümlichen Viertels Trastevere betreten.

Rom war auch schon zu jener Zeit eine lebhafte und laute Stadt, in der jedes Viertel seine Traditionen und Eigenarten pflegte, aber Trastevere ... Trastevere war etwas ganz Besonderes.

Jahr für Jahr fielen Horden von Pilgern aus allen Ecken der Christenheit in Rom ein, manche, um eine Gnade zu erbitten, manche, um ein Gelübde einzulösen, und andere einfach, um die Ewige Stadt zu besichtigen, die Herrscherin eines zweitausendjährigen Reiches.

Fast alle fanden sie in Trastevere eine Unterkunft, wo man zwischen einer schier unglaublichen Vielzahl von Gasthäusern, Tavernen und Osterien für jeden Geschmack und jeden Geldbeutel wählen konnte. Es gab keine Sprache, die in den wimmelnden Gassen des Viertels nicht zu hören war, und kein Volk, keine Physiognomie und keine Kultur, die nicht angemessen vertreten gewesen wären. Das Gastgewerbe bildete einen blühenden Wirtschaftszweig, und das schon seit vielen Jahrhunderten.

Die Bewohner von Trastevere reagierten auf diese Besucherinvasion mit dem für alle Römer typischen Unternehmungsgeist, weshalb in ihrem Stadtteil ein kosmopolitisches und zugleich volkstümliches Lüftchen wehte und er der lärmendste von allen war.

Das Gasthaus Zum Schwarzen Adler war eines der größten und ältesten am Ort. Stets laut und überfüllt, wurde es von morgens bis nachts von Pilgern, Kaufleuten und Abenteurern aus ganz Europa besucht, dazu natürlich von den Einheimischen, die am Ende ihres Arbeitstages gern dort einkehrten, um einen Krug Wein zu trinken.

Fulminacci nahm seine Mahlzeiten schon seit seiner Ankunft in Rom vor drei Jahren in diesem Lokal ein, weil er die Küche sehr zufriedenstellend fand. Weniger zufrieden dagegen zeigte sich Romoletto, der Wirt, mit dem der Maler in einem endlosen Streit über die Bezahlung seiner Rechnungen lag. Jedes Mal, wenn er in den großen Schankraum kam, wurde er von dem mürrischen Gastwirt mit lauten Beschimpfungen und Geldforderungen empfangen. Der Wortwechsel folgte einem bewährten Schema: Klagen und Vorwürfe auf der einen Seite, Entschuldigungen und Versprechungen auf der anderen.

Doch obgleich diese Querelen sich schon seit Anbeginn seines Aufenthalts in der Stadt abspielten, war ihm sein Kredit bei allem Keifen und Drohen nie endgültig gestrichen worden, wie es in Norditalien längst geschehen wäre. Dort hätte man ihn weniger lebhaft beschimpft und die Angelegenheit ruck, zuck vor dem Schuldgericht geklärt.

Zwar versuchte der Maler im Rahmen seiner Möglichkeiten, seine Schulden zu begleichen, aber das Geld reichte nie aus, und im Rechnungsbuch des Gastwirts war die Spalte der offenen Beträge unter dem Eintrag »Fulminacci« sehr viel länger als die der bezahlten.

Romoletto brüllte, drohte und verfluchte ihn, gab ihm aber weiter zu essen.

Eines der vielen Rätsel von Trastevere.

Auch an diesem Tag war er auf die gewohnte Tirade gefasst, als er die Locanda betrat. Diesmal hatte er jedoch ein Ass im Ärmel, mit dem er den Zorn seines Gläubigers zu besänftigen hoffte. Er würde Romoletto in einen ruhigen Winkel führen, ihm das Schmuckstück zeigen und versprechen, sämtliche offenen Posten zu begleichen, sobald es ihm gelungen war, es zu verkaufen.

Tatsächlich ging der Wirt, kaum hatte er einen Fuß in das Lokal gesetzt, mit der üblichen kämpferischen Haltung auf ihn los, doch die Heftigkeit seiner Wut machte den Maler sprachlos.

In all den Jahren ihrer Zwistigkeiten war der Wirt noch nie handgreiflich geworden. Diesmal jedoch stürmte der untersetzte

Mann mit dem dicken Bauch auf ihn zu und wollte ihm mit der eindeutigen Absicht, ihn zu erwürgen, die Hände um den Hals legen.

Trotz seiner Verblüffung über diesen unerwarteten Angriff hatte Fulminacci keine Schwierigkeiten, den Wirt abzuwehren und seine Hände mit eisernem Griff festzuhalten.

Es vergingen einige Minuten, bis sich das Stimmengewirr ringsherum so weit gelegt hatte, dass er verstehen konnte, was Romoletto in seinem Zorn hervorstammelte.

»Du Schuft, du niederträchtiger Mistkerl«, brüllte er mit Schaum vor dem Mund und hervorquellenden Augen, »meine Tochter! Meine arme kleine Tochter!«

»Ganz ruhig, Romoletto, ganz ruhig«, redete der Maler auf ihn ein, »was ist mit deiner Tochter? Drück dich klar aus, mir reißt nämlich gleich der Geduldsfaden!«

»Mein Kind, meine kleine Tochter! Du hast sie zugrunde gerichtet! Sie war eine reine Blume, und du hast sie mir zerstört!«

Fulminacci hielt die Fäuste des Gastwirts weiter fest und sah sich in dem vollen Schankraum um, bis sein Blick auf die Gestalt von Rosetta fiel, Romolettos Tochter, die mit gesenkten Augen und beschämter Miene in einem Eckchen hockte. Eine deutliche Röte färbte ihre blühenden Wangen, sie hatte die Hände im Schoß gefaltet und erinnerte an eine der vielen Figuren von reuigen Sünderinnen, welche die Fresken in den zahllosen Kirchen der Stadt zierten.

Ein Blitz der Erkenntnis erhellte das Dunkel im Kopf des Künstlers.

Das musste ja früher oder später passieren!

Eine Blume, von wegen! Rosetta war ein mannstolles Weib, wie es im Buche steht! Obwohl sie kaum achtzehn Jahre zählte, rannte sie jedem Paar Stiefel hinterher, das die Wirtschaft betrat. Egal, ob blond, dunkel, groß oder klein, alles kam infrage, solange es dem männlichen Geschlecht angehörte und noch nicht das Alter erreicht hatte, in dem die Natur gewissen Gelüsten Grenzen setzte.

Auch ihn hatte sie ganz unverblümt zu verführen versucht, aber im Bewusstsein der Folgen, die eine solche Schwäche nach sich ziehen würde, hatte er sich gehütet, der zügellosen Wirtstochter nachzugeben, und ab da stets darauf geachtet, dass sich mindestens das halbe Lokal zwischen ihm und ihr befand.

Aus irgendeinem Grund, den er im Moment noch nicht durchschaute, gab das Mädchen nun, da das Malheur geschehen war, trotzdem ihm die Schuld an ihrem Zustand und brachte ihn in größte Verlegenheit.

Mit all seiner Überzeugungskraft versuchte Fulminacci, die ehrenrührige falsche Beschuldigung von sich zu weisen.

»Komm schon, Romoletto, so blind kannst du doch nicht sein! Hast du noch nicht bemerkt, was für ein Weibsbild deine Tochter ist? Zum Teufel, jeder deiner Gäste könnte es gewesen sein. Frag doch mal rum, verdammt noch mal!«

Dieser Verteidigungsversuch erwies sich als nicht besonders geschickt. Die ehrenrührigen Bemerkungen über sein eigen Fleisch und Blut erzürnten den Wirt noch mehr, sodass er sich erneut aus Fulminaccis Griff zu befreien suchte, um über ihn herzufallen.

»Elender Schuft, Verräter«, schäumte Romoletto, der für jeden Appell an die Vernunft taub war, »das wirst du wiedergutmachen. Ich verlange, dass du sie heiratest!«

Bei diesen Worten wurde es Fulminacci ganz anders. Er hatte wahrhaftig schon genug Schwierigkeiten am Hals, ohne sich auch noch lebenslang an eine herrische Nymphomanin binden zu müssen, ganz zu schweigen von seiner natürlichen Abneigung gegen die Ehe.

»Niemals!«, rief er laut und verstärkte seinen Griff um die Hände des Wirts. »Such dir einen anderen Dummen. Ich denke nicht daran, den Sündenbock für das Herumhuren deiner Tochter zu spielen.«

Die anderen Gäste fühlten sich von dem pikanten Wortwechsel gut unterhalten, mischten sich mit Scherzen und Zurufen in das Geschrei der Streithähne ein und ergriffen die Partei des einen oder des anderen. Und wie es häufig an Orten geschieht, an denen der Wein in Strömen fließt und die Zungen löst, brach irgendwann das totale Durcheinander aus, bei dem jeder auf jeden losging.

Mit anderen Worten, es gab eine ordentliche Wirtshausschlägerei.

Kapitel VII

Fulminacci machte sich das Getümmel zunutze, stieß den kugelrunden Wirt mitten ins dichteste Handgemenge und verdrückte sich. Unter anderen Umständen hätte er, heißblütig wie er war, voller Begeisterung an der Schlägerei teilgenommen, doch mit dem kostbaren Schmuckstück in der Tasche wollte er einen Zusammenstoß mit den Schergen der Wache vermeiden, die unweigerlich eintreffen würden, um den Tumult zu beenden.

Es erschien ihm ratsam, nicht in eine Zwangslage zu geraten, in der er erklären musste, wie ein Hungerleider wie er in den Besitz eines derart wertvollen Gegenstands gekommen war.

Während er davonlief, hörte er noch den Lärm, den die angetrunkene Horde beim Zerschmettern von Bänken und Geschirr machte.

Blieb noch die Frage, warum Rosetta ausgerechnet ihn für ihren Zustand verantwortlich machte, da sie doch aus einer langen Liste tatsächlich infrage kommender Kandidaten wählen konnte. Und vor allem, warum Romoletto, der schließlich kein Naivling war, sich von seiner Tochter diesen Bären hatte aufbinden lassen. Ihm, einem so gewieften Geschäftsmann, konnte doch unmöglich entgangen sein, dass Rosetta es mit dem halben Viertel trieb. Es sei denn …

Es sei denn, diese ganze Szene war von Anfang an eine Farce, die der schlaue Wirt inszeniert hatte, um vor seinen Gästen und den Nachbarn das Gesicht zu wahren.

Als das Unvermeidliche geschehen war, hatten sich Vater und Tochter vermutlich in aller Ruhe zusammengesetzt und nach einigem Überlegen einen Dummkopf ausgemacht, dem sie dieses Kreuz aufladen konnten.

Außerdem beklagte sich Romoletto schon seit Längerem darüber, dass er keinen Sohn hatte, der ihm in der Gaststätte zur Hand ging, und als Fulminacci jetzt darüber nachdachte, fiel ihm ein, dass der Wirt ihm gegenüber mehrfach eine Möglichkeit angedeutet hatte, wie sie beide ihre Probleme auf einen Schlag lösen könnten.

Er schauderte bei dieser Vorstellung.

Dann dachte er daran, dass es schon Mittag vorbei war und er immer noch nichts zu essen bekommen hatte. Bei den anderen Wirtshäusern der Gegend durfte er nicht anschreiben lassen, also beschloss er, zu Pietro Valocchi zu gehen, einem flämischen Maler, der ein guter Freund und Trinkkumpan von ihm war. Er hatte ihn ein paar Wochen lang nicht gesehen, doch am Abend zuvor war ihm bei einer Partie Karten, bei der ihm das Glück nicht hold war, zu Ohren gekommen, dass sein Freund einige Stillleben an einen englischen Kunsthändler verkauft hatte. Was bedeutete, dass Valocchi zur Zeit flüssig war und die Chancen gut standen, ihm eine Mahlzeit abzuschnorren.

Valocchi empfing ihn mit großer Herzlichkeit. Er war bester Laune, weil er bereits einen Krug guten Weins geleert hatte, und bot ihm Brot, Käse, Oliven aus Gaeta und einen Krug vollmundigen umbrischen Roten an.

Der ausgehungerte Maler sprach den festen wie flüssigen Nahrungsmitteln tüchtig zu und lauschte dabei dem Geplauder seines Freundes. Der Flame war in Hochstimmung wegen des guten Geschäfts, das er gemacht hatte, und zeigte sich ausgesprochen optimistisch, was die Zukunft anging.

»Sechs Bilder hab ich dem Engländer verkauft«, sagte er, »und dabei wird es nicht bleiben. Anscheinend besteht in England eine große Nachfrage nach Stillleben. Der Händler hat weitere bei mir in Auftrag gegeben, auch Landschaften. Du solltest ebenfalls solche Sachen malen. Ich kann dich dem Engländer vorstellen. Er bezahlt gut.«

Valocchi wohnte schon seit mehreren Jahren in Rom und sprach ein einfaches, aber verständliches Italienisch. Eigentlich hieß er Pieter Van Loocke, aber das konnte kein Mensch aussprechen, und er hatte nichts gegen die Italianisierung seines Namens einzuwenden.

»Ich male lieber Fresken«, erwiderte Fulminacci zwischen zwei Bissen. »Ein wahrer Künstler sollte wichtige Werke schaffen, die unvergänglich sind. Stillleben bringen Brot auf den Tisch, das stimmt, aber keinen Ruhm ein. Wenn ich anfangen würde, Bilder in Serie zu malen, hätte ich auch gleich in Pavia bleiben und bei meinem Vater als Notar arbeiten können. So etwas ist nichts für mich, ich will Ehre und Bewunderung.«

»Ich glaube, diese Zeiten sind vorbei«, wandte Valocchi ein. »Es gibt immer weniger Aufträge für Fresken, das weißt du selbst. Zu viele Bildhauer heute, zu viele dekorative Tüncher. Der Geschmack hat sich geändert. Es ist kein Platz mehr für große Werke wie die von Michelangelo oder Carracci. Stattdessen gibt es jede Menge reicher Bürger, die schöne Bilder für ihre schönen Häuser wollen. Gute, sichere Arbeit. Voller Bauch, Holz im Kamin.« Lautes Lachen und Schulterklopfen folgten auf diese Rede.

Valocchi war ein einfacher Mensch, der gern aß und guten Wein und Geselligkeit liebte. Er war auch ein guter Maler und besaß eine raffinierte Pinseltechnik. Aber es brannte kein heiliger Funke der Begeisterung in ihm. Neben einem vollen Magen und einer gut gebauten Magd zur Gesellschaft hatte er keine großen Ansprüche, im Gegensatz zu Fulminacci, der von unvergänglichem Ruhm träumte.

»Nein, die guten Zeiten sind nicht vorbei!«, widersprach Fulminacci beinahe wütend. »Wir befinden uns eben in einer Übergangsperiode. Dieser Chigi-Papst ist ein Geizhals, aber wie es aussieht, bleibt er uns nicht mehr lange erhalten. Er hat eine verstopfte Niere und steht mit einem Bein im Grab. Ich bin sicher, dass der nächste Papst die Verwirklichung der großen Pläne der Vergangenheit wiederaufnehmen wird. Es wird reichlich Arbeit und Ehrungen für uns alle geben.«

»Eher Entbehrungen, scheint mir. Die fetten Jahre sind vorbei, der Papst zählt nicht. In Frankreich ist es vielleicht besser, keine Ahnung. Die Spanier jedenfalls sind arm wie die Kirchenmäuse, und in Flandern war Krieg: viel Tod, viel Zerstörung, wenig Geld. In Italien ist es nicht besser. Der nächste Papst wird genauso knauserig sein wie der jetzige oder noch schlimmer. Verleg dich auf Stillleben, sage ich!« Wieder ein grölendes Lachen.

Fulminacci nahm den betonten Pessimismus seines Kollegen nicht mehr so ernst. Sie stritten sich über diese Fragen schon, seit sie sich vor zwei Jahren kennengelernt hatten, und trotz nächtelanger Diskussionen zeigte sich keiner von beiden bereit, einen Schritt von seinen Überzeugungen abzuweichen. Dennoch war Valocchi ein guter Freund, ein Habenichts wie er, und obwohl ihre Meinungen über Kunst so stark auseinandergingen, hatten sie sich in schwierigen Zeiten stets gegenseitig geholfen.

Bald schnitten sie erfreulichere Gesprächsthemen an: die Frauen, das Glücksspiel, den neuesten Klatsch, und so verging der Nachmittag auf angenehmste Weise bei dem einen oder anderen Glas Wein und so mancher pikanten Anekdote. Ohne dass sie es merkten, wurde es Abend.

Während einer der seltenen Unterbrechungen ihrer wortreichen Plauderei erkannte Fulminacci schließlich, dass die Dämmerung heraufzog und es spät geworden war.

Sich nach Sonnenuntergang auf den Heimweg zu machen war nicht ratsam, denn Trupps von Wachen patrouillierten die ganze Nacht durch das Viertel – offiziell, um die öffentliche Ordnung aufrechtzuerhalten, Schlägereien aufzulösen und Übeltäter abzuschrecken. Häufig jedoch hielten die Schergen unter dem Vorwand einer Kontrolle harmlose Unglücksraben an, die ihren Weg kreuzten, und missbrauchten ihre Macht, um sie auszurauben. Mit dem kostbaren Schmuckstück im Beutel wollte Fulminacci dieses Risiko nicht eingehen.

Hastig verabschiedete er sich von Valocchi, der ihn zur Tür begleitete, ohne seinen Wortschwall zu unterbrechen, und ihn noch überreden wollte, zum Abendessen zu bleiben.

Es dauerte ein Weilchen, bis Fulminacci ihn so weit hatte, dass er ihn nach Hause gehen ließ. Da er ihm nicht die Wahrheit sagen konnte, erfand er eine komplizierte Geschichte über ein

Stelldichein mit einem Dienstmädchen, dessen weibliche Reize er ausführlich beschrieb.

Als er endlich auf die Straße trat, herrschte schon tiefe Dämmerung.

Nach diesem weinseligen Nachmittag war er ziemlich beschwipst, wenn auch weniger als Valocchi, und schlug unsicheren Schritts und leicht torkelnd den Nachhauseweg ein, wobei er sich wiederholt umsah, um sicherzugehen, dass sich keine Wachen in der Nähe aufhielten.

Als er seine Haustür erreichte, war es fast vollständig dunkel, und nur der schwache Schein einer Lampe am Fenster der Erdgeschosswohnung beleuchtete die schmale Gasse.

Der Maler wollte gerade die Treppe hinaufgehen, da spürte er plötzlich einen Stoß an der Schulter. Instinktiv warf er sich zur Seite und wich so seinem Angreifer aus, doch als er sich umdrehte, sah er das Aufblitzen einer gegen seine Halsschlagader geführten Klinge.

Indem er seinen schweren Umhang als Schild benutzte, entzog er sich dem Degenstoß und konnte sein Kurzschwert zücken, mit dem er zum Gegenangriff überging. Er traf sein Ziel zwar nicht, doch der Schlag genügte, um sich den Feind vorerst vom Leib zu halten.

In der dunklen Hausnische, in der er beinahe blind gegen den Unbekannten focht, tauchte plötzlich eine zweite Gestalt auf, die ihn ebenfalls angriff. Zum Glück war der Eingang des alten Hauses sehr eng, sodass Fulminacci nicht von zwei Seiten attackiert werden konnte. Zugleich aber stand auch ihm selbst nur wenig Spielraum zur Verfügung, und er schaffte es nicht, seinen Degen zu ziehen.

Er benutzte seinen Körper als Rammbock und stürzte hinaus auf die Gasse, wo er endlich seinen Degen zücken konnte und auf die beiden Meuchelmörder losging.

Als regelmäßiger Besucher von Tavernen, Bordellen und ähnlich verrufenen Orten war der Maler nicht unerfahren im Gebrauch der Waffen, und er verfügte über ansehnliche Körperkräfte.

Mit dem langen Degen teilte er heftige Hiebe aus und parierte die feindlichen Stöße mit dem Kurzschwert, bis es ihm gelang, einen der Angreifer zu verletzen. Der zog sich fluchend zurück und bediente sich dabei einer Sprache, die Fulminacci nicht verstand. Nun, da es Mann gegen Mann ging, war er sicher, die Oberhand gewinnen zu können, und stürzte sich mit wirbelnden Klingen auf den Fremden, wobei er abwechselnd mit dem Degen und dem Kurzschwert angriff. Sein Gegner war bald im Nachteil und musste vor der Wucht seiner Attacken zurückweichen. Als er mit dem Rücken zur Wand stand, schleuderte er seine Waffe auf Fulminacci, der von dieser unerwarteten Reaktion überrascht wurde und zwei Schritte zurück machte. Das verschaffte dem gedungenen Mörder Zeit, ein Messer aus dem Gürtel zu ziehen und es ebenfalls auf ihn zu werfen. Um nicht getroffen zu werden, musste Fulminacci sich bücken, und das gab den beiden Komplizen Gelegenheit, die Flucht zu ergreifen und in der Gasse zu verschwinden.

Fulminacci folgte ihnen bis zu der Stelle, wo die kleine Gasse in eine größere Straße mündete, doch dann gab er auf. Er war müde, immer noch ein bisschen betrunken und außerdem leicht verletzt.

Keuchend lehnte er sich an eine Mauer und blickte den beiden Gestalten nach, die mit der Dunkelheit verschmolzen. Obwohl er nicht viel erkennen konnte, hatte er den Eindruck, dass sie ärmliche Kleidung trugen, geflickte Mäntel und durchgelaufene Schuhe, die ihnen das typische Aussehen der vielen Bettler auf den Straßen und Plätzen Roms verliehen. Er hatte allerdings noch nie gehört, dass die Bettler sich neben ihren üblichen Geschäften auch mit Raub und Mord beschäftigten, obwohl man in einer Stadt wie Rom mit allem rechnen musste.

Fulminacci konnte sich nicht weiter in diese Überlegungen vertiefen, denn seine Wunden, so oberflächlich sie waren, brannten höllisch. Er musste eine Möglichkeit finden, sie zu behandeln, bevor sie sich entzündeten.

Außerdem musste er einen anderen Schlafplatz für die Nacht finden. Seine eigene Unterkunft erschien ihm nicht länger sicher.

Er beschloss, sich einen Zufluchtsort zu suchen, an dem er bleiben konnte, bis er den Grund für diesen Überfall herausgefunden und dafür gesorgt hatte, dass sich so etwas nicht wiederholte.

Vorsichtig trat er aus der Gasse und ging auf das Tiberufer zu, wo er bei Beatrice unterzukommen hoffte, einer guten Freundin, die ihn schon mehr als einmal aufgenommen hatte, auch mitten in der Nacht.

Beatrice wohnte in einer elenden Hütte direkt hinter der Uferbefestigung, wo sie sich ihren Lebensunterhalt als Wahrsagerin, Kartenlegerin und Heilerin verdiente. Viele hielten sie für ein bisschen verrückt, andere sogar für eine Hexe, aber Fulminacci hatte bei der treuen Freundin immer eine Schulter gefunden, an der er sich ausweinen und sein Schicksal als unverstandener, mittelloser Künstler beklagen konnte.

Er bewegte sich achtsam durch die stillen Gassen und mied die großen Straßen. Zweimal war er gezwungen, sich in einen Hauseingang zu flüchten, um den Wachen auszuweichen. Auf diese Weise musste er Umwege gehen und konnte nicht die kürzeste Strecke nehmen.

Als er bei Beatrice ankam, war es schon tiefe Nacht.

Trotz der späten Stunde öffnete sie sofort auf sein Klopfen und ließ ihn wortlos ein, als hätte sie bereits geahnt, dass er in Schwierigkeiten steckte.

Mit einem dankbaren Lächeln betrat der Maler ihre Wohnung. Der Raum war dunkel und verraucht und mit allen möglichen Gegenständen vollgestopft. Dicke Kräuterbündel hingen zum Trocknen an den geschwärzten Balken der niedrigen Decke, und mehrere Katzen schlichen herum, beschäftigt mit ihren rätselhaften Angelegenheiten.

Beatrice bot ihm einen Schemel an, und nachdem er seinen Umhang und den Rock abgelegt hatte, verarztete sie seine Wunden, wozu sie sich einer wenig vertrauenerweckenden Salbe bediente. Das Mittel war ölig und stank, linderte aber in kürzester Zeit das Brennen. Anschließend verband sie die Schnitte mit langen, dünnen Baumwollstreifen und befestigte die Enden mit Stecknadeln.

»Nichts Ernstes«, bemerkte sie, als sie fertig war. »In ein paar Tagen bist du wie neu. Was war los, wieder eine Tavernenkeilerei?«

Der Maler schüttelte den Kopf und sah sie an. Das schwache Licht und die dichte kupferrote Haarflut, die ihr Gesicht umrahmte, machten es schwierig, ihre Miene zu deuten. Doch Fulminacci kannte sie gut genug, um zu wissen, dass ein sarkastisches Lächeln um ihren Mund spielte.

»Nein«, sagte er. »Keine Rauferei und kein Glücksspiel diesmal. Mir ist etwas Merkwürdiges passiert, etwas ziemlich Beunruhigendes. Hör zu.«

Er erzählte Beatrice von den Vorfällen des Tages, erwähnte aber sicherheitshalber den Bernsteinanhänger nicht. Wenn es um einen Haufen Geld ging, konnte man nie vorsichtig genug sein. Zwar misstraute er ihr nicht, aber es war immer besser, die Begierde anderer nicht unnötig zu wecken.

»Ach was«, sagte die junge Frau, als er geendet hatte. »Ich glaube nicht, dass Romoletto die beiden Mörder gedungen hat. Ich kenne ihn gut, zu so etwas wäre er nicht fähig. Außerdem, warum sollte er den Mann umbringen lassen, den er zu seinem Schwiegersohn machen will? Er hätte dir höchstens, und dazu muss ich meine Fantasie schon sehr anstrengen, ein paar halb betrunkene Fuhrknechte auf den Hals hetzen können, um dir eine schöne Abreibung verpassen zu lassen. Aber jemanden bezahlen, damit er dich absticht? Niemals. Abgesehen von der Sache mit Rosetta schuldest du ihm doch auch einen Haufen Geld, soweit ich weiß – wenn du tot wärst, könnte er das vergessen.«

»Dann bleibt nur noch Scanna übrig«, seufzte der Maler. »Gestern Abend habe ich wieder beim Kartenspiel gegen ihn und seine Spießgesellen verloren. Ich glaube, ich schulde ihm mittlerweile dreißig Scudi. Und er hat mich früher schon einmal bedroht, erinnerst du dich?«

Beatrice blieb skeptisch. »Das würde mich wundern. Dieser

Scanna ist trotz seines schurkischen Namens nur ein kleiner Gauner. Ein Zuhälter, ein Betrüger, ein Falschspieler. Solche Leute bedienen sich anderer Mittel. Hast du immer noch nicht kapiert, dass er und seine Bande dich als eine sichere Geldquelle für die Zukunft betrachten? Solange du beharrlich weiter mit ihnen und ihren gezinkten Karten spielst, werden sie sich hüten, dir ein Haar zu krümmen. Nein, es muss etwas anderes dahinterstecken. Du sagst, die beiden Kerle sahen wie Bettler aus?«

»Na ja, es war dunkel«, antwortete der Maler, »und sie wollten mich umbringen. Aber sie wirkten wie Bettler auf mich, wie die, die man am Campo dei Fiori sieht.«

»Auch das ist höchst seltsam. Du weißt das vielleicht nicht, weil es in deiner Heimat anders ist, aber hier in Rom sind die Bettler in sogenannten Gilden organisiert. Sie arbeiten ähnlich wie die Zünfte, mit einer Rangordnung und allem Drum und Dran. Diese Gilden treffen oft Übereinkünfte mit der Obrigkeit. Jede hat so ihre Spezialität: Verkauf von falschen Reliquien, Bettelei vor den Kirchen und anderes mehr. Es kommt mir unwahrscheinlich vor, dass ein paar von ihren Mitgliedern plötzlich eingefallen sein soll, ihre Einkünfte mit bezahlten Morden aufzubessern. Die Anführer der Bruderschaften würden sofort davon erfahren. Diese Anführer wachen nämlich streng darüber, dass die Abmachungen nicht verletzt werden, um Ärger mit den Sbirren zu vermeiden. Wer die Regeln bricht, nimmt ein böses Ende, das kannst du mir glauben. Nein, das passt einfach nicht zusammen. Die beiden Meuchelmörder hatten sich vielleicht als Bettler verkleidet, aber sie gehören gewiss keiner der römischen Bruderschaften an. So, jetzt gehst du aber besser schlafen, du siehst erschöpft aus. Im Nebenzimmer steht wie immer das Feldbett bereit.«

Kapitel VIII

Fulminacci erwachte kurz nach Sonnenaufgang vom Geläut der nahen Pfarrkirche.

Er brauchte einen Moment, um sich daran zu erinnern, wo er war. Die Ereignisse des vergangenen Tages tauchten nur verschwommen wie ein unangenehmer Traum wieder auf.

Er erhob sich von dem schmalen Bett und merkte, dass ihm alles wehtat. Die Verletzungen an den Armen brannten noch immer ein bisschen, aber vor allem fühlten sich seine Muskeln steif und schmerzend an. Er schüttelte den Kopf, um die Nebel des Schlafs zu vertreiben, kleidete sich schnell an und ging in das andere Zimmer, wo Beatrice schon an einem runden Tischchen saß und Karten auf der rissigen, unebenen Holzplatte verteilte.

»Ich lege dir die Karten«, verkündete sie.

Fulminacci war verblüfft über die scharfen Sinne seiner Freundin. Obwohl er kaum ein Geräusch gemacht hatte und sie ihm den Rücken zukehrte, hatte sie seine Anwesenheit sofort bemerkt.

»Die Botschaft ist nicht sehr klar, es gibt ein paar veränderliche Größen, die schwer zu deuten sind. Aber du solltest dich vor einem gefährlichen Tier hüten. Einem kleinen, aber tödlichen Tier. Falls dich das interessiert, da du ja gewöhnlich auf nichts und niemanden hörst.«

Fulminacci beeilte sich, die erforderlichen Beschwörungen zu murmeln, um mögliches Unglück abzuwenden.

»Ich habe noch mal über das nachgedacht, was du mir gestern Nacht erzählt hast, aber ich bin ratloser als je zuvor. Vielleicht ist es am besten, wenn du zum Campo dei Fiori gehst und mit Giovanni da Camerino sprichst. Das ist das Oberhaupt der Compagnia degli Sbasiti, einer der Bettlerbruderschaften, die ich erwähnt habe. Ich kenne ihn gut, er ist ein anständiger Mann. Wenn jemand etwas über deine seltsamen bewaffneten Bettler weiß, dann er. Du findest ihn vor dem Brunnen.«

»Wie soll ich ihn erkennen? Am Campo dei Fiori ist immer ein Riesengetümmel.«

»Er ist um die sechzig und hat ein rundes, wohlgenährtes Gesicht. Aber keine Sorge, der Brunnen ist sein Kommandoposten, von dem er sich tagsüber nur selten entfernt. Du wirst ihn leicht finden.«

»Kann ich heute Nacht wieder bei dir schlafen? Ich habe Bedenken, nach Hause zu gehen.«

»Natürlich, komm her, solange du willst.«

»Gut, dann geh ich jetzt zum Campo dei Fiori. Und Beatrice …«

Die Wahrsagerin hob den Blick von den Karten.

»Danke für alles.«

»Ich bitte dich, mach ich doch gern.«

Der Maler warf seinen Umhang über, setzte den großen Hut auf und ging am Tiberufer entlang.

Auf dem Campo dei Fiori hatte sich eine große Menschenmenge versammelt, um der Hinrichtung eines verurteilten Straßenräubers beizuwohnen. Solche öffentlichen Exekutionen waren stets eine Attraktion für die kleinen Leute, denn sie boten Unterhaltung und eine gute Gelegenheit zum Geschäftemachen für die zahlreichen Straßenhändler, die Essen, Getränke, Amulette, Wundermittel, falsche Reliquien und sonstige Devotionalien verkauften.

Fulminacci folgte Beatrices Anweisungen und kämpfte sich bis zum Brunnen durch, wo er diesen Giovanni, das Oberhaupt der Bettlerbruderschaft, finden sollte.

Tatsächlich hatte er keine Schwierigkeiten, den Mann zu erkennen. Er stand aufrecht neben dem dünnen Wasserstrahl und sah sich mit dem aufmerksamen Blick und der Miene eines Admirals um, der vom Deck eines Schiffs aus die Manöver seiner Flotte in einer Seeschlacht verfolgt.

Fulminacci stellte sich vor und legte ihm sein Problem dar, wobei er mehrfach seine Freundschaft mit Beatrice betonte.

»Hm, das ist allerdings eine merkwürdige Sache«, sagte Giovanni. »Bist du wirklich sicher, dass es Bettler waren?«

»Das hat mich Beatrice auch gefragt«, antwortete der Maler, »und, ehrlich gesagt, kann ich es nicht beschwören. Es war dunkel, und sie gingen zu zweit auf mich los. Trotzdem hatte ich den Eindruck, dass es sich um Bettler handelte. Sie sahen zumindest so aus.«

»Also, wie dir Beatrice vielleicht schon erklärt hat, sind wir Bettler hier in Gilden organisiert. Jede hat ihre eigene Spezialität und vor allem ihr eigenes, abgegrenztes Gebiet. Ist ja wohl klar, dass bei so großen Gemeinschaften nicht jeder machen kann, was er will. Wir zum Beispiel haben schon vor vielen Jahren ein Abkommen mit den Sbirren getroffen, damit wir uns nicht gegenseitig auf die Füße treten. Wer sich nicht daran hält, wird bestraft, sonst kriegen wir die reinste Anarchie, verstehst du? Gewaltanwendung ist verboten. Hier in Rom gibt es vierzehn Bettlergilden, und jede hat Hunderte von Mitgliedern. Wenn auch nur ein paar davon plötzlich herumlaufen und Leute angreifen würden, wäre der Teufel los, das kannst du dir vorstellen. Die Schergen würden im Nu über uns herfallen, und wir würden alle in der Engelsburg landen und dasselbe Ende nehmen wie dieser arme Hund, den sie gleich auf das Schafott führen werden. Man muss immer auf der Hut sein. Wir dürfen es auch mit kleinen Diebstählen und der Beutelschneiderei nicht übertreiben, ganz zu schweigen von brutalen Überfällen. Und die, die dich um die Ecke bringen wollten, hatten sogar Degen, wie du sagst. Du musst bedenken, wer sich als Bettler durchschlägt, macht das, weil er arm und verzweifelt ist, weil er keine andere Wahl hat. Man kann nicht einfach irgendeinem armen Teufel eine Waffe in die Hand drücken. Wie lange hast du üben müssen, um ein guter Fechter zu werden?«

»Viele Jahre«, antwortete der Maler, »und man hört nie auf zu lernen.«

»Siehst du, das meine ich. Guck dir mal meine Männer da an –

was glaubst du, wie viele von denen in der Lage wären, einen Degen auch nur zu halten? Das ist doch ein schlechter Witz. Andererseits treiben sich in letzter Zeit eine Menge seltsamer Gestalten in Rom herum. Da ist etwas im Busch, ich weiß nur noch nicht, was. Spione, Geheimagenten, vielleicht auch gedungene Mörder, übles Gelichter aus halb Europa. Es ist nicht ausgeschlossen, dass der eine oder andere von ihnen sich als Bettler verkleidet hat, um unter diesem Deckmantel sein Unwesen treiben zu können. Mein Gott, sieh dich bloß um: Ganz Rom scheint eine Bettlerstadt zu sein!«

»Eine große Hilfe bist du mir ja nicht.«

Giovanni grinste und klopfte ihm auf die Schulter.

»Im Namen meiner alten Freundschaft mit Beatrice verspreche ich dir, mich umzuhören. Ich werde meine Männer ausschicken, und wenn es etwas zu erfahren gibt, wirst du es erfahren, keine Sorge. Inzwischen solltest du dich nach Sonnenuntergang nicht mehr auf der Straße blicken lassen. Die haben es einmal versucht und werden es wieder versuchen, wer sie auch sind. Und sprich mit niemandem darüber, vor allem nicht mit Bettlern, falls du welche kennst. Nicht alle Gilden haben einen so guten Ruf wie die, die zu leiten ich die Ehre habe. Die von Santa Elisabetta zum Beispiel sind Spitzel der Sbirren. Und sie sind nicht die einzigen.«

In diesem Moment teilte sich die Menge unter dem Schafott, und ein von zwei Maultieren gezogener Karren, auf dem der Verurteilte stand, rollte auf den Platz.

»Siehst du den dort?«, fragte Giovanni laut, um den Lärm, der sich erhoben hatte, zu übertönen. »Das ist Zennaro, der Bandit. Sie haben ihn vor ein paar Wochen auf der Straße nach Gaeta geschnappt. Die Schergen mussten eine regelrechte Schlacht beginnen, um ihn zu fassen. Sie hatten Glück, dass er von einem Büchsenschuss getroffen wurde, sonst wäre er ihnen wieder entwischt. Er hat fast sechs Jahre lang Furcht und Schrecken im Umland verbreitet, und jetzt ist es mit ihm vorbei.«

Der Karren setzte seinen Weg zwischen den beiden Hälften

der lärmenden Masse fort. Die Römer warfen dem Verurteilten obszöne Scherze und Schmährufe an den Kopf, und dieser zeigte sich keineswegs furchterstarrt angesichts des bevorstehenden Todes, sondern zahlte es ihnen schlagfertig mit gleicher Münze zurück.

»Kaltblütig ist er ja, das muss man ihm lassen«, bemerkte Fulminacci.

»Ja, keine Frage«, antwortete Giovanni. »Er ist zwar ein Verbrecher und Mörder, aber Mut hat er. Allerdings haben sie ihn gewiss eine halbe Flasche Grappa trinken lassen, ehe sie ihn auf den Platz brachten. Der Papstkönig legt Wert darauf, dass seine Hinrichtungen ein gutes Schauspiel für das Volk abgeben. Es ist nämlich schon passiert, dass die Wachen wimmernde und vor Angst bereits halb tote Verurteilte aufs Schafott schleifen mussten, und so etwas kommt bei den Leuten gar nicht gut an. Deshalb geben sie ihnen jetzt immer ordentlich zu trinken, ehe sie vor den Henker geführt werden. Klar, wenn einer von vornherein keinen Mut hat, macht ihm auch der Grappa keinen. Aber er hilft, so oder so. Und die Geschäfte laufen besser, muss ich sagen.«

Vor dem Schafott hielt der Karren an. Zennaro, dessen Hände auf dem Rücken gefesselt waren, stieg mithilfe der Wachen herunter und ging ohne weitere Aufforderung die sechs Stufen zum Richtblock hinauf.

Ein Dominikanerpater kam mit einem Kreuz in der Hand auf ihn zu, um ihm den letzten geistlichen Trost zu spenden, doch der Räuber stieß den Pater mit einem Fluch von sich, worauf die Menge mit begeisterter Zustimmung reagierte.

»Henker«, schrie Zennaro mit dröhnender Stimme und breitem römischem Akzent, »wo bist du?«

Ein Mann mit schwarzer Kapuze über dem Kopf baute sich vor ihm auf.

»Tu deine Arbeit und schlag gut zu, wenn's geht. Aber vorher lass mich noch zwei Worte an dieses freundliche Publikum richten. Liebe Christen! Ihr seid hierher zu diesem öffentlichen Platz gekommen, um mich sterben zu sehen, aber ich habe nichts für euch übrig. Ich habe gelebt wie ein Mann und werde bei Gott auch sterben wie ein Mann. Ihr dagegen seid wie die Schafe und werdet sterben wie die Schafe. Ob es durch Hunger, Pest oder das Tertianafieber ist, was macht das schon für einen Unterschied? Man klagt mich an, einen Haufen Leute ausgeraubt zu haben, und das stimmt, bei der Madonna! Ich habe es mit offenem Visier und der Flinte in der Hand getan, und ich bereue nichts. Aber die Fürsten und der Papst, was machen die anderes als ich? Denkt darüber nach, Leute, überlegt, wer der größere Verbrecher ist. So, ich bin fertig, Henker. Du kannst dir jetzt deine Brötchen verdienen.«

Man ließ den Verurteilten vor dem Richtblock niederknien und drehte seinen Kopf in die richtige Position. Der Henker hob das Beil. Plötzlich verstummte das Stimmengewirr. Alle hielten den Atem an und warteten auf den tödlichen Hieb.

Endlich fiel das Beil. Der säuberlich abgetrennte Kopf rollte in den groben Strohkorb unter dem Richtblock, und Blut spritzte in hohem Bogen über die ersten Zuschauerreihen.

Die Hinrichtung wurde von einem Aufschrei erregten Entsetzens begleitet, der sich zu Raserei steigerte, als der Henker den abgeschlagenen Kopf aus dem Korb hob und der Menge zeigte.

Das Geschrei hielt noch ein paar Minuten an, dann legte sich die Aufregung allmählich, und die Zuschauer zerstreuten sich.

Während die Leute davonströmten, ertönte auf einmal ein Schrei vom anderen Ende des Platzes her. Die Menschenmenge wogte wie hohes Gras im Wind, und alle fragten laut, was passiert sei.

Auch Fulminacci schob sich in die Richtung, aus der die Schreckensrufe zu kommen schienen.

Nach und nach, indem er hier ein Wort und da einen halben Satz aufschnappte, erfuhr er, dass ein weiterer Geistlicher ermordet aufgefunden worden war, und zwar in der Kirche Santa Maria dell'Anima, in der Nähe der Piazza Navona.

Er ließ sich von der murmelnden Menge mitziehen und erreichte die große Piazza, wo er sich mit Ellbogengewalt einen

Weg durch das Gewühl bahnte, bis er die Fassade der Kirche sehen konnte, doch danach kam er keinen Schritt weiter.

Ein Kordon von Soldaten in der Uniform der pästlichen Wache sperrte den Kirchplatz ab und hielt die Neugierigen mit Piken auf Abstand.

Kapitel IX

In der Kirche war es feucht und kalt, aber Kardinal Azzolini hätte nicht sagen können, ob der eisige Schauder, der ihn überlief, von der Temperatur herrührte oder von der schrecklichen Szene, der er beiwohnen musste.

Als sein Blick sich wieder auf die leblose Gestalt richtete, die auf dem spiegelblanken Marmorboden lag, durchfuhr ein starkes Zittern seine Hände. Er verschränkte die Arme vor der Brust, damit dieses Zeichen von Schwäche nicht von den Umstehenden bemerkt wurde, die allerdings nicht weniger erschüttert wirkten als er.

Die Leiche von Pater Leopoldo Klamm lag in einer Seitenkapelle vor dem Altar inmitten einer großen Blutlache. Die Arme waren seitlich ausgebreitet, sodass der Körper eine Kreuzform bildete, während der abgetrennte Kopf ein paar Meter weit weggerollt war und mit toten Augen an die prächtig verzierte Decke starrte.

Die Kutte des Mönchs war bis zur Brust hochgeschoben worden, um die nackten, gespreizten Beine zu entblößen.

Der Kardinal musste sich zwingen, alles genau zu betrachten, und es fiel ihm schwer, angesichts dieses makabren Schauspiels seinen gewohnten Gleichmut vorzutäuschen.

Ein Offizier der päpstlichen Garde näherte sich ihm und führte einen betagten Mann am Arm, dessen wirrer Blick und bebende Glieder erkennen ließen, dass er einem Nervenzusammenbruch nahe war.

Azzolini wandte sich ihnen zu und sah den Offizier fragend an.

»Eminenz«, flüsterte der Soldat, »dieser Mann ist der Küster der Kirche. Er hat die Leiche gefunden.«

Der Kardinal musterte den Mann einen Augenblick und sprach dann freundlich zu ihm, um ihn zu beruhigen.

»Redet frei heraus, guter Mann. Berichtet, woran Ihr Euch erinnert.«

»Pater… Pater Klamm pflegte jeden Morgen, noch vor Sonnenaufgang, hierherzukommen und sich im Gebet zu sammeln…« Der Mann unterbrach sich und wurde von einem unkontrollierbaren Gliederzucken geschüttelt.

»Fahrt fort, ich bitte Euch«, ermutigte ihn der Kardinal. »Habt keine Angst, Ihr seid hier unter Freunden und habt nichts zu befürchten.«

»Auch heute Morgen traf Pater Klamm wie gewöhnlich noch vor der Morgendämmerung ein und kniete vor den Altar nieder. Er betete immer dort. Ich… Ich bin meinen üblichen Aufgaben nachgegangen, habe das Kirchenschiff gefegt und bin dann in die Sakristei gegangen, um die Paramente für die Morgenmesse vorzubereiten. Als ich zurückgekommen bin, habe ich… das hier vorgefunden.«

Der Küster brach in Tränen aus und musste von dem Offizier gestützt werden.

Azzolini wartete, bis der Ärmste sich ein wenig gefangen hatte, und nahm dann die Befragung wieder auf.

»Habt Ihr nichts Verdächtiges gesehen oder gehört?«

»Nein, Euer Eminenz… Ich war wie gesagt in der Sakristei. Ich habe nichts gehört, und als ich in die Kirche zurückkam, war dort niemand.«

»Seid Ihr ganz sicher?«, hakte der Kardinal nach. »Strengt Euer Gedächtnis an, versucht Euch zu erinnern.«

Doch der Mann schüttelte nur den Kopf und legte die Hände vors Gesicht.

»Ich glaube, es ist zwecklos, weiter in ihn zu dringen, Capitano. Lasst ihn in die Sakristei führen und gebt ihm ein wenig Wein zu trinken. Wir versuchen es noch einmal, wenn er sich beruhigt hat.«

Der Capitano übergab den armen Alten einem der Gardesoldaten.

»Habt Ihr die Leiche untersucht?«, fragte der Kardinal, als der

Küster fort war. »Habt Ihr eine Vorstellung, was die Tatwaffe gewesen sein könnte?«

»Zweifellos ein äußerst scharfes Schwert«, antwortete der Offizier. »Der Kopf ist mit einem einzigen Schlag abgetrennt worden. Der Hals weist einen glatten Schnitt auf.«

»Das ist die Hand des Teufels! Die Hand Satans!«

Eine weitere Person hatte sich dem Tatort genähert, die in eine lange weiße Kutte und einen schwarzen Umhang mit Kapuze gehüllt war.

»Pater Muti«, sprach Azzolini ihn an, »ich dachte, die heilige Inquisition hätte zu viel damit zu tun, die Reinheit des Glaubens zu wahren, um sich mit gemeinen Verbrechen abzugeben.«

»Nicht wenn man hinter diesen Verbrechen das Wirken des Bösen in Person erkennt! Satan streift ungehindert durch die Straßen Roms, und es ist entschlossenes Handeln nötig, um die Bedrohung abzuwehren. Drastische Maßnahmen müssen ergriffen werden. Diese Stadt ist zu einem Schlupfwinkel für Hexen und Teufelsanbeter verkommen, die sich des Nachts versammeln, um ihre abscheulichen Riten abzuhalten. Die Faust der heiligen Mutter Kirche muss unversöhnlich auf diese Vipernnester niedergehen, um das Böse zu vertreiben und wieder Gottesfurcht in die heilige Stadt zurückzubringen!«

Azzolini ächzte ungehalten über die Tirade des Dominikaners. Als genügten diese beiden brutalen Morde nicht, musste er sich jetzt auch noch mit dem blinden Fanatismus dieses Muti auseinandersetzen, des ausführenden Arms der heiligen Inquisition. Azzolini war ein Mann der Kirche, aber vor allem auch ein erfahrener Politiker; er lenkte die Geschicke der katholischen Kirche in einer schwierigen Zeit, in der Europa von antipäpstlichen Bewegungen erschüttert wurde und das Ansehen des Stellvertreters Christi untergraben und geschwächt schien. Was die Kirche in dieser Situation überhaupt nicht gebrauchen konnte, war eine Hexenjagd im großen Stil, eine Welle der Rückschrittlichkeit, die letztendlich nur die ohnehin schon angeschlagene Stellung des Papsttums gefährden würde.

Ein großer Teil Nordeuropas befand sich inzwischen in den Händen der Lutheraner. Der König von Frankreich hatte sich zwar zum Verteidiger des Glaubens erklärt, zeigte sich aber immer weniger bereit, den legitimen Ansprüchen des Papstes Genüge zu tun, während das spanische Reich mit dem Niedergang kämpfte, ohne dass ein Ende abzusehen war.

Der Kardinal war versucht, dem Inquisitor eine scharfe Antwort zu geben, und musste seine ganze Beherrschung aufbieten, um ruhig zu bleiben.

»Mir scheint, Ihr zieht da voreilige Schlüsse, Pater Muti. Es gibt keinen Hinweis auf ein direktes Einwirken des Teufels bei diesen Vorfällen. Im Gegenteil, ich bin davon überzeugt, dass nur allzu menschliche Ziele und Absichten hinter den Verbrechen stecken. Pater Stoltz war zwar eine Art Heiliger, aber das heißt noch lange nicht, dass es in seinem Leben keine Ereignisse und Verbindungen gab, die uns bislang unbekannt waren. Und was Monsignore Klamm angeht, so ist er erst vor wenigen Wochen in Rom eingetroffen. Niemand weiß etwas über ihn. Wir werden eine genaue Untersuchung durchführen und das Motiv hinter diesen Taten herausfinden, dessen könnt Ihr versichert sein. Vorausgesetzt natürlich, es existiert eine Verbindung zwischen den beiden Morden.«

»Die Getöteten waren beide Jesuiten«, entgegnete Bernardo Muti, »das kann kein Zufall sein. Es ist ein greifbarer Beweis dafür, dass der Teufel einen tödlichen Angriff auf das Herz der Kirche selbst, die Gesellschaft Jesu, führen will. Die Soldaten des auferstandenen Christus. Das Bollwerk des Glaubens. Wir dürfen keine Minute verlieren, denn jeder mit Erwägungen vergeudete Moment ist ein Vorteil für den Feind!«

»Eure Lobrede auf die Gesellschaft Jesu überrascht mich, muss ich gestehen«, sagte der Kardinal mit einem feinen Lächeln. »Ich wusste gar nicht, dass Dominikaner und Jesuiten nach zwei Jahrhunderten unerbittlichen Kampfes gegeneinander plötzlich einen Waffenstillstand ausgerufen haben. Im Übrigen möchte ich Euch bitten, mir Eure Angstmacherei und Weltuntergangsfantasien zu ersparen. Momentan ist es wichtiger denn je, Klugheit und Mäßigung an den Tag zu legen. Es liegt nicht im Interesse der Kirche, wenn sich die Ereignisse in der Hauptstadt in ganz Europa herumsprechen. Wie Ihr wisst, sind heikle diplomatische Verhandlungen im Gange, geheime Gespräche, die sich schon viel zu lange hinziehen und nun endlich kurz vor dem Abschluss stehen. Wir können es nicht riskieren, die Zukunft der römischen Kirche aufs Spiel zu setzen, indem wir zu einer planlosen Hexenjagd aufrufen. Abgesehen davon, dass wir, wie gesagt, nicht über genügend Beweismittel verfügen. Dennoch ermächtige ich Euch, Nachforschungen in der von Euch angedeuteten Richtung durchzuführen, allerdings mit der größten Vorsicht und Diskretion. Ihr dürft keine Mittel anwenden, die Unruhe in der Bevölkerung auslösen könnten. Ich hoffe, ich habe mich klar ausgedrückt.«

»Der Heilige Vater …«, wandte der Dominikaner ein.

»Der Heilige Vater hat bereits Kenntnis von den Vorfällen und ist genauso besorgt wie Ihr und ich. Er selbst war es, der Besonnenheit und Mäßigung empfohlen hat.«

Der Inquisitor beschränkte sich auf ein ärgerliches Kopfrucken und entschwand mit energischen Schritten zum Kirchenportal.

Kardinal Azzolini wusste sehr wohl, dass die Partie noch lange nicht entschieden war. Fürs Erste war es ihm gelungen, Bernardo Mutis fanatische Raserei unter Kontrolle zu bringen, aber das war nicht mehr als eine Verschnaufpause. Die heilige Inquisition würde bald einen neuen Anlauf nehmen und all ihre Hebel in den Fluren des Vatikans in Bewegung setzen, um die Ermittlungen an sich zu reißen.

Und falls die beiden Morde, wie Azzolini befürchtete, nur der Beginn einer langen Serie von Verbrechen waren, würde sich die Situation schnell zuspitzen. Noch ein Todesfall von dieser Tragweite würde dem Inquisitor weitere Munition liefern, und es würde immer schwieriger werden, die Angelegenheit unter Kontrolle zu halten.

Aus diesen und anderen Gründen musste der Fall so schnell wie möglich gelöst werden.

Aber wo sollte man anfangen?

Kapitel X

Fulminacci hielt sich immer noch vor der Kirche auf und suchte nach einer Möglichkeit, hineinzugelangen und einen Blick auf das Geschehen zu werfen.

Er drückte und schob, boxte und duckte sich, um durch den Kordon der Wachen vor dem Eingang hindurchzuschlüpfen, aber es hatte alles keinen Zweck. Die Absperrung war unüberwindlich.

Inmitten des lärmenden Volks, das die Kirche belagerte, kursierten die wildesten Gerüchte.

Man konnte sich nur leider nicht persönlich vom Wahrheitsgehalt dessen überzeugen, was die üblichen »wohlinformierten Kreise« verbreiteten, und auch die Wachen schienen nicht bereit, Einzelheiten herauszurücken, mit denen die Neugier der Wartenden befriedigt werden konnte.

Stumm und taub blickten sie zwei Handbreit über die Köpfe der Leute hinweg und hielten ihre Piken quer vor den Körper, um jeden Durchbruchsversuch zu vereiteln.

Fulminacci sah ein, dass es sinnlos wäre, länger zu verweilen, und beschloss, sich davonzumachen. Er würde den schönen, sonnigen Tag nutzen und zum Kapuzinerkloster von Santa Reparata spazieren, das vor der Stadtmauer an der Straße nach Viterbo lag.

Vor ein paar Monaten hatten die Mönche ein Fresko bei ihm bestellt, das die Kuppel der zum Kloster gehörigen Kapelle schmücken sollte. Froh, einen Auftrag erhalten zu haben, der seinen Ambitionen entsprach, hatte der Maler sich mit Schwung an die Arbeit gemacht und bald die Entwurfszeichnungen fertiggestellt, um sie dem Prior zur Begutachtung vorzulegen.

Nachdem er dessen Zustimmung erhalten hatte, wollte er mit der Wandmalerei beginnen, als auf einmal rechtliche Probleme zwischen dem Kloster und der Kurie aufgetaucht waren, was die Nutzung einiger Weiden in der Nähe der Abtei betraf.

Von heute auf morgen waren die Arbeiten in der Kapelle abgebrochen worden, weil man warten wollte, bis der Streit entschieden wäre und die Mönche die Gewissheit hätten, über genug finanzielle Mittel zu verfügen, um die Ausführung des Freskos bezahlen zu können.

Mit anderen Worten, sein übliches Pech.

Schon mehrmals hatte er beim Prior vorgesprochen, aber nur wohlfeile Segnungen, vage Versprechungen und nicht einen roten Heller erhalten.

Fulminacci machte sich ohne große Hoffnung auf den Weg, dass sich die Situation inzwischen geklärt haben könnte, aber da er gerade nichts Besseres zu tun hatte, war es immerhin den Versuch wert. Außerdem hielt er es in Anbetracht des Zwischenfalls von gestern Nacht für gesünder, das Stadtzentrum zu meiden, wie ihm auch Beatrice geraten hatte. Es war zwar unwahrscheinlich, dass die Schurken, die ihm aufgelauert hatten, einen Anschlag am hellen Tag unternehmen würden, aber man wusste schließlich nie. Solange er nicht den Grund kannte, weshalb ihm diese Kerle ans Leder wollten, konnte er auch keine Vermutungen darüber anstellen, wie viel sie riskieren würden, um ihr Ziel zu erreichen.

Sicherer war es jedenfalls, sich ein wenig dünne zu machen. Der Weg zum Kloster war zwar weit, aber nach Monaten der Kälte und des schlechten Wetters erschien ihm die Aussicht auf die liebliche römische Campagna in voller Frühlingsblüte verlockend genug.

Er schritt munter aus und blieb hin und wieder stehen, um ein paar schnelle Kohleskizzen von interessanten Ansichten zu zeichnen, die er später für seine Arbeit verwenden konnte.

In einer kleinen Osteria vor den Stadtmauern hatte er das Glück, einen Weißwein zu kosten, der dem Gaumen schmeichelte und sich sehr von den sauren, trüben Tropfen unterschied, die in den meisten Lokalen der Stadt serviert wurden, und das zu einem deutlich höheren Preis.

Daher war es ein fröhlicher und zuversichtlicher Maler, der kurz vor Mittag an die Klosterpforte klopfte, doch seine gute Laune schwand zusehends dahin, je länger er im Vorzimmer warten musste, bis der Prior ihn empfing.

»Mein Sohn«, begrüßte ihn der Kapuzinermönch, als er sich endlich herabließ, ihm Audienz zu gewähren, »wie schön, Euch zu sehen. Leider muss ich Euch mitteilen, dass die Lage nach wie vor unverändert ist. Die Rechtssache ruht in den Kammern der vatikanischen Bürokratie, und trotz aller Bemühungen sind uns im Moment die Hände gebunden. Ich bin aber voller Hoffnung, dass die Verhandlung bald in Gang kommen wird, da sich eine einflussreiche Persönlichkeit der Probleme des Klosters angenommen hat. Habt also Vertrauen und betet zu unserem Herrn, dass sein Wille stärker sein möge als die Trägheit der Menschen.«

»Vater«, antwortete der Maler, entschlossen, sich nicht schon wieder abwimmeln zu lassen, »ich verstehe Eure Zwangslage gut, aber ich bitte Euch, auch meine Sorgen zu verstehen. Bei der Anfertigung der Entwürfe ist mir eine Reihe von Kosten entstanden, die ich zumindest zum Teil wieder hereinbekommen muss. Seht her« – Fulminacci zeigte dem Prior ein Blatt Papier, auf dem die Ausgaben für die bereits geleistete Arbeit minutiös aufgelistet waren –, »drei Scudi für den Zeichenkarton, zwei Scudi und sechs Soldi für die Modelle, vier Scudi und fünf Soldi für die Pigmente. Dann sind da noch die Pinsel, die Kohlestifte, das Bleiweiß. Einen großen Teil der Materialien musste ich auf Kredit kaufen, und jetzt sind die Lieferanten hinter mir her wie die Stechmücken. Sie lassen mich nicht in Frieden. Wenn ich wenigstens einen Teil des Geldes bekommen könnte, wäre ich in der Lage, sie noch eine Weile hinzuhalten, in der Hoffnung, dass sich die Angelegenheit bald zum Guten wenden wird.«

»Ich habe volles Verständnis für Eure Schwierigkeiten, mein Sohn, und es schmerzt mich, Euch nicht entgegenkommen zu können. Die Prozesskosten wachsen in den Himmel, die Landpächter sind im Verzug mit dem Zehnten wegen des schlechten

Wetters, das wir hatten, und der Frost hat viele unserer Olivenbäume beschädigt. Im Moment sehe ich mich außerstande, Euch zu helfen. Aber betet, mein Sohn, betet inbrünstig und vertraut auf Gott den Herrn. Er wird für Euch sorgen, zweifelt nicht daran.«

Nach dieser neuerlichen Niederlage legte der Maler den Rückweg in beträchtlich trüberer Stimmung zurück. Er hatte zwar nicht viel erwartet, aber eine gesunde Skepsis war eine Sache, seine schlimmsten Befürchtungen so drastisch bestätigt zu sehen eine andere.

Eine zweite Rast bei der Osteria, die er auf dem Weg aus der Stadt durch einen glücklichen Zufall entdeckt hatte, besserte seine schlechte Stimmung nur teilweise. Ein Krug guten Weins und ein Teller dicke, wohlschmeckende Suppe hoben seine Moral ein wenig, wenn sie auch seinen Glauben an die Menschheit nicht ganz wiederherstellten.

Immerhin bewahrte er in dem Beutel an seinem Gürtel noch das Schmuckstück auf, das ihm am Vortag in Santa Maria Maggiore in die Hände gefallen war. Das Betasten des Steins gab ihm ein gutes Gefühl und beruhigte ihn, was die Sicherung seiner Existenz in nächster Zukunft betraf.

Als Nächstes würde er zu Pipernos Laden im Ghetto gehen, um zu sehen, ob er mit dem Juden ins Geschäft kommen konnte.

Von diesem Gedanken ermutigt beschleunigte er seine Schritte, damit er das Viertel von Sant'Angelo noch rechtzeitig erreichte. Bei Sonnenuntergang wurden die Tore des Ghettos geschlossen, und dann gab es keine Möglichkeit mehr, hinein- oder hinauszukommen.

Wenn er dazu bedachte, dass der Handel sich vermutlich in die Länge ziehen würde, musste er sich wirklich ranhalten.

Zwei Stunden vor Sonnenuntergang traf er am Ghetto ein. Selbst wenn Piperno sich noch eine Weile zierte, blieb ihm genug Zeit, um die Sache unter Dach und Fach zu bringen und noch vor Toresschluss wieder hinauszugelangen.

Doch die Eile ist meist eine schlechte Ratgeberin.

Weil er so begierig war, sein Ziel zu erreichen, achtete Fulminacci nicht besonders auf die Leute um ihn herum.

Hätte er nur ein bisschen mehr Vorsicht walten lassen, wäre ihm aufgefallen, dass die Gassen, die zu Pipernos Laden führten, ungewöhnlich leer waren und die wenigen Personen, die ihm begegneten, seltsam auf der Hut und gehetzt wirkten. Was allein schon verdächtig war in einer Stadt, in der es keiner je eilig zu haben schien.

So kam es, dass der Maler erst kurz vor der Pfandleihe die drei wenig vertrauenerweckenden Gestalten bemerkte, die vor der Tür herumlungerten.

Doch da war es schon zu spät. Die Männer hatten ihn entdeckt und kamen auf ihn zu. Sie hatten offenbar auf ihn gewartet.

Schlagartig begriff er, dass Pipernos ausweichendes Verhalten am Vortag nur eine Taktik gewesen war, um Zeit zu gewinnen und jemandem Bescheid zu geben, der ihn beauftragt hatte, nach dem Bernstein Ausschau zu halten. Der Anhänger war offenbar noch viel wertvoller, als er gedacht hatte.

Die Person, die ihn verloren hatte, hatte offenbar angenommen, dass der Finder versuchen würde, ihn im Ghetto zu versetzen. Sie hatte Boten zu allen Pfandleihen des Viertels geschickt und befohlen, sofort benachrichtigt zu werden, sobald jemand das Schmuckstück zum Verkauf anbot.

Im ersten Moment war der Maler versucht, es mit den Männern aufzunehmen, die sich ihm in drohender Haltung näherten, aber er machte sich klar, dass er es nicht mit einfachen Gaunern zu tun hatte. Die drei bewegten sich umsichtig und wussten offenbar genau, was zu tun war.

Während der eine direkt auf ihn zuging, verteilten die anderen beiden sich an den entgegengesetzten Seiten der Piazzetta, um ihm jeden Fluchtweg abzuschneiden.

Auf einem offenen Platz, ohne Möglichkeit, sich den Rücken freizuhalten, konnte er unmöglich drei bewaffneten und zu allem entschlossenen Männern standhalten. Er musste die Flucht ergreifen, auch wenn es ihm überhaupt nicht behagte, seinen Gegnern den Rücken zuzukehren. Er war schon fast umzingelt und hatte nur noch wenig Zeit für eine Entscheidung, ehe er in der Falle saß und sich auf einen aussichtslosen Kampf einlassen musste.

Mit einem plötzlichen Ausfallschritt stürzte sich Fulminacci auf den Angreifer, der ihm am nächsten stand und sich auf die rechte Seite des Platzes zubewegte. Sein Plan war es, zum Fluss zu entkommen. Falls es ihm gelang, die Brücke zu überqueren und Trastevere zu erreichen, das er wie seine Westentasche kannte, konnte er seine Verfolger dort abschütteln und vielleicht sogar auf die Hilfe eines Freundes zählen.

Der Schurke wirkte überrascht von diesem plötzlichen Angriff, denn er zog seine Waffe nicht schnell genug. Fulminacci riss ihn um und rannte in eine Gasse hinein, die direkt zur Ponte Fabricio führte.

Das war fast zu einfach gewesen – und tatsächlich, so blieb es nicht.

Am Ende der Gasse wartete ein weiterer Mann, der kampfbereit sein Schwert zog, als er den Maler auf sich zulaufen sah.

Er hatte sich in die Falle locken lassen wie ein Grünschnabel.

Hinter sich hörte er zwei Verfolger, und der Kerl vor ihm würde ihn so lange beschäftigen, bis die Verstärkung da war.

Ihm blieb keine Zeit zum Nachdenken.

Er warf sich nach links, hielt sich an einem Vorsprung fest und erklomm mit einem einzigen Satz eine Einfriedungsmauer, die einen kleinen Privatgarten schützte.

Von der Mauer sprang er in den mit hüfthohem Gras bewachsenen Garten, bahnte sich einen Weg durch das Gestrüpp und drang in das verfallene Haus ein, das sich hinter der Grünfläche erhob.

Das Haus war offensichtlich schon lange nicht mehr bewohnt. Überall wuchs Unkraut, und die abgebröckelten Mauern waren mit Kletterpflanzen überwuchert, die sich unkontrolliert ausgebreitet hatten und teilweise schon die Fenster und die Haustür verdeckten.

Fulminacci stürzte mit voller Wucht hinein, auch auf die Gefahr hin, sich in der Wand aus Efeu und Winden zu verfangen.

Drinnen durchquerte er schnell die Zimmer und riss in seinem Ungestüm und seiner Verzweiflung die Überreste der Türen ein, die bei dem Zusammenstoß buchstäblich zu Staub zerfielen.

Kurz darauf, nachdem er auch die Eingangstür auf der anderen Seite des Hauses eingerannt hatte, fand er sich erneut in einer engen Gasse wieder, die mit zerbrochenen Ziegeln und Mörtelstücken angefüllt war.

Er stieg stolpernd über den Schutt hinweg und kam auf einem anderen Platz heraus, wo sich ihm ein weiterer bewaffneter Kerl entgegenstellte, der sofort die Verfolgung aufnahm.

Der Hinterhalt war gut geplant, nichts war dem Zufall überlassen worden. Jeder mögliche Fluchtweg wurde überwacht.

Er rannte nun schon eine Weile, so schnell er nur konnte, und war über Mauern geklettert, hatte Türen und Tore gesprengt, und obwohl er in der Blüte seiner Jahre stand und in guter körperlicher Verfassung war, merkte er, wie er allmählich ermüdete. Seine Beine wurden schwer und reagierten mit Verzögerung, sein Atem ging keuchend, und der Schweiß rann ihm in die Augen und vernebelte ihm zeitweise die Sicht.

Aber er dachte nicht daran aufzugeben, sondern sammelte seine restlichen Kräfte und bog nach links ab, die Bluthunde dabei stets auf den Fersen.

Er musste schnell einen Ausweg finden, da ihm jetzt ernstlich die Puste ausging.

Nach weiteren hundert Metern stellte er entsetzt fest, dass er im Kreis gelaufen war und wieder auf der Piazzetta stand, an der der Pfandleiher seinen Laden hatte.

Jetzt saß er wirklich in der Tinte. Er war vollkommen eingekreist, jedes Schlupfloch war versperrt.

Schnaufend wie ein Blasebalg blieb er mitten auf dem kleinen Platz stehen und zog Degen und Kurzschwert, um seine Haut wenigstens so teuer wie möglich zu verkaufen.

Er zählte seine Feinde.

Drei trafen hinter ihm aus der Gasse ein, aus der er gerade gekommen war. Einer hatte auf der linken Seite Position bezogen, wahrscheinlich der, den er bei seinem Fluchtversuch vor ein paar Minuten zu Boden geworfen hatte, und ein anderer besetzte die rechte Seite mit seinem gezückten spitzen Schwert.

Verflucht noch mal! Fünf waren selbst für einen geübten und kühnen Fechter wie ihn zu viel.

Kaum hatten sie bemerkt, dass der Maler umzingelt war, hörten die fünf auf zu laufen, verteilten sich und zogen den Kreis um ihr Opfer langsam immer enger.

An ihren beherrschten Bewegungen und ausdruckslosen Mienen erkannte Fulminacci, dass er es mit Berufsmördern zu tun hatte, die das Töten gewohnt waren und wussten, wie sie sich unter solchen Umständen zu verhalten hatten.

Der Ausgang stand für sie fest.

Die fünf würden ihn umkreisen und immer wieder zustechen, ohne sich dabei einem unnötigen Risiko auszusetzen, bis er zu erschöpft wäre, seine Waffen zu halten. Dann würden sie ihm schnell und gnadenlos den Garaus machen.

Während Fulminacci seine Gegner einschätzte und überlegte, welches die beste Kampftaktik wäre, wurde es ihm zur traurigen Gewissheit, dass seine kurze Laufbahn als lebensfroher, aber brotloser Künstler im Rom des Papstkönigs ein unrühmliches Ende unter den Schwerthieben namenloser Mörder nehmen würde.

Kapitel XI

Schön, wenn sie spielen wollten, würde Fulminacci mit ihnen spielen, aber nach seinen eigenen Regeln. So vorhersehbar der Ausgang des Kampfes sein mochte, würde er immerhin dafür sorgen, dass ein paar von diesen Dreckskerlen ihm ins Grab vorangingen. Jeder von ihnen würde sich seinen Lohn nur über die Spitze seines Degens abholen können.

Der Maler senkte seine Waffen und tat, als ergebe er sich. Er hoffte, dass seine verzagte, resignierte Haltung den gierigsten von diesen gedungenen Meuchelmördern zu einem übereilten Angriff reizen würde, denn höchstwahrscheinlich erhielt derjenige, der ihm den Todesstoß versetzte, eine zusätzliche Belohnung.

Er hatte sich nicht geirrt. Der Mann an der linken Außenseite der Aufstellung machte ein paar entschiedene Schritte auf ihn zu.

Der vermutliche Anführer der Bande, dessen Gesicht von einem Schal verhüllt war, brüllte im Befehlston etwas, das Fulminacci nicht verstand. Seine Feinde waren offenbar Ausländer.

Der Maler zeigte zunächst keine Reaktion auf die bevorstehende Attacke, sondern hielt Kopf und Arme gesenkt, während er aus den Augenwinkeln jede Bewegung verfolgte.

Der Angreifer war jetzt in Reichweite seines Degens, doch Fulminacci blieb reglos stehen, mit hängenden Schultern und abwesendem Ausdruck, als hätte die Angst ihm alle Kraft und jegliches Reaktionsvermögen geraubt.

Der Mörder grinste vor Vorfreude, dass man seine faulen Zähne sah, glaubte er doch den Sieg und den Extralohn schon in der Tasche zu haben.

Dann hob er sein Schwert zum tödlichen Stoß. Im selben Moment duckte sich der Maler blitzschnell, ging in die Knie und stieß gleichzeitig mit dem Degen zu, sodass der verblüffte Angreifer keine Gelegenheit zur Verteidigung hatte. Er traf ihn mitten in die Brust, und die Klinge sank gut zwei Handbreit ein.

Mit einer flinken Drehung des Handgelenks befreite er seine Waffe, während der Mörder ohne einen Klagelaut zu Boden sank. Noch bevor er auf dem Pflaster aufschlug, war er tot, einen Ausdruck völliger Verwunderung in den Augen.

Geschmeidig wie eine Katze richtete sich der Maler wieder auf und nahm eine kampfbereite Haltung für das endgültige Gefecht ein.

Die anderen Schurken waren offensichtlich beeindruckt von seiner unerwarteten Finte und bewegten sich nun mit größerer Vorsicht.

Sie umkreisten ihn langsam und unternahmen vereinzelte Ausfälle, um das Reaktionsvermögen ihres Opfers zu prüfen. Fulminacci wehrte jeden Angriff geistesgegenwärtig ab, aber es lag auf der Hand, dass das Spiel nicht ewig so weitergehen konnte. Seine Feinde hatten nun eine klare Aufstellung eingenommen, und ihre Hiebe wurden immer häufiger. Sie hatten es nicht eilig, ihren Auftrag zu beenden, da sie wussten, dass seine Kräfte, die es mit vier zuckenden Klingen aufnehmen mussten, bald erlahmen würden.

Fulminacci verteidigte sich Schlag für Schlag und versuchte sogar die eine oder andere Attacke, wenn sich die Gelegenheit bot, aber seine Reflexe wurden allmählich träger und ungenauer. Zudem erschwerten ihm der Schweiß, der ihm in die Augen lief, und die zunehmende Dunkelheit die Sicht.

Ein entschiedenerer Hieb traf ihn, zerschnitt seinen Umhang und ritzte seine linke Schulter. Auf diesen grausamen Schnitt des Stahls in sein Fleisch reagierte der Maler mit Wut und stürzte sich mit letzter Kraft ins Kampfgetümmel.

Die Meuchelmörder wichen bei dieser verzweifelten Attacke einen Schritt zurück.

Es war jetzt nur noch eine Frage von wenigen Augenblicken.

Wohl wissend, dass er dem nächsten Angriff nicht mehr standhalten konnte, machte Fulminacci sich bereit, einen letzten, selbstmörderischen Stoß auszuführen, als einer seiner Gegner plötzlich taumelte, zwei Schritte zur Seite machte und mit dem Gesicht nach unten zu Boden stürzte. Sein Schwert war ihm aus der Hand gefallen und rollte klirrend über das Pflaster. Aus seinem Rücken ragte ein Dolch, der tief zwischen seinen Schulterblättern steckte.

Die drei übrig gebliebenen Schurken reagierten auf den Tod ihres Kameraden, indem sie sich voneinander entfernten, um kein leichtes Ziel zu bieten. Sie zeigten keinerlei Panik, sondern nahmen die beste Position ein, um einen neuerlichen Angriff parieren zu können.

Ihr geschickter und kaltblütiger Stellungswechsel hatte jedoch nicht die erhoffte Wirkung. Wieder ließ einer der Attentäter sein Schwert fallen und legte die Hände an den Hals. Ein gurgelndes Stöhnen drang aus seiner Kehle, dem gleich darauf rötlicher Schaum folgte. Der Mann sank auf die Knie, immer noch seine Kehle umklammernd, und kippte dann nach vorn.

Im selben Moment stürmte aus der nächstgelegenen Gasse eine riesenhafte Gestalt heran, die ein doppelschneidiges Schwert von ungewöhnlicher Größe in der Faust hielt und sich mit Wucht auf einen der beiden Überlebenden warf. Dieser wich schnell zurück und verteidigte sich mit einem Hagel von präzise ausgeführten Hieben, doch in Anbetracht seiner geringeren Körpergröße standen seine Chancen nicht gut.

Das Auftauchen dieses unbekannten Verbündeten verlieh dem Maler neue Kraft, sodass er sich mit Schwung auf den anderen Überlebenden stürzte.

Es folgte ein Wechsel von Hieben, Paraden, Gegenstößen und Ausfällen in beeindruckender Geschwindigkeit, bis die beiden Kontrahenten kurz voneinander abließen, um sich gegenseitig zu mustern.

Bei Fulminaccis heftigem Angriff war der Schal vom Gesicht seines Gegners gerutscht, sodass er nun dessen Züge erkennen konnte. Er war ein Mann fortgeschrittenen Alters mit einem hageren, von tiefen Falten gezeichneten Gesicht, dabei aber noch drahtig und kräftig.

Was den Maler vor allem erstaunte, war, dass es sich um denselben Mann handelte, den er als Bettler verkleidet in Santa Maria Maggiore beobachtet hatte!

Das Schwert des Mannes war von seltsamer Machart, schmal, leicht gebogen und nicht besonders groß, aber der Widerschein des spärlichen verbliebenen Tageslichts verlieh ihm einen tödlichen Glanz.

Fulminacci ging erneut zum Angriff über, doch der Bandenführer erwiderte seine Hiebe mit ruhigen, sparsamen Bewegungen, wie sie für einen erfahrenen Fechter charakteristisch sind. Die ersten wütenden Stöße wehrte er ohne erkennbare Anstrengung ab und unternahm dann einen entschlossenen Gegenangriff, der den Maler bald in Schwierigkeiten brachte.

Fulminacci besaß selbst einiges Geschick beim Fechten; er hatte zahlreiche Kämpfe überstanden und war mindestens dreißig Jahre jünger, aber noch nie hatte er es mit einem derart erprobten Gegner zu tun gehabt. Die Waffe des Mannes wirkte bedauernswert kurz und schmal im Vergleich zu seinem eigenen langen Degen, doch er handhabte sie mit solcher Anmut und Schnelligkeit, dass Fulminacci kaum ihren mörderischen Schwüngen folgen konnte.

Nachdem er den Vorteil des ersten Angriffs abgegeben hatte, musste er jedes Quäntchen Energie und seine ganze Konzentration einsetzen, um die Hiebe dieser feinen Klinge zurückzuschlagen, sodass er von sich aus nicht mehr attackieren konnte.

Zum Glück hatte sich der unbekannte Retter inzwischen des anderen Attentäters entledigt und konnte ihm zu Hilfe eilen. Unterstützt von dem Riesen begann Fulminacci erneut auf den falschen Bettler loszugehen. Der ließ sich jedoch nicht einschüchtern und wich lediglich bis in die schmale Gasse hinter ihm zurück.

Dort, zwischen den engen Mauern, waren die langen Waffen nicht so wirkungsvoll einsetzbar, während das kurze Schwert des Gegners weiterhin blitzschnelle, gefährliche Kurven beschrieb.

Fulminacci und sein Verbündeter behinderten sich gegenseitig bei dem Versuch, einen entscheidenden Hieb anzubringen, aber es konnte auch keiner von beiden einen Schritt zurücktreten und dem anderen den Kampf überlassen, da der Mörder zu gefährlich war, um es allein mit ihm aufzunehmen.

Diese ausweglose Situation erlaubte es ihm, eine Reihe von plötzlichen Ausfällen zu unternehmen, auf die ein Gewitter von Schwerthieben folgte, weshalb die beiden gezwungen waren, einige Meter zurückzuweichen, um sich in Sicherheit zu bringen. Es war kein großer Vorsprung, den der Kerl erzielt hatte, aber er reichte aus, dass er sich umdrehen und mit einer Wendigkeit und Schnelligkeit flüchten konnte, die man einem Mann in seinem Alter nicht zugetraut hätte.

Seine jähe, im rechten Augenblick ausgeführte Bewegung überrumpelte die beiden Kampfgenossen, die so den entscheidenden Moment verpassten, um die Verfolgung aufzunehmen.

In diesen wenigen Sekunden der Verwirrung legte sich eine fast vollkommene Stille über die eben noch von ohrenbetäubendem Waffengeklirr erfüllte Gasse. Nur der keuchende Atem der Kämpfer und die sich entfernenden Schritte des Meuchelmörders waren zu hören. In der plötzlichen Ruhe vernahmen Fulminacci und sein Kamerad ein schnell näher kommendes dumpfes Klappern und Stampfen, das nur eines bedeuten konnte: Die Wachen, die gerade ihre Runde drehten, waren von einem gewissenhaften Bürger alarmiert worden und liefen zum Ort des Kampfgeschehens. Die beiden Männer verständigten sich mit einem Blick, der besagte, dass es unklug wäre, sich auf einem Platz, auf dem die Leichen vierer niedergestochener Männer lagen, antreffen zu lassen.

Der stumme Riese packte den Maler am Arm und zerrte ihn durch die Gasse bis zu einer kleinen Tür, vor der er einen Schlüssel aus der Tasche holte. Mit gemessenen Bewegungen, ohne jede Hast, schloss er auf und bedeutete Fulminacci einzutreten. Dann folgte er ihm in das dunkle Innere, wobei er den Kopf unter den niedrigen Stützbalken beugen musste, und zog ihn zu einer Treppe, die unter die Erde führte, allerdings nicht ohne vorher wieder sorgfältig abgeschlossen zu haben.

Die beiden stiegen die engen, steilen Stufen hinab, bis sie in einen feuchten und vermutlich großen Raum gelangten, wenigstens dem Echo ihrer Schritte nach zu urteilen, das wie in einer Höhle hallte. Die Dunkelheit war undurchdringlich, aber der Riese schien den Weg im Schlaf zu kennen und führte Fulminacci durch den Keller bis zu einem Gang, wo er aus einer Nische, die nur er erkennen konnte, eine Fackel holte und rasch anzündete.

In dem flackernden Licht konnte der Maler seinen schweigsamen Retter zum ersten Mal richtig betrachten. Er war wirklich riesig, fast sieben Fuß hoch, und hatte breite, eckige Schultern und muskulöse Arme. Seine kurz geschnittenen Haare, die so blond waren, dass sie fast weiß wirkten, umrahmten ein langes, schmales Gesicht mit einer geraden Nase und einem kräftigen Kinn, auf dem ein weicher Flaum, kaum dunkler als die Haupthaare, wuchs.

Die Augen waren von einem kühlen, durchdringenden Blau, während die schweren, stark ausgeprägten Lider seinem Gesicht etwas Träges, beinahe Träumerisches gaben. Insgesamt gesehen hätte man sein Aussehen geradezu als angenehm bezeichnen können, wenn nicht eine lange Narbe die gesamte rechte Gesichtshälfte entstellt hätte, indem sie die regelmäßigen Züge verzerrte und die Oberlippe zu einer grausamen Grimasse verzog.

In der kurzen Zeit, die der Riese gebraucht hatte, um die Fackel zu finden und anzuzünden, war Fulminacci wieder ein wenig zu Atem gekommen und hatte sich den Schweiß von der Stirn gewischt. Doch als er nun ein paar Worte an seinen Retter richten wollte, legte der ihm mit erstaunlich sanfter Geste die Hand auf den Mund und bedeutete ihm mit einem Kopfschütteln, dass sie ganz still sein mussten.

Sie setzten ihren Weg durch enge unterirdische Gänge fort, die vor Feuchtigkeit troffen. Die Ziegelsteine des Gewölbes waren mit Salpeter, Schimmel und rostfarbenen Flechten überzogen, der Boden von einer zähen, stinkenden Schlammschicht bedeckt.

Nach einigen Hundert Schritten stießen die beiden Flüchtenden auf eine weitere Treppe, die der blonde Hüne sogleich hinunterstieg, dicht gefolgt von Fulminacci. Die Stufen führten immer weiter nach unten, scheinbar ohne jemals an ein Ziel zu gelangen. Die Feuchtigkeit nahm zu und ebenso der Gestank, der vom Boden ausging, was das Atmen allmählich zur Qual werden ließ.

Endlich erreichten sie das Ende der Treppenflucht, wo sie durch eine rostige Gittertür traten und in einen neuen Gang abbogen, der noch enger und niedriger war als die vorigen, sodass der Maler sich fast ducken musste. Sein Führer ging bei seiner Körpergröße praktisch vornübergebeugt, was ihm aber nichts auszumachen schien, denn er lief sehr schnell.

Mittlerweile rann das Wasser in kleinen Bächen von der gewölbten Decke, und schon nach wenigen Schritten waren die beiden durchnässt. Fulminacci stieg der unverwechselbare Geruch des Flusses in die Nase, eine Mischung aus verrotteten Pflanzen, verfaultem Fisch und brackigem Wasser. Trotzdem brauchte er ein Weilchen, um zu begreifen, dass dieser Gang direkt unter dem Flussbett verlief – ein Gang, von dem er noch nie gehört hatte und der vermutlich auf die alten Römer zurückging.

Der Weg erwies sich als lang und voller Hürden. An mehreren Stellen war die Decke eingestürzt und mehr schlecht als recht abgestützt worden, und um voranzukommen, mussten sie über Schutthaufen steigen, die jeden Schritt erschwerten. Der Schlamm blieb schmatzend an ihren Stiefeln kleben, und eine beeindruckende Schar von Ratten huschte zwischen ihren müden Beinen hindurch.

Als der Maler schon glaubte, nicht mehr weiterzukönnen, kamen sie am anderen Ende des Gangs an, wo sie sich einer weiteren Treppe gegenübersahen. Sie begannen den Aufstieg, doch nach wenigen Biegungen stießen sie auf ein scheinbar unüberwindliches Hindernis. Im Laufe von Jahrhunderten des Vergessens und der Vernachlässigung war ein Teil der Treppe unter ihrem eigenen Gewicht eingebrochen.

Bei diesem Anblick ließ sich der vollkommen erschöpfte Maler gegen eine Wand sinken und stieß einen hoffnungslosen Seufzer aus. Die Aussicht, den ganzen Weg wieder zurückgehen zu müssen, erschien ihm so unerträglich, dass er seiner Enttäuschung mit einer Reihe von ebenso deftigen wie unnützen Flüchen Luft machte.

Der Riese wartete belustigt, bis dem Maler die Schimpfworte ausgingen, und lenkte dann seine Aufmerksamkeit auf ein Detail, das dieser bisher nicht bemerkt hatte.

Um einen Holzpflock in einer kleinen Wandnische war das Ende eines dicken Hanfseils geschlungen. Der Hüne band es los und deutete mit dem Kopf nach oben, um seinem Begleiter zu verstehen zu geben, wie das Hindernis überwunden werden konnte.

Als Fulminacci klar wurde, dass er sich mit der Muskelkraft seiner Arme hinaufziehen sollte, fluchte er nicht weniger ausdrucksvoll als zuvor, doch schließlich schafften es die beiden, wenn auch mit einiger Mühe, den baufälligen oberen Treppenabsatz zu erklimmen, von dem die ausgetretenen Stufen ohne neue Erschwernisse weiterführten.

Die zusätzliche Anstrengung hatte die restlichen Kräfte des armen Malers aufgezehrt, der die Treppe in einem tranceartigen Zustand hinaufstieg und nur noch daran dachte, einen Fuß vor den anderen zu setzen und sich an der Wand abzustützen, um nicht rückwärts hinunterzupurzeln.

Als er überzeugt war, wirklich nicht mehr weiterzukönnen, erreichten sie einen größeren Treppenabsatz, von dem ein Gang abzweigte, an dessen Ende ein schwacher Lichtschimmer zu sehen war.

Das Wissen, bald am Ziel zu sein, verlieh seinen zerschlagenen Gliedern noch einmal neuen Schwung. Doch sobald sie durch einen Spalt in einem Trümmerhaufen ans offene Flussufer gekrochen waren, warf Fulminacci sich vollkommen ausgelaugt und schweißüberströmt auf den Boden, entschlossen, mindestens zwei Tage lang zu schlafen.

Sein stummer Begleiter jedoch gönnte ihm keine Rast und forderte ihn mit drängenden Gesten auf weiterzugehen.

»He, was soll das!«, protestierte der Maler. »Siehst du nicht, dass ich mich nicht mehr auf den Beinen halten kann? Lass mich wenigstens ein Weilchen ausruhen!«

Fulminacci wollte weiter Widerstand leisten, aber weil er auch dazu keine Kraft mehr hatte, war er schließlich gezwungen, aufzustehen und weiterzumarschieren, wobei er sich auch noch mühsam einen Weg durch Schutt und Gebüsch bahnen musste.

Der Rest der Strecke, die schwach vom milchigen Licht des Mondes beleuchtet wurde, erschien ihm wie ein Albtraum mit offenen Augen.

Wieder konzentrierte er sich auf die kaum zu bewältigende Aufgabe, einen Fuß vor den anderen zu setzen, während ein gräulicher Nebel seine Augen verschleierte und er nichts anderes sah als das Stückchen Pflaster vor seinen Stiefelspitzen.

Fulminacci merkte erst, dass er am Ziel war, als er in Beatrices Hütte stand und mit dem Kopf an eines der zum Trocknen aufgehängten Heilkräuterbündel an der Decke stieß.

Das war das Letzte, dessen er gewahr wurde.

Kapitel XII

Ein Diener führte Capitaine de la Fleur zu einem Gemach im ersten Stock, wo er diskret anklopfte und auf die Erlaubnis des Bischofs wartete, den Besucher anmelden zu dürfen.

Als er sie erhalten hatte, öffnete er die Tür und ließ den Capitaine mit einer Verbeugung eintreten.

Der Bischof stand vor einem hohen Fenster, das auf die Piazza unten hinausging, hatte die Hände auf dem Rücken verschränkt und betrachtete den Mondschein auf den Dächern der Ewigen Stadt. Er trug nicht den üblichen Talar, sondern einen eleganten Rock aus blauer Brokatseide mit Goldstickerei an den Ärmeln. Nur die violette Kalotte auf seinem Kopf wies ihn als einen hochrangigen Vertreter der katholischen Kirche aus.

De la Fleur durchquerte den großen Raum und blieb wenige Schritte vor dem Geistlichen stehen, der keine Anstalten machte, sich umzudrehen und ihn zu begrüßen.

Der Hauptmann näherte sich dem Kamin, in dem ein schon ziemlich niedergebranntes Feuer flackerte. Außer den wenigen glimmenden Holzscheiten spendete einzig ein Kerzenleuchter Licht, der auf einem kleinen Tisch mit schönen Intarsien neben dem Fenster stand.

Im Unterschied zum Bischof trug er nur einfache Reisekleidung, die jedoch gut geschnitten war und aus hochwertigem Stoff bestand. Seine Stiefel reichten bis zum Oberschenkel und waren mit einer dicken Staubschicht bedeckt, und an seiner Seite hing ein langer Degen in einer Scheide aus abgenutztem Leder.

De la Fleur nahm seinen großen, mit Federn verzierten Hut ab, legte ihn auf einen Sessel und wartete darauf, dass der Bischof sich ihm zuwandte.

»Capitaine«, begann dieser endlich, »auf dem Tisch findet Ihr einen guten Burgunder. Schenkt Euch ein, Ihr werdet nicht enttäuscht sein.«

Der Soldat folgte der Einladung und goss Wein in einen Kelch.

»Wirklich ausgezeichnet«, bemerkte er, nachdem er ihn gekostet hatte. »Schon lange habe ich keinen so guten Tropfen mehr getrunken. Die Weine, die man gewöhnlich in Rom bekommt, variieren von schlecht über miserabel bis hin zu völlig ungenießbar. Und was Deutschland angeht – puh, nichts als bitteres Bier, Ketzer und Regen, Regen, Regen.«

»Er stammt vom Weingut eines geschätzten Freundes. Seit ich in Rom bin, schickt er mir jedes Jahr ein paar Fässer durch einen speziellen Kurier. Es freut mich, dass er Euch schmeckt. Wie war die Reise?«

»Die übliche Strapaze«, antwortete der Offizier. »Deutschland ist zu dieser Jahreszeit eine einzige Schlammgrube, die Durchquerung Norditaliens wird durch die Pedanterie der Spanier erschwert, und was das Großherzogtum Toskana angeht … Das solltet Ihr erleben! Den Zollbeamten steckt noch die Angst vor der Pest in den Knochen, weshalb sie alles und jeden endlosen Kontrollen unterziehen. Ansonsten gab es keine Schwierigkeiten, wenn man mal davon absieht, dass ich nichts erreicht habe.«

Bei diesen Worten beschloss der Bischof, dass es an der Zeit war, dem Capitaine, der inzwischen seinen Kelch geleert und neu gefüllt hatte, seine volle Aufmerksamkeit zuzuwenden.

Da de la Fleur nun die Gesichtszüge seines Gesprächspartners sah, bemerkte er, dass dieser um mehrere Jahre gealtert zu sein schien, seit er ihm vor einigen Wochen zuletzt begegnet war. Obwohl der Bischof über das mittlere Alter hinaus war, hielt er sich würdevoll aufrecht und war von schlanker Gestalt, sodass er auf den ersten Blick einem wesentlich jüngeren Mann glich. Jetzt jedoch trat das feine Netz aus Falten, das sein Gesicht überzog, deutlicher hervor, und seine Augen waren von dunklen Ringen umgeben, die auf viele schlaflose Nächte schließen ließen. Nur sein Blick war noch genauso, wie der Capitaine ihn in Erinnerung hatte: geradeaus wie ein Arkebusenschuss.

»Dann sind wir also wieder gescheitert«, sagte der Bischof. Es war eine Feststellung, keine Frage.

»Zu meinem großen Bedauern«, bestätigte der Offizier und stellte sein Glas auf dem Tischchen ab. »Ich habe mein Bestes getan, aber inzwischen ist zu viel Zeit vergangen. Die Spur ist erkaltet. Außerdem hat dieser Teil Deutschlands am meisten unter dem Krieg gelitten. Ganze Gemeinden sind buchstäblich ausgelöscht worden. Girondet und Leblanc sind trotzdem dortgeblieben, um weitere Nachforschungen anzustellen, aber ich hege keine großen Hoffnungen hinsichtlich eines Erfolgs.«

»Ich stimme Euch zu. Auch ich habe mich keinen Illusionen über das Gelingen Eurer Mission hingegeben. Im Übrigen sind in den vergangenen Tagen hier in Rom Ereignisse eingetreten, welche die ganze Angelegenheit in einem neuen Licht erscheinen lassen. Habt Ihr gehört, was passiert ist?«

»Ich bin gerade erst in der Stadt angekommen, Monsieur.«

»*Er* ist hier!«, informierte ihn der Geistliche knapp.

»*Er?* Seid Ihr ganz sicher?«

»Es gibt keinen Zweifel. Zwei deutsche Jesuiten sind ermordet worden, der zweite erst heute Morgen. Die Taten tragen seine Handschrift. Die ganze Stadt ist in Aufruhr, und schon wird gemunkelt, dass der Heilige Vater, sollten die Mörder nicht schnell gefasst werden, der Inquisition freie Hand lassen wird.«

»Oh Gott, wenn die Inquisition sich einmischt, wird sich diese Stadt in ein wahres Irrenhaus verwandeln!«

»Es kommt noch schlimmer. Der Inquisitor, Kardinal Cybo, ist schwer erkrankt und kann praktisch nicht mehr das Bett verlassen. Seine Aufgaben werden von einem Dominikanermönch namens Bernardo Muti wahrgenommen, so einer Art grausamem und fanatischem Savonarola. Wenn er sich einschaltet, wird man nicht mehr in Ruhe das Haus verlassen können. Wir müssen schleunigst handeln. Versammelt Eure Männer, zerrt sie aus den Bordellen heraus, wenn nötig. Haltet Euch bereit, auf ein Zeichen von mir loszuschlagen. In der Zwischenzeit werde ich mit Kardinal Azzolini sprechen. Vielleicht kann er das Heilige Offizium in Schach halten. Dieser Mann ist ein erstklassiger Politiker, aber etwas zu vorsichtig und überlegt für meinen Geschmack. Und da es jetzt schon so weit ist, dass *er* sich frei in der Stadt herumtreibt, bleibt uns keine Zeit zum Zaudern. Das Problem liegt bei Christine, der Königin von Schweden, der der Kardinal sehr nahesteht. Etwas zu nahe, wie manche behaupten. Die Königin weiß natürlich nichts von dieser Sache, aber ich fürchte, dass sie Verdacht schöpfen wird, wenn wir diese Krise nicht bald beilegen.«

»Die Königin hat nicht die Absicht, nach Schweden zurückzukehren?«

»Aber nein, sie denkt nicht daran, trotz Azzolinis Drängen. Im Moment bereitet sie ein großes Fest vor und hat nichts anderes im Sinn. Während *er* in der Stadt ist!«

»Aber wenn der Kardinal sie überzeugen könnte …«

»… würde er für uns die Kastanien aus dem Feuer holen, keine Frage. Doch diese Frau ist stur wie ein Maulesel. Sie will keine Vernunft annehmen. Karl XI. liegt allem Anschein nach im Sterben, die Generalstände sind für Juni einberufen worden, und sie denkt nur an ihr Fest!«

»Ich werde Anweisung geben, die Männer zusammenzurufen«, sagte der Capitaine. »Morgen früh bei Sonnenaufgang sind sie bereit. Wie lauten Eure Befehle, Monsieur?«

»Im Moment können wir nichts anderes tun, als alle wichtigen Orte zu überwachen. Mit der größten Diskretion, wohlgemerkt. Wie es scheint, hat einer meiner Agenten eine interessante Spur entdeckt, aber wir wissen noch zu wenig. Ich werde die anderen Spitzel noch einmal zusammenstauchen, damit sie sich anstrengen, einen Hinweis, einen Zeugen oder sonst etwas zu finden, das uns auf die Spur unseres Mannes führen könnte. Er ist schlau und überlässt nichts dem Zufall. Gewiss wird er wieder zuschlagen, das spüre ich, und noch früher, als uns schwant. Wenn wir nur wüssten, wo wir suchen sollen, was wir suchen sollen!«

»Niemand hat je sein Gesicht gesehen«, bemerkte de la Fleur, »oder hat noch lange genug gelebt, um es beschreiben zu können.

Manche behaupten, er besitze übernatürliche Kräfte und habe einen Pakt mit dem Teufel geschlossen ...«

Der Bischof unterbrach ihn mit einer herrischen Geste.

»Redet keinen Unsinn! Der Skorpion ist ein ganz gewöhnlicher Mensch, so raffiniert und kühn er auch sein mag. Und da er ein Mensch ist, können wir ihn fassen. Dazu müssen wir allerdings raffinierter und kühner vorgehen als er!«

»Vielleicht sollte Christine doch informiert werden«, schlug der Capitaine vor. »Wenn sie den Ernst der Lage begreift, könnte sie entsprechend handeln. Das würde uns zumindest etwas mehr Zeit verschaffen ...«

»Das kommt überhaupt nicht infrage!«, rief der Bischof. »Denkt nicht einmal daran. Ihr kennt diese Frau nicht. Sollte sie auch nur ahnen, was da im Busch ist, wird sie Himmel und Hölle in Bewegung setzen, um das ganze Unternehmen scheitern zu lassen. Christine weiß nichts und darf nichts wissen!«

»Aber sie hat schließlich auf den Thron verzichtet. Ich verstehe nicht, wieso ...«

»Insistiert nicht weiter, ich bitte Euch. Kümmert Euch um Eure Aufgaben und überlasst mir die politischen Überlegungen. Christine hat zwar abgedankt, das stimmt, aber nie wirklich die Hoffnung aufgegeben, das Szepter Schwedens wieder in die Hand zu bekommen. Sie schmiedet nach wie vor Ränke mithilfe eines Teils der schwedischen Aristokratie, der sie vielleicht nicht offen unterstützt, ihr aber immer noch treu ergeben ist.«

De la Fleur schüttelte frustriert den Kopf über die Vergeblichkeit aller bisherigen Anstrengungen und auch über die Argumente seines Befehlshabers, die ihn wenig überzeugten.

Der Bischof ging auf ihn zu, und obwohl ein solches Verhalten in seiner Stellung nicht angebracht war, legte er ihm mit fast kameradschaftlicher Gebärde die Hand auf die Schulter.

»Vertraut mir, de la Fleur, und greift entschlossen ein, wenn der Zeitpunkt gekommen ist.«

Ermuntert von dieser unerwarteten Geste nickte der Capitaine.

»Geht jetzt«, sagte der Geistliche darauf, »und erwartet meine Befehle.«

De la Fleur nickte erneut, nahm seinen großen Hut und verließ das Zimmer mit einer nur leicht angedeuteten Verbeugung.

Der Bischof sah ihm nach und dachte, dass der Offizier sich nicht eben ehrerbietig verhielt, wenn man den Rangunterschied zwischen ihnen beiden bedachte. Andererseits war es charakteristisch für die Musketiere des Königs, so freimütig und direkt aufzutreten, dass es manchmal wie Gehorsamsverweigerung wirkte. Und letzten Endes verzieh er ihnen sowieso immer alles. Es hatte einmal eine Zeit gegeben, in der er selbst … Aber das war jetzt nicht der Moment, um sich sentimentalen Erinnerungen hinzugeben. Die Situation wurde mit jeder Stunde bedenklicher und erforderte seine ganze Geistesgegenwart. Der große Plan, den er mit viel Geduld und Sorgfalt ausgearbeitet hatte, stand so kurz vorm Scheitern wie noch nie.

Der Bischof trat wieder ans Fenster, um das nächtliche Panorama zu betrachten. Wer wird der Nächste sein?, fragte er sich, während er den Blick über die von einer bleichen Mondsichel schwach beleuchteten Dächer der Stadt schweifen ließ. Wer wird der Nächste sein?

Kapitel XIII

Hintereinander und mit gesenktem Kopf betraten die Männer den Raum, obgleich diese Befangenheit in offensichtlichem Widerspruch zu ihrem Charakter stand.

Das Zimmer war groß, leer und kalt und wurde nur von zwei Kerzenleuchtern an den Schmalseiten eines langen Eichentisches erhellt, der die einzige Einrichtung darstellte. Aber es waren weder das Schummerlicht noch die Trostlosigkeit der kahlen Wände noch die durchdringende Kälte, was sie vor Furcht verstummen ließ, sondern diese bohrenden Augen, die sie musterten, während sie im Gänsemarsch in eine der geheimsten Kammern im Palast des Heiligen Offiziums Einzug hielten.

Die kalten Augen schienen den trüben Grund ihrer Seelen zu erforschen und im Unrat ihres frevelhaften Lebens zu stöbern.

Bei genauer Betrachtung waren die Augen das einzig Auffällige an diesem kleinen, knochigen, nervösen Mann, den ein inneres Leiden oder vielleicht auch eine Obsession aufzuzehren schien und der jetzt wortlos zusah, wie sie sich setzten. Ein Mann in einer einfachen weißen Kutte, über der er einen schwarzen Umhang mit Kapuze trug. Ein schlichtes Holzkreuz lag auf seiner eingefallenen Brust.

Sein Gesicht war ausgemergelt, ein Totenschädel, der von einer dünnen, pergamentartigen Hautschicht überzogen war. Die lange, gekrümmte Nase dagegen verlieh ihm Ähnlichkeit mit einem Raubvogel.

Es waren jedoch nicht diese Äußerlichkeiten, die in den Männern ein Gefühl der Befangenheit, der Beklemmung, ja beinahe kopfloser Angst auslösten.

Keiner von ihnen hätte den Mönch eines zweiten Blickes gewürdigt, wenn diese magnetisierenden, fiebrigen, pechschwarzen Augen nicht gewesen wären.

Die Augen Bernardo Mutis.

Die Augen der heiligen Inquisition.

Allein beim Klang seines Namens wurden sämtliche Römer, Männer und Frauen, Junge und Alte, Juden und Getaufte von einer unüberwindlichen Furcht erfasst.

Der Mönch nahm hinter dem Tisch Platz und musterte die Männer, die er unter größter Geheimhaltung hier versammelt hatte. Spitzel, Kuppler, Diebe und Mörder der schlimmsten Sorte, Gestalten, die im Schutz der Dunkelheit ihr Unwesen trieben und für eine Handvoll Geld zu jeder Ruchlosigkeit bereit waren. Das waren die Leute, die er im Moment brauchte.

Muti fixierte ihre finsteren Mienen eine nach der anderen, als suchte er nach einem äußeren Anzeichen für die Bereitschaft zum Verrat, durch die sich solche Individuen auszeichneten.

Er spürte, dass sein Blick in diesen abgebrühten Schurken eine fast übernatürliche Scheu hervorrief, wie eine Vorahnung von unsagbaren Schmerzen und Qualen.

Unnachgiebig setzte er seine Musterung fort, eine schweigende Ermahnung. Die Männer konnten seinem Blick nicht standhalten. Ihre Augen wanderten durch den kahlen Raum, richteten sich auf die Schimmelflecken an den Wänden oder, häufiger noch, auf die eigenen Schuhe, die über den nackten, kalten Fußboden scharrten.

Als die Spannung unerträglich wurde, erhob sich Muti von seinem Stuhl. Die Bewegung wirkte wie das Losschnellen einer Feder oder der Knall einer neunschwänzigen Katze, und die Versammelten zuckten erschrocken zusammen.

Der Inquisitor stützte die skelettartigen Hände auf den Tisch, deren lange Finger an Raubtierkrallen erinnerten, und begann zu sprechen.

Im Gegensatz zu seinem Aussehen war seine Stimme sanft, beinahe samtig, auch wenn man durch die milden Töne die stählerne Entschlossenheit hindurchhörte, die in jeder Faser seines mageren Leibes vibrierte.

Es wurde keine lange Rede.

Die Männer wussten genau, was der Inquisitor von ihnen erwartete, und umgekehrt konnte dieser davon ausgehen, dass sie in der Lage waren, seinen Auftrag zu verstehen und mit größter Gründlichkeit auszuführen.

Es war nicht das erste Mal, dass der Mönch ihre Dienste in Anspruch nahm, und bei allen früheren Gelegenheiten waren seine Anweisungen mit Eifer und Gehorsam befolgt worden.

Auch diesmal würde es so sein, daran zweifelte Muti nicht.

So heillos verdorben ihre Seelen auch waren, würde es doch keiner von ihnen wagen, sich den Befehlen des Heiligen Offiziums zu widersetzen.

Der Inquisitor kannte diese Sorte Halunken gut, er las in ihnen wie in einem offenen Buch. Die Bosheit geht immer Hand in Hand mit der Angst, und je größer die Bosheit ist, die im Herzen eines Sünders wohnt, desto größer ist auch seine Angst.

Darüber hinaus war es nicht besonders schwierig, Menschen zu manipulieren – man musste nur an den verborgenen Strängen ziehen, die ihre Herzen zum Klopfen brachten. Und er, Bernardo Muti, kannte diese Stränge in- und auswendig. Er hatte sie bei zahllosen Verhören erforschen können, zuerst im Norden als junger Mann und dann in Rom, wohin er berufen worden war, um seinem hohen und heiligen Amt als Verteidiger des Glaubens nachzukommen. Während er den Torturen beiwohnte, die den Ketzern, den Abtrünnigen, den Teufelsanbetern zugefügt wurden, hatte er gelernt, dass das wichtigste Mittel zur Läuterung der menschlichen Seele die Angst war. So war die Angst zu seinem Werkzeug geworden, zu seiner Verbündeten, seiner Überzeugung.

In der überwiegenden Mehrzahl der Fälle waren es weniger die Schmerzen, welche die verstockten Herzen erzittern ließen, als vielmehr die Androhung von Schmerzen. Wie oft hatten scheinbar mutige Männer und Frauen angefangen zu zittern wie verängstigte Tiere, wenn ihnen die Folterinstrumente zur Erzwingung eines Geständnisses gezeigt wurden! Wie viele unverbesserliche Prediger von Lügen und Verbreiter von Ketzereien waren beim Anblick der glühenden Zangen, der Daumenschrauben und der Folterbänke schleunigst in die Arme der heiligen Mutter Kirche zurückgekehrt!

Für die Männer vor ihm galt das Gleiche.

Sie würden ohne Zögern und Schwanken gehorchen, weil sie wussten, dass jedes Versagen, jeder Fehler verhängnisvoll für sie wäre.

Aus Bösem konnte manchmal Gutes hervorgehen, vor allem wenn eine feste und unnachgiebige Hand das Böse leitete.

Diese Männer waren der Abschaum der Christenheit, der Unrat der Welt. Und doch würden sie dem Inquisitor zur größeren Ehre Gottes gehorchen!

Der Mönch lud die Versammelten ein, niederzuknien und ein Gebet an den Höchsten zu richten, damit er in seiner unendlichen Güte das Unternehmen segne und für ein gutes Gelingen sorge.

Die Männer leisteten der Aufforderung bereitwillig und beinahe gleichzeitig Folge.

Nur in der Miene von Bastiano, dem Anführer der Bande, hätte ein aufmerksamer Beobachter eine Spur von Hohn für diese perfide Komödie, die sie da aufführten, erkennen können. Bastiano mochte der niederträchtigste und gemeinste aller Verbrecher der Stadt sein, aber er war nicht dumm, und die Ironie der Situation entging ihm nicht. Dieses Gesindel von Vergewaltigern, Gotteslästerern, Dieben und Mördern war dabei, den Segen und die Hilfe des allmächtigen Gottes für ein Unterfangen zu erbitten, das eine große Zahl von Unschuldigen in die düsteren Verliese der Inquisition treiben würde!

Amüsant, keine Frage.

Er sah sich um und bemerkte erst da eine weitere vergnügliche Einzelheit.

Wenn man den schrecklichen Mönch nicht mitrechnete, betrug die Zahl der in diesem Saal anwesenden Männer zwölf.

Wie die zwölf Apostel.

Die zwölf Apostel der Apokalypse.

Es war schon tiefe Nacht, als die zwölf in aller Stille das Gebäude des Heiligen Offiziums verließen.

In der Nähe warteten ihre Komplizen auf sie, die während ihrer Abwesenheit alles Nötige vorbereitet hatten.

Die Anführer teilten die Männer in Gruppen zu je drei oder vier ein, die sich nach kurzer Absprache in den verlassenen, stillen Straßen verstreuten.

Verstohlen schlichen sie durch die Gassen, in denen das einfache Volk wohnte. Jeder achtete darauf, nicht das kleinste Geräusch zu machen und vor den Wachen auf der Hut zu sein, die lustlos ihre Runden drehten.

Niemand durfte sie sehen. Niemand durfte sie hören.

Unter ihren Umhängen trugen sie dicke Bündel, und trotz des milden römischen Frühlings hatten sie ihre Kapuzen und anderen Kopfbedeckungen tief ins Gesicht gezogen.

Hier und dort, scheinbar zufällig, hielten die Gruppen an: vor einem kleinen, der Heiligen Jungfrau gewidmeten Altar, in der Eingangshalle eines Klosters, bei den schlichten Pfarrkirchen, die von den kleinen Leuten besucht wurden.

Doch ihr Tun hatte nichts Beliebiges. Sie blieben nur so lange stehen, wie sie brauchten, um einige seltsame Gegenstände zu verteilen und die Türen und Mauern mit einer zähen Flüssigkeit zu beschmieren. Anschließend eilten sie weiter zur nächsten Etappe ihrer verwerflichen Pilgerwanderung.

Ein paar von ihnen bildeten die Vorhut, um sicherzustellen, dass kein menschliches Wesen ihnen in die Quere kam. Aber die Nacht war dunkel, der Mond ging gerade erst als schmale Sichel über dem Horizont auf, und die braven Bürger Roms verschanzten sich in ihren Häusern und genossen die wohlverdiente Ruhe nach einem arbeitsreichen, mühevollen Tag. Nur die eine oder andere Katze huschte auf der Suche nach einer nächtlichen Mahlzeit um die Ecken.

Aus den geschlossenen Fenstern drang kein Licht. Die Bewohner schliefen friedlich und wussten nichts davon, dass andere wach waren und ihren zwielichtigen Geschäften nachgingen.

Die Männer arbeiteten schnell und emsig, ohne Unterbrechung. Sie hinterlegten ihre Päckchen, verschwanden wieder und eilten sogleich zum nächsten Ort.

Ihre Wege kreuzten sich häufig, überschnitten sich aber nie. Sie zeigten keinerlei Unsicherheit, was die Richtung anging, und schienen genau zu wissen, wohin sie mussten.

Die Stadt war noch stiller und verlassener als sonst bei Dunkelheit. Keine Betrunkenen torkelten durch die Gassen, keine Einbrecher spürten irgendeiner armseligen Beute nach, keine Liebespaare strebten ihren geheimen Treffpunkten zu.

Diese Nacht war keine beliebige Nacht, keine Nacht wie die anderen.

In dieser Nacht ließ der lange Arm der heiligen Inquisition seinen unheilvollen Schatten über die Ewige Stadt fallen.

Kapitel XIV

Es wurde kein angenehmes Erwachen für den Maler. Die Fechtkämpfe und die atemlose Flucht der vergangenen Nacht hatten ihre Spuren hinterlassen.

Nur mit Mühe konnte er sich von seinem Lager erheben. Von Kopf bis Fuß hatte er stechende Schmerzen. Die vielen Schrammen, die er bei dem Kampf davongetragen hatte, brannten wie die Hölle, obwohl eine mitleidige Hand während seiner Bewusstlosigkeit wieder diese stinkende Salbe daraufgestrichen hatte, damit sie sich nicht entzündeten.

Er hob den Kopf vom Kissen und blinzelte durch die angelehnten Fensterläden, um festzustellen, dass es schon heller Tag war.

Er musste viele Stunden geschlafen haben, aber sein Geist war alles andere als erfrischt.

Auf einen Ellbogen gestützt rollte er sich von dem strohgefüllten kleinen Bett und tastete mit halb geschlossenen Augen nach seinen Stiefeln.

Ein paar der zahlreichen Katzen, die sich im Haus herumtrieben, strichen ihm lautlos um die Beine, wobei er sein gerade errungenes wackeliges Gleichgewicht wieder verlor und stolperte. Er versuchte dem Tier, das ihm am nächsten war, einen Tritt zu versetzen, aber es war zu flink und er zu benommen, als dass er getroffen hätte.

Ächzend richtete er sich wieder auf und brauchte ein paar Augenblicke, um sich zurechtzufinden. Seine Erinnerungen an die letzte Nacht waren wirr und verschwommen wie ein komplizierter Traum, der bei Tagesanbruch nur noch vage Bilder hinterlässt. Er massierte seine steifen Arme und sagte sich, dass Träume wenigstens keine Schnittwunden hinterließen.

Ein heftiger Harndrang veranlasste ihn, schnell zum Hinterausgang zu gehen und die Latrine aufzusuchen, die sich wenige Schritte von der Hütte entfernt am Flussufer befand.

Fulminacci hatte Beatrices Weigerung, Nachttöpfe im Haus zu dulden, nie ganz begriffen. Eine merkwürdige Angewohnheit, ja geradezu eine lästige Manie, besonders im Winter, wenn man es mit Kälte und Regen aufnehmen musste, um dringende Bedürfnisse zu verrichten, die man viel schneller und bequemer mit einem entsprechenden Gefäß erledigen konnte.

Beatrice jedoch nahm es äußerst genau mit der Hygiene und erlaubte unter keinen Umständen, dass irgendjemand von dieser Vorschrift abwich.

In einer Ecke ihres Zimmers, verborgen hinter einem Vorhang, stand sogar eine Wanne aus Marmor, die sie Gott weiß woher hatte und in der sie mit befremdlicher Häufigkeit Vollbäder zu nehmen pflegte. Noch nicht einmal die Aristokraten mit ihren feinen Näschen trieben einen solchen Aufwand und überdeckten unangenehme Körpergerüche lieber durch großzügige Verwendung von Parfum.

Beatrice hatte ihm schon öfter Vorträge darüber gehalten, wie wichtig es sei, den Körper und die Kleidung sauber zu halten, um keine Krankheiten zu bekommen, aber der Maler konnte einfach keinen logischen Zusammenhang zwischen Körperhygiene und Gesundheit erkennen.

Er hatte sich sogar bei einigen der vielen Ärzte und Wanderheiler erkundigt, die in der Stadt praktizierten, und alle hatten einhellig ein Ursache-Wirkung-Verhältnis zwischen diesen beiden Dingen ausgeschlossen. Das Auftreten von Krankheiten hing, wie jedermann wusste und wie die zurate gezogenen Doktoren nachdrücklich betonten, mit einem Ungleichgewicht der verschiedenen Körpersäfte zusammen. Auf diesen Einwand hin hatte Beatrice die gelehrten Mediziner bloß als einen Haufen herausgeputzter Dummköpfe bezeichnet.

Diese Gedanken gingen dem Maler durch den Kopf, als er von der Latrine kam und in der Hoffnung auf ein Frühstück ins Haus zurückkehrte.

Die Wahrsagerin bemerkte sein Kommen nicht gleich oder tat möglicherweise auch nur so. Fulminacci ging zur Feuerstelle, wo er ein Stück frisches Brot fand, das er hungrig verschlang.

Nach diesem bescheidenen Frühstück setzte er sich zu Beatrice, die wie üblich mit ihren Tarotkarten beschäftigt war. Er hoffte, dass sie ihm eine Erklärung für die Geschehnisse der vergangenen Nacht geben konnte und etwas über den stummen Riesen wusste, dessen Einschreiten ihn davor bewahrt hatte, sich frühzeitig zu seinen Vorfahren im Jenseits zu gesellen.

Doch Beatrice schien nicht geneigt, ein Gespräch zu beginnen, und konzentrierte sich ganz auf ihre Karten. Sie hatte sie auf dem wackeligen Tischchen ausgebreitet und zu einem geheimnisvollen Muster angeordnet.

Als sie die letzten abgelegt hatte, betrachtete sie forschend die Verteilung der Bilder. Ihr Gesichtsausdruck war ernst und besorgt, und der Maler beobachtete sie schweigend, ohne dass sie sich davon irritieren ließ.

So ging es eine Weile weiter, bis sie die Karten zusammenschob und ihre Anordnung zerstörte.

Beatrice sah ihn an und griff dann wortlos wieder nach dem Stapel, den sie fächerartig vor ihm ausbreitete.

»Zieh eine Karte«, forderte sie ihn auf.

Nach kurzem Zögern wählte Fulminacci eine Tarotkarte und drehte sie um.

»Der Tod!«, rief er aus und warf die Karte auf den Tisch, als hätte ihn ein giftiges Insekt gestochen.

Die Wahrsagerin nahm sie, steckte sie zurück in den Stapel und mischte sorgfältig. Anschließend legte sie die Karten erneut zu einem Fächer aus und ließ ihn ziehen.

Zum zweiten Mal fischte er die Karte heraus, die den Tod darstellte.

Das wiederholte sich noch ein drittes und ein viertes Mal.

Mit einer uralten, Unheil abwehrenden Geste legte der Maler die Hände an den Schritt seiner Hose und versäumte es auch nicht, einen wirkungsvollen Abwehrzauber herzusagen.

Beatrice lachte über seine erschrockene Reaktion.

»Keine Sorge, Nanni«, versuchte sie ihn zu beruhigen, »die Karte des Todes darf man nicht wörtlich auslegen. Ihre eigentliche Bedeutung ist Wandlung und Veränderung. Dein Leben wird eine vollkommen neue Wendung nehmen.«

Abgesehen von seiner Mutter, die schon seit vielen Jahren tot war, nannte nur Beatrice ihn Nanni. Fulminacci wusste nicht, ob ihm das gefiel oder nicht.

Wieder verteilte sie die Karten halbkreisförmig auf dem Tisch.

Dann bat sie ihn, drei Tarotkarten aus dem verbliebenen Stapel zu ziehen, legte sie unter den Halbkreisbogen und zog schließlich selbst drei heraus, die sie neben seinen Karten ablegte.

Sie nickte, als sähe sie sich in einer Vermutung bestätigt.

Danach nahm sie eine der Karten zur Hand und zeigte sie Fulminacci, der trotz seiner Vorbehalte gegenüber den Wahrsagekünsten seiner Freundin doch langsam neugierig wurde.

Es handelte sich um das Arkanum des Narren.

»Der Narr stellt in Verbindung mit dem Tod einen Auslöser für Veränderungen dar«, erklärte die junge Frau und zeigte auf das Kartentrio, das er gezogen hatte: der Tod, der Narr und die Päpstin.

»Alles dreht sich um diese Arkana«, sagte sie. Anschließend wies sie auf die drei von ihr gezogenen Karten: der brennende Turm, der Bettler und der Mönch.

»Und diese drei symbolisieren die Dinge, vor denen du dich hüten musst, drei Zeichen, die auf Gefahr und Verrat hindeuten.«

Gegen seinen Willen fasziniert betrachtete der Maler die Karten eine Weile. Dann gewann die ihm eigene Skepsis wieder die Oberhand, und er wischte das Tarot mit einem etwas zu lauten Lachen durcheinander.

»Die Karten haben mir noch nie Glück gebracht«, sagte er, »und mit den Würfeln ist es mir auch nicht besser ergangen.«

Beatrice schüttelte den Kopf, wirkte aber nicht verärgert über seine ablehnende Haltung.

»Mich interessiert vielmehr zu erfahren, was gestern Nacht passiert ist«, begann Fulminacci. »Wer ist der Riese, der mich vor diesen Meuchelmördern, Gott strafe sie, gerettet hat?«

»Er heißt Zane«, antwortete sie, »und ist Slawonier, ein Slawe. Er ist ein guter Freund von mir, und ich habe ihn gebeten, dir zu folgen. Nach dem Hinterhalt von neulich war ich in Sorge, dass du wieder angegriffen werden könntest, und wie man sieht, habe ich mich nicht geirrt.«

»Ein tüchtiger Kerl«, bemerkte der Maler, »und stark wie ein Ochse. Er redet nur nicht viel.«

»Das ist eine lange Geschichte. Zane stammt wie gesagt aus Slawonien, aus der Stadt Zara an der Adria. Bei einer Seeschlacht wurde er von den Türken gefangen genommen und hat fünf Jahre als Rudersklave auf osmanischen Schiffen zugebracht. Während eines Sturms konnte er sich von seinen Ketten befreien und zusammen mit ein paar Kameraden fliehen. Sie haben sich eines Bootes bemächtigt und sind auf Italien zugerudert. Sie sind lange auf See geblieben, ein Spielball der Wellen, bis das Boot endlich an die italienische Küste getrieben wurde. Zane hat als Einziger überlebt. Danach ist er lange durchs Land gezogen, hat sich notdürftig durchgeschlagen und sich schließlich einer Gruppe von Bettlern angeschlossen, mit der er vor zwei Jahren in Rom angekommen ist. Giovanni, den du auf dem Campo dei Fiori kennengelernt hast, hat ihn zu mir gebracht. Er war sehr krank, mehr tot als lebendig, um genau zu sein. Ich habe ihn gepflegt, und er ist wieder gesund geworden, auch wenn ich mehr als einmal befürchten musste, dass er nicht durchkommt. Das Tertianafieber ist schwer zu heilen. Jedenfalls ist er seitdem zu einer Art Leibwächter für mich geworden. Warum er nicht spricht, weiß ich nicht. Ich habe ihn gründlich untersucht – mit seiner Zunge ist alles in Ordnung, allem Anschein nach fehlt ihm nichts. Doch er gibt kein einziges Wort von sich. Versteht zwar alles, spricht aber nicht. Ich habe keine Ahnung, woran es liegt.«

»Vielleicht hat er einen Schlag auf den Kopf bekommen. Ich habe mal von einem gehört, der bei einer Schlägerei einen Knüppelhieb abgekriegt hat und seitdem nicht mehr spricht. Er ist allerdings auch auf der gesamten rechten Seite gelähmt. Aber wer weiß …«

»Möglich wär's«, sagte Beatrice, »obwohl ich nicht glaube, dass das der Grund ist. Jetzt zu einem anderen Thema. Du warst neulich abends nicht ehrlich zu mir, Nanni.«

Die Wahrsagerin sah ihn forschend an, bis er verlegen den Blick senkte.

»Wieso, von was redest du …«, versuchte er auszuweichen.

»Du hast mir nicht die ganze Geschichte erzählt. Wenn ich alles gewusst hätte, hätte ich dir diesen zweiten Überfall wahrscheinlich ersparen können.«

Aus einer Tasche ihres Rocks zog sie den Bernsteinanhänger hervor und ließ ihn vor seinen Augen baumeln. Reflexartig legte er die Hand auf den Beutel, in dem sich das Schmuckstück befinden sollte.

Der Beutel war natürlich leer.

»Das ist der Grund, weshalb du in Gefahr bist, verstehst du nicht? Wo hast du das gefunden?«

Seufzend gab Fulminacci nach und erzählte ihr der Reihe nach, wie er an den Anhänger gekommen war. Da er jetzt nichts mehr zu verheimlichen brauchte, beschrieb er auch den Bettler und erzählte, dass derselbe Mann die Mörderbande im Ghetto angeführt hatte.

»Heilige Muttergottes, Nanni! Weißt du denn nicht, wen du da vor dir hattest?«

»Nein, wieso? Kennst du den Kerl?«

»Nicht persönlich, aber ganz Europa hat von ihm gehört. Niemand weiß, wie er aussieht, denn wer je sein Gesicht erblickt hat, hat das nicht überlebt. Konntest du ihn deutlich sehen? Würdest du ihn wiedererkennen?«

»Ich verstehe ja, dass es sich um ein wertvolles Schmuckstück handelt«, murmelte der Maler, »aber deswegen gleich jemanden umzubringen, bei der Madonna! Ich kann es ja immer noch zurückgeben …«

»So einfach ist das nicht, Nanni. Es geht nicht mehr allein um den Bernstein. Du hast seinen Besitzer von Angesicht zu Angesicht gesehen, verstehst du? Und das auch noch zweimal. Er wird keine Ruhe geben, bis er dich aus dem Weg geräumt hat. Du steckst bis zum Hals in Schwierigkeiten. Am besten arbeitest du mit der Obrigkeit zusammen. Man kennt weder den Namen noch die Herkunft dieses Mannes, aber er wird von allen *der Skorpion* genannt und ist vermutlich der gefährlichste Auftragsmörder Europas. Es gibt hochgestellte Persönlichkeiten, mächtige Männer, die ein großes Interesse daran haben, ihm das Handwerk zu legen. Könntest du ihn beschreiben?«

»Na klar! Außerdem habe ich in der Kirche eine ganz gute Zeichnung von ihm gemacht. Warte mal, ich muss sie hier irgendwo haben …«

Fulminacci kramte in der kleinen Tasche an seinem Gürtel herum.

»Herrgott, sie ist nicht mehr da! Wo zum Teufel kann sie sein?«

»Sag nicht, dass du sie verloren hast!« Beatrice schien höchst verärgert. »Such weiter, Nanni. Es ist wichtig!«

»Wenn sie weg ist, ist sie weg. Diese Tasche ist ja kein Schrank. Da braucht man nicht lange zu suchen, sieh selbst.« Er leerte den Inhalt des Lederbeutels auf den Tisch.

»Kann sein, dass sie gestern Abend bei der Verfolgungsjagd herausgefallen ist. Oder während des Kampfes oder bei der Flucht. Ich weiß es nicht. Aber eben war die Tasche noch zu. Guck mal, der Verschluss kommt mir ziemlich sicher vor, und ansonsten fehlt nichts. Nachdem ich das Porträt in Santa Maria Maggiore gezeichnet hatte, habe ich sie nicht mehr aufgemacht, es sei denn …«

»Es sei denn …«, drängte ihn die Freundin. »Streng dich an, Nanni, versuch dich zu erinnern.«

»Es sei denn bei meinem Besuch bei Valocchi, dem flämischen Maler, von dem ich dir erzählt habe. Na ja, wir hatten ein bisschen getrunken, du weißt ja, wie das ist. Wenn ich jetzt so darüber nachdenke, scheint mir tatsächlich, dass ich ihm die Zeichnung gezeigt habe. Ich wollte seine Meinung hören, ob ich sie als Vorlage für das Fresko in Santa Reparata verwenden kann. Gut möglich, dass ich sie bei ihm vergessen habe. Ich bin mir nicht sicher, aber es könnte sein. Falls die Skizze sich noch bei Valocchi befindet, ist es jedenfalls kein Problem, sie zurückzuholen.«

Beatrice schüttelte den Kopf.

»Du solltest dich bei Tag erst mal nicht mehr im Viertel blicken lassen. Dich kennen hier zu viele, und der Skorpion wird sicher seine Komplizen nach Trastevere schicken, um dich zu suchen. Ich werde mich um die Zeichnung kümmern, und du gehst besser nicht vor die Tür. Könntest du das Porträt nachzeichnen?«

»Puh, so aus dem Gedächtnis ist das schwierig. In groben Zügen vielleicht, aber es wäre nicht sehr ähnlich. Dieser Mann hat ein ziemlich eigentümliches Gesicht …«

»Verstehe. Ich werde Zane hinschicken, und du bleibst schön hier.«

»Ich habe aber keine Lust, mich in deiner Hütte zu verkriechen«, protestierte der Maler, dem seine Freiheit über alles ging. »Außerdem müsste ich Verschiedenes erledigen. Ich könnte …«

»Kommt überhaupt nicht infrage«, unterbrach ihn die Freundin entschieden. »Du rührst dich nicht vom Fleck. Nur über meine Leiche!«

Kapitel XV

Zane kehrte am späten Vormittag zurück.

Als er in die Hütte trat, saß Beatrice immer noch an dem kleinen Tisch vor ihren Tarotkarten. Sie und Fulminacci hatten nicht mehr viel miteinander gesprochen, nachdem der Maler sich genötigt gesehen hatte, etwas einzugestehen, das er vorher verschwiegen hatte. Er hatte die Freundin noch ein Weilchen bei ihrer Kartenlegerei beobachtet, aber nach und nach das Interesse an dem für ihn unverständlichen Tun verloren und angefangen, einen herzhaften Eintopf aus Bohnen und toskanischem Kohl zu kochen, den es zu Mittag geben sollte.

Da er so mit seiner Arbeit am Herd beschäftigt war, bemerkte er die Rückkehr des Slawen nicht einmal. Erst als er sich umdrehte, um seiner Gefährtin zu sagen, dass das Essen fast fertig sei, sah er den Riesen und wurde Zeuge eines höchst merkwürdigen Schauspiels.

Zane hatte sich vor Beatrice gehockt und unterhielt sich mittels einer Reihe von Handbewegungen und Grimassen in einer wortlosen Sprache mit ihr, die sie offenbar ohne Weiteres verstand. Hin und wieder unterbrach Beatrice ihn und bewegte ihrerseits die Hände, anscheinend um ihm Fragen über einiges zu stellen, was der Klärung bedurfte. Eigentlich hätte sie sich dieser Zeichensprache nicht zu bedienen brauchen, da Zane ausgezeichnet hörte. Vermutlich war es einfach eine Gewohnheit zwischen den beiden.

Das Dumme war nur, dass der Maler von all diesem Gestikulieren, Zwinkern und Augenverdrehen nicht das Geringste verstand, was ihn allmählich etwas ungehalten machte.

Die zwei fuhren ungerührt auf diese Art fort, ohne sich um ihn zu kümmern, der in dem vergeblichen Versuch, ihrem Austausch zu folgen, ständig vom einen zum andern blickte.

Was ihm nicht entgehen konnte, war Beatrices zunehmend erzürnter Gesichtsausdruck bei Zanes offensichtlich unerfreulichen Neuigkeiten. Mehr als einmal war der Maler versucht, den stummen Dialog zu unterbrechen und sein Recht anzumelden, ebenfalls informiert zu werden, doch in Anbetracht ihrer ernsten Mienen beherrschte er sich und wartete ungeduldig darauf, dass Beatrice sich herabließ, ihn einzuweihen.

Endlich hörte Zanes schnelles Gestikulieren auf. Er faltete die Hände im Schoß und sah die Kartenlegerin an, als wartete er darauf, dass sie eine Lösung für die Probleme fand, die er ihr gerade geschildert hatte.

Beatrice schüttelte den Kopf, runzelte die Stirn und verzog ihren schönen Mund zu einer angewiderten Grimasse.

Fulminaccis Geduld war am Ende.

»Beatrice, verzeih, wenn ich deine Betrachtungen unterbreche, aber würdest du vielleicht so freundlich sein, mir zu sagen, was passiert ist? Dass es um etwas Ernstes geht, ist mir klar, aber da ich nur ein gewöhnlicher Sterblicher bin, habe ich sonst nicht viel kapiert. Was ist los? Ist die Pest wieder ausgebrochen? Der Papst gestorben? Belagern protestantische Armeen die Stadt? Beim heiligen Blut Jesu Christi, will mir jetzt mal jemand was sagen?«

»Schlechte Neuigkeiten, Nanni. Zane war gerade in der Stadt, um deine Zeichnung zu holen, wie du weißt, aber er ist gleich wieder umgekehrt. Die Bevölkerung ist in Aufruhr. Es sind beunruhigende Dinge gefunden worden: abgestochene schwarze Katzen an Wegkreuzungen, geköpfte Hähne vor den Kirchentüren, mit Blut geschriebene kabbalistische Zeichen an den Mauern. Die Häscher der Inquisition durchkämmen die Viertel. Offenbar haben sie vor, ins Ghetto einzudringen.«

»Bei allen Dämonen«, platzte der Maler heraus, »da hat der Teufel seine Hand im Spiel! Verflucht seien alle Zauberer und Hexenmeister!«

»Red keinen Blödsinn, Nanni. Manchmal glaube ich, du hast keinen Funken Verstand! Kapierst du denn nicht, was da vor sich geht? Genau diesen absurden Aberglauben macht sich die Inquisition zunutze, um Angst und Schrecken zu verbreiten. Es besteht kein Zweifel daran, dass das Heilige Offizium hinter diesem Hokuspokus steckt, namentlich dieser Bernardo Muti, der stellvertretende Inquisitor. Seit Kardinal Cybo aus dem Spiel ist, macht dieser Mistkerl seinen Einfluss geltend. Die jüdische Gemeinde ist nun schon seit einigen Jahren nicht mehr verfolgt worden. Ihre Händler und Geldwechsler durften ihre Truhen füllen, und jetzt können es die Dominikaner kaum erwarten, diese schöne Gabe Gottes in ihre Klauen zu bekommen.«

Der Maler wehrte sich gegen diesen wütenden Tadel.

»Aber die geköpften Hähne, die schwarzen Katzen und all das, wie erklärst du dir das?«

»Ach Nanni, du bringst mich zur Verzweiflung. Das waren die Häscher selbst, ist doch klar. Muti hat seine Halsabschneider in der Nacht losgeschickt, um Angst und Aberglauben zu schüren, damit er seine Schreckensherrschaft errichten kann.«

Allmählich ging dem verwirrten Maler ein Licht auf, auch wenn er immer noch nicht ganz überzeugt war.

»Aber ein Geistlicher, ich bitte dich … Ich glaube nicht, dass er zu so etwas fähig wäre …«

»Muti ist ein gieriger, bösartiger Mann, der zu allem fähig ist, um seine Ziele zu erreichen, und wenn er Feuer und Schwert über die Stadt bringen muss. Du bist erst seit drei Jahren in Rom und kennst so etwas nicht, aber ich habe solche Zustände schon erlebt und kann dir versichern, dass es dabei wenig zu lachen gibt.«

»Heilige Muttergottes«, murmelte der Künstler.

»Hoffen wir, dass wenigstens sie uns beschützt«, entgegnete seine Freundin trocken.

Dann wandte sie sich wieder Zane zu, dem sie mit einer Abfolge schneller Gebärden irgendwelche Anweisungen gab.

Der Slawe verfolgte ihr Gestikulieren aufmerksam, nickte zum Zeichen, dass er verstanden hatte, und ging hinaus.

»Ich habe ihn noch einmal zu Valocchi geschickt, wegen deiner Zeichnung«, erklärte Beatrice. »Es ist ja nicht weit, er wird bald wieder hier sein.«

»Gut möglich, dass er dort niemanden antrifft«, murmelte Fulminacci. »Valocchi ist bestimmt ausgegangen. Er arbeitet zur Zeit an dem Bühnenbild für die Oper, die heute Abend im Teatro dei Cavalieri aufgeführt wird.«

»Herrgott, Nanni, warum hast du mir das nicht gesagt?«

»Weil du mich nicht danach gefragt hast! Du fragst mich ja nie etwas. Du tust, machst, redest, befiehlst, ohne irgendwelche Fragen zu stellen. Ist dir das schon mal aufgefallen?«

»Nanni, du treibst mich noch in den Wahnsinn. Doch für den Fall, dass Valocchi nicht zu Hause ist, habe ich Zane aufgetragen, die Zeichnung zwischen seinen Papieren zu suchen. Das ist natürlich etwas riskant.«

»Ein unnötiges Risiko, fürchte ich«, erwiderte Fulminacci. »Valocchi läuft immer mit einem Bündel von Zeichnungen unter dem Arm herum. Porträts, Skizzen, Entwürfe für die Bühnenbilder, an denen er gerade arbeitet. Als ich ihn vorgestern besucht habe, hat er mir Zeichnungen für die Opernszenen gezeigt. Gut möglich, dass meine Porträtskizze zwischen seinen Unterlagen gelandet ist und sich jetzt mit dem Rest seines Materials im Theater befindet.«

»Männer!«, rief die junge Frau aus. »Wozu seid ihr eigentlich nütze? Jetzt müssen wir erst mal Zanes Rückkehr abwarten. Später werden wir zum Theater gehen und die Zeichnung holen, vorausgesetzt, dein Freund hat sie nicht dazu benutzt, das Körbchen für den Ricotta auszulegen oder Feuer in einem Kohlebecken zu machen!«

»Gut, dann können wir in der Zwischenzeit ja etwas essen«, schlug Fulminacci vor. »Ich bekomme langsam Hunger, und die Suppe ist längst fertig.«

Beatrice stand von ihrem Tischchen auf und ging zu ihm, als er sich am Herd zu schaffen machte. Sie griff nach dem Kragen seines Rocks und beschnupperte den Stoff.

»Nanni, du stinkst wie ein Ziegenbock. Wann hast du dich das letzte Mal gewaschen?«

»Äh, na ja … vor kurzem, glaube ich …«

»Wann?«, bohrte sie.

»Ähm, so schnell kann ich das jetzt nicht sagen. Vor kurzem eben, Ostern, scheint mir …«

»Nanni, Ostern war vor fast zwei Monaten. Soll das heißen, dass du dich seit zwei Monaten nicht gewaschen hast?«

»Also, ich weiß nicht, was daran so schlimm sein soll. Außerdem wasche ich mir jeden Morgen das Gesicht. Was ist das für eine fixe Idee von dir?«

»Du wirst dich waschen. Jetzt sofort.«

»Aber …«

»Ohne Wenn und Aber. Geh zum Brunnen und hol zwei Eimer voll Wasser.«

Der Maler wollte noch ein paar verzweifelte Ausflüchte machen, aber das Stirnrunzeln seiner Freundin sagte ihm, dass es keinen Sinn hatte, sich auf einen aussichtslosen Kampf einzulassen.

Stöhnend nahm er zwei Holzeimer und ging hinaus, wobei er leise Verwünschungen gegen die Frauen im Allgemeinen und Beatrice im Besonderen ausstieß. Vor allem verfluchte er ihren übertriebenen Reinlichkeitswahn, aber auch seine eigene Schwäche.

Als er zurückkam, schüttete Beatrice das Wasser in einen großen Topf, den sie aufs Feuer stellte, und schickte ihn erneut los, die Eimer zu füllen.

»Sag mal, Beatrice, wie sollen wir eigentlich ins Theater reinkommen?«, fragte er, als er schnaufend zurückkehrte.

»Mach dir darüber keine Gedanken, das schaffen wir schon«, antwortete sie.

»Valocchi wird hinter den Kulissen sein. Wenn wir durch den Haupteingang hineingehen, geraten wir in das Gedränge im Parkett und können nicht unauffällig zu ihm gelangen. Und wenn wir's am Hintereingang versuchen, werden sie uns mit Fußtritten über die gesamte Via del Corso jagen.«

»Wie gesagt, mach dir keine Gedanken. Ich habe da so meine Methoden. Das Wasser ist gleich heiß, geh hinter den Vorhang und zieh dich aus. Ich werde inzwischen die Wanne füllen.«

»Mich ausziehen? Nackt, meinst du?«

»Ja, es sei denn, du pflegst mit deinen Kleidern zu baden …«

Grummelnd ging Fulminacci ins Hinterzimmer und begann seine Sachen abzulegen.

Als die Freundin mit dem dampfenden Topf ankam, rief er ihr zu:

»Sag mal, Beatrice, willst du mir nicht vielleicht helfen?«

»Mach dir keine Hoffnungen, ich möchte deine Tugend nicht gefährden.«

Sie gab ihm den schweren Topf, und er schüttete das Wasser in die Marmorwanne.

»Das ist ja kochend heiß!«

»Du musst kaltes Wasser aus dem anderen Eimer dazugießen, bis die Temperatur für deinen zarten Leib angenehm ist. Hast du Läuse?«

»Wo denkst du hin! Na ja, vielleicht ein paar. Aber nur ganz wenige.«

Die rechte Hand der Wahrsagerin kam hinter dem Vorhang hervor und reichte ihm einen Tiegel.

»Reib die befallenen Stellen mit dieser Paste ein, ehe du hineinsteigst, und warte ein paar Minuten. Hier ist Seife. Sie ist mit Honig, ich habe sie selbst gemacht. Sag mir Bescheid, wenn du drin bist.«

»Heiliger Strohsack, diese Paste stinkt ja wie sämtliche Teufel der Hölle! Was hast du da reingetan? Und brennen tut sie auch noch!«

»Könntest du mir bitte dein Gejammer ersparen und einfach tun, was man dir sagt?«, sagte Beatrice, ohne ein belustigtes Lachen zu unterdrücken. »Schmier sie auch auf den Kopf, hörst du.«

Widerstrebend gehorchte der Maler. Er rieb sich sorgfältig die Leistengegend und den Kopf ein, wartete geduldig eine Weile und stieg dann in die dampfende Wanne.

»Weißt du«, sagte er, nachdem er sich gründlich eingeseift hatte, »das ist gar nicht mal so übel. Ich habe keine Ahnung, ob man dadurch gesünder wird, aber ich muss zugeben, dass es sich alles andere als unangenehm anfühlt.«

Beatrice zog den Vorhang beiseite und betrat den kleinen Raum.

»He, was machst du da?«, protestierte Fulminacci und bedeckte schnell sein Geschlechtsteil mit den Händen, was ganz unnötig war bei dem üppigen Seifenschaum in der Wanne.

»Ich werde dir die Haare waschen, Dummkopf. Das letzte Mal hat das bestimmt noch deine Mutter gemacht. Tauch unter, damit sie nass sind, dann kann ich einen Balsam einmassieren, der ein wahres Wundermittel gegen Parasiten ist.«

»Na gut, aber behalte die Hände schön bei dir und mach keinen Unsinn. In dieser Lage fühle ich mich ziemlich verwundbar.«

»Was für ein Theater! Was für ein Gezeter wegen eines schlichten Bades! Du stellst dich an wie ein Kind.«

Beatrice verteilte den Balsam auf der dichten schwarzen Mähne des Malers und begann ihn kräftig einzureiben, was den Freund zu neuem Gejammer veranlasste.

»So, fertig«, sagte sie schließlich. »Jetzt spül das gut aus und trockne dich ab. Ich erwarte dich nebenan. Übrigens, wir müssen auch deine Kleider waschen, die dünsten einen Gestank aus, dass man in Ohnmacht fällt. Du kannst so lange den Umhang überziehen, den ich auf den Stuhl gelegt habe.«

»Nein, nicht meine Kleider, ich bitte dich! Das sind die einzigen, die ich habe. Sie werden kaputtgehen.«

»Nein, werden sie nicht. Außerdem habe ich sie schon in einem Bottich eingeweicht, du brauchst also gar nicht mit weiteren Einwänden zu kommen.«

Da ihm nichts anderes übrig blieb, fügte er sich, aber es war ein recht kleinmütiger Fulminacci, der sich kurz darauf vor dem Herd präsentierte. Er hatte sich fest in den Umhang gehüllt, aber wohl eher, um nicht zu viel Haut zu zeigen, als um sich vor einer nicht vorhandenen Kälte zu schützen. Seine nassen Haare hingen ihm tropfend ins Gesicht, und auch der stolze Schnurrbart war schlaff geworden und klebte an seinen Backen, nun, da die Seife den Talg, mit dem er ihn in Form hielt, herausgewaschen hatte. Als sie ihn so sah, musste Beatrice kichern.

»Du erinnerst mich an eine herrenlose Katze, die man gerade aus dem Fluss gefischt hat«, bemerkte sie.

»Sehr witzig. Ich hoffe nur, dass mein Schnurrbart nicht dahin ist. Ich weiß nicht, ob ich dir das verzeihen könnte.«

»Aber nein, reg dich nicht auf. Setz dich hier ans Feuer, dann trockne ich dir die Haare.«

Sie nahm ein sauberes Tuch und rubbelte damit energisch seinen Schopf, den sie anschließend mit einem großen beinernen Kamm bearbeitete, dem ein paar Zinken fehlten.

Auch diese Prozedur ging nicht ohne neues Protestgeschrei ab, aber schließlich hatte Beatrice es geschafft und reichte Fulminacci eine Spiegelscherbe, damit er sich bewundern konnte.

»Sieh dich an, du bist ein neuer Mensch.«

»Hm, ja, ich muss zugeben, dass meine Haare jetzt besser aussehen. Nun muss ich sie aber noch hinten zusammenbinden. Hast du vielleicht etwas …?«

»Da, nimm«, sagte sie und gab ihm ein dunkles, mattes Band, »das ist Aalhaut. Hält die Haare gesund und frei von Parasiten. Und hier ist auch Talg für deinen Schnurrbart.«

In diesem Moment ging die Tür auf, und der riesenhafte Zane kam herein.

Mit schnellen Gebärden teilte er Beatrice mit, was sie schon befürchtet hatte, nämlich dass in Valocchis Wohnung weder der Maler noch die Zeichnung zu finden gewesen waren.

»Ist gut, Zane«, sagte sie diesmal laut. »Das bedeutet, dass wir tatsächlich ins Theater gehen müssen, um sie zurückzuholen. Die Vorstellung behagt mir zwar nicht, aber wir haben keine andere Wahl. Jetzt sollten wir erst mal essen, danach kümmern wir uns um die Vorbereitungen.«

Die drei setzten sich an den Tisch und aßen Fulminaccis Eintopf, der mit reifem Ricotta abgeschmeckt war.

Nach der Mahlzeit gingen sie ins Nebenzimmer, wo Beatrice in einem geräumigen Schrankkoffer in der Ecke zu kramen begann. Sie zog eine Reihe von Kleidungsstücken daraus hervor, die sie auf dem Bett ausbreitete und kritisch musterte.

»Nanni, weißt du, was für eine Oper gegeben wird?«

»Ich glaube, sie heißt *Ione*, von diesem Musiker, wie war doch gleich sein Name … Abbatucci … Abbatini! Ich habe gehört, dass die Hauptgeldgeberin des Spektakels Königin Christine von Schweden ist. Alles, was Rang und Namen hat, wird da sein, so viel steht fest. Die Königin hat keine Kosten gescheut und sogar einen berühmten Kastraten, Il Pisanino, für die Hauptrolle verpflichtet.«

»Schön und gut, aber kennst du die Handlung dieser Oper? Oder wenigstens den Ort der Handlung?«

Fulminacci breitete ratlos die Arme aus.

»Tut mir leid, keine Ahnung. Aber ich habe die Entwürfe für die Bühnenbilder gesehen und glaube, es ist etwas, das im Orient spielt. Ich erinnere mich an seltsam aussehende Gebäude, an Säulen, das Meer. Mehr weiß ich nicht.«

»Nanni, du bist so nützlich wie die Krätze. Aber wir haben ohnehin nicht viel Auswahl. Wir werden uns als Türken verkleiden und hoffen, dass du nicht zu betrunken warst, als du die Entwürfe gesehen hast. Schlimmstenfalls müssen wir uns was einfallen lassen.«

Fulminacci bekam ein Janitscharenkostüm mit großem Turban, gestepptem Mantel, langem, falschem Bart und einem Krummsäbel aus vergoldetem Holz. Beatrice dagegen wählte ein anmutiges Odaliskengewand, auf das Fulminacci jedoch nur einen kurzen Blick erhaschen konnte, da sie sich hinter einem Paravant umkleidete und sofort einen leichten Domino überzog, der nur die Füße und das Gesicht freiließ.

Am schwierigsten war es, eine Verkleidung für Zane zu finden. Nichts passte über den muskulösen Brustkorb des Slawen, weshalb sie am Ende beschlossen, dass er mit nacktem Oberkörper gehen sollte. Für den Rest staffierten sie ihn mit einer Pumphose, Schnabelschuhen, einem Turban und ebenfalls einem falschen Bart aus. Beatrice betrachtete ihn kritisch und schätzte, dass er als Sklave oder Haremswächter durchgehen konnte.

»Verzeih, wenn ich das frage, Beatrice«, sagte der Maler, als sie fertig waren, »wo hast du bloß diese ganzen Sachen her? Hast du den Fundus eines Theaters geplündert?«

»So etwas Ähnliches, aber das ist eine zu lange Geschichte, um sie jetzt zu erzählen. Wir sollten uns noch ein bisschen ausruhen und uns dann zwei Stunden vor Sonnenuntergang auf den Weg machen. Es wird ein langer und turbulenter Abend werden.«

Kapitel XVI

Das Teatro dei Cavalieri war ein einziges Lichtermeer. Trotz des angenehm kühlen Abends herrschten daher im Saal hohe Temperaturen, und die Damen in den Logen fächelten sich bereits Luft mit ihren bunten Fächern zu.

Vor dem Eingang warteten die Kutschen in einer langen Reihe darauf, ihre adeligen Fahrgäste abzusetzen. Eine laute Menschenmenge drängte sich zu beiden Seiten der Straße, um der Ankunft der Aristokraten beizuwohnen und die beliebtesten mit Beifallsstürmen zu begrüßen, während die übel beleumundeten mit vulgären Schmährufen überschüttet wurden. Die Kutscher mussten oft zu ihren langen Peitschen greifen, um sich einen Weg durch das Gedränge zu bahnen.

Zahlreiche Straßenhändler liefen in der Menge herum und priesen laut rufend ihre Ware an. Horden von Gassenjungen wuselten sich durch die scheinbar unpassierbare Mauer von Erwachsenen hindurch und jagten hintereinander her.

Die prächtige Kutsche von Christine, der Königin von Schweden, die der berühmte Künstler Gian Lorenzo Bernini entworfen hatte, wurde mit regelrechten Ovationen empfangen. Alle wussten, dass die Königin auf den Thron einer der mächtigsten Nationen Europas verzichtet hatte, um zum katholischen Glauben überzutreten, und nie mit Spenden und Almosen für die Bedürftigen geizte, seit sie in Rom lebte. Beides hatte sie zum Liebling des Volkes gemacht.

Als die Königin aus der Kutsche stieg, wie immer in Begleitung von Kardinal Decio Azzolini, erhob sich denn auch lautes Jubelgeschrei, und manche Frauen gingen so weit, der schönen Schwedin Sträußchen von Wiesenblumen zuzuwerfen, um ihre Verehrung zu bekunden.

Die Königin zeigte sich sehr erfreut über diese Gunstbeweise, während ihr Begleiter weniger glücklich dreinblickte.

»Decio, Ihr wirkt besorgt. Kommt, entspannt Euch ein wenig und lächelt. Seht Ihr nicht, wie das römische Volk mich liebt!«

»Die Masse ist eine hässliche Bestie, meine Königin. Ihre Launen wechseln mit jedem Windstoß. Heute jubelt sie Euch zu, wohl wahr, aber morgen… Morgen kann alles ganz anders sein. Es ist besser, der Volksmenge zu misstrauen, man weiß nie, wann ihre Stimmung umschlägt.«

»Oh hört schon auf, wollt Ihr mir unbedingt die Festlaune verderben? Heute Abend will ich keine langen Gesichter sehen.«

Auch im Theater wurde Christine mit herzlichem Applaus empfangen, der aufgrund der edlen Herkunft der Damen und Herren im Vestibül jedoch etwas gemessener ausfiel. Als sie und der Kardinal, gefolgt von einem Dutzend Diener, die königliche Loge betraten, stieg vom Parkett unten, wo die Bürgerlichen sich tummelten, noch einmal stürmischer Beifall auf.

Christine war entzückt von dieser überaus freundlichen Begrüßung und ergoss ihr Lächeln gleichermaßen über Adelige wie Leute von bescheidenerer Abstammung.

Dann nahmen sie und ihr Begleiter auf den gut gepolsterten und reich verzierten Sesseln Platz und bekamen von eifrigen Dienern mit Schnee gekühlte Erfrischungsgetränke und Mandelkonfekt gereicht.

»Seht nur, Decio, ist das nicht wunderbar?«

»Ich bin leider etwas betrübt über die Nachrichten, die ich aus Schweden erhalte, Euer Majestät. Wie ich Euch schon in der Kutsche zu sagen versuchte, ist die Lage in Eurem Land gerade sehr beunruhigend. Karl XI. ist schwer erkrankt, und man fürchtet um sein Leben. Derweil hat dieser Taugenichts von Magnus das Sagen, der an allen Höfen Europas Einfluss zu nehmen versucht, um die antikatholische Front zu verstärken. Wie mir meine Agenten in Frankreich berichten, lässt sich auch der junge Ludwig XIV. von ihm blenden, ausgerechnet er, der sich zum Beschützer der katholischen Kirche erklärt hat! Ihr wisst, dass die

Generalstände für Juni einberufen worden sind und dass Eure Anwesenheit bei dieser Versammlung äußerst wertvoll wäre, um Magnus' Bestrebungen etwas entgegenzusetzen und Eure Rechte wiederherzustellen.«

»Puh, Decio, nun langweilt mich nicht mit solchen Reden. Im Moment möchte ich nur den schönen Abend genießen. Über diese Angelegenheiten sprechen wir später. Morgen oder übermorgen. Habe ich Euch eigentlich schon von den Kostümen und den Bühnenbildern erzählt? Ich habe dafür einen flämischen Künstler engagiert, einen ausgezeichneten Mann, der keine hohen Forderungen stellt, was ja auch nicht von Übel ist. Außerdem habe ich Leinen aus Flandern, venezianischen Brokat, hochwertige Wolle aus Irland und kostbare Seide aus Como kommen lassen. Ihr werdet sehen, wie prachtvoll sich das macht. Und dann die Szenenbilder, ein wahrer Triumph der Fantasie. Ganz zu schweigen von Abbatinis Musik! Gestern habe ich inkognito der Generalprobe beigewohnt, und ich kann Euch versichern, dass ein paar himmlische Melodien dabei sind. Il Pisanino ist tatsächlich ein so begnadeter Sänger, wie alle sagen.«

Mit kaum verhohlener Resignation tat Azzolini so, als interessiere er sich für ihr Geplauder, das ihm in dieser ernsten Situation überaus eitel und unnütz erschien, zumal er es in den letzten zwei Wochen schon häufiger hatte über sich ergehen lassen müssen. Seit Monaten bereits drängte er die Königin, sich um die Vorgänge in ihrem Land zu kümmern, doch die eigensinnige Monarchin zeigte nur wenig Neigung dazu. Derweil wurde das Ansehen der Kirche, das bereits durch ihr Fernbleiben von den Verhandlungen zum Westfälischen Frieden schweren Schaden genommen hatte, jeden Tag mehr von ihren zahllosen Feinden beschädigt. Wenn Christine sich nicht bald zum Einschreiten entschloss, würde der Bruch noch größer werden und einen wichtigen Teil des Kontinents für immer dem Einfluss der heiligen römischen Kirche entziehen. Die Armeen der sogenannten Reformation wurden ständig wehrhafter und stärker, und sogar das erzkatholische Frankreich schien sich nach dem Tod von Kardinal Mazarin der moralischen und weltlichen Autorität des Papstes entziehen zu wollen. Das bezeugte deutlich der Streit um die Investitur von Priestern in den südlichen Provinzen, der sich nun schon viel zu lange hinzog, ohne dass auch nur der Ansatz einer Lösung in Sicht wäre. Paul de Gondi, der Kardinal von Retz, ein guter Freund und Verbündeter, war in die Verbannung geschickt worden und befand sich zur Zeit in Rom; um genau zu sein, saß er gleich zwei Logen weiter. Auch er hatte nach dem fehlgeschlagenen Aufstand der Fronde jeden Einfluss am Hofe Ludwigs verloren. Nur noch ein Trumpf blieb ihnen, aber mit dem war ein Risiko verbunden, das Azzolini einzugehen sich scheute, da die Folgen im Falle eines Scheiterns unabsehbar wären. Diese letzte Möglichkeit beruhte auf einem dunklen Geheimnis, dessen Enthüllung das politische Gleichgewicht in ganz Europa aus den Fugen bringen würde. Das war kein Schritt, den man leichtfertig unternahm, und doch drängten die sich überstürzenden Ereignisse sie offenbar dazu. Die beiden Morde in den vergangenen Tagen waren ein Beweis dafür, dass einige Todfeinde der Kirche hinter das Geheimnis gekommen waren.

Auf der Bühne der Politik braute sich also einiges zusammen, das eine hochexplosive Mischung ergab, während der Kardinal sich das endlose Geplapper der Königin über Duette und Arien, Szenenwechsel und Theatermaschinerie anhören musste.

Der Beginn der Aufführung verzögerte sich.

In einer unverhofften Pause in Christines Redestrom bat Azzolini um die Erlaubnis, sich kurz entfernen zu dürfen, und ging hinaus in den Flur. Sein Schädel brummte, als würde ein ganzer Hornissenschwarm darin nisten.

Kaum hatte er die Loge verlassen, kam ein Adeliger auf ihn zu, mit dem er sich in einen der vielen Alkoven, die die Korridore säumten, zurückzog.

»Ist alles bereit?«, fragte der Kardinal.

»Die Männer sind auf ihren Posten, und wir haben jede erdenkliche Vorsichtsmaßnahme getroffen. Die Ausgänge werden unauffällig, aber streng bewacht. Jetzt können wir nur noch warten, Euer Eminenz. Und auf Gottes Hilfe vertrauen.«

»Sehr gut. Haltet die Augen auf und überwacht jede verdächtige Person.«

»Sehr wohl, Eminenz. Wenn wir allerdings eine Beschreibung des Gesuchten hätten, wäre es einfacher …«

»Das ist leider nicht möglich. Kein Mensch, der sich noch seines Lebens erfreut, hat ihn je gesehen. Aber ich bin sicher, dass er sich bemerkbar machen wird. Haltet aufmerksam Wache und zögert nicht, mich zu stören, wenn es Euch angeraten scheint.«

Der Adelige entfernte sich. An seiner Art zu gehen erkannte man, dass es sich trotz der eleganten Kleidung um einen Berufssoldaten handelte.

Der Kardinal kehrte in die königliche Loge zurück, wo er sofort mit neuen Wortsalven bestürmt wurde, die er mit christlicher Ergebenheit ertrug. Während er höflich über Christines geistreiche Bemerkungen lächelte, schweifte sein unruhiger Blick über die erleuchteten Logen, als wolle er mit bloßem Gespür den genauen Ort ausfindig machen, an dem sich die Bedrohung offenbaren würde. Er beobachtete die adeligen Herrschaften, die sich nun beeilten, die wenigen noch leeren Logen zu besetzen, und ließ seinen Blick auf einem Geistlichen verweilen, der gerade in einer kleinen Seitenloge Platz genommen hatte, nur wenige Dutzend Schritte von ihm entfernt. Seine schlichte, beinahe ärmliche Kleidung bildete einen auffälligen Gegensatz zu dem Prunk, den die meisten Zuschauer, egal ob weltliche oder geistliche, zur Schau stellten.

Der Mann saß neben einem französischen Prälaten, einem Bischof, den Azzolini selbst gut kannte und der, anders als sein Begleiter, ein Gewand von höchster Eleganz trug.

Auch Christine bemerkte die Ankunft des schwarz gekleideten Mönches.

»Seht, Decio, dort ist Pater Kircher. Bittet ihn doch zu uns herüber, ich würde gern ein paar Worte mit ihm wechseln. Wisst Ihr, er hat an der Inszenierung mitgearbeitet. Ich glaube, ich habe Euch schon von der großartigen optischen Apparatur erzählt, die als *coup de théâtre* im dritten Akt eingesetzt wird. Ich bin gespannt zu erfahren, wie die Vorbereitungen verlaufen sind.«

Azzolini schickte einen der Diener los, um die Einladung auszurichten, und kurz darauf betrat Pater Kircher zusammen mit dem hohen ausländischen Prälaten die königliche Loge.

Kapitel XVII

Der Bischof und der Jesuit erwiesen der Königin ihre Reverenz. Christine zeigte sich glücklich, den alten Freund und seinen Begleiter zu empfangen, den sie bereits kannte, auch wenn er ihr noch nie offiziell vorgestellt worden war.

Das wurde nun von Kardinal Azzolini nachgeholt, der ihr den vollen Namen des Prälaten sowie seine Titel und Pfründe aufzählte, wie es sich gehörte.

Christine aber schien sich nicht besonders für die Abstammung des Franzosen oder seine Verdienste um die Verteidigung und Verbreitung des Glaubens zu interessieren. Sie wandte ihre Aufmerksamkeit gleich dem Jesuiten zu, aus dessen Mund sie von neuen technischen Errungenschaften zu hören hoffte.

»Pater Kircher, wie schön, Euch bei diesem freudigen Anlass zu treffen. Ich befürchtete schon, Eure sprichwörtliche Zurückgezogenheit, die nur von Eurer Bescheidenheit übertroffen wird, könnte Euch von diesem Ereignis ferngehalten haben. Sagt, Pater, was habt Ihr Euch für neue Wunderwerke ausgedacht, um diese Aufführung einzigartig werden zu lassen?«

In Wahrheit kannte Christine die von Kircher entwickelten Apparate bis ins Detail, da sie deren Anbringung persönlich überwacht hatte, aber ihre Begeisterung war so groß, dass sie nie genug von den Neuerungen hören konnte, die der geniale alte Jesuit erfunden hatte, um das Publikum zu ergötzen und zu verblüffen.

Kircher jedoch wirkte müde, sorgenvoll und lustlos und schien in düstere Grübeleien verstrickt, die ihn davon abhielten, den Abend zu genießen.

»Ich habe einen akustischen Apparat installiert«, antwortete der Mönch nach einigem Zögern, »durch den die Stimme des Deus ex Machina klar und deutlich zu hören sein wird, obwohl sie zugleich hohl und fern klingt, wie es die Bühnenanweisung vorsieht, wenn es im dritten Akt zu der Wiedererkennungsszene zwischen Ione und ihrer Mutter kommt. Wie Ihr wisst, hören sich Stimmen, die abseits der Bühne erklingen, meistens schwach bis unverständlich an, was daher kommt, dass die Theater in einer Weise gebaut sind, die den Geräuschen auf der Bühne den kräftigsten Schall verleiht. Jedes Wort, das außerhalb dieses sehr begrenzten Bereichs gesprochen wird, wird von den Gesetzen der Akustik gedämpft und natürlich auch von den diversen Hindernissen zwischen der Klangquelle und den Ohren des Publikums. Mein Apparat nun, quasi eine neue Art von Sprachrohr, verstärkt die Worte, die der Bariton hinter den Kulissen spricht, um das Zehnfache oder mehr, sodass sie voll und dröhnend klingen, ohne dabei den Eindruck von überirdischer Ferne zu verlieren, den man mit einer olympischen Gottheit verbindet.«

Diese ausführliche Erläuterung schien sämtliche Kräfte des Jesuiten aufgezehrt zu haben, der sich an einer der Säulen in der Loge abstützen musste, um einer plötzlichen Ohnmacht zu entgehen.

Die Königin merkte nichts von dem offensichtlichen Unwohlsein ihres Gegenübers und fuhr fort, ihm immer eingehendere Fragen über die wissenschaftlichen Grundlagen der Entwicklung des Apparats zu stellen und über die Schwierigkeiten, die sich durch die erhöhte Raumtemperatur oder das Gedränge hinter der Bühne, wo sich Chorsänger, Tänzer und Komparsen versammelten, ergeben könnten.

Mit großer Mühe gelang es Pater Kircher, ihre Neugier zu befriedigen, doch je länger das Gespräch dauerte, desto knapper wurden seine Antworten.

Sein geschwächter Zustand entging den scharfen Augen des Kardinals nicht, der dem französischen Bischof einen fragenden Blick zuwarf.

Der herausgeputzte Geistliche zuckte unmerklich die Achseln.

Als die Königin endlich aufhörte, ihn mit Fragen zu bestürmen, zog Kircher sich in sich selbst zurück wie eine Schildkröte in ihren

Panzer. Daraufhin wandte sich Christine dem Bischof zu, der sich als brillanter und geistreicher Gesprächspartner erwies und sie mit dem neuesten Klatsch vom französischen Hof unterhielt.

»Majestät, angesichts des Gewands, das ich trage, steht es mir eigentlich nicht zu, so etwas zu sagen, aber wie es scheint, hat der junge Herrscher sich mit seiner frisch angetrauten spanischen Frau etwas Schönes aufgehalst. Maria Teresa hat offenbar das aufbrausende Temperament ihres erlauchten Vaters, Philipps IV., geerbt, und wie man hört, kann man die Zankereien des königlichen Paars gar nicht mehr zählen, die sogar durch die dicken Mauern des Louvre schallen. Aber auch wenn man Maria Teresa alles andere als sanftmütig nennen mag, muss man doch zugestehen, dass ihr königlicher Gatte es ihr nicht gerade leicht macht. Niemand hat noch einen Überblick über seine Liebschaften, weder über seine mehr oder weniger ständigen Favoritinnen noch über seine Gelegenheitsopfer. Wenn er so weitermacht, wird man in wenigen Jahren ein ganzes Heer aus den Früchten seiner erlauchten Lenden rekrutieren können.«

Die Königin lachte über diese Neuigkeiten, die man in Rom immer erst mit Verspätung zu hören bekam, und forderte den Bischof auf, noch mehr zu erzählen.

Während sie durch das galante Geplauder des Franzosen abgelenkt war, nutzte Azzolini die Gelegenheit, Pater Kircher beiseitezunehmen und nach dem Grund seiner Erschöpfung zu fragen.

»Aber nein, Eminenz«, wich der Pater zunächst aus, »es ist nur ein wenig Müdigkeit. Meine Studien halten mich bis tief in die Nacht wach, und ich bin leider kein junger Mann mehr.«

Azzolini war jedoch sehr geschickt darin, Menschen zum Sprechen zu bringen, und ließ nicht locker, bis er mit seiner glattzüngigen Art des erfahrenen Höflings den schwachen Panzer der Zurückhaltung, hinter dem der alte Mönch sich zu verbergen suchte, durchdrungen hatte.

»Die Wahrheit ist, Eminenz, dass mich diese beiden Morde tief beunruhigen. Sie haben mich in einer Weise erschüttert, die ich nicht für möglich gehalten hätte.«

»Die ganze Stadt ist in Trauer, Pater. Auch ich habe keine Erklärung für diese beiden grausamen Taten, die umso bestürzender sind, als es sich bei den Opfern um zwei fromme Männer handelt, über die nie auch nur ansatzweise ein übles Gerücht kursierte. In diesen Zeiten ist das schon mehr als man von jemandem, der unserer Berufung gefolgt ist, verlangen kann. Zwei Jesuiten noch dazu. Habt Ihr sie denn gekannt, Pater?«

Der Köder war ausgeworfen, und Pater Kircher blieb nichts anderes übrig als anzubeißen.

»So ist es, Eminenz. Man kann sogar sagen, dass beide langjährige Freunde von mir waren, auch wenn wir uns schon einige Zeit nicht mehr gesehen hatten. Sowohl Pater Stoltz als auch Pater Klamm haben dieselbe Novizenschule in Paderborn besucht, in der auch ich als junger Mann studiert habe. Das ist nun fast ein halbes Jahrhundert her, aber es kommt mir vor, als sei es gestern gewesen.«

Auf diese Mitteilung hin spitzte der scharfsinnige Kardinal die Ohren und hielt es für angezeigt, weiter nachzufragen.

»Ich wusste nicht, dass Ihr in Paderborn studiert habt, Pater. Soweit mir bekannt ist, wurde dieses Novizeninternat unter wenig erfreulichen Umständen geschlossen.«

Kircher schüttelte betrübt den Kopf.

»Ganz recht, Eminenz, unter den unseligsten Umständen! Ich hatte die beiden noch nicht lange gekannt, aber wir waren bereits gute Freunde geworden, verbunden durch unsere gemeinsame Liebe zu Wissenschaft und Erkenntnis. Dann geschah, was geschah, und ich war gezwungen zu fliehen, aber die Erinnerung an jene Jahre wird mich immer begleiten, auch wenn …«

»Auch wenn …?«, hakte der Kardinal nach, der spürte, dass er etwas auf der Spur war, das ein neues Licht auf die düsteren Ereignisse der vergangenen beiden Tage werfen würde.

»Auch wenn die letzten Wochen unseres Aufenthalts im Novizeninternat von traurigen Ereignissen überschattet wurden … Verzeiht, Eminenz, die Erinnerung an jene Zeit bedrückt mich immer noch so sehr, dass ich ihr nicht weiter nachgehen möchte, aus Angst, sonst keinen Frieden mehr zu finden.«

Pater Kircher zog sich wieder in sich selbst zurück, und der Kardinal verstand, dass es sinnlos wäre, weiter auf dem Thema zu beharren.

Was er erfahren hatte, war jedoch möglicherweise von großer Bedeutung. Sobald es ging, würde er eine Reihe von Nachforschungen veranlassen, um mehr über die Ereignisse herauszufinden, die der Jesuitenpater nur angedeutet hatte.

Inzwischen machten die Diener des Theaters ihre Runde, um einen Teil der Lichter im Saal zu löschen, was bedeutete, dass die Aufführung gleich beginnen würde.

Königin Christine lud Kircher und den französischen Bischof ein, sich die Oper in der königlichen Loge anzusehen, doch beide lehnten das Angebot höflich ab, der Jesuit mit ein paar gemurmelten Entschuldigungen, der Bischof mit seiner üblichen Wortgewandtheit.

»Verzeiht, Majestät, aber ich denke, zwei demütige Diener Christi, wie wir es sind, sollten besser auf ihre Plätze zurückkehren. Euer Glanz würde die Darbietung überstrahlen und es uns verwehren, die Herrlichkeiten im vollen Maße zu genießen, die Euer unübertrefflicher Einfallsreichtum für uns auf die Bühne gebracht hat.«

Der Bischof und der Mönch verabschiedeten sich und kehrten in ihre Loge zurück, nicht ohne dass Azzolini dem Franzosen mit beredtem Blick signalisiert hatte, dass er dringend mit ihm sprechen musste.

Der galante Geistliche antwortete mit einem kaum merklichen Nicken.

Kapitel XVIII

Beatrice, Zane und Fulminacci verließen zur festgesetzten Zeit das Haus.

Nach der angenehmen Wärme des Tages war die Abendluft zunehmend frisch geworden. Der Maler empfing das kühle Lüftchen mit Freuden, da er immer noch von dem ungewohnten heißen Bad erhitzt war und seine Haut, die eine so gründliche Reinigung kaum kannte, kribbelte, als sei sie mit einem Striegel bearbeitet worden.

Damit sie nicht auffielen, hatten die drei ihre Verkleidung unter leichten Umhängen verborgen, die ihnen bis zu den Füßen reichten. Zane und Fulminacci trugen ihre voluminösen Turbane als Bündel unterm Arm.

Die kleine Gesellschaft bewegte sich mit Vorsicht durch die ungewöhnlich ruhigen Straßen der Stadt, um nicht an die Häschertrupps der Inquisition zu geraten. Sie hatten zwar nichts Bestimmtes zu befürchten, aber es empfahl sich, Mutis Leuten aus dem Weg zu gehen, die fähig waren, jedem für einen Scudo die Kehle durchzuschneiden.

Je weiter sie vorankamen, desto offensichtlicher wurde es jedoch, dass dieses Gesindel sich an diesem Abend nicht blicken ließ. Die Premiere der Oper, die eine Herzensangelegenheit von Königin Christine war, sorgte dafür, dass sogar das unermüdliche Heilige Offizium sich zurückhielt. Zu viele wichtige Persönlichkeiten waren in Rom unterwegs, zu viele hohe Prälaten, zu viele Aristokraten, die es sicher nicht zu schätzen wüssten, wenn man ihnen das Fest verdarb.

Die Inquisition konnte gleichermaßen erbarmungslos wie langmütig sein.

Unterwegs begegneten die drei vielen Gruppen von Leuten

aus dem Volk, die in die gleiche Richtung gingen. Alle waren neugierig auf dieses gesellschaftliche Ereignis und wollten wenigstens als Zaungäste dabei sein. Die anfangs so stillen Straßen wurden in der näheren Umgebung des Theaters immer voller und lauter, was das Trio beruhigte, denn inmitten dieses Gewimmels war die Gefahr unerwünschter Begegnungen gering.

Kurz vor dem Theater merkten sie, dass das Gedränge immer schlimmer wurde, und um nicht in der Menge stecken zu bleiben, beschlossen sie, um das Gebäude herumzugehen und sich ihm von der Rückseite zu nähern.

Vor dem Dienstboteneingang hatte sich eine lange Schlange von Nachzüglern gebildet, die ihren Arbeitsplatz erreichen wollten, ehe es zu spät war.

Was ihr Vorankommen aufhielt, war ein Hindernis, mit dem der Maler nicht gerechnet hatte und das sich als unüberwindlich erweisen konnte. Ein Wächter von massiger Statur und brüskem, unfreundlichem Umgangston stand vor dem Eingang und überprüfte gründlich jeden, der hineinwollte, vermutlich, um zu verhindern, dass unerwünschtes Publikum umsonst Einlass fand.

Fulminacci bemerkte, während die Schlange sich entnervend langsam weiterschob, dass die angestellten Bediensteten mit einem Blatt Papier ausgestattet waren, das der Wächter sorgfältig untersuchte. Wer diesen Passierschein nicht vorweisen konnte, erfuhr eine alles andere als zuvorkommende Behandlung.

»Sag mal, Beatrice«, flüsterte der Maler seiner Gefährtin ins Ohr, »wie sollen wir denn an diesem Wachhund vorbeikommen, wo wir doch keinen Passierschein haben? Wir haben doch keinen, oder?«

Beatrice lächelte unter ihrer Kapuze hervor, die sie vorsichtshalber übergezogen hatte.

»Mach dir keine Sorgen, Nanni. Wie gesagt, ich habe so meine Methoden.«

»Mach dir keine Sorgen, mach dir keine Sorgen, das ist alles, was du zu sagen hast!«

Keineswegs beruhigt beobachtete der Maler, wie die Schlange

langsam vorrückte. Bald würden sie an der Reihe sein. Trotz des kühlen Windes schwitzte er unter seinem Umhang und dem langen, falschen Bart.

Als der gefürchtete Moment da war, schenkte Beatrice dem Türwächter ihr schönstes Lächeln und gab ihm seelenruhig ein Blatt, das fast genauso aussah wie die Papiere ihrer Vorgänger.

Der Zerberus betrachtete es eingehend, drehte es ein paarmal in seinen haarigen, schinkengroßen Pranken herum und ließ sie dann grunzend passieren.

Kalter Schweiß lief Fulminacci über den Rücken, als er an ihm vorbeiging, und beim Anblick der riesigen schwieligen Hände am Gürtel konnte er ein Schaudern nicht unterdrücken.

Als sie drinnen waren, zischte er seiner immer noch lächelnden Begleiterin zu: »Wie hast du das gemacht? Was hast du ihm gegeben? Zeig mir diesen verflixten Passierschein!«

Beatrice reichte ihm das Blatt, und er sah, dass es nicht mehr war als eine herausgerissene Seite aus einem kleinen Messbuch für ein paar Soldi.

Fulminacci fehlten die Worte, und er rang nach Luft, während er das Blatt vor der belustigten Freundin schwenkte.

»Der Wächter kann weder lesen noch schreiben«, erklärte Beatrice. »Er wurde nur genommen, weil er ein Cousin zweiten Grades eines Leibdieners von Kardinal Barberini ist, der ihn empfohlen hat. Da er kompletter Analphabet ist, kann er natürlich nur das äußere Erscheinungsbild des Papiers begutachten. Vor einiger Zeit habe ich herausgefunden, dass die Passierscheine mit den gleichen Lettern gedruckt werden wie diese einfachen Messbücher, deren Seiten auch das gleiche Format haben. Ich habe mir schon bei anderen Gelegenheiten auf diese Weise Einlass verschafft.«

Fulminacci drehte sich noch einmal nach dem gebeugten, muskelbepackten Rücken des Pförtners um und dankte dem Himmel für die Unwissenheit, die in der Hauptstadt der Christenheit vorherrschte.

Hinter der Bühne ging es hektisch zu, alles lief wild durcheinander.

Die Komparsen in ihren Kostümen wurden von einem kleinen Heer von jungen Schneiderinnen belagert, die noch die letzten Änderungen vornahmen. Gruppen von Musikern suchten vergeblich nach einem ruhigen Eckchen, um ihre Instrumente zu stimmen, Scharen von Tänzerinnen und Tänzern drängten sich zwischen den anderen hindurch, um sich für ihren Auftritt in Position zu stellen, und aus den Garderoben hörte man das dissonante Trillern der Sänger beim Einsingen.

Mitten in diesem Getümmel lief der Bühnenmeister herum, ein kleines Männchen mit spitzen Gesichtszügen, und versuchte, ein Minimum an Ordnung hineinzubringen.

»In ein paar Minuten geht der Vorhang auf! Wo wollen denn diese Tänzer hin? Die sind erst in der dritten Szene des zweiten Akts dran, sie dürfen dort nicht stehen, sonst behindern sie den Auftritt des Chors! Und was macht ihr hier, seid ihr etwa noch nicht fertig? Seht euch nur eure Kostüme an, die hängen ja wie Säcke an euch! Wo sind die Schneiderinnen?«

Zwei junge Mädchen, fast noch Kinder, kamen schüchtern herbeigelaufen.

»Mein Gott, macht etwas mit diesen Kostümen! Rafft sie hinten zusammen und steckt sie mit einer Nadel fest. So sehen sie aus wie Vogelscheuchen! Meine Assistenten, wo haben sich meine Assistenten versteckt? Lodovico, geht und seht nach, was aus den Chorsängern geworden ist. Heiliger Josef, in fünf Minuten müssen sie auftreten!«

Der Bühnenmeister war die Achse, um die sich dieses ganze Rad aufgeregter menschlicher Geschäftigkeit drehte. Sein Blick schnellte von hier nach da, bemerkte jede Einzelheit, strafte die Trägen und ermutigte die Eifrigen. Nichts entging seiner fieberhaften Erregung, und so war es unvermeidlich, dass ihm schließlich auch die drei falschen Türken auffielen, so unauffällig sie sich auch zu benehmen versuchten.

»Wer sind diese Türken? Wer zum Teufel hat die hierhergebracht? Türken kommen heute Abend nicht vor. He, ihr da, ja, euch meine ich, her zu mir!«

Es blieb den dreien nichts anderes übrig, als dem Befehl des schäumenden Bühnenmeisters Folge zu leisten.

»Wer hat euch aufgetragen, diese lächerlichen Kostüme anzuziehen? Gott, was für eine Narretei! Was soll ich mit drei Türken in einer Oper, die im alten Griechenland spielt, hä? Los, redet, ich habe keine Zeit zu verlieren!«

Bei diesem wütenden Verhör fiel sogar Beatrice, die sich sonst auch in schwierigen Situationen zu helfen wusste, nur einsilbiges Gestammel ein.

Ihre zaghaften Worte wurden sogleich von der schrillen Stimme des Bühnenmeisters übertönt.

»Was ist eure Szene? Antwortet, los!«

So in die Enge getrieben, sah die junge Frau keinen anderen Ausweg, als den spitzen Absatz ihres feinen Schuhs in den Fuß des aufgebrachten Männchens zu bohren. Dieses stieß einen durchdringenden Schrei aus und begann, auf einem Bein herumzuhüpfen und sich mit beiden Händen den malträtierten Fuß zu halten.

Mehrere Leute kamen herbeigelaufen, um zu sehen, was passiert war, und diese Konfusion nutzten die drei und verschwanden in einer Ecke hinter ein paar zerlegten Bühnenbildern.

»Diese Türkenkostüme waren wohl doch nicht der beste Einfall«, bemerkte Fulminacci, der um ein Gestell herumlugte und das Geschehen im Saal verfolgte.

»Da muss ich dir ausnahmsweise recht geben«, stimmte Beatrice zu. »Am besten haltet ihr euch hier versteckt, während ich nach einer passenderen Aufmachung suche. In dieser Verkleidung fallen wir auf wie ein bunter Hund.«

Die beiden Männer zogen sich in den unsicheren Schutz einiger Vorhänge zurück, die von einem kleinen Gerüst herabhingen, und ihre Gefährtin entschwand zum Kostümfundus.

Ein paar endlos scheinende Minuten vergingen. Hin und wieder spähten der Maler oder Zane in den Kulissenraum, wo einige Gehilfen des Bühnenmeisters herumliefen und offenbar nach ihnen suchten.

Als die Männer an ihrem Versteck vorbeikamen, drückten sich

die beiden flach an die Wand. Zum Glück waren die Gehilfen jedoch so sehr in ein privates Gespräch vertieft, dass ihre Wachsamkeit bestenfalls oberflächlich genannt werden konnte. Weder Fulminacci noch der Slawe verstanden genau, worum es in dem Streitgespräch ging, nur dass ein gewisser Jacopino sich angeblich wie eine Straßenhure benahm.

Die Zeit schlich dahin. Die Wärme, die von den vielen Menschen und brennenden Lichtern ausging, wurde in ihren Kostümen langsam unerträglich. Besonders der Maler hielt es hinter seinem großen Bart aus schwarzer Wolle kaum noch aus und beklagte sich leise, aber mit erstaunlicher Ausdauer darüber.

Endlich kam Beatrice zurück. Unter dem Arm hielt sie ein dickes Bündel, das sie mit einiger Mühe zu ihren Füßen entlud.

»Rasch, zieht euch um, es sieht gerade niemand her.«

Die beiden Männer befreiten sich von ihren einengenden Kostümen und zogen ihre neuen Verkleidungen aus dem Sack.

»Es war nicht einfach, etwas für Zane zu finden«, sagte Beatrice. »Das einzig Passende, was ich beschaffen konnte, sind diese Tunika und ein Paar Sandalen.«

Die Tunika erwies sich als etwas knapp, sowohl in der Länge als auch in der Weite, sah aber einigermaßen akzeptabel aus. Sein Gesicht verbarg Zane hinter einer Maske aus Pappmaschee, wie auch die Chorsänger sie trugen.

Fulminacci dagegen bekam die Rüstung eines Hopliten, eines altgriechischen Fußsoldaten, komplett mit Beinschienen, Lederröckchen und Helm mit Helmbusch.

Abfällig musterte der Maler das ihm zugedachte Kostüm.

»Ich habe diese Sachen ausgesucht, weil der Helm einen Nasensteg und Backenlappen hat, sodass dein Gesicht zum größten Teil bedeckt ist.«

Der Brustpanzer war etwas zu eng, weshalb viel Gezerre und eine entsprechende Anzahl von Flüchen nötig waren, um die Schnallen zu schließen.

»Sag mal, Nanni, du hast zugenommen, stimmt's?«, neckte ihn Beatrice, während sie die Riemen festzog.

Weil er dazu die Luft anhalten musste, stieß der Maler seine unfreundliche Antwort bloß zwischen den Zähnen hervor.

Doch als er dann Schild und Lanze in der Hand hielt, beides aus versilbertem Pappmaschee, und den imposanten Helm aufgesetzt hatte, unterschied er sich kaum noch von den vielen anderen Komparsen, die hinter der Bühne herumliefen.

Für sich selbst hatte Beatrice ein schlichtes Nymphengewand und ein anmutiges, mit künstlichen Blumen geschmücktes Krönchen ausgesucht.

Während des Umkleidens erhaschte Fulminacci einen kurzen Blick auf die Gefährtin und stellte fest, dass sie nicht nur ein hübsches Gesicht, sondern auch einen ausgesprochen anziehenden Körper besaß. Das war ihm noch nie aufgefallen – kein Wunder bei den weiten, unförmigen Kleidern, die sie normalerweise trug. Obwohl ihn diese neue Erkenntnis nicht sonderlich erstaunte, löste sie doch eine unerklärliche Unruhe in ihm aus.

Seine Beziehung zu Beatrice war stets von einer aufrichtigen, zuweilen beinahe ruppigen Kameradschaft geprägt gewesen. Nie hatte er sie als eine begehrenswerte Frau angesehen, sondern immer als eine Art kleine Schwester, um die er sich ab und zu kümmerte und von der er sich so manche Standpauke über seinen nicht eben tadellosen Lebenswandel anhören musste. Sein Sinnieren währte nur einen Augenblick, denn die Zeit drängte und erlaubte keine Tagträumereien, aber er nahm sich vor, wieder darauf zurückzukommen, sobald er aus diesem vermaledeiten Schlamassel heraus war.

Es wäre nicht klug gewesen, das Versteck zu dritt zu verlassen. Mit Blicken verständigten sie sich darüber, nacheinander hinauszugehen und in verschiedenen Richtungen nach dem verflixten Valocchi zu suchen.

Beatrice huschte als Erste davon, bald gefolgt von dem riesenhaften Zane. Fulminacci ging als Letzter, nachdem er sich davon überzeugt hatte, dass niemand zu ihm herüberblickte. Die Oper würde gleich beginnen, und das hektische Durcheinander von vorhin schien sich ein wenig gelegt zu haben. Immer noch liefen viele Leute hinter den Kulissen herum, aber es ging etwas geordneter zu. Der Bühnenmeister hatte seinen Platz in der Mitte des Raums beibehalten, erteilte seine Anweisungen und korrigierte noch ein paar Kleinigkeiten. Seine Stimme klang jetzt mindestens eine halbe Oktave tiefer, was darauf hindeutete, dass sich seine Aufregung weitestgehend gelegt hatte.

Der Maler versuchte sich unbemerkt nach hinten durchzuschlängeln, wo die Kulissen aufbewahrt wurden und er hoffentlich Valocchi antreffen würde, der dort letzte Hand an sie legte.

Das Gesicht hinter dem Helm verborgen und Schild und Lanze fest in den Händen, mischte er sich unter den Strom der Komparsen. Er hatte sein Ziel fast erreicht, als ihn jemand ansprach.

»Wo willst du hin, mein hübscher junger Soldat?«

Kapitel XIX

Zuerst wollte Fulminacci die Stimme überhören, zumal er nicht sicher war, ob er gemeint war, aber die Hand auf seinem Arm ließ keinen Zweifel zu, und er war gezwungen, sich umzudrehen.

Er sah sich einem der Gehilfen des Bühnenmeisters gegenüber, einem bartlosen jungen Mann mit auffallend rundem Gesicht, das im Kontrast zu seiner schmächtigen Statur stand. Sein Blick war neugierig und unverschämt.

Der Gehilfe legte eine Hand ans Kinn und neigte den Kopf schräg, als wollte er sein Gegenüber begutachten, und dabei breitete sich ein maliziöses Lächeln auf seinen fleischigen, geschminkten Lippen aus, die aus dem weiß gepuderten Gesicht hervorstachen.

»Was für ein stattliches Mannsbild, was für ein schöner Krieger!«, sagte er. »Wie ist es möglich, dass du mir bei den Proben nicht aufgefallen bist?« Er machte eine vage Handbewegung in Richtung der am linken Rand aufgestellten Komparsengruppe. »Wie kann ich dich in dieser Horde von Flegeln nicht bemerkt haben?«

Unter seinem vergoldeten Pappmascheehelm, der innen mit dickem Filz ausgeschlagen war, begann der Maler kräftig zu schwitzen, teils der Hitze wegen, zum größeren Teil aber aufgrund der zweideutigen Anspielungen dieses affektierten Assistenten.

»Ich … äh … springe für einen Freund ein. Er hat Tertianafieber und muss im Bett bleiben.«

Der Assistent hakte sich mit einer Vertraulichkeit, die Fulminacci gar nicht behagte, bei ihm unter und spazierte langsam und ohne die Augen von ihm abzuwenden mit ihm einher, als hätten sie alle Zeit der Welt.

»Weißt du«, fuhr der geschminkte junge Mann fort, »es ist ja so schwierig, Komparsen mit den richtigen Voraussetzungen zu finden, um die Helden des Altertums zu verkörpern, mit der *physique du rôle*, wie die Franzosen sagen. Sieh dich nur um: nichts als gedrungene, unwissende, vulgäre Kerle, die bloß der Bezahlung wegen kommen und keinerlei Interesse an der Kunst haben. Du bist ganz anders, das erkennt man gleich. Schon wie du die Rüstung trägst und den Schild hältst, deine stolze, kühne Haltung, all das zeigt, dass du aus einem anderen Holz geschnitzt bist, ein Mann von Persönlichkeit mit einer echten Liebe zur Kunst. Ah, die Kunst! Unser Glück und unser Verderben. Eine mühevolle Existenz, die vollkommene Hingabe und große Opferbereitschaft verlangt, aber welche Befriedigungen hält sie für einen schöpferischen Geist bereit! Ich kann viel für dich tun, verstehst du? Ich bin der erste Assistent von Maestro Corbelli, dem Bühnenmeister. Ein Wort von mir genügt, um dich nach oben zu bringen, ganz nach oben!«

Während dieser schmeichelnden Rede befühlte der Assistent den in der Tat gut entwickelten Bizeps des peinlich berührten Malers, der verzweifelt nach einer Möglichkeit suchte, sich aus der Affäre zu ziehen. Andererseits würde ihn die Gesellschaft eines Bühnenangestellten sicher vor unangenehmen Fragen und Überraschungen bewahren.

Der Geck setzte seine Lobrede auf die schönen Künste fort, was Fulminacci dazu nutzte, ihn mit einem leichten, aber konstanten Druck seiner rechten Hüfte auf das abseits gelegene Kulissenlager zuzulenken.

Der Gehilfe bemerkte das Manöver, leistete aber keinen Widerstand, sondern schien ausgesprochen erfreut darüber und ließ sich willig führen.

Sobald sie den Lagerraum betreten hatten, der auf den ersten Blick leer schien, schob Fulminacci den Riegel vor. Das Geräusch des Einrastens wurde von einem entzückten Auflachen des Galans begleitet, dessen vermeintlich schmeichelndes Gebaren ein jähes Ende fand, als ihn ein kräftiger Haken des Malers direkt am Kinn traf. Ohne etwas zu merken, ging er vom Wachen in den Schlaf über.

Fulminacci riss sich den Helm vom Kopf, der sein Gesicht in eine Maske aus Schweiß verwandelt hatte.

Als er sich umsah und nach einer Schnur suchte, mit der er seinen bewusstlosen Verehrer fesseln konnte, tauchte hinter einem Frontgiebel im ionischen Stil der zerzauste Kopf Valocchis auf.

»*Mijn God*, was ist hier los?«, rief der Flame in seiner Muttersprache. Hinter ihm ließ sich die halb nackte Gestalt eines rothaarigen Mädchens erahnen.

»Valocchi, heilige Muttergottes, dich habe ich gesucht!«

»*Godverdamme*, Fulminacci, konntest du nicht warten, bis ich hier fertig bin?«

»Pietro, es geht um Leben und Tod«, beharrte sein Freund, der indessen ein Stück Schnur gefunden hatte und die Handgelenke des Assistenten zusammenband. »Eine Sache, die sich nicht aufschieben lässt. Tut mir leid, wenn ich dich im falschen Moment störe, aber als ich vor zwei Tagen bei dir war, habe ich eine Zeichnung liegen lassen, die wahrscheinlich in deiner Skizzenmappe gelandet ist. Ich muss sie unbedingt zurückhaben. Mein Leben ist in Gefahr. Jetzt habe ich keine Zeit, aber wenn das hier überstanden ist, erkläre ich dir alles.«

Seufzend zog Valocchi ein mit Farbe bekleckstes Hemd über und bedeutete Fulminacci, ihm in die andere Ecke des Zimmers zu folgen, weiter weg von den Ohren der jungen Frau, die sich mit einem enttäuschten Schnauben wieder zwischen die Bühnengerätschaften legte.

»Die Skizzenmappe ist oben, im vierten Rang, in einer kleinen Kammer, in der ich meine Werkzeuge aufbewahre. Geh rauf und sieh nach.«

»Das Problem ist, dass sie mich suchen. Wenn mich die Gehilfen des Bühnenmeisters erwischen, bin ich geliefert.«

»Ich kann jetzt nicht mitkommen, ich muss hier hinter der Bühne bleiben. Wenn sie mich brauchen und nicht finden, gibt es Ärger, und sie zahlen am Ende nicht, das verstehst du doch, oder?«, erwiderte der Flame.

»So viel verlange ich gar nicht. Gibt es keine Möglichkeit, unbemerkt in den vierten Rang zu gelangen? Einen Dienstbotenaufgang oder so etwas?«

»Hier, nimm diesen Schlüssel, er ist für die Kammer. Du gehst jetzt zur rechten Bühnenseite – hinter dem Bild eines Tempels findest du eine kleine Tür, die zu einer Treppe führt. Die steigst du hinauf und kommst so ungesehen in den vierten Rang. Kann ich jetzt weitermachen?«

»Danke, Pietro, du bist ein wahrer Freund. Das werde ich dir nicht vergessen.«

Fulminacci fesselte noch die Fußknöchel des nach wie vor bewusstlosen Assistenten und knebelte ihn. Dann setzte er seinen Helm wieder auf, öffnete die Tür des Lagers einen Spaltbreit und spähte in alle Richtungen, ob die Luft rein war.

Auf der Hinterbühne tummelten sich immer noch zahlreiche Menschen, aber niemand achtete auf seine Ecke. Der Moment war günstig, um sich davonzumachen.

Er schlüpfte hinaus, hielt sich an die Beschreibung des Freundes und fand auch sofort die fast unsichtbare, hinter einer festen Kulisse verborgene Tür. Es war kein Problem, sie zu öffnen, und dahinter herrschte absolute Dunkelheit.

Mit einem Seufzer der Erleichterung tauchte er in die schützende Finsternis des kleinen Treppenabsatzes ein, wo er sich einen Moment Ruhe gönnte. Seine Schultern und die Halsmuskeln schmerzten von der Anspannung und vom Tragen des verdammten, einen halben Meter hohen Helms, den er jetzt abnahm, um sich den Schweiß vom Gesicht zu wischen.

Als er sich besser fühlte, tastete er mit dem Fuß nach der ersten Stufe, fand sie und begann den Aufstieg.

Es war eine Wendeltreppe, eng und niedrig. Er war versucht, Schwert und Schild, die ihn nur behinderten, zurückzulassen, aber seine Vernunft sagte ihm, dass es besser war, sie mitzuschleppen. Er würde sie noch brauchen, falls ihn oben jemand fragte, was er hier zu suchen habe. Denn dann konnte er behaupten, ein Komparse zu sein, der sich im Gewirr der Gänge und Flure verlaufen hatte.

Bei jedem Schritt fluchend erreichte er endlich den vierten Rang, wo er ein Ohr an die Tapetentür hielt und lauschte.

Von der anderen Seite drang das Fußgescharre und Stimmengewirr der Besucher zu ihm, die sich gegenseitig aufforderten, ihre Plätze einzunehmen.

Fulminacci beschloss zu warten, bis die Musik einsetzte, um dann unbemerkt zu der Foyerkammer eilen zu können.

Zu jener Zeit war es gang und gäbe, dass sich die Zuschauer während der Aufführung auch anderweitig beschäftigten. Es wurde gegessen und getrunken, geredet, Karten gespielt und häufig auch amourösen Vergnügungen nachgegangen. Nur die berühmtesten Arien oder gelungensten Orchesterstücke zogen die ungeteilte Aufmerksamkeit des Publikums auf sich. Aus diesem Grund schoben die Impresarios zahlreiche Zwischenspiele wie Balletteinlagen oder heitere allegorische Szenen ein, um die Leute zu unterhalten oder ihnen Gelegenheit zu geben, sich den verschiedensten anderen Dingen zu widmen. Es ging also immer sehr lebhaft zu in den Theatern, und Momente der Stille und Konzentration waren eher selten. Fulminacci hatte genug Opern besucht, um mit diesen Gegebenheiten vertraut zu sein.

Die Ouvertüre war einer dieser Momente, in dem alle ruhig auf ihren Plätzen blieben. Gewisse Connaisseurs behaupteten nämlich, dass man bereits an der Ouvertüre erkennen könne, ob die Oper ein Erfolg würde, weshalb niemand sie verpassen wollte.

Der Maler wartete geduldig hinter der Tür, bis er die ersten schmetternden Töne hörte.

Dann öffnete er sie einen Spalt, um zu sehen, ob der Flur auch wirklich leer war, und wollte gerade hinausschlüpfen, als er am anderen Ende eine verhüllte, sich verstohlen bewegende Gestalt erblickte. Er hielt inne und zog die schon halb aufgerissene Tür wieder zu, bis dieser letzte Nachzügler aus dem Weg wäre, wobei er nicht umhinkonnte, etwas Vertrautes am Gang des Mannes zu bemerken. Seine Haltung war leicht gebeugt, doch nicht das hatte ihn stutzen lassen, sondern das kaum merkliche Nachziehen des rechten Beins. Er war sicher, dieses leichte Hinken erst kürzlich irgendwo gesehen zu haben, wenn ihm auch nicht gleich einfiel, wo und unter welchen Umständen. Dann war die vermummte Gestalt auch schon über die Treppe, die zum unteren Stockwerk führte, verschwunden.

Fulminacci stieß die Tür auf und huschte mit flinken, geräuschlosen Schritten auf die Kammer zu.

Kapitel XX

Das unaufhörliche Schwatzen der Königin begann Kardinal Azzolini heftige Kopfschmerzen zu bereiten, die er mit häufigem Lächeln und gelegentlichen amüsanten Bemerkungen zu überspielen versuchte. Er konnte es kaum erwarten, dass die Aufführung ihren Anfang nahm. Sogar das Dröhnen der Blechblasinstrumente würde eine Erleichterung für sein geplagtes Gehör bedeuten.

Endlich schien sich etwas auf der Bühne zu regen. Der Vorhang ging auf, und das Orchester beendete das langwierige Stimmen der Instrumente. In ebendiesem Moment öffnete sich die Tür der Loge, und herein kam ein vornehm gekleideter Mann mittleren Alters mit ernstem, würdevollem Gesichtsausdruck.

»Majestät«, sagte der Herr und verneigte sich tief, »ich bitte vielmals um Verzeihung für meine unentschuldbare Verspätung, aber ich wurde von schwerwiegenden und unerwarteten Entwicklungen aufgehalten. Die Zukunft zu deuten und Horoskope zu erstellen erfordert höchste Konzentration, und der Ritus, den ich heute Abend in Eurem königlichen Interesse zelebriert habe, hat sich als länger und komplizierter erwiesen, als vorausgesehen. Wie Ihr wisst, darf der Vorgang der Beschwörung nicht unterbrochen werden, wenn er einmal begonnen wurde, da man sich andernfalls ernsten Gefahren aussetzt.«

Der Mann verbeugte sich erneut, um die Vergebung der Königin zu erbitten, die sie ihm mit einem knappen Nicken und einem nachsichtigen Lächeln gewährte.

Azzolini musterte den Neuankömmling flüchtig, der nun auf einem Klappsitz hinter der Königin Platz nahm. Er kannte ihn nur allzu gut.

Baldassarre Melchiorri, Ehrwürdiger Großmeister des höchsten Ordens der Erleuchteten, so nannte er sich. Er war der Wahrsager und Leibastrologe der Königin von Schweden. Ein Aufschneider und Hochstapler ohne Zweifel, einer der vielen Scharlatane, die an den Fürsten- und Königshöfen Europas ihr Glück suchten. Er war vor ein paar Jahren nach Rom gekommen, nachdem ihm großer Ruhm vorausgeeilt war, für dessen Entstehung und Verbreitung er gewiss selbst gesorgt hatte. In kürzester Zeit war er zum Liebling der römischen Aristokratie aufgestiegen, die er mit seinen angeblichen Wundertaten bezauberte. Christine hatte ihn nach einer seiner Darbietungen zu sich rufen lassen und sich fortan nicht mehr von ihm getrennt.

Azzolini zeigte sich von Natur aus skeptisch gegenüber solchen schmarotzenden Marktschreiern, aber als vernünftiger Mann hatte er gar nicht erst versucht, den Einfluss zu bremsen, den der angebliche Hellseher auf die kapriziöse Monarchin ausübte. In einem geeigneten Moment hatte er sich den Großmeister vorgeknöpft und zu seiner Freude und nicht geringen Verwunderung festgestellt, dass er es mit einem klugen Mann zu tun hatte, der durchaus bereit war, der Sache der heiligen Mutter Kirche dienlich zu sein. Von da an hatte der Kardinal von der Sonderstellung des Wahrsagers profitiert, um die Meinung und die politischen Entscheidungen der Königin zu beeinflussen.

Leider war es bisher auch dem hartnäckigen Melchiorri nicht gelungen, Christine anlässlich der Einberufung der Generalstände zu einer Rückkehr nach Schweden zu bewegen, und das, obwohl er in letzter Zeit ein paar gut ausgetüftelte Possen inszeniert hatte.

»Majestät«, murmelte der Mann, als die ersten Töne aus dem Orchestergraben aufstiegen, »bedauerlicherweise werde ich mich im Laufe der Aufführung wieder entfernen müssen. Es geht um eine dringende Angelegenheit, die mit Eurem königlichen Wohlergehen zu tun hat.«

Er zog eine kostbare Uhr aus seiner Rocktasche und betrachtete versunken das mit Edelsteinen besetzte Zifferblatt.

»Die Stunde für das Ritual ist fast gekommen. Die Gestirne sind dabei, eine besondere Konstellation einzunehmen, die ich mir nicht entgehen lassen darf. Die Elementargeister manifestieren sich nur bei bestimmten, seltenen Konjunktionen, durch die sich die goldenen Pforten öffnen, die eine Verbindung von unserer Welt zu diesen körperlosen Wesen herstellen. Die Schlussfolgerungen, die ich aus meinen Beobachtungen gezogen habe, lassen wenig Raum für Zweifel, doch nur das mich führende Geistwesen kann sie endgültig bestätigen.«

»Fürchtet Ihr etwa, die Königin könnte sich in Lebensgefahr befinden?«, fragte Azzolini den Astrologen und bemühte sich, nicht ironisch zu klingen. Es fiel ihm stets schwer, bei diesen Komödien mitzuspielen, die er doch selbst erdachte, um Christine zur Vernunft zu bringen.

»Das Schicksal der gekrönten Häupter hängt immer an einem seidenen Faden, Eminenz, selbst wenn sie wie die Königin aus freien Stücken auf die Macht verzichtet haben, um dem Ruf des allmächtigen Gottes zu folgen. Dunkle Mächte schmieden Ränke hinter dem Rücken Ihrer Majestät. Die Sterne lügen nicht, wie Ihr wisst, und noch nie haben sie so deutlich das Wesen der Bedrohung angezeigt wie in den letzten Wochen. Die beiden Fühler des Skorpions sind in den Mars eingetreten, was nur eines bedeuten kann: Eine tödliche Bedrohung schwebt über uns allen und besonders über dem erhabenen Haupt Ihrer Majestät.«

Bei der Erwähnung des Skorpions verging dem Kardinal jäh die ironische Belustigung, mit der er den düsteren Prophezeiungen des Wahrsagers gelauscht hatte. Sogar sein gewohnter Skeptizismus wurde von dem, was er gerade vernommen hatte, erschüttert. Das konnte doch wohl kein Zufall sein, sagte ihm sein misstrauischer Verstand, am Ende wusste Melchiorri mehr, als er durchblicken ließ. Rom war ein Tummelplatz für Spione, Ränkeschmiede und Intriganten jeder Art, und man konnte nicht ausschließen, dass auch der Großmeister auf irgendeine Weise in die Sache verwickelt war, so unwahrscheinlich das sein mochte. Melchiorri hatte im Grunde zu viel zu verlieren und würde sich hüten, sich in ein Komplott gegen Christine hineinziehen zu lassen, doch er verkehrte in den verschiedensten Kreisen, und es konnte durchaus sein, dass ihm beiläufig etwas zu Ohren gekommen war. Sein Erfolg beruhte schließlich darauf, dass er stets Augen und Ohren offenhielt und sich auch die geringste Information zunutze machte.

Blieb herauszufinden, ob die Anspielung auf den Skorpion zufällig oder beabsichtigt war, um Azzolinis Reaktion zu testen. In jedem Fall bestätigte die Bemerkung den Kardinal darin, dass eilends und mit größter Entschlossenheit gehandelt werden musste. Die Nachrichten verbreiteten sich immer unkontrollierter, und früher oder später würde eine Andeutung ein ihm feindlich gesonnenes Lager erreichen. Seine Gegner, deren Zahl nicht gering war, würden frohlocken, wenn sie diesen Schwachpunkt entdeckten. Sie würden ihn dafür büßen lassen und seine Karriere ruinieren.

Mit diesen Gedanken beschäftigt hatte der Kardinal nicht bemerkt, dass die Ouvertüre zu Ende war und der Chor der Soldaten die Bühne betreten hatte.

Aus den Augenwinkeln beobachtete er die Königin, die vollkommen hingerissen zu sein schien.

Fulminacci erreichte auf Zehenspitzen die Kammer, wobei er sorgsam darauf achtete, dass die Ausrüstung, die er mit sich herumschleppte, nicht gegen die Wände schlug.

Er musste eine Weile an dem Riegelschloss herumhantieren, und als die Tür endlich aufging, schlüpfte er aufatmend hinein und zog sie leise hinter sich zu.

Drinnen war es zur Abwechslung mal wieder stockdunkel.

Der Maler lehnte seine falschen Waffen an die Wand, entledigte sich des Helms und tastete mit ausgestreckten Armen die Umgebung nach etwas ab, womit er Licht machen konnte. Als seine Augen sich an die Dunkelheit gewöhnt hatten, konnte er die Umrisse verschiedener Gegenstände im Raum ausmachen, was ihn aber nicht daran hinderte, wiederholt gegen irgendwelche Gerätschaften zu stoßen, die kreuz und quer auf dem Boden verstreut lagen. Schließlich gelangte er zur anderen Wand, wo seine

Hände auf den groben, staubigen Stoff eines Vorhangs trafen, den er sogleich aufzog.

Hinter dem Vorhang gab es ein kleines Fenster, das auf den Platz vor dem Theater hinausging. Der Platz wurde von den Fackeln und Öllampen der Kutschen erhellt, die dort auf die Rückkehr ihrer Besitzer warteten, und dieses Licht genügte dem Maler, um sich zurechtzufinden.

In der Mitte des Raums thronte ein großer Arbeitstisch, eine einfache Holzplatte auf zwei Böcken, auf der ein Sammelsurium von Malwerkzeugen angehäuft war: Pinsel, Spachtel, Tassen für die Farben, Gläser, Töpfchen mit Pigmenten und anderer Kleinkram.

Auf einem der um den Tisch verteilten Schemel entdeckte der Maler die Mappe mit Valocchis Skizzen. Er nahm sie und legte sie auf die Arbeitsplatte, wobei er inständig hoffte, dass seine Zeichnung sich tatsächlich unter denen des Freundes befand. Er würde es nicht ertragen, all diese Risiken umsonst eingegangen zu sein. Auf dem Tisch stand auch eine kleine Öllampe, und er machte sich mit dem Feuerstahl zu schaffen, bis es ihm gelang, den Docht anzuzünden.

In fieberhafter Eile ging er die Blätter durch. Vor seinen Augen zogen Skizzen von Säulen, Giebeln und Büsten vorbei und auch, zu seiner nicht übermäßig großen Überraschung, einige Zeichnungen ausgesprochen erotischen Charakters, die nicht viel mit der Gestaltungsarbeit des Flamen zu tun hatten. Trotz des anspruchsvollen Auftrags, die Bühnenbilder zu entwerfen, hatte Valocchi Zeit für ein wenig Zerstreuung gefunden. Interessiert betrachtete Fulminacci die fantasievollen Verrenkungen, denen der Freund die wohlgeformten weiblichen Körper unterworfen hatte, und fand sie gut ausgeführt. Allerdings fiel ihm auf, dass Valocchi eine ausgeprägte Vorliebe für üppige Frauen hatte, die er persönlich nicht teilte.

Er hatte den Stapel schon fast durchgeblättert, als er endlich seine eigene Zeichnung fand.

Jetzt brauchte er nur noch zur Hinterbühne zurückzukehren

und mit Beatrice und Zane einen Weg zu finden, das Theater unbeobachtet zu verlassen.

Das war leichter gesagt als getan.

Vor allem musste er erst einmal diese hinderliche Verkleidung loswerden. Auch wenn die Vorsicht ihm dazu riet, hatte er keine Lust, diese steile Wendeltreppe noch einmal im vollen Ornat eines achäischen Kriegers hinunterzusteigen.

Er kramte ein wenig in der Kammer herum, bis er in einer Ecke einen Stapel mit lackbeschmierten Kleidungsstücken fand, vermutlich Valocchis Arbeitskleidung. Der Freund würde es ihm bestimmt nicht übel nehmen, wenn er sich etwas davon auslieh. Er befreite sich nicht ohne Mühe aus seinem Kostüm und probierte die Kleider an. Valocchi war mindestens eine Handbreit größer als er und um einiges korpulenter, sodass er lange suchen musste, bis er eine Hose herausfischte, die ihm nicht bei jedem Schritt herunterzurutschen drohte. Er benutzte ein Stück Schnur als Gürtel und band sie damit um die Taille fest. Über seine kurze Tunika zog er einen fleckigen und an mehreren Stellen zerrissenen Rock von undefinierbarer Farbe, der ihm zwar zu groß war, ihn aber nicht in seinen Bewegungen behinderte. Auch einen Hut mit breiter Krempe und ausgefranstem Rand zog er aus dem Kleiderhaufen.

So angetan hätte der Maler ohne Weiteres einer der vielen Bettlerbruderschaften der Stadt beitreten können, aber er legte in diesem Moment wenig Wert auf sein Äußeres und dachte nur daran, dorthin zurückzukehren, von wo er gekommen war, und zwar ohne unerwünschte Begegnungen.

Fulminacci steckte die Zeichnung in eine Rocktasche, überzeugte sich davon, dass sie nicht herausrutschen konnte, und ging zur Tür, um festzustellen, ob die Luft rein war.

Kaum hatte er sein Ohr an das Holz gedrückt, hörte er, dass es im Flur von lachenden, schwatzenden Menschen nur so wimmelte.

Vielleicht war der erste Akt schon zu Ende, oder, was ihm wahrscheinlicher vorkam, da noch nicht genug Zeit vergangen war, es hatte eines der vielen Zwischenspiele begonnen.

Er würde warten müssen, bis das Publikum auf seine Plätze zurückgekehrt war, um die Kammer verlassen und die Treppe erreichen zu können.

Sehr ärgerlich, aber nicht zu ändern.

Kapitel XXI

Zane drückte sich hier und da herum und versuchte, möglichst unbefangen auszusehen. Er mischte sich unter eine Gruppe von Schneiderinnen, die gerade die Bühne überquerte, und erreichte das andere Ende, wo er sich auf einem Hocker niederließ. Wenn er saß, war seine Größe kein Problem mehr, und er hoffte, dort so lange ausharren zu können, bis seine Gefährten Valocchi und die Zeichnung gefunden hatten, die ihnen so wichtig war.

Nach einer Weile kam Beatrice zu ihm.

»Ich habe jetzt alles abgesucht«, berichtete sie, »aber keine Spur von dem Flamen oder Nanni gefunden. Hast du etwas entdeckt?«

Der Slawe schüttelte den Kopf.

»Der einzige Ort, an dem ich noch nicht nachgesehen habe, ist das Kulissenlager auf der anderen Bühnenseite. Wir müssen irgendwie dorthin kommen, bevor die Aufführung anfängt, sonst haben wir keine Möglichkeit mehr.«

Da sie nicht den leeren, offenen Raum durchqueren wollten, beschlossen sie, sich zwischen den gewaltigen Bühnenbildern hindurch zu dem Lager im hinteren Teil durchzuschlagen.

Das war kein leichtes Unterfangen. Die Rückseite der Kulissen bestand aus einem Wald von Gerüsten und gespannten Seilen, mit denen die schweren Stellwände befestigt waren, und mehr als einmal musste Zane seiner Begleiterin helfen, über die wuchtigen Gestelle hinwegzuklettern. Dafür war es hier vergleichsweise ruhig. Nur wenige Bühnenarbeiter liefen herum und zurrten die Trossen und Gegengewichte fest, mit denen die beweglichen Teile bei den Kulissenwechseln hochgehievt wurden. Keiner achtete auf sie.

Schließlich erreichten sie die andere Seite, gingen um eine letzte feste Kulisse herum und fanden die Tür zum Lagerraum.

Das Erste, was sie sahen, war die in einer Ecke liegende, gefesselte und zur Wand gedrehte Gestalt des Assistenten.

Der Mann war wieder zu sich gekommen und wimmerte durch den Knebel in seinem Mund hindurch, um Hilfe herbeizurufen. Zane warf seiner Gefährtin einen fragenden Blick zu, die jedoch nur die Achseln zuckte und ratlos die Hände ausbreitete.

Der Riese beugte sich über den Gefesselten, der sie nicht hereinkommen sehen hatte, und betrachtete ihn eine Weile verdutzt. Dann kam er offenbar zu einer Entscheidung und versetzte dem Unbekannten einen gezielten Faustschlag in den Nacken. Der hörte sofort auf, sich zu winden, und verfiel erneut in tiefe Bewusstlosigkeit.

Diesmal war es Beatrice, die ihn fragend ansah, worauf Zane ebenfalls die Achseln zuckte und die Hände ausbreitete.

»Scheint sonst keiner da zu sein«, sagte die Kartenlegerin, »aber wir sollten uns trotzdem umsehen. Wäre ja möglich, dass Valocchis Zeichnungen hier irgendwo herumliegen.«

Als er seinen Namen hörte, steckte der Flame den Kopf hinter dem großen ionischen Giebel hervor.

»*Jezus Cristes!* Kann man denn heute Abend nie seine Ruhe haben?«

Beatrice und Zane kamen herbei, sodass das Liebespaar sich schon wieder bedecken musste.

»Bist du Valocchi, der Maler?«, fragte Beatrice.

»Besser wär's, ich wär ein anderer«, antwortete der wohlbeleibte Flame. »Ihr seid schon die Zweiten, die mich suchen. Zuerst Fulminacci, jetzt ihr. Hier hat man nie seine Ruhe!«

»Wo ist Fulminacci? Wir suchen ihn wie eine Nadel im Heuhaufen.«

»Heuhaufen? Hier gibt es keine Heuhaufen. Ich verstehe nicht …«

»Lass gut sein. Wo ist Fulminacci hin, zum Teufel?«

»Ach, der sucht seine Zeichnung. Glaubt, dass er sie unter meinen findet. Ich hab ihm gesagt, sie sind in der Foyerkammer, oben im vierten Rang. Darauf sagt er, gut, ich geh dahin. Also hab ich ihm den Schlüssel für die Kammer gegeben und ihm erklärt, wie er über die Hintertreppe dort raufkommt. Er ist gegangen, und ich hab mich wieder um meine Angelegenheiten gekümmert. Wär sehr freundlich, wenn auch ihr jetzt verschwinden würdet.«

»Einen Moment noch. Gibt es im vierten Rang einen weiteren Ausgang?«

»Nein, nur den Hauptausgang. Entweder geht Fulminacci da raus oder er kommt hierher zurück. Keine andere Möglichkeit. Würdet ihr jetzt bitte gehen?«

Zane und Beatrice bedankten sich mit einem Nicken und gingen zur Tür.

»*God zy dank!*«, rief Valocchi und stürzte sich wieder auf seine Eroberung.

Bevor sie den Bühnenraum betraten, besprach sich Beatrice mit dem Slawen.

»Ich glaube, es ist keine gute Idee, Nanni suchen zu gehen. Wir sind nicht passend gekleidet, und du ragst überall heraus wie ein Berg. Außerdem halte ich es für ausgeschlossen, dass er in seiner Aufmachung als griechischer Kämpfer zum Haupteingang hinausgeht. Er wird wieder zum Ausgangspunkt zurückkehren. Wenn er die Zeichnung gefunden hat, wird er zwangsläufig dort vorbeikommen.«

Zane nickte verstehend, worauf die beiden hinter den Kulissen zur anderen Bühnenseite zurückkletterten.

Der Slawe setzte sich hinter den jungen Schneiderinnen auf seinen Hocker, während Beatrice sich einer Gruppe von Tänzerinnen anschloss, die ähnliche Kostüme trugen wie sie.

Das Zwischenspiel schien ewig zu dauern. Fulminacci saß wie auf glühenden Kohlen und wartete darauf, dass die Leute endlich wieder in ihre Logen gingen, damit er sich zu seinen Freunden hinunterstehlen konnte. Obwohl er jetzt etwas weniger auffällig gekleidet war, hielt er es nicht für ratsam, das Theater durch den

Haupteingang zu verlassen, wo es vor Lakaien nur so wimmelte, die ihn bestimmt anhalten würden. Leichter wäre es, sich durch den Dienstboteneingang zu verdrücken, wo sich dann seine Spur in den umliegenden Gassen verlieren würde.

Nach schier endlosem Warten, als er schon glaubte, sein rechtes Ohr sei mit dem Holz der Tür verwachsen, hörte er das Geräusch vieler Schritte, was darauf schließen ließ, dass die Zuschauer ihre Plätze wieder einnahmen. Der Auftritt Pisaninos stand bevor, des Kastraten, von dem man sich Wunderdinge erzählte. Das Publikum würde seine Darbietung sicher gebannt verfolgen, und auch die weniger Musikbegeisterten würden sich die Gelegenheit nicht entgehen lassen, eine Stimme zu hören, die die größten Theaterhäuser Europas erobert hatte. Flink wie ein Wiesel sauste der Maler aus der Kammer und durch das halbkreisförmige Foyer zu der Tapetentür, durch die er hinunter zur Bühne gelangen würde.

Doch wenn man vom Pech verfolgt ist, wie die Philosophen wissen, kann man noch so schnell laufen. Direkt in der Nische, in der die kleine Tür verborgen war, saßen ein Edelmann und eine elegante Dame, die ihr Techtelmechtel offensichtlich für wichtiger erachteten als Pisaninos Kunst.

Der Maler musste mitten im Lauf bremsen und schlitterte über den Parkettboden. Da es hier nicht weiterging, entschied er sich, alles zu riskieren und zur Haupttreppe abzubiegen. Wenn er Glück hatte, schaffte er es bis zum dritten Rang und konnte von dort aus die Geheimtreppe nehmen.

In der Zwischenzeit hatte Pisanino, nichts ahnend von den Schwierigkeiten des armen Malers, den ersten Teil seiner Arie beendet, ein langes Largo in feierlichen Molltönen, und widmete sich nun mit viel Hingabe und Können den Koloraturen, die als Höhepunkte seines Repertoires galten. Doch Fulminacci hatte nicht die Muße, der Stimmakrobatik des großen Sängers zu lauschen, weil er wie ein Besessener durchs Theater rannte.

Vier Stufen auf einmal nehmend lief er die Treppe hinunter und durch den Korridor der nächsten Etage auf die kleine Tür zu, die seine vorläufige Rettung sein würde.

Der Korridor war leer, und er kam ungehindert zu der Tür, nur dass sie leider abgesperrt war. Ihm blieb keine Zeit, das Schloss aufzubrechen, selbst wenn er ein geeignetes Werkzeug dabeigehabt hätte, also verwarf er den Gedanken schnell wieder.

Mit einem verzweifelten Aufstöhnen rannte Fulminacci weiter.

Er würde es im nächsten Stockwerk wieder versuchen, in der Hoffnung, dass die Tür dort nicht verschlossen wäre. Andernfalls musste er sich etwas Neues ausdenken.

Zum Glück begann der Sänger seine Arie noch einmal von vorn, da das Publikum zum richtigen Zeitpunkt »da capo« gerufen hatte.

Wie im Flug lief der Maler die zweite Treppe hinunter, stieß sich dabei mit den Händen an der Wand ab, um nicht an Schwung zu verlieren, und sauste wie eine Musketenkugel durch den Flur des zweiten Rangs.

Als er den Türgriff drückte, ohne auf Widerstand zu stoßen, fiel er beinahe in Ohnmacht vor Erleichterung. Er wollte gerade die Wendeltreppe in Angriff nehmen, als er aus dem Augenwinkel eine Person in einem langen Mantel aus einer der nächstgelegenen Logen schlüpfen sah. Sie machte sich noch nicht einmal die Mühe, die Tür hinter sich zu schließen. Ohne Zweifel handelte es sich um dieselbe Person, die er vorhin schon gesehen hatte, denn er bemerkte das leichte Nachziehen des rechten Beins. Die verhüllte Gestalt entfernte sich schnell und lief die Treppe zum unteren Rang hinunter.

Il Pisanino trillerte immer noch in den höchsten Tönen und schien nicht so bald aufhören zu wollen; ansonsten war es so still, dass man eine Stecknadel hätte fallen hören können. Jetzt, da er beinahe in Sicherheit war, wurde Fulminacci ruhiger, und seine angeborene Neugier gewann wieder die Oberhand.

Nur ein schneller Blick in die Loge, dachte er. Ich spähe kurz mal hinein, und dann nichts wie weg!

Er war sich nicht ganz im Klaren, weshalb dieser doch eher harmlose Zwischenfall ihn so neugierig gemacht hatte, es sei denn wegen des neuerlichen Gefühls, den geheimnisvollen Operngast von irgendwoher zu kennen.

Er kehrte um und lief zum offenen Eingang der Loge.

Ein männlicher Körper in einem langen schwarzen Gewand lehnte schlaff an einem Pfeiler. Doch es waren nicht die Töne aus Pisaninos goldener Kehle, seien sie auch noch so himmlisch, die ihn hatten schwach werden lassen.

Jemand hatte dem Mann den Kopf abgeschlagen, der nun auf der Brüstung der Loge prangte, von wo aus er mit leerem Blick zur Tür starrte.

Kapitel XXII

Aus dem Hals der Leiche quoll immer noch viel Blut, das sich in einer großen Pfütze auf dem spiegelnden Parkett sammelte.

Auch aus dem abgetrennten Kopf rann das Blut und durchtränkte den grünen Samt, mit dem die Brüstung bezogen war.

Fulminacci stand wie gelähmt da, und obwohl er nichts lieber wollte als weglaufen, zwang ihn eine magnetische Kraft, die Augen auf diese schauerliche Szene gerichtet zu halten.

Dieses etwas morbide Zögern war es, was ihn in Schwierigkeiten brachte.

Denn als er endlich davonrennen wollte, drehte sich eine Dame in der Nebenloge um, um ihrem Sitznachbarn etwas zuzuflüstern, und sah die makabre Trophäe, die nur wenige Ellen von ihr entfernt auf der Brüstung thronte.

Die Frau stieß einen schrillen Schrei aus, der sogar die hohen Triller des Sängers übertönte. Einen kurzen Augenblick lang herrschte Stille, eine ganz unnatürliche Stille, in der sich mehrere Hundert Augenpaare in die Richtung wandten, aus der dieser durchdringende Laut, schrill wie von einer Buccina oder einer hohen Trompete, kam.

Dann brach die Hölle los.

Fulminacci hielt es nicht für klug, sich bei einer geköpften Leiche antreffen zu lassen, und rannte los, ehe die Leute in den Korridor strömten. Er erreichte die Tür zur Wendeltreppe und schlug sie hinter sich zu.

Gerade noch rechtzeitig! Der Riegel war noch nicht eingerastet, als er hörte, wie die Logentüren aufgingen und erregtes Stimmengewirr den Flur erfüllte. Stolpernd hastete der Maler in der Dunkelheit die schmalen, steilen Stufen hinunter.

Als er im Erdgeschoss angekommen war, wollte er gleich auf die Hinterbühne hinausstürzen, doch eine kluge Eingebung hielt ihn zurück. Das Echo vieler erschrockener Stimmen und das Trampeln von Füßen drang durch die Tür zu ihm. Er dachte, der Moment sei günstig, um das Durcheinander zu nutzen und loszulaufen, überlegte es sich aber anders. Besser war es, erst einmal nachzusehen.

Er beugte sich zum Schlüsselloch hinunter und sah wenige Schritte von der Tür entfernt den Assistenten stehen, den er niedergeschlagen und gefesselt hatte. Bei ihm waren der Bühnenmeister und ein anderer Mann mit finsterem Gesicht und der dunklen Uniform der Schergen.

Fulminacci sah sich gezwungen, die Treppe wieder hinaufzusteigen und zu versuchen, durch den Haupteingang hinauszugelangen. Auch im ersten Rang würde Chaos herrschen, aber es war unwahrscheinlich, dass ihn jemand erkannte oder mit der schrecklichen Bluttat in Verbindung brachte. Er wusste nicht, wo Zane und Beatrice abgeblieben waren, vertraute aber darauf, dass sie seine schwierige Lage erahnten und das Theater ohne ihn verließen.

Schnaufend kam er zum Treppenabsatz im ersten Stock, fand die Tür verschlossen vor und stürzte weiter zum zweiten, wo er anhielt, die Tür einen Spalt öffnete und hinauslugte.

Der Flur war unglaublich überfüllt. Die Leute drängten sich vor der Loge, weil sie einen Blick auf den Tatort werfen wollten, während ein paar Schergen versuchten, der Menge Einhalt zu gebieten. Einer von ihnen befragte die Besucher der angrenzenden Logen, unter denen auch die Frau mit der schrillen Stimme war, die als Erste Alarm geschlagen hatte.

Obwohl Fulminacci ein ganzes Stück weit weg stand, hörte er gut, was sie dem Schergen sagte.

»Ich habe dieses … dieses Ding gesehen … also den Kopf. Mein Gott, wie entsetzlich! Ich dachte, ich sterbe vor Schreck. Glaubt mir, meine Sinne schwanden, mein Blick vernebelte sich, aber ich habe jemanden in der Loge gesehen, als ich mich vorbeugte. Das

Gesicht konnte ich nicht erkennen, weil er einen großen Hut aufhatte, so ähnlich wie ihn die Fuhrknechte tragen, wisst Ihr? Ja, diese breiten, unförmigen Töpfe mit abfallender Krempe. Außerdem hatte er einen dunklen Rock an, dunkelbraun vielleicht, und sehr weite Hosen. Die Schuhe habe ich nicht gesehen, weil sie hinter der Balustrade verborgen waren. Tut mir leid, dass ich ihn so ungenau beschreibe, aber Ihr müsst bedenken, was ich durchgemacht habe, dieses Grauen, dieses Entsetzen!«

Von wegen ungenaue Beschreibung, dachte Fulminacci. Wenn Guercino selbst mich porträtiert hätte, hätte er es nicht minutiöser tun können!

Jedenfalls versperrte ihm die ungeahnte Beobachtungsgabe der Frau nun auch diesen Fluchtweg.

Da er weder über die Bühne noch über die Logenaufgänge verschwinden konnte, blieb ihm nichts anderes übrig, als in seinem Versteck auszuharren, bis auch der letzte Zuschauer gegangen war. Er baute darauf, nicht allzu lange warten zu müssen, da die Aufführung, nach allem, was er mitbekommen hatte, abgebrochen worden war. Sobald das Theater leer war, würde er im Schutz der Dunkelheit das Gebäude verlassen können.

Doch wie schon häufiger an diesem Abend gab der arme Fulminacci sich einem übertriebenen Optimismus hin. Von der anderen Seite der Tür drang nämlich plötzlich die Stimme des Hauptmanns der Schergen zu ihm, der den Theaterdirektor aufforderte, ihn bei einer gründlichen Durchsuchung des Hauses zu begleiten.

Zweifellos wusste der Direktor von der Hintertreppe, auf welcher der Maler sich befand, und vermutlich würde die Durchsuchung gerade in den Bereichen des Theaters beginnen, die als Versteck dienen konnten.

Mit anderen Worten, er saß ganz schön in der Tinte.

Mit klopfendem Herzen lief er die Treppe wieder hinunter, in der wenig realistischen Hoffnung, einen anderen Ausgang zu finden oder es doch noch zu schaffen, die Tür im ersten Stock aufzubrechen. Auch wenn seine Chancen schlecht standen, gab es vielleicht noch irgendeine Möglichkeit, aus dem ersten Stock zu entkommen, bevor die Schergen die Durchsuchung organisiert hatten.

Doch das Schloss widersetzte sich jeder Gewalteinwirkung. Um die Tür zu öffnen, hätte er sich mit der Schulter dagegenwerfen müssen, was nicht unmöglich gewesen wäre angesichts des dünnen Holzes, aber unweigerlich Aufmerksamkeit erregt hätte.

Fulminacci war nun wirklich verzweifelt, aber noch nicht bereit aufzugeben. In völliger Finsternis stieg er die Stufen wieder hinauf und tastete dabei fieberhaft die Wände auf der Suche nach einem rettenden Schlupfloch ab, als seine Finger etwa auf halber Höhe der Treppe auf einen Türrahmen stießen. Er fuhr den Umriss nach und fand die Klinke, die er vorsichtig herunterdrückte. Die Tür war nicht verschlossen.

Auch dahinter konnte sich eine Bedrohung verbergen, das war ihm klar, aber was hatte er für eine Wahl, als sein Glück zu versuchen?

Ganz langsam öffnete er die Tür ein paar Zentimeter und sah, dass sie in einen fensterlosen Raum führte, der nur von einem Kerzenleuchter auf einem runden Tisch mit grünem Tischtuch erhellt wurde. Daran saß ein Mann und hantierte mit einer großen Menge von Münzen, die seine flinken Hände zu ordentlichen Haufen auftürmten. Nicht weit davon, direkt neben dem Kerzenleuchter, lag ein Stoß Karten.

Der Mann kehrte ihm den Rücken zu, und eine zweite Tür, die Gott weiß wohin führte, war nur wenige Schritte entfernt.

Fulminacci beschloss, das Risiko einzugehen und sich leise hinter dem Mann vorbei zu dieser Tür zu schleichen. Die Gefahr einer Entdeckung war zwar groß, aber er stand buchstäblich mit dem Rücken zur Wand und musste etwas unternehmen. Wenn er erst einmal die andere Tür erreicht hatte, war es egal, ob der Unbekannte ihn bemerkte oder nicht. Da zwischen dem Tisch und dem Ausgang mindestens fünf Schritte lagen, würde der Mann es wohl kaum schaffen, aufzuspringen und ihm den Weg zu versperren, ehe er hinausgestürzt war.

So leise er konnte, schlich Fulminacci in das Zimmer.

Er hatte noch kaum den zweiten Schritt getan und befand sich folglich in nächster Nähe zu dem Tisch, als der Geldzähler sich umdrehte und ihn ohne jedes Erstaunen ansah. Fulminacci verharrte mitten in der Bewegung und machte sich bereit, ihm an die Kehle zu springen, doch der andere hob die Hand und lächelte.

»Wenn Ihr gekommen seid, um mich auszurauben«, sagte er, »mache ich Euch darauf aufmerksam, dass ich meine Haut teuer verkaufen werde. Seht Ihr diese Pistole? Sie ist geladen, und ich bin ein ziemlich guter Schütze.« Wie durch Zauberhand war in der Rechten des Mannes eine Schusswaffe aufgetaucht.

»Ich habe nicht die Absicht, Euch zu berauben, Signore«, erwiderte der Maler. »Ich suche nur nach einem Weg hinaus aus diesem verfluchten Ort. Im Theater ist ein unbeschreibliches Chaos ausgebrochen, offenbar hat man einen Mann ermordet, in einer der oberen Logen.«

»Habt Ihr ihn ermordet?«, fragte der andere.

»Nein, bei meiner Ehre!«

»Merkwürdig, einen Bettler von Ehre sprechen zu hören wie einen Edelmann«, gluckste der Unbekannte, ohne die Waffe zu senken. »Und Ihr glaubt, Eure Behauptung kann mich beruhigen?«

»Lasst Euch nicht von meinem Äußeren täuschen, Signore«, entgegnete Fulminacci. »Die Umstände, die mich gezwungen haben, in dieser Aufmachung vor Euch zu erscheinen, sind zu kompliziert, um sie jetzt zu erklären. Mein Name ist Giovanni Battista Sacchi, Kunstmaler, stets zu Euren Diensten.«

Auf diese Mitteilung reagierte der vornehme Mann so überrascht, dass er nun doch die Pistole senkte. Fulminacci konnte sein Gesicht nicht gut erkennen, weil er im Gegenlicht saß, aber da er anscheinend nicht mehr die Absicht hatte, ihn zu erschießen, wagte er es, sich zu regen und ihn genauer zu mustern.

»Aber Ihr … Ihr seid … Du bist doch Arduino … Großer Gott, ich traue meinen Augen nicht … Arduino Ponzani, dich schickt mir der Himmel! Was machst du hier in Rom, noch dazu wie ein Edelmann gekleidet? In der Lombardei suchen sie dich immer noch wegen dieser Geschichte mit dem Abt des Kartäuserklosters.«

»Giovanni, dachte ich's mir doch, dass du das bist, aber mit diesem Fuhrknechtshut war ich mir nicht sicher«, rief der andere. »Sag du mir lieber, was du im Hinterzimmer eines Theater treibst, die Sbirren auf den Fersen und wie ein Bettler gekleidet?«

»Verdammt, das ist eine zu lange Geschichte. Weißt du, wie ich hier rauskomme?«

»Ich denke, ich kann dir helfen – vorausgesetzt, du versprichst, niemandem meine wahre Identität zu verraten. Ich habe zur Zeit Rang und Namen in der besten Gesellschaft Roms und möchte nicht wegen eines Malers mit loser Zunge auf meine Privilegien verzichten müssen.«

»Ich gebe dir mein Ehrenwort: Ich werde schweigen wie ein Grab. Du brauchst mich nur schnell hier rauszubringen. Wenn es dich interessiert, erzähle ich dir irgendwann alles, aber jetzt ist keine Zeit dazu.«

»Gut, komm mit.«

Ponzani führte Fulminacci ans andere Ende des Raums, wo er einen versteckten Mechanismus betätigte und eine kleine, perfekt getarnte Geheimtür öffnete.

Die beiden schlüpften durch die Öffnung, durchquerten einen Gang, stiegen eine Treppe hinunter und kamen zu einem Portal, das Ponzani mit einem vergoldeten Schlüssel aufschloss. Sie gingen hindurch und fanden sich draußen vor dem Theater wieder.

»Meine Kutsche steht gleich da hinten«, sagte Ponzani. »Wenn du wirklich in Schwierigkeiten steckst, solltest du besser mit mir fahren. Zu dieser Nachtzeit wäre es nicht klug, zu Fuß zu gehen, du würdest mit Sicherheit an einen Wachtrupp geraten.«

»Dafür wäre ich dir unendlich dankbar. Ich muss nach Trastevere.«

»Kein Problem. Das tue ich gern für einen Freund, auch der alten Zeiten in Mailand wegen.«

»Mir scheint, du hast dich seitdem recht gut herausgemacht«, bemerkte der Maler, als er in die luxuriöse Karosse einstieg, die von zwei Pferden gezogen und einem Kutscher in Livree gelenkt wurde. »Allein diese Kutsche muss dich mindestens zweihundert Dukaten gekostet haben.«

»Sie kostet eher fünfhundert«, antwortete Ponzani, »aber sie gehört nicht mir. Sie gehört Christine, der Königin von Schweden. Ich habe die Ehre, ihr Astrologe und Leibarzt zu sein.«

»Donnerwetter, du hast es ja wirklich weit gebracht! Leibarzt einer Königin! Ich sehe dich noch in den Spielhöllen der Porta Ticinese.«

»Ja, auch das ist eine lange Geschichte. Nachdem ich Mailand so ... überstürzt verlassen musste, habe ich mich hier und dort ein bisschen umgetan, mich von meinem Gespür leiten lassen. Glück war auch dabei im Spiel, muss ich zugeben. In Ferrara zum Beispiel ...«

»Komm, erzähl«, unterbrach ihn Fulminacci. »Wie hast du es geschafft, ausgerechnet eine Königin hinters Licht zu führen?«

»Also, hinters Licht führen ist ein zu harter Ausdruck, scheint mir. Wenn die Welt voller gutgläubiger Einfaltspinsel ist, kann ich schließlich nichts dafür. Ich tue nichts anderes, als etwas anzubieten, nach dem eine große Nachfrage besteht. Im Übrigen nenne ich mich zur Zeit Baldassarre Melchiorri, Ehrwürdiger Großmeister des höchsten Ordens der Erleuchteten. Hämmer dir das gut in deinen Schädel ein, damit du dich nicht verplapperst.«

»Der höchste Orden der Erleuchteten ... noch nie gehört, ehrlich gesagt.«

»Natürlich nicht, mein junger Freund. Der höchste Orden ist meine Erfindung. Ein klangvoller Name, findest du nicht?«

Kapitel XXIII

Befindet sich Königin Christine noch im Theater?«, fragte Bischof de Simara.

»Nein«, anwortete Azzolini, »ich habe persönlich dafür gesorgt, dass sie in ihre Kutsche stieg und in den Palazzo zurückfuhr, ehe ich hierherkam. Ich wüsste nicht zu sagen, ob sie außer sich war vor Angst über das Geschehen oder vor Wut über den unvermeidlichen Abbruch der Oper.«

Der Kardinal schwieg einen Augenblick und betrachtete die traurigen sterblichen Überreste des Ermordeten.

»Wieder ein Jesuit«, bemerkte er schließlich, »und wieder ein Deutscher. Der dritte innerhalb weniger Tage. Und wir sind kein Stück weiter. Wie kommen Eure Ermittlungen voran?«

»Ich habe jeden Mann eingesetzt, der mir zur Verfügung steht, aber im Moment gibt es nichts Neues. Keine Spur, keinen Hinweis, nichts. Eine meiner Informantinnen hat versprochen, mir alsbald eine Nachricht zukommen zu lassen, aber bis jetzt tappen wir noch im Dunkeln.«

»Ich dagegen glaube, auf etwas gestoßen zu sein«, sagte der Kardinal, »auch wenn ich nicht sicher bin, ob es in einem direkten Zusammenhang mit diesen Vorfällen steht. Kurz vor Beginn der Aufführung habe ich mit Pater Kircher gesprochen. Der Gute hat mir anvertraut, dass sowohl Pater Stoltz als auch Pater Klamm mit ihm zusammen im Novizeninternat von Paderborn studiert haben. Er kannte die beiden Jesuiten, versteht Ihr? Ich weiß nicht, ob das etwas zu bedeuten hat, aber es ist immerhin ein Hinweis, dem nachzugehen sich lohnt. Wisst Ihr etwas über diesen ermordeten Mönch hier?«

De Simara schüttelte den Kopf.

»Nur dass Pater Baumgartner aus Köln stammte und seit mehreren Jahren in Rom lebte. Ein eher unauffälliger Mensch, alles in allem. Ein wenig bekannter Altertumsforscher, ein Philologe, um genau zu sein.«

Der Franzose musterte forschend das ausdruckslose Gesicht seines Gegenübers. »Glaubt Ihr, dass auch er in Paderborn studiert hat?«, fragte er, Azzolinis Gedanken erratend.

»Darauf kann uns nur Kircher eine Antwort geben, aber im Moment ist er zu verstört, als dass wir ihn befragen könnten.«

»Wir müssen es aber wissen«, beharrte de Simara. »Es mag taktlos erscheinen, den alten Pater unter diesen Umständen zu belästigen, aber falls er uns eine auch noch so schwache Spur liefern kann, wäre das sehr wichtig. Versucht, mit ihm zu sprechen, ich bitte Euch.«

Achselzuckend ging Azzolini auf Pater Kircher zu und richtete ein paar knappe Worte an ihn, die de Simara nicht verstand.

Pater Kircher nickte zweimal langsam.

»Und wenn ...«, überlegte der Franzose laut, als der Kardinal wieder bei ihm war, »wenn ... Nein, das ist doch zu weit hergeholt ...«

»Fahrt nur fort, Monsieur«, forderte Azzolini ihn auf. »Was wolltet Ihr sagen?«

»Haltet mich nicht für verrückt, Eminenz, aber ... nun ja, wir wissen, dass der gesuchte Mann sich in den Jahren, in denen Kircher im Novizeninternat in Paderborn war, irgendwo in Deutschland versteckte. Wir wissen außerdem, dass er sich in diesem Moment in Rom befindet, auch wenn wir keine blasse Ahnung haben, wer er ist oder wie er aussieht. Nehmen wir nun einmal an, dass sein Versteck damals ebenjene Novizenschule war. Das ist natürlich nur eine vage Hypothese, doch die Archive der Gesellschaft Jesu werden traditionell gut gepflegt. Jede kleine Information wird genauestens vermerkt und systematisch aufbewahrt. In diesen Archiven könnten wir nach einem Hinweis suchen, der unsere Vermutungen erhärtet.«

»Ihr habt recht«, sagte Azzolini, »einen Versuch ist es wert. Gleich morgen schicke ich jemanden hin, um Nachforschungen anzustellen. Ich werde mir einen plausiblen Vorwand ausdenken müssen, damit die Gesellschaft keinen Verdacht schöpft, aber das sollte nicht schwer sein. Ich glaube, ich habe den richtigen Mann dafür an der Hand, fähig und diskret. Vorläufig werden wir weiter nach Plan vorgehen, ohne in unserer Wachsamkeit nachzulassen. Vielleicht wissen wir morgen ja mehr. Diese Spionin, die Ihr vorhin erwähnt habt, meint Ihr, sie könnte uns Informationen liefern, um …«

»… *ihn* zu identifizieren?«, beendete der Franzose die Frage.

»Genau.«

»Ich hoffe es. Wenn uns das gelänge, wäre es ein großer Fortschritt. Aber wir sollten auch die anderen Spuren weiterverfolgen und nichts unversucht lassen.«

Im Gegensatz zu ihrem Freund hatten Zane und Beatrice keine Schwierigkeiten, das Theater zu verlassen. Als die enthauptete Leiche gefunden wurde und Panik ausbrach, hielten sie sich gerade in der Nähe des Künstlereingangs auf und konnten daher schnell mit dem Strom der Menge hinausgelangen.

Draußen hielten sie sich noch eine Weile inmitten des Gedränges auf und versuchten, Fulminacci irgendwo unter den Leuten zu entdecken und den von Mund zu Mund gehenden Gerüchten und Vermutungen ein paar zusammenhängende Fakten zu entnehmen. Die Nachrichten, die sie aus genauso zahlreichen wie unzuverlässigen Quellen bekamen, lauteten sehr unterschiedlich: Einige behaupteten, es sei ein Mordanschlag auf die Königin von Schweden verübt worden, andere sprachen von einem Ehrenduell, wieder andere von einem rätselhaften Mord an einem Geistlichen oder stellten noch makabrere und wildere Spekulationen an.

Es war unmöglich, Wahres von Flunkereien zu unterscheiden, doch nach den Ereignissen der vergangenen Tage hielt Beatrice die These von dem ermordeten Geistlichen für die wahrscheinlichste.

Lange drängten sich die beiden suchend durch den Menschenauflauf, aber keine Spur von Fulminacci. Dann erschienen plötzlich Trupps von Schergen, die die Zuschauer wenig methodisch nach irgendwelchen Hinweisen oder Augenzeugenberichten befragten. Beatrice und Zane kamen überein, dass es zu gefährlich wäre, noch länger zu verweilen, und machten sich schweren Herzens auf den Heimweg.

»Nanni ist einer, der sich zu helfen weiß«, sagte Beatrice, während sie in Richtung des Flusses davongingen. »Ich bin sicher, dass er es geschafft hat zu entwischen. Außerdem können wir ihm unter diesen Umständen sowieso nicht helfen.«

Ihr stummer Begleiter nickte ernst.

Sie mieden die großen Hauptstraßen und machten einen Umweg über Nebenstraßen und Gassen. Je weiter sie sich von der Gegend um das Theater entfernten, desto mehr verzweigte sich der Menschenstrom, der sich aus dem Gebäude ergossen hatte, in viele kleine Bäche. Zahlreiche Schaulustige standen immer noch vor dem Haupteingang herum, aber die massive Präsenz der Wachen hatte die meisten vertrieben.

Beatrice und Zane trugen immer noch ihre Bühnenkostüme und mussten sich daher trotz der warmen Abendluft fest in ihre Umhänge hüllen.

Als sie in die Nähe des Ghettos kamen, bemerkten sie, dass alle Kreuzungen von bewaffneten Männern bewacht wurden. Es waren aber nicht die üblichen Wachen, denn sie trugen keine Uniform und patrouillierten auch nicht durch die Straßen, sondern hielten unbeweglich die Stellung.

Die Häscher der Inquisition planten eine neue Schandtat.

Die beiden kehrten um, gingen ein Stück vom Fluss weg und bogen in eine Reihe von Gassen ein, die in einen wenig bevölkerten Teil der Stadt führten.

Dort war das niedrigst gelegene Viertel Roms, das bei starken Regenfällen noch mehr vom Tiber überflutet wurde als das Ghetto. Im Laufe der Jahrhunderte, seit seine Bewohner, anders als die jüdische Gemeinde, frei entscheiden durften, wo sie sich niederließen, hatten immer mehr Menschen das Viertel verlassen, das jetzt praktisch leer stand. Dadurch waren die sowieso schon heruntergekommenen Behausungen noch mehr verfallen und boten denen, die sich dorthin verirrten, einen trostlosen und gespenstischen Anblick, besonders bei Nacht. Wie immer in solchen Fällen war die Gegend zu einem Schlupfwinkel für dunkles Gelichter und arme Schlucker geworden, welche die Ruinen zu ihrem Zufluchtsort erkoren hatten. Die Wachen betraten das Viertel bei Tag nur selten und ungern und nach Sonnenuntergang überhaupt nicht.

Zane und Beatrice gingen vorsichtig weiter und spähten jedes Mal zuerst um die Ecke, ehe sie in eine Gasse einbogen oder einen kleinen Platz überquerten. Hin und wieder, wenn sie um ein eingestürztes Haus oder halb zerstörte Thermen herumgingen, sahen sie hinter den zerbrochenen Mauern den Widerschein eines Lagerfeuers.

Meistens saßen halb verhungerte Bauern darum, die vom Land in die Stadt geflohen waren, um der harten Fron für die gierigen Großgrundbesitzer zu entkommen und etwas zu essen zu finden. Manchmal waren es auch Grüppchen von Hirten, die diese abgelegenen Orte aufsuchten, um ihre Herden für die Nacht unterzubringen und morgens auf die Märkte zu treiben.

Zuweilen jedoch verbargen sich in den Höhlen aus Mauerresten und Trümmern gefährliche Banden von Straßenräubern, Dieben und Halsabschneidern, ruchlose Verbrecher, die nichts zu verlieren hatten.

Zum Glück fand sich Zane mit verbundenen Augen in dieser Unterwelt zurecht; er kannte jede Kluft, jeden Durchgang, jeden Schleichweg. Bei seinen geheimnisvollen Besorgungen für die Wahrsagerin hatte er die finsteren Gassen schon unzählige Male durchkämmt und wusste genau, welche Bereiche man meiden musste und welche man relativ sicher durchqueren konnte.

Als sie zum Fluss kamen, war die Nacht schon weit fortgeschritten. Nur eine schmale Mondsichel spendete ein schwaches, milchiges Licht, doch der Slawe bewegte sich sicher und ohne Zögern, als verfügte er über einen sechsten Sinn.

Er stieg zum Ufer hinunter und führte seine Begleiterin zu

einem winzigen Anleger, wo ein kleines Boot mit flachem Boden an einem rostigen Metallring festgemacht war.

Das Boot war mit Laubwerk bedeckt, damit es sowohl vom Wasser als auch vom Ufer aus nicht leicht zu sehen war. Zane entfernte die Tarnung, half Beatrice beim Einsteigen und begann kräftig zu rudern.

Es war nicht einfach, den Fluss in einer derart dunklen Nacht zu überqueren, zumal die Regenfälle des Frühjahrs das Wasser hatten stark anschwellen lassen, sodass die sonst ruhige Strömung wild und bedrohlich wirkte. Zane jedoch stammte aus einem Land von Seefahrern und hatte fast sein ganzes Leben auf dem Wasser zugebracht – weder die starke Strömung noch die häufigen Strudel erschreckten ihn.

Mithilfe seiner herkulischen Kräfte und seiner Erfahrung überwanden die beiden das nasse Hindernis ohne Gefahr.

Das Boot legte mit einem dumpfen Schlag am anderen Ufer an, wo Zane es festmachte. Anschließend kletterten sie auf eine Mole aus Stein, die noch von den alten Römern stammte und auf der sie gut vorankamen.

Keine Menschenseele begegnete ihnen, und innerhalb von wenigen Minuten hatten sie die Hütte der Wahrsagerin erreicht.

Kaum waren sie durch die Tür getreten, empfing sie eine vertraute Stimme: »Teufel, ihr habt aber lange gebraucht! Ich wollte mich gerade schlafen legen.«

Kapitel XXIV

Wie … Wie bist du hierhergekommen?« Beatrice war die Erleichterung anzuhören, den Maler gesund und wohlbehalten vor sich zu sehen.

»Durch einen glücklichen Zufall«, antwortete Fulminacci. »Ich habe einen alten Freund getroffen, der mir aus diesem Irrenhaus herausgeholfen hat.«

»Einen Freund?«

»Allerdings, und was für einen! Keinen Geringeren als den Ehrwürdigen Großmeister Baldassarre Melchiorri, Leibarzt und Astrologe der Königin von Schweden.«

»Woher kennst du Melchiorri? Er ist einer der angesehensten Männer der Stadt, der Liebling der adeligen Salons. Ich wusste gar nicht, dass du in solchen Kreisen verkehrst.«

»Das ist eine lange Geschichte«, sagte Fulminacci und streckte die Beine unterm Tisch aus. »Nebenbei bemerkt, er heißt nicht wirklich Melchiorri.«

»Erzähl, wir sind gespannt«, forderte Beatrice ihn auf, als sie sich zu ihm setzte. Es war spät, und sie waren alle sehr müde, aber für eine gute Geschichte lohnte es sich, auf ein paar Minuten Schlaf zu verzichten.

»Wir haben uns vor sieben oder acht Jahren in Mailand kennengelernt«, hob Fulminacci an. »Ich malte damals Porträts für neureiche Bürgerfamilien, während ich versuchte, an einen größeren Auftrag von der Kirche heranzukommen. Um ehrlich zu sein, ging es mir nicht besonders gut. Wir begegneten uns in einer Osteria im Kanalviertel Navigli, wo ich wie so oft mein bisschen Geld beim Würfeln und Kartenspielen durchbrachte. Ich merkte erst, dass er ein Falschspieler war, als er mich bis aufs Hemd ausgezogen hatte. Glaubt mir, er war höllisch raffiniert. Als wir uns an den Tisch setzten, haben meine Mitspieler und ich ihn für einen unbedarften Kaufmann mit vollem Geldbeutel gehalten. Also ein Huhn, das man rupfen konnte, wie es uns das Glück manchmal bescherte. Während des ganzen Spiels hielt er die Rolle des Einfaltspinsels durch, lachte, wenn er ein gutes Blatt hatte, schaute betrübt drein, wenn er schlechte Karten bekam, jubelte, wenn er gewann, und fluchte, wenn er verlor. Kurzum, er benahm sich wie ein unerfahrener Neuling. Dabei gewann er haushoch – wir konnten es nicht glauben, dass ein solcher Tölpel so ein unverschämtes Glück hatte. Von wegen Glück, von wegen Tölpel! Er brauchte nur eine knappe Stunde, um uns allen die Taschen zu leeren.

Als die letzte Partie zu Ende war, löste sich die Runde auf, aber er blieb am Tisch sitzen und lud mich ein, mit ihm zu trinken. Aus irgendeinem Grund mochte er mich anscheinend.

Wir tranken ziemlich viel, und als wir uns angefreundet hatten, erklärte er mir haarklein, wie er uns ausgenommen hatte. Er holte einen Stoß Karten aus der Tasche und zeigte mir Tricks, bei denen sich mir der Kopf drehte. Die Asse kamen und verschwanden wie durch Zauber, es war nicht zu fassen!

In den Tagen darauf trafen wir uns wieder und ließen es uns richtig gut gehen. Wir waren Freunde geworden.

Er hatte immer einen vollen Geldbeutel und ließ es an nichts fehlen, was gut und teuer war. Dabei verstand ich nach wie vor nicht, woher seine Wohlhabenheit kam.

Melchiorri führte mich in gesellschaftliche Kreise ein, zu denen ich sonst nie Zugang gehabt hätte. Gute Tavernen, Luxusbordelle, Spieltische, über die schwindelerregende Summen gingen.

Damals nannte er sich Arduino Ponzani, aber ich weiß bis heute nicht, ob das sein richtiger Name ist.

Er hatte in Padua studiert, war Arzt, aber auch Alchimist und Astrologe. Abends dazu Falschspieler. Und noch vieles mehr.

Wir verkehrten in den Häusern der reichen bürgerlichen Kaufleute der Stadt; in seiner Gesellschaft ging ich in den Adelspalästen ein und aus, als wäre ich dort zu Hause.

So trieben wir es ein paar Monate, und ihr könnt mir glauben, in dieser Zeit ging es mir so gut wie selten. Dank seiner Verbindungen bekam ich lohnende Aufträge, verkaufte Bilder an die teuersten Galerien und wurde mit Leuten bekannt gemacht, die mir zu meinem Glück hätten verhelfen können.

Dann, ganz ohne Vorwarnung, passierte das Malheur.

Ich weiß über die Einzelheiten der Affäre damals nicht Bescheid und habe nur mitbekommen, dass es um irgendwelche landwirtschaftlichen Güter ging, Einnahmequellen aus einem Alleinerbe, so etwas in der Art. Jedenfalls war der Abt der Kartause von Pavia darin verwickelt, denn er zeigte meinen Freund am Ende bei der Obrigkeit an.

Ponzani konnte den Schergen um Haaresbreite entkommen. Ich brachte ihn für ein paar Tage im Haus einer alten Tante von mir in Pavia unter. Doch er musste sich wirklich ein dickes Ding geleistet haben, denn wir hörten, dass er landauf, landab gesucht wurde, und obwohl sein Versteck ziemlich sicher war, hätten sie ihn früher oder später geschnappt. Also entschied mein Freund, dass es Zeit für eine Luftveränderung sei, und plante, sich ins Herzogtum Parma und Piacenza abzusetzen, bis die Wogen sich geglättet hätten.

Kurz vor seiner Abreise, in einer stürmischen Nacht, fragte ich ihn, warum er diesen Streich gewagt hätte, den er doch eigentlich nicht nötig hatte. Er war ein gefragter Arzt mit einem wohlhabenden Patientenstamm, und seine anderen Aktivitäten verschafften ihm ein Zusatzeinkommen.

›Wegen des Abenteuers, Giovanni, nur wegen des Abenteuers‹, hat er geantwortet, als er sein Pferd bestieg. ›Was wäre das für ein Leben ohne das Prickeln des Abenteuers?‹

Er hat mir noch ein paarmal geschrieben in den folgenden Jahren, dann habe ich den Kontakt zu ihm verloren, auch weil ich inzwischen nach Rom gegangen war. Erst heute Abend habe ich ihn wiedergesehen, in einem kleinen Nebenraum des Theaters.

In der Kutsche hat er mir erzählt, dass er sich hier und dort herumgetrieben hat, in Piacenza, Parma, Ferrara, Venedig. Bis er vor ein paar Jahren durch einen glücklichen Zufall die Bekanntschaft Christines von Schweden machte, die am Hof der Gonzagas zu Besuch weilte.

Die Königin hatte an einem großen Bankett teilgenommen, einem von diesen endlosen Festessen mit Dutzenden von Gängen und Heerscharen von livrierten Dienern.

Wie mein Freund sagt, macht sich Christine nicht besonders viel aus Essen, hat aber eine leidenschaftliche Vorliebe für kunstvolles Zuckerwerk. An jenem Abend war die Zubereitung der Speisen Bartolomeo Stefani anvertraut worden, der angeblich der beste Koch Europas sein soll. Der Küchenchef übertraf sich selbst und schuf wahre Kathedralen aus Zucker, denen die Königin nicht widerstehen konnte. Um es kurz zu machen, Christine übertrieb es mit dem Naschwerk und wurde krank. Ponzani war es kurz zuvor gelungen, sich in die Schar der Hofärzte der Gonzagas aufnehmen zu lassen, und nachdem alle anderen versagt hatten, schaffte er es, die Königin gesund zu machen. Bei dieser Gelegenheit setzte er ihr auch lauter Flausen über Astrologie und Horoskope und all solches Zeug in den Kopf, weil er wusste, dass sie verrückt nach solchen Dingen ist.

Christine nahm ihn in ihre Dienste, er begleitete sie nach Rom und lebt seitdem wie ein großer Herr.«

»Eine interessante Persönlichkeit, keine Frage«, bemerkte Beatrice. »Aber jetzt musst du uns noch erzählen, wie er dich aus dem Theater herausgebracht hat.«

Der Maler berichtete in allen Einzelheiten, wie es ihm ergangen war und wie er es geschafft hatte zu entkommen. Am Ende zeigte er ihnen die Porträtskizze des Bettlers.

Beatrice betrachtete sie lange und aufmerksam, als wolle sie sich diese hageren, grausamen Züge genau einprägen.

»Die behalte ich besser«, sagte sie dann, »es gibt Leute, denen sehr daran gelegen sein wird. Gleich morgen früh lasse ich ihnen die Zeichnung zukommen. Du solltest vorläufig nicht das Haus verlassen, Nanni. Nach dem neuen Mord wird man die Überwachung der Straßen noch verschärfen – Rom wird buchstäblich von

Schergen überschwemmt werden. Und jetzt gehen wir schlafen, ich bin todmüde.«

Kardinal Azzolini nahm das Blatt Papier von seinem Schreibtisch und überflog die in Schönschrift erstellte Auflistung.

Vor ihm wartete ein Mann in einem einfachen geistlichen Gewand. Er war noch jung, kaum über zwanzig, schien aber nicht besonders beeindruckt davon, dem mächtigsten Vertreter der katholischen Kirche gleich nach dem Papst gegenüberzustehen. Gelassen, beinahe amüsiert über den Luxus und Prunk des Gemachs sah er sich um und betrachtete die Einrichtung, die Fresken, die Gobelins, die Dekorationen und die Möbel mit den feinen Intarsien, als interessiere er sich gerade für nichts anderes.

»Ihr habt gute Arbeit geleistet, Bellariva«, sagte Azzolini und sah von der Liste auf. »Ein solches Ergebnis hätte ich in so kurzer Zeit nicht erwartet. Ich bin angenehm überrascht von Eurer Tüchtigkeit.«

Der junge Mann nahm das Lob beinahe gleichgültig entgegen.

»Ich habe Glück gehabt, Eminenz«, sagte er, »und ich wusste, wo ich suchen musste. Die Archive der Gesellschaft Jesu sind zwar ausufernd, aber sehr zweckmäßig geordnet.«

»Ich weiß Eure Bescheidenheit zu schätzen«, erwiderte der Kardinal. »Euer Eifer wird nicht vergessen werden, und die heilige Mutter Kirche wird sich gewiss erkenntlich zeigen. Ich sage Euch eine glänzende Zukunft voraus, wenn Ihr Euch weiter mit solchem Einsatz Euren Aufgaben widmet.«

»Mein Lohn ist das Wissen, Eurer Eminenz und dem Stellvertreter Christi auf Erden, Seiner Heiligkeit Alexander VII., gedient zu haben. Ich verlange nichts anderes, als mich nützlich machen zu können.«

»Nehmt die Abschrift dieser Liste und begebt Euch zum vatikanischen Archiv. Wir müssen feststellen, wie viele von diesen Männern noch leben, und vor allem, wer von ihnen sich zur Zeit in Rom aufhält. Ihr könnt gehen.«

»Eminenz, wenn Ihr gestattet …«

»Sprecht nur, Bellariva.«

»Da die Suche im Collegium Romanum unerwartet schnell vonstattengegangen ist, habe ich mir erlaubt, Euren Wünschen zuvorzukommen, und die Überprüfung bereits durchgeführt. Hier ist die Namensliste.«

Der junge Geistliche überreichte ihm ein weiteres Blatt mit derselben leserlichen, schönen Handschrift.

»Ihr überrascht mich stets aufs Neue, Bellariva. Woher wusstet Ihr …?«

»Es schien mir der nächste logische Schritt zu sein, Eminenz. Da mir nicht entgangen ist, dass die ermordeten Mönche alle Jesuiten waren, habe ich es für notwendig erachtet …«

»Genug, kein Wort mehr«, unterbrach ihn Azzolini. »Eure Tatkraft in allen Ehren, aber seht Euch vor, dass sie nicht in eine übermäßige Neugier mündet. Die einzige Eigenschaft, die ich noch mehr achte als Tatkraft, ist Besonnenheit, und ich hoffe, dass Ihr Euch der zweiten nicht weniger befleißigt als der ersten. Und da Ihr Euch als so vorausschauend erwiesen habt, brauche ich Euch wohl nicht zu sagen, dass dieses Gespräch nie stattgefunden hat.«

»Stets zu Euren Diensten, Eminenz.«

Der Kardinal wartete, bis der junge Geistliche das Zimmer verlassen hatte, stand dann von seinem Schreibtisch auf und ging mit entschiedenen Schritten zu einer kleinen Tür in dem großen Bücherschrank aus Mahagoni, der die ganze Wand bedeckte.

Durch sie gelangte er in einen mehrere Dutzend Schritte langen Raum, in dem viele junge Männer in Talaren sich über ihre kleinen Schreibpulte beugten und genaue Abschriften von amtlichen Dokumenten und päpstlichen Bullen verfassten.

Der Kardinal durchschritt das Zimmer, ohne einen der vielen Schreiber eines Blickes zu würdigen, die bei seinem Vorübergehen ehrerbietig murmelten.

Kaum war er wieder hinausgegangen, erhob sich ein gedämpftes Raunen unter den Kopisten, denn es kam nicht oft vor, dass der Kardinal das Staatssekretariat des Heiligen Stuhls über diese Abkürzung verließ. Es musste etwas Ernstes und Dringliches vorgefallen sein.

Azzolini hörte dieses Geflüster nicht. Er eilte fast im Laufschritt zu einer schmalen Treppe, die in die dicke Mauer eingelassen war, und stieg in einen Bogengang um einen großen, gepflasterten Innenhof hinunter. Dort wartete eine dunkle Kutsche ohne Wappen oder sonstige Kennzeichnung seit dem ersten Morgengrauen auf ihn.

Der Kutscher saß abfahrbereit auf dem Bock, und die Pferde schnaubten ungeduldig wegen des langen Wartens.

»Zur französischen Gesandtschaft«, befahl der Kardinal knapp und zog die Vorhänge zu.

Kapitel XXV

Fulminacci fuhr aus dem Schlaf, geweckt von einem plötzlichen Geräusch. Er brauchte einen Augenblick, um zu sich zu kommen. Sein Schlaf war von wilden, unzusammenhängenden Träumen durchdrungen gewesen, und durch das ruckartige Erwachen fühlte er sich verwirrt und desorientiert.

Im Laufe der Nacht musste das Wetter umgeschlagen sein, was er bemerkte, als er die Decke beiseiteschob und von einer für den Spätfrühling ungewöhnlichen Kälte überfallen wurde.

Die Sonne war gerade erst aufgegangen, ihre Scheibe aber hinter dichtem Gewölk verborgen, das mit großer Geschwindigkeit, angetrieben von einem kalten Nordwind, über den Himmel jagte, als würden all diese Haufenwolken zur selben Verabredung eilen.

Er war immer noch sehr müde.

Die Ereignisse der letzten Tage hatten ihn so erschöpft, dass eine einzige durchschlafene Nacht seine Kräfte nicht wiederherstellen konnte.

Er warf sich zurück aufs Lager, deckte sich bis zum Kinn zu und wollte noch einmal einschlafen, merkte aber bald, dass dies ein aussichtsloses Unterfangen war. Sein Körper mochte zerschlagen sein, aber sein Geist war hellwach und arbeitete schon mit voller Kraft, um all den Aufregungen, die ihm zugestoßen waren, einen Sinn zu verleihen.

Ächzend stand er wieder auf und begann sich anzuziehen.

Da an Schlaf nicht mehr zu denken war, konnte er genauso gut von Beatrice die versprochene Erklärung der Zusammenhänge verlangen.

Dieser Moment schien ihm nun gekommen zu sein.

Er zog Stiefel und Rock an und ging ins Nebenzimmer, wo er jedoch weder die Freundin noch den Slawen antraf, und das, obwohl es noch sehr früh war und sie erst spät in der Nacht schlafen gegangen waren.

Wut und Enttäuschung machten sich in ihm breit.

Er betrachtete die Tarotkarten auf dem Tisch, die Kräuterbündel an der Decke und ertappte sich dabei, wie er wieder über sein Verhältnis zu Beatrice nachdachte.

Die Wahrsagerin war eine seiner ersten Bekanntschaften in Rom gewesen. Sie hatten sich in einer Taverne kennengelernt, die sie regelmäßig aufsuchte, um ihrer Tätigkeit als Kartenlegerin nachzugehen, und in die er, noch fremd in der Stadt, eingekehrt war, um zu Mittag zu essen und ein paar Erkundigungen einzuziehen.

Beatrice war es, die ihm gezeigt hatte, wo er eine Unterkunft zu einem annehmbaren Preis finden konnte, und die ihm auch Romoletto vorgestellt hatte, den Wirt, bei dem er in den folgenden Monaten und Jahren immer eine heiße Suppe und Kredit bekommen hatte.

In kürzester Zeit hatte sich eine ungewöhnliche und tiefe Freundschaft zwischen ihnen entwickelt, die nicht zuletzt auf ihrem gemeinsamen Schicksal als arme Teufel, die sich mit Mühe und Not über Wasser hielten, beruhte.

Nach der ersten Bekanntschaft hatten sie sich in regelmäßigen Abständen und mit einer gewissen Häufigkeit wiedergesehen. Von Anfang an jedoch war ihr Verhältnis irgendwie merkwürdig, ja geradezu unnatürlich gewesen, weil er Beatrice, die doch zweifellos sehr anziehend war, nie wirklich als Frau betrachtet hatte. Sie benahm sich manchmal so schroff und redete oft so spöttisch und sarkastisch, dass er sich ihr immer irgendwie unterlegen fühlte. Mit anderen Worten, es war ein bisschen, als hätte er es mit einer älteren, klugen und strengen Schwester zu tun, obwohl Beatrice bestimmt zehn Jahre jünger war. Trotzdem war sie zu einer Art Vertrauten für ihn geworden, die er dankbar als Blitzableiter für seinen Zorn benutzte, wenn er sich einmal wieder als verkanntes Genie empfand.

Erst jetzt fiel ihm auf, dass Beatrices Eigenleben, ihre persönliche Geschichte, ihre Träume, Pläne und Wünsche für ihn ein Buch mit sieben Siegeln waren.

Am Abend zuvor, als sie sich hastig im Theater umgezogen hatten, hatte ihn die Erkenntnis ihrer weiblichen Reize wie ein Blitz getroffen.

Es war wie eine Offenbarung gewesen, unerwartet und aufwühlend.

Seitdem hatte er trotz aller Gefahren und Verwicklungen immer wieder an seine Verwirrung bei diesem – wenn auch flüchtigen – Anblick der geschmeidigen, anmutigen Körperformen seiner Gefährtin denken müssen. Das Bild hatte sich in seinem Kopf festgesetzt wie ein Holzwurm und hörte nicht auf, an ihm zu nagen.

Dabei tat Beatrice herzlich wenig, um ihre Vorzüge zur Geltung zu bringen. Ihre Kleidung bestand gewöhnlich aus mehreren übereinandergezogenen Röcken, die bis auf die Füße reichten, einem unförmigen, zu weiten Mieder und einem zerfetzten Schultertuch – eine Aufmachung also, die selbst Aphrodite nicht eben anziehend hätte erscheinen lassen. Trotzdem konnte Fulminacci sich nicht erklären, wieso er bisher nicht bemerkt hatte, wie lieblich die Gesichtszüge der Freundin waren, wie leuchtend ihre Augen, die je nach Lichteinfall hellblau bis violett schimmerten, und wie weich und fließend ihre Haare, auch wenn sie immer alte Bänder und Gazestreifen hineinflocht. Sie glänzten in einem Kupferrot, das an diesen venezianischen Maler namens Tizian erinnerte, von dem er während eines kurzen Besuchs in der Lagunenstadt einige Gemälde hatte bewundern dürfen.

Fulminacci merkte, dass seine Gedanken eine gefährliche Richtung nahmen, konnte aber nichts dagegen tun. Anders als sonst ging es hier nicht bloß um körperliche Anziehung; da war noch mehr, etwas Stärkeres, Tieferes, Erregenderes, eine Art süße Qual, als würde jemand genüsslich ein scharfes Stilett in seinem Herzen umdrehen. Als wäre ihm ein Teil seiner selbst entrissen worden und er sehnte sich nun ständig danach, diesen Teil zurückzuerlangen.

Es war ein dumpfer, pulsierender und zugleich brennender Schmerz, gegen den er nichts tun konnte.

Eines wusste er sicher: Es handelte sich hierbei nicht um das normale, gesunde, fleischliche Begehren, das er für die vielen Dienstmädchen, Küchenmädchen, Wäscherinnen und Schneiderinnen empfunden hatte, mit denen er im Laufe der Jahre kürzere oder längere intime Beziehungen eingegangen war. Das war schlicht und einfach Fleischeslust gewesen, die ohne Probleme befriedigt werden konnte.

Diesmal jedoch spürte er, ohne es genauer begründen zu können, dass der rein körperliche Liebesakt nicht genügen würde, um diesen Schmerz zu lindern, diesen anscheinend unstillbaren Durst zu löschen. Er fand noch nicht einmal ein passendes Wort, um dieses neue Gefühl zu beschreiben.

Der Innenhof der französischen Gesandtschaft lag zu dieser Morgenstunde noch verlassen da.

Trotz der scheinbaren Ruhe mied der Kardinal den Haupteingang und trat durch eine kleine Seitentür ein, die direkt zu den Gemächern von Bischof de Simara führte.

In einem kleinen Vorraum stieß er beinahe mit einer jungen Frau zusammen, die in einen bauschigen, bunten Rock gehüllt war und lange, kupfern schimmernde Haare hatte. Statt bei der Begegnung mit einer hochgestellten Persönlichkeit wie ihm die Augen zu senken, blickte sie ihm furchtlos ins Gesicht, sodass er ihre außergewöhnliche Schönheit bemerkte, die dunkelblauen Augen und die aufrechte, anmutige Haltung, beides ungewöhnliche Eigenschaften bei Frauen aus dem niederen Volk.

Während die Unbekannte sich mit flatternden Röcken entfernte, sinnierte der Kardinal, wie seltsam es doch war, eine Frau aus dem Volk, womöglich gar eine Zigeunerin ihrer Kleidung nach zu urteilen, mit so sicherer, unbefangener Haltung aus den Privatgemächern von Monsieur de Simara kommen zu sehen, als wäre sie dort zu Hause.

Noch dazu zu dieser frühen Stunde!

Aber in Rom war in diesen Zeiten alles und noch viel mehr möglich, auch dass ein Bischof, obendrein ein Jesuit, ein Verhältnis mit dieser Art von Weibsbild unterhielt.

Sein boshafter Gedanke verflüchtigte sich jedoch so schnell, wie er gekommen war. Es gab ernstere Dinge, um die man sich Sorgen machen musste, als die Zerstreuungen und merkwürdigen Vorlieben seines Nächsten.

Azzolini stieg rasch die Treppe hinauf und wurde in das Arbeitszimmer des Bischofs geführt, der ihn bat, in einem prunkvollen Sessel neben einem der hohen Fenster Platz zu nehmen.

De Simara legte wortlos ein Blatt Papier auf das Tischchen daneben.

Durch die ungewohnte Zurückhaltung des Bischofs neugierig gemacht, betrachtete der Kardinal das Blatt.

»Interessant«, bemerkte er, »und, wenn ich mir ein ästhetisches Urteil erlauben darf, auch gut gemacht. Wollt Ihr so freundlich sein, mir zu sagen, um wen es sich handelt?«

»Wir haben es mit einem Glücksfall zu tun, Eminenz. Eine meiner Mitarbeiterinnen hat mir die Zeichnung gerade gebracht. Das ist *er*!«

»*Er?* Heilige Jungfrau!« Azzolini sprang erregt auf, ging zum Fenster und studierte das Porträt noch einmal genauer.

»Wie … Wie seid Ihr …?«, stotterte der Kardinal.

»Ein Glücksfall, wie gesagt. Ein junger Maler, ein Freund meiner Agentin, hat die Zeichnung in Santa Maria Maggiore angefertigt, kurz nach dem Mord an Pater Stoltz. Er hatte keine Ahnung, wen er da porträtierte, und glaubte, es sei einfach ein Bettler, der ihn zuvor angerempelt hatte. Er beschloss, ihn zu zeichnen, um sich sein Gesicht einzuprägen und sich später an ihm rächen zu können. Dieser Maler scheint ein Heißsporn zu sein, dessen Ehrgefühl in keinem Verhältnis zu seinem bescheidenen gesellschaftlichen Rang steht. Jedenfalls können wir uns bei seinem aufbrausenden Charakter bedanken. Wenn er gewusst hätte, dass er es mit dem gefährlichsten Auftragsmörder Europas zu tun hat!«

Der Bischof berichtete der Reihe nach, was dem Maler zugestoßen war und wie seine Informantin Kenntnis davon erlangt hatte.

»Erstaunlich, wirklich erstaunlich!«, murmelte Azzolini. »Mir scheint, dieser junge Mann hat, obschon er von einfacher Herkunft ist, viel Mut und Tüchtigkeit bewiesen. Heilige Muttergottes, dreimal dem Skorpion zu begegnen und noch unter den Lebenden zu weilen. Einfach unglaublich! Aber ich habe auch gute Neuigkeiten.«

Aus dem Ärmel seines Talars zog der Kardinal die Namensliste und reichte sie dem Bischof.

»Die Spur, auf die uns Pater Kircher gebracht hat, war offensichtlich die richtige«, sagte er. »Das ist die Liste der Novizen, die im Jahr 1622 zusammen mit Kircher in Paderborn studiert haben. Pater Stoltz, Pater Klamm und Pater Baumgartner stehen darauf sowie weitere achtzehn Personen, die nach Alter und Aufnahmedatum der Gesuchte sein könnten. Ich habe bereits überprüft, wer von ihnen noch lebt und sich zur Zeit in Rom aufhält. Seht, es sind nur drei Namen außer dem von Kircher. Wenn wir Kircher einmal ausschließen, und das können wir wohl, beschränkt sich unsere Suche auf diese drei Personen. Mit der Zeichnung und dieser Liste müssten wir ihn endlich fassen.«

»Gestattet mir, etwas weniger optimistisch zu sein, Eminenz«, entgegnete der Bischof. »Obwohl ich ihm nie persönlich begegnet bin, glaube ich, den Skorpion nur allzu gut zu kennen. Wir sollten ihn nicht unterschätzen. Auch wenn wir uns jetzt einen Vorteil verschafft haben, bleibt er dennoch ein gefährlicher Gegner. Dieser Mann ist eine lebende Legende. Gewiss, wir sind jetzt zum ersten Mal in der Lage, mit gleichwertigen Mitteln gegen ihn zu kämpfen. Denkt aber daran, dass wir nicht wissen, über welche Informationen er wirklich verfügt, weshalb wir nicht vernünftigerweise behaupten können, ihm einen Schritt voraus zu sein.«

»Ihr habt recht, de Simara, ich sollte meine Zuversicht dämpfen. Immerhin müssen wir jetzt weniger Kräfte vergeuden, weil wir sie auf bestimmte Ziele richten können. Als Erstes sollten wir

Männer zum Schutz der drei Jesuiten abstellen und auch Pater Kircher angemessen bewachen lassen. Es ist nicht gesagt, dass der Skorpion genauso denkt wie wir.«

»Ich werde das sofort veranlassen, Eminenz. Jetzt kann ich mich endlich einer Aufgabe widmen, auf die ich schon nicht mehr gehofft hatte.«

»Und das heißt?«

»Das heißt, dass die Jagd auf den Skorpion eröffnet ist!«

Kapitel XXVI

Der Skorpion stand auf und ging zu einem Fenster, von dem aus man die Piazza überblickte.

Durch die schmutzigen, gewellten Scheiben beobachtete er das muntere Treiben auf dem kleinen Markt vor der Herberge. Käufer und Händler schwärmten um die Stände herum und gaben sich geschäftig ihrem Tun hin. Geduldig und aufmerksam musterte er Gesicht und Körperhaltung jedes Mannes, jeder Frau und jedes Kindes und suchte nach irgendwelchen Auffälligkeiten, nach einem ungewöhnlichen Verhalten.

Aufmerksamkeit.

Das war von jeher seine Parole gewesen.

Aufmerksamkeit für jede Besonderheit, jede Einzelheit, jede Nuance.

Seinen Beruf konnte man nicht ausüben, wenn man nicht in jedem Moment, bei Tag wie bei Nacht, Aufmerksamkeit walten ließ.

Und er war der Beste in diesem Beruf, die unbestrittene Nummer eins.

Seit mehr als vierzig Jahren.

Wie es ihm häufiger in letzter Zeit passierte, wanderten seine Gedanken in die Vergangenheit zu dem Tag, als er mit siebzehn Jahren zum ersten Mal dem Tod begegnet war und in ihm seinen Meister gefunden hatte.

Es war ein Tag wie jeder andere auf dem Landgut seiner Eltern gewesen.

Sie waren wohlhabend. Das Gut war groß, solide und zweckmäßig gebaut, mit Kornspeichern, Kuhställen und Schweinepferchen. Dazu Gänse, Hühner, Enten und Kaninchen. Und Land, fetter, fruchtbarer, gut bewässerter Boden.

Das Haus war voller Mägde und Knechte, die die groben Arbeiten verrichteten. Seine Mutter wachte über alles, prüfte jede Kleinigkeit, denn, wie sie jeden Tag wiederholte, wenn man sich nicht selbst um alles kümmert, kann auch das Paradies zugrunde gehen.

Sein Vater war bei der Gerste in den Speichern gewesen. In einigen Tagen wäre es Zeit, das erste Herbstbier zu brauen, das stärkste, dunkelste und aromatischste, das er noch nicht trinken durfte.

Da seine Hilfe nicht gebraucht wurde und er noch nicht einmal das Ergebnis dieser vielen Arbeit würde kosten dürfen, hatte er sich auf einen grasbewachsenen kleinen Hügel verzogen und beobachtete von dort die Arbeiter, die die Trockenplätze für das Getreide vorbereiteten.

Seine große Schwester hatte Anfang Mai geheiratet und lebte nun über dreißig Meilen weit weg im Haus ihres Ehemannes. Grete fehlte ihm; sie war eine gute Schwester, sanftmütig und fröhlich, und hatte immer ein Lächeln, eine Liebkosung oder eine Leckerei für ihn gehabt. Mit Grete hatte er sich wohlgefühlt, doch jetzt war sie für immer fort.

Seine beiden jüngeren Brüder spielten im Haus. Sie waren noch Kinder, zwei greinende Nervensägen, die er nicht mehr ertragen konnte, seit er fast ein Mann war.

Kleine Wolkenfetzen trieben am Horizont über den Himmel, und er hatte sich in die Betrachtung dieser weißen, veränderlichen Gebilde verloren.

Sie waren ganz plötzlich aus dem Wald herbeigesprengt gekommen.

Im Nu hatten sie das Haus umzingelt und schlugen mit ihren Schwertern und Piken zu.

Der Erste, der fiel, war sein Vater. Der Mann, der ihn durchbohrte, lachte dabei, und als sein Vater zu Boden stürzte, wütete er gegen ihn, bis er sich nicht mehr bewegte.

Nachdem der Gutsherr tot war, ging das Massaker richtig los. Die Angreifer verteilten sich auf dem ganzen Anwesen und gaben sich maßlos jeder Freveltat hin.

Männer, Frauen und Kinder wurden von diesen blutrünstigen Teufeln abgeschlachtet.

Er hatte gesehen, wie einige von ihnen ins Haus liefen. Er hatte die Schreie gehört. Er hatte den Rauch aus den offenen Fenstern quellen sehen.

Kurz darauf kamen die Männer wieder heraus. Sie lachten, grölten, tranken. In den Armen trugen sie die zusammengeraffte Beute.

Innerhalb weniger Minuten stand das ganze Haus in Flammen.

Er war nicht mehr als hundertfünfzig Schritte von dem Geschehen entfernt, aber er fand nicht die Kraft, sich zu bewegen. Vor Angst und Entsetzen gelähmt konnte er keinen Muskel regen.

Starr verfolgte er das Gemetzel. Niemand bemerkte ihn, niemand kam in seine Richtung, als wäre seine Gestalt, die flach auf der kleinen Erhebung lag, von einem dichten Nebel umhüllt und den Augen der Mörder entzogen.

Das Gemetzel und die Zerstörung der Gebäude gingen weiter, bis keiner der Bewohner mehr lebte und alles in Flammen stand.

Er hatte Friedrich Bergbaum, ihren Nachbarn, der das Massaker anführte, genau erkannt.

Dieser Nachbar war das Oberhaupt des katholischen Lagers im Dorf.

Es hatte erbitterte Streitgespräche zwischen ihm und seinem Vater gegeben, vor allem in letzter Zeit, aber niemand hätte je gedacht, dass dieser dicke, gichtige, joviale Mann zu gewalttätigen Mitteln greifen würde, um den Disput zu beenden.

Nun, da die päpstlichen Truppen immer näher rückten, hatte er offenbar den Mut gefunden, einen Haufen von Mordbrennern um sich zu versammeln und sich seinen Vater, das Oberhaupt der lutherischen Partei und Besitzer des reichsten Gutes in der Umgebung, vom Hals zu schaffen.

Als das Gut nur noch aus rauchenden Trümmern bestand, war die Bande in langsamem Trab abgezogen und hatte die verschonten Tiere und zwei Wagen voll Diebesbeute mit sich geführt.

Er war den ganzen Tag und die folgende Nacht auf dieser grasbewachsenen Anhöhe geblieben, unfähig, sich zu rühren, unfähig zu weinen, innerlich vollkommen leer, ohne jedes Gefühl.

Bei Sonnenaufgang hatte er endlich die Kraft gefunden, aufzustehen und zu den qualmenden Überresten hinunterzugehen.

Er hatte fast den ganzen Tag gebraucht, um seine Mutter, seinen Vater, seine Brüder und die anderen Männer, Frauen und Kinder des Hofes zu begraben, die überall verstreut lagen, wo der Tod sie getroffen hatte.

Er hatte ohne Pause geschuftet, mit trockenen Augen und ohne sich um Müdigkeit, Trauer und die Nachwirkungen des Grauens zu kümmern.

Als die Nacht hereinbrach und sein barmherziges Werk getan war, hatte er sich auf den Weg zu seiner Schwester gemacht, dem einzig sicheren Zufluchtsort, auf den er hoffen konnte.

Er war die ganze Nacht und einen Großteil des folgenden Tages marschiert.

Als er vor dem Haus der Schwester stand, war er vollkommen erschöpft und hatte hohes Fieber.

Hilfreiche Hände hatten ihn in Empfang genommen, aber er konnte nur noch einen unzusammenhängenden Bericht über das Geschehen auf dem Gut stammeln, dann war er in eine tiefe, von Erschöpfung, Fieber und Schrecken ausgelöste Bewusstlosigkeit gefallen.

Fast zwei Wochen lang hatte er zwischen Leben und Tod geschwebt. Wäre er nicht so jung und gesund gewesen, wäre er gestorben, aber er hatte eine kräftige Konstitution und überlebte.

Und er beschloss, Rache zu nehmen.

Als er wieder auf den Beinen war, hatte er sich dermaßen verändert, dass selbst seine Schwester ihn kaum wiedererkannte.

Aus dem rundlichen, pausbackigen Jungen war ein magerer junger Mann geworden, der wie von innen ausgezehrt wirkte. Seine Fröhlichkeit und Liebenswürdigkeit hatten einer düsteren Schweigsamkeit Platz gemacht. Er kam rasch wieder zu Kräften, aber seine gewohnte Unbekümmertheit gewann er nie mehr zurück.

Eines Nachts hatte er, ohne jemandem Bescheid zu sagen, ein Pferd und eine kleine Sichel aus dem Stall geholt, die einzige Waffe, deren er habhaft werden konnte, und sich auf den Weg gemacht.

Zur dunkelsten Stunde hatte er sein Ziel erreicht und war im Schutz der Finsternis in das Gehöft von Meister Bergbaum eingedrungen.

Der Grundbesitzer schlief selig in seinem großen Federbett neben seiner Frau.

Er hatte sie beide abgestochen wie die Schweine.

Falls er befürchtet hatte, dass ihm im entscheidenden Moment die Hand zittern würde, so erwies sich diese Sorge als unbegründet. Sein Arm, der die Waffe führte, bewegte sich fest und sicher, und die Klinge erledigte ihre Arbeit schnell und effizient.

Da sein Rachedurst noch nicht gestillt war, war er vom Zimmer der Eheleute zu den sechs Kindern gegangen und hatte auch sie nacheinander umgebracht. Nur der älteste Sohn, der ungefähr in seinem Alter war, hatte noch Zeit gehabt aufzuwachen, bevor die scharfe Klinge seine Kehle traf.

Er nahm nichts mit, kein Geld, keinen Schmuck, keine Wertgegenstände. Auf einer Truhe neben dem Bett der Eheleute fand er jedoch einen Bernstein in einer fein ziselierten Silberfassung. Einen Bernstein, in dessen Mitte er einen winzigen, perfekt erhaltenen Skorpion erkannte.

Einer plötzlichen Regung folgend, die er selbst nicht zu erklären wusste, hatte er das Schmuckstück an sich genommen und an seinen Gürtel gehängt. Dann, als sein Werk vollendet war, war der junge Mörder in Richtung Norden weitergezogen.

Der Skorpion erinnerte sich an diese Nacht vor vierzig Jahren, als wäre es gestern gewesen. Was sich ihm besonders eingeprägt hatte, war das Gefühl der Befriedigung, diese fast körperliche Lust, die er beim Töten dieser Familie empfunden hatte. Eine Befriedigung und eine Lust, die sich nicht allein mit dem gestillten Rachebedürfnis erklären ließen.

Es war noch etwas Dunkleres, tiefer Gehendes, was ihn antrieb.

Dieselbe Befriedigung und dieselbe intensive Lust hatte er gefühlt, als er einen Unbekannten im Auftrag eines anderen getötet hatte.

Und jedes Mal wieder, bei jedem Mord.

Innerhalb weniger Jahre war er zu einem Heimatlosen ohne Wurzeln und Identität geworden.

Er war der Skorpion geworden.

Ungehalten rieb er sich die Nasenwurzel. Er war müde und unruhig zugleich. Diese Erinnerungen lenkten ihn stets zu sehr ab – besser wäre es, nicht an die Vergangenheit zu denken. Noch besser, überhaupt nicht zu denken und sich auf das Tun zu konzentrieren.

Er richtete seinen Blick wieder bewusst auf die Piazza und merkte sogleich, dass es doppelt gefährlich war, sich in Erinnerungen zu verlieren. Während sein Geist in der fernen Vergangenheit herumgestreift war, hatte seine Wachsamkeit nachgelassen, und er hatte nicht mehr auf seine Umgebung geachtet.

Als er erkannte, was vor sich ging, war es schon beinahe zu spät.

An der anderen Seite der Piazza hatte sich eine Gruppe von Männern versammelt, die aus den Seitengassen aufgetaucht sein mussten.

Sie waren wie Bauern gekleidet, waren aber mit Sicherheit keine Bauern. Sein geübter Blick und dieser sechste Sinn, der ihn schon oft aus Gefahren gerettet hatte, sagte ihm, dass hier etwas nicht stimmte.

Die Männer schlenderten über den Markt, als interessierten sie sich für die ausgestellten Waren, aber der Skorpion wusste, dass sie nach ihm suchten.

Er reagierte in Windeseile, schnappte seinen Umhang, den Hut und das Schwert und war schon aus dem Zimmer und auf der Treppe, als ein paar von den Schergen sich anschickten, die Schankwirtschaft im Erdgeschoss zu betreten. Er lief zum hinteren Teil der Taverne, sauste wie der Blitz durch die Küche und kam auf der Rückseite des Hauses heraus, in einer engen Gasse voller Abfälle.

Mit entschlossenen Schritten, aber ohne der Versuchung nachzugeben, sofort loszurennen, ging der Skorpion durch die Gasse, überquerte eine Kreuzung und bog in eine größere Gasse ein, die quer zu der vorigen verlief und belebter war, sodass er sich unter die Passanten mischen konnte.

Er bezweifelte, dass seine drei Komplizen in der Taverne die herannahende Gefahr genauso schnell erkannt hatten; wahrscheinlich waren sie beim Eindringen des Feindes gerade beim Zechen oder vergnügten sich mit einer Hure. Er hatte keine Zeit, sich Gedanken um sie zu machen, und verspürte auch keinerlei Bedauern über ihr Schicksal. Wer diesen Beruf ausübte, kannte die Risiken und wusste, dass er beim Gefasstwerden genauso viel Gnade zu erwarten hatte, wie er seinen Opfern gegenüber zeigte.

Der Skorpion besaß noch einen anderen Schlupfwinkel in der Stadt.

Wenn es ihm gelang, ihn zu erreichen, war er in Sicherheit, zumindest für einige Tage, einige Stunden. Er brauchte nicht mehr viel Zeit. Die Liste seines Auftraggebers wurde immer kürzer.

Noch vier Namen, noch viermal entschlossen zuschlagen.

Danach würde er in den Norden zurückkehren können. Wo er auf einen neuen Auftrag warten würde.

Es war noch nicht an der Zeit, sich zur Ruhe zu setzen.

Kapitel XXVII

Capitaine de la Fleur zeigte sich wenig zufrieden mit dem Ablauf der Aktion. Dabei war es dank der Porträtzeichnung, die de Simara mehrfach hatte kopieren lassen, zuerst recht einfach gewesen, die Herberge auszumachen, von der aus der Gesuchte sein Unwesen trieb. Mehrere Bewohner des Viertels hatten nach anfänglicher Zurückhaltung, die bei dem verbreiteten Misstrauen gegenüber den Sbirren nur natürlich war, den Mann wiedererkannt. Einige großzügig verteilte Münzen hatten auch die widerstrebendsten Zungen gelöst, und durch die gesammelten Hinweise hatten er und seine Leute den Ort ermitteln können, an dem sie den Mann, nach dem sie schon seit Monaten suchten, finden würden.

Es handelte sich um ein Gasthaus an einem Platz, auf dem ein kleiner Markt abgehalten wurde. Der Capitaine musste zugeben, dass das Versteck mit Verstand gewählt worden war. Der Vordereingang befand sich direkt am belebtesten Teil des Marktes, weshalb es schwierig wäre, ihn mit einem größeren Aufgebot von Männern durch das Gedränge zu erreichen. Die Ostseite ging auf eine Verbreiterung der Straße hinaus, sodass man von dort gut beobachten konnte, wer sich dem Haus näherte, und an der Westseite stand ein niedrigeres Gebäude, das ebenfalls den Blick frei ließ. Die Hinterseite grenzte an eine enge Gasse, hinter der sich ein wahres Labyrinth von Sträßchen ausbreitete, die alle zum Fluss führten.

Daher war es besonders wichtig, die Bewegungen der verschiedenen Einheiten genau aufeinander abzustimmen, damit der Gesuchte nicht flüchten konnte, bevor sie das Haus umstellt hatten.

Gerade diese Annäherungsphase war es, die dem Offizier die

meisten Sorgen bereitet hatte, und zwar nicht ohne Grund, wie sich sogleich herausstellte, als seine Männer den Marktplatz betraten.

Er hatte dafür gesorgt, dass alle einfache Kleidung trugen und ihre Waffen unter den Mänteln verborgen hielten, aber es stellte sich gleich heraus, dass die Operation überstürzt verlief. Die Männer rückten viel zu schnell vor, vor allem die Italiener, die ihm von Kardinal Azzolini zur Verfügung gestellt worden waren. De la Fleur war von Anfang an dagegen gewesen, eine gemischte Truppe aus Franzosen und Italienern einzusetzen. Er hätte es bei weitem vorgezogen, nur mit seinen eigenen Leuten zuzuschlagen, die gut aufeinander eingespielt waren und ihm prompt und widerspruchslos gehorchten. Bischof de Simara jedoch hatte ihn darauf hingewiesen, dass sie erstens nicht wussten, über wie viele Männer der Skorpion in der Herberge verfügte, und zweitens ohne die Italiener auf zu große Schwierigkeiten bei der Befragung der Bevölkerung stoßen würden, da die Franzosen in der Ewigen Stadt von jeher mit Argwohn betrachtet wurden.

Der Capitaine war gezwungen gewesen, den Anweisungen seines Vorgesetzten Folge zu leisten, aber die Probleme, die sich bei der Durchführung der Aktion zeigten und größtenteils auf Sprachbarrieren zurückzuführen waren, bestärkten seine Vorbehalte. Nur zwei von seinen Männern sprachen ein verständliches Italienisch und keiner von den Italienern ein Wort Französisch. Darüber hinaus war aus Gründen, die ihren Ursprung in der jüngsten Vergangenheit hatten, sofort ein Konkurrenzdenken zwischen den beiden Gruppen entstanden, als wollte jede der anderen ihre Überlegenheit beweisen.

So kam es, dass seine Leute, angestachelt von den Italienern, zu schnell über den Platz marschierten und den Eingang der Herberge erreichten, bevor die anderen Zeit gehabt hatten, das Haus zu umstellen.

Als sie in das Lokal eindrangen, war der Skorpion schon entflohen.

Dafür trafen die Musketiere auf den erbitterten Widerstand

dreier Galgenvögel, die aus den Zimmern im ersten Stock gestürzt kamen und bis an die Zähne bewaffnet waren.

Wegen des geringen Manövrierraums auf der Treppe wurde es ein heftiger und wirrer Kampf. De la Fleur beglückwünschte sich zu der Weitsicht, mit der er die Waffen seiner Männer ausgesucht hatte. In der Annahme, dass sie in einer beengten Umgebung würden fechten müssen, hatte er den Musketieren Anweisung erteilt, die langen Degen zurückzulassen und sich mit kurzen Säbeln, wie sie beim Entern von Schiffen benutzt wurden, und breiten Kurzschwertern zu bewaffnen. Die drei Halunken versuchten, Hiebe mit ihren langen Stockdegen anzubringen, deren Klingen jedoch unweigerlich gegen die Wände und die niedrigen Deckenbalken stießen, sodass die Soldaten mit ihren kurzen Waffen leicht ihre Deckung durchbrechen konnten. Dennoch wehrten sich die drei Verbrecher ausdauernd und entschlossen.

De la Fleur hatte den strikten Befehl gegeben, niemanden zu töten, aus dem einfachen Grund, weil Tote nicht mehr reden. Doch wie so oft war die Theorie eine Sache und die Praxis eine andere, sobald die Säbelhiebe flogen. Die drei Schurken schienen nicht die Absicht zu haben, Gnade zu gewähren oder zu erbitten, und obwohl die Musketiere tödliche Hiebe vermieden, wurde das Gefecht bald so hitzig und verzweifelt, dass der Befehl gegenüber der Verteidigung des eigenen Lebens zweitrangig wurde. Auf dem schmalen Treppenabsatz entstand ein tödliches Gedränge. Trotz ihrer zahlen- und waffenmäßigen Unterlegenheit verteidigten sich die drei mit aller Macht und versuchten, sich Schulter an Schulter den Weg zur Treppe freizukämpfen. Schließlich wurde einer von ihnen von einem Kurzschwert in den Bauch getroffen und sackte blutend zusammen. Der zweite erhielt einen Hieb auf den Kopf, der ihm ein Stück von der Schädeldecke wegschlug. Nur der dritte überlebte, wenn auch übel zugerichtet. Das schnelle Dahinscheiden seiner beiden Kumpane ermöglichte es den Soldaten, ihn einzukreisen und zu überwältigen. Er wurde gegen die Wand gedrängt, von mehreren Händen gepackt, entwaffnet und die Treppe heruntergezerrt.

Der Mann wehrte sich immer noch schwach, wurde aber sogleich mit einem festen Strick umwickelt. Sie drückten ihn auf einen Schemel nieder, an den er mit weiteren Seilschlingen gefesselt wurde, bis er sich nicht mehr bewegen konnte.

De la Fleur ging zu dem Gefangenen, der den Kopf gesenkt hielt, und hob sein Kinn an, um ihm in die Augen sehen zu können. Er begegnete einem ausdruckslosen Blick ohne Furcht, obwohl ein Schnitt an der rechten Schulter und eine klaffende Wunde an der linken Hüfte ihm große Schmerzen bereiten mussten.

Der Offizier erkannte, dass er es mit einem zähen Knochen zu tun hatte, einem hartgesottenen Berufsmörder.

Aber auch er verstand sein Handwerk. Dieser Mann, der jetzt noch glaubte, jede Qual ertragen zu können, würde früher oder später reden, daran bestand kein Zweifel. Die Frage war nur, wie lange es dauerte.

Denn Zeit war der entscheidende Faktor bei diesem Einsatz.

Kerle wie dieser hielten es für eine Frage der Ehre, so lange wie möglich durchzuhalten, auch wenn es geradezu lächerlich schien, bei ihnen von Ehre zu reden. Aber de la Fleur wusste aus Erfahrung, dass auch Verbrecher ihren Ehrenkodex hatten, so verdreht und sonderbar er sein mochte.

Dennoch mussten sie es versuchen.

In der Zwischenzeit hatte sich der Schankraum mit Neugierigen gefüllt, wie immer in dieser Stadt voller Schnüffler. Neben den Besitzern des Lokals drängten sich Schankmägde, Nachbarn, fliegende Händler und Kinder in dem großen Raum und versuchten, den Kordon der Soldaten um den Gefangenen zu durchbrechen.

Ehe er mit dem Verhör begann, ließ der Capitaine den Saal räumen, natürlich unter lautstarkem Geschimpfe und Protest. Die Musketiere gingen zurückhaltend beim Hinausbefördern der Leute vor, vor allem, weil Frauen und Kinder dabei waren, aber die Italiener wirkten tatkräftig mit und hatten keinerlei Skrupel, grob zuzupacken.

Derweil hatten vier weitere Musketiere die Leichen der beiden getöteten Mörder hinuntergeschafft und warfen sie nun dem Gefangenen vor die Füße.

Der Mann sah sie gleichgültig an und zeigte keine Gefühlsregung, wenn ihm auch ein paar Schweißtropfen auf die Stirn traten.

Um gleich seine Absicht deutlich zu machen, schlug de la Fleur den Gefangenen mit der behandschuhten Rechten ins Gesicht, sodass seine Unterlippe aufplatzte und stark blutete. Der Mann reagierte, indem er versuchte, sich aus seinen Fesseln zu winden, doch die Folge war nur eine neue Züchtigung durch den Sergeanten hinter ihm. Ein Tritt traf ihn in die Seite, wo er bereits verwundet war, und ließ ihn vor Schmerz aufjaulen.

De la Fleur mochte diese Methoden nicht, weil er sie eines Soldaten unwürdig fand, der bestrebt sein sollte, sich sowohl seinen Waffenkameraden als auch den Feinden gegenüber ehrenhaft zu benehmen. In diesem Fall jedoch musste er seine Bedenken beiseiteschieben und den Zweck die Mittel heiligen lassen.

Er schlug den Gefesselten erneut, diesmal noch fester.

»Wo ist der Skorpion?«, fragte er und sah dem Gefangenen ins Gesicht.

Der Mann schüttelte nur den Kopf. De la Fleur seufzte; wie vorauszusehen würde es ein langes, unerfreuliches Verhör werden.

Er machte dem Sergeant ein Zeichen, der mit Nachdruck und offensichtlicher Übung fortfuhr, den Gefangenen zu traktieren.

Der Gefesselte zog den Kopf zwischen die Schultern und schwieg weiter beharrlich, was dazu führte, dass sein Peiniger seine Anstrengungen verdoppelte.

Weil er es für nutzlos erachtete, auf diese Weise weiterzumachen, beschloss de la Fleur, das Verhör in den Kellergewölben der Gesandtschaft fortzusetzen, wo sie über geeignetere Mittel verfügten, um den Widerstand des Gefangenen zu brechen.

Er wollte gerade Befehl zum Verlassen des Gasthauses geben, als der Mann unversehens zusammenbrach. Seine Schultern sanken herab, und er sagte ein paar Worte auf Deutsch, das der Hauptmann gut genug verstand, um zu wissen, dass er reden wollte.

»Das Leben, Capitaine, versprecht mir, dass Ihr mir das Leben schenkt…«

De la Fleur konnte sich diese plötzliche Kapitulation nicht erklären, aber der Grund interessierte ihn auch nicht besonders. Wichtig war nur, den Skorpion zu finden, und wenn er mit dem Teufel persönlich verhandeln musste.

Der Mann vor ihm war nur ein kleiner Fisch, ein einfacher Handlanger.

»Sag mir, wo der Skorpion ist, und ich lasse dich leben«, versprach er.

»Bei Eurer Ehre?«

»Die Musketiere des Königs geben ihr Wort nur einmal, Elender. Sprich, und zwar schnell, sonst überlege ich es mir anders.«

Der Gefangene nannte den zweiten Schlupfwinkel des Skorpions, der sich in einem Viertel am Fluss befand, dem Vatikan direkt gegenüber.

»Savattieri«, wandte sich de la Fleur an den Befehlshaber von Azzolinis Schergen, der dem Verhör beigewohnt hatte, »bringt diesen Mann in die französische Gesandtschaft. Ihr seid mir persönlich für seine Sicherheit verantwortlich. Sergeant Bruyère, lasst die Pferde holen und haltet Euch bereit. Wenn wir uns beeilen, erwischen wir ihn noch auf dem Weg.«

Während er die Befehle ausgab, merkte de la Fleur, dass die Augen seiner Männer auf eine Stelle hinter ihm gerichtet waren. Er drehte sich um und sah, dass einige Italiener die Leichen der beiden Mörder gegen das Treppengeländer gelehnt und entkleidet hatten, um ihnen nun mit ungerührter Miene die Bäuche aufzuschlitzen wie Schlachter im Schlachthaus.

»Savattieri, was in Gottes Namen machen die da?«

»Nun, Capitano«, antwortete der Italiener belustigt, »es kommt häufig vor, dass diese Schurken Geld in ihren … verzeiht den Ausdruck … also dass sie sich Geld in den Arsch schieben. Meine

Männer durchsuchen ihre Gedärme, um zu sehen, ob sie ein wenig Beute machen können.«

»Das ist ja furchtbar! Sie sollen sofort damit aufhören. Wir sind Soldaten, keine Schlächter!«

»Capitano, sie sind doch tot, was kümmert es sie noch?«

De la Fleur sah ein, dass jede Diskussion sinnlos war, wandte sich um und verließ mit seinen Musketieren das Gasthaus.

Kapitel XXVIII

Der Skorpion hatte es gerade noch geschafft, aus der Gasse in die kleine Straße abzubiegen, die zum Fluss führte. Kaum war er um die Ecke gebogen, hörte er das Fußgetrappel mehrerer durch die Hintertür seines ehemaligen Quartiers stürmender Männer.

Mit gleichmäßigen Schritten und ohne zu beschleunigen entfernte er sich durch das Gassengewirr vor der Herberge. Er wusste, dass ihm nicht viel Zeit blieb.

Obwohl er seine Komplizen selbst ausgesucht hatte, befürchtete er, dass mindestens einer von den dreien sich fangen ließ und reden würde, um seine Haut zu retten. In dem Fall waren seine Feinde ihm vermutlich schon auf den Fersen.

Dennoch durfte er es nicht riskieren aufzufallen. Anscheinend hatten de Simara und sein Freund Azzolini ihre Spürhunde in der ganzen Stadt losgelassen, um ihm mit einer einzigen Großaktion den Garaus zu machen. Sie mussten plötzlich genaue Informationen über ihn besitzen, obwohl er keine seiner üblichen Vorsichtsmaßnahmen außer Acht gelassen hatte. Da war irgendwo etwas faul.

Der Skorpion brannte darauf, sein Versteck zu erreichen, aber er musste sich beherrschen, langsam gehen und sogar ab und zu stehen bleiben und die Waren auf den Ständen vor den Geschäften begutachten. Er glaubte nicht, dass seine Gegner in der Lage wären, ihn zu erkennen; nur verstohlenes Verhalten oder große Eile würde den Verdacht der in der Stadt herumlaufenden Spione erregen. Selbst wenn dieser verdammte Maler eine Beschreibung von ihm gegeben hatte, konnte sie nicht sehr genau sein. Auf dem kleinen Platz im Ghetto, wo sie ihm aufgelauert hatten, war es nicht hell genug gewesen, dass er seine Züge hätte erkennen können. Außerdem hatte er darauf geachtet, seinen Schal tief ins Gesicht zu ziehen, um es zu verbergen.

Allerdings konnte er sich nicht erklären, wie seine Verfolger die Herberge gefunden hatten, auf die sie so siegesgewiss zumarschiert waren.

Die Einzigen, die das Quartier gekannt hatten, waren seine drei in der Herberge zurückgebliebenen Kumpane, die jetzt entweder tot oder gefangen genommen waren.

Doch darüber würde er später nachdenken. Jetzt galt es, den anderen Zufluchtsort zu erreichen und sich auf den nächsten Schritt vorzubereiten. Es bestand zwar die Gefahr, dass einer von den dreien die Lage dieses Ortes verraten würde, doch er musste es riskieren. Dort hatte er Waffen und Geld. Sein Auftrag würde bald erledigt sein, und er durfte es nicht zulassen, dass Zweifel und Unsicherheiten ihn behinderten.

Der Skorpion ließ das Gassenlabyrinth hinter sich und kam zu einer Piazza, auf der ebenfalls einer der vielen Märkte stattfand. Er hüllte sich in seinen Umhang und zog die Hutkrempe tiefer herunter, wobei er dem frischen Nordwind dankbar war, der sein Tun vollkommen natürlich erscheinen ließ.

Auf der anderen Seite des Platzes ging er durch ein paar baufällige Arkaden und bog dann in eine Gasse voller Karren und Unrat ab. Er war fast am Ziel. Nur noch wenige Dutzend Schritte trennten ihn von der Sicherheit seines Schlupfwinkels, wo er sich neu ausrüsten und über sein weiteres Vorgehen nachdenken konnte.

Trotzdem ließ er nicht in seiner Wachsamkeit nach. Ehe er um die letzte Ecke bog, blieb er stehen, reckte den Hals und überzeugte sich, ob die Luft rein war.

Der Skorpion war ein kaltblütiger, erbarmungsloser Mörder, der sich nie von Gefühlen beherrschen ließ, doch selbst ihm schlug das Herz bis zum Hals, als er die sechs Männer sah, die das Haus bewachten.

Er hatte keinen Zweifel, dass sie auf ihn warteten.

Ruckartig zog er den Kopf zurück und machte kehrt.

Seine drei Gehilfen waren außer Gefecht gesetzt worden, so viel stand nun fest, und ebenso, dass einer von ihnen gesungen hatte, vermutlich unter Folter. Der Anführer der drei, ein Schweizer namens Manfred, war auch der Einzige, der Kontakt zum Rest der Bande hielt. Deren Mitglieder waren vor Ort angeworben worden, damit sie niemanden auf die Spur des Skorpions führen konnten, falls sie gefasst würden. Eine normale Sicherheitsvorkehrung, die er immer traf, nur dass sie sich diesmal gegen ihn wandte.

Jetzt, da Manfred aus dem Spiel war, konnte er keinen Kontakt zu den Männern aufnehmen.

Von diesem Moment an war er auf sich allein gestellt.

Es war jedoch nicht das erste Mal, dass er sich in dieser Lage befand. Im Gegenteil, in den Anfängen seiner Laufbahn hatte er immer und ausschließlich allein gearbeitet. Er erinnerte sich noch gut an seine Taten in jenem Jesuiteninternat in Paderborn vor fast einem halben Jahrhundert. Viele Nächte lang war er in diesen angeblich so sicheren Mauern ein- und ausgegangen wie ein Schatten oder ein Geist, und seine Klinge hatte nie ihr Ziel verfehlt. Nur eine Reihe von unerwarteten politischen Ereignissen hatte ihn daran gehindert, seinen Auftrag zu vollenden. Die Gewohnheit, gelegentlich mit Komplizen zusammenzuarbeiten, hatte er erst in den letzten Jahren angenommen. Vielleicht war er mit dem Alter etwas verweichlicht.

Doch jetzt war es wieder wie früher.

Er war frei und im Besitz seines tödlichen, rasiermesserscharfen Schwertes.

Er würde es ihnen zeigen. Mehr noch, er würde ihnen eine Lektion erteilen, die sie nie mehr vergessen würden.

Es würde eben ein bisschen schwieriger, mühsamer und riskanter werden als gedacht.

Aber auch aufregender.

Er musste lediglich einen sicheren Platz finden, an dem er sich bis zum Sonnenuntergang ausruhen konnte.

Dann wäre er bereit, wieder in Aktion zu treten.

Pater Kircher wickelte sich in seinen Wollschal. Ihm war kalt.

Sein Diener Fernando war schon dreimal in den Keller gegangen, um Holz für den Kamin zu holen, in dem nun ein ungewöhnlich großes Feuer brannte.

Trotzdem fror Pater Kircher immer noch.

Es lag nicht nur am Nordwind, der durch die Fenster pfiff.

Was ihn bis in die Knochen frösteln ließ, war noch etwas anderes.

Die Kälte schien von den verstreuten Blättern auf seinem Schreibtisch auszugehen, von den geheimnisvollen Zeichen und kabbalistischen Symbolen, die der Gelehrte mit fiebriger Hand während einer Nacht der Sternenbeobachtung aufgezeichnet hatte.

Was vor wenigen Tagen nur ein Verdacht gewesen war, hatte sich nun als erschreckende Tatsache bestätigt.

Kircher hatte gehofft, dass die Schlussfolgerungen aus seinen Observationen durch tiefer gehende Studien widerlegt würden. Dass seine Sorge unbegründet wäre und seine Furcht voreilig.

Doch nun gab es keinen Zweifel mehr.

Die Beschreibung des chaldäischen Textes war von anderen Büchern und Prophezeiungen bestätigt worden, die bis in das Dunkel der Zeit zurückreichten und von den größten Gelehrten des Altertums stammten.

Sogar ein Buch aus der Neuen Welt über die Weisheiten jener geheimnisvollen Völker dort, das von einem Mitbruder, der dort zwanzig Jahre gelebt hatte, verfasst worden war, schien seine schreckliche These zu erhärten.

Das Zeitalter des Skorpions war gekommen.

Der Antichrist hatte Menschengestalt angenommen und lief durch die Straßen der Ewigen Stadt.

Die letzte Schlacht zwischen der Finsternis und dem Licht würde bald beginnen.

Und er, Pater Kircher, musste sich gleich zum Ausgehen fertig machen, um Königin Christine von Schweden im Palazzo Riario zu besuchen. Die Königin war dabei, ein großes Frühlingsfest vorzubereiten, zu dem die ganze vornehme Gesellschaft Roms eingeladen werden würde.

Sie hatte ihn damit beauftragt, ein Spektakel aus Licht- und Klangeffekten vorzubereiten, das die illustren Gäste verblüffen und entzücken sollte, und er hatte sich angesichts der hartnäckigen Entschlossenheit der Königin diesem Auftrag nicht entziehen können.

Doch was für eine Nichtigkeit! Was für eine unerträgliche Eitelkeit, diese frivolen, vergänglichen Vergnügungen, vor allem jetzt, da die Welt am Rand des Abgrunds tanzte.

Der Jesuit hätte am liebsten das Fenster aufgerissen und ganz Rom, der ganzen Christenheit, der ganzen Menschheit zugerufen, was vermutlich nur er allein wusste.

Er wünschte, seine schwache Stimme würde sich in ein Brüllen verwandeln und jeden Mann, jede Frau, jedes Kind warnen, sich auf die große Prüfung vorzubereiten, auf das furchtbare Getöse der Trompeten von Armageddon, die die Menschheit zum Jüngsten Gericht riefen.

Vanitas vanitatum!

Kircher stellte sich ans Fenster und betrachtete die in den Straßen wimmelnden, nichts ahnenden Bewohner der Stadt. Von hier oben aus gesehen wirkten sie wie Ameisen, die auf ein vernichtendes Feuer zuliefen.

Er kehrte zu seinem Schreibtisch zurück und überprüfte mit brennenden Augen zum zigsten Mal seine Berechnungen, in der schwachen Hoffnung, irgendeinen Faktor übersehen zu haben, doch all seine Ergebnisse stimmten überein. Er schloss die Augen und rieb sich die müden Lider.

Er fror und war müde, viel zu müde.

Gern hätte er sich wieder ins Bett gelegt, um im Schlaf die schreckliche Wahrheit zu vergessen, die in ihrer unabwendbaren, schonungslosen Deutlichkeit vor ihm stand.

Doch er wusste, dass er das nicht konnte.

Gleich würde Fernando mit einer Schüssel voll warmem Wasser für die Morgentoilette hereinkommen. Sein Diener würde ihm den Bart und die Haare stutzen, damit er ordentlich vor der Königin erschien, und ihm beim Ankleiden helfen.

Die königliche Kutsche würde im Hof des Collegium Romanum halten, und er würde einsteigen und sich ans andere Flussufer fahren lassen.

Natürlich würde er sich nichts anmerken lassen, er würde sich zuvorkommend benehmen, der Königin jede gewünschte Erklärung geben und sich in Einzelheiten über die wissenschaftlichen Grundlagen seiner optischen und akustischen Apparaturen ergehen.

Er würde sich wie immer verhalten und nichts von seiner Unruhe und Besorgnis erkennen lassen, denn es hätte keinen Sinn, Alarm zu schlagen, es hätte keinen Sinn, in alle vier Windrichtungen zu schreien, dass die Zeit gekommen war.

Die Ohren der Menschen waren nicht dafür geschaffen, die donnernde Stimme Gottes des Allmächtigen zu hören. Ihre Sinne, obwohl sie von seiner liebenden Hand geschaffen worden waren, waren nicht fähig, den kristallklaren Klang der Engelstrompeten zu empfangen, genauso wenig wie ihre Seelen bereit waren, die Wahrheit in sich aufzunehmen.

Alles würde seinen gewohnten Gang gehen; jeder würde sich einzig um seine alltäglichen Verrichtungen kümmern, in der Überzeugung, noch genug Zeit zu haben, um seine Pläne zu verwirklichen und seine Wünsche zu befriedigen.

Aber die Zeit war abgelaufen!

Nur ein Dutzend Auserwählte, die über die weite Welt verstreut waren, hatten das Warnsignal, hatten den Ruf vernommen.

Und er gehörte dazu.

Kapitel XXIX

Bernardo Muti hob den Blick von dem mit großer Sorgfalt verfassten Papier und legte es auf einen Stapel von anderen Schriftstücken auf dem schmucklosen Holztisch, der ihm als Schreibtisch diente. Vor ihm lag ein ordentlicher Haufen von Berichten seiner zuverlässigsten Mitarbeiter.

Keiner dieser Berichte enthielt zusammenhängende Informationen; es handelte sich vorwiegend um bruchstückhafte, hier und dort gemachte Beobachtungen ohne Beziehung zueinander, aus denen er dennoch seine Schlüsse ziehen konnte, nachdem er sie nun alle durchgegangen war.

Azzolini hatte einen Großeinsatz befohlen.

Er schien auf der Jagd nach jemandem zu sein.

Dieser Schritt des Kardinals machte ihn neugierig und beunruhigte ihn zugleich. Azzolini zog es normalerweise vor, hinter den Kulissen zu handeln, ohne direkt einzugreifen. So war es auch bei der Wahl Alexanders VII. gewesen, des Papstes aus der Familie Chigi, der vor elf Jahren den Heiligen Stuhl bestiegen hatte.

Die »Fliegende Schwadron«, so nannte man die Gruppe der Getreuen um den Kardinal.

Während des Konklaves wurden Allianzen mit größter Schnelligkeit geknüpft und wieder aufgelöst, und Azzolinis Methode, seine Fäden zu ziehen, ohne selbst in Erscheinung zu treten, hatte sich als sehr wirkungsvoll erwiesen. Jedes Mal, wenn seine Gegner irgendein Manöver wagten, mussten sie feststellen, dass der Kardinal ihre Absicht erahnt hatte und ihre Pläne vereitelte oder oft sogar dafür sorgte, dass das Gegenteil eintrat.

In den letzten Tagen musste etwas Schwerwiegendes vorgefallen sein, wenn Azzolini sich zu derart direkten Maßnahmen entschlossen hatte, ohne seine gewohnte Vorsicht walten zu lassen und auf die üblichen Manipulationen zurückzugreifen.

Es war nicht ausgeschlossen, dass diese Entscheidung etwas mit den Morden an den Jesuiten zu tun hatte, auch wenn aus den Berichten, die er gerade studiert hatte, kein ursächlicher Zusammenhang abzuleiten war.

Hinter den Bluttaten verbarg sich zweifellos irgendeine Machtintrige, deren Absicht er jedoch bei seinem gegenwärtigen Kenntnisstand nicht durchschaute.

Eines aber stand fest: Die heilige Inquisition durfte nicht zulassen, dass sie von diesem Schachzug ausgeschlossen wurde. Er musste um jeden Preis an die notwendigen Informationen gelangen, um rechtzeitig handeln zu können.

Um die Gesundheit des Chigi-Papstes war es schlecht bestellt. Es hieß, er habe eine verstopfte Niere, und man ging allgemein davon aus, dass er nicht mehr lange leben würde.

Folglich würde das Konklave in einigen Monaten wieder zusammentreten, und Muti wollte verhindern, dass die Fliegende Schwadron so problemlos ihre Ziele verfolgen konnte wie beim letzten Mal.

Gewiss, auch Azzolini hatte seine Achillesferse, und die bestand vor allem in seiner Beziehung zu Königin Christine von Schweden, über die viel geklatscht wurde. Schon seit Jahren munkelte man von einer Liebesaffäre zwischen den beiden, doch trotz aller Bemühungen hatte Muti nie einen konkreten Beweis dafür finden können.

Wenigstens genügte dieses Gerede, um es Azzolini zu versagen, den Stuhl Petri zu besteigen – das hoffte Muti jedenfalls, und er vermutete, dass der Kardinal selbst es auch wusste. Was ihn aber nicht daran hindern würde, seine üblichen Ränke zu schmieden, um einen seiner Parteigänger auf den Papstthron zu heben.

Die Amtszeit Alexanders VII. hatte sich als ausgesprochen schädlich für die Reinheit der katholischen Lehre erwiesen: zu viele Kompromisse mit den europäischen Herrschern, zu viele interne Ränkespiele, zu viel dreiste Zügellosigkeit.

Das Schlimmste war jedoch, dass der Chigi-Papst sich aufgrund des schlechten Einflusses von Azzolinis Kreis viel zu nachsichtig gegenüber der lutherischen Ketzerei und ihren unzähligen Ablegern gezeigt hatte.

Die kristallklare Reinheit des Glaubens musste so schnell wie möglich wiederhergestellt werden.

Es musste wieder zum Schwert der Wahrheit gegriffen werden.

Seit anderthalb Jahrhunderten wurde Europa nun schon von der Ketzerei durchzogen, und die römische Kirche hatte nichts weiter getan, als zu schwanken, zu zaudern und nach unnützen und schädlichen Kompromissen zu suchen, weil sie viel zu sehr auf die weltlichen Seiten ihres göttlichen Auftrags achtete und dabei die heilige Mission vergaß, die der Herr ihr anvertraut hatte.

Die Situation spitzte sich immer mehr zu und näherte sich einem Punkt, ab dem es kein Zurück mehr geben und jede Anstrengung umsonst sein würde.

Aber noch war es nicht zu spät!

Auch wenn die Kirche des auferstandenen Christus sich am Rande des Abgrunds befand, gab es Hoffnung auf Rettung, falls bald eine festere Hand die Herde der Gläubigen führte, eine Hand, die kein Erbarmen und kein Zögern kannte.

Eine Hand in einem eisernen Handschuh, das war jetzt nötig; eine Hand, die mächtig und gnadenlos zuschlug, die Götzenbilder zerstörte und den Irrtum ausrottete.

Auch mit einem Blutbad, wenn es nötig sein sollte!

Die gerechte und strenge Hand der heiligen Inquisition und ihre beste Waffe: der Hexenhammer.

Der zukünftige Papst musste eine große Bewegung anführen, welche die Kirche aus diesem Sumpf herauszog, die von Neuem das Banner der Wahrheit hisste und die Legionen der Gläubigen um sich versammelte, um mit allen ihr zu Verfügung stehenden Mitteln einen Kreuzzug gegen den lutherischen Antichrist zu führen.

Die Tatsache, dass Azzolini auf einmal persönlich in Erscheinung trat, konnte nur bedeuten, dass viel für ihn auf dem Spiel stand. Und ebendiese direkte Einmischung ohne Umwege und Deckmantel stellte möglicherweise ein Zeichen der Schwäche des mächtigen Kardinals dar.

Längst nicht alle Kardinäle gehörten der Fliegenden Schwadron an. Im Gegenteil, viele der hohen Würdenträger waren gegen die zur Zeit herrschende Unmoral und wollten die alten sittlichen Werte wieder eingeführt sehen.

Wenn Azzolini auch nur einen falschen Schritt machte, konnte sein Ansehen so weit beschädigt werden, dass alte Bündnisse in die Brüche gingen und ein scheinbar gefestigtes Machtgefüge ins Wanken geriet.

Bernardo Muti spürte, dass ein entscheidender Moment in dem jahrhundertealten Kampf zwischen den Befürwortern der Rückkehr zu einem strengen und reinen Glauben und den Vertretern eines politischen Zynismus, die in dem Kardinal ihren Vorreiter sahen, gekommen war.

Die Karten lagen auf dem Tisch. Diesmal würde Azzolini kein Ass aus dem Ärmel ziehen können, mit dem er das Spiel für sich entschied.

Es galt, schnellstmöglich zu handeln, auch wenn sein Wissen bisher nicht ausreichte, um ihm einen Vorteil zu verschaffen, und die Berichte seiner Spitzel keinen Grund zu der Hoffnung gaben, dass von dieser Seite mehr zu erfahren war.

Aber es existierten noch andere Informationsquellen.

In weiser Voraussicht hatte der Dominikaner sich auf eine solche Eventualität vorbereitet und sich einen Weg offengehalten, der zwar riskant war, aber unschätzbaren Nutzen bringen konnte, wenn man ihn genauso kühn wie umsichtig beschritt.

Mit skelettartiger Hand griff der Inquisitor nach der silbernen Klingel am Rand des Schreibtischs und entlockte ihr ein helles Gebimmel.

Er hatte sie noch nicht wieder abgesetzt, als sich auch schon ein junger Dominikanermönch ehrerbietig vor ihm verbeugte.

»Sucht mir Fieschi.«

Der Mönch verbeugte sich erneut und eilte aus dem Zimmer.

Muti lehnte sich an die gerade, harte Stuhllehne, um seine von den langen Stunden unermüdlicher Arbeit schmerzenden Rückenmuskeln zu entlasten.

Fieschi war ein Spion aus Genua, vielleicht der beste, den es zur Zeit gab. Ein treuloser, ehrloser Mann, der seine Dienste an den Meistbietenden verkaufte und dessen Familie vor vielen Jahren aus der Republik Genua verbannt worden war, weil sie gegen den Dogen intrigiert hatte.

Muti hatte einen Auftrag für ihn, den er unmöglich ablehnen konnte. Auch verachtenswerte Menschen wie Fieschi, auch berufsmäßige Verräter besaßen ihre Schwachstellen, und der Inquisition war es gelungen, die des Genuesers zu entdecken.

Der Inquisitor würde Fieschi damit beauftragen, den Grund für das ungewöhnliche Vorgehen Azzolinis und seiner Verbündeten herauszufinden, und er würde ihn herausfinden.

Denn Fieschi war der Beste.

Und er konnte es sich nicht erlauben zu versagen.

Der Skorpion ließ den Marktplatz hinter sich.

Er hielt es für das Günstigste, den Tiber zu überqueren und sich in die Nähe des Vatikans zu begeben.

Pater Eckart arbeitete als Privatlehrer und Bibliothekar im Palazzo Salvaneschi, nicht weit von der Engelsburg. Er war der Nächste, der sterben würde, und zwar noch an diesem Abend.

Die Aufgabe konnte sich möglicherweise etwas schwieriger gestalten als sonst, aber der Skorpion zweifelte nicht daran, dass er sie wie immer erfüllen würde.

Mit erhöhter Wachsamkeit und bemüht, sich stets an die belebtesten Straßen und Plätze zu halten, erreichte er die Brücke über den Fluss, sah aber auf den ersten Blick, dass sie bewacht wurde.

De Simara ließ nichts unversucht, um ihn zu schnappen.

Dieser Weg war also versperrt.

Obwohl er nach wie vor nicht glaubte, dass die Männer des

französischen Bischofs ihn erkennen würden, hatte der Skorpion nicht vor, unnötige Risiken einzugehen oder gar nachlässig zu werden.

Er musste eine andere Möglichkeit finden, über den Fluss zu kommen.

Bei den anderen Brücken brauchte er es gar nicht erst zu versuchen, weder flussaufwärts noch flussabwärts, denn der Bischof hatte mit Sicherheit dafür gesorgt, dass auch sie überwacht wurden.

Der einzige Ausweg war ein Boot. Am Flussufer gab es mehr als genug Fährleute, die für wenige Münzen bereit sein würden, ihn überzusetzen.

Der Auftragsmörder wollte gerade eine der Steintreppen zum Kai hinuntergehen, als er bemerkte, dass auch unter den Fährmännern schlecht getarnte Fremde umhergingen.

Einige von diesen zeigten etwas herum, das wie ein Blatt Papier aussah, obwohl er es aus der Entfernung nicht genau erkennen konnte.

Auch das waren Soldaten des Bischofs.

Die Lage wurde langsam brenzlig.

Der Skorpion machte kehrt und tauchte wieder in der Menge auf der Piazza unter.

So schwierig hatte er es sich nicht vorgestellt, auf die andere Tiberseite zu gelangen. Seine Feinde wussten neuerdings sehr viel mehr über ihn, das stand nun fest. Er brauchte ein wenig Zeit zum Nachdenken und um einen neuen Plan zu fassen.

Ein kleiner, untersetzter Mann betrat das Arbeitszimmer Bernardo Mutis.

Er hatte einen Dreitagebart, und sein bescheidenes Auftreten, die schmutzige, unordentliche Kleidung und der schlurfende Gang vermittelten den Eindruck, dass es sich um einen der vielen elenden Handwerker handelte, die auf der Suche nach Arbeit die Straßen Roms durchstreiften.

Nur seine hellwachen, klaren Augen deuteten darauf hin, dass sein ärmliches Aussehen eine Verkleidung war.

Der Inquisitor empfing ihn schweigend.

Der Mann setzte sich auf einen Hocker, der es seinem Gegenüber erlaubte, ihn von Kopf bis Fuß zu mustern.

Der Mönch vor ihm war eine der mächtigsten und gefürchtetsten Persönlichkeiten der Stadt. Schon bei der Nennung seines Namens überlief es jeden kalt, sowohl die einfachen Römer als auch die Fürsten und hohen Geistlichen. Der kleine, bärtige Mann jedoch zeigte sich keineswegs eingeschüchtert. Seine Hände schwitzten nicht, und sein Blick war ruhig, gelassen und ein wenig gelangweilt.

Er musterte das düstere Gesicht des Dominikaners und wartete darauf, dass dieser den ersten Schritt tat.

Auch der Inquisitor ließ sich Zeit. Er hatte es nicht eilig, den Handel abzuschließen, und zog es vor, seinen Besucher zuerst eine Weile zu beobachten, um zu sehen, ob sein Verhalten nicht doch Schwäche oder Furcht verriet.

»Fieschi«, begann Muti schließlich, als er merkte, dass dessen Gleichmut nicht zu erschüttern war, »die heilige Mutter Kirche benötigt Eure Dienste.«

Fieschi machte eine abwägende Geste mit der rechten Hand und deutete ein schiefes Lächeln an.

»Ihr wisst selbst, dass wir uns bisher nie über einen Preis einigen konnten. Ich bin ein vernünftiger Mensch, aber ganz ohne Lohn zu arbeiten gehört nicht zu meinen Gewohnheiten. Wir haben bereits über dieses Thema gesprochen, wenn ich mich nicht irre.«

»Nicht ich bin es, der Euch darum bittet«, erwiderte der dürre Mönch, »sondern die heilige Kirche, der Ihr verpflichtet seid. Es handelt sich um eine Aufgabe von höchster Wichtigkeit. Als Christ und Katholik könnt Ihr Euch dem nicht entziehen.«

Das Grinsen auf Fieschis Gesicht wurde noch breiter und ging schließlich in ein spöttisches Lachen über.

»Auch diese Rede habe ich schon oft gehört, allzu oft, wenn Ihr mir die Bemerkung gestattet. Ihr wisst, dass sie bei mir nicht verfängt. Außerdem verstehe ich nicht, was Euch davon abhält, die übliche Vergütung für die bescheidenen Dienste zu bezahlen, an denen Euch offenbar so viel liegt. Ich glaube nicht, dass das Heilige Offizium seine letzten Schätze verkaufen müsste, um einen anspruchslosen Mann wie mich gerecht zu entlohnen.«

»Darum geht es nicht«, sagte Muti und beugte sich ein Stück nach vorn. »Die heilige Mutter Kirche kann nicht so tief sinken, bezahlte Spione anzuwerben. Werden diese Dienste dagegen freiwillig geleistet, sagen wir, aus Treue und Ergebenheit, so ist das etwas ganz anderes. Es gibt so manche Art und Weise, auf die sich die Kirche erkenntlich zeigen kann …«

Fieschi schüttelte belustigt den Kopf.

Die wahre Befürchtung des Dominikaners war in der Tat eine ganz andere. Die Inquisition hatte schon unzählige Male auf die Dienste von gedungenen Spionen und Mördern und anderen Bösewichtern dieser Sorte zurückgegriffen, ohne sich zu fein dafür zu sein. Aber Muti kannte Fieschis Gewohnheiten und seinen Modus Operandi nur allzu gut. Er war ein äußerst geschickter, listiger und vorsichtiger Spion, der sich an der Spitze eines einzigartigen Netzes von Informanten in alle Kreise und Milieus einschleichen konnte. Obendrein besaß er die unangenehme Neigung, ein doppeltes Spiel zu spielen, wenn er daraus irgendeinen Vorteil ziehen konnte. Er verstand sich auf die Kunst, mehreren Herren zu dienen, verkaufte seine Informationen häppchenweise und schnüffelte derweil im Privatleben seiner Auftraggeber herum. Diese Vorgehensweise hatte es ihm ermöglicht, hochpeinliche Dossiers über die mächtigsten und einflussreichsten Bewohner der Stadt anzulegen, die er für jede Form von Erpressung benutzte.

Nur auf diese Weise hatte er so lange in der gefährlichen Welt der Spione überleben können, in der Verrat hinter jeder Ecke lauerte.

Muti beabsichtigte nicht, sich auf solche Mätzchen einzulassen. Zwar konnte ihm persönlich nichts angelastet werden, aber es sollte niemand seine Nase in die Angelegenheiten der heiligen Inquisition stecken. Er war nämlich keineswegs sicher, dass alle seine Mitbrüder genauso über jeden Tadel erhaben waren wie er selbst – im Gegenteil, es gab Grund zu der Annahme, dass viele von ihnen einiges zu verbergen hatten. Nicht, dass er, der so streng und unerbittlich gegenüber jedermann war, den Mitgliedern seines Ordens ihre Sünden durchgehen ließ, aber er bestand darauf, dass die schmutzige Wäsche zu Hause gewaschen wurde und keine Andeutung eines Skandals nach außen drang.

Der Inquisitor hatte eine andere Methode ersonnen, um sich Fieschis Mitarbeit zu sichern.

Es war Zeit, die Karten auf den Tisch zu legen.

»Ihr lacht, aber ich denke dennoch, dass wir uns einigen können«, fuhr er fort. »Soweit mir bekannt ist, habt Ihr eine Tochter ...«

Der Genueser erbleichte.

»... die, korrigiert mich, wenn ich falsch liege, einer Familie in der Toskana anvertraut wurde und auf einem abgelegenen Landgut lebt, und zwar ... lasst mich nachsehen ... in der Nähe von Lucca. Sie müsste jetzt zwölf sein, habe ich recht?«

Fieschis Schultern sackten unter dem Gewicht des gerade Gehörten herab.

»Das ... Das kann nicht Euer Ernst sein!«, stieß er schwach hervor.

»Ihr wisst, dass ich niemals scherze«, antwortete der Mönch in einem eisigen Ton, der keinen Zweifel zuließ. »Einige meiner Männer sind bereits auf dem Weg in das Großherzogtum. Ich kann sie jederzeit nach Rom zurückbeordern. Es liegt an Euch, ob ich das tun soll oder ob ich ... sagen wir ... andere Entscheidungen treffen muss.«

»Ihr habt gewonnen, Ihr lasst mir keine andere Wahl. Was soll ich für Euch tun?«

Der Dominikaner musste sich sehr beherrschen, um nicht den Triumph in seinem Gesicht aufleuchten zu lassen.

Kapitel XXX

Das Wetter macht im Gegensatz zur menschlichen Gerichtsbarkeit keinen Unterschied zwischen dem niederen Volk und den Mächtigen, weshalb der große Park des Palazzo Riario von denselben kalten Nordwindböen gepeitscht wurde wie die übrige Stadt.

Der Königin von Schweden schien das jedoch nichts auszumachen, denn kaum war Pater Kircher zu ihr geführt worden, gab sie Befehl, in den Park hinauszugehen, und ihr gesamtes Gefolge musste sie begleiten.

Es war ein recht trübseliger Zug, der die breiten Parkwege entlangschritt, ein Zug aus in Pelzmäntel gehüllten adeligen Herren und Damen, die ihre Hüte tief ins Gesicht zogen und die Röcke um die Beine zusammenrafften, um sich vor den eisigen Windstößen zu schützen.

Pater Kircher achtete nicht auf die Launen der Elemente, weil er viel zu sehr mit seinen Grübeleien über die düsteren Himmelsprophezeiungen beschäftigt war.

Nur die Königin war guter Dinge und ganz von den Vorbereitungen für ihr Fest eingenommen. Auch die Aussicht, dass die Unbeständigkeit des Wetters die fröhliche Feier eventuell gefährden könnte, änderte nichts an ihrer Zuversicht, denn sie war davon überzeugt, dass Gott in seiner Güte seinem Lieblingskind keinen solch grausamen Streich spielen würde.

»Ich habe gehört, dass Euer Majestät vorhat, Rom zu verlassen und nach Schweden zurückzukehren.«

»Das sind nur Gerüchte«, erwiderte die Königin. »Ich habe noch keine Entscheidung getroffen. Kardinal Azzolini liegt mir dauernd damit in den Ohren, aber ich will jetzt nicht darüber nachdenken. Ich habe diesen Verwandten des Kardinals, diesen

Lorenzo Adami, der, wie Ihr wisst, meiner Leibwache vorsteht, in meine Heimat geschickt. Warten wir ab, was er zu erreichen vermag. Im Moment jedenfalls habe ich nicht das Bedürfnis, aus Rom fortzugehen, das kann ich Euch versichern.«

»In einem Monat treten die Generalstände zusammen«, wandte der Jesuit automatisch und ohne große Anteilnahme ein. »Verspürt Ihr nicht den Wunsch, dabei zu sein?«

»Sorgen, nichts als Sorgen«, schnaubte die Königin. »All diese Sorgen verderben mir noch die Laune, als genügte dieser lästige, kalte Wind nicht. Um die Probleme des Reiches werde ich mich zu einem anderen Zeitpunkt kümmern. Jetzt will ich nur an die Vorbereitungen für das Fest denken. Sagt, Pater, was habt Ihr Schönes ausgetüftelt, um meine Gäste zu ergötzen?«

Der gefürchtete Augenblick war also gekommen.

Er dachte kurz daran, Christine von seinen niederschmetternden Entdeckungen zu berichten. Schließlich war die Königin eine kultivierte Frau und den Erkenntnissen der Wissenschaft gegenüber sehr aufgeschlossen. Sie hatte die hervorragendsten Geister des Jahrhunderts um sich versammelt, darunter den großen Cassini, Michelangelo Ricci und andere berühmte Wissenschaftler. Aber würde sie ihn verstehen? Würde irgendjemand auf der Welt es verstehen?

Der Jesuit bezweifelte das.

Ergeben seufzend begann Kircher, der Königin die Vorrichtungen zu zeigen, die er entworfen und konstruiert und an den geeigneten Stellen des Parks hatte aufbauen lassen.

»Wenn Eure Majestät so gütig wären, mir zu folgen, könnte ich Euch den akustischen Mechanismus vorführen, den ich entwickelt habe, um den Klang des Orchesters zu verstärken, damit es im ganzen Park zu hören ist.«

Der fröstelnde Zug erreichte einen auf einer Lichtung aufgestellten Pavillon, der von hohen, ornamental beschnittenen Buchsbaumhecken halb verborgen wurde.

»Es handelt sich um eine Weiterentwicklung meiner neuesten Forschungsergebnisse«, fuhr der Pater fort, »von denen Ihr vielleicht in meiner Abhandlung *Musurgia universalis* gelesen habt. Seht Ihr dort? In den Ecken des Pavillons habe ich weite Trichter anbringen lassen, die am Abend des Festes noch durch Blumengirlanden unsichtbar gemacht werden sollen. Die Töne fließen in den Trichtern zusammen und werden durch dieses Rohr auf das Dach geleitet, wo die große Muschel den Klang verbreitet.«

»Habt Ihr das schon ausprobiert?«, fragte die Königin.

»Die Aufbauarbeiten sind erst gestern beendet geworden, Majestät, sodass noch keine Zeit für eine Probe war.«

Die Monarchin machte einem Höfling ein Zeichen, der daraufhin eine kleine Gruppe von Musikern mit ihren Instrumenten vortreten ließ. Sie stellten sich in dem Pavillon auf und stimmten mit steifen Fingern ein Stück von Jean-Baptiste Lully an.

Christine hörte aufmerksam einige Minuten zu.

»Nicht schlecht«, bemerkte sie schließlich, »obwohl es mir vorkommt, als schwelle der Klang ständig an und ab …«

»Diese Störung wird vom Wind verursacht, Euer Majestät. Wir können nur hoffen, dass am Abend des Festes bessere atmosphärische Bedingungen herrschen.«

»Bitten wir den Allmächtigen darum«, erwiderte die Königin trocken, »obwohl ich persönlich keine Zweifel hege, dass alles ausgezeichnet verlaufen wird. Nun wollen wir uns den Rest ansehen.«

Der Hofstaat setzte sich wieder in Bewegung, während die Musiker weiter beliebte Stücke nach der Mode der Zeit spielten, damit die Königin sich auch an den entferntesten Stellen des Parks von der Wirksamkeit des Verstärkermechanismus überzeugen konnte.

»Nun denn, Majestät«, erklärte Kircher weiter, »in diesem Winkel habe ich eine Laterna magica aufstellen lassen, die Szenen aus der griechischen Mythologie projizieren wird. Die Figuren wurden von ausgezeichneten Künstlern gestaltet, nämlich Maratta, Baciccia, Fulminacci …«

»Die ersten beiden kenne ich, aber dieser Fulminacci ist mir neu«, sagte die Königin, während sie die Apparatur betrachtete, die geschickt hinter einer mit dichtem Laub bewachsenen Felsspalte versteckt war.

»Er ist ein Maler aus der Lombardei, Euer Majestät, ein sehr talentierter junger Mann. Seht Euch das Objektiv einmal genau an. Ich habe noch nie eines von dieser Größe hergestellt und musste unzählige Probleme lösen, um die Scharfeinstellung regulieren zu können. Die Bilder werden auf ein durchsichtiges Seidentuch projiziert werden, das zwischen den Büschen verborgen ist, sodass der Eindruck entsteht, sie schwebten in der Luft. Bei Tageslicht ist die Wirkung leider gleich null, aber ich darf Euch versichern, dass das Ergebnis meine eigenen Erwartungen übertrifft.«

»Ich kann es kaum erwarten, es mit eigenen Augen zu sehen«, sagte die Königin.

»Gemäß unserer Übereinkunft habe ich mir erlaubt, ein paar Abwandlungen am Programm vorzunehmen«, sprach Kircher weiter. »Da ich Eure Vorliebe für Torquato Tasso kenne, habe ich in diesem Wäldchen dort unten ein weiteres Sprachrohr anbringen lassen. Ein Schauspieler wird Passagen aus *Das befreite Jerusalem* rezitieren, während die Laterna magica Szenen auf die Bildfläche werfen wird, die extra für diesen Anlass gemalt wurden und die Erzählung illustrieren.«

»Eine hervorragende Idee, Pater. Das hätte ich mir selber nicht besser ausdenken können.«

Der Pilgerzug setzte sich zum Flussufer fort, wo lange Reihen von Feuerwerkskörpern bereitstanden, die zum Schutz noch von Wachstüchern bedeckt waren.

»Was das Feuerwerk angeht, habe ich mich an Eure Anweisungen gehalten. Die rechte Reihe hier wird den Nachthimmel mit den Farben Eures Hauses erhellen, die linke mit denen des päpstlichen Banners. Ich habe mir dafür Rat bei einem deutschen Alchimisten geholt, mit dem ich schon lange in Korrespondenz stehe und der mir eine Formel für leuchtendere und länger anhaltende Farben geschickt hat. Jetzt müssen wir nur noch hoffen, dass es an dem Abend nicht regnet. Dieses Gemisch ist stärker als das, das gewöhnlich verwendet wird, aber auch empfindlicher gegen Feuchtigkeit.«

»Es wird ein wunderbarer Abend, keine Angst«, erwiderte die Königin. »Ich bin wirklich beeindruckt von der Vielfalt und Einzigartigkeit Eurer Ideen, Pater. Wir werden ein unvergessliches Fest haben, glaubt mir.«

»Das ist noch nicht alles, Majestät. Ich habe noch eine weitere Überraschung für Eure Gäste auf Lager. Wenn Ihr mir bitte folgen wollt ...«

Neugierig begleitete Christine den Jesuiten zur anderen Seite des Parks und bog mit ihrem Geleit in einen Weg ein, an dessen Ende sich eine kreisförmige Lichtung öffnete.

In der Mitte der Lichtung stand eine Holzkiste, die mehr als sechs Fuß hoch und vier Fuß breit war. Ihre vier Seiten waren kunstvoll mit orientalisch anmutenden Verzierungen bemalt, die an türkische Moscheen erinnerten.

Kircher holte einen Schlüssel aus seiner Kutte, hantierte kurz an dem Schloss herum und öffnete die vordere Klappe.

Im Innern erblickte die Königin einen Soldaten in türkischer Kleidung, der fast genauso groß war wie die Kiste. In seinen mit Kettenhandschuhen bedeckten Händen hielt er eine Pike mit fein geschliffener Spitze. Der Janitschar war seinem echten Vorbild perfekt nachgebildet, von der damastenen Uniform und den Schnabelschuhen über den großen Turban mit Federbusch bis hin zu den Pluderhosen, die unten mit funkelnden Beinschienen geschlossen wurden. Das Gesicht und die Hände bestanden aus glänzendem schwarzem Porzellan.

Der Jesuit betrat die Kiste und machte sich am Rücken der Figur zu schaffen. Man hörte Mechanikgeräusche, Federn, die gespannt wurden, ein Knacken und Schnarren wie beim Räderwerk einer Wanduhr.

Plötzlich schlug der Krieger die Augen auf und ließ zwei elfenbeinfarbene Augäpfel und jettschwarze Pupillen sehen. Die Augen rollten zuerst nach rechts, dann nach links, wie um festzustellen, ob der Weg frei war.

Dann streckte die Riesenpuppe das rechte Bein vor, fast zögerlich, als hätte die lange Reglosigkeit ihre Glieder steif gemacht. Das linke Bein folgte sogleich in exakter Abstimmung, und die Puppe begann über die Lichtung zu laufen. Nach wenigen Schritten bewegten sich auch die Arme und hoben die Pike in eine horizontale Haltung, sodass sie sich genau parallel zum Boden befand.

Die Schritte des Soldaten wurden immer länger und entschiedener, als wollte er auf einen imaginären Feind losgehen, doch nachdem er fast die gesamte Lichtung überquert hatte, war das Laufwerk am Ende, und er blieb stehen und senkte die Pike wieder in die anfängliche Position.

Christine war so begeistert von diesem Wunderwerk der Mechanik, dass sie kleine Entzückensschreie ausstieß. Der Pater sah sich keiner Monarchin mehr gegenüber, die ihre Gefühle jederzeit zu beherrschen wusste, sondern einem kleinen Mädchen, das am Weihnachtsabend das lang ersehnte Spielzeug bekommen hat.

»Es handelt sich um einen von mir erfundenen Mechanismus«, versuchte Kircher der völlig verblüfften Königin zu erklären. »Die Figur enthält ein ganzes System von Federn, Riemenscheiben, Rollenzügen, Kardangelenken und Gegengewichten, durch die sie sich, sobald sie aufgezogen ist, wie ein richtiger Soldat bewegen kann. Bislang verfügt sie nur über eine eingeschränkte Reichweite, weil ich noch keine Zeit hatte, den Mechanismus zu perfektionieren, aber ich bin zuversichtlich, bald einige Verbesserungen anbringen zu können.«

»Ich bin aufs Höchste erstaunt und entzückt«, sagte die Königin, als sie die Sprache wiedergefunden hatte. »Ein außerordentliches, überwältigendes, unglaubliches Werk! Ich bin ganz gerührt bei dem Gedanken, dass Ihr Euren genialen Geist eingesetzt habt, nur um mich, die niedrigste, bescheidenste und ungebildetste Eurer Schülerinnen, zu verblüffen.«

Der Jesuit verbeugte sich verlegen. Das Lob freute ihn zwar, doch der Automat war nicht in erster Linie zum Vergnügen der

Königin von Schweden erfunden worden, sondern sollte höheren Zwecken dienen.

Kircher war in einer der blutigsten Epochen der Geschichte aufgewachsen – Europa hatte gerade einen Krieg hinter sich, unter dem es über dreißig Jahre lang gelitten hatte. Viel zu viele Menschen hatten ihr Leben in sinnlosen Massakern lassen müssen, und nun scharten sich bereits wieder die Truppen des Sultans von Konstantinopel an den Grenzen der christlichen Länder und warteten nur darauf, den Halbmond auf den Kirchen und Kathedralen hissen zu können.

So war der Pater im Laufe langer und mühseliger Forschungen auf die Idee gekommen, die Soldaten aus Fleisch und Blut durch ein Heer von Automatenkriegern zu ersetzen, von unbesiegbaren Kämpfern, die keine Müdigkeit spürten, keine Angst kannten und den Tod nicht fürchteten. Durch eine unaufhaltsame Armee, frei von menschlichen Schwächen, die jene großen Gebiete für die Christenheit zurückerobern würde, welche die muselmanischen Horden in jahrhundertelangen blutigen Kriegen an sich gerissen hatten. Für dieses Argument wäre die Königin möglicherweise zugänglich, da sie schon lange von dem Wunsch beseelt war, einen neuen Kreuzzug gegen Mohammeds Streitkräfte auszurufen.

Wenn er nur genug Zeit hätte …

Kircher wurde von der lebhaften, aufgeregten Stimme der Herrscherin aus seinem gedanklichen Teufelskreis gerissen.

»Pater, Ihr müsst mir unbedingt die Zeichnungen und Pläne für dieses … dieses Wunderwerk zeigen. Ich bin begierig zu erfahren, wie Ihr es geschafft habt, der toten Materie Leben einzuhauchen.«

»Ich werde sie Euch gerne zukommen lassen, Euer Majestät«, antwortete Kircher. »Im Moment bin ich dabei, die unzähligen verstreuten Notizen und Berechnungen für dieses Projekt zu ordnen und in Reinschrift zu bringen.«

»Diese großartige Erfindung wird die Krönung des Festes sein und es zu einem nie da gewesenen Erfolg machen!«

Kapitel XXXI

Von den schwärzesten Gedanken niedergedrückt verließ Fieschi den Palast der Inquisition.

Seine Clarissa, seine Tochter, die einzige Freude seines trostlosen Lebens, war in Gefahr, diesem herzlosen Ungeheuer Bernardo Muti in die Hände zu fallen, der finsteren Seele der weiß gekleideten Bruderschaft. Und er, was konnte er dagegen tun?

Was konnte er gegen die Bedrohung unternehmen, die über dem Haupt dieses unschuldigen Mädchens schwebte?

Auf dem Nachhauseweg dachte Fieschi sich Hunderte von Plänen aus und verwarf sie wieder, weil keiner ihm ausreichend Erfolg versprechend schien.

Sobald er sein Haus betreten hatte, ein zweistöckiges, bescheidenes, um nicht zu sagen heruntergekommenes Gebäude, fing er an zu brüllen, als wäre er von einem Dämon besessen.

»Guglielmo, Vanni, her zu mir, sofort! Wir dürfen keine Minute verlieren!«

Fieschis Mitarbeiter kamen herbeigelaufen, erschrocken über dieses Verhalten ihres Chefs, den sie als einen ruhigen und ausgeglichenen Mann kannten.

»Alle in den großen Saal, so schnell wie möglich!«, fuhr er fort zu schreien. »Trommelt die Männer zusammen, lasst sie aus ganz Rom herbeikommen!«

Gefolgt von seinen Leuten stürmte der Meisterspion in den weitläufigen Raum im hinteren Teil des Erdgeschosses, als wäre der Teufel persönlich hinter ihm her.

Das runde Dutzend Männer versammelte sich um einen wurmstichigen, wackeligen Tisch. Sie setzten sich auf die einfachen Holzbänke und warteten darauf, dass ihr Oberhaupt seine Befehle gab.

»Azzolini hat etwas vor«, begann Fieschi. »Ich will wissen, was, wie, wer, wann, wo und warum. Ich will alles wissen, und zwar sofort!«

Nach einigen Augenblicken verlegenen Schweigens nahm einer der Spione seinen Mut zusammen und sprach.

»Azzolinis Leute durchkämmen die Stadt, Herr. Sie scheinen jemanden zu suchen. Es sind auch Franzosen darunter, viele Franzosen.«

Nun, da das Eis gebrochen war, berichtete ein anderer weiter.

»Die Franzosen und Azzolinis Wachen haben Kopien von der Zeichnung eines Mannes dabei. Sie zeigen sie den Ladenbesitzern, den Wäscherinnen, den Straßenhändlern, den Fährmännern und fragen, ob jemand diesen Mann gesehen hat und weiß, wo er sich aufhält. Ich habe gehört, dass der Hauptmann der Franzosen ein gewisser de la Fleur ist. Vor ein paar Stunden sind sie in eine Herberge eingedrungen, wo sie zwei Männer getötet und einen gefangen genommen haben. Den Gesuchten scheinen sie aber nicht gefunden zu haben, denn sie patrouillieren immer noch durch das Viertel. Außerdem haben sie Wachen an den Brücken aufgestellt und halten jeden an.«

Bei dieser Flut von Informationen wurde Fieschi etwas ruhiger, auch wenn es in seinen Augen nach wie vor hektisch blitzte.

»Wir müssen diesen Mann, den Azzolini sucht, um jeden Preis finden.«

Die Spitzel wechselten verdutzte Blicke untereinander.

»Das wird nicht ganz einfach sein, Herr«, verlieh der mutigste den Zweifeln seiner Kumpane Ausdruck. »Der Kardinal hat über zweihundert Männer ausgeschickt, ohne die Franzosen einzurechnen, die auch etwa vier Dutzend sind, und wie es aussieht, haben sie noch nichts erreicht. Es ist, als würde man eine Stecknadel im Heuhaufen suchen. Außerdem wissen wir noch nicht einmal, wie er aussieht, während die anderen offenbar ein Porträt besitzen. Kurzum, diese Aufgabe übersteigt unsere Möglichkeiten.«

»Ich bitte euch nicht, diesen Mann zu finden«, sagte Fieschi mit samtweicher Stimme, die ein sicheres Zeichen dafür war, dass er gleich einen seiner seltenen, aber berüchtigten Zornesausbrüche bekommen würde, »ich *befehle* es euch!« Die letzten Worte brüllte er so laut, dass die Männer unwillkürlich zurückwichen, als könnte das Dröhnen seiner Stimme sie wie eine Sturmbö hinwegfegen.

»Ich will mich jetzt nicht in Einzelheiten verlieren, aber ihr sollt wissen, dass unsere Organisation und vor allem meine Person ins Visier der heiligen Inquisition geraten sind! Ihr seid euch hoffentlich darüber im Klaren, was das bedeutet. Hier geht es nicht darum, ein paar Soldi zu verdienen oder nicht, sondern um unsere eigene Haut. Habe ich mich deutlich genug ausgedrückt? Die Dominikaner wollen diesen Mann, und wir werden ihnen den Gesuchten noch vor Sonnenuntergang liefern. Darüber gibt es kein weiteres Wort zu verlieren.«

Der gefürchtete Name der Inquisition löste erschrockenes Gemurmel bei diesen Männern aus, die es doch gewohnt waren, jeden Tag ihr Leben aufs Spiel zu setzen.

»Dann lasst uns mal in Ruhe überlegen«, fuhr ihr Anführer beherrschter fort. »Wenn die Franzosen und Azzolinis Männer diese Herberge gestürmt haben, bedeutet das, dass sie einen konkreten Hinweis hatten. In Rom wimmelt es von Herbergen, Tavernen, Gasthäusern, weshalb die Aktion kein Zufall gewesen sein kann. Sie haben den Gesuchten nicht gefasst, weil er schneller und gerissener war als sie, was uns nicht weiter verwundert, so wie wir Azzolinis Leute kennen. Der Kardinal lässt mit Sicherheit auch die Stadttore bewachen, also können wir davon ausgehen, dass der Mann sich noch in Rom befindet. Die Schergen des Kardinals sind zwar wenig mehr als ein Haufen hirnloser Aufschneider, aber die Mitwirkung der Franzosen lässt vermuten, dass die Suche mit einem Mindestmaß an Methode durchgeführt wird. Wenn ich der Einsatzleiter wäre, würde ich nach der fehlgeschlagenen Erstürmung der Herberge die Suche in konzentrischen Kreisen fortsetzen. Die Brücken und Anleger werden überwacht, daher ist es unwahrscheinlich, dass unser Mann inzwischen das andere Flussufer erreicht hat. Und wenn die Leute des Kardinals sich so verhalten, wie ich denke, bedeutet das, dass der Gesuchte früher oder später mit dem Rücken zum rechten Tiberufer stehen wird.«

Fieschi nahm ein Stöckchen und zeigte seinen Mitarbeitern auf einem Stadtplan den Bereich, auf den sich die Suche konzentrieren würde.

»Wenn ich in der Haut des Verfolgten steckte, würde ich in einer der vielen Osterien der Gegend untertauchen, hier, im Ponte-Viertel, und darauf warten, dass der Kreis enger wird, um dann zu versuchen, durch die Reihen der Verfolger hindurchzuschlüpfen. Setzt alle ein, die uns zur Verfügung stehen, und bringt mir diesen Mann noch vor dem Abend. Aber seid auf der Hut: Wenn Azzolini ihn mit einem derart großen Aufgebot suchen lässt, heißt das, dass er gefährlich ist. Habt ihr ihn gefunden, müsst ihr ihm sofort zu verstehen geben, dass wir Freunde sind und ihm helfen wollen, sich in Sicherheit zu bringen. Jetzt geht und besorgt euch als Erstes eine dieser Zeichnungen.«

»Haben wir die Erlaubnis, Gewalt anzuwenden?«, fragte einer der Männer. »Falls einer das Porträt nicht freiwillig herausrücken will, meine ich.«

»Mir ist es lieber, wenn ihr die herkömmliche Methode anwendet. Azzolinis Schergen sind gierige Hunde. Ich glaube, ein paar Scudi wirken überzeugender als ein Schwerthieb.«

Es war noch früh am Morgen, als Beatrice die französische Gesandtschaft verließ.

Als sie durch die Seitentür in den Hof treten wollte, war sie einem hohen Geistlichen begegnet, den sie zwar noch nie aus der Nähe gesehen, in dem sie aber sofort den stellvertretenden Staatssekretär Kardinal Azzolini erkannt hatte.

Der mächtige Kardinal war viel jünger, als sie gedacht hatte. Er konnte nicht viel älter als vierzig sein, soweit sich das nach einem flüchtigen Blick beurteilen ließ.

Außerdem war er ein gut aussehender Mann, wenn auch ein wenig zu klein für ihren Geschmack.

Mit raschen Schritten bog die Kartenlegerin in die Straße ein, die am linken Tiberufer entlang zu ihr nach Hause führte. Es wurde langsam Zeit, den armen Nanni ins Bild zu setzen, obwohl auch sie längst nicht über alle Einzelheiten Bescheid wusste.

Während sie der Uferstraße folgte, stellte sie fest, dass etwas Seltsames in der Luft lag – und das war nicht nur der Wind, der über Nacht aufgefrischt hatte.

Auf den sonst so quirligen, lauten Straßen war es merkwürdig still und leer, wenn man von ein paar vereinzelten, eiligen Passanten absah.

Beatrice kannte die Römer gut genug, um zu wissen, dass diese Ruhe nicht allein vom schlechten Wetter hervorgerufen wurde.

Es musste etwas Ernsteres im Gange sein.

Ein Grund mehr, sich mit dem Nachhausekommen zu beeilen, dachte sie. Nun, da sie ihre Aufgabe erledigt hatte, war es für sie und Zane, ganz zu schweigen vom Maler, das Beste, sich möglichst bedeckt zu halten. Sie konnten jetzt sowieso nichts anderes tun, als abzuwarten, dass die Wachen des Kardinals und de Simaras Musketiere die Angelegenheit erledigten.

Beatrice wusste, dass es nicht leicht sein würde, Fulminacci vor weiteren Schwierigkeiten zu bewahren. Er war ein Dickkopf mit einem angeborenen Talent, sich Ärger einzuhandeln. Sein stürmischer Charakter glich eher dem eines Draufgängers als eines Künstlers, obwohl er in seltenen Momenten auch eine ganz unerwartete Feinfühligkeit an den Tag legen konnte.

Trotzdem war er ein unverbesserlicher Streithammel und notorischer Schürzenjäger, der sich unwiderstehlich von den zwielichtigsten und verrufensten Gegenden der Stadt angezogen fühlte.

Beatrice zählte sich die vielen Fehler des Malers auf und konnte doch nicht umhin, mit einer gewissen Zärtlichkeit an ihn zu denken, die sie leicht verstörte.

Sie schüttelte den Kopf, um diese Gefühlsduselei zu vertreiben. Das war nicht der richtige Zeitpunkt, um sich auf ein Abenteuer einzulassen, noch dazu mit so einem Kerl.

Niemals!

Besser gar nicht daran denken.

Andererseits mussten Nannis künstlerische Begabung und Sensibilität doch bedeuten, dass er in seinem tiefsten Innern einen guten Kern hatte. Erst neulich hatte sie ein Bild von ihm gesehen, eine reuige Magdalena, das sie tief berührt hatte.

Hin- und hergerissen zwischen dem Entschluss, sich solche Gedanken zu verbieten, und der Versuchung, ihnen nachzuhängen, hatte Beatrice nicht bemerkt, dass die breite Uferstraße inzwischen noch verlassener war als zuvor.

Als sie sich dessen bewusst wurde, war es schon zu spät.

Sie stieg über ein antikes Trümmerstück hinweg und sah sich plötzlich vier Männern gegenüber, die ihr den Weg versperrten.

Ein Blick genügte ihr, um zu erkennen, dass es sich nicht um gewöhnliche Schergen handelte, die sie nach ein paar zotigen Scherzen unbehelligt weiterziehen ließen.

Das war eine ganz andere Sorte von üblen Halunken.

Zuerst fürchtete sie, an eine Räuberbande geraten zu sein, verwarf diese Annahme aber gleich wieder. Eine Räuberbande auf der Tiberpromenade, und das am helllichten Tag? Höchst unwahrscheinlich. Schlagartig stand ihr die Wahrheit vor Augen.

Heiliger Himmel! Das waren die Häscher der Inquisition.

All das schoss ihr in einem einzigen Augenblick durch den Kopf, denn im nächsten Augenblick hatten zwei der Männer sie auch schon an den Armen gepackt und hielten sie fest.

Beatrice versuchte sich zu befreien, aber vergeblich.

»Sieh mal einer an, was uns da ins Netz gegangen ist«, sagte ein anzüglich grinsender Kerl mit einem schielenden Auge und fauligen Zähnen, der anscheinend der Anführer war, »eine hübsche kleine Zigeunerin.«

»Geh zum Teufel, du Widerling! Ich bin keine Zigeunerin«, rief Beatrice mit einem Mut, den sie nicht wirklich empfand. »Und nehmt eure dreckigen Pfoten von mir weg. Ich habe keine Zeit für Nichtstuer wie euch.«

»Oho, das Kätzchen fährt die Krallen aus«, entgegnete der Schielende. »Die Inquisitoren werden schon dafür sorgen, dass du sie wieder einziehst, meine Kleine. Eigentlich schade, dass wir dich diesen bösen Männern übergeben müssen, wo du doch so niedlich bist.«

»In Ordnung, ich habe verstanden«, sagte die Kartenlegerin und griff nach dem letzten Strohhalm. »Wie viel?«

»Ich glaube, ich habe Euch nicht richtig verstanden, mein Fräulein«, verspottete sie der Schielende unter dem Gelächter seiner ruchlosen Kumpane.

»Du hast mich sehr gut verstanden, du Dreckskerl. Wie viel wollt ihr, damit ihr mich gehen lasst? Ich kann nicht viel bezahlen, aber wir werden uns schon einig …«

Das letzte Wort wurde ihr durch eine heftige Ohrfeige abgeschnitten, die ihren Kopf zur Seite fliegen ließ.

»Halt's Maul, du Zigeunerhure! Bindet ihr die Hände auf den Rücken. Die Inquisitoren werden sich freuen, ihre Gottesliebe auf dem zarten Fleisch dieser Dirne austoben zu können. Lasst das Boot kommen. Ich schätze, für diesen Fang kriegen wir eine dicke Belohnung.«

Kapitel XXXII

Der Skorpion überquerte eine Piazza und tauchte in ein Gassengewirr ein, in dem sich mehrere Fuhrwerke stauten. Er spürte, dass sich die Schlinge enger um ihn zusammenzog, doch das beflügelte ihn nur, statt ihm Angst zu machen.

In den wenigen Minuten, die er gebraucht hatte, um vom einen Ende der Piazza zum anderen zu kommen, hatte er einen kühnen Plan ausgearbeitet, mit dem er sich der Gefangennahme zu entziehen gedachte. Zunächst einmal galt es festzuhalten, dass das Eindringen der Soldaten in die Taverne ziemlich stümperhaft vonstattengegangen war: Als die ersten Schergen durch den Haupteingang hereingestürmt kamen, war das Gebäude noch nicht vollständig umstellt gewesen. Was bedeutete, dass seine Gegner sich weder durch taktisches Geschick noch durch eine gute Koordination ihrer Einsatzkräfte auszeichneten. Die Sbirren der Stadtpolizei waren nach wie vor ein zusammengewürfelter Haufen von Männern, die mehr aufgrund von Empfehlungen irgendeines einflussreichen Fürsprechers als wegen ihrer Fähigkeiten eingestellt wurden. Hinzu kam, dass die Truppen, welche die Viertel durchkämmten – nach dem zu urteilen, was er hier und da aufgeschnappt hatte –, aus gemischten Einheiten von Italienern und Franzosen bestanden, was mit Sicherheit für Konfusion sorgte. Nicht nur wegen der Verständigungsschwierigkeiten, sondern auch, weil Franzosen und Italiener in Rom seit einiger Zeit nicht gut aufeinander zu sprechen waren. Erst vor ein paar Jahren hatte eine Wirtshausschlägerei zwischen einigen korsischen Wachen vom Geleitschutz des französischen Gesandten und einer Bande italienischer Raufbolde beinahe zu einem ernsten diplomatischen Zwischenfall geführt. Die Italiener hatten, wie man wusste, ein langes Gedächtnis für solche

Zusammenstöße, und es waren nicht wenige Ressentiments zurückgeblieben.

Unter diesen Umständen blieb seinen Verfolgern nichts anderes übrig, als sich mehr auf ihre große Zahl denn auf ihren Scharfsinn zu verlassen. Bestimmt hatten sich die Franzosen und die Männer des Kardinals von der Herberge aus fächerförmig verteilt und patrouillierten durch alle Straßen, um ihn zum Flussufer zu drängen, wo sie die Brücken und Anlegestellen überwachten. Eine ähnliche Taktik wurde auch bei der Wildschweinjagd angewandt, indem die Treiber breit ausschwärmten und das Wild in eine abgeschlossene Schlucht trieben. Der Unterschied bestand darin, dass die Jäger es hier nicht mit einem verängstigten Tier zu tun hatten, sondern mit einem erfahrenen Berufsverbrecher, der an solche Situationen gewöhnt war.

Sein Gegenzug würde einfach und folgerichtig sein: Er würde warten, bis das Netz sich eng um ihn zusammengezogen hatte, um dann mithilfe einer der vielen Listen, die er in fast einem halben Jahrhundert seiner Laufbahn entwickelt hatte, durch die Maschen zu schlüpfen.

Nur eines machte ihm Sorgen.

Nach dem Verlauf der letzten Stunden lag es auf der Hand, dass seine Gegner wussten, wie er aussah. Am Flussufer, bei den Anlegeplätzen der Fährleute, hatte er wiederholt beobachtet, dass die Soldaten irgendwelche Blätter herumzeigten. So unwahrscheinlich es auch schien, sie waren offenbar im Besitz einer Zeichnung von ihm.

Daran konnte nur einer schuld sein: dieser verdammte Maler, der ihm nicht nur das Amulett geklaut, sondern sich offenbar auch die Mühe gemacht hatte, ein Porträt von ihm anzufertigen, das Azzolini und de Simara prompt hatten vervielfältigen lassen.

Der Skorpion nahm sich erneut vor, die Rechnung mit diesem lästigen Schmierfink von einem Maler in Bälde zu begleichen.

Doch jetzt war nicht der Moment, persönlichen Rachegelüsten nachzugeben.

Noch länger durch die Gassen und Nebenstraßen zu streifen,

hielt er für zu riskant. Es bestand immerhin die Möglichkeit, dass ein übereifriger Krämer mit einem guten Gedächtnis für Gesichter die Zeichnung gesehen hatte und ihn erkannte. Ratsamer war es, sich einen abgelegenen Unterschlupf zu suchen und das Herannahen der Treibjagd abzuwarten.

Von diesem Entschluss gestärkt musterte er aufmerksam die vielen armseligen Tavernen der Gegend und wählte schließlich eine, die für seine Zwecke geeignet war.

Der einzige Eingang des Lokals lag an einer schmutzigen, stinkenden und wenig bevölkerten Gasse. Es bestand aus zwei Räumen, von denen der eine auf die Gasse hinausging, während man durch den hinteren auf einen winzigen Innenhof blickte.

Er betrat die Taverne und setzte sich in das hintere Zimmer. Dort drang das fahle Licht des kalten, windigen Tages kaum hinein, und der Wirt hatte es auch nicht für nötig befunden, Kerzen oder eine Öllampe anzuzünden. Eine dicke Magd nahm seine Bestellung auf und brachte ihm nach einer Weile einen angeschlagenen Krug mit saurem Wein, ein Stück Schwarzbrot und etwas Ricotta.

Der Skorpion trank keinen Schluck von dem Wein, nicht nur, weil er schlecht war, sondern weil er nie Alkohol trank. Ohne Ausnahme, zu keinem Anlass.

Er aß ein Stückchen Ricotta, der ihm erstaunlicherweise schmeckte, und beobachtete das Kommen und Gehen der Fuhrknechte und Lastenträger, die in der Osteria einen Schluck tranken und einen Schwatz hielten. Diese Stammkunden waren, wie nicht anders zu erwarten, laute, vulgäre Männer, für die der Skorpion nur kalten Widerwillen empfand, aber im Moment dienten sie ihm gut als Deckung.

Am Tresen drängten sich gerade fünf oder sechs dieser Flegel, die sich um ein paar abgegriffene, fleckige Würfel zankten, um auszumachen, wer die Rechnung bezahlen musste. Die Tische in der Nähe der Tür waren voll besetzt mit Männern, die das saure, trübe Gesöff in sich hineinschütteten, doch je weiter man in das Lokal hineinkam, desto leerer wurde es.

Die beiden Tische neben ihm waren frei.

Das lag vermutlich auch daran, dass dieses innere Zimmer so stark nach Feuchtigkeit und Moder stank, dass es einem den Atem raubte. Durch die Wände der Osteria war im Laufe der Jahre beständig Wasser gesickert, sodass sie von oben bis unten mit Schimmel bedeckt waren.

Der Skorpion störte sich nicht an solchen belanglosen Kleinigkeiten. Weder der Gestank noch die Dunkelheit konnten ihm etwas anhaben.

Gegen Mittag kam eine Gruppe von vier Männern hereingepoltert, die selbst nach dem Maßstab der Stammkundschaft ziemlich verwahrlost aussahen. Sie schienen schon reichlich getrunken zu haben, fingen sofort an herumzukrakeelen, schlugen sich grölend auf die Schultern und riefen der unansehnlichen Magd obszöne Scherze zu.

Die Trunkenbolde blieben nicht am Tresen stehen, sondern setzten sich an den Nachbartisch und bestellten lauthals zwei Krüge Wein, Brot, Käse und Oliven.

Verärgert zog der Skorpion seinen Hut tiefer ins Gesicht und wartete darauf, dass sie ihr bäuerliches Mahl beendeten. Die vier hatten es jedoch keineswegs eilig, wieder zu gehen. Einer von ihnen zog einen speckigen, zerknautschten Stoß Karten aus der Jackentasche, worauf eine hitzige Partie Zecchinetta begann, ein bei den unteren Schichten besonders beliebtes Spiel.

Der Spielverlauf wurde immer turbulenter.

Seine Tischnachbarn gerieten sich Runde für Runde in die Haare, überhäuften sich bei jeder unbesonnen abgelegten Karte mit wüsten Beschimpfungen und bei jedem Stich mit heftigen Drohungen und würzten das Ganze mit einer beinahe ununterbrochenen Abfolge von Flüchen.

Irgendwann packte einer den Kartenstapel und schleuderte ihn auf einen seiner Mitspieler, sein Pech verfluchend. Die Karten verstreuten sich überall, und einige landeten auch auf dem Tisch des Skorpions, der sich bemühte, ruhig zu bleiben, obwohl er den dringenden Wunsch verspürte, dieses Gezänk mit ein paar Schwerthieben zu beenden. Der getroffene Spieler stand schimpfend auf, um die Karten einzusammeln und die Partie neu zu beginnen. Doch statt zuerst die auf dem Boden liegenden aufzuheben, ging er zum Tisch des Skorpions hinüber, der nicht schnell genug reagierte, denn ehe er dem Spieler die Karten reichen konnte, stand dieser schon vor ihm.

Sie sahen sich ins Gesicht, und der Mann musterte ihn einen Moment, während er mit der linken Hand die verstreuten Karten neben dem Weinkrug zusammenschob.

»Sie suchen Euch, Signore«, sagte der Mann, »und sie sind schon ganz nahe.«

Der Skorpion hatte nicht damit gerechnet, dass der ungehobelte Spieler ihn ansprechen würde, noch dazu auf diese Weise. Sein erster Impuls war es, sein Schwert zu ziehen und es ihm in den Hals zu stoßen, doch die ruhige Miene und der offene, direkte Blick des Fremden besänftigten ihn irgendwie. Er konnte sich sein Verhalten selbst nicht erklären.

»Keine Sorge, Signore«, fuhr der Spieler fort, »wir sind Freunde und wurden geschickt, Euch aus der Bredouille zu helfen. Nicht alle in Rom wollen Euch das Fell über die Ohren ziehen.«

»Wer seid Ihr?«, fragte der Skorpion mit vom langen Schweigen rauer Stimme.

»Das ist nicht von Bedeutung. Ihr braucht nur zu wissen, dass wir Euch helfen wollen.«

»Wer schickt Euch? Antwortet, zum Teufel, oder macht Euch bereit, Euch zu verteidigen.«

»Wir haben keine Zeit zum Reden. Die Männer des Kardinals sind Euch auf den Fersen, und außerdem ist hier zu viel Pack.«

Der Mann hatte sein ordinäres Wesen abgelegt und sprach jetzt recht manierlich.

»Folgt uns, wenn Euch Euer Leben lieb ist. Wir bringen Euch am anderen Flussufer in Sicherheit. Dort gibt es jemanden, der Euch sehen möchte.«

Der Skorpion blickte sich um und überdachte schnell die Lage. Auch wenn er als Fechter seinesgleichen suchte, war er nicht sicher, vier bewaffnete, entschlossene Männer ohne Weiteres überwältigen zu können. Und selbst wenn er sie tötete oder in die Flucht schlug, würde das Kampfgetümmel die Aufmerksamkeit der Sbirren erregen, die die Stadt durchkämmten und inzwischen in nächster Nähe sein mussten. Er kannte diese Männer nicht und traute normalerweise niemandem. Andererseits blieb ihm keine große Wahl. Falls die vier tatsächlich freundliche Absichten hegten, konnte er nur gewinnen. Sollte sich jedoch herausstellen, dass sie ihm feindlich gesonnen waren, würde er sich ihrer trotzdem besser woanders entledigen können. In einer einsamen Gasse dürfte es ihm nicht schwerfallen, ein paar drittklassige Gauner wie sie loszuwerden.

Er stand auf und machte seinem Gegenüber ein Zeichen, ihm zur Tür vorauszugehen.

Draußen nahmen ihn die vier in die Mitte und fingen wieder an, mit heiseren Säuferstimmen herumzugrölen und sich unter die Leute zu mischen. Schulter klopfend und Witze reißend gingen sie durch die Gasse und kamen auf einer mit ärmlichen Verkaufsständen vollgestopften Piazzetta heraus. Sie überquerten sie und bogen in eine weitere Gasse voll von verdorbenem Gemüse ein, das noch nicht einmal die Elenden des Viertels aufsammeln mochten. Hier gingen sie nur wenige Meter, wobei sie versuchten, dem fauligen Matsch in der Mitte des Wegs auszuweichen, und blieben dann vor der Werkstatt eines Färbers stehen.

Drinnen herrschte eine infernalische Hitze, und der Gestank der Färbemittel und der Gerbsäuren war so stark, dass dem Skorpion kurz schwindelte. Die Männer führten ihn durch einen Innenhof in einen Lagerraum, in dem die Stoffballen und das zusammengerollte gegerbte Leder aufbewahrt wurden.

»Wie habt Ihr mich gefunden?«, fragte der Skorpion.

Wortlos gab der Anführer des Quartetts ihm ein dünnes Blatt Papier, mit dem er sich an den Eingang stellte, um es bei vollem Licht betrachten zu können. Er sah seine eigenen Gesichtszüge, die mit wenigen Kohlestrichen hingeworfen, aber erstaunlich gut getroffen waren. Die Zeichnung war offensichtlich von einem besseren Original dieses dreimal verfluchten Malers abgepaust worden, der seinen Weg in den letzten Tagen genau zweimal zu viel gekreuzt hatte.

Wenn ein Bild von dieser Ähnlichkeit im Umlauf war, hatte er ohne die Hilfe dieser vier Fremden wenig Chancen, seinen Hals aus der Schlinge zu ziehen. Das Porträt musste in großer Zahl kopiert worden und an jeden Schergentrupp verteilt worden sein.

»Hier, Signore. Zieht diese Kleider an.«

»Was habt Ihr vor?«, fragte der Skorpion.

Der Mann grinste. »Wir werden den Schergen des Kardinals einen schönen Streich spielen. Diese Kleider sind Euer Passierschein für die andere Flussseite.«

Kapitel XXXIII

Fulminacci lief in dem beengten Raum der Hütte hin und her wie ein Tiger im Käfig.

Beatrice war immer noch nicht zurück, und den Slawen hatte er seit gestern nicht mehr gesehen. Die düstersten Vorstellungen schwirrten in seinem Kopf herum.

Seit er diesen verdammten Anhänger in Santa Maria Maggiore gefunden hatte, überstürzten sich die Ereignisse.

Als da wären der Reihe nach: Der Wirt seines Stammlokals hatte ihn beschuldigt, seine Tochter geschwängert zu haben; er war vor seiner Haustür überfallen worden; man hatte ihm im Ghetto aufgelauert und ihn angegriffen; er war in einem stinkenden, feuchten, rattenverseuchten Tunnel unter dem Tiber hindurchgegangen; und er hatte sich in ein Opernhaus eingeschlichen und dort Abenteuer erlebt, die ihn zehn Jahre seines Lebens gekostet hatten. Wenn man dazu bedachte, dass die guten, aber knauserigen Mönche ihm seinen Lohn vorenthielten, weshalb er nichts als ein bisschen Kleingeld in der Tasche hatte, und das bei einem Mietrückstand von drei Monaten und einer ellenlangen Rechnung in der Osteria; dass er in etwas verstrickt war, das man, ohne Gefahr zu laufen, der Panikmacherei beschuldigt zu werden, als Komplott, Intrige, Machenschaft oder sonst ein Teufelszeug bezeichnen konnte und das er nicht im Entferntesten durchschaute; und – das Beste zum Schluss – dass der brutalste Meuchelmörder Europas hinter ihm her war, war sein momentaner Gemütszustand nicht gerade verwunderlich. Um dem Ganzen die Krone aufzusetzen, hegte er auf einmal ganz neue Gefühle für Beatrice, die er bis vor wenigen Tagen nie für möglich gehalten hätte und von denen er nicht wusste, ob sie ihm willkommen waren.

Wo zum Teufel steckte dieses verrückte Frauenzimmer nur?

Wenn es nach ihm gegangen wäre, wäre er schon längst losgerannt, um sie zu suchen, aber Beatrices Anweisung, zu Hause zu bleiben, war sehr strikt gewesen, und er musste einräumen, dass sie auch vollkommen vernünftig klang. Nur leider nahm seine Besorgnis, dass die Freundin in Schwierigkeiten geraten sein könnte, von Minute zu Minute zu.

Zur Mittagszeit kam endlich Zane zurück, der jedoch auf seine Fragen nach Beatrice nur die Schultern zuckte.

Der blonde Riese verstand Fulminaccis drängende Fragen zwar sehr wohl, aber wenn es darum ging, sich seinerseits verständlich zu machen... Die Zeichensprache, mit der er und Beatrice sich unterhielten, war Fulminacci zu hoch.

Noch mehr ärgerte ihn, dass der Slawe vollkommen ruhig wirkte und immer ruhiger, ja beinahe gleichgültig wurde, je mehr er selbst sich aufregte.

Das Mittagsläuten der vielen Kirchen Roms erscholl, aber von Beatrice immer noch keine Spur.

Zane kochte einen Getreidebrei und stellte einen großen Teller davon dem Maler hin, der das Essen jedoch kaum anrührte.

Als der Nachmittag halb vorbei war, entschied Fulminacci, dass er nicht länger warten konnte.

Es war ihm unmöglich, herumzusitzen und die Hände in den Schoß zu legen, während Beatrice in der Klemme steckte, denn so viel stand inzwischen fest, das sagte ihm sein sechster Sinn.

Er warf seinen Umhang über und verließ entschlossen das Haus, dicht gefolgt von Zane.

Nach wenigen Schritten merkte er jedoch, dass er nicht wusste, wo er anfangen sollte. Er blieb stehen und sah sich auf der Suche nach einer Eingebung um.

»Wo sollen wir beginnen?«, fragte er seinen stummen Begleiter. »Herrgott, du kennst sie besser als ich, du kennst ihre Wege und Gewohnheiten, aber du sprichst nicht! Du machst nur diese blöden Zeichen, die ich nicht verstehe. Wo fangen wir an, Zane? Sieh zu, dass dir eine Idee kommt, denn ich weiß mir keinen Rat.«

Der Slawe nahm den Maler am Arm und bedeutete ihm, in Richtung des Vatikans zu gehen.

»Gut, also los. Hoffen wir, dass du weißt, was du tust. Inzwischen wirst du mir zustimmen, dass Beatrice schon allzu lange weg ist.«

Die beiden gingen an dem für diese Tageszeit ungewöhnlich ruhigen und verlassenen Flussufer entlang. Fulminacci war jedoch zu sehr mit seinen Sorgen beschäftigt, um die seltsame Atmosphäre in diesem Teil der Stadt zu bemerken.

Mit weit ausholenden Schritten erreichten sie bald einen großen Palazzo in der Nähe des Vatikans, auf dem das Lilienbanner des Königs von Frankreich im kräftigen Nordwind flatterte.

»Die französische Gesandtschaft«, sagte der Maler, als Zane auf das Gebäude wies. »Du meinst, Beatrice könnte dort drin sein?«

Zane nickte.

»Da gibt es nur eine kleine Schwierigkeit, mein Freund. Mit wem soll ich zu sprechen verlangen?«

Der Riese fing an, auf eine komplizierte und für den armen Maler völlig unverständliche Weise zu gestikulieren.

»Zane, ich verstehe rein gar nichts von deinem Gefuchtel. Verflixt, was können wir tun? Es muss doch eine Möglichkeit geben, uns zu verständigen, in drei Teufels Namen!«

Einer plötzlichen Eingebung folgend holte Fulminacci einen kleinen Zeichenblock und einen Rötelstift aus dem Beutel, mit denen er sonst schnelle Skizzen von Figuren und Gebäudeansichten anzufertigen pflegte.

»Kannst du schreiben?«, fragte er den Slawen.

Dieser nickte.

»Gut, dann schreib mir den Namen der Person auf, nach der ich fragen soll.«

Zane kritzelte mühsam ein paar schiefe Buchstaben auf das Papier.

»Bischof de Simara, ein hohes Tier. Na schön, versuchen wir es, möge Gott uns beistehen.«

Zwei Wächter in der auffälligen Uniform der Palastwache mit der goldenen Lilie auf dem Hemd und dem großen Federhut auf dem Kopf standen zu beiden Seiten des Tors. Jeder trug eine Hellebarde in der Hand, die gewiss nicht nur zur Zierde diente, und sowohl Degen als auch Pistole im Gürtel. Der Maler machte sich sofort ein Bild von ihnen: zwei aufgeputzte Lackaffen, die nur ihres guten Aussehens wegen genommen worden waren, vermutlich über fünf Ecken mit der Hofschranze verwandt, die solche Entscheidungen traf.

Als er auf sie zuging, kreuzten sie mit perfekter Gleichzeitigkeit die Hellebarden und versperrten ihm den Weg.

»Messieurs«, sprach Fulminacci sie an, »mich führen dringende Angelegenheiten hierher. Ich muss wegen einer höchst vertraulichen Mitteilung mit Bischof de Simara sprechen. Habt die Freundlichkeit, mich anzumelden, ich bin Giovanni Battista Sacchi!«

Die beiden Wachposten wechselten einen misstrauischen Blick und sagten lange gar nichts, bis einer schließlich den Kopf ein kleines Stückchen zum Tor drehte und etwas auf Französisch rief. Sogleich kam ein kleiner, magerer Mann mit einem langen, gelblichen Gesicht und einer prächtigen Livree aus der Eingangshalle heraus.

»Nennt mir Euer Anliegen, Messere, ich bin für die Passierscheine in den Palast zuständig.«

Großer Gott, dachte der Maler, diese Franzosen sind wirklich unverbesserlich. Sogar die Pförtner spielen sich wie Kardinalvikare auf!

Trotz seines Ärgers über dieses überflüssige Hindernis beschloss er, gute Miene zum bösen Spiel zu machen, und wiederholte für den anmaßenden Menschen, was er schon den Wächtern gesagt hatte.

»Messer … Sacchi, sagt Ihr?«, erwiderte der Pförtner. »Mir scheint, ich habe Euren Namen noch nie gehört. Sprecht Ihr zum ersten Mal bei der Gesandtschaft vor?«

»Ja, aber wie ich Euch gerade sagte, ist es von höchster Dringlichkeit …«

Der Pförtner unterbrach ihn mit erhobener rechter Hand.

»Das erste Mal also. In diesem Fall sieht das Protokoll vor, dass Ihr Eure Adresse in der Stadt in das dafür vorgesehene Buch der Postulanten eintragt. Nach einer Woche, höchstens zehn Tagen, werdet ihr vom dritten Sekretär des bischöflichen Büros empfangen werden, dem Ihr Euer Anliegen in schriftlicher Form und dreifacher Ausfertigung übergeben könnt. Innerhalb eines Monats werdet Ihr dann eine ausführliche Antwort erhalten.«

Fulminacci schoss das Blut in den Kopf, aber er bemühte sich, ruhig und beherrscht zu sprechen, was ihm durch das hämische Kichern der Wachposten nicht leichter gemacht wurde.

»Das ist ja alles schön und gut, was Ihr da sagt, und unter normalen Umständen würde ich mich den Vorschriften des Protokolls gerne unterwerfen. In Anbetracht des Ernstes und der Dringlichkeit der Sache jedoch wird man sicher eine Ausnahme machen können. Wie ich Euch bereits mehrfach sagte …«

»Kein Wort mehr, Signore«, unterbrach ihn der lästige Kerl hochnäsig. »Die Vorschriften sind dazu da, befolgt zu werden, und zwar ohne Ausnahme. Nur die strenge Einhaltung des Protokolls, das von klügeren Leuten als Euch oder mir aufgestellt wurde, ermöglicht den reibungslosen Betrieb dieser Gesandtschaft. Das Protokoll sieht keine Möglichkeit einer Abweichung vom Protokoll vor. Wenn Ihr mich jetzt entschuldigen wollt, ich muss zu meinen Aufgaben zurückkehren.«

»Einen Moment noch bitte«, sagte der Maler, dessen Hand zum Degengriff zuckte. »Wenn es nicht möglich ist, mit dem Bischof persönlich zu sprechen, so übergebt ihm wenigstens eine Nachricht von mir. Ich werde hier vor dem Tor auf Antwort warten.«

»Messere, ich habe mich wohl nicht klar genug ausgedrückt. Wie ich Euch bereits erklärte, sieht das Protokoll vor …«

Das Maß war voll.

Fulminiacci packte den Pförtner an den Aufschlägen seiner Livree, hob ihn hoch und vollführte eine halbe Drehung mit ihm.

»Jetzt hör mir mal gut zu, du dämlicher Esel, wenn du mich nicht sofort zum Bischof bringst, wirst du es bereuen, auf die Welt gekommen zu sein, hast du mich verstanden?«

Die beiden Wachen, die von der Wendung, die der Wortwechsel nahm, überrascht wurden, brauchten einen Moment, um einzuschreiten. Als sie dann dem pedantischen Pförtner zu Hilfe eilen wollten, sahen sie sich der massigen Gestalt Zanes gegenüber, der keinerlei Furcht vor ihrer Bewaffnung zeigte. Ein leises Knurren des Riesen genügte, und sie nahmen eine vorsichtigere Haltung ein. Nach kurzem Zögern jedoch machte der eine Wachposten einen Ausfallschritt, in der offenkundigen Absicht, seine Autorität wiederherzustellen.

Da tauchten in Zanes Händen wie durch Zauber zwei große Messer auf und richteten sich gegen die beiden aufgeputzten Soldaten, die es daraufhin trotz ihrer Hellebarden und der anderen Waffen nicht für angezeigt hielten, die augenfällige Kampfbereitschaft des Riesen auf die Probe zu stellen.

»Signore, ich bitte Euch …«, stammelte der Pförtner in seiner Not.

»Entscheide dich, Hanswurst, meine Geduld ist zu Ende«, sagte der Maler und schüttelte ihn ein wenig.

»Selbst wenn ich auf Euren sicher berechtigten Wunsch eingehen wollte, wäre mir dies leider nicht möglich, denn der Bischof befindet sich zur Zeit nicht im Palast. Er ist vor zwei Stunden mit der Kutsche weggefahren.«

»Wo wollte er hin? Rede oder ich stech dich ab wie ein Kalb.«

»Unglücklicherweise besitzt Monsieur nicht die Angewohnheit, dem Dienstpersonal die Ziele seiner Ausfahrten mit der Kutsche zu nennen. Das ist die Wahrheit, ich schwöre es!«

Der Maler ließ den besserwisserischen Lakaien los, der wie ein Bündel Lumpen zu Boden sackte, weil ihn seine Beine nicht gleich wieder trugen.

»Gehen wir, Zane, aus diesem Kleingeist kriegen wir nichts mehr heraus.«

Fulminacci und der Slawe entfernten sich, ohne den beiden

Wächtern den Rücken zuzukehren, die allerdings keine Anstalten machten, ihnen zu folgen.

Erst als sie schon ein ganzes Stück weit weg waren, fanden die Franzosen den Mut, ihnen ein paar hässliche Beschimpfungen hinterherzurufen, die Zweifel an ihrem Ehrgefühl aufkommen ließen. Fulminacci brauchte bloß so zu tun, als wollte er kehrtmachen, da hörten auch diese Beleidigungen auf.

»Großartig«, bemerkte er dann zu Zane, »diesen Weg hätten wir uns also endgültig verbaut. Irgendeine neue Idee?«

Zane schüttelte den Kopf.

Als Fulminacci sich umblickte, entdeckte er auf der anderen Seite der Piazza die Tische einer Taverne, an denen gerade niemand saß.

»Gehen wir mal rüber und reden mit dem Wirt«, schlug er vor. »Vielleicht hat er ja was gesehen oder gehört.«

Der Inhaber des Lokals erwies sich als jovialer und ausgesprochen redseliger Mann.

»Eine junge Frau?«, sagte er, kaum hatte der Maler nach Beatrice gefragt. »Mit einem langen, bunt gemusterten Rock? Lasst mich nachdenken … Trug sie zufällig eine karminrote Bluse?« Die beiden nickten. »Und hatte ihre roten Haare mit Bändern zusammengebunden?«

»Ja, das ist sie!«, bestätigte Fulminacci. »Ihr habt sie also gesehen?«

»Aber ja, meine Herren, das habe ich. So was Hübsches vergisst man nicht so schnell. Obwohl sie mir, muss ich Euch gestehen, etwas zu schmal um die Hüften herum war. Ich habe nämlich eine Schwäche für … wie soll ich sagen … üppig gebaute Frauen, müsst Ihr wissen. Üppig, ja, das ist das richtige Wort. Aber abgesehen von den Hüften war sie wirklich ein überaus ansehnliches Frauenzimmer. So eine bekommt man nicht allzu oft zu Gesicht …«

»Verzeiht, dass ich Euch unterbreche«, sagte Fulminacci, »aber wir müssen dringend wissen, wo wir sie finden können. Wenn Ihr daher so gut sein wollt, uns Auskunft zu geben …«

»Oh, gewiss, entschuldigt bitte – wenn ich eine so schöne

junge Frau sehe, fühle ich mich immer an die Freuden meiner Jugendzeit erinnert. Man sieht es mir vielleicht nicht mehr an, aber vor dreißig Jahren war ich …«

Fulminacci räusperte sich und zeigte dem geschwätzigen Wirt ein drohendes Stirnrunzeln.

»Ach ja, Ihr habt recht, ich schweife schon wieder ab. Wisst Ihr, so ein Lokal zu führen macht ganz schön viel Arbeit, und die Gelegenheiten für einen Schwatz werden immer …«

»Die Frau!«, brüllte der Maler, dessen Geduld, die schon der Pförtner auf eine harte Probe gestellt hatte, nun endgültig erschöpft war. »Was ist mit der Frau?«

»Ja, natürlich, die junge Frau. Ich habe sie heute Morgen gesehen, es war noch sehr früh. Ich glaube, sie verließ gerade die französische Gesandtschaft, zumindest habe ich sie aus dieser Richtung kommen sehen. Sie ist direkt hier an meinen Tischen vorbeigegangen und hat mir zugelächelt. Das war ein Lächeln, meine Herren, so was von strahlend! Ich habe sie eingeladen, etwas Warmes bei mir zu trinken. Bei diesem eisigen Wind gibt es nichts Besseres als eine schöne Tasse heißen, gewürzten Weins, um einen wieder mit der Welt zu versöhnen, nicht wahr? Doch sie hat abgelehnt, auf eine sehr nette Art, und ist in dieser Richtung am Flussufer weitergegangen.«

Der Wirt zeigte auf die Straße, die Zane und Fulminacci auf dem Weg zur Gesandtschaft entlanggekommen waren.

»Jedenfalls«, fuhr der Wirt fort, »würde ich mir an Eurer Stelle auch Sorgen machen.« Er senkte die Stimme und trat mit verschwörerischem Gehabe näher heran. »Schon seit Sonnenaufgang sind die Häscher der Inquisition in dieser Gegend unterwegs. Aber nicht die üblichen Schergen, sondern Männer, die offenbar speziell für diesen Einsatz rekrutiert wurden. Übles Gesindel, wenn ich das sagen darf, äußerst übel. Sie durchstreifen das ganze Viertel, und Eure Freundin, so anmutig sie auch ist, sieht ein bisschen wie eine … eine Zigeunerin aus, wenn Ihr erlaubt. Und Ihr wisst so gut wie ich, was mit Zigeunern passiert, wenn sie in die Fänge der Inquisition geraten. Den ganzen Morgen über hat sich dieses Pack hier rumgetrieben, und ich mache kein Geschäft. Wer traut sich schon in die Osteria, wenn an jeder Ecke Gefahr lauert?«

»Habt recht vielen Dank, Herr Wirt. Ihr wart uns eine große Hilfe. Komm, Zane, wir dürfen keine Zeit verlieren.«

»Keine Ursache, meine Herren, keine Ursache, stets zu Euren Diensten. Freundlichkeit kostet schließlich nichts, sage ich immer, sie kostet einen überhaupt nichts. Das hat schon mein armer Papa zu mir gesagt. Nando, hat er gesagt …«

Die beiden Gefährten hörten seine letzten Worte nicht mehr, weil sie schon ein ganzes Stück weit weg waren.

Sie gingen auf der Uferstraße zurück und hofften, dass jemand ihnen unterwegs noch mehr erzählen konnte. Die wenigen Leute, die ihnen begegneten, waren jedoch kaum geneigt, sich mit zwei bewaffneten Fremden zu unterhalten, was deutlich von der angespannten Stimmung in der Stadt an diesem Tag zeugte. Sogar die Fährmänner mieden das diesseitige Ufer und dümpelten auf der anderen Seite herum, was ihren ohnehin schon mageren Geschäften bestimmt nicht zuträglich war, dafür aber umso mehr ihrer Unversehrtheit.

Fulminacci und Zane hatten circa eine halbe Meile zurückgelegt und gerade die Ruinen eines antiken Bauwerks überklettert, als der aufmerksame Blick des Malers an etwas hängen blieb, das ihm das Herz stocken ließ. Neben einer abgeschlagenen Säule sah er etwas Farbiges; er bückte sich und hob ein karminrotes Band auf, an dem ein langes, tizianrotes Haar hing.

»Heilige Muttergottes, Zane, es ist, wie ich befürchtet hatte. Sie haben sie verschleppt!«

Kapitel XXXIV

Capitaine de la Fleur konnte nicht unbedingt als empfindsamer Mensch bezeichnet werden. Er war ein Berufssoldat, ein Mann der Tat, der auf dem Schlachtfeld zu Hause war und vorwiegend kühle, oberflächliche menschliche Beziehungen und die Grobheit der Soldaten kannte. Dennoch machte ihn der Anblick betroffen, der sich ihm bot, als er, flankiert von seinen Musketieren, den Schlupfwinkel des Skorpions betrat. Dieser bestand aus zwei kargen Zimmern, in die nur stundenweise ein wenig schräges Sonnenlicht durch drei kleine Fenster mit Blick auf eine enge Gasse voller Unrat fiel.

Nicht, dass er viel erwartet hätte, doch als er die Siebensachen des Attentäters durchwühlte, fand er rein gar nichts, das etwas über das Wesen des Mannes aussagte, den sie so hartnäckig verfolgten. Seine drei Reisesäcke enthielten neben einem Sortiment an Waffen nur sehr schlichte Kleider in einheitlichen Farben von Dunkelgrau bis Rußschwarz. Keinen einzigen persönlichen Gegenstand, keinen Brief oder sonst ein Besitztum, das man nicht auch in der Klausurzelle eines Mönches oder der Grotte eines Einsiedlers früherer Zeiten hätte finden können. Keinen Kamm, keinen Talisman, kein Buch, keinen Schmuckgegenstand.

Geschärfte Stichwaffen, zwei geladene Pistolen, Geld und Kleider in Grau und Schwarz. Sonst nichts.

Die Erkenntnis von der weniger materiellen als vielmehr seelischen Armut seines Gegners jagte ihm einen Schauer über den Rücken. Wie war es möglich, fragte er sich, dass ein Mann kein Bedürfnis hatte, ein paar persönliche Dinge mit sich herumzutragen, etwas, das ihn an seine Heimat erinnerte, an seine Familie, einen Freund oder sonst jemanden, der ihm lieb war? In der Herberge war er auf die gleiche bedrückende Unpersönlichkeit gestoßen: ein paar unbeschriebene Blätter Papier, Waffen, dunkle Kleidungsstücke.

De la Fleur hatte den Kontinent an der Spitze seiner Kompanie kreuz und quer bereist; er hatte an zwei großen Feldschlachten und vielen Scharmützeln teilgenommen. Stets war er, nachdem die Waffen geschwiegen hatten, zwischen den Gefallenen herumgegangen, und stets hatte er bei den gemarterten Körpern Spuren eines privaten Lebens gefunden: einen Gruß von der Liebsten, einen Brief von der Mutter, ein Amulett oder irgendeinen persönlichen Gegenstand.

Was war das für ein Mensch, den er da gefangen nehmen sollte? Eine kaltblütige Bestie, ein Wesen ohne menschliche Empfindungen, das auf dieser Unmenschlichkeit, auf seiner Verachtung für jedes Gefühl seinen Ruhm als nicht zu greifender, unfehlbarer Mörder aufgebaut hatte.

In den Monaten, in denen er dem Skorpion durch halb Europa hinterhergejagt war, hatte de la Fleur oft die Zähne zusammenbeißen müssen vor Ungeduld, ihn zu stellen, doch jetzt war er plötzlich nicht mehr so begierig darauf, ihm von Angesicht zu Angesicht gegenüberzutreten.

Mit einer halb resignierten, halb angewiderten Bewegung warf der Capitaine das Kleidungsstück weg, das er in der Hand gehalten hatte, und verließ das Haus, um frische Luft zu schnappen, soweit das in dieser vor Feuchtigkeit und Abfall stinkenden Gasse möglich war.

»Er ist nicht hier, Capitaine«, sagte Sergeant Bruyère und spuckte auf das schmutzige Pflaster.

»Das sehe ich selbst, Sergeant. Entweder ist er schon wieder abgehauen oder noch nicht eingetroffen. Vermutlich Letzteres.«

»Was machen wir jetzt?«, fragte der Sergeant.

De la Fleur schüttelte den Kopf. »Dieser ganze Einsatz ist von Anfang an schiefgelaufen. Savattieri und seine Leute haben alles vermurkst, und jetzt bleibt uns nichts anderes übrig, als uns auf unsere zahlenmäßige Überlegenheit zu verlassen. Wir wissen nicht, wo der Skorpion sich im Moment befindet, wohl aber, dass er irgendwo zwischen den vorrückenden Patrouillen und dem Fluss in der Falle sitzt. Die verschiedenen Trupps werden ihn auf den Tiber zutreiben, und dort werden wir ihn erwarten. Das ist zwar nicht ideal, aber besser als nichts. Kommt, Sergeant, gehen wir.«

Die beiden Männer traten auf die Straße, gefolgt von zwei weiteren Musketieren.

»Ihr vier«, sagte der Capitaine zu den Soldaten, die die Pferde hielten, »bleibt hier und bewacht das Haus. Die anderen, aufsitzen. Wir reiten zu den Brücken. Diesmal kann und darf er uns nicht entwischen.«

Pater Kircher stützte sich auf eine Balustrade mit Blick auf den Fluss. Die so gut wie schlaflose Nacht und der lange Spaziergang durch den Park hatten ihn vollkommen erschöpft, und er war froh, dass die Königin mitsamt ihrem schwatzhaften Gefolge weitergegangen war und ihm einen Augenblick der Ruhe gönnte.

Große Schwalbenschwärme jagten über den sturmzerzausten Himmel und woben mit ihren Flugbahnen ein verschlungenes Muster vor dem grauen Hintergrund der tief hängenden Wolken, das seine gequälte Seele aufheiterte. Zum hundertsten Mal fragte sich der Jesuit, welche Bedeutung wohl diese komplizierten Schnörkel der schwarzen, pfeilschnellen Wesen haben mochten. Denn in allem, auch in den Spielen dieser über den Himmel flitzenden kleinen Vögel, zeigte sich die Hand des Schöpfers. Das gesamte Universum schrieb den Namen Gottes in einer unendlichen Reihe, doch der Mensch in seiner Beschränktheit konnte nur flüchtige Schimmer davon erahnen. Pater Kircher hatte Zeugnisse des göttlichen Geistes bei seinen Erforschungen der Vulkankrater gefunden, bei seinem unermüdlichen Studium der Schriften der Weisen, in den seltsamen Formen der Obelisken und der Sphingen und in den geheimnisvollen Hieroglyphen. In der Gestalt der Kontinente. In den spiralförmigen Mustern von Meeresmuscheln. In den unzähligen Insektenarten. Jedem Stein hatte der Höchste seinen ewigen Willen eingeschrieben, mit einer Handschrift, welche die Menschen zu lesen nicht fähig waren.

Und doch hatte er, Athanasius Kircher, Jesuit und Gelehrter, in seinem unverzeihlichen Hochmut versucht, Gottes Schrift zu entziffern. Erst jetzt wurde ihm die Sünde bewusst, die er in seiner eitlen Hybris als Wissenschaftler begangen hatte. Erst jetzt verstand er – jetzt, da der Plan des Schöpfers in all seiner unsagbaren, erschreckenden Klarheit vor seinen Augen offenkundig wurde.

Jetzt, da er sozusagen mit dem Zeigefinger diese wundersame Handschrift nachfahren konnte, wie ein Kind, das die Buchstaben in einer Abc-Fibel lernt. Jeder Schnörkel, jeder Sturzflug, jedes Kreuzen von gefiederten Flugbahnen schrieb mit aller Deutlichkeit das Urteil an den Himmel, das der Menschheit drohte.

Der Tag war nahe.

Beatrice konnte nicht einmal behaupten, schlecht behandelt worden zu sein. Von dem Moment an, als sie auf das Boot verfrachtet wurde, gingen die Häscher mit ihr um wie mit einem leblosen Gegenstand. Die Mienen der beiden Ruderer drückten eine Mischung aus Abscheu und Angst aus, und das war auch schon das Letzte, was sie sah, da man ihr sofort eine Kapuze aus grobem Stoff über den Kopf zog. An Händen und Füßen gefesselt wurde sie in den hinteren Teil des Bootes geworfen, das sogleich ablegte. Alles, was sie hörte, war das Ächzen der beiden Fährmänner und das Klatschen der Ruder beim Eintauchen in das strudelnde Flusswasser.

Nach einer endlos scheinenden Weile vernahm sie den dumpfen Aufprall beim Anlegen des Bootes, worauf zwei Paar Arme sie achtlos packten, ans Ufer hoben und auf die Beine stellten. Mit einem Schubs bedeutete man ihr loszugehen, was ihr einige Schwierigkeiten bereitete. Aufgrund der langen Bewegungslosigkeit und weil sie nichts sehen konnte, schwankte sie hin und her wie eine Betrunkene, und nur durch eine Reihe von groben Stößen hielt sie die von den Häschern vorgegebene Richtung ein.

So ging sie eine Zeit lang blind einher, bis das veränderte Geräusch ihrer Schuhe auf dem Untergrund ihr sagte, dass sie einen geschlossenen Raum betreten hatte. Ihre fest auf den Rücken gefesselten Handgelenke pulsierten schmerzhaft, und unter der dicken, rauen Kapuze konnte sie kaum atmen.

Von den Stößen ihrer Wärter gelenkt bog Beatrice um mehrere Ecken, doch dann trat ihr rechter Fuß plötzlich ins Leere. Sie wäre gefallen wie ein Sack Kartoffeln, hätte einer der Männer aus ihrer stummen Eskorte sie nicht am Oberarm gepackt, und zwar so grob und ungeschickt, dass er ihr beinahe die Schulter ausrenkte. Der Mann hielt ihren Arm fest, bis sie eine steile Treppe hinuntergestiegen war, an deren Fuß sie das Quietschen einer an rostigen Angeln mühsam aufgezogenen Tür hörte.

Anonyme grobe Hände banden sie los und nahmen ihr die Kapuze ab. Das spürte sie jedoch nur, denn als sie von dem schweren Stoff befreit war, sah sie sich immer noch von Dunkelheit umgeben. Ein letzter, brutaler Stoß beförderte Beatrice in die Zelle, worauf sich die schwere Tür mit metallischem Getöse hinter ihr schloss. Danach folgte das Klappern des vorgeschobenen Riegels, dann Stille.

Sie konnte kaum die Wände um sich herum erkennen, aber was sie deutlich wahrnahm, waren die Kälte und die Feuchtigkeit, die diesen düsteren Ort durchdrangen.

Tastend suchte sie ihre Umgebung ab, was nicht lange dauerte, da die Zelle nur wenige Schritte in Länge und Breite maß. Ihre Beine stießen an der einen Wand gegen eine Bank, auf der sie mit den Händen etwas fühlte, das eine Decke sein musste. Kaum waren ihre Finger mit dem schmutzigen Wollstoff in Berührung gekommen, zuckten sie vor Ekel zurück. Sie war fast dankbar dafür, nichts sehen zu können, denn wenn sie diesen einzigen Schutz gegen die Kälte näher in Augenschein genommen hätte, hätte sie wahrscheinlich darauf verzichtet, ihn zu benutzen.

Bei der weiteren Erforschung des dunklen Lochs fand sie in einer Ecke zwei Krüge aus Terrakotta. Der kleinere enthielt Wasser, während der breitere und flachere leer war, sodass man sich denken konnte, wozu er diente.

Sonst gab es nichts.

Beatrice untersuchte die enge Zelle noch einmal, aber das Einzige, was sie außerdem entdeckte, war ein Loch in einem Winkel der Decke, das anscheinend der Lüftungsschacht war. Als sie hineinsah, erkannte sie einen schwachen Lichtschimmer dahinter. Sie stellte sich auf die Bank und konnte den Rand des kleinen Schachts berühren, der jedoch zu schmal war, als dass ein Mensch hindurchpasste, selbst wenn er so schlank war wie sie. Mit verzweifelter Sorgfalt inspizierte sie anschließend die Tür, die mit Schienen aus rostigem Metall verstärkt war. Auch hier fand sich kein Ausweg, denn das Holz war massiv und ohne Schloss auf der Innenseite, das man eventuell hätte aufbrechen können. Weil sie nicht aufgeben wollte, fuhr sie mit vor Kälte steifen Fingern alle Fugen zwischen den Steinblöcken der Wände und des Bodens nach.

Sie machte noch eine Zeit lang mit ihrer Erkundung weiter, obwohl inzwischen klar war, dass sie alles entdeckt hatte, was es zu entdecken gab. Nichts davon bot Anlass zu einer auch noch so schwachen Hoffnung.

Schließlich legte sie sich auf die Bank und zwang sich, an andere Fluchtmöglichkeiten zu denken, aber ihr Geist war benommen vor Kälte und der Furcht, dass diese Zelle ihr letztes Quartier auf Erden sein könnte.

Kapitel XXXV

Die Straßen, die durch das Ponte-Viertel zur Engelsbrücke und ans andere Tiberufer führten, waren trotz der Mittagszeit voller Menschen. Der übliche Verkehr von Fußgängern, Lasttieren, Waren und Hausrat, der täglich die Wege verstopfte, wirkte jedoch irgendwie seltsam. Es lag etwas in der Luft, etwas wie ängstliche Erwartung. Die Wäscherinnen hörten sich zwar noch ordinärer an als sonst, aber es fehlte der gewitzte, spöttische Ton, für den sie berühmt waren. Die Gemüsehändler, die Fleischer und die Straßenverkäufer priesen ihre Waren an wie immer, doch ihr Geschrei, das zum Kauf animieren sollte, war ohne Schwung und Spontaneität. Sogar die Spiele der kleineren und größeren Kinder ließen die gewohnte Frechheit und Unbekümmertheit vermissen. Das Volk von Rom war in einer Art Interimszustand erstarrt, ähnlich wie bei einem Gewitter, wenn man nach dem Zucken des Blitzes auf den Donner wartete. All das bemerkte der Skorpion, während er durch die Menge hindurchmarschierte und versuchte, im Gleichschritt mit den anderen drei Männern zu gehen, die wie er als päpstliche Gardisten verkleidet waren.

Die Idee war nicht schlecht, musste er zugeben.

In der Mitte des Trupps ging schlurfend und bei jedem Schritt jammernd einer der Männer, die ihn in der Taverne abgeholt hatten. An der Brücke würde sich die Aufmerksamkeit der dort stehenden Wachen zweifellos auf den angeblichen Gefangenen richten.

So war es jedenfalls geplant.

Während er sich einen Weg durch das Gedränge bahnte und sich dabei stets neben den anderen hielt, dachte der Skorpion über die Ereignisse der vergangenen Tage und Stunden nach. Und darüber, ab wann alles schiefgelaufen war.

Die ganze Angelegenheit hatte schon unter einem schlechten Vorzeichen begonnen, damals vor vierundvierzig Jahren in Deutschland. Der zugesagte Lohn hätte nicht besser sein können, und der Auftrag stellte ihn vor keine unlösbaren Schwierigkeiten. Obendrein bot er ihm die Gelegenheit, ein paar Katholiken umzubringen, was allein schon mehr als genug Ansporn war.

Nur hatte er sich unklugerweise nicht die Mühe gemacht, nach den Beweggründen seines Auftraggebers zu forschen, den er bis heute nicht kannte und mit dem er nur über einen Mittelsmann in Kontakt gestanden hatte.

Wäre er etwas älter und reifer gewesen, hätte ihm nicht entgehen können, wie merkwürdig es war, dass man ihn für den Mord an einem Mann engagierte, von dem noch nicht einmal sein Auftraggeber genau wusste, wer er war. »Der Mann, den du aus dem Weg räumen musst, ist ein Student im Novizeninternat der Jesuiten in Paderborn«, hatte man ihm gesagt. »Du erkennst ihn an einem großen, dreieckigen Muttermal auf dem rechten Oberschenkel, direkt unterhalb der Leiste.«

»Es wird nicht einfach sein, unter die Kutten von ein paar Hundert Novizen zu spähen«, hatte er eingewandt.

»Der Betreffende ist etwa achtzehn Jahre alt und hat ein Muttermal auf dem rechten Oberschenkel«, hatte der Mittelsmann wiederholt. »Wenn du ihn nicht sicher erkennst, bring alle um, auf die diese Beschreibung zutrifft.«

»Ihr verlangt ein Blutbad von mir«, hatte der Skorpion erwidert. »Das wird Euch ein hübsches Sümmchen kosten, nur damit Ihr es wisst.«

»Geld spielt keine Rolle, Hauptsache, der fragliche junge Mann stirbt. Erledige diesen Auftrag, und du wirst großzügig entlohnt werden.«

Als der Skorpion hörte, auf welche Summe sich der Lohn belief, ließ er alle Zweifel fahren und stürzte sich mit seiner ganzen tödlichen Effizienz auf die Aufgabe.

Das Schwierigste war, die Opfer voneinander zu isolieren. Wie zu erwarten, herrschte im Novizeninternat ein reges Gemeinschaftsleben, und diese verfluchten Studenten waren fast immer zusammen, beteten zusammen, lernten zusammen, aßen zusammen, schliefen zusammen. Doch da es ihm nicht an Talent und Durchtriebenheit mangelte, hatte er bald einen Weg gefunden.

Dann war dieser Fanatiker Christian von Braunschweig gekommen, und sein schöner Plan hatte sich in Luft aufgelöst. Die Stadt war belagert und gewaltsam eingenommen worden, und die Studenten, die nicht getötet worden waren, hatten sich in alle vier Himmelsrichtungen über ganz Deutschland verstreut. Sein Auftraggeber jedoch hatte sich nicht unzufrieden mit seiner Leistung gezeigt und ihn anstandslos bezahlt.

In den folgenden Jahren war sein Ruhm als der ungreifbare Skorpion, der unfehlbare Meuchelmörder, der tödliche Rächer, der das Wort »unmöglich« nicht kannte, stetig gewachsen, bis er das Ausmaß einer regelrechten Legende angenommen hatte.

Er hatte ganz Europa durchstreift, von England bis Spanien, von Frankreich bis Polen, von Russland bis Sizilien, und eine makabre, endlose Spur von Leichen hinter sich hergezogen. Nur die Reichen und Mächtigen konnten sich seine Dienste leisten, und es hatte nie jemand Anlass zur Klage über die Ausführung seiner Aufträge gehabt, auch wenn es häufiger vorkam, dass der Auftraggeber von heute das Opfer von morgen wurde. Doch das gehörte zu den Risiken und Ehren derjenigen, die hohe Ämter bekleiden, und keiner konnte über mangelnde Neutralität bei der Ausübung seiner Profession klagen. In dieser Hinsicht war das Schwert des Skorpions genauso gerecht und unerbittlich wie das des Erzengels Gabriel.

Von Land zu Land, Hafen zu Hafen, Stadt zu Stadt ziehend, hatte er mit den Jahren diesen seltsamen Auftrag in Paderborn beinahe vergessen, den er nie zu Ende geführt hatte. Als einzigen in seiner gesamten Laufbahn.

Bis vor zwei Monaten, als ein skandinavischer Kaufmann auf ihn zugekommen war und ihn mit vielen Umschreibungen und Andeutungen auf jene lang zurückliegenden Ereignisse angesprochen hatte. Nach und nach hatte er sich mithilfe der zweideutigen

Bemerkungen des Fremden wieder an diesen ungewöhnlichen Auftrag erinnert.

»Die Aufgabe ist noch nicht abgeschlossen, Skorpion«, hatte der Kaufmann schließlich gesagt.

Diesmal musste er allerdings nicht blind zuschlagen. Der Kaufmann hatte ihm eine Liste mit Namen und Aufenthaltsorten gegeben, an denen er seine Opfer antreffen konnte.

Der Skorpion wusste selbst nicht, warum er sich darauf eingelassen hatte. Vielleicht glaubte er tatsächlich, in der Schuld seiner unbekannten Auftraggeber zu stehen, oder, was wahrscheinlicher war, seine Standesehre ließ es nicht zu, eine Arbeit unerledigt zu lassen.

Jedenfalls hatte er Deutschland verlassen, sobald es ihm möglich war, und war nach Rom gereist, entschlossen, den einzigen dunklen Fleck in seiner ansonsten makellosen Mörderkarriere auszuradieren.

Während der Skorpion diesen Gedanken nachhing, hatte der Trupp den Aufgang zur Brücke erreicht und wurde wie vorhergesehen von Azzolinis Wachposten angehalten. Es war eine gut gerüstete Mannschaft, die ihrer Aufgabe anscheinend mit großer Gewissenhaftigkeit nachkam. Jedes Mal wenn der Befehlshaber Verdacht schöpfte, zog er die Zeichnung aus seinem Rock und verglich sie mit den Gesichtszügen desjenigen, den er ins Visier genommen hatte.

Die falsche päpstliche Garde mit ihrem abgezehrten Gefangenen erfuhr keine andere Behandlung als die übrigen Römer. Die Gruppe musste stehen bleiben, und als ihr Anführer Einwände erheben wollte, wurde ihm sogleich ein von Kardinal Azzolini gezeichnetes Schriftstück unter die Nase gehalten, das die Wachen ermächtigte, nach eigenem Ermessen und ohne Rücksicht auf Privilegien zu handeln.

»Gebt den Weg frei, im Namen der heiligen Inquisition!«, erwiderte der Anführer der Gardisten und richtete sich zu seiner ganzen, wenig imponierenden Größe auf. »Wir führen diesen Missetäter vor das Gericht des Heiligen Offiziums, damit er sich zu den schwerwiegenden Vergehen äußert, die man ihm zur Last legt.«

»Was sind das für Vergehen?«, fragte der Offizier.

»Ihr seid nicht befugt, das zu wissen, Signore, und uns ist es nicht gestattet, Euch solche Auskünfte zu erteilen. Das Heilige Offizium braucht seine Handlungen nicht vor weltlichen Autoritäten zu rechtfertigen.«

»Ich muss die Identität des Gefangenen überprüfen.«

»Tut das, aber beeilt Euch.«

Der Offizier näherte sich dem Gefangenen, der mit gesenktem Kopf dastand, und hob sein Kinn mit dem Degengriff an. Er war ein kleiner, korpulenter Kerl mit einem runden Kopf voller krauser, öliger Locken. Ein dichter schwarzer Bart bedeckte sein Gesicht bis fast unter die Augen, über denen buschige Augenbrauen an der Wurzel der platten Nase zusammenwuchsen.

Man sah auf den ersten Blick, dass es sich nicht um den gesuchten Mann handeln konnte, aber der Offizier ließ sich Zeit bei der Überprüfung, um deutlich zu machen, dass auch die Helfer der Inquisition nicht von den Pflichten befreit waren, denen sich laut Erlass alle Römer unterziehen mussten.

»Ihr könnt passieren«, sagte er schließlich. »Das ist nicht der Mann, den wir suchen.«

Kapitel XXXVI

Bernardo Muti schob die Abdeckung des in der Wand verborgenen Gucklochs auf. Der Raum war schwach beleuchtet, und sein flackernder Blick konnte nur eine große, magere Gestalt ausmachen, die auf einer Bank saß und die Ellbogen auf die Knie stützte.

»Das also ist der Mann?«

»Ja«, bestätigte Fieschi. »Mein Teil unserer … hm, Abmachung ist damit erfüllt. Nun erwarte ich, dass Ihr Euch an Euren haltet.« Er bemühte sich um einen möglichst neutralen Ton, merkte aber, dass sich ein leichtes Beben in seine Stimme geschlichen hatte.

Der Inquisitor wandte sich von dem Loch ab und sah ihn an. Seine Augen waren kalt und durchdringend wie die eines Basilisken, obwohl ein unbeteiligter Zuschauer ein kurzes Aufblitzen grausamer Belustigung in ihnen hätte entdecken können.

Der Mönch machte sich nicht die Mühe zu antworten, hielt sein rechtes Auge wieder an den Spion und fuhr mit seiner Beobachtung fort.

Fieschi hätte am liebsten laut geschrien, beherrschte sich aber und wartete, dass Muti sich dazu herabließ, ihm seine Entscheidung mitzuteilen. Er wusste genau, dass der Alte mit ihm Katz und Maus spielte.

Sobald seine Männer ihm den Skorpion gebracht hatten, hatte er Muti benachrichtigt. Gemäß den Anweisungen des Inquisitors hatte er den berüchtigten Mörder in sein eigenes Quartier führen lassen, das zufällig in der Nähe des Palazzos des Heiligen Offiziums lag.

Weniger als eine halbe Stunde später hatte eine Kutsche ohne Wappen vor seiner Wohnung gehalten, und der Dominikaner war in das Arbeitszimmer getreten, in dem Fieschi ihn ungeduldig erwartete.

Von diesem Moment an hatte die Zeit für den Genueser stillgestanden; die Furcht hielt ihn in der Zange und machte ihm das Atmen schwer.

Endlich löste sich Muti von dem rissigen Holzpaneel mit dem Guckloch und richtete das Wort an ihn.

»Er sieht nicht gerade beeindruckend aus«, bemerkte er. »Bloß ein alter Mann.«

»Tut mir leid, Euch widersprechen zu müssen, aber dieser alte Mann ist der gefürchtetste Auftragsmörder Europas. Mehr als ein Fürst wäre bereit, ein Vermögen für seinen Kopf zu bezahlen.«

»Was wisst Ihr über ihn?«

»Nicht sehr viel. Gerüchte, Legenden, Geschichten. Ich glaube, meine Männer, Ihr und ich gehören zu den wenigen, die je sein Gesicht gesehen haben. Unter den Lebenden, meine ich.«

»Sehr interessant. Das war eine Leistung, die Eurem Ruf alle Ehre macht, Fieschi. Der erste Teil unserer Vereinbarung kann damit als erfüllt angesehen werden.«

»Der erste Teil? Ich habe mich an unsere Abmachung gehalten! Jetzt seid Ihr dran!«

Der Mönch durchbohrte ihn mit einem eisigen Blick.

»Verzeiht, aber ich bestimme hier die Regeln. Seht Ihr, bei einem Handel sind nicht immer beide Seiten in einer gleich starken Position. Oft ist eine davon überlegen, und die stellt die Bedingungen. Ich fürchte, diesmal kommt Euch die schwächere Rolle zu, denn ich habe Macht über etwas, an dem Euch sehr viel liegt, wenn ich mich nicht irre.«

Der Genueser senkte den Kopf, und seine Augen füllten sich mit Tränen ohnmächtiger Wut.

»Gut«, fuhr Muti fort, »ich sehe, Ihr seid dabei, Vernunft anzunehmen. Wie gesagt, der erste Teil der Übereinkunft ist erledigt. Was ich nun von Euch verlange, ist, dass Ihr diesem Mann, diesem … Skorpion, wie Ihr ihn nennt, Eure volle Unterstützung anbietet, egal, was er vorhat. Ihr habt Euch eine schöne Organisation aufgebaut, mit Informanten und Spionen in der ganzen Stadt und auch außerhalb ihrer Mauern, sodass es Euch nicht schwerfallen dürfte, meine Anweisungen umzusetzen.«

»Aber … wir wissen nicht, warum er nach Rom gekommen ist und was er für Pläne hat. Ich kann nicht sagen, ob …«

»Ihr habt wohl immer noch nicht verstanden – ich hatte Euch für scharfsinniger gehalten, Fieschi. Der Skorpion hat die Morde der vergangenen Tage begangen. Azzolini ist hinter ihm her, die Franzosen sind hinter ihm her, und aus ebendiesem Grund, denke ich, liegt es im Interesse des Heiligen Offiziums, seinen Vorhaben die größtmögliche Unterstützung zu gewähren.«

»Muti, Ihr verlangt viel von mir«, entgegnete Fieschi mit ernster Miene. »Ihr wisst sehr gut, dass ich mich stets aus gewissen Angelegenheiten herausgehalten habe.«

»Nun, irgendwann ist immer das erste Mal, wie es so schön heißt. Außerdem bleibt Euch nichts anderes übrig, oder?«

Zum Zeichen seiner Zustimmung neigte Fieschi erneut den Kopf.

Das hatte er in den vergangenen Stunden für seinen Geschmack etwas zu oft getan, aber wie der Inquisitor richtig bemerkte, hatte er im Moment keine andere Möglichkeit. Fürs Erste konnte er nichts weiter tun, als sich den Forderungen des grausamen Mönches zu fügen. Doch er wusste, dass dieses Spiel nicht ewig so weitergehen würde. Früher oder später würden sich die Machtverhältnisse wieder umkehren, und er würde ausreichend Gelegenheit bekommen, Rache zu nehmen. Sobald er von der Bedrohung erfahren hatte, die über seiner geliebten Tochter schwebte, hatte er ein paar seiner getreuesten Männer auf den Weg nach Lucca geschickt. Jetzt ging es nur darum, Zeit zu gewinnen, damit seine Gesandten rechtzeitig ans Ziel kamen. Danach würde sich das Blatt wieder wenden.

Er musste nur durchhalten. Und abwarten.

»Sie haben sie bestimmt in den Palast der Inquisition gebracht«, sagte Fulminacci und drehte das karminrote Haarband zwischen den Fingern. »Wir müssen ihr zu Hilfe eilen! Sofort, ehe es zu spät ist! Los, Zane, mach deine Messer bereit!«

Der Slawe legte seine riesenhafte Pranke auf die Schulter des Malers und schüttelte den Kopf. Sein trauriger Blick sprach deutlich von seinem Kummer über das Schicksal ihrer jungen Freundin.

»Du willst nicht mitkommen? Gut, dann gehe ich eben allein.«

Der Maler war buchstäblich außer sich vor Verzweiflung, und Zane musste den Druck seiner Hand verstärken, bis sich seine langen, kräftigen Finger in die Haut des Gefährten gruben und dieser schmerzhaft aufstöhnte.

»Lass mich los, verdammt! Wenn du nicht bereit bist, dein Leben für Beatrice zu riskieren, so lass wenigstens die gehen, die es mit den Heerscharen der Hölle aufnehmen würden, um sie zu beschützen. Lass mich, sage ich!«

Zane sah sich gezwungen, auch Fulminaccis andere Schulter zu packen, um ihn zurückzuhalten.

»Kapierst du denn nicht? Vielleicht wird sie gerade in diesem Augenblick gefoltert! Wir müssen sofort etwas unternehmen. Lass mich gehen, du Idiot, lass mich!«

Der Maler steigerte sich in eine wahre Hysterie hinein. Je mehr der Gefährte versuchte, ihn zur Vernunft zu bringen, desto mehr wehrte er sich, ohne sich jedoch aus Zanes schraubstockartigem Griff befreien zu können. Zane wartete geduldig ab, bis er seine Raserei überwunden hatte, und achtete darauf, dass er sich bei seinen tobsüchtigen Befreiungsversuchen nicht verletzte.

Fulminacci fluchte und wand sich mit aller Kraft, bis er schließlich erschöpft und keuchend aufgab und zu Boden sank.

Zane beugte sich über ihn und verharrte so, bis das Schluchzen des Malers nachließ.

Lange blieb er am Flussufer sitzen, während sein stummer Freund, der ihn nicht mit Worten trösten konnte, ihn durch seine Gegenwart beruhigte.

»Was … was sollen wir jetzt tun?«, murmelte er heiser, als er wieder Herr seiner selbst war.

Zane antwortete mit ein paar flinken Gesten.

»Ich verstehe dich nicht, Zane. Nimm den Block und schreib's auf.«

Der Slawe griff nach den Blättern und kritzelte einige Worte hin.

»Freunde: Kircher Christine Azzolini«, las Fulminacci mit noch immer verschleierten Augen.

»Genau, Kircher! Vielleicht kann er etwas tun oder uns irgendwie weiterhelfen. Die Gesellschaft Jesu ist sehr mächtig. Los, Zane, wir haben schon zu lange herumgetrödelt, und das war allein meine Schuld.«

Die beiden machten sich eiligst auf den Weg, überquerten die Sisto-Brücke und liefen durch die engen, von Menschen wimmelnden Gassen des Borgo-Viertels. Es war schon später Nachmittag, als sie endlich die Piazza del Collegio Romano erreichten, wo sich der Sitz der Gesellschaft Jesu befand. Sie betraten das Gebäude und stiegen die Treppe zu Pater Kirchers Wohnung hinauf, vor der wie üblich Fernando, der treue Diener, Wache hielt.

»Pater Kircher ist gerade vom Palazzo Riario zurückgekehrt«, teilte ihnen der dienstbeflissene Bursche mit. »Er ist sehr müde. Ich weiß nicht, ob er Euch empfangen kann, Signor Sacchi.«

»Es betrübt mich, den guten Pater zu dieser Stunde zu stören, Fernando, aber es geht um Leben und Tod. Sag ihm, dass ich hier draußen warte.«

Als die beiden Gefährten in die Räume des Jesuiten geführt wurden, trafen sie ihn zusammengesunken in einem Sessel beim Fenster an. Pater Kircher hob müde den Blick, und sogar der resolute Maler zögerte, auf ihn zuzugehen, weil er so entkräftet aussah. Aber er konnte es sich nicht leisten zu warten. In dem Bewusstsein, dass jeder Augenblick zählte, nahm er seinen Mut zusammen und erzählte dem Pater aufgewühlt, aber kurz und bündig, was passiert war. Kircher hörte ihm mit halb geschlossenen Augen zu, als hätte er Mühe, wach zu bleiben, und trotz des eindringlichen Tons des Malers wirkte er nicht sehr aufmerksam, sondern mit anderen, größeren Dingen beschäftigt. Doch als Fulminacci geendet hatte, sprach er freundlich und keineswegs verärgert zu seinen Besuchern.

»Mein Sohn, ich bin nur ein armer Mönch, und auch wenn viele Mächtige mich durch ihre Wertschätzung und Freundschaft ehren, sind meine Möglichkeiten doch sehr begrenzt, wenn es um eine so furchteinflößende Einrichtung wie die heilige Inquisition geht. Wie Euch nicht entgangen sein wird, ist das Verhältnis zwischen dem Heiligen Offizium und der Gesellschaft Jesu recht gespalten, um es mal euphemistisch auszudrücken. Aber wenn ich Euch irgendwie helfen kann, sagt es mir ruhig.«

»Ihr kennt doch Kardinal Azzolini gut und seid mit ihm vertraut. Vielleicht würde er uns empfangen, wenn Ihr uns ein Empfehlungsschreiben ausstellt. Ich bin sicher, dass er etwas für Beatrice tun kann. Ihr seid unsere einzige Hoffnung.«

»Ja, möglich wär's«, antwortete der Pater nachdenklich, »obwohl der Kardinal im Moment mit wichtigeren Angelegenheiten beschäftigt ist, fürchte ich. Ich weiß nicht, ob er bereit sein wird, einen Teil seiner kostbaren Zeit Eurem Problem zu widmen. Aber ich kann Euch ein Schreiben an Königin Christine ausstellen. Kommt, helft mir, aufzustehen und mich an den Schreibtisch zu setzen. Heute fühle ich mich älter als Methusalem.«

Kircher setzte rasch in seiner schrägen, gestochenen Handschrift ein Schreiben an die Königin auf. Dann faltete er den Brief dreifach, erhitzte ein Stäbchen Siegellack, ließ ein paar Tropfen auf die äußeren Falzstellen fallen und drückte sein Siegel hinein.

»Ähm, Pater, verzeiht, wenn ich Euch noch länger belästige, aber es gibt da etwas, das uns ebenfalls weiterhelfen könnte. Ich verstehe nicht ganz, wie es dazu kam, aber ich halte es für möglich, dass Beatrice in Verbindung mit jemandem bei der französischen Gesandtschaft steht. Als sie verhaftet wurde, kam sie jedenfalls gerade von dort. Bei all den hochgestellten Persönlichkeiten, die Ihr kennt, könnt Ihr uns doch gewiss mit jemandem in Kontakt bringen, der dort etwas zu sagen hat. Wir haben vorhin versucht hineinzugelangen, aber man hat uns sehr unfreundlich davongejagt.«

Kircher seufzte und nahm ein neues Blatt, auf das er mit zitternder Hand ein paar Zeilen schrieb.

»Das Siegel wird Euch beim Pförtner ausweisen«, sagte er und gab dem Maler das Schreiben. »Übrigens, wie geht es mit der Brille?«

»Brille? Was für eine Brille?«, fragte Fulminacci verwirrt.

»Die Augengläser, die ich Euch angepasst habe, mein Sohn. Seht Ihr jetzt besser?«

»Ach so, entschuldigt, Pater, ich war gerade nicht bei der Sache. Doch, ich glaube, sie sind gut, auch wenn ich in den letzten Tagen nicht viel Zeit hatte, sie auszuprobieren.«

»Schön, wenn das hier überstanden ist, kommt wieder zu mir, dann nehmen wir die letzten Änderungen vor. Falls uns noch genug Zeit bleibt.«

»Zeit? Wie meint Ihr das, Pater?«

»Ach, schon gut, das führt zu weit, und Ihr würdet es wahrscheinlich sowieso nicht verstehen. Geht jetzt.«

Kapitel XXXVII

Der Palazzo Riario, der römische Wohnsitz der Königin von Schweden, lag an der Via della Lungara, einer langen Hauptverkehrsader, die den Vatikan mit dem volkstümlichen Viertel Trastevere, direkt unterhalb des Gianicolo, verband. Er befand sich nicht so weit vom Collegium Romanum entfernt, dass man die Strecke unbedingt zu Pferd hätte zurücklegen müssen, aber auch nicht in bequemer Fußnähe. Es war kein strammer Marsch bis dorthin, doch gewiss ein ordentlicher Spaziergang, bei dem auch der Tiber überquert werden musste.

Fulminacci aber merkte nichts davon. Die Angst um Beatrice verlieh ihm Flügel. Die Angst, aber auch das Wissen um die eigene Ohnmacht und um die Tatsache, dass das Schicksal der Freundin in den Händen mächtiger Kirchenleute lag, von deren Launen ihr Leben und ihre Zukunft abhingen.

Seine Stiefel waren das einzige Kleidungsstück in seinem Besitz, das nicht schon mehrere Jahre auf dem Buckel hatte. Er hatte sie sich in einem der seltenen Momente von Wohlhabenheit von einem Schuster maßanfertigen lassen, der ihm von seinem flämischen Freund empfohlen worden war. Obwohl sie noch fast neu waren, hatten das viele Laufen, die Verfolgungsjagden und die langen Märsche der vergangenen Tage sie doch arg strapaziert, sodass die dicken Ledersohlen dünn wie Pergament geworden waren. Bei jedem Schritt spürte der Maler die Unebenheiten des Steinpflasters unter seinen Füßen, doch in seiner gegenwärtigen Verfassung hätte er barfuß über glühende Kohlen gehen können, ohne den geringsten Schmerz zu spüren.

Um keine Zeit zu verlieren, hatten er und Zane sich hinter der Sisto-Brücke getrennt. Der Slawe würde mit der Nachricht für Bischof de Simara zur französischen Gesandtschaft gehen, und obwohl ihnen beiden klar war, dass seine Stummheit kein geringes Hindernis darstellte, hielten sie die Lösung für die beste. Wenn alles gut ging, würde der Bischof verstehen, dass höchste Eile geboten war, auch ohne sich direkt mit dem Überbringer der Nachricht verständigen zu können.

Während er eilig ausschritt, hatte Fulminacci über die Geschehnisse der letzten Tage nachgedacht und war zu dem Schluss gekommen, dass Beatrice in einer engen Beziehung zu de Simara stehen musste. Anders war es nicht zu erklären, dass sie seiner Zeichnung so viel Bedeutung beigemessen und darauf bestanden hatte, sie zurückzuholen und schnellstens der französischen Gesandtschaft zu übergeben, indem sie noch vor Morgengrauen das Haus verließ. Außerdem hatte sie mehr als einmal dunkle Andeutungen über einflussreiche Freunde gemacht. Eingedenk dieser Hinweise lag es auf der Hand, dass Beatrice eine Agentin des Bischofs war.

Das überraschte ihn nicht. Er hatte Beatrice schon immer für eine rätselhafte Frau gehalten. Auch ihr Gewerbe als Kräuterweib und Kartenlegerin war vermutlich – jetzt, da er es in einem neuen Licht betrachtete – nur eine Tarnung für ihre eigentliche Tätigkeit. In Rom als Hauptstadt der Christenheit und Sitz des Papsttums wimmelte es von Spionen und Agenten aller europäischen Mächte, und nicht nur der. Dass seine Freundin auch zu diesem Kreis gehörte, war vielleicht bemerkenswert, aber keinesfalls verwunderlich.

Über diesen Gedanken brütend und geschwind einen Fuß vor den anderen setzend, erreichte er schließlich das Portal des Palazzo Riario, wo er oberflächlich seine abgewetzten Kleider abklopfte und sich in der Pförtnerloge meldete. Dort trat ihm ein Page entgegen, der ihn in würdevoller Haltung nach seinen Wünschen fragte und ihn gleichzeitig darauf hinwies, dass sich der Dienstboteneingang auf der anderen Seite des Gebäudes befand. Fulminacci reagierte auf seine Herablassung so kultiviert und wohlerzogen wie möglich und legte kurz den Anlass seines Besuches dar.

»Ich bedauere, guter Mann, die Königin hält sich zur Zeit nicht im Palast auf. Abgesehen davon bezweifle ich stark, dass sie Euch empfangen würde.«

»Wie ich Euch soeben erklärte«, erwiderte Fulminacci, »geht es um eine Sache von höchster Dringlichkeit. Ich überbringe eine Botschaft von Pater Kircher, und im Übrigen bin ich kein ›guter Mann‹, sondern Giovanni Battista Sacchi, Kunstmaler von einigem Ruf.«

»In dem Fall hinterlasst Eure Botschaft hier in der Pförtnerstelle. Kann sein, dass die Königin bei ihrer Rückkehr die Güte hat, einen Blick darauf zu werfen, obwohl ich mir dessen keineswegs sicher bin.«

Fulminacci, der schon unter normalen Umständen nicht dazu neigte, die andere Wange hinzuhalten, war nun gar nicht mehr bereit, es mit Geduld und Höflichkeit zu versuchen.

Seine Hand lag schon auf der Degenglocke, als der unangenehme Wortwechsel von einem Dritten unterbrochen wurde, der gerade noch rechtzeitig kam, um dem unglückseligen Pagen eine denkwürdige Lektion zu ersparen.

»Entschuldigt die Einmischung«, sagte der Neuankömmling, »aber ich habe mitgehört, dass Ihr Signor Sacchi, der Maler, seid. Der Großmeister hat mir viel von Euch erzählt und mich gebeten, Euch meine Dienste anzubieten, sollte sich die Gelegenheit ergeben. Erlaubt mir, mich vorzustellen: Ich bin Jacopo Salinari, der erste Gehilfe des Großmeisters.«

Fulminacci nahm seine Rechte vom Degen, um die ihm dargebotene Hand zu schütteln.

Der Page, der sich nun überflüssig fühlte, zumal die Gelegenheit, sich wichtig zu machen, dahin war, entfernte sich mit steifen, gemessenen Schritten, als wäre ihm plötzlich ein übler Geruch in die Nase gestiegen.

»Dem Himmel sei Dank, dass ich Euch getroffen habe!«, rief der Maler und schüttelte die Hand des Gehilfen etwas zu kräftig. »Bitte bringt mich sogleich zu Ard… zum Großmeister, meine ich. Ich muss dringend mit ihm sprechen.«

»Es tut mir sehr leid, Signore, aber er ist nicht im Palast. Wenn es wirklich dringend ist, kann ich euch zu ihm führen, obwohl ich Euch darauf hinweisen muss, dass es ein wenig Zeit in Anspruch nehmen wird.«

»Bitte tut das. Es geht um Leben und Tod.«

Sie durchschritten die Empfangshalle und dann einen langen Flur, der in den Nordflügel des Palastes führte. Überall herrschte ein reges Kommen und Gehen von Pagen, Lakaien und Hausmädchen, die mit den verschiedensten Aufgaben beschäftigt waren: Einige polierten die Spiegel, andere die Marmorböden, wieder andere wischten die Goldlackierung des Stucks ab, bis sie glänzte.

»Wie Ihr seht«, erklärte Salinari, »sind die Vorbereitungen für das Fest in vollem Gange.«

»Welches Fest?«, fragte der Maler verdutzt.

»Die Königin gibt übermorgen ein großes Frühlingsfest, und jetzt überschlagen sich alle, damit alles rechtzeitig fertig wird. Alles, was in Rom Rang und Namen hat, wird da sein. Pater Kircher hat mehrere von seinen verblüffenden Teufelsmaschinen zur Verfügung gestellt, um die Gäste zu unterhalten. Aber ich merke, dass Euch das alles nicht besonders interessiert …«

»Verzeiht meine Unhöflichkeit, doch im Moment steht mir einfach der Sinn nicht danach. Ihr ahnt nicht, was mir passiert ist …«

Da er Vertrauen zu dem Gehilfen gefasst hatte, begann der Maler mit großer Detailfülle zu erzählen, was ihm in letzter Zeit zugestoßen war, wobei er sich besonders inbrünstig bei dem Unglück aufhielt, das Beatrice ereilt hatte.

»Wie mir scheint, liegt Euch sehr viel an dieser jungen Frau«, bemerkte Salinari verschmitzt.

»Wo denkt Ihr hin?«, fuhr Fulminacci pikiert auf. »Sie ist nur eine Freundin. Eine sehr gute, liebe Freundin.«

»Das glaube ich Euch nicht recht, lieber Sacchi, aber das ist Eure Angelegenheit. Kommt, wir gehen hier entlang.«

Sie traten durch eine Terrassentür, die in den Park führte, und eilten einen langen, von Buchsbaumhecken eingefassten Weg hinunter. Als sie am Fluss angekommen waren, führte Salinari seinen Gast zu einem Treppchen, über das man auf einen kleinen Anleger gelangte. Dort wartete einer der typischen kleinen Flusskähne mit niedrigen Seitenwänden und flachem Kiel auf sie. Sie stiegen ein und setzten sich auf die Bänke, worauf der Bootsführer, ein rüstiger, kräftiger Mann, sogleich energisch zu rudern anfing.

Dankbar streckte Fulminacci seine vom vielen Gehen schmerzenden Beine aus und betrachtete seinen Begleiter eingehender.

Er war etwa zwanzig Jahre alt, mittelgroß und von schlanker Gestalt. Seine feinen Gesichtszüge, die man fast weibisch nennen konnte, drückten eine spöttische Dreistigkeit aus, die schon an Unverschämtheit grenzte.

Noch so ein gebildeter Gauner, dachte der Maler. Arduino hat wirklich ein Talent dafür, sich mit Gleichgesinnten zu umgeben.

»Kennt Ihr den Großmeister schon lange?«, fragte der junge Mann.

»Das kann man wohl sagen«, antwortete Fulminacci, »obwohl wir uns einige Jahre nicht gesehen haben.«

»Verzeiht, wenn ich impertinent erscheine«, bohrte Salinari weiter, »aber da Ihr Euch einer langen Bekanntschaft mit ihm rühmen dürft, könntet Ihr mir vielleicht seinen wahren Namen verraten? Ich bin überzeugt, dass Baldassarre Melchiorri nur ein Künstlername ist.«

Fulminacci war etwas befremdet von der Direktheit des Jünglings, der sich erlaubte, ihm derart persönliche Fragen zu stellen, ohne ihn näher zu kennen.

»Soweit ich weiß«, antwortete er schließlich, »ist Baldassarre Melchiorri sein echter Name. Zumindest nannte er sich so, als wir uns in Mailand kennenlernten.«

»In Mailand? Wie interessant, ich wusste nicht, dass der Großmeister je in Mailand ansässig war. Davon hat er mir nie erzählt. Eure Verschwiegenheit ehrt Euch, aber ich werde seinen richtigen Namen schon irgendwann herausbekommen.«

Fulminacci biss sich auf die Zunge und verfluchte die Einfältigkeit, mit der er in eine so offensichtliche Falle getappt war. Unter dem Vorwand, eine bestimmte Information erfahren zu wollen, hatte Salinari ihm eine andere entlockt. Er nahm sich vor, in Zukunft besser aufzupassen, was er sagte. Diese Sorte von Abenteurern hatte die Kunst, anderen Informationen abzulisten, zu einer Wissenschaft erhoben.

»Darf man mal erfahren, wohin es eigentlich geht?«, fragte er barscher als beabsichtigt.

»Habt noch ein wenig Geduld, Messer Sacchi. Ich bringe Euch an einen der geheimsten und exklusivsten Orte der Stadt. Einen überaus anregenden Ort, der Euer Künstlerauge erfreuen wird. Befasst Ihr Euch mit Vedutenmalerei?«

»Gelegentlich. Wenn ich einen guten Auftrag dafür bekomme, lehne ich ihn gewiss nicht ab«, antwortete Fulminacci und war erleichtert, dass das Gespräch sich auf die Kunst verlagerte. »Persönlich bevorzuge ich allerdings größere Themen, egal ob weltlich oder religiös. Umfangreiche Werke, Fresken, großformatige Gemälde, auch wenn zur Zeit keine gesteigerte Nachfrage danach besteht.«

»Was wirklich schade ist«, sagte Salinari mitfühlend. »Der Chigi-Papst hat sich in der Tat als großer Geizhals entpuppt. Aber er stammt auch aus einer Bankiersfamilie, was soll man da anderes erwarten?«

»Es heißt, um seine Gesundheit sei es schlecht bestellt …«

»Das stimmt. Er hat eine verstopfte Niere und kann das Bett nicht verlassen. Wenn er einem feierlichen Anlass beiwohnen muss, setzen die Angestellten der päpstlichen Kammer jedes Mal einen unglaublichen Apparat in Gang, um ihn transportieren zu können. Ich habe einen Bekannten beim päpstlichen Ärztekollegium, der mir versichert hat, dass er nicht mehr lange leben wird. Ein halbes Jahr, maximal ein Jahr noch.«

»Bestimmt ist die Kurie schon auf der Suche nach einem Nachfolger. Wisst Ihr etwas darüber?«

»Ach, Namen werden viele genannt. Alle tun sie sehr geschäftig, aber ich glaube, am Ende wird sich wieder Azzolinis fliegende Schwadron durchsetzen.«

»Meint Ihr, der Kardinal hat eine Chance, Papst zu werden?«

»Er selbst wohl nicht. Zu viel Tratsch über seine Beziehung zu Königin Christine. Er wäre ein zu schwacher Kandidat, glaube ich. Nein, Azzolini wird mit gewohntem Geschick alle Hebel in Bewegung setzen und seine Rivalen gegeneinander ausspielen, bis der Kardinal, der ihm genehm ist, sich im letzten Moment behauptet. Hoffen wir bloß, dass es nicht Rospigliosi wird, denn dann müssten der Großmeister und ich über eine Luftveränderung nachdenken.«

»Rospigliosi wird doch von allen als gemäßigt geschildert.«

»Das ist nur Fassade. Rospigliosi ist der große Sohn einer unbekannten Mutter. Wenn er Papst wird, müssen sich eine Menge Leute im Purpurgewand ganz schön umstellen, glaubt mir.«

Inzwischen war das Boot mit der Strömung ein gutes Stück flussabwärts gefahren, hatte das Augustus-Mausoleum passiert und die dichter besiedelten Stadtteile hinter sich gelassen.

Jetzt verließ es die Flussmitte und hielt auf das rechte Ufer zu, an dem eine verfallene und derart von Vegetation überwucherte Ruine stand, dass man ihren einstigen Zweck nicht mehr erkennen konnte.

»Die Aureliansthermen«, sagte Salinari mit Blick auf die massigen Strebepfeiler aus abgebröckelten Ziegelsteinen. »Wir sind gleich da.«

Die Barke trieb von der Hauptströmung weg und fuhr in eine Schleife mit ruhigerem, trüberem Wasser hinein. Als das verfallene Bauwerk erreicht war, legten sie nicht an, sondern glitten unter einem hohen Bogen hindurch in einen Tunnel, der ins Erdinnere zu führen schien. Mit geübten Bewegungen zündete Salinari eine Fackel an, damit der Fährmann sich in der Dunkelheit orientieren konnte. Sie folgten einigen Windungen, bis sie ein breiteres Gewässer, eine Art unterirdischen See, erreichten, an dessen anderem Ufer mehrere Boote verschiedener Formen und Größen festgemacht waren.

Der Fährmann legte neben ihnen an, sprang ans Ufer und befestigte den Bug des Bootes mit einem Tau an einem Eisenring.

»Wir sind da«, rief Salinari munter und hüpfte geschmeidig auf die kleine Mole.

»Wo ist Melchiorri?«, fragte der Maler, der wegen seiner abgelaufenen Sohlen, die auf dem rutschigen Untergrund wenig Halt fanden, etwas vorsichtiger ausstieg.

»Folgt mir, Messere, es ist nicht mehr weit.«

Von dem Assistenten geleitet ging Fulminacci über einen kleinen Platz mit einem abgenutzten, aber wunderschönen Mosaikboden und betrat dann einen Gang mit Tonnengewölbe. Als er einen Blick auf dessen Wände warf, musste er einen überraschten Ausruf unterdrücken. Die alten, etwa hundert Schritt langen Mauern waren von oben bis unten mit Fresken bedeckt. Diese stellten allegorische Szenen dar, die dem Maler unbekannt waren, obwohl er sich aufgrund seines Berufs und der Epoche, in der er lebte, einer gründlichen Kenntnis der klassischen Mythologie rühmen durfte.

»Mein … Mein Gott«, brachte er nur heraus, »das ist ja … das ist ja unglaublich.«

»Ziemlich beeindruckend, nicht wahr?«, erwiderte Salineri betont gelassen. »Ein außerordentlicher Wandschmuck und sehr gut erhalten, wenn man bedenkt, dass er dreizehnhundert Jahre in dieser feuchten Umgebung hinter sich hat.«

»So … So etwas habe ich noch nie gesehen«, sagte Fulminacci, völlig verzückt von der schlichten und doch ausdrucksstarken Anmut der abgebildeten Szenen. »Seht Euch nur die Qualität der Farben an! Das Rot vor allem ist so leuchtend und satt, als wäre es erst vor wenigen Stunden aufgetragen worden. Und diese Dichte der Pigmente. Ich glaube, es gibt heute in ganz Europa keinen Künstler mehr, der Fresken von solcher … solcher …«

»Es handelt sich um eine Technik, die leider mit dem Fall des Römischen Reichs verloren gegangen ist. ›Wachsmalerei‹, so nennt sie mein Meister. Melchiorri hat sie gründlich erforscht und ist überzeugt, mit genügend Zeit und Mitteln ihr Geheimnis lüften zu können. Im Moment weiß er nur eines sicher, nämlich dass bei dieser Technik mit Wärme gearbeitet wurde, vermutlich unter Verwendung von Wachs. Aber das wird er Euch alles selbst ausführlicher erklären. Wie gesagt befinden wir uns hier im Innern der antiken Aureliansthermen. Aurelianus war ein Soldatenkaiser, der nach Erlangung der Herrschaft seinen Legionären etwas Gutes tun wollte und die Wände seiner Thermen mit Szenen aus dem Mithraskult bemalen ließ, der verbreitetsten Religion unter den Truppen, die ihn auf den Cäsarenthron gehoben hatten. Seht einmal genau hin, Messere – findet Ihr nicht, dass diese Szenen eine Reihe von auffälligen Ähnlichkeiten mit der Ikonologie der heiligen Mutter Kirche aufweisen? Seltsam, nicht wahr?«

Aus dem Gang kamen sie in eine elegante achteckige Halle, die ganz aus vielfarbigem Marmor in allen Schattierungen von Grün und Blau bestand, was dem Raum eine Art Unterwasseratmosphäre verlieh, auch wenn die schön geformten Becken in den acht Nischen jetzt trocken waren. Der Boden war mit einem großen, runden Mosaik geschmückt, das Neptun auf seinem Thron darstellte, umgeben von Nymphen, Najaden, Nereiden, Tritonen und vielen anderen mythologischen Wesen. Doch sie hatten keine Zeit, sich in das Reich des Meeresgottes zu versenken. Rasch durchquerten sie die Halle, gingen unter einer schön geformten Bogentür hindurch und betraten einen weiteren, größeren Raum, in dessen Mitte ein halbkreisförmiger Aufbau aus Holz stand. Der Saal wurde von zahlreichen Kerzenständern taghell erleuchtet, die so aufgestellt worden waren, dass das Licht vorwiegend auf diesen mittleren Bereich fiel. In dem großen Halbrund saßen mehrere Dutzend Leute, von denen ein paar unverkennbar purpurfarbene Gewänder trugen.

Niemand drehte sich um, als die beiden hereinkamen. Alle blickten gebannt auf die tiefer gelegene Fläche vor der Holztribüne, wo ein einfaches Tischchen zu sehen war, an dem zwei Personen saßen. Neben dem Tischchen erhob sich ein Postament mit einem großen Vogel aus Metall darauf, der seine Flügel halb ausgebreitet hatte. An der Seite dieses Vogels konnte der Maler die aufrechte Gestalt des Großmeisters Baldassarre Melchiorri erkennen, prächtig gekleidet in den Überrock des Vorstehers seines imaginären Ordens.

»Was ist das? Was machen diese Männer da?«, erkundigte sich Fulminacci.

»Sie spielen das Phönixspiel, was sonst? In was für einer Welt lebt Ihr eigentlich, Maestro Sacchi?«

Kapitel XXXVIII

Von hier aus müsst Ihr allein weitergehen, Signore. Viel Glück.«

Der Skorpion spähte erneut durch das Gebüsch, hinter dem er sich verbarg, und beobachtete den langen, verlassenen Bogengang. In der Dunkelheit konnte er die Säulenreihe um die Parkseite des Hauses kaum erkennen.

Nun, da er dem Aufenthaltsort seines nächsten Opfers ganz nahe war, fühlte der alte Auftragsmörder, wie die wohlbekannte Ruhe ihn überkam, eine Ruhe, die der Vollendung der Tat, welche den Kern seines finsteren Gewerbes bildete, immer vorausging.

Die Umstände, die ihn hierhergeführt hatten, kamen ihm im Nachhinein wie ein langes, traumähnliches Intermezzo vor. Die Verkleidung als Gardist, die Flucht – alles erschien so merkwürdig, so ungewöhnlich, so unerklärlich.

Man hatte ihn in ein ärmlich eingerichtetes Zimmer mit niedriger Decke geführt, in dem er allein zurückgeblieben war und auf den Mann gewartet hatte, der anscheinend der Urheber des Plans zu seiner Rettung war. Beim Hinausgehen hatten seine Begleiter die einzige Tür des Zimmers abgeschlossen, was ihn nicht wenig beunruhigte. Als das Schloss wieder aufschnappte, war die Sonne schon seit einer geraumen Weile untergegangen.

Die Tür ging auf, und ein untersetzter Mann trat ein, dessen ohnehin schon gewöhnliches Gesicht noch durch einen schwarzen, ungepflegten Bart verdüstert wurde. Nur seine Augen leuchteten fiebrig und wach.

Die beiden Männer musterten sich lange schweigend, als wollte jeder sein Gegenüber einschätzen, ehe er ein Gespräch begann. Nach langem Zögern stellte sich der Fremde vor, und der

Skorpion erfuhr, dass er sich Lapo Fieschi gegenübersah, dessen Ruf als Spion ihm durchaus bekannt war.

»Seid Ihr wohlauf?«, fragte Fieschi.

Der Skorpion nickte.

»Das freut mich. Ihr fragt Euch gewiss, warum ich mir die Mühe gemacht habe, Euch von meinen Männern in Sicherheit bringen zu lassen. Nein, keine Sorge, ich bin überzeugt, dass Ihr Euch auch allein aus der Klemme befreit hättet. Euer Ruhm ist alles andere als unverdient, das weiß ich. Leider ist es mir nicht erlaubt, Euch die Gründe zu nennen, die meinen Auftraggeber dazu bewogen haben, mich mit Eurer Rettung zu betrauen.«

»Was wollt Ihr von mir?«, fragte der Skorpion, den dieses Gerede verdrossen machte.

»Wollen?«, erwiderte Fieschi. »Nichts, Messere, wir wollen gar nichts von Euch. Im Gegenteil, ich möchte Euch fragen, wie wir Euch helfen können. Glaubt mir, wir haben nichts anderes im Sinn, als mit Euch zusammenzuarbeiten. Das sind meine Anweisungen, und ich gedenke, die Zusagen an meinen Auftraggeber einzuhalten.«

»Es ist wohl zwecklos, Euch danach zu fragen, wer dieser mysteriöse Auftraggeber ist.«

»Es schmerzt mich, Euch bestätigen zu müssen, dass er im Augenblick nicht die Absicht hat, seine Identität zu enthüllen. Und was seine Ziele angeht, so könnte ich sie Euch nicht einmal verraten, wenn ich es wollte, da ich selbst nicht das Geringste darüber weiß. Abgesehen von diesen beiden Ausnahmen stehe ich vollkommen zu Eurer Verfügung.«

»Ich verstehe Eure Lage gut«, sagte der Skorpion, »denn mir ergeht es gerade ähnlich. Das Unternehmen, das ich zu Ende führen muss, scheint ebenfalls geheimnisumwittert zu sein. Mir sind weder die taktischen noch die strategischen Ziele bekannt, aber das ist eine Unannehmlichkeit, mit der wir es in unseren Berufen häufig zu tun haben. Ich fühle mich allerdings verpflichtet, Euch darauf hinzuweisen, dass die Art meines Auftrags Euch zuwider sein könnte.«

»Darüber macht Euch keine Gedanken. Ich pflege gewisse Fragen nicht zu stellen, und was mein zartbesaitetes Wesen angeht, so glaube ich behaupten zu können, schon alles gesehen zu haben, was es zu sehen gibt, ohne dass mein Gewissen mir größere Probleme bereitet hätte. Außerdem denke ich, die Natur des Auftrags, der Euch nach Rom geführt hat, bereits verstanden zu haben.«

»Sehr gut, das erspart uns viel unnötiges Geschwätz. Kennt Ihr den Palazzo Salvaneschi?«

Bei der praktischen Planung eines Vorhabens sprachen sie dieselbe Sprache, stellten der Skorpion und Fieschi bald fest. Beide waren sie Männer der Tat, die nicht viel von langwierigen Betrachtungen hielten, aber sie besaßen auch genug Erfahrung, um riskante Schritte zu vermeiden und eine gründliche Vorbereitung bis ins Detail kopfloser Verwegenheit vorzuziehen.

Der Skorpion sah sich gezwungen, seinem Retter die Identität seines nächsten Opfers mitzuteilen: Pater Eckart, Hauslehrer und Bibliothekar bei der adeligen Familie Salvaneschi.

Auf diese Weise erfuhr er, dass der Palazzo, in den er sich einschleichen musste, über einen geheimen Zugang verfügte, von dem vermutlich noch nicht einmal die Bewohner etwas wussten. Das Haus war Anfang des vergangenen Jahrhunderts erbaut worden, zu einer unruhigen, kriegsgebeutelten Zeit also, deren unrühmlicher Tiefpunkt die Plünderung Roms durch die Landsknechte Kaiser Karls V. gewesen war. Als Vorsorge gegen ähnliche Katastrophen hatten die Planer des herrschaftlichen Baus ihn mit einem Geheimgang versehen, der es seinen Bewohnern ermöglichte, ihn im Notfall unbemerkt zu verlassen. In Laufe der Jahrzehnte hatte der Palazzo mehrfach die Besitzer gewechselt, bevor die Salvaneschis ihn vor rund zwölf Jahren erworben hatten. Die Situation in der Ewigen Stadt war schon längst viel friedlicher geworden, die Gefahr einer Besetzung durch ausländische Truppen gering, sodass der Geheimgang allmählich in Vergessenheit geraten war.

Fieschi hatte ihn bei einem seiner Erkundungsgänge der antiken Katakomben, die sich unter den Straßen und Plätzen der

Stadt hindurchwanden, per Zufall entdeckt. Seine genaue Kenntnis dieses unterirdischen Wegenetzes war ihm schon häufig bei seinen verborgenen Aktivitäten zustattengekommen.

Der Gang führte ans Flussufer nahe der Engelsbrücke, aber der Genueser hatte herausgefunden, dass man auch durch einen engen, in den nackten Fels gehauenen Seitengang in ihn hineingelangen konnte, einen der Ausläufer des weiten Geflechts von Katakomben, das sich unter einem Großteil des Viertels ausbreitete.

Fieschi schickte zwei seiner Männer zur Erkundung aus, die bestätigten, dass der Wohnsitz der Salvaneschi dicht von Azzolinis Wachen umstellt war, und zwar nicht nur am Haupttor, sondern auch an den Nebeneingängen. Weitere bewaffnete Männer patrouillierten um das Gebäude herum und bewachten auch die Mauer, die den kleinen, zum Palazzo gehörigen Park umschloss. Auf eine der üblichen Weisen einzudringen war also wenn nicht unmöglich, so doch recht schwierig und gefahrvoll, weshalb die Existenz eines unbekannten Zugangs einen unschätzbaren Vorteil darstellte.

Es wurde beschlossen, dass der Auftragsmörder von einem Mitglied von Fieschis Organisation begleitet werden sollte, einem erfahrenen Mann, der das Tunnellabyrinth wie seine Westentasche kannte und ihn bis zur Mündung des Gangs in einen versteckten Winkel des Parks bringen würde. Von dort an würde der Skorpion auf sich gestellt sein. Fieschi wollte nicht das Risiko eingehen, dass im Falle einer Panne sein Mann gefasst würde und die Spur bis zu ihm zurückverfolgt werden könnte. Der Führer war ein kleiner, magerer, schweigsamer Mann, der an ein leise huschendes Nagetier erinnerte.

Sie hatten die Katakomben direkt von Fieschis Haus aus betreten, durch einen engen Gang im Keller, der in eine große unterirdische Zisterne voller Schutt und Geröll hineingegraben war. Dieser Durchgang führte sie in das ausgedehnte Netz von Tunneln, das ein Randgebiet der Katakomben bildete. Der Führer bewegte sich mit sicheren Schritten durch die von seiner Fackel kaum erhellte Dunkelheit. Nachdem sie die schmalen Gänge mit den unzähligen Nischen, in denen die Knochen vieler Generationen von Römern bleichten, hinter sich gelassen hatten, kamen sie durch breitere und höhere Tunnel, deren Wände oft mit Graffiti und kleinen Freskenbildern von Fischen und Tauben – heiligen Symbolen der Frühchristen – geschmückt waren.

Sie kamen noch durch viele solcher unterirdischer Abschnitte, schlüpften durch Engpässe und stiegen vom Zahn der Zeit angenagte Treppen hinauf, bis sie sich in einer merkwürdigen kleinen Höhle wiederfanden, einer Art Grotte eher, mit lauter Stalagmiten und Stalagtiten. Diese Formationen erkannte das stets aufmerksame Auge des Skorpions sofort als künstlich, und er verstand, dass sie sich im Innern eines Zierbrunnens befanden. Das bestätigte sich, als sie auf den Ausgang zuhielten und er mehrere verfallene Skulpturen von Satyrn und Nereiden bemerkte, aus deren Mündern Wasserstrahlen hätten hervorschießen sollen. Doch der Brunnen war offensichtlich schon lange stillgelegt, was man auch an dem wild wuchernden Gestrüpp sah, welches das kleine Bauwerk belagerte.

Am Ausgang der Grotte blieb der Führer stehen. »Meine Aufgabe ist vorläufig beendet«, sagte er. »Ich werde hier auf Euch warten, bis der Mond hinter dem Palazzo verschwunden ist. Danach müsstet Ihr Euch allein durchschlagen.«

Der Park lag still und verlassen da. Weder Mensch noch Tier störte den Frieden dieses Ortes, und nur das Rascheln des Laubwerks im nächtlichen Windhauch war zu hören. Der Skorpion merkte erst jetzt, dass der Nordwind sich gelegt hatte und die Wolkendecke endlich aufgerissen war, um die Mondsichel und einen fast klaren Himmel zum Vorschein zu bringen. Je weiter er sich von dem Brunnen entfernte, desto offensichtlicher war die Vegetation von Menschenhand gezähmt worden.

Der Bereich direkt vor dem Eingang des Palazzos bestand aus einer unbegrünten Kiesfläche, wenn man von den zwei schmalen Beeten mit niedrigen Rosensträuchern absah, die schon in voller Blüte standen. Darauf achtend, dass der Kies unter seinen Füßen möglichst wenig knirschte, überquerte der Skorpion den kleinen

Platz und schlüpfte schnell in den Schatten, den die dicken Mauern des Hauses warfen.

Beim Näherkommen hatte er keine erleuchteten Fenster in diesem Flügel gesehen, was aber nicht bedeuten musste, dass drinnen niemand mehr wach war. Deshalb näherte er sich mit größter Umsicht den Terrassentüren, durch die man in die Eingangshalle gelangte.

Der Skorpion drückte die Klinke einer der Türen herunter und stellte fest, dass niemand sich die Mühe gemacht hatte, die Riegel vorzulegen. Geräuschlos durchquerte er die Halle, wobei er sich an die schlecht beleuchteten Ecken hielt, und erreichte die Prunktreppe. Von Fieschis Informanten wusste er, dass Pater Eckart zusammen mit den Dienstboten in der dritten Etage wohnte. Es gab also keinen Grund zu zögern. Wohl wissend, dass nun der gefährlichste Teil seines Plans kam, begann der Mörder die Treppe hinaufzuschleichen. Da Vorsicht ihn hier nicht weiterbrachte, galt es, schnell und entschlossen zu handeln.

Mit leichten Schritten lief er die Marmorstufen empor, nahm aber weder in der ersten noch in der zweiten Etage irgendein menschliches Geräusch wahr. Das große Haus wirkte so ausgestorben, dass man glauben konnte, seine Bewohner hätten es verlassen. Einen Augenblick lang fürchtete er, es könnte sich tatsächlich so verhalten, doch der Gedanke an die Wachen draußen beruhigte ihn. Niemand ließ ein leeres Haus bewachen.

Auf dem Treppenabsatz im dritten Stock hielt der Skorpion kurz inne, um sich in der Dunkelheit zurechtzufinden. Er wusste, dass Pater Eckarts Zimmer sich im linken Flügel befand. Er musste sich also links halten und nach etwa zehn Metern wieder links in den ersten Korridor abbiegen. Das Zimmer des Jesuiten war das vorletzte auf der rechten Seite.

In fast völliger Dunkelheit folgte der Skorpion der Beschreibung, die ihm sein Gedächtnis diktierte, und als er den richtigen Korridor gefunden hatte, sah er mit einiger Erleichterung, dass es am anderen Ende ein hohes Fenster gab, durch welches das schwache Licht des Nachtgestirns hereinfiel. Mit abgezirkelten

Bewegungen zog er sein Schwert aus der Lederscheide und näherte sich der anvisierten Tür, an die er ein Ohr hielt, um zu hören, ob sich dahinter etwas regte. Er verharrte eine ganze Weile in dieser Stellung, vernahm aber nur ein leises Schnarchen.

Die Sache versprach glatter zu verlaufen, als er gedacht hatte.

Er legte die linke Hand auf den Türgriff und drückte ihn unendlich langsam herunter. Es wäre unverzeihlich, durch eine kleine Unvorsichtigkeit eine Unternehmung zu gefährden, die sich bis dahin als relativ einfach erwiesen hatte.

Schließlich war der Griff unten, und der Skorpion öffnete vorsichtig die Tür. Als sie weit genug offen war, schlüpfte er hinein und suchte sogleich mit den Augen nach dem Bett, in dem Pater Eckart liegen musste.

Das Zimmer ging nach Osten, weshalb das Mondlicht direkt durch die zwei großen Fenster hereinfiel, doch der Mörder hatte wenig Zeit, das zu bemerken. Denn kaum war er eingetreten, spürte er einen leichten Stich unterm Kinn.

Als er nach links blickte, sah er das Schimmern einer Degenklinge, die geradewegs auf seine Kehle gerichtet war.

»Endlich lernen wir uns einmal kennen, Skorpion«, sagte Capitaine de la Fleur, wobei sich ein Grinsen auf seinem gebräunten Gesicht ausbreitete.

Kapitel XXXIX

Die schwere, eisenbeschlagene Tür schloss sich quietschend und mit hohlem Knall hinter Beatrice, während sie noch in die winzige Zelle taumelte. Ihre Beine trugen sie nicht mehr, und sie sank auf dem schmutzigen Lager zusammen.

Plötzlich, vor ein paar Stunden, waren sie gekommen.

Die Bluthunde des Herrn.

Ohne ein Wort hatten sie sie aus der Zelle geholt, ohne jede Gefühlsregung, die Gesichter starr wie Wachs, ausdruckslos, undurchdringlich. Sie hatten sie in einen kahlen, kalten Raum mit niedriger, gewölbter Decke geführt und sie dort eine Ewigkeit allein gelassen.

Wartend.

Dann war ein Mönch hereingekommen und hatte mit dem Verhör begonnen.

Mit leiser, monotoner Stimme hatte der Dominikaner ihr Fragen über Fragen gestellt, ohne auch nur einmal auf ihre Unschuldsbeteuerungen einzugehen.

Der Teufel, immer wieder.

»Wann bist du ihm begegnet? Was hat er dir versprochen? Wie hast du ihn beschworen?«

»Ich weiß nicht, wovon Ihr redet, Pater«, hatte sie geantwortet und versucht, so gut es ging, ruhig Blut zu bewahren. »Ich bin keine Hexe. Ich lege nur ein paar Leichtgläubigen die Tarotkarten, es ist nur ein Spiel, ein Mittel, meinen Lebensunterhalt zu verdienen.«

»Welchen Dämon hast du gerufen? Astaroth, Abraxas, Baphomet? Wo haltet ihr eure Teufelsmessen ab?«

»Keine Dämonen, Pater. Nur Tarotkarten und Heilkräuter.«

»Wer sind deine Verbündeten? Wo finden wir sie?«

»Ich habe keine Verbündeten. Ich habe nichts Schlechtes getan. Ich bin nur eine Kartenlegerin, wie es sie in Rom zu Hunderten gibt.«

Der Teufel.

»Wann bist du ihm begegnet? Was hat er dir versprochen? Wie hast du ihn beschworen?«

Und immer so weiter, in endloser Abfolge.

Es nützte überhaupt nichts, sich zu verteidigen. Der Mönch hörte ihr noch nicht einmal zu.

»Welchen Dämon hast du gerufen? Astaroth, Abraxas, Baphomet? Wo haltet ihr eure Teufelsmessen ab?«

Angesichts der Sinnlosigkeit ihrer Unschuldsbeteuerungen hatte sie schließlich aufgehört zu antworten. Mit gesenktem Kopf hatte sie darauf gewartet, dass die Litanei aufhörte, und sich danach gesehnt, in ihre stille, dunkle Zelle zurückgebracht zu werden.

»Wer sind deine Verbündeten? Wo finden wir sie?«

Die Fragen waren immer dieselben und wurden in ausdruckslosem, zwanghaftem Ton ohne Unterbrechung wiederholt.

Beatrice wusste nicht mehr, wie lange es in dieser hypnotisierenden Leier weitergegangen war.

Irgendwann hatte der Mönch aufgehört. Er hatte sie am Arm gepackt, von ihrem Hocker hochgezogen und ans andere Ende der Kammer geführt, wo er einen Vorhang beiseitezog und sie in einen angrenzenden größeren Raum zerrte. Dort erwartete sie ein baumlanger, kräftiger Mann, der die Arme vor der Brust verschränkt hatte.

Der Mann stand vor einem langen Holztisch mit mehreren Dutzend Gegenständen darauf, die Beatrice nicht sofort einzuordnen wusste.

»Da du keine Bereitschaft zeigst, zu bereuen und zu gestehen, sehen wir uns gezwungen, dich dem Arm der weltlichen Gerichtsbarkeit zu übergeben, damit das Verhör mit anderen, wirksameren Mitteln fortgesetzt werden kann. Gehe in dich, meine Tochter, denn was du da im Begriff bist, auf dich zu nehmen, ist keine angenehme Erfahrung. Das Herz unseren Herrn Jesus blutet bei der Vorstellung, dass dir diese Qualen zugefügt werden müssen, und doch ist es zu Seiner größeren Ehre unvermeidlich.«

Beatrices Augen weiteten sich bei dem Anblick, der sich ihr bot. Der Tisch war übersät mit Folterwerkzeugen: Haken, Kneifzangen, Spitzeisen, weitere Zangen in seltsamen und beängstigenden Formen. Erst jetzt sah sie auch, dass neben dem Tisch ein brennendes Kohlenbecken stand, in dem mehrere dieser schaurigen Instrumente glühend heiß gemacht wurden.

Ihre Beine gaben nach, doch der Mönch stützte sie behände am Arm, den er immer noch festhielt, und zwang sie, ihr Gesicht, das sie unwillkürlich abgewandt hatte, wieder der Folterbank zuzukehren.

»Glaub nicht, dass es uns Freude macht, solche Maßnahmen zu ergreifen«, fuhr der Dominikaner fort, »doch es ist unsere Pflicht, der wir uns nicht entziehen dürfen, sosehr dies uns betrübt. Unser einziges Ziel ist es, die Seelen der uns anvertrauten Sünder zu retten und der Wahrheit zum Sieg zu verhelfen.« Während er diese schrecklichen Worte sprach, verzog sich sein Mund zu einem Lächeln, das seine Rede Lügen strafte.

»Sieh genau hin«, forderte er Beatrice auf, »damit du dich auf das vorbereiten kannst, was dich erwartet.«

Der kräftige Mann nahm eine der Zangen vom Tisch und fing an, sie mit gewohnheitsmäßiger Selbstverständlichkeit vor den angstvoll aufgerissenen Augen der jungen Frau zu bewegen. Dann griff er nach einem anderen Werkzeug und führte seine makabre Funktion vor, und dann nach einem weiteren und noch einem. Eine Kneifzange mit zugespitzten Klemmbacken, eine Eisenspitze, Daumenschrauben, ein Holzkeil.

Trotz ihrer Furcht konnte Beatrice den Blick nicht von dieser Parade von Hölleninstrumenten, dieser Zurschaustellung bösartigen Einfallsreichtums lösen. Ihr Geist eilte voraus und nahm die Wirkung dieser grässlichen Gegenstände auf ihren Körper vorweg, stellte sich lebhaft und in allen Einzelheiten den Moment vor, in dem sie sie zu spüren bekommen würde.

Ohne ein Wort zu sagen und mit regloser Miene führte der Folterknecht seine ganze Meisterschaft in der Handhabung der Torturwerkzeuge vor, als wäre er ein gelangweilter Stoffhändler, der seine Ware einer wenig kaufwilligen Kundin präsentiert.

»Nun, da du gesehen hast, was auf dich zukommt«, sprach der Dominikanermönch weiter, »sollst du in deine Zelle zurückkehren. Dort wirst du Gelegenheit haben, gründlich über die Fragen, die ich dir gestellt habe, nachzudenken und zu beten. Ich hoffe, dass du dich das nächste Mal mehr bereit zeigst, mit mir, einem bescheidenen Diener Gottes, zu sprechen.«

Zwei andere Mönche kamen herein und brachten sie in die Zelle zurück.

In der Dunkelheit ihres engen Gefängnisses kreisten Beatrices Gedanken immer wieder um die Erfahrung in der Folterkammer. Sie war so erschöpft, dass sie ihren Kopf nicht von der groben Pritsche heben konnte, aber es gelang ihr trotzdem nicht, in einen barmherzigen Schlaf zu fallen, denn der Anblick der Folterinstrumente verfolgte sie.

Wie sollte sie sich diesem grausamen Schicksal entziehen? Wie dieser Tortur entkommen?

Beatrice war eine tapfere Frau, zumindest hatte sie sich immer dafür gehalten, doch sie wusste, dass sie nicht die Kraft haben würde, solch grausame Folterungen zu ertragen. Das Wissen um ihre Unschuld half ihr nicht und verschärfte ihr Elend nur noch. Ein Schuldiger hätte angesichts der angedrohten Qualen Zuflucht in einem Geständnis seiner Vergehen suchen und so der Folter entkommen können. Aber was hatte sie schon zu gestehen?

Sicher, sie konnte zugeben, Umgang mit dem Teufel gehabt zu haben, aber die Inquisitoren würden sich nicht mit Aussagen allgemeiner Natur zufriedengeben. Sie würden vorgeben, die Namen ihrer Komplizen zu kennen, und Beatrice würde ihnen irgendwelche Namen nennen. Sie würde andere unschuldige Menschen denunzieren müssen; andere Unglückliche würden mitten in der Nacht aus ihren Wohnungen geholt und in die finsteren Verliese des Heiligen Offiziums verschleppt werden, wo man sie der gleichen Behandlung unterziehen würde wie sie. Diese Denunzierten würden wiederum andere angebliche Verbündete ans Messer liefern und so weiter, ein endloser makabrer Reigen. Das war das System, auf das sich die Prozesse der Inquisition gründeten.

Wie konnte sie diesem perfiden, vorherbestimmten Szenario entgehen? Wie konnte sie es vermeiden, dass anderen das gleiche Unheil zugefügt wurde, das sie erwartete?

Es gab nur eine Lösung.

Sosehr sie vor diesem letzten Ausweg zurückschreckte, sah Beatrice keine andere Möglichkeit, als ihrem Leben selbst ein Ende zu bereiten.

Selbstmord.

Das Wort an sich erfüllte sie mit Abscheu, aber nicht aus religiösen oder moralischen Bedenken. Sie war einfach jung und liebte das Leben. Ein frisches Lüftchen an einem Sommermorgen, der Wind in den Winternächten, der Gesang der Vögel, das Murmeln des Flusses, die Spiele der Kinder, das Schwatzen der Weiber – alles, was sich auf dieser Erde bewegte, bereitete ihr Vergnügen.

Allein der Gedanke, eigenhändig ihren vorzeitigen Tod herbeizuführen, war ihr unerträglich.

Und doch musste es sein.

Denn schlimmer noch war die Vorstellung, dass sie am Ende Zane und den Maler anschwärzen würde. Natürlich würde sie versuchen, die Qualen so lange wie möglich auszuhalten, aber früher oder später würde sie ihre Freunde verraten. Dieser Gedanke war wirklich unerträglich.

Sie musste Selbstmitleid und Zaudern überwinden und sich schnell ein Ende bereiten, ehe sie durch die Schwachheit ihres Fleisches den Menschen, die sie liebte, Schaden zufügte.

Aber wie sollte sie das tun?

In der Zelle gab es keinerlei Geräte oder Gegenstände, die ihr zu diesem Zweck dienen konnten.

Zwar trug sie als Vorsichtsmaßnahme, weil die Straßen Roms

nach Sonnenuntergang so gefährlich waren, immer eine lange, spitze Haarnadel in ihrer üppigen Mähne, doch diese kleine Waffe war ihr zusammen mit den wenigen anderen Besitztümern, die sie bei sich hatte, abgenommen worden.

Es blieb nur eines übrig.

Beatrice erhob sich mühsam, zog ihren Unterrock aus und begann, ihn mit zitternden Fingern in lange Streifen zu reißen, wobei sie auch ihre Zähne zu Hilfe nahm, um den festen Stoff zu zerteilen. Anschließend flocht sie die Streifen zu einem groben Zopf, um ein Seil zu erhalten, das fest genug war, ihr Gewicht zu tragen.

Das alles nahm geraume Zeit in Anspruch. Wegen der beinahe vollständigen Dunkelheit musste sie sich auf ihren Tastsinn verlassen, was nicht einfach war, da Kälte und Verzweiflung ihre Finger steif und gefühllos gemacht hatten.

Nach den schrecklichen Erlebnissen des Tages war sie außerdem mit ihren Kräften am Ende und musste immer wieder pausieren und sich zusammenreißen, um weitermachen zu können. Ab und zu, wenn die Anstrengung zu viel wurde, fiel sie in einen leichten, unruhigen Halbschlaf, aus dem sie sich nur mit größter Willenskraft wach rütteln konnte.

So vergingen mehrere Stunden im Wechsel von fieberhafter Aktivität und längerer Bewusstlosigkeit, in denen ihr Geist zwischen Visionen von unsäglichen Qualen und wirren Erinnerungen aus ihrem Leben umherirrte.

Als sie endlich den primitiven Strick in den Händen hielt, stellte sich ein neues Problem.

Woran sollte sie die Schlinge befestigen?

Die Zelle war kahl und nackt, und sie erinnerte sich nicht, irgendwo einen Haken gefühlt zu haben, an dem sie das Stoffseil aufhängen konnte. Diese neue Schwierigkeit, die sie nicht bedacht hatte, versetzte ihrer wankenden Entschlossenheit einen schweren Schlag. Lange hockte sie in sich zusammengesunken da, während ihre müden Gedanken auf der Suche nach einer Lösung für das Problem ins Leere liefen.

Alles schien vergeblich. Sie konnte nichts tun, um sich ihrem Schicksal zu entziehen. Doch dann schreckte sie aus ihrer Benommenheit auf, und das Wissen, dass ihre Kapitulation den Tod für ihre Freunde bedeuten würde, verlieh ihr neue Energie.

Auf einmal fiel ihr das Lüftungsloch wieder ein, und sie hievte sich mit schmerzenden Gliedern auf die Pritsche und tastete mit den Fingerspitzen die Öffnung in der Decke nach einem Haken oder sonstigen Aufhänger ab.

Das Loch wies keinen Vorsprung auf, aber es war schmal genug, dass man einen Gegenstand hineinklemmen konnte, um den Strick daran festzubinden.

Hektisch begann Beatrice, die Zelle nach irgendetwas abzusuchen, das dafür infrage kam. Die zweite Durchsuchung verlief jedoch nicht erfolgreicher als die erste. Die Pritsche war an der Wand und am Boden festgeschraubt, und es war nicht daran zu denken, mit bloßen Händen eines der dicken Bretter herauszureißen, die auf das Gestell genagelt waren. Die einzigen anderen Gerätschaften in diesem Gefängnis waren die beiden Terrakottagefäße. Der Wasserkrug war zu klein, kaum größer als eine Tasse, aber der für die Notdurft bestimmte hatte die richtige Größe und vor allem einen ausreichend langen Henkel.

Beatrice nahm den Krug und warf ihn mit ihrer verbleibenden Kraft gegen die Wand. Er prallte ab und kullerte über den Boden. Mit bebenden Händen suchte sie in der Finsternis, bis sie ihn wiederhatte. Tief enttäuscht stellte sie fest, dass er so gut wie heil geblieben war.

Ohne Zögern versuchte sie es erneut.

Ihre kaum noch vorhandenen Kräfte nahmen rasch ab. Trotzdem schleuderte sie den Krug zum dritten Mal gegen die Mauer, wohl wissend, dass sie keinen neuerlichen Versuch schaffen würde.

Diesmal zerbrach das Gefäß. Das Klirren der umherfliegenden Scherben hörte sich in ihren Ohren wie himmlische Harfen an. Der Henkel war glatt von dem Behältnis abgebrochen und landete wenige Zentimeter vor ihren Füßen.

Vollkommen erschöpft hob sie ihn auf und band das Stoffseil

mit drei Knoten daran fest, damit es sich auf keinen Fall löste, wenn der Griff in dem kleinen Kamin steckte. Dann zwängte sie diesen, so gut es ging, in den Lüftungsschacht und prüfte mehrmals, ob das Seil auch festhing und ihr Gewicht aushalten würde.

Jetzt war sie für den großen Schritt bereit.

Sie legte sich die Schlinge um den Hals, schloss die Augen und schickte sich an, von der Pritsche zu springen, um ihrer schrecklichen Lage ein Ende zu bereiten.

Schon standen ihre Füße am rauen Rand des Lagers, fertig zum tödlichen Abstoß, als das jämmerliche Quietschen des Türriegels ertönte.

Zu spät, dachte die unglückliche Kartenlegerin. Zu spät.

Die Mönche waren gekommen, sie zu holen.

Kapitel XL

Das Phönixspiel? Was zum Teufel soll das sein? Davon habe ich noch nie gehört«, rief Fulminacci und riss die Augen auf. »Dabei halte ich mich für einen Experten, was Glücksspiele angeht! Ist das eine ausgefeiltere Version von Zecchinetta?«

»Keineswegs, Maestro Sacchi«, antwortete Salinari. »Zecchinetta ist ein Spiel für Klosterschüler, verglichen mit Phönix. Wie kann es sein, dass Ihr noch nie davon gehört habt? Die gesamte römische Aristokratie ist buchstäblich verrückt nach diesem Zeitvertreib. Es gibt keinen Adeligen, hohen Prälaten oder reichen Kaufmann, der nicht ganz versessen darauf wäre, an einer Partie teilzunehmen. Der Zugang zu diesem Ort ist natürlich der Crème de la Crème vorbehalten. Alle wollen mitspielen, aber nur wenigen wird dieses Privileg gewährt. Jedenfalls spricht ganz Rom seit Monaten von nichts anderem.«

Der Maler war verlegen, weil er davon nichts gewusst hatte.

»Hm, na ja ... Ich habe in letzter Zeit recht zurückgezogen gelebt. Die Arbeit, wisst Ihr ... Ich war mit einigen Aufträgen beschäftigt, die sich als sehr umfangreich erwiesen haben ... große Historienstücke ...«

»Verstehe«, murmelte Salinari mit einem durchtriebenen Lächeln. »Aber nun sind wir hier, und das Spiel hat gerade begonnen – Ihr könnt nicht mit dem Großmeister sprechen, bis die Partie zu Ende ist. Setzen wir uns und genießen wir diese Runde. Auf die paar Minuten wird es nun nicht mehr ankommen.«

Die beiden gingen um das mächtige Holzgerüst herum und nahmen auf einem der oberen Sitze Platz, direkt neben einem Kardinal, der ihre Ankunft jedoch kaum registrierte.

»*Mesdames et Messieurs*, der Flug des Phönix beginnt!«, rief Melchiorri mit klangvoller Stimme und theatralischem Ton.

Die Ankündigung des Großmeisters löste eine gewisse Unruhe unter den edlen Damen und Herren auf den dicht besetzten Rängen aus, der jedoch keine sichtbare Aktivität folgte. Die beiden Männer am Tisch hatten ihre Köpfe in entgegengesetzte Richtungen gewandt, der eine zur linken Seite der Zuschauerränge, der andere zur rechten, als warteten sie auf Instruktionen.

»Was zum Teufel geht da vor?«, flüsterte Fulminacci.

»Das Bieten um die Bank hat begonnen«, antwortete der junge Gehilfe. »Schaut aufmerksam zu, denn das ist einer der interessantesten Teile.«

Die beiden Männer im Zentrum des Halbkreises blieben beinahe reglos, nur ihre Augen schnellten flink von hier nach da. Es dauerte ein Weilchen, bis der Maler begriff, dass die Akteure in dieser Spielphase nicht die zwei am Tisch waren, sondern die Leute auf den Rängen. Er sah sich um und erkannte einige der erlauchten Persönlichkeiten, reich an Titeln und Mitteln, die den Spielern in einer Art Geheimcode bestimmte Zeichen machten. Einer hob mehrmals die rechte Hand, ein anderer bewegte rhythmisch seinen Kopf, und eine prächtig gekleidete, bejahrte Dame wedelte heftig mit ihrem Fächer. Der Kardinal neben ihnen hob wiederholt das kostbare Brevier in die Höhe, das vor ihm auf der Bank lag. Je länger diese stumme Versteigerung andauerte, desto mehr Bieter schienen sich zurückzuziehen. Die verschlüsselten Signale wurden immer weniger, bis nur noch die alte Adelige und der Kardinal übrig blieben, die an gegenüberliegenden Enden des Halbkreises saßen. Auf jedes Fächerwedeln folgte sogleich ein Heben des Breviers, und obwohl die beiden Gegner sich um eine würdevolle Haltung bemühten, wurde der Schlagabtausch doch sichtlich verbissener.

Auf einmal senkte die Dame ihren Fächer, legte ihn auf ihren Schoß und schickte einen giftigen Blick an die Adresse des Kardinals, der mit einer angedeuteten Verbeugung und einem Lächeln antwortete, das kaum seine schmalen Lippen kräuselte.

»Seine Eminenz der Kardinal von Retz hat freundlicherweise

eingewilligt, den Phönix fliegen zu lassen«, rief der Großmeister. »Nun wollen wir erfahren, wie lange sein Flug dauern wird.«

Der Purpurgewandete schlug dreimal mit seinem Brevier auf die Bank. Es war nur eine sachte Bewegung, aber die Stille in dem großen Saal war so vollkommen, dass Fulminacci das vielfache Echo der leichten Schläge in den hohen Gewölbebögen hören konnte.

Melchiorri verbeugte sich, griff nach einem dekorativ gearbeiteten Schlüssel um seinen Hals und ging auf den großen Metallvogel zu. Er steckte den Schlüssel in ein verborgenes Schloss an dessen Brust und drehte ihn dreimal feierlich herum, wodurch er offenbar einen Mechanismus im Innern des Wundervogels in Gang setzte. Alle Anwesenden vernahmen klar und deutlich das Anlaufen eines Räderwerks, das in ein regelmäßiges Ticken überging.

»Der Phönix erhebt sich zum Flug!«, verkündete der Großmeister.

Auf diesen Ausruf hin nahm der Spieler zu seiner Linken eine Karte von dem Stoß vor sich und legte sie auf den Tisch.

»Stöcke vier für den Kardinal von Retz. Das Spiel beginnt«, erklärte Melchiorri.

In der vordersten Reihe hob ein Aristokrat die Hand.

Daraufhin zog der zweite Spieler eine Karte aus seinem Stapel und legte sie ebenfalls vor sich hin.

»Schwerter sieben für den Marchese di Lendinara«, rief der Großmeister aus.

Der Kardinal schlug mit dem Brevier, und der erste Spieler zog eine zweite Karte.

»Schellen acht für den Kardinal von Retz«, verkündete Melchiorri.

Derweil tickte der große Metallvogel unverdrossen weiter, wobei seine Flügel, die bei Beginn des Spiels zur Seite weggestreckt waren, sich langsam, aber merklich nach oben bewegten.

Ein weiterer Aristokrat hob seinen reich verzierten Gehstock, bis der Knauf aus Elfenbein über die Bank hinausragte, hinter der er saß.

Der zweite Spieler nahm eine neue Karte und legte sie auf die erste.

»Stöcke drei für den Conte d'Acquaviva«, tönte der Großmeister.

Der Adelige mit dem wertvollen Stock konnte seine Enttäuschung nicht verbergen, während auf dem Mund des Kardinals ein Lächeln zuckte.

»Verzeiht, Salinari«, sagte da der Maler, »aber ich habe keinen Schimmer von diesem ganzen Prozedere. Was ist das bloß für ein Spiel?«

»Ich bitte Euch, still zu sein, Maestro Sacchi«, erwiderte der junge Mann. »Wenn die Partie zu Ende ist, werde ich Euch die Grundregeln erklären, auch wenn eine oberflächliche Beschreibung nicht genügt, um die raffinierten Abläufe ganz zu begreifen. Nur wenn man es selbst spielt, lernt man, alle Feinheiten des Phönixspiels zu beherrschen.«

Während die Damen und Herren ihre Einsätze machten und die Karten aufgedeckt wurden, hoben sich die Flügel des Phönix immer mehr.

»Schellen vier für den Kardinal von Retz.«

»Kelche drei für den Marchese di Lendinara.«

»Stöcke sieben für die Baronessa Carafa.«

»Kelche König für den Kardinal von Retz.«

Auf einmal hatten die Flügel den höchsten Punkt ihrer langsam vollzogenen Bahn erreicht. Der Blechschnabel des Vogels öffnete sich, und aus dem aufgerissenen Maul schoss eine Flammenzunge hervor. Die Spannung im Saal, die stetig gestiegen war, löste sich plötzlich, und das gebannte Schweigen, das über den Anwesenden gelegen hatte, wurde durch leises Gemurmel unterbrochen.

Die Partie war zu Ende, und der Kardinal von Retz lächelte ungehemmt, sichtlich zufrieden mit dem Verlauf des Spiels.

»Gehen wir«, sagte der Assistent, »jetzt könnt Ihr mit dem Großmeister sprechen. Das war die letzte Runde des Tages.«

Sie stiegen von der Tribüne herab und mischten sich unter die Gesellschaft von Spielern, die nun den Saal verließ.

»Ihr habt versprochen, mir die Spielregeln zu erklären«, erinnerte der Maler ihn, als sie sich einen Weg durch das Gedränge bahnten.

»Das Phönixspiel ist eine Erfindung des Großmeisters. Eine höchst geniale Erfindung, wenn ich mir eine Meinung erlauben darf. Die beiden Spieler am Tisch sind nur einfache Ausführende, die speziell dafür ausgebildet wurden. Die Hauptakteure sind die Zuschauer auf den Sitzrängen, sie bestimmen den Verlauf. Am Anfang geht es darum, durch Gebote die Bank zu erwerben, wie bei einer Auktion. Wie Ihr gesehen habt, hat sich ein regelrechter Geheimcode herausgebildet, um die Einsätze zu machen. Jeder der regelmäßig teilnehmenden Spieler verfügt über eine Reihe von Zeichen, mit denen er sein Gebot abgibt oder die Gegner überbietet. Wer am meisten bietet, ersteigert die Bank.«

»Bis hierher scheint alles ganz einfach«, bemerkte Fulminacci.

»Stimmt«, räumte Salinari ein, »auch wenn es beim Bieten nicht ohne Kniffe und Raffinement abgeht, aber das erkläre ich Euch ein andermal. Sobald die Bank vergeben ist, kann das eigentliche Spiel beginnen. Es versteht sich von selbst, dass der Erwerb der Bank im Allgemeinen einen Vorteil bedeutet, obschon er auch zu einem nicht unbeträchtlichen Risiko werden kann, wenn einem das Glück nicht hold ist. Denn alle spielen gegen die Bank, müsst Ihr wissen. Der Inhaber der Bank entscheidet, wie häufig der Schlüssel umgedreht werden soll, der den Mechanismus des Phönix in Gang setzt. Das ist eher ein symbolisches Privileg, denn der Mechanismus funktioniert nach einer komplizierten mathematischen Formel, die der Großmeister selbst entwickelt hat – es ist nämlich nicht die Zahl der Umdrehungen, welche die Länge des Spiels bestimmt. Die Formel des Großmeisters beruht auf der Fibonacci-Reihe und bewirkt eine Aufladung des Laufwerks nach dem Zufallsprinzip. Man kann den Schlüssel zum Beispiel dreißigmal drehen und nur zwei Minuten Spieldauer erhalten oder eine dreimal so lange Partie nach nur einer halben Drehung. Darin liegt das Geniale. Niemand, auch nicht der Großmeister, weiß, wie lange eine Partie dauert. Der Bankhalter hat das Recht der ersten Karte, und die bestimmt den weiteren Verlauf des Spiels. Wer an der Runde teilnehmen möchte, signalisiert seinen Einsatz und lässt selbst eine Karte aufdecken.«

»Wie hoch ist dieser Einsatz?«, fragte der Maler dazwischen.

»Das hängt davon ab, wie viel für die Bank bezahlt wurde und wie viele Einsätze bis zum Ende der Partie zusammengekommen sind. In Wahrheit weiß niemand, weder der Bankhalter noch seine Herausforderer, wie viel er gesetzt hat, bis die Runde vorbei ist. Das ist, wenn Ihr gestattet, ein weiterer Geniestreich. Wie Ihr selbst bemerkt habt, gehören die Spieler fast sämtlich dem Hochadel an und besitzen ungeheure Vermögen. Dass sie nicht wissen, auf welche Summe sich ihr Einsatz beläuft oder wie viel sie zum Schluss gewonnen oder verloren haben werden, macht den eigentlichen Kitzel des Spiels aus. Also, wie ich bereits sagte, der erste Herausforderer lässt eine Karte aufdecken. Ist diese höher als die der Bank, bleibt er im Spiel, ist sie niedriger, scheidet er aus. Er kann nur wieder ins Spiel kommen, indem er den vorhergehenden Einsatz vervierfacht. Der Bankhalter deckt eine zweite Karte auf, um auch anderen die Möglichkeit zu geben, bei der Partie mitzumischen, ein zweiter Herausforderer spielt seine Karte und so weiter, bis das Uhrwerk des Phönix abgelaufen ist, er seine Flamme ausstößt und das Spiel beendet.«

»Mir ist da wohl etwas entgangen, ich habe nicht die Bohne verstanden …«

»Es ist wirklich nicht ganz unkompliziert, obwohl es sich im Grunde um nichts anderes als eine raffinierte Version des alten Spiels um die höchste Karte handelt. Wie dem auch sei, ich denke, der Großmeister wird Euch das erschöpfender erklären können. Seht, er hat uns entdeckt.«

Sie gingen durch die sich zerstreuenden Spieler und gelangten zum Unterbau des Halbrunds, wo sie um den Spieltisch herum auf Melchiorri zustrebten, der sich liebenswürdig mit einigen Nachzüglern unterhielt. Erst da bemerkte Fulminacci einen zweiten Tisch an der Seite des Saals, hinter dem zwei Männer große Summen von klingenden Münzen zählten. Vor dem Tisch drängten sich etwa ein Dutzend Bedienstete, von denen jeder die Livree einer der großen römischen Adelsfamilien trug. Offensichtlich hatten die Spielteilnehmer ihre Leibdiener losgeschickt, um die Gewinne einzustreichen oder Verluste zu begleichen. Das wunderte den Maler nicht weiter, denn es wurde allgemein als vulgär angesehen, wenn adelige Damen und Herren sich in der Öffentlichkeit die Hände an Geld schmutzig machten. Somit entsprach es durchaus den Gepflogenheiten, dass jeder von ihnen sein Faktotum dabei hatte, das sich um die finanzielle Seite des Pläsiers kümmerte.

Der Großmeister hatte derweil die Unterhaltung mit seinen Bewunderern beendet und kam ihnen mit breitem Lächeln entgegen.

»Giovanni, wie schön, dich so bald wiederzusehen! Es freut mich, dass Jacopo es übernommen hat, dich zu meinem kleinen Vergnügungsort zu bringen. Ich hoffe, das Spiel hat dein Interesse gefunden.«

»Um ehrlich zu sein«, antwortete der Maler, »habe ich die vertrackten Regeln nicht ganz durchschaut. Aber das ist jetzt nicht wichtig. Ich brauche deine Hilfe.«

»Ich stehe ganz zu deiner Verfügung. Sag mir, was ich für dich tun kann.«

Fulminacci sah sich um und stellte fest, dass immer noch mehrere Leute in der Nähe herumstanden und angeregt miteinander plauderten.

»Können wir uns an einem ruhigeren Ort unterhalten? Es geht um etwas Vertrauliches …«

»Natürlich. Gehen wir in mein ›Büro‹, wie ich es nenne.«

Melchiorri schritt ihnen zum anderen Ende des Saals voraus, wo er sie durch ein Portal aus rosa Marmor hindurch in einen kleineren Raum führte, dessen Wände mit Mosaiken geschmückt waren. Die Motive dieser Mosaiken riefen in Fulminacci eine Mischung aus Bewunderung und Verlegenheit hervor. In einer idyllischen Waldlandschaft tummelten sich Satyrn und Waldnymphen, mit eindeutig erotischen Aktivitäten beschäftigt, deren

Fantasiereichtum und Vielfalt er mit offenem Mund bestaunte. Sosehr ihn die kunstvoll ausgeführten Szenen beeindruckten, verstörten sie ihn doch auch nicht wenig, denn diese sexuellen Spielarten hatte er noch nie in Erwägung gezogen, noch nicht einmal in seinen schlüpfrigsten Jugendträumen.

»Wie ich sehe, verfehlt die Ausschmückung meines Büros ihre Wirkung nicht. Starker Tobak, was? Tja, der gute Aurelian war nicht nur ein großer Soldat, sondern auch ein Mann der Sinnesfreuden. Wir befinden uns hier in einer *calidarium* genannten Vorhalle, ein Ort, der nicht gerade dazu geeignet war, erhitzte Gemüter abzukühlen, wenn du mir das Wortspiel gestattest. Aber man gewöhnt sich daran. Ich achte schon gar nicht mehr darauf.«

Die drei setzten sich auf die niedrige Marmorbank, die rings um die Wände des ganzen Raums verlief.

»Hier stört uns keiner«, sagte der Großmeister. »Jetzt erzähl mir alles.«

Der Maler musste all seine Willenskraft aufbieten, um den Blick von den unzweideutigen Verführungsszenen zu lösen und dem Freund zu berichten, was ihn an diesen abgelegenen Ort geführt hatte.

»Deine Beatrice befindet sich also im Kerker der Inquisition«, fasste Melchiorri zusammen. »Ich hatte noch keine Gelegenheit, die junge Dame kennenzulernen, habe aber von ihr gehört – man sagt, sie sei eine wahre Schönheit. Allein, das ist eine üble Geschichte. Es ist nicht leicht, jemanden aus diesem Gefängnis herauszuholen.«

»Aber du kennst doch alle, die in der Stadt etwas zu sagen haben. Der Kardinal Azzolini oder Königin Christine können doch gewiss etwas tun, mit jemandem sprechen, sich an den Papst wenden …«

Melchiorri winkte ab.

»Die heilige Inquisition ist zur Zeit ganz in den Händen der Dominikaner. Kardinal Cybo, der ihr offiziell vorsteht, ist nur noch ein vertrottelter Greis, der nicht mehr Herr seiner selbst ist. Alle Macht hat Bernardo Muti an sich gerissen, der stellvertretende Inquisitor – ein widerliches Ungeheuer, kann ich dir versichern. Dieser Mönch ist ein blutrünstiger Fanatiker, der auf keinen Rücksicht nimmt, wenn es um die Verfolgung sogenannter Ketzer geht. Kardinal Azzolini dagegen steht, wie man weiß, den Jesuiten sehr nahe, und die Königin … Na ja, die Königin wird geradezu als deren Schützling angesehen, und das nicht zu Unrecht. Die Jesuiten waren es schließlich, die ihren Übertritt zum Katholizismus in die Wege geleitet haben. Zwischen den Jesuiten und den Dominikanern herrscht nun aber ein jahrzehntealter Streit, bei dem es vor allem um die Zwangsbekehrung von Eingeborenen in der Neuen Welt geht. In den überseeischen Kolonien ist sogar schon Blut geflossen. Und was den Heiligen Vater angeht, Gott möge mir vergeben, so glaube ich, dass er nicht mehr lange zu leben hat. Von dieser Seite ist jedenfalls nichts zu erwarten. Im Gegenteil, wenn Muti erfährt, dass ein hohes Mitglied der Gesellschaft Jesu sich für Beatrice einsetzt, wird er sie erst recht vernichten wollen. Nein, Giovanni, da müssen wir uns etwas anderes einfallen lassen.«

»Aber an wen sollen wir uns dann wenden? Wer könnte uns helfen?« Fulminacci war die Angst anzuhören, da er nun begriffen hatte, dass diejenigen, auf die er seine Hoffnungen gesetzt hatte, sich sogar als schädlich erweisen konnten.

»Niemand, fürchte ich«, antwortete Melchiorri.

»Du meinst, es gibt keine Hoffnung?«

»Das habe ich nicht gesagt. Denk an die alte Lebensregel: Hilf dir selbst, dann hilft dir Gott. Man soll die Hoffnung nie aufgeben. Mir ist beim Reden gerade ein Plan in den Sinn gekommen, der mit ein wenig Glück auch funktionieren könnte. Bist du bereit, ein paar kleine Risiken einzugehen, um deine Freundin zu retten?«

»Ich bin bereit, mein Leben für sie aufs Spiel zu setzen!«

»Ah, hoffen wir, dass es nicht so weit kommt. Also los, wir müssen etwas unternehmen. Vielleicht bleibt uns nicht mehr viel Zeit.«

Kapitel XLI

Capitaine de la Fleur ging um den Skorpion herum und richtete seinen Degen dabei weiter auf dessen Kehle, bis er ihm Auge in Auge gegenüberstand. Er tat das wider besseres Wissen, denn nach so vielen Monaten fruchtloser, frustrierender Jagd wollte er sich die Befriedigung nicht versagen, die Niederlage im Blick seines Feindes zu sehen.

Dieser Schritt war jedoch keine gute Idee, wie sich herausstellte.

Solange er den Musketier nicht richtig sehen konnte, hatte der Skorpion keine Möglichkeit zu einer noch so verzweifelten Gegenwehr gehabt. Wenn er versucht hätte, sein Schwert zu heben, um die ihn bedrohende Klinge wegzuschlagen, hätte er sich nach links drehen müssen und hätte damit dem Franzosen Gelegenheit gegeben, ihn tödlich zu verwunden. Doch nun, da er vor ihm stand, sah die Sache ganz anders aus.

Der Skorpion gönnte sich einen Augenblick, um die Muskeln seines rechten Arms zu entspannen, und als er bereit war, neigte er nur den Kopf ein Stück zur Seite und kreuzte blitzschnell die Klinge des Gegners.

Sobald die Waffen aufeinandertrafen, schob er mit einer Drehung seines Schwerts die Spitze des gegnerischen Degens von seinem Körper weg. Dann machte er einen flinken Schritt zurück und ging in die Ausgangsstellung, sodass er sich nun in gleichwertiger Position befand und zum Duell bereit war.

De la Fleur zögerte kurz und reagierte nicht schnell genug auf die Initiative des Gegners.

Bis er richtig merkte, was passierte, stand ihm der Skorpion schon mit erhobenem Schwert und perfekt ausbalancierter Körperhaltung gegenüber.

Laut brüllend stürzte der Franzose sich auf den Auftragsmörder und wirbelte seinen Degen in einem Hagel von Hieben herum, um ihn durch reinen Krafteinsatz zu überwältigen. Er übertrug die ganze Stärke seines muskulösen Arms auf seine Klinge und baute darauf, dass die schmalere Waffe des Gegners dem Ansturm nicht standhalten konnte. Auf dem Feld, mitten im Schlachtgetümmel, wo die Kämpfer sich dicht umeinander drängten, wäre das zweifellos eine erfolgreiche Taktik gewesen. Doch der Skorpion war kein als Soldat verkleideter Bauer; er war einer der fähigsten und erfahrensten Haudegen des Kontinents und schlug die Attacken relativ mühelos zurück, indem er den heftigen Degenhieben die ganze ausgefuchste Gewandtheit seiner Kunst entgegensetzte. Er beantwortete die Gewalt des Angriffs nicht mit frontaler Gegengewalt, sondern führte seine Paraden mit seitlichen Körperdrehungen aus, wodurch er die Wucht der Schläge abschwächte und die Klinge des Gegners von ihrem Ziel ablenkte.

Ein so schneller, heftiger Kampf konnte nicht lange andauern, und tatsächlich wurde der Franzose nach ein paar Dutzend Hieben sichtlich langsamer.

Durch das Degengeklirre hindurch hörte der Skorpion den Musketier schwer atmen. Die wütende Anfangsattacke hatte seinen Feind außer Atem gebracht, und er war sicher, dass die schnellere Erschöpfung des Franzosen ihm bei länger anhaltendem Kampf zum Vorteil gereichen würde. Andererseits war der Hinterhalt, in den man ihn gelockt hatte, gut organisiert und geplant worden. Höchstwahrscheinlich war in diesem Moment schon Verstärkung unterwegs, denn ein so sorgfältiger Plan würde auch Vorkehrungen für den Fall mit einschließen, dass etwas schiefging. Daher musste er sich den Franzosen so schnell wie möglich vom Leib schaffen und verschwinden, ehe es im Haus vor Soldaten nur so wimmelte.

Nach dieser kurzen Abwägung beschleunigte der Skorpion sein Fechten und beschränkte sich nicht mehr darauf, die gegnerischen Hiebe zu parieren, sondern ging mit einer Serie von schnellen Ausfällen zum Gegenangriff über, die er mit gezielten Stößen abwechselte, um die Deckung des anderen aufzubrechen.

Doch de la Fleur war selbst kein Anfänger mit dem Degen. Auch wenn er nicht das legendäre Geschick des Skorpions besaß, hatte er genug Kämpfe ausgefochten, um sein Handwerk zu verstehen und die feindlichen Angriffe zurückzuschlagen.

Der Raum, in dem sie sich duellierten, war groß genug, dass er mit seiner längeren Waffe seine unterlegene Technik ausgleichen konnte.

Der Skorpion merkte, dass ihm die Zeit davonlief, und obwohl er sich nicht gern unnötigen Risiken aussetzte, musste er nun etwas wagen.

Mit einer flinken Drehung des Handgelenks stieß er die Klinge des Franzosen weg und ließ seine linke Seite für eine Sekunde ungedeckt. De la Fleur erkannte das sofort, machte einen halben Schritt nach rechts und stieß mit einem Ausfallschritt zu, überzeugt, den Kampf damit zu beenden.

Mit dieser Reaktion hatte der Auftragsmörder gerechnet.

Er bewegte sich seinerseits nach rechts und wich dem Angriff mit einem behänden Sprung um Haaresbreite aus, wechselte sein Schwert von der rechten in die linke Hand und konnte so die Stelle treffen, deren Deckung der Gegner vernachlässigte.

Die schmale Klinge des Skorpions durchbohrte die rechte Schulter des Franzosen, der mit einem unterdrückten Stöhnen seine Waffe auf den Dielenboden fallen ließ und auf den Todesstoß wartete.

Der Skorpion jedoch wollte sich nicht damit aufhalten, seinem Verfolger den Garaus zu machen. Mit einem Blick überzeugte er sich davon, dass de la Fleur ihm vorläufig nicht mehr schaden konnte, wirbelte herum und floh durch die offen stehende Tür hinaus.

Fluchend griff der Musketier nach seinem fallen gelassenen Degen, merkte aber sogleich, dass sein rechter Arm nicht zu gebrauchen war. Er fasste den Griff mit der Linken und stürzte dem flüchtigen Mörder hinterher.

Als er an einem offenen Fenster vorbeikam, hörte er die Schritte seiner Männer auf dem Pflaster des Hofs. Er lehnte sich hinaus und schrie den Herbeilaufenden zu:

»Nach hinten, Soldaten! Der Skorpion versucht, in den Park zu fliehen.«

Er wartete nicht ab, ob sein Befehl verstanden worden war, sondern rannte weiter zur Treppe.

Der Skorpion hatte indessen einen erheblichen Vorsprung gewonnen. Vier Stufen auf einmal nehmend, war er bereits in der Eingangshalle und lief auf die Terrassentüren zu.

Nur einer von de la Fleurs Männern konnte ihn rechtzeitig abfangen und stellte sich ihm mit dem Degen in der Hand entgegen.

Der Musketier war jedoch ein wesentlich schlechterer Fechter als sein Hauptmann, sodass dem Skorpion wenige gezielte Stöße genügten, um sich seiner zu entledigen. Ohne einen Laut sank er zu Boden, von der spitzen Klinge des Mörders ins Herz getroffen.

Der Skorpion, der seinen Lauf kaum hatte unterbrechen müssen, sprang durch die nächstgelegene Tür und tauchte in die schützende Dunkelheit des Parks ein.

Während er aus voller Kraft rannte, wandte er nur kurz den Kopf, um festzustellen, dass der Mond noch nicht hinter dem Dach des Palazzos verschwunden war. Er durfte den Führer nicht verpassen, ohne den er sich in dem unterirdischen Tunnellabyrinth nicht zurechtfinden würde.

Der Skorpion hatte schon die Hälfte des Parks durchquert, als er hinter sich die Schritte und Rufe seiner Verfolger hörte. Aus Furcht, dass sie ihn einholen könnten, lief er noch schneller, obwohl er kaum noch Luft bekam. Zwar hatte er stets darauf geachtet, in guter körperlicher Verfassung zu bleiben und kein Fett anzusetzen, er hatte sogar Leibesübungen betrieben, aber das Alter machte ihm bei größeren Strapazen nun doch zu schaffen. Und er wusste, dass er dieses Tempo nicht mehr lange durchhalten konnte.

Zum Glück war es nicht mehr weit. Mit einer letzten Kraftanstrengung erreichte er den Brunnen und zwängte sich durch die davorstehenden Büsche, ohne dass seine Verfolger ihn sahen.

Der rattengesichtige Führer erwartete ihn gleich hinter der engen Öffnung in der künstlichen Grotte. Als er ihn keuchend und völlig außer Atem kommen sah, drehte er sich um und führte ihn ohne ein Wort ins Innere des seltsamen Bauwerks, wo er ihm half, die abgetretenen Metallsprossen hinunterzusteigen und in die unterirdische Zisterne zu gelangen, von der das Netz der Gänge abzweigte.

De la Fleurs Männer hatten nicht beobachtet, wie der Skorpion in dem offenen Maul des alten Brunnens verschwunden war. Die Vordersten sahen lediglich seine schlanke Gestalt in das Gebüsch schlüpfen, das die Anlage verbarg.

Laut riefen sie die hinter ihnen kommenden Kameraden herbei und versammelten sich vor dem Dickicht. Als die Vorhut vor der scheinbar undurchdringlichen Pflanzenmauer stand, wusste sie nicht, wo sie anfangen sollte, und wartete die Ankunft der Verstärkung ab, um das dunkle, überwucherte Gebiet besser durchsuchen zu können.

De la Fleur traf als Letzter ein.

Der Hauptmann blutete stark aus dem verletzten Arm und versuchte vergeblich, den Blutfluss zu stillen, indem er die klaffende Wunde mit der linken Hand zusammenpresste. Er fühlte sich schwach und fürchtete, jeden Moment zusammenzubrechen, wollte die Verfolgung aber unbedingt fortsetzen und machte sich Vorwürfe, dass er den berüchtigten Feind so leichtsinnig allein gestellt hatte.

»Er ist dort zwischen diesen Büschen verschwunden«, sagte einer der Musketiere.

»Seid ihr sicher?«, fragte der Offizier nach.

»Ja, ich habe es mit eigenen Augen gesehen, Capitaine.«

»Umstellen wir das Gebiet und suchen es Zoll für Zoll ab. Wenn er hier ist, werden wir ihn finden. Aber Vorsicht, Männer, er ist sehr gefährlich.«

»Capitaine, Ihr seid verletzt!«, rief Sergeant Bruyère.

»Ist nicht weiter schlimm, Sergeant. Durchkämmen wir das Gebüsch.«

Die Musketiere begannen sich einen Weg durch das dichte Gestrüpp zu bahnen und die Schlingpflanzen beiseitezuschieben, die überall als dicke Girlanden herabhingen. Sie zogen den Kreis immer enger und achteten darauf, stets in Sichtweite der Kameraden zu beiden Seiten zu bleiben, damit keiner es mit einer eventuellen Bedrohung allein aufnehmen musste.

Nach wenigen Minuten fanden sie sich vor dem alten Brunnen wieder, ohne auch nur eine Spur des Flüchtigen entdeckt zu haben.

»Verflucht!«, schrie de la Fleur, als ihm klar wurde, dass ihre Mühe umsonst gewesen war. »Dieser Teufel ist uns entwischt, auch wenn ich nicht verstehe, wie er das geschafft hat.«

»Vielleicht ist er durch das Dickicht geflohen, bevor wir es fertig umstellt hatten«, mutmaßte der Sergeant.

»Das halte ich für unwahrscheinlich«, erwiderte der Capitaine. »Das Wäldchen ist zwar klein, aber verflixt dicht und verwildert. Er hatte nur wenige Augenblicke Vorsprung vor den Ersten von euch. Trotzdem sollten zwei Männer zur Einfriedungsmauer laufen und Kontakt zu den Patrouillen draußen aufnehmen. Falls er den Hain durchqueren konnte, hat er möglicherweise die Mauer überklettert. Plachy, Grandet, ihr geht hin, beeilt euch.«

»Seht nur, Capitaine«, rief ein Soldat, der um den Brunnen herumgegangen war, »hier ist eine Art Öffnung. Vielleicht hat er sich in der Grotte versteckt!«

»Folgt mir, Männer, aber seht euch vor!«

Obwohl ihn der Blutverlust stark geschwächt hatte, drang de la Fleur mutig in die künstliche Grotte ein, in der es jedoch so dunkel war, dass er nach wenigen Schritten auf einen Soldaten mit einer Blendlaterne warten musste.

»Mach Licht, Renard, und sieh zu, dass du mit heiler Haut herkommst!«

Im flackernden Licht der Laterne gingen de la Fleur und Bruyère zwischen den künstlichen Stalagtiten und Stalagmiten voran. Der Rest musste draußen warten, da die Höhle zu eng für einen größeren Trupp war.

Nach einer Biegung standen die drei vor dem Schlund der alten Zisterne und sahen die rostigen Metallsprossen, die nach unten führten.

»Wenn er sich hier drin versteckt, ist er garantiert diese Treppe runtergestiegen«, sagte der Sergeant. »Ich halte es nicht für klug, dass Ihr hinuntergeht, Capitaine. Ihr seid verletzt und verliert viel Blut. Lasst mich und Renard gehen.«

»Nein, Sergeant. Das hier ist zu einer persönlichen Angelegenheit geworden, ich bin unvorsichtig gewesen im Palazzo. Ich hatte ihn schon fast, versteht Ihr, und habe ihn aus Übermut entkommen lassen. Jetzt will ich die Sache selbst zu Ende bringen.«

Mithilfe seines Unteroffiziers betrat der Capitaine die tückische Eisentreppe und stieg mühselig hinab, während Renard sein Bestes tat, ihm von oben zu leuchten.

»Hier ist niemand, Sergeant. Ihr könnt runterkommen«, rief de la Fleur ihnen zu, als er auf dem Grund der Zisterne angelangt war.

Unterstützt von den Kameraden suchte de la Fleur den alten Wasserspeicher ab, bis er den engen Spalt entdeckte, hinter dem sich der geradlinige Tunnel zum Fluss erstreckte.

Renard, der den Boden ableuchtete, fand direkt vor dem Durchgang Fußspuren im Staub.

»Jedenfalls ist jemand hier vorbeigekommen«, sagte er, auf die Abdrücke deutend, »und zwar vor kurzem.«

Bruyère ließ sich von ihm die Laterne geben, steckte den Kopf durch den Spalt und versuchte, die Dunkelheit mit den Augen zu durchdringen.

»Hier ist ein Tunnel, Capitaine. Er scheint endlos lang zu sein.«

»Diese alten Palazzi sind voller Geheimgänge, Sergeant. Wir sind bestimmt auf der richtigen Spur. Los, nichts wie hinterher, wir haben ihm schon viel zu viel Vorsprung gelassen.«

Die drei Musketiere zwängten sich durch die schmale Öffnung

und folgten dem Tunnel mit den Waffen in der Hand, bereit für einen Angriff.

Doch der lange Gang war leer und verlassen, und auf dem unebenen Boden war noch nicht einmal eine Spur des Skorpions zu erkennen. De la Fleur und seine Männer gingen achtlos an der Abzweigung zu den Katakomben vorbei, weil sie sicher waren, dass der Skorpion den Geheimgang bis zum anderen Ende durchlaufen hatte. Nach ein paar Hundert Metern machte der Tunnel einen Knick, wonach der Weg etwas breiter wurde. Wenig später stießen die drei auf eine offene Gittertür, deren Streben von einer dicken Rostschicht bedeckt waren. Hinter der Tür mussten sie ein paar vor Feuchtigkeit glitschige Stufen hinuntersteigen und gelangten zu einer kleinen Mole. Vor ihnen strömte langsam und majestätisch der Tiber dahin.

»Wenn er ein Boot hatte, sind wir angeschmiert!«, rief Bruyère aus.

Capitaine de la Fleur lehnte sich gegen eine niedrige Mauer aus Quadersteinen dicht bei dem Anlegeplatz und glitt langsam ins Gras, vollkommen geschwächt vom Blutverlust und den Anstrengungen der Nacht.

»Er ist uns wieder entkommen, Sergeant. Wir müssen sofort den Bischof benachrichtigen. Helft mir aufzustehen.«

»Darum werde ich mich kümmern, Capitaine. Ihr könnt keinen Schritt mehr gehen. Ihr braucht einen Arzt.«

»Unsinn, ist doch nur ein Kratzer. Helft mir einfach, auf die Beine zu kommen …«

De la Fleur verlor das Bewusstsein.

Kapitel XLII

Habt ihr verstanden, was zu tun ist?«, fragte der Großmeister Baldassarre Melchiorri, während er sich mit geübten Bewegungen die lange dunkle Kutte überzog.

Seine beiden Begleiter nickten bloß stumm, weil sie vollauf damit beschäftigt waren herauszufinden, wo bei dem merkwürdigen, unförmigen Kleidungsstück, das sie gerade anzulegen versuchten, vorne und hinten war.

»Es ist wichtig, dass ihr alles bis ins Kleinste begriffen habt. Wenn wir erst mal da drin sind, kann jeder Fehler tödlich sein. Giovanni, ist alles klar?«, wiederholte er.

»Ja doch, ich bin schließlich nicht blöd! Sobald wir im Palazzo des Heiligen Offiziums sind, darf ich kein Wort mehr sagen und muss dir die ganze Zeit mit gesenktem Kopf folgen. Herrgott, das ist wirklich nicht schwer!«

»Ich bezweifle nicht, dass du meine Anweisungen verstanden hast. Was mir ein wenig Sorge bereitet, ist, ob du deine verdammte Zunge im Zaum halten kannst, denn falls nicht, sind wir erledigt. Ich hoffe, das geht in deinen Quadratschädel hinein.«

»Jetzt reicht's! Ich hab's kapiert und werde den Mund halten. Für Zane ist das natürlich viel einfacher.«

»Sehr schön, dann können wir ja gehen. Möge Merkur, der Beschützer der Diebe und Gauner, uns beistehen!«

Die drei Männer zogen die spitzen Kapuzen über und verließen im Gänsemarsch den Palazzo, welcher der Sitz der alten Bruderschaft von San Pancrazio war.

Die vergangenen zwölf Stunden waren ziemlich hektisch gewesen.

Nachdem sie die Ruine der Aurelianstherme verlassen hatten, waren Melchiorri und Fulminacci mit einem Boot zum Palazzo

Riario gefahren. Dort hatten sie sich eiligst in das Laboratorium des Großmeisters begeben, das sich in der oberen Etage eines etwas abseits vom Hauptgebäude stehenden Pavillons befand.

Melchiorri hatte einen seiner Assistenten losgeschickt, Zane zu suchen, der vermutlich noch in der nicht weit entfernt gelegenen französischen Gesandtschaft wartete. Der Großmeister hatte erfahren, dass de Simara sich in diesem Moment in Gesellschaft von Kardinal Azzolini und Königin Christine im Palazzo Giraud aufhielt, weshalb man davon ausgehen konnte, dass der riesenhafte Slawe immer noch in irgendeinem Vorzimmer herumsaß.

Unterdessen lief Melchiorri wie besessen in dem großen Laboratorium herum und suchte etwas, das er einfach nicht finden konnte.

»Wo zum Teufel ist dieses verflixte Fläschchen hingekommen?«, brummte er und suchte verzweifelt die vielen hohen Regale ab.

Fulminacci hatte schon zuvor einmal ein wissenschaftliches Labor gesehen, nämlich das von Pater Kircher, doch dieser Raum konnte nicht verschiedener von dem sein, in dem der deutsche Mönch seinen Forschungen nachging.

So reinlich und ordentlich Kirchers Arbeitsstätte war, so ein wildes Durcheinander der verschiedensten, kunterbunt aufeinandergetürmten Gegenstände stellte Melchiorris dar. Der große Saal, der immerhin ein ganzes Stockwerk einnahm, wirkte geradezu eng und stickig, weil er derart mit Werkzeugen, Geräten und Apparaten jeder Form und Größe vollgestopft war. Der größte Teil dieser Ausstattung schien in aller Eile zusammenmontiert worden zu sein, und nur die wenigsten Gerätschaften machten einen fertigen und vollständigen Eindruck. Die Tische waren übersät mit Destillierkolben, Retorten und Reagenzgläsern, die auf mehreren Ebenen übereinandergestapelt standen; dazwischen lagen dicke aufgeschlagene Bände und nachlässig in jede Lücke geschobene Pergamente. Die Wände säumten Reihen um Reihen hoher Regale, in deren Fächern sich Bücher, große und kleine Schachteln, mit Kordeln verschnürte Päckchen, Manuskriptbündel, ausgestopfte Tiere, Uhren und Kessel jeglicher Größe und Machart drängten. Dieses Sammelsurium wirkte schmutzig und unheimlich, so als könnte alles jeden Augenblick herunterstürzen und den Unglücklichen unter sich begraben, der sich gerade in der Nähe aufhielt. Hinter einer Kommode mit halb durchgebrochenem Boden ragten zwei ägyptische Mumien hervor, deren Anblick dem bestürzten Maler einen Schauer über den Rücken jagte.

»Es war hier irgendwo, da bin ich sicher«, tobte derweil der Großmeister und wühlte in den Regalen herum. »Jacopo, bei allen Mächten der Hölle, wo hast du das verfluchte Ding hingetan?«

»Was sucht Ihr, ehrwürdiger Meister?«, fragte Salinari in beinahe gelangweiltem Ton, als sei er an solche Ausbrüche gewöhnt.

»Dieses blaue Päckchen, das mir Pater de la Perna aus den Kolonien geschickt hat. Beim Donner des Zeus, ich bin mir ganz sicher, es heute Morgen noch gesehen zu haben. Irgendwann finde ich heraus, wer mir das Laboratorium durcheinanderbringt, wenn ich nicht da bin!«

»Hier ist es, Meister. Es lag auf Eurem Schreibtisch«, sagte Salinari und reichte ihm ein Bündel.

»Ach ja … Danke, Jacopo, ich wüsste nicht, was ich ohne dich täte. Komm her, Giovanni, dieses Päckchen enthält die Lösung deiner Probleme. Das hoffe ich zumindest …«

Der Maler trat neben seinen Freund, der das Päckchen öffnete und eine Ampulle mit einer trüben, zähen Flüssigkeit herausholte.

»Sieh nur, das ist der Schlüssel, der uns die Tür zum Kerker deiner Liebsten öffnen wird!«

»Beatrice ist nicht meine Liebste, das möchte ich mal klarstellen. Sie ist nur eine gute Freundin. Und außerdem verstehe ich nicht, wie …«

»Du Kleingläubiger«, unterbrach ihn Melchiorri, »diese Ampulle hat mir ein guter Freund geschickt, ein spanischer Jesuit, der auf der Insel Hispaniola lebt. Pater de la Perna sagt, das sei ein überaus lieblicher Ort, ein wahres Paradies. Irgendwann muss ich da mal eine Stippvisite machen. Die Substanz in dieser Ampulle wird von den afrikanischen Sklaven bei ihren heidnischen Riten verwendet, aber sie ist auch für uns ein kostbares Hilfsmittel.«

»Ich verstehe immer noch nicht …«

»Pass auf, ich erkläre dir den Plan.« Melchiorri senkte vertraulich die Stimme. »Diese Flüssigkeit, die aus den Innereien eines tropischen Fisches gewonnen wird, bewirkt einen vorübergehenden Stillstand aller Lebensfunktionen. Ich hatte noch keine Zeit, sie genau zu analysieren, aber ich glaube, dass sie die Körperflüssigkeiten verlangsamt, indem sie diese austrocknet. Jedenfalls fällt derjenige, der sie in der richtigen Dosis einnimmt, in einen mehrere Stunden anhaltenden Zustand des Scheintods, und bei jeder Untersuchung seines Körpers während dieser Zeit kann nur sein Ableben festgestellt werden. Wenn es uns also gelingt, ein Stück Brot oder sonst einen Happen Essen, der mit dieser Flüssigkeit getränkt wurde, in Beatrices Zelle zu schmuggeln, und deine Freundin nach entsprechender Instruktion eine ausreichende Menge davon isst, wird man sie nach kurzer Zeit ohne jeden Zweifel für tot erklären. Danach brauchen wir nur noch hineinzugehen und den angeblichen Leichnam herauszutragen. Fertig ist der Lack!«

»Entschuldige, Ard … äh, Baldassarre, aber das hört sich ziemlich idiotisch an. Erstens, wie sollen wir ihr diese Substanz zukommen lassen? Und zweitens, wie den Leichnam herausholen? Das ist doch blanker Unsinn …«

»Für den zweiten Teil des Plans sehe ich keine Schwierigkeiten. Jeden Tag haucht jemand in den Kerkern der Inquisition sein Leben aus. Die guten Dominikaner wenden recht drastische Methoden bei ihren Verhören an. Um die sterblichen Überreste kümmert sich eine verdienstvolle Bruderschaft, die Gesellschaft von San Pancrazio, bei der ich glücklicherweise Ehrenmitglied bin. Königin Christine ist in ihrer sprichwörtlichen Großzügigkeit eine der Hauptwohltäterinnen der Bruderschaft und hat es für zweckmäßig erachtet, mich in den Großen Rat der Brüder einzuführen, damit ich darauf achte, dass ihre Scudi auch wirklich für gute Werke verwendet werden und nicht für Wein und Dirnen, wie es allzu häufig vorkommt. Was die Ausführung des ersten Teils angeht, bin ich mir darüber selbst noch nicht im Klaren, muss ich gestehen. Es wird uns schon was einfallen. Ich schätze, man kann es mit Bestechung versuchen …«

»Vielleicht wüsste ich da etwas«, sagte der Maler, der trotz aller Skepsis allmählich von der Kühnheit des Plans eingenommen wurde. »Dir ist sicher bekannt, dass es in Rom zahlreiche Bettlergilden gibt. Durch Beatrices Vermittlung habe ich Giovanni da Camerino kennengelernt, das Oberhaupt der Compagnia degli Sbasiti. Er und Beatrice sind anscheinend sehr gute Freunde. Und die Straßenbettler können sich überall Zugang verschaffen, von den Gefängnissen der Engelsburg bis hin zu den päpstlichen Gemächern. Wenn ich ihm erzähle, in welcher Gefahr Beatrice schwebt, wird Giovanni uns bestimmt helfen.«

»Gute Idee«, rief Melchiorri, »der alte Giovanni … Warum bin ich nicht selbst darauf gekommen?«

»Kennst du ihn?«

»Aber ja. Ich bin nicht das erste Mal in Rom, weißt du, und bei den früheren Gelegenheiten war ich weniger vornehm gekleidet als heute. Ja, das könnte funktionieren. Wo ist jetzt sein Gebiet?«

»Am Campo dei Fiori«, antwortete der Maler.

»Aha, dann hat er es also auch zu etwas gebracht. Als ich ihn das letzte Mal sah … Aber lassen wir die alten Geschichten. Jacopo, hast du Gerlando irgendwo gesehen?«

»Als wir zurückkamen, war er unten in der Küche, wie immer«, antwortete Salinari.

»Hol ihn her, ich habe einen Auftrag für ihn. Wollen doch mal sehen, ob er sich nicht ausnahmsweise mal nützlich machen kann.«

Der Assistent stieg die Treppe zum unteren Stockwerk hinunter.

»Gerlando ist einer meiner Diener«, erklärte der Großmeister, »ein Faulpelz, wie er im Buche steht, aber er kennt die Stadt in- und auswendig. Wenn einer den alten Giovanni zu dieser Abendstunde finden kann, dann er.«

Wenig später kehrte Jacopo in Begleitung eines kleinen, spindeldürren Männchens zurück, das leicht humpelte und so finster und verschlagen dreinblickte, dass der Maler einen Schreck bekam.

Schnell erteilte Melchiorri dem Diener seine Anweisungen, worauf dieser, ohne eine Frage zu stellen, wieder ging und aussah, als wisse er genau, wohin er seine Schritte lenken musste.

»Gerlando macht auf den ersten Blick wahrlich keinen guten Eindruck«, sagte der Großmeister, als das Männchen draußen war, »und ich muss hinzufügen, dass dieser erste Eindruck nicht trügt. Ich hätte ihn schon längst wegschicken sollen, aber aus dem einen oder anderen Grund konnte ich mich nie dazu durchringen. Dieses Kerlchen ist so nützlich wie Viertagefieber und ungeachtet seiner klapperdürren Gestalt mit einem unersättlichen Appetit gesegnet. Ein echter Plagegeist. Hoffen wir, dass er sich wenigstens bei dieser Gelegenheit sein Brot verdient. Nun aber verspüre ich selbst ein gewisses Leeregefühl im Magen. Jacopo, lass uns etwas zu essen kommen.«

Die drei gingen in die untere Etage hinunter und setzten sich an einen reich gedeckten Tisch, der sich bald vor warmen Speisen bog, sodass sie kräftig zulangten.

Der Maler nahm gerade seinen zweiten Rebhuhnschenkel in Angriff, als Zane hereinkam, der sich auf die Einladung des Großmeisters hin zu ihnen gesellte und dazu beitrug, die üppige Menge der Speisen auf dem schneeweißen Tischtuch zu reduzieren.

Zwischen dem einen oder anderen Bissen berichtete Fulminacci dem Slawen, was in seiner Abwesenheit passiert war und vor allem, was für einen Plan sich Melchiorri zu Beatrices Befreiung ausgedacht hatte.

Der Hüne nickte mehrmals, ohne auch nur einmal von der großen Fleischpastete auf seinem Teller abzulassen.

Als sie fertig gegessen hatten, kehrten sie in das obere Stockwerk zurück, um dort darauf zu warten, dass Gerlando mit Giovanni da Camerino zurückkehrte. Es hatte keinen Sinn, weiter Pläne zu schmieden, bevor sie nicht sicher waren, das Brot mit dem Trank in den Kerker der Inquisition einschmuggeln zu können.

Es wurde ein langes, enervierendes Warten, bei dem der Maler nichts anderes tat, als den Raum mit langen Schritten zu durchmessen, während Melchiorri sich mithilfe seines Assistenten an einer seltsam anmutenden Vorrichtung mit lauter Zahnrädern zu schaffen machte.

Zane dagegen ließ sich in einen großen Sessel sinken und schlief sofort ein.

»Ich weiß nicht, ob das eine gute Idee war, einen Krüppel zu dieser Stunde durch Rom zu schicken«, grummelte der Maler nervös. »Bei seinem Hinkefuß braucht er wahrscheinlich die ganze Nacht, allein um es über den Hof zu schaffen.«

»Mach dir keine Gedanken wegen Gerlando. Er hinkt nicht wirklich. Dieses Männchen gehörte einst einer gefürchteten Bettlergilde an, die auf Taschendiebstahl und Trickdiebereien spezialisiert war, eine echte Landplage. Und Gerlando war der geschickteste Teufel der ganzen Bande. Wendig, flink, schlau und verwegen – er konnte dir den Stuhl unter dem Hintern wegklauen, ohne dass du etwas davon gemerkt hättest. Um sich einen harmlosen Anstrich zu geben, spielte er den Lahmen, und dieses Laster hat er beibehalten, auch wenn er die Dieberei aufgegeben hat. Manche Angewohnheiten wird man eben schwer wieder los. Also keine Bange, in diesem Augenblick saust Gerlando wie ein Frettchen durch die Gassen der Stadt. Setz dich lieber hin und ruh dich ein bisschen aus, die kommenden Stunden werden bestimmt anstrengend.«

Doch Fulminacci fand keine Ruhe.

Seine Gedanken kreisten unaufhörlich um Beatrice und das, was sie gerade durchmachen mochte; um die höllischen Qualen, die die heimtückischen Dominikaner sich ausdachten, um ihr ein falsches Geständnis abzupressen. Aus eigener Erfahrung wusste er zwar nichts über die Inquisition, aber die Gerüchte, die man über die Vorgänge in ihren unheimlichen Verliesen hörte, verursachten auch dem abgebrühtesten Schurken eine Gänsehaut. Außerdem fand er mit jeder Minute, die verging, neue Mängel an ihrem kühnen Plan. Zu viele Schritte hingen von Eventualitäten ab, zu viele entscheidende Informationen mussten als lückenhaft und unvollständig angesehen werden, in zu vieler Hinsicht mussten sie sich auf den Zufall verlassen oder auf ihr Glück vertrauen. Wenn es stimmte, dass das Glück den Wagemutigen half, dachte der Maler angstvoll, so war es ebenso wahr, dass es den Unvorsichtigen und Leichtsinnigen gern ein Bein stellte.

Fulminacci erging es wie allen Tatmenschen: Solange er handeln konnte und das Gefühl hatte, die Situation zu beherrschen, fühlte er sich unbesiegbar, aber sobald er aus irgendeinem Grund innehalten und nachdenken musste, war er hilflos.

Erst die Ankunft Gerlandos und Giovanni da Camerinos erlöste ihn von seinen Grübeleien.

Melchiorri übernahm es, dem Oberhaupt der Bettlergilde zu berichten, was geschehen war und was sie sich zu Beatrices Rettung überlegt hatten.

»Ein gewagter Plan, kein Zweifel. Ich habe einen Cousin, der als Wärter in den Gefängnissen der Inquisition arbeitet. Er schuldet mir einen Gefallen so groß wie die Kuppel des Petersdoms, und ich glaube nicht, dass er wegen eines kleinen Wagnisses auf eine Entschädigung von, sagen wir, fünfzehn Scudi verzichten würde. Bereitet das Brot und die Botschaft für Beatrice vor. Ich kann ihr beides innerhalb einer Stunde zukommen lassen.«

Melchiorri nahm ein kleines rundes Brot von seinem Schreibtisch und bohrte mit einem spitzen Messerchen ein Loch in die Unterseite, indem er die Kruste vorsichtig abhob und ein wenig Krume herauskratzte.

»Wenn ich's recht bedenke, ist es besser, ihr eine Ampulle mit der exakten Dosis zu schicken, statt das Brot damit zu tränken. Dann können wir sicher sein, dass sie die richtige Menge einnimmt«, sagte Melchiorri, während er das Brot mit der Fingerfertigkeit eines Mannes bearbeitete, der es gewohnt ist, mit empfindlichen Gegenständen umzugehen.

Anschließend schob der Großmeister ein winziges Fläschchen aus dünnem Glas, in das er einen Teil der Flüssigkeit aus der größeren Phiole gegossen hatte, in das Loch und fügte noch eine Nachricht mit Anweisungen für die Flucht in sehr kleiner, aber gut leserlicher Handschrift hinzu.

»Gut«, sagte er und übergab Giovanni da Camerino das in ein Leintuch gewickelte Brot, »möge das Glück mit uns sein!«

Kapitel XLIII

Die eisenverstärkte Zellentür öffnete sich mit lautem Quietschen, und Licht fiel von draußen herein.

Als Beatrice merkte, dass keine Zeit mehr für ihre Verzweiflungstat blieb, ließ sie die Schlinge aus ihren kältestarren Fingern gleiten. Auch das letzte Fünkchen Energie erlosch in ihren zitternden Gliedern, sie stürzte auf das Lager, als hätten ihre Knochen sich aufgelöst wie Schnee in der Sonne, und schlug dabei mit der rechten Hüfte hart gegen die Holzpritsche. Nach der langen Dunkelheit blendete sie sogar das milde Licht der Laterne, sodass sie eine Hand vor die Augen halten musste.

Für einen Moment war sie fast blind, doch dann gewöhnten sich ihre Augen an den Lichtschein, und sie erkannte eine Gestalt, die vorsichtig ihre Zelle betrat.

»Wer … Wer seid Ihr?«, flüsterte sie kaum hörbar.

»Habt keine Angst, ich bin ein Freund. Draußen gibt es Menschen, die Euch nicht vergessen haben. Ich soll Euch das hier von ihnen bringen.«

Beatrice griff tastend nach dem Bündel, das der Mann ihr gab.

»Was … wie … wer … ?«, murmelte sie schwach und brachte keinen einzigen Satz heraus.

»Für Erklärungen ist keine Zeit. Ich habe mich schon genug in Gefahr begeben, ich muss gehen.«

Ohne ein weiteres Wort und ohne auf ihr Gestammel zu achten, verließ der rätselhafte Mann die Zelle und verriegelte die Tür hinter sich.

Beatrice saß wieder allein im Finstern.

Das kurze Aufblitzen der schwachen Laterne aber hatte eine kleine Flamme der Hoffnung in ihrer gebrochenen Seele entzündet. Sie umklammerte das Päckchen wie einen Rettungsanker auf stürmischer See.

Zuerst war sie zu überwältigt und aufgewühlt, um es näher zu untersuchen und festzustellen, um was es sich handelte.

»Menschen, die Euch nicht vergessen haben.« Die wenigen Worte wirbelten in ihrem Kopf herum wie ein wild gewordener Kreisel, ohne dass sie die Kraft fand, vernünftig über sie nachzudenken. Sie drehte das Bündel weiter in ihren Händen, als wollte sie durch die fassbare Stofflichkeit des Gegenstandes die Verbindung zu einer Welt aufnehmen, die sie für immer verloren geglaubt hatte.

Als das Zittern ihrer Finger ein wenig nachließ, beschloss sie herauszufinden, was man ihr da geschickt hatte.

Sie machte das Päckchen auf und befühlte mit den Fingerspitzen den Inhalt, der sich als ein kleines Brot herausstellte.

Die Erkenntnis, dass der mysteriöse Kontaktmann ihr nichts weiter als ein Brot gebracht hatte, ließ sie erneut verzagen, aber nur kurz, denn sobald ihr Verstand wieder normal arbeitete, sagte sie sich, dass niemand für einen Happen Essen solch ein Risiko eingehen würde.

Nein, das Brot musste noch etwas anderes enthalten.

Zuerst dachte sie, es berge möglicherweise den Schlüssel zu ihrer Zellentür in seinem Innern, verwarf diese Vermutung aber gleich wieder. Der Schlüssel des Wärters, der sie zu dem ersten Verhör geholt hatte, war so groß und schwer gewesen, dass der Mann ihn am Gürtel tragen musste.

Das Brot dagegen war leicht und klein.

Beatrice brach es entzwei und hielt es dabei über ihren Rock, damit der mögliche Inhalt nicht auf den Boden fiel.

Sie spürte einen leichten Plumps in ihrem Schoß, legte die beiden Brothälften beiseite und ertastete den herausgefallenen Gegenstand, der eine kleine, mit einem Stück Papier umwickelte Ampulle zu sein schien.

Aufgeregt drehte sie den Zettel hin und her, merkte aber bald, dass es schlichtweg unmöglich war, ihn zu lesen.

Sie versuchte die Buchstaben zu erkennen, indem sie mit den Fingerkuppen darüberfuhr, doch die Schrift war zu klein und nicht tief genug in das Papier eingeprägt.

Also legte sie die Nachricht erst einmal beiseite und beschäftigte sich mit der Ampulle.

Mit den Fingernägeln zog sie den winzigen Korken heraus und hielt sich die Phiole unter die Nase, um den Inhalt mittels ihres Geruchssinns zu erforschen.

Der durchdringende Gestank, der ihr entgegenströmte, verursachte ihr augenblicklich Brechreiz. Vor lauter Ekel hielt sie das Fläschchen ruckartig von sich weg, wobei ein Teil der dicken Flüssigkeit herauslief und ihr die Finger verklebte.

Danach beschnupperte sie die merkwürdige Substanz etwas vorsichtiger und achtete darauf, sie auf sicherer Entfernung zu ihrer Nase zu halten. Trotzdem überwältigte der üble Geruch sie beinahe wieder, doch diesmal konnte sie in der Mischung unangenehmer Aromen eine salzige Note erschnuppern, die sie ans Meer erinnerte. Sie erkannte den typischen Gestank von verfaultem Fisch wieder, den man nicht mehr vergisst, wenn man ihn einmal gerochen hat.

Diese Entdeckung brachte sie allerdings kein bisschen weiter.

Der schwache Hoffnungsfunken, den der unbekannte Bote in ihr erweckt hatte, verglomm rasch wieder. Mit dem nutzlosen Zettel und der übel riechenden Ampulle in der Hand wurde sie erneut von den düsteren, verzweifelten Gedanken überwältigt, die ihr während der vergangenen, endlosen Stunden Gesellschaft geleistet hatten.

Es lag auf der Hand, dass die dort draußen, die sich um sie sorgten, keine Rettungsmöglichkeit sahen und daher beschlossen hatten, ihr ein starkes Gift zukommen zu lassen, mit dem sie ihre Qual verkürzen konnte.

Obwohl sie nicht wusste, woraus die Flüssigkeit bestand, hatte sie doch eines im Laufe ihrer Tätigkeit als Kräuterweib gelernt, nämlich dass unangenehme Gerüche gewöhnlich mit schädlicher Wirkung einhergingen.

Außerdem konnte sie selbst bei optimistischster Betrachtung keinen anderen Beweggrund ihrer unbekannten Wohltäter erkennen als den Wunsch, ihr ein gnädiges Ende zu ermöglichen und ihr die Folter zu ersparen.

Ja, so musste es sein.

Zane und Nanni hatten wahrscheinlich von ihrer Verhaftung erfahren und keinen besseren Weg gefunden, ihr zu helfen.

Gewiss hatten sie, bevor sie zu dieser extremen Maßnahme griffen, alles Mögliche unternommen, um sie zu befreien, aber was konnten ein mittelloser Maler und ein flüchtiger Sklave schon tun? Selbst wenn sie es mit Bestechung hätten versuchen wollen, mit welchem Geld denn? Nannis Taschen waren immer leer, und was Zane anging, so hätte er vielleicht ein paar Scudi auftreiben können, aber bestimmt nicht genug.

An eine gewaltsame Befreiung war erst recht nicht zu denken. Im Palazzo und seinen Kerkern wimmelte es vor bewaffneten Schergen und kräftigen Wärtern. Ein solches Unterfangen wäre der reinste Selbstmord.

Für sie hatte sich also nichts geändert: Ob Strick oder Gift, das machte keinen Unterschied. Dennoch empfand sie Rührung bei der Vorstellung, welche Anstrengungen ihre Freunde unternommen haben mussten, um ihr diese Ampulle zu schicken.

Das Wissen, dass jemand außerhalb dieser Mauern noch mit Zuneigung an sie dachte, tröstete sie und verlieh ihr den nötigen Mut, um den endgültigen, letzten Schritt zu tun.

Beatrice stieß einen tiefen Seufzer aus, führte entschlossen das Fläschchen an die Lippen und schluckte den widerwärtigen Inhalt auf einmal hinunter.

Dann ließ sie die Ampulle zu Boden fallen und streckte sich in Erwartung des Vergessens auf der Pritsche aus.

Kapitel XLIV

Der Palast der Kongregation des Heiligen Offiziums erhob sich in der Nähe der Vatikansbasilika, direkt an der Piazza San Pietro. Er war ein imposantes Gebäude, das jedoch nichts von der Schönheit und Anmut der umgebenden Renaissancebauten hatte. Massig, quaderförmig und schmucklos, glich es eher einer uneinnehmbaren Festung als einem Ort christlicher Nächstenliebe.

Falls es in der Absicht seiner Erbauer gelegen hatte, Scheu und Furcht auszulösen, so war ihnen das vollauf gelungen.

Sobald Fulminacci das Gebäude betrat, fingen seine Knie an zu schlottern. Melchiorri hatte ihm wiederholt eingeschärft, eine demütige, ehrfurchtsvolle Haltung einzunehmen, und wenn der Großmeister für einen Moment in die Haut des Malers hätte schlüpfen können, wäre er vollkommen beruhigt gewesen.

Demut und Ehrfurcht waren genau das, was Fulminacci empfand.

Und natürlich Angst.

Falls irgendetwas schiefging, wäre kein Mensch mächtig genug, ihm ein grauenvolles Schicksal zu ersparen, und alles Beten und Flehen würde ihm nicht helfen.

Wenn man es mit der Inquisition zu tun bekam, war Erbarmen ein Fremdwort.

Während er hinter dem Großmeister herging, fragte sich Fulminacci, warum der Freund sich wohl in eine solche Gefahr begab.

Melchiorri hatte eine beneidenswerte Position erlangt; er verfügte über Geld, Diener, eine prunkvolle Wohnung, die Gunst der Mächtigen. Was brachte ihn dazu, sich in die Höhle des Löwen zu begeben?

Andererseits hatte er auch schon in der Vergangenheit bewiesen, dass er die Gefahr mehr liebte als irdische Güter. Sein Missgeschick in Mailand, das ihn dazu gezwungen hatte, die lombardische Hauptstadt zu verlassen, war ein treffliches Beispiel dafür.

Und wenn Fulminacci nun überhaupt eine schwache Hoffnung nähren durfte, Beatrice frei und gesund wiederzusehen, so hatte er das vor allem der Abenteuerlust seines unverbesserlichen Freundes zu verdanken.

Von sich selbst konnte er nicht behaupten, diese Risikobereitschaft zu teilen. Wenn es nicht unbedingt nötig gewesen wäre, hätte er gut und gerne darauf verzichtet, sich in eine derart brenzlige Situation zu begeben.

Nicht, dass er feige gewesen wäre, im Gegenteil. Von Natur aus fürchtete er die Menschen nicht, und aus philosophischer Überzeugung jagten ihm auch die Launen der Götter keinen Schrecken ein, aber du lieber Himmel, die Inquisition war schließlich etwas völlig anderes!

Doch nun gab es kein Zurück mehr. Wer A sagt, muss auch B sagen.

Kaum hatte das düstere Trio das Vestibül durchschritten, wurde es von einem Wächter vor dem Haupteingang angehalten.

Melchiorri tuschelte lange mit ihm, aber der Maler, der sich wie besprochen im Hintergrund hielt, schnappte nur ein paar Worte davon auf und verharrte schweigend, während kalter Angstschweiß seinen Körper überzog.

Schließlich wurde die kleine Gruppe durchgelassen und betrat schlurfend das Innere des Gebäudes, wo sie sogleich nach rechts in einen dunklen, niedrigen Gang einbog, der zu der steilen Treppe ins Kellergeschoss führte.

Die drei Gefährten stiegen mehrere Treppenfluchten hinunter, bis sie in einem großen Raum mit gewölbter Decke ankamen, wo sie erneut aufgehalten wurden. Diesmal nicht von den üblichen Schergen, sondern einem Trupp Gefängniswärter, der um einen Tisch saß, Wein direkt aus einem großen Krug trank und mit Würfeln um einen Haufen abgelegter Kleider spielte. Fulminacci musste seine Fantasie nicht besonders anstrengen, um zu erraten, woher dieses armselige Kleiderbündel stammte.

Als die drei die letzten Stufen nahmen, trat ihnen einer dieser erbärmlichen Kerle entgegen und kratzte sich den dicken Bauch.

»Na, wollt Ihr mal wieder eine Ladung abholen?«, fragte der Wärter.

Der Großmeister nickte nur bestätigend.

»Die Bahren sind dort in der Ecke«, fuhr der Wärter fort, »aber diesmal müsst Ihr einen Aufschlag auf die Leihgebühr berappen. In den letzten Tagen war hier viel Kommen und Gehen, deshalb mussten wir die Preise ein bisschen erhöhen. Nichts Persönliches, versteht sich, Gott schütze die wohltätige Bruderschaft von San Pancrazio, aber Ihr wisst ja, wie das ist, das Gesetz von Angebot und Nachfrage …«

Kommentarlos holte Melchiorri einige Münzen aus seiner Kuttentasche und ließ sie in die geöffnete Hand des hinterhältigen Kerls fallen.

»Santino, geh mit den Brüdern«, rief der daraufhin einem der Männer am Tisch zu.

Der Betreffende stand unwillig auf, aber nicht ehe er noch einen großen Schluck Wein getrunken hatte.

»Nehmt eine Bahre, Brüder«, raunte Melchiorri und zeigte auf einen Stapel der Geräte.

Zane schnappte sich eine der primitiven Tragen, die aus nichts weiter als zwei mit einem schmutzigen Stück Hanfstoff verbundenen Stöcken bestanden, und folgte den anderen. Die Bahre war trotz ihrer primitiven Machart ein sperriger Gegenstand, doch in den Händen des Slawen wirkte sie wie ein Spielzeug.

Der Wärter namens Santino zog einen enormen Schlüssel aus seinem Gürtel und öffnete damit eine niedrige Holzpforte neben dem Tisch, an dem seine Kollegen die Würfelpartie wieder aufgenommen hatten, ohne die drei eines weiteren Blickes zu würdigen.

Sie gingen durch einen weiteren langen Gang, dessen Wände

Feuchtigkeit absonderten und von in regelmäßigen Abständen aufgehängten Öllampen schummerig beleuchtet wurden.

Am Ende des Gangs mussten sie noch eine Treppe hinabsteigen, die tief ins Erdinnere vorzustoßen schien.

Je tiefer sie kamen, desto mehr sank die Temperatur, und schließlich fing der Maler trotz der schweren Kutte der Bruderschaft vor Kälte an zu bibbern.

Mehr um die angespannte Stimmung aufzulockern als aus wirklichem Interesse sagte er zu Melchiorri:

»Diese Sache mit den Bahren habe ich noch nicht ganz begriffen.«

Als der Wärter das hörte, drehte er sich ruckartig um und musterte den Maler neugierig.

»Entschuldigt, Santino, er ist neu«, sagte der Großmeister hastig. »Er leistet diesen Dienst zum ersten Mal in den Kerkern des Heiligen Offiziums. Bruder Gaspare, wie ich Euch bereits erklärt habe, dürfen keinerlei Gegenstände mit ins Gefängnis gebracht werden. Damit wir nun aber die sterblichen Überreste der armen Sünder, die hier ihre Seelen ihrem Schöpfer überantwortet haben, nicht auf den Schultern forttragen müssen, stellen die Wärter den barmherzigen Bruderschaften freundlicherweise diese Bahren zur Verfügung. Wie Ihr versteht, ist es nur recht und billig, dass sie dafür eine kleine Entschädigung erhalten. Doch jetzt wollen wir schweigen, aus Respekt vor denen, die an diesem Ort ihre furchtbaren Sünden abbüßen.«

Trotz des dämmerigen Lichts sah Fulminacci, wie die Augen des Freundes durch die Sehschlitze der hohen, spitzen Kapuze Blitze auf ihn abschossen.

»Hier ist es«, sagte der Wärter und blieb vor einer Zellentür stehen. »Macht schnell.«

Santino öffnete die Tür und ging den dreien in das enge Gefängnis voraus.

Es war jedoch niemand darin.

»Die… Die Zelle ist leer«, rief Fulminacci mit einem Beben in der Stimme.

»Na, dann ist sie wohl schon weggebracht worden«, sagte der Kerkermeister mit einem kaum verhohlenen hämischen Grinsen. »Sieht so aus, als wärt Ihr umsonst gekommen.«

»Aber … wer kann die Leiche abgeholt haben?«, fragte Melchiorri, der seine Überraschung kaum besser verbergen konnte.

»Pah, was weiß ich. Vermutlich eine andere Bruderschaft. Zur Zeit herrscht hier unten ein dauerndes Hin und Her, sage ich Euch. Die Konkurrenz ist Euch offenbar zuvorgekommen!«

»Das halte ich für unwahrscheinlich«, widersprach der Großmeister. »Die Familie hat uns damit beauftragt, den Leichnam in Empfang zu nehmen. Sie wird gewiss nicht noch andere damit betraut haben.«

»Dann haben vielleicht die Kollegen die Tote fortgeschafft, weil sie dachten, dass niemand sie abholen kommt.«

»Wohin werden die Leichen gebracht?«

»Gewöhnlich in die Ställe. Jeden Abend kommt ein Wagen mit Heu, und wenn das Futter abgeladen ist, werden die Toten aufgeladen und weggekarrt. Fragt mich nicht, wohin, denn ich weiß es nicht.«

»Schnell, Santino, führt uns zu den Ställen«, sagte Melchiorri in drängendem Ton.

»Immer schön langsam, Bruder. Das war nicht abgemacht. Wenn ich Euch zu den Ställen bringen soll, müsst Ihr einen Zuschlag zahlen. Ich hab meine Zeit schließlich auch nicht zu verschenken.«

Der Maler war drauf und dran, dem widerlichen Kerl an die Gurgel zu gehen, doch Zane, der ihn im Auge behalten hatte, schritt rechtzeitig ein. Der Slawe wusste genau, dass die Wahrscheinlichkeit, mit heiler Haut und vor allem mit Beatrice davonzukommen, gleich null war, wenn hier unten in den Kerkern ein Handgemenge entstand.

»Also gut, Santino, nehmt diesen Dukaten«, sagte Melchiorri und drückte dem Wärter eine Münze in die Hand, »und nun führt uns rasch zu den Ställen.«

Auf dem Weg wurde der Maler von noch schlimmeren und

heftigeren Kälteschauern erfasst, die jedoch wenig mit den eisigen Temperaturen in diesen finsteren Verliesen zu tun hatten.

Zu hören, wie Melchiorri und dieser zynische Wärter von Beatrice als »der Leiche« oder »der Toten« sprachen, hatte ihm das Blut in den Adern gefrieren lassen. Er sagte sich immer wieder, dass es ja nur eine List war, doch dieser unvorhergesehene Zwischenfall ließ plötzlich alles in einem neuen, unheilvollen Licht erscheinen.

Was, wenn der Trank tatsächlich tödlich gewirkt hatte?

Oder wenn Beatrice, der Himmel möge es verhüten, bereits tot gewesen war, als man ihr das Fläschchen gebracht hatte?

Oder wenn sie infolge der Misshandlungen gestorben war, denen ihr hilfloser Körper möglicherweise ausgesetzt worden war?

Oder wenn …?

Die schlimmsten Vorstellungen überstürzten sich in seinem Kopf und erzeugten immer neue Schreckensbilder, bis er, ohne es zu merken, die vor ihm gehenden Gefährten aus den Augen verloren hatte. In ihrer Eile, zu den Ställen zu gelangen, hatten die anderen nicht bemerkt, dass er zurückgeblieben war.

Als er seiner Umgebung wieder gewahr wurde, war er allein.

Fulminacci blieb erschrocken stehen, weil ihm klar war, dass er sich ohne Führer in diesem Gängelabyrinth nicht zurechtfinden würde.

Obendrein hatte die kleine Gruppe einen anderen Weg zu den Ställen genommen als den, den sie gekommen waren.

Er erinnerte sich vage, um mehrere Ecken gebogen zu sein, wusste aber, dass er nicht dieselbe Strecke zurückgehen konnte, ohne sich komplett zu verirren.

Reglos und mit angehaltenem Atem spitzte er die Ohren und lauschte auf die Schritte der Gefährten, um sich an ihnen zu orientieren. In den Korridoren gab es eine Vielzahl von Geräuschen: quietschende Türangeln, leises Stöhnen, das Schlurfen von Gefangenen, die sich in den Zellen bewegten, und das alles gedämpft und verworren durch den Hall in diesen endlosen unterirdischen Gängen.

Fulminacci zögerte lange und versuchte, den richtigen Weg mithilfe irgendeines kleinen Hinweises zu erraten. Als er sich der Vergeblichkeit seines Tuns bewusst wurde, schlug er wahllos irgendeine Richtung ein.

Sein Bestreben war es, baldmöglichst eine Treppe zu finden, die nach oben führte. Das Wissen um die Masse von Stein über seinem Haupt verursachte ihm plötzlich Platzangst, und er lechzte nach offenem Himmel, nach Licht und Luft.

Er nahm einen Gang, der nach links abbog, und fand sich kurz darauf an einer Wegkreuzung wieder, von der drei gleich aussehende Tunnel abgingen. Auf gut Glück wählte er einen davon, denn manchmal hilft das Glück auch den Verzweifelten, und er schien eine gute Wahl getroffen zu haben, denn nach ein paar Biegungen stand er vor einer sich aufwärts windenden Wendeltreppe.

Ohne Zaudern stieg er die Stufen hinauf und achtete dabei auf mögliche Laute aus den oberen Etagen. Die Treppe führte in eine Art Vorraum mit einem Tisch und vier Hockern, auf denen zum Glück niemand saß. Auf dem Tisch lagen einige Kleidungsstücke, ein untrügliches Zeichen dafür, dass sich auch hier normalerweise Wärter aufhielten. Fulminacci nahm den erstbesten Gang und fing an zu laufen, begierig, diesen bedrückenden Ort so schnell wie möglich zu verlassen. Als er um die zigste Ecke bog, stieß er heftig mit jemandem zusammen, der ihm aus der anderen Richtung entgegenkam.

Es war ein kleiner Mann von skelettartiger Magerkeit mit einer langen Hakennase und der schwarz-weißen Ordenstracht der Dominikanermönche.

Der Mönch stürzte und schlug gegen die raue Wand des Gangs, wobei er ein eher überraschtes als schmerzhaftes Wimmern ausstieß.

Auch der Maler bekam den Stoß zu spüren. Er fiel zwar nicht, strauchelte aber und fuchtelte mit den Armen, um das Gleichgewicht zu halten.

Nach dem ersten Schreck blieben die beiden Männer einen

Augenblick lang starr, dann stützte sich der Dominikaner an der Wand ab und erhob sich, wobei er den Maler mit seinem Blick durchbohrte.

Die Augen des Mönchs blitzten vor Ärger und verletzter Würde, aber nicht das war es, was Fulminacci vorübergehend lähmte. Das Funkeln im Blick des Paters war wie eine scharfe Klinge, die das geheimste Innere seiner Gedanken zu durchdringen schien. Das Funkeln von Fanatismus und Wahnsinn.

Auf einmal erkannte er, dass der Mönch gleich um Hilfe rufen würde, und beschloss zu handeln. Der Dominikaner war noch nicht ganz aufgestanden und öffnete gerade den Mund zum Schrei, als ihn Fulminaccis Faust am Kinn traf. Der Schlag wurde mit voller Kraft ausgeführt, eine präzise Gerade nach allen Regeln der Kunst und unter Zuhilfenahme der Schulter, um noch mehr Wucht hineinzulegen. So viel Einsatz wäre gar nicht nötig gewesen, denn schon ein leichter Haken hätte bei der Statur des Mönchs zum gleichen Ergebnis geführt.

Der Kopf des Paters flog nach hinten, und er hatte bereits das Bewusstsein verloren, bevor sein schmächtiger Körper auf dem Boden auftraf.

Fürs Erste war die Bedrohung abgewehrt, doch der Maler wusste, dass er sich noch immer in Gefahr befand. Es war nur eine Frage der Zeit, bis einer der Wärter durch diesen Gang kam, und eine glaubwürdige Erklärung dafür zu finden, was er hier neben dem ohnmächtigen Dominikaner machte, würde nicht leicht sein.

Er musste sich etwas einfallen lassen, und zwar schnell.

Den Mönch zu verstecken kam nicht infrage, denn die Zellentüren schienen alle verschlossen zu sein, und er konnte sich nicht erinnern, unterwegs irgendeine Nische gesehen zu haben, in der er ihn unterbringen könnte, ohne dass er gleich entdeckt würde.

Von Panik erfasst lief Fulminacci zu dem Vestibül zurück, wo er den Tisch voller Kleider gesehen hatte. Dort wühlte er in dem Haufen, bis er eine Art Laken fand, das groß genug für seine Zwecke war.

Hastig kehrte er zum Ort des Zusammenstoßes zurück, wickelte den besinnungslosen Körper in den groben Stoff und lud ihn sich auf die Schultern.

Es war ein verrückter Plan, geradezu selbstmörderisch, aber in der Hektik und der Aufregung wusste er sich keinen besseren Rat.

Ungeachtet seiner geringen Größe und seiner Magerkeit wog der Mönch doch gut einen Zentner, und es war daher ein ächzender und schnaubender Fulminacci, der sich durch die Gänge schleppte und nach einem Ausweg aus dieser albtraumhaften Falle suchte.

Sollte ihn jemand anhalten, hatte er sich vorgenommen, seine Rolle als barmherziger Totengräber weiterzuspielen und darauf zu hoffen, dass niemand sich die Mühe machen würde, das Bündel auf seinen Schultern zu inspizieren.

Seine Tarnung wurde schon bald auf die Probe gestellt, denn nach wenigen Dutzend Schritten traf er auf einen Wärter, der in die andere Richtung unterwegs war.

»Wir verschaffen Euch ordentlich Arbeit, was?«, sagte der Wärter in dem heiteren, leutseligen Ton eines Mannes, der reichlich dem Wein zugesprochen hatte.

»Äh, ja, ganz recht …«, antwortete der Maler. »Verzeiht, Kerkermeister, aber ich glaube, ich habe mich verlaufen. Ich muss zu den Ställen, wo mich meine Brüder erwarten. Könnt Ihr mir vielleicht den schnellsten Weg dorthin weisen?«

»Ach, ein Neuling! Aber gewiss, Bruder, das ehrenwerte Wachkorps der heiligen Inquisition wird doch den guten Männern, die eine so wichtige Aufgabe verrichten, nicht die Hilfe versagen. Wenn unsere Freunde von den Bruderschaften nicht wären, um die Leichen wegzuschaffen, würden diese Gänge bald … wie soll ich sagen … zum Himmel stinken!«

Ein dröhnendes Lachen begleitete diesen makabren Scherz.

»Also, lasst mal sehen …«, fuhr der Wärter fort, als sein Hohngelächter verebbt war, » … am Ende dieses Korridors geht Ihr nach rechts bis zur nächsten Weggabelung, dort biegt Ihr wieder nach rechts ab. Nach ein paar Metern kommt Ihr zu einer Treppe, die Ihr zum oberen Stockwerk hinaufsteigt. Von dort aus haltet Ihr Euch immer links und gelangt so in den Innenhof. Die Ställe liegen direkt gegenüber auf der anderen Seite, Ihr könnt sie nicht verfehlen.«

»Seid bedankt, Kerkermeister«, sagte Fulminacci und rückte das Gewicht des Dominikaners auf seinen Schultern zurecht.

»Keine Ursache, Bruder, keine Ursache.«

Der Mann ging in der anderen Richtung davon, wobei er weiter vor sich hin gluckste.

Ohne Zögern folgte Fulminacci seiner Beschreibung und kam bald zu der Treppe. Der Aufstieg war alles andere als leicht. Die Last auf seinem Rücken brachte ihn zum Keuchen, und er musste sich gehörig anstrengen, um die nächste Etage zu erreichen.

Die Wegbeschreibung erwies sich immerhin als genau, sodass er kurz darauf den Innenhof überquerte und schnaufend die Ställe des Palastes betrat, ohne einer lebenden Seele zu begegnen.

Als er durch das niedrige, lang gestreckte Gebäude schlurfte, war er am Ende seiner Kräfte. Der Schweiß rann ihm in die Augen, doch wegen der Kapuze, die er nicht abzunehmen wagte, konnte er ihn nicht abwischen.

Fast blind vor Erschöpfung und von den salzigen Tropfen merkte Fulminacci nicht, dass jemand auf ihn zukam.

Kapitel XLV

Der Skorpion saß allein in dem kleinen Schlafzimmer, das man ihm zur Verfügung gestellt hatte, und schliff die Klinge seines Schwerts mit einem milchfarbenen Stein.

Das Zimmer wurde nur von einer schwach brennenden Öllampe erhellt, die auf einer wackeligen Kommode stand, dem einzigen Möbelstück außer dem niedrigen Bett, auf dem er saß.

Er schien ganz in seine Tätigkeit versunken zu sein, doch seine Gedanken schweiften immer wieder zu den Geschehnissen der vergangenen Nacht ab und gingen noch einmal jede Einzelheit durch.

Bei seinem Eindringen in den Palazzo Salvaneschi wäre er beinahe gefasst worden, und wenn der Franzose nicht diese kleine Unvorsichtigkeit begangen hätte, wäre er, der Skorpion, der ungreifbare Meuchelmörder, der Schrecken aller Mächtigen, jetzt bloß noch ein weiterer zerstörter Mythos.

Er fragte sich, was er getan hätte, wenn der Musketier nicht so unbesonnen gewesen wäre, ihm eine Fluchtmöglichkeit zu öffnen.

Hätte er sich widerstandslos ergeben? Oder hätte er versucht, sich der Verhaftung zu entziehen, und den sicheren Tod in Kauf genommen?

Sosehr er sich auch selbst erforschte, fand er doch keine Antwort auf diese Fragen.

Er war sich stets der tödlichen Risiken seines Berufs bewusst gewesen, der Möglichkeit, dass ihn jederzeit der Todesstoß treffen konnte, doch das war eben eine logische, rationale Erwägung. Das Wissen darum, von einem Moment auf den anderen sterben zu können, hatte nie seine Entschlossenheit gemindert, die übernommenen Aufgaben zu Ende zu bringen und seinen Verpflichtungen nachzukommen.

Diesmal aber empfand er anders.

Noch nie war er dem Tod so nahe gewesen, noch nie hatten die feindlichen Klingen seine Haut so dreist geritzt. Aber es war nicht nur das. Offenbar hatte er selbst sich verändert, ohne es zu merken. Das Alter hatte seine Beharrlichkeit gemindert, seine Verwegenheit gedämpft. Wenn er ehrlich war, musste er zugeben, dass er vorsichtiger, besonnener, zögerlicher geworden war.

Und das war bei seiner Arbeit ein unverzeihlicher Fehler.

Vorsicht und Besonnenheit stellten eher ein Hindernis als einen Vorteil dar, wenn für das Gelingen eines Unternehmens Kühnheit und Entschlossenheit gefragt waren.

Jedes Zaudern, jedes Schwanken konnte fatale Folgen haben.

Vielleicht hätte er diesen Auftrag nie annehmen dürfen, vielleicht wäre es besser gewesen, sich aus der Sache zurückzuziehen, wie er es schon öfter erwogen hatte.

Doch nun war es zu spät.

Er war zu weit gegangen, um noch einen Rückzieher zu machen. Weniger seines Auftraggebers wegen als um seiner selbst, seiner Selbstachtung willen. Allein die Vorstellung, dass er bei seinem letzten Auftrag versagen sollte, war inakzeptabel.

Nein. Er musste zu der Entschlossenheit seiner besten Zeiten zurückfinden.

Seine körperliche Verfassung war nach wie vor ausgezeichnet, sein Auge scharf, die Hand sicher. Es gab keinen Grund, sich in Zweifel und Grübeleien zu verlieren. Der Skorpion war immer noch der Skorpion, und ganz Rom würde das erkennen.

Seine letzte Aktion war ein Fehlschlag gewesen, wohl wahr, aber die nächste würde perfekt werden, ein Erfolg auf ganzer Linie, davon musste er selbst überzeugt sein.

Schluss mit Tricks und Umwegen, Schluss mit ausgefeilten Plänen – diesmal würde er direkt und ohne Zeitverlust handeln.

Schnell und tödlich. Wie in den guten alten Zeiten.

Dazu aber musste er sich als Erstes der hinderlichen Überwachung durch seine neuen Verbündeten entledigen, die viel zu interessiert an seinen Aktivitäten waren.

Er war von jeher ein einsamer Wolf gewesen, unvorhersehbar und unkontrollierbar und gerade deshalb tödlich erfolgreich. Wenn er sich der Hilfe anderer bedient hatte, dann waren das stets nur gelegentliche, zweckgerichtete Bündnisse mit klarer Rollenverteilung gewesen.

Er musste diese einengende Umgebung so schnell wie möglich verlassen und die Bewegungsfreiheit zurückgewinnen, die seine große Stärke war.

Er beschloss, noch ein paar Stunden zu warten und dann in tiefster Nacht das Haus zu verlassen und in die Gassen und Sträßchen der Stadt zurückzukehren.

Seine Feinde würden sich nicht leicht geschlagen geben und etwas Neues versuchen, irgendwelche neuen Schliche, eine neue Falle.

Und er würde bereit sein und ihnen zuvorkommen.

Wie früher, wie immer.

Fulminacci spürte, wie zwei Arme seinen Hals umklammerten.

In seinem Zustand, beschwert von dem reglosen Gewicht des Dominikaners und die Augen schweißverklebt, bekam er eine Heidenangst, denn er wusste, dass er nicht in der Lage war, es mit einem Angreifer aufzunehmen.

Er wehrte sich und versuchte, die erstickende Umklammerung abzuschütteln. Wenn er sich auch nur kurz von ihr befreien könnte, wäre es ihm möglich, seine Last zu Boden gleiten zu lassen, um die Hände zur Verteidigung frei zu haben.

Aber die Arme, die ihn erdrückten, ließen nicht locker.

Umso verwirrter war er, als er bemerkte, dass sein Angreifer, statt zu grunzen oder zu fluchen, wie man es erwarten würde, offenbar weinte. Diese Feststellung brachte ihn dazu, mit seinen hektischen Verrenkungen aufzuhören und seinen Kopf so zu neigen, dass er den anderen erkennen konnte.

Was er sah, bewirkte etwas, das Erschöpfung, Anspannung und Furcht nicht geschafft hatten.

Seine Beine gaben nach, und er fiel, wobei er seine Bürde und den Aggressor in einem scheinbar unentwirrbaren Knäuel aus Gliedmaßen mit sich riss.

Doch sein Bewusstsein schwand nicht, sondern erfuhr nur eine vorübergehende Trübung, die sogleich wieder verschwand – für einen kurzen Augenblick senkte sich ein dunkler Schirm, wie ein Bühnenhintergrund, über seine Augen.

Das Erste, was er erkannte, als der Schirm sich hob, war die dichte, rebellische rote Mähne, die er während der vergangenen, endlos langen Stunden so oft vor seinem geistigen Auge gesehen hatte.

»Beatrice, du bist gerettet!«, brachte er schwach heraus, da ihre Umarmung ihm immer noch die Luft abdrückte.

Zur Antwort erhielt er lediglich ein verstärktes Schluchzen und ein nochmaliges, festeres Zudrücken der Arme um seinen Hals.

»Beatrice, ich bitte dich, du bringst mich um!«

Die Freundin schien nicht die Absicht zu haben, ihn loszulassen, doch zum Glück sorgten hilfreiche Hände dafür, den Würgegriff um seine Halsschlagader zu lösen und ihm auf die Beine zu helfen.

»Mein Freund, wir fürchteten schon, dich verloren zu haben. Als ich mich umgedreht habe und du nicht mehr hinter mir warst, bin ich fast umgefallen vor Schreck. Aber wir konnten auch nicht umkehren und dich suchen, weil der Wärter sonst sicher Verdacht geschöpft hätte. Außerdem wussten wir ja immer noch nicht, was aus Beatrice geworden war.« Der Großmeister half ihm, die schwere Kapuze abzuziehen, und versetzte ihm einen Schlag auf die Schulter, den der Maler in diesem Moment nicht unbedingt gebraucht hätte.

Fulminaccis Befreiung währte außerdem nicht lange. Sobald Zanes starke Hände Beatrice losließen, stürzte sie sich erneut auf ihn und zog ihn in eine überschwängliche Umarmung. Diesmal aber war er auf den Ansturm gefasst und reagierte mit ebensolcher Leidenschaftlichkeit.

Melchiorri und der stumme Zane warteten geduldig darauf,

dass die beiden mit ihrem gegenseitigen Trösten fertig wurden, doch als die Sache sich in die Länge zu ziehen drohte, nahm der Großmeister sich die Freiheit dazwischenzugehen.

»Entschuldigt die Störung, aber ich möchte euch daran erinnern, dass wir uns immer noch im Palast der Inquisition befinden und nur durch ein Wunder bisher nicht entdeckt wurden. Wenn ihr eure Freudenbekundungen auf einen anderen Moment verschieben könntet, wäre ich euch unendlich dankbar. Haltet mich ruhig für überängstlich, aber unter den gegebenen Umständen bin ich nicht gerade die Ruhe selbst.«

Widerstrebend lösten sich die beiden aus ihrer Umarmung, doch die Blicke, die sie dabei wechselten, waren voller Versprechen.

»Gut«, sagte der Großmeister, »jetzt müssen wir nur noch einen Weg finden, hier herauszukommen. Und während wir darüber nachdenken, sollten wir besser einen etwas verborgeneren Ort aufsuchen. Übrigens, Giovanni, wer ist der da eigentlich?«

»Ach so, das ist ein Dominikaner. Er hat mich unten in den Verliesen überrascht. Weil ich nicht wusste, was ich tun sollte, habe ich ihn niedergeschlagen. Und da ich ihn schlecht dort liegen lassen konnte, habe ich ihn mitgeschleppt. Ich dachte, mit einer Leiche auf den Schultern wäre meine Tarnung perfekt.«

»Gute Idee. Lebt er noch?«

»Ehrlich gesagt habe ich ihm einen ziemlichen Schwinger versetzt, aber ich denke nicht, dass er tot ist.«

»Umso besser. Zane, nimm diesen Sack voll Unrat mit, und dann verstecken wir uns irgendwo, bis uns etwas einfällt, wie wir uns aus dem Staub machen können.«

Die vier hasteten durch das weitläufige Stallgebäude und fanden einen dunklen Winkel hinter einem Stoß Heuballen.

»Ihr habt mir noch nicht erzählt, was passiert ist«, sagte Fulminacci, als sie außer Sicht von Wachen oder Stallknechten waren.

»Da gibt es nicht viel zu erzählen«, antwortete Melchiorri. »Beatrice hat zwar den Trank erhalten, konnte aber die Botschaft nicht lesen, weil es in ihrer Zelle stockfinster war. Sie dachte, wir hätten ihr ein Gift geschickt, um ihre Qualen zu verkürzen. Kannst du dir das vorstellen?«

»Ich war verzweifelt«, unterbrach ihn Beatrice. »Ihr habt die Folterkammer nicht gesehen. Ich hatte sogar schon einen Strick aus meinem Unterrock geflochten, um mich damit zu erhängen. Die Flüssigkeit, die ich für Gift hielt, habe ich nur getrunken, weil ich dachte, dass es schneller geht und weniger schmerzhaft ist.«

Aufgewühlt von dem Leid der Frau, die ihm, wie er entdeckt hatte, so viel bedeutete, umarmte Fulminacci sie wieder.

»Als die Wärter in ihre Zelle kamen und sie für tot hielten, brachten sie sie gleich hierher in die Ställe, damit der Heuwagen die Leiche abtransportieren konnte«, fuhr Melchiorri fort. »Wir haben sie dort hinten gefunden, neben zwei Unglücklichen, die unter der Folter gestorben sind.«

»Sollte die Wirkung des Tranks denn nicht länger anhalten?«, fragte Fulminacci.

»Doch, aber Beatrice hat versehentlich etwas davon verschüttet. Deshalb wurde sie früher wach, aber Gott sei Dank haben wir sie als Erste entdeckt. Jetzt sollten wir jedoch langsam einen Weg finden, um hier rauszukommen. Früher oder später wird jemand auftauchen, und dieses Versteck erscheint mir nicht besonders sicher.«

»Warum laden wir Beatrice nicht einfach wieder auf eine Bahre und gehen durch den Haupteingang raus?«, schlug Fulminacci vor. »In den Augen der Wachen sind wir schließlich nur barmherzige Brüder, die die sterbliche Hülle eines armen Sünders abholen. Weshalb sollten sie was anderes vermuten?«

»So leicht ist es nicht, Giovanni. Während du in den Verliesen herumgeirrt bist, haben wir uns ein bisschen umgesehen und herausgefunden, dass die Wachen am Eingang kontrollieren, ob es sich wirklich um Leichen handelt, und sie mit dem Schwert durchbohren, um ganz sicherzugehen.«

»Diese Schweinehunde!«, rief der Maler. »Und was machen wir jetzt?«

»Ich denke nach, Giovanni, ich denke nach. Lass mir ein wenig Zeit.«

»Dann bahnen wir uns eben mit Gewalt einen Weg, bei Gott! Am Eingang stehen nicht mehr als drei oder vier Schergen. Ihr bleibt hinter uns, und Zane und ich schaffen sie aus dem Weg. Sobald wir draußen sind, nehmen wir die Beine in die Hand. Was meint ihr?«

»Verzeih, Giovanni, aber das halte ich für eine ausgemachte Torheit. Selbst wenn es euch gelänge, die Wachen zu überwältigen, hätten wir sofort sämtliche Häscher der Inquisition auf dem Hals. Die geben keine Ruhe, bis sie einen geschnappt haben, und sie würden uns schnappen, das kannst du mir glauben. Nein, wir müssen mit List vorgehen.«

In diesem Moment hörten sie, wie das Stalltor aufging. Sie hockten sich schnell hinter die Heuballen und spähten durch die Lücken zwischen ihnen hindurch.

Ein Wagen, der von zwei ausgemergelten Gäulen gezogen wurde, kam herein und wurde von den armselig gekleideten Fuhrknechten in ihre Richtung gelenkt.

Er rollte noch einige Meter und hielt dann vor einer der Stallungen an.

Die beiden Fuhrknechte sprangen herunter, nahmen zwei Mistgabeln von der Ladefläche, öffneten das Gatter und begannen, Mist auf den Wagen zu häufen.

»Da haben wir unseren Passierschein«, murmelte Melchiorri und deutete auf den Wagen.

»Ich verstehe nicht ganz«, flüsterte der Maler zurück.

»Ganz einfach. Wir überwältigen die beiden Knechte, nehmen ihren Wagen und fahren hinaus. Zwei von uns müssen natürlich die Kleider der Stallburschen anziehen, während die anderen beiden sich unter dem Mist verstecken. Das ist nicht das Angenehmste, ich weiß, aber ich sehe keine andere Möglichkeit.«

Der Maler, Zane und Beatrice sahen sich an und verständigten sich mit Blicken darüber, ob der Plan funktionieren konnte.

»Abgemacht«, sagte Fulminacci schließlich. »Auf geht's!«

»Langsam, Giovanni!«, hielt ihn der Großmeister zurück.

»Warum noch zögern?«, zischte der Maler. »Erledigen wir die Sache lieber gleich.«

»Lass uns wenigstens warten, bis sie den Mist fertig aufgeladen haben«, widersprach Melchiorri. »Oder hast du Lust, Pferdescheiße zu schaufeln?«

Fulminacci kam nicht dazu, weitere Einwände zu erheben, denn plötzlich erlangte der Mönch, den die vier Gefährten ganz vergessen hatten, das Bewusstsein wieder und fing an zu strampeln und leise zu wimmern.

»Bringt ihn zum Schweigen, sonst sind wir verloren!«, flüsterte Melchiorri.

Der Maler beugte sich über den ringenden Mönch, um ihm noch einen Hieb zu verpassen. Als er mit der Faust ausholte, verrutschte das Laken, in das der Dominikaner eingewickelt war, und Melchiorri sah sein Gesicht.

»Heilige Muttergottes!«, rief er. »Wir sind geliefert!«

Kapitel XLVI

Capitaine de la Fleur bewegte vorsichtig prüfend seinen Arm, der von einem Chirurgen behandelt und fest verbunden worden war.

Das Letzte, woran er sich von der vergangenen Nacht erinnerte, war ihre Ankunft am Flussufer nach der Verfolgung des Skorpions durch den Tunnel; danach nichts mehr.

Bruyère und Renard mussten ihn zu der Kaserne neben der französischen Gesandtschaft getragen und dort der Behandlung eines Arztes anvertraut haben.

Der Capitaine hob mehrmals den Arm, belastete leicht die Schulter und stellte fest, dass der Schmerz erträglich war.

Unterdessen betrat Bischof de Simara das Zimmer, dicht gefolgt von Sergeant Bruyère.

»Wie fühlt Ihr Euch?«, fragte der Bischof.

»Hätte schlimmer ausgehen können, Monsieur«, antwortete de la Fleur. »Ich bin dem Tod quasi von der Schippe gesprungen. Der Skorpion hätte mich auch direkt in die Brust treffen können, aber Gott sei Dank bin ich seinem Hieb gerade noch rechtzeitig ausgewichen.«

»Ihr habt eine große Unvorsichtigkeit begangen. Mit dem Skorpion scherzt man nicht, wenn er eine Waffe in der Hand hat. Ihr habt unnötig Euer Leben aufs Spiel gesetzt.«

»Nicht das ist es, was mich am meisten bedrückt, Monsieur. Was ich mir nicht verzeihen kann, ist, dass ich ihn habe entkommen lassen. Daran sind allein mein Leichtsinn und meine Eitelkeit schuld. Wenn ich ihn nicht allein gestellt hätte, hätten wir ihn jetzt, und Ihr könntet erfahren, was Euch so am Herzen liegt. Ich habe die Arbeit von Monaten zunichtegemacht, nur um meinen Stolz zu befriedigen.«

»Da sprecht Ihr leider wahr, Capitaine, aber tröstet Euch, noch ist nicht alles verloren. Ich habe mich gerade mit Azzolini beraten, und wir haben einen neuen Plan ersonnen. Diesmal dürfen wir uns keinen Fehlschlag leisten, es könnte unsere letzte Chance sein. Denkt Ihr, Ihr könnt trotz Eurer Verletzung mit von der Partie sein?«

»Ich stehe Euch voll und ganz zur Verfügung, Monsieur. Um nichts auf der Welt würde ich darauf verzichten. Ich würde sogar in die Hölle hinabsteigen, um meine Revanche zu bekommen!«

Der Bischof setzte sich auf einen Schemel neben dem Bett des Musketiers und forderte Bruyère durch ein Zeichen auf, das Zimmer zu verlassen.

»Wie Ihr vielleicht wisst«, hob der Geistliche an, »findet in zwei Tagen ein großes Fest im Palazzo Riario statt. Königin Christine will den Beginn dieses verspäteten Frühlings feiern. Das Fest hätte eigentlich schon im März über die Bühne gehen sollen, aber wegen des Dauerregens und der anhaltenden Kälte hat sie es immer wieder verschoben. Es wird ein Maskenball werden, an dem ganz Rom teilnimmt – Fürsten, Kardinäle, Gesandte. Dort werden wir ihn erwarten.«

»Ich weiß nicht, was Ihr ersonnen habt, um ihn anzulocken, aber ich fürchte, es wird nicht funktionieren«, erwiderte der verwundete Offizier. »Der Skorpion wird die Falle sofort wittern.«

»Das weiß ich. Dennoch bin ich davon überzeugt, dass er kommen wird. Der Köder, den wir für ihn ausgelegt haben, ist einfach unwiderstehlich, glaubt mir. Wir haben bereits angefangen, die entsprechenden Gerüchte zu streuen. Rom ist eine klatschsüchtige Stadt; sie werden sich wie ein Lauffeuer verbreiten und innerhalb weniger Stunden dem Skorpion zu Ohren kommen. Ihr solltet Euch derweil ausruhen und Eure Kräfte zurückerlangen. Ich zähle auf Euch.«

»Bei dem Gedanken, meinen Fehler wiedergutmachen zu können, fühle ich mich schon viel besser, Monsieur. Diesmal werde ich nicht versagen, seid gewiss.«

»Ich baue darauf, Capitaine.«

»Giovanni, weißt du, wem du da eins übergebraten hast?«, sagte Melchiorri mit entsetzt hervorquellenden Augen.

Bevor er antwortete, schickte der Maler den erwachenden Mönch mit einem Schlag gegen die Schläfe ins Reich der Träume zurück.

»Nein, keine Ahnung. Für mich sind diese verdammten Aasgeier alle gleich.«

»Bei allen Heiligen, der da ist kein Geringerer als Bernardo Muti, der stellvertretende Inquisitor, die schwarze Seele des Heiligen Offiziums.«

Fulminacci wirkte nicht besonders beeindruckt.

»Umso besser«, sagte er, »dann kann er jetzt wenigstens keinen Schaden mehr anrichten.«

»Wir dürfen ihn auf keinen Fall hierlassen«, fuhr der Großmeister fort. »Wir müssen ihn mitnehmen. Heiliger Himmel, was für ein Schlamassel.«

»Warum denn?«, fragte der Maler. »Er hat unsere Gesichter nicht gesehen und weiß nicht, wer ihn niedergeschlagen hat. Lassen wir ihn einfach hier liegen und hauen ab. Ich hasse diese Fanatiker.«

»Kapierst du denn nicht? Muti ist nicht bloß die blutrünstige Bestie, die alle kennen. Er ist dazu auch ein hochintelligenter Mann und keiner von diesen Schafsköpfen, mit denen du dich normalerweise rumprügelst. Wenn wir zulassen, dass sie ihn finden und wieder aufpäppeln, wird er schnell zwei und zwei zusammenzählen und herausfinden, wer ihn im Kerker überwältigt hat. Danach können wir uns noch nicht mal am Hof des Großwesirs mehr sicher fühlen. Nein, Giovanni, wir müssen ihn mitnehmen!«

»Und was sollen wir dann mit ihm machen?«, mischte sich Beatrice ein, die die hagere Gestalt des Inquisitors mit ebenso viel Abscheu wie Neugier betrachtete. »Können wir ihm nicht einfach den Hals umdrehen?«

»Großer Gott, nein! Wo denkst du hin? Ich werde mich doch nicht mit einem so furchtbaren Verbrechen besudeln, auch wenn Muti zweifellos Schlimmeres verdient.«

»Wenn ihr keinen Mumm dazu habt, mache ich es«, sagte die junge Frau mit einem mörderischen Glitzern in den Augen. »Ihr habt keinen Tag und keine Nacht in seinen grässlichen Klauen verbracht.«

»Kommt nicht infrage. Mit solchen Dummheiten will ich nichts zu tun haben.«

»Was wollt ihr dann mit ihm anstellen?«

»Ich habe nicht den blassesten Schimmer, Beatrice, aber wenn wir erst mal in Sicherheit sind, wird mir schon etwas einfallen. Zane, fessele und knebele ihn. Wir müssen sichergehen, dass er nicht um Hilfe schreit. Sobald wir in meinem Laboratorium sind, besprechen wir, wie wir weiter vorgehen.«

Während der riesenhafte Slawe den Anweisungen nachkam, beugte sich Fulminacci über die Mauer aus Heuballen und sah nach, wie weit das Ausmisten inzwischen vorangegangen war.

»Sie sind fast fertig«, sagte er, »ich glaube, wir können zuschlagen.«

»Aber denk dran, Giovanni«, bat der Großmeister, der seine gewohnte olympische Ruhe verloren zu haben schien, »es muss glatt vonstattengehen, ohne Geschrei und Radau.«

»Keine Angst, ich mach das schon. Komm, Zane.«

Vorsichtig huschten die beiden aus ihrem Versteck und näherten sich auf der dunkleren Seite des Gangs den beiden Stallknechten.

Indem sie der Schnelligkeit den Vorzug vor der Lautlosigkeit gaben, erreichten Zane und der Maler im Nu die beiden Männer und schlugen sie beinahe gleichzeitig von hinten nieder. Der, den der Slawe sich vorgenommen hatte, ging nach einem gewaltigen Nackenhieb ohne einen Laut zu Boden. Der andere hatte noch Zeit, sich umzudrehen, doch Fulminacci schlug noch einmal zu und streckte ihn mit einem Kinnhaken nieder.

Dann zogen sie die Knechte rasch in die ausgemistete Stallung, wo Zane sie mit unbenutztem Zaumzeug fesselte.

Fulminacci winkte dem Großmeister und Beatrice, damit sie herauskamen.

Die beiden packten Muti an den Beinen und unter den Achseln und schleppten ihn zum Karren.

»Unter den Mist mit ihm, schnell«, sagte Melchiorri.

Zane und der Maler hoben einen Teil der stinkenden Ladung an und schufen eine Höhlung, in der sie den Mönch versteckten.

»Gut«, schnaufte Fulminacci, »jetzt müssen wir nur noch ausmachen, wer auf den Bock steigt und wer sich im Mist vergraben muss.«

»Tut mir leid, Giovanni, aber ich fürchte, das trifft dich und Beatrice.«

Fulminacci hob an zu protestieren, doch der Freund unterbrach ihn mit einer entschiedenen Geste.

»Beatrice ist, wie du sicherlich schon bemerkt hast, weiblichen Geschlechts und wird daher schwerlich als Stallknecht durchgehen können. Und was dich betrifft, so hast du einen Schnauzer und einen Spitzbart, während die beiden Knechte hier bartlos sind. Die Wachen draußen werden ihnen nur einen flüchtigen Blick zugeworfen haben, aber diesen Unterschied würden sie bemerken. Nein, mein Lieber, wenn wir hier mit heiler Haut herauskommen wollen, müsst ihr beide unter den Mist.«

Der Maler sah ein, dass er sich der Vernunft beugen musste, auch wenn sein übertriebener Stolz sich vor Empörung aufbäumte.

»Herrgott, was für ein widerlicher Gestank«, lamentierte er. »Wir werden Wochen brauchen, um den wieder loszuwerden! Ich werde mich dauernd waschen müssen!«

»Keine Sorge, Giovanni. In meinem Pavillon gibt es drei Badezimmer mit Marmorwannen, feinsten Seifen, duftenden Badesalzen und allen Spezereien, die ihr braucht, um den Stallgeruch loszuwerden. Aber jetzt sollten wir mal aufbrechen, wir können nicht ewig hier rumstehen und diskutieren.«

Beatrice und der Maler buddelten sich in dem feuchten, schmierigen Pferdemist ein, bedeckten sich fast ganz damit und ließen nur zwei kleine Luftlöcher.

Melchiorri und Zane zogen derweil die Lumpen der Stallknechte an, stiegen auf den Bock und lenkten die beiden Klepper auf das Tor zu.

Verborgen unter dem Mist und halb erstickt von dem Gestank, bekamen Beatrice und Fulminacci nicht viel von dem mit, was um sie herum passierte. Sie hörten das Knarren von Toren und ein paar Fetzen eines kurzen Wortwechsels zwischen den Wachen und Melchiorri, der sich sehr geschickt darin zeigte, die grobe, schleppende Sprechweise der Fuhrknechte nachzuahmen, und schließlich das Rattern der metallbeschlagenen Wagenräder auf dem Straßenpflaster.

Falls sie gedacht hatten, dass der kritischste Moment die Ausfahrt aus den Ställen sei, hatten sie sich verrechnet.

Sobald sie draußen waren, brannte die Sonne auf die Mistladung und heizte sie im Nu auf. Von den Ausscheidungen ging ein unerträglicher Pestilenzgeruch aus, den die beiden notgedrungen einatmen mussten.

Die Fahrt schien ewig zu dauern, und als der Wagen endlich durch die Lieferanteneinfahrt des Palazzo Riario holperte, waren Beatrice und Fulminacci aufgrund der fauligen Ausdünstungen in einen ohnmachtsähnlichen Zustand verfallen.

Zane half ihnen, sich von der übel riechenden Abdeckung zu befreien, und sie stiegen taumelnd von der Ladefläche in den Hof vor dem Pavillon, in dem sich das Laboratorium des Großmeisters befand. Es war ihnen ein kleiner Trost, dass es um den Dominikanermönch noch um einiges schlimmer bestellt zu sein schien. Er hatte unterwegs erneut das Bewusstsein wiedererlangt und heftig ringend versucht, sich von seinen Fesseln und dem Knebel zu befreien. Dabei hatte er die Ausdünstungen tief inhaliert, und nun war er in so übler Verfassung, dass er sich davon nur schwerlich erholen würde.

Beatrice und der Maler atmeten tief die frische Luft ein, um ihre benebelten Köpfe wieder freizubekommen.

»Verzeiht mir, Meister«, sprach ein Bediensteter Melchiorri respektvoll an, »was soll mit dem Wagen geschehen? Die Vorbereitungen für das Fest übermorgen sind in vollem Gange, und ich glaube nicht, dass Ihre Majestät es zu schätzen wüsste …«

»Ach ja, der Mist …«

»Falls Ihr ihn für Eure Experimente braucht«, fuhr der Diener fort, »werde ich ihn an einen abgelegenen Ort fahren lassen, damit er seinen Geruch nicht überall verbreitet.«

»Oh, nein, nein«, antwortete der Großmeister, sichtlich verlegen, »ich habe keine Verwendung dafür.«

»Vergebt, dass ich mir die Freiheit nehme, aber ein Schwager von mir besitzt ein paar Ruten Gartenland hinter dem Gianicolo. Wenn Ihr den Inhalt des Wagens nicht braucht, wird er ihn sicher gern als Dünger verwenden. Wisst Ihr, Meister, mein Schwager Balduccio hat sechs Kinder, und in diesen Zeiten …«

»Ja, ja, nur zu. Nimm den Karren und schenk ihn deinem Schwager. Aber zuerst sorg dafür, dass die Badezimmer vorbereitet und die Wannen mit reichlich heißem Wasser gefüllt werden. Wie du siehst, haben meine Freunde und ich dringend ein Bad nötig.«

»Was machen wir jetzt mit dem da?«, fragte Beatrice und deutete auf den reglosen Körper des Inquisitors.

»Tja, das ist ein anderes hübsches Problemchen«, seufzte Melchiorri. »Herrje, ich habe das Gefühl, auf einem Pulverfass mit brennender Lunte zu sitzen. Fürs Erste schlage ich vor, ihn in den Keller zu sperren. Danach sehen wir weiter.«

»Wenn es nach mir ginge, würden wir ihn abmurksen und in den Tiber werfen«, beharrte die junge Frau.

Kapitel XLVII

Der Großmeister hatte sich nach seinem Bad noch nicht fertig abgetrocknet, als ein Diener ihm ein Billett brachte, in dessen oberer linker Ecke das in Gold geprägte Wappen Kardinal Azzolinis prangte.

Mit feuchten Händen öffnete Melchiorri den Umschlag und las die Nachricht.

»Euer Ehrwürden wird dringend im Palazzo Riario verlangt.«

Kein Dankeschön, kein Bitteschön, kein Gruß.

Typisch für den Stil des Kardinals.

Seufzend verließ der Großmeister das Badezimmer und rief nach dem Diener, der sich gerade entfernt hatte.

»Meine Zeremoniengewänder. Legt mir meine Zeremoniengewänder heraus, rasch!«

Sein Befehl löste hektische Betriebsamkeit bei der Dienerschaft aus, die ihm so schnell wie möglich nachzukommen suchte.

Nachdem Melchiorri den festlichen Überrock seines Fantasieordens angelegt und ein Diener ihm die gepuderte Perücke aufgesetzt hatte, verließ er eiligst den Pavillon und hastete durch den Teil des Parks, der ihn vom Hauptgebäude trennte, wobei er halblaut die Launen der Mächtigen verfluchte, die ihn seines lang ersehnten Nickerchens beraubten.

Das zügige Gehen, die gnadenlos sengende Sonne und nicht zuletzt das heiße Bad, das er sich soeben gegönnt hatte, verursachten ihm zu gleichen Teilen heftige Transpiration, sodass er trotz der Eile vorm Eingang des Palazzos kurz haltmachen musste, um sich den Schweiß vom Gesicht zu wischen.

Ein Lakai in der auffälligen Livree der Bediensteten der Königin von Schweden wartete, bis er fertig war, und geleitete ihn dann durch die langen, prunkvollen Flure des königlichen Wohnsitzes in ein kleines Arbeitszimmer im ersten Stock, wo ihn der Kardinal erwartete.

»Da seid Ihr ja endlich.«

»Ich bitte um Vergebung, Euer Eminenz, ich bin so schnell hierhergeeilt, wie es ging.«

»Schon gut, schon gut«, sagte der Kardinal mit einer ungehaltenen Handbewegung. »Mir ist zu Ohren gekommen, dass Ihr mit diesem Maler bekannt seid, wie heißt er doch gleich, Socchi, Secchi ...?«

»Giovanni Battista Sacchi, Eminenz, genannt Il Fulminacci«, korrigierte ihn Melchiorri.

»Den meine ich. Wäre es Euch möglich, für mich ein Treffen mit ihm zu arrangieren?«

»Durch einen glücklichen Zufall ist der Maler gerade in meinem Laboratorium zu Gast. Wie Ihr vielleicht wisst, wurde mein Freund in den vergangenen Tagen in einige höchst seltsame Abenteuer verwickelt, weshalb ich es für angeraten hielt, ihm bei mir Zuflucht zu gewähren, damit er in Ruhe abwarten kann, bis die Wogen sich geglättet haben.«

»Ausgezeichnet. Ich muss dringend mit ihm sprechen.«

»Ich werde einen Diener nach ihm schicken.«

»Er soll schnellstmöglich herkommen.«

Mit diesen Worten begab sich der Kardinal zu einem Schreibtisch und begann mit konzentrierter Miene einige Papiere zu studieren, als sei er ganz allein im Zimmer.

Wenige Minuten später trat ein vom Bad noch feuchter und ziemlich aufgelöster Fulminacci ein.

Da endlich ließ sich Azzolini dazu herab, von seinen Papieren aufzublicken, und bohrte seine dunklen, scharf blickenden Augen in die umschatteten des Malers.

»Messer Sacchi«, begann er ohne Vorrede, »die heilige römische Kirche bedarf in einer wichtigen Angelegenheit Eurer Dienste.«

»Jederzeit, Eminenz. Meine Talente als Maler, Kupferstecher, Bildhauer und Architekt stehen Euch zur Verfügung.«

»In diesem Moment benötigt die Kirche nicht so sehr Eure

Kunst als vielmehr einen Gegenstand, der sich in Eurem Besitz befindet. Ein kurioser Gegenstand, der für Euch eine vergleichsweise geringe Bedeutung hat, aber das Mittel zur erfolgreichen Beilegung einer ernsten Staatsangelegenheit sein könnte. Ich wäre Euch überaus dankbar, wenn Ihr mir den fraglichen Gegenstand für einige Tage überlassen würdet. Nach Abschluss der von mir geplanten Operation wird er Euch selbstverständlich zurückerstattet.«

»Euer Eminenz«, antwortete der Maler, der eine gewisse Verlegenheit nicht verbergen konnte, »ich wäre überglücklich, der heiligen Mutter Kirche all meine Besitztümer zur Verfügung zu stellen, doch, wie soll ich sagen … Wenn ich recht verstanden habe, um welchen Gegenstand es sich handelt … Nun, es ist ein sehr kostbares Stück … Versteht mich nicht falsch, ich habe volles Vertrauen zu Euch, aber wäre es vielleicht möglich … nun ja, eine Art von Entschädigung zu erhalten? Nur für den Fall, dass etwas dazwischenkommt, wisst Ihr …«

Azzolini seufzte laut.

»Heilige Jungfrau«, rief er und schlug mit der Faust auf den mit Intarsien verzierten Schreibtisch, »kann man in dieser vermaledeiten Stadt nicht ein einziges Mal etwas aus christlicher Nächstenliebe bekommen, aus Ergebenheit gegenüber denen, die die Geschicke der Christenheit lenken? Für alles muss man bezahlen! Also gut, wie viel wollt Ihr?«

»Bitte missversteht mich nicht, Euer Eminenz, aber der Besitz des Gegenstands, über den wir sprechen, hat mich während der letzten Tage in vielerlei Gefahren gebracht. Sonst hätte ich mir nie erlaubt, über seine, wenn auch zeitweise, Abtretung zu verhandeln.«

»Ihr habt recht, Messere«, räumte Azzolini ein. »Obwohl Ihr nichts davon wusstet, habt Ihr durch Euer Verhalten der Kirche bereits einen großen Gefallen getan, und es ist nur gerecht, dass Ihr dafür eine Anerkennung erhaltet. Ich denke, diese Börse voll Dukaten wird Euch mehr als ausreichend für die Unannehmlichkeiten entschädigen.«

Geschwind griff der Maler nach der kleinen Börse aus Ziegenleder und wog sie mit kritischem Ausdruck in der Hand, um den Inhalt abzuschätzen. Dann zog er lächelnd den Bernsteinanhänger aus der Rocktasche, den Zane ihm in Beatrices Auftrag zurückgegeben hatte, und legte ihn auf den Schreibtisch.

Der Kardinal nahm ihn und betrachtete ihn ausführlich.

»Ein erstaunliches Schmuckstück«, bemerkte er schließlich. »Ich würde es gern Pater Kircher zeigen und hören, was er dazu sagt.«

»Ich glaube, Pater Kircher hat den Bernstein schon früher einmal zu Gesicht bekommen – jedenfalls nach der Bestürzung zu urteilen, die er an den Tag legte, als ich ihm den Anhänger brachte, nachdem er in meine Hände geraten war«, berichtete Fulminacci, dem das erfolgreiche Verhandeln einen gewissen Übermut verliehen hatte.

»Er kennt ihn, sagt Ihr?«, erkundigte sich der Kardinal verblüfft.

»Ich kann es nicht mit Sicherheit behaupten, aber als ich ihm den Bernstein zeigte, reagierte er, als sähe er ihn nicht zum ersten Mal. Genauer gesagt wurde er sogar von einem plötzlichen Unwohlsein befallen, und es musste ein Arzt gerufen werden, um ihn wieder zu Bewusstsein zu bringen. Ich hatte keine Gelegenheit mehr, ihn danach zu fragen, aber es erschien mir offensichtlich, dass ihm das Schmuckstück nicht ganz unbekannt war.«

»Jetzt, da Ihr es erwähnt, fällt mir ein, dass auch ich ein seltsames Verhalten bei Pater Kircher beobachtet habe, besonders nach dem Mord in der Oper. Nichts Konkretes wohlgemerkt, aber ich hatte den Eindruck, dass er sehr viel mehr weiß, als er preiszugeben bereit ist. Als hüte er in der Tiefe seiner Seele ein schreckliches, unsagbares Geheimnis.«

Durch das gemeinsame Interesse an dem Gesprächsgegenstand war die Atmosphäre weniger förmlich, beinahe zwanglos geworden, wie bei einer Unterhaltung zwischen alten Freunden. Was den Großmeister nicht wenig verwunderte, der doch ständig in der feinen Gesellschaft verkehrte und immer wieder feststellen musste, wie sehr jeder Umgang mit hochgestellten Persönlichkeiten von einem strengen Verhaltenskodex bestimmt wurde. Er wusste noch, wie es beinahe zu einem diplomatischen Zwischenfall gekommen wäre, als man bei der Ankunft des neuen französischen Gesandten festlegen musste, ob dieser sich in Gegenwart von Königin Christine setzen durfte oder nicht. Und nun sprach Kardinal Azzolini ganz unbefangen mit einem einfachen, mittellosen Maler!

Die Lage musste wirklich ernst sein, wenn ein so erlauchter Kirchenfürst sich zu einem vertrauten Gespräch mit einem Mann aus bescheidenen Verhältnissen herabließ.

Der scheinbar gleichberechtigte Austausch war jedoch von kurzer Dauer. Weil der Kardinal merkte, dass er ein Übermaß an Vertraulichkeit zuließ, oder einfach weil er glaubte, alles Wissenswerte erfahren zu haben, nahm er wieder seine Rolle als Kirchenfürst ein und stellte damit die gewohnte Distanz zu seinen Gesprächspartnern her.

»Ihr könnt jetzt gehen«, sagte er mit dem ihm eigenen Gleichmut. »Falls ich Euch noch brauche, werde ich Euch rufen lassen.«

Die beiden Freunde verbeugten sich und verließen das Arbeitszimmer.

»Ein sympathischer Mensch, unser Kardinal, was?«, sagte der Maler, als sie außer Hörweite waren.

»Tja, du weißt doch, wie die Aristokraten sind, was hast du erwartet? Als du anfingst, wegen der Herausgabe des Bernsteins zu feilschen, habe ich das Zittern bekommen. Nicht viele dürfen es sich erlauben, so mit Azzolini zu sprechen. Seine Reaktion hätte auch anders ausfallen können.«

»Ich habe nur beherzigt, was du selbst immer predigst: Es gibt im Leben nichts umsonst. Für alles, was du willst, musst du bezahlen. Und um es mal mit brutaler Offenheit zu sagen, habe ich die Schnauze gestrichen voll von diesem ganzen Schlamassel. Ich habe zweimal mein Leben für diesen verdammten Stein riskiert, und da soll ich ihn einfach so hergeben, aus reiner Freundlichkeit? Niemals. Außerdem kapiere ich immer weniger von all dem, was um mich herum passiert. Zuerst die ermordeten Jesuiten, dann Beatrice, die anscheinend als Spionin für die Franzosen arbeitet, schließlich dieser namenlose Mörder, der durch Rom streift und offenbar nichts anderes im Sinn hat, als mir die Kehle durchzuschneiden. Das Ganze gewürzt mit einem kleinen Ausflug in die Verliese der Inquisition, damit es nicht langweilig wird. Und das ist noch lange nicht das Ende, fürchte ich. Also wirst du doch gestatten, dass ich mich ein wenig schadlos halte? Ich habe die Dukaten, die ich dem Kardinal abknöpfen konnte, noch nicht gezählt, aber dem Gewicht nach zu urteilen müssten es genug sein, um die nächsten Monate zu überleben, ohne an jeder Ecke von Gläubigern angesprungen zu werden, die mir an die Gurgel wollen. So, und jetzt gehen wir etwas essen. Bei all der Aufregung habe ich seit gestern Abend nichts mehr in den Bauch bekommen.«

»Gute Idee«, sagte der Großmeister. »Auch ich verspüre einen gewissen Appetit.«

Kardinal Azzolini legte das Schmuckstück zurück auf den Schreibtisch und rieb sich die müden Augen.

Er hatte das im Bernstein eingeschlossene Insekt lange betrachtet, viel länger, als er wollte, und vergeblich versucht, mit seiner Hilfe in die Gedanken seines Besitzers einzudringen.

Wenn man den Stein gegen das Licht hielt, war das kleine tödliche Wesen in allen Einzelheiten erkennbar, kaum verzerrt von der Konvexität des ihn umschließenden Materials. Trotz seiner Starre in der ewigen Umarmung des Harzes ging von seiner Haltung eine bedrohliche Dynamik aus. Der Rumpf des Insekts war nach links verdreht, als hätte es in dem Moment, in dem es von dem zähen Material getötet und konserviert worden war, seinen giftigen Stachel zu einem letzten Angriff ausfahren wollen.

Leider konnte ihm der winzige Skorpion allein nicht viel verraten. Sein Geheimnis lag in zu großer Tiefe verborgen.

Azzolini wusste genau, dass sein Vorhaben riskant, ein echtes Wagnis war. Monate unermüdlicher Arbeit, endloser Vorbereitungen und mühevoller Verhandlungen – das alles konnte durch den kleinsten Fehler, durch ein vernachlässigtes Detail zunichtegemacht werden.

Doch es blieb ihnen nicht mehr viel Zeit.

Die Situation in Schweden war an einem entscheidenden Wendepunkt angelangt, und nur ein Geniestreich würde den Lauf der Ereignisse umkehren können, die immer schneller auf einen unheilvollen Ausgang für die heilige römische Kirche zustrebten.

Wie lange hatte er auf Königin Christine eingeredet, damit sie das Problem tatkräftig anging und ihr noch immer hohes Ansehen ins Feld führte, um wenigstens zu retten, was zu retten war! Eine Pattsituation war nach wie vor möglich und auf jeden Fall wünschenswert, denn sie würde ihm die nötige Zeit verschaffen, um jeden erdenklichen Gegenzug, jede mögliche Strategie in die Wege zu leiten, mit denen den unseligen Plänen der Kirchenfeinde Einhalt geboten werden konnte. Wenn er mehr Zeit hätte, würde es ihm vielleicht gelingen, den König von Frankreich von seiner Dickköpfigkeit abzubringen. Wenn mehr Zeit wäre, hätten die katholischen Fürsten in Deutschland Gelegenheit, sich neu zu organisieren, ihre kleinlichen Streitereien beizulegen und eine gemeinsame Front gegen die um sich greifende Häresie zu bilden.

Wenn.

Aber die Zeit war zu knapp. Der junge Karl XI. von Schweden hatte offenbar nicht mehr lange zu leben, sein Kanzler Magnus bereitete schon seine Nachfolge vor, und die Kirche hatte in diesem Spiel schlechte Karten.

Das Überleben der Kirche als weltliche Macht hing von diesem Schritt ab, dem entscheidenden Schritt, der als einziger das Spiel neu mischen würde.

Ein alter Jesuit, von dem man immer noch nicht wusste, wer er war.

Ein Geheimnis, das über ein halbes Jahrhundert lang gehütet worden war und darauf wartete, gelüftet zu werden.

Nachdem der Skorpion ganze Arbeit geleistet hatte, blieben

nur noch drei Kandidaten übrig, aber welcher davon war der Mann, den sie suchten?

Im Moment waren die drei Geistlichen in Sicherheit und wurden streng bewacht, aber das löste das Problem nicht.

Der Skorpion musste um jeden Preis gefasst werden, und zwar lebend und so weit unversehrt, dass er noch verhört werden konnte.

Nur er wusste etwas, das die Identität des Mannes enthüllen konnte, den sie monatelang, jahrelang in jedem Winkel Europas gesucht hatten.

Der Kardinal warf noch einen Blick auf den Bernstein, der auf dem Schreibtisch glänzte. Dieses kleine Schmuckstück würde ihnen Zugang zu dem so lange und so eifersüchtig gewahrten Geheimnis verschaffen.

Wenn alles nach Plan lief.

Wenn der Skorpion auf den ausgelegten Köder anbiss.

Wenn jeder seine Pflicht tat.

Wenn.

Ein forderndes Klopfen an der Tür riss den Kardinal aus seinen Gedanken.

Kapitel XLVIII

Der Palazzo war von bescheidener Größe und lag in einer Nebenstraße eines unbedeutenden Stadtviertels. Ein Haus wie viele andere, anonym, ohne besonderen Schmuck und durchschnittlich gut erhalten.

Ein kleiner Garten umgab es an allen vier Seiten. An der Rückseite erstreckte sich das vernachlässigte Grundstück einige Hundert Schritt lang bis zu dem Hügel, der das Viertel überragte, und wurde von einem niedrigen, lang gestreckten Bau begrenzt, in dem sich die Stallungen befanden. Hinter dem Stallgebäude stieg der Hügel steil an und war mit einer dichten Macchia aus kleinen Bäumen und Sträuchern bewachsen.

Es würde nicht einfach sein, ins Haus zu gelangen, wusste der Skorpion, und viel schwieriger, wieder hinauszukommen.

Aber man konnte es versuchen.

Die Bewachung war äußerst unauffällig. Seine Widersacher hatten aus den vorhergehenden Fehlern gelernt und es vermieden, allzu sichtbare Truppen aufzustellen, aber man spürte, dass die Wachmannschaft ansehnlich und gut gerüstet war.

Von seiner Position aus konnte der alte Mörder hin und wieder einen Kopf an einem der Fenster auftauchen sehen, und zweimal im Laufe des Vormittags hatten drei Männer das Gebäude umrundet. Sie waren wie einfache Knechte gekleidet, aber man sah deutlich, dass es sich um eine Tarnung handelte. Der gleichmäßige Schritt, die aufrechte Haltung und die Art, wie sie ihre Arbeitsgeräte hielten, verrieten die Soldaten. Darüber hinaus ließen die Bescheidenheit des Hauses und der schlechte Zustand des Gartens nicht eben auf eine große Zahl von Dienstpersonal schließen.

Fieschi war vollkommen sicher, dass Pater Eckart an diesem

unauffälligen Ort in Sicherheit gebracht worden war, und Fieschi war der bestinformierte Mann der Stadt. Es bestand kein Zweifel daran, dass seine Quellen zuverlässig waren.

Der Genueser war mitten in der Nacht in das Zimmer des Skorpions gekommen, als er gerade das Haus verlassen wollte. Er wäre schon weg gewesen, wenn nicht ausgerechnet in dem Moment, als er sich hinausschleichen wollte, ein Reiter in den Hof galoppiert wäre, sodass er seine Flucht hatte aufschieben müssen.

Er hatte beschlossen zu warten, bis die von dieser unerwarteten Ankunft ausgelöste Unruhe sich gelegt hatte und die anderen Bewohner wieder zu Bett gegangen waren, aber als er seine wenigen Habseligkeiten zusammensammelte, war Fieschi eingetreten.

Der Genueser hatte sofort bemerkt, dass sein Gast fertig angekleidet war, und fein gelächelt.

»Ich halte es für keine gute Idee, jetzt abzuhauen«, sagte er einfach.

Der Skorpion hatte sich die Antwort erspart, da seine Absicht offensichtlich war.

»Messere, ich sehe, dass Ihr kein großes Vertrauen zu mir habt. Aber Ihr irrt Euch, glaubt mir.«

Der Mörder sah seinem Gegenüber schweigend in die dunklen, magnetischen Augen.

Fieschi schüttelte den Kopf. »Ich kann es Euch nicht verübeln, an Eurer Stelle würde ich mich genauso verhalten. Doch ich darf Euch mitteilen, dass sich seit gestern einiges verändert hat. Die … wie soll ich sagen … Voraussetzungen sind jetzt vollkommen anders. Was sowohl Euch als auch mir zugutekommen wird.«

Der Skorpion, der kurz den Blick abgewandt hatte, taxierte ihn erneut.

»Ich hatte kurz den Auftraggeber erwähnt, der mich mit Eurer Rettung beauftragt hatte, aber seinen Namen nicht genannt. Das war zu jenem Zeitpunkt nicht angebracht, wie Ihr verstehen werdet. Doch jetzt haben sich die Bedingungen meiner Übereinkunft mit ihm geändert. Ich habe gerade eine gute Nachricht aus der Toskana erhalten, welche die Art der Beziehung, die ich mit dieser unangenehmen Person zu unterhalten gezwungen war, radikal umkehrt. Ich erspare Euch die Einzelheiten, die Euch nur langweilen und mich schmerzen würden. Jedenfalls kann ich Euch anvertrauen, dass es sich nicht um eine freiwillige Übereinkunft handelte. Um es deutlich zu sagen, ich bin erpresst worden, doch das Druckmittel ist nun Gott sei Dank aus der Welt geschafft. Wenn Ihr es erlaubt, kann ich Euch nun aus freien Stücken zu Diensten sein, ganz ohne Hintergedanken.«

»Warum tut Ihr das?«, fragte der Skorpion.

»Sagen wir, aus Hochachtung vor Euch. Einer lebenden Legende, wie Ihr es seid, bei der Arbeit zuzusehen, ist nicht nur ein Vergnügen, sondern auch eine einmalige Gelegenheit, etwas zu lernen. Ich verhehle Euch nicht, dass ich nebenher auch einen Vorteil aus Eurem Wirken ziehen werde, aber der ist weiß Gott nebensächlich und steht in keinerlei Widerspruch zu Euren Zielen.«

Der Auftragsmörder musterte den kleinen Mann mit den zerzausten Haaren immer noch und versuchte in seinem Gesicht zu lesen.

»Niemand macht etwas umsonst.«

»Gewöhnlich ist es so, da kann ich Euch nur recht geben. Und auch ich werde meinen Gewinn aus unserer Zusammenarbeit ziehen, keine Sorge. Es steht Euch natürlich frei, mein Angebot anzunehmen oder nicht. Ich denke allerdings, dass Ihr es Euch in der gegenwärtigen Lage nicht leisten könnt, auf die angebotene Hilfe zu verzichten. Es ist schweres Geschütz gegen Euch aufgefahren worden, und Ihr seid allein. Gewiss, Ihr seid der Skorpion, aber Eure Feinde sind zahlreich und gut vorbereitet. Was meint Ihr?«

Danach hatte es nicht mehr viel zu sagen gegeben. In seinem Metier waren die Fähigsten diejenigen, die schnelle Entscheidungen treffen konnten, und der Skorpion war der Beste von allen. Selbstverständlich durfte er Fieschi nicht trauen, aber er musste sein Angebot erst einmal annehmen. Sein Plan, sich davonzustehlen und allein weiterzuarbeiten, war der helle Wahnsinn, das sah er jetzt ein. Er würde sich die Unterstützung des Genuesers und seiner Männer zunutze machen und sich dabei gleichzeitig gegen jede mögliche Gefahr wappnen, die von ihnen ausgehen konnte.

Ein schwieriger Balanceakt, keine Frage, aber nicht unmöglich.

»Gehen wir an die Arbeit«, hatte der Skorpion gesagt.

Fieschi hatte sich wie üblich als Meister seines Fachs erwiesen: Innerhalb einer Stunde hatte er von glaubwürdiger Seite den Ort erfahren, an den Pater Eckart zu seinem eigenen Schutz gebracht worden war.

Im Morgengrauen hatte der Genueser dem Skorpion eine Verkleidung ausgehändigt, mit der er sich – unter der gebotenen Vorsicht natürlich – frei in der Stadt bewegen konnte.

Und so hatte der Meuchelmörder Fieschis Haus auf dem Rücken eines mageren Esels verlassen, im Habit eines Bettelmönchs. Ein dichter grauer Bart umrahmte sein Gesicht, das dadurch weniger ausgemergelt wirkte, und unter seiner Kutte steckte ein kleines Kissen, das einen Bauch andeuten sollte.

Den störrischen Vierbeiner antreibend, wobei seine Füße in den geflickten Sandalen auf dem Boden schleiften, war er durch die Straßen gezogen und hatte mithilfe einer genauen Wegbeschreibung das betreffende Haus ohne Schwierigkeiten gefunden.

Der Skorpion betrachtete die abgeblätterte Fassade des kleinen Palazzos und harrte darauf, dass der nächste Teil des Plans in die Tat umgesetzt würde.

Sobald das Mittagsläuten der Kirchen verklungen war, sah er von dem einen Ende der Straße her einen von Maultieren gezogenen Wagen herankommen, während sich vom anderen Ende ein Gemüsekarren näherte, dessen hoch aufgetürmte Ladung auf dem unebenen Pflaster bedenklich schwankte.

Das war der Moment, auf den er gewartet hatte: Die Männer des Genuesers traten in Aktion, um für eine Ablenkung der Wachsoldaten zu sorgen.

Der Skorpion band den Esel an einem niedrigen Lattenzaun an und betrat einen ungepflasterten Weg, der sich am Hang des Hügels entlangschlängelte, wobei das Haus immer zu seiner Linken lag. Er ging langsam, betrachtete aufmerksam die Wegränder, als suche er nach essbaren Kräutern, und bückte sich hin und wieder, um ein paar Blätter zu pflücken, die er in den Jutesack um seine Schulter steckte. Der Weg führte ein Stück vom Haus entfernt an einem ungepflegten Obstgarten vorbei und verlief dann zwischen wild wuchernden Büschen, deren Zweige sich ineinander verschränkten und das Sonnenlicht fast ganz abhielten.

Der Auftragsmörder ging um eine hohe Brombeerhecke herum und begann im Schutz des dichten Gebüschs den Hügel hinaufzusteigen, bis er auf halber Höhe des steilen Hangs war. Von dort bog er nach links ab, näherte sich der östlichen Grenze des zum Palazzo gehörenden Grundstücks und erreichte kurz darauf die Hinterseite des Stallgebäudes.

Das gedrungene Gebäude war fast vollständig verfallen, die Fenster hatte man grob mit Brettern vernagelt. Dem Skorpion machte es keine Mühe, ein paar davon zu entfernen und in den Stall einzudringen, dessen Boden mit Schutt und dem verkalkten Kot von Generationen von Vögeln überhäuft war.

Er durchquerte flink den kleinen Raum und verbarg sich hinter der angelehnten Tür, wo er auf den richtigen Augenblick wartete, um hinauszuschlüpfen.

Er brauchte nicht lange zu warten.

In perfekter Abstimmung trafen der Maultierwagen und der Gemüsekarren direkt vor dem Eingang des schmalen Palazzos aufeinander und rammten sich. Der Karren kippte um, das Gemüse rollte über das Pflaster, und die beiden Lenker begannen sich wütende Beschimpfungen an den Kopf zu werfen.

In kürzester Zeit lief eine kleine Menschenmenge zusammen, die zum größten Teil von Fieschis Leuten gebildet wurde. Die Schaulustigen ergriffen die Partei des einen oder des anderen, und eine hitzige Diskussion entspann sich, die in ein Handgemenge auszuarten drohte. Einschließlich der Wagenlenker waren nicht mehr als zwanzig Personen versammelt, aber sie veranstalteten einen Lärm, dass man glauben konnte, es sei eine Revolte ausgebrochen.

Der Streit zog immer mehr Menschen an, sowohl Passanten als auch Anwohner, bis schließlich ein halbes Dutzend als Diener verkleidete Wachen aus dem Haus liefen und das Getümmel aufzulösen versuchten.

Das war der richtige Moment.

Schnell und lautlos huschte der Skorpion aus dem Stall und durch den verwilderten Garten bis zur rückwärtigen Hauswand. Die von Fieschi gelieferten Angaben erwiesen sich als exakt, und der Mörder fand den Nebeneingang ohne Schwierigkeiten.

Sobald er sich im Hausinnern befand, zog er sein Schwert und suchte nach der Treppe in den ersten Stock, wo Pater Eckart vermutlich untergebracht war.

Oben angekommen traf er auf einen Wachposten am Fenster, der den Fortgang des Tumults beobachtete. Der Mann hatte noch nicht einmal Zeit, sich umzudrehen, als er Schritte hinter sich hörte.

Die Klinge schnitt als gebogener, tödlicher Blitz in seine Kehle und trennte ihm fast den Kopf ab. Lautlos brach er zusammen, die Augen vor Erstaunen weit aufgerissen.

Der Skorpion eilte durch den Flur und suchte die Zimmer nach seinem Opfer ab.

Nur eine der Türen war geschlossen, die er ohne Zögern auftrat.

Der Jesuit saß an einem Schreibpult und las, während ein weiterer Wachposten an dem Eckfenster stand und das Schauspiel unten verfolgte.

Der Skorpion stürzte sich auf ihn, entschlossen, ihn schnell zu erledigen, doch der Mann bewies gutes Reaktionsvermögen und Furchtlosigkeit und schaffte es, rechtzeitig seine Waffe zu ziehen.

Das war kein Anfänger, erkannte der Skorpion, als sein Gegner seine ersten beiden Stöße gewandt parierte. Man war offenbar so schlau gewesen, den besten Fechter dem Jesuiten als Leibwächter zuzuteilen.

Der Skorpion stellte sich auf die Fähigkeiten des anderen ein und lockerte seine Hals- und Schultermuskeln. Er wusste, dass er nicht viel Zeit hatte, denn die Wachen auf der Straße konnten jeden Augenblick zurückkommen.

Er wandte eine Finte an und ließ seine Klinge in der staubigen Luft des sonnendurchfluteten Zimmers wirbeln. Sein Gegner reagierte prompt, aber nicht geistesgegenwärtig genug, um den seitlichen Hieb abzuwehren, den er ihm mit todbringender Schnelligkeit versetzte.

Die Klinge traf den Soldaten knapp unterhalb des linken Knies und durchtrennte die Sehnen dort. Der Mann schrie auf und fiel, hob dabei noch seinen Degen, um die lebenswichtigen Organe zu schützen, aber der Skorpion vollführte eine halbe Drehung nach rechts und stach ihm die scharfe Spitze seiner Waffe in den Hals. Blut spritzte in hohem Bogen heraus, und mit dem Blut entwich auch das Leben aus dem Körper.

Der Mörder hielt nicht in seiner Drehung inne und richtete sein Schwert in einer einzigen fließenden Bewegung auf den Jesuiten, der ob der Geschwindigkeit der Ereignisse wie versteinert an seinem Pult sitzen geblieben war.

Die Klinge beschrieb eine saubere, anmutige Kurve, traf den Mönch am Halsansatz und trennte ihm mit einem einzigen Schnitt den Kopf von den Schultern.

Der Leib des Opfers sackte zu Boden, während sein Kopf über die staubigen Holzdielen hüpfte. Das herausschießende Blut zeichnete eine Ellipse aus dunkelroten Tropfen an die Wand.

Mit dem Fuß drehte der Skorpion die Leiche auf den Rücken und bediente sich des Schwerts, um die Kutte hochzuschieben, bis die Oberschenkel entblößt waren.

Die weißliche, schlaffe Haut wies nicht das gesuchte Mal auf.

Er durfte nicht länger verweilen.

So schnell und lautlos, wie er gekommen war, verließ er das Zimmer, lief die Treppe hinunter und hinaus in den Garten, ohne sich noch einmal nach dem Krawall auf der Straße umzusehen.

Innerhalb weniger Minuten befand er sich bereits in der dichten Macchia hinter dem Stall und erklomm erneut den Hang.

Nun standen nur noch zwei Namen auf der Liste.

Nur noch zwei.

Kapitel XLIX

Ein bisschen weiter nach rechts, Jacopo. Gut, befestige die Laterne und hilf mir, diesen Riemen um die Gelenkkupplung zu legen. Bist du sicher, dass die Lage der Drehscheibe parallel zum Fußboden ist? Das ist ein empfindlicher Mechanismus, und wenn die Scheibe nicht absolut gerade ist, kann sie sich verklemmen.«

Der Assistent prüfte, ob alles richtig angebracht war, und half dann dem Großmeister, den gezahnten Riemen um die Kupplung zu ziehen.

»Kontrollieren wir noch einmal die Gegengewichte, Jacopo, ich will nicht, dass sie von der Achsenlinie abweichen.«

»Es sitzt alles richtig, Meister.«

»Gut, dann wollen wir es mal ausprobieren. Zieht die Vorhänge zu«, sagte Melchiorri zu den beiden Dienern, die neben den Fenstern auf seine Anweisungen warteten.

Salinari zündete mit einem brennenden Docht die vier Laternen an, stellte die Blenden so ein, dass die Lichtstrahlen auf den kleinen Schaukasten fielen, und zog den Mechanismus auf.

Sogleich begann die Scheibe mit dem Schaukasten sich um die eigene Achse zu drehen, während die abgeschirmten Laternen gebündeltes weißes Licht auf dessen Inhalt warfen.

Es war ein wunderbarer Anblick.

Der kleine Bernstein war so in dem Schaukasten aufgehängt worden, dass er sich genau in der Mitte befand. Die Drehbewegung vollzog sich fließend und gleichmäßig, ohne Rucken, und die Justierung war so akkurat, dass das Objekt nicht ins Pendeln geriet.

Die Strahlen der Laternen brachten den Bernstein zum Schimmern und durchdrangen ihn, wodurch das darin gefangene Insekt sich klar und dreidimensional abzeichnete.

»Ich finde, wir haben gute Arbeit geleistet, Meister«, sagte Jacopo, »wenn man bedenkt, wie wenig Zeit wir hatten.«

»Nicht schlecht, Jacopo, nicht schlecht. Auch wenn ich die Rotation gern etwas langsamer gehabt hätte.«

Melchiorri betrachtete sein Werk ausgiebig, sichtlich zufrieden mit dem Ergebnis.

Der kleine Saal, einer der prunkvollsten des Palasts, war auf Befehl der Königin in ein Kuriositätenmuseum verwandelt worden, eine Art Außenstelle der Wunderkammer von Pater Athanasius Kircher, welcher der Monarchin einige der wertvollsten Stücke seiner Sammlung zur Verfügung gestellt hatte.

An den Wänden standen zwei Dutzend Schaukästen mit merkwürdigen, wundersamen Dingen darin, die zu sehen ein menschliches Auge nur selten Gelegenheit hat.

Große, in der Mitte gespaltene Steine, die in ihrem Innern die spiralförmigen Gehäuse enormer, geheimnisvoller Muscheln bargen. Hohe Gefäße voll Formalin, in denen Missgeburten und Missbildungen schwammen: siamesische Föten, Hände mit sechs Fingern, Steinmarder mit zwei Köpfen. Kostbare Schmuckkästchen aus Gold und Elfenbein aus dem fernen Orient und in Kalkstein eingeritzte Hieroglyphen, unter denen Tafeln mit den Erklärungen des gelehrten Jesuiten angebracht waren.

Doch das Prunkstück der Sammlung war der kleine Bernstein mit dem winzigen Skorpion.

Kardinal Azzolini persönlich hatte Melchiorri beauftragt, einen geeigneten optischen Apparat vorzubereiten, um das Schmuckstück zur Schau zu stellen und ihm den Ehrenplatz in der Mitte des Kabinetts zu geben.

Melchiorri hatte keine Fragen gestellt, doch es lag auf der Hand, dass der Kardinal den Anhänger als Köder benutzen wollte. Der Großmeister war zwar weit davon entfernt, die rätselhaften Ereignisse zu durchschauen, die sich dieser Tage in Rom abspielten, aber doch erfahren und gewitzt genug, um zu erkennen, dass das große Fest einige Überraschungen bereithalten würde.

Obwohl die Vorbereitungen fast abgeschlossen waren, lief das

Personal immer noch geschäftig herum, um letzte Hand an die Feinheiten zu legen, damit alles perfekt wurde.

Die Küche des Palazzo Riario hatte sich in einen wahren Höllenofen verwandelt, in dem eine Unzahl von Speisen unter der tyrannischen Aufsicht von Bartolomeo Stefani zubereitet wurde, dem berühmtesten Koch seiner Zeit. Scharen von erhitzten Mägden stellten die gigantischen Wunderwerke aus Zucker fertig, an deren Entwurf sogar Gian Lorenzo Bernini, der gefeiertste Künstler der Christenheit, beteiligt gewesen war.

Bei so viel Aufwand und Betriebsamkeit hatte Melchiorri nicht hoffen können, ungeschoren davonzukommen, und war daher geradezu erleichtert gewesen, als er erfuhr, dass sein Beitrag sich auf die Zurschaustellung des Bernsteins beschränken sollte.

Zum Glück hatten seine Vorarbeiten für die Konstruktion des Phönix ihn in die Lage versetzt, rasch eine wirkungsvolle Apparatur zu bauen.

Melchiorri verließ den Saal mit der festen Absicht, in seine Werkstatt zurückzukehren, die in sicherer Entfernung zu dem hektischen Chaos im Palazzo lag.

In den Fluren, den geräumigen Salons und den Vorzimmern machte sich ein Heer von Hausmädchen, Pagen und Lakaien zu schaffen und polierte, wienerte, dekorierte, ordnete mit einer Emsigkeit, dass einem schwindelig wurde. Und als würde das Gewusel der Dienstboten nicht schon genug Unruhe stiften, trieben sich seit dem Morgen auch noch zahlreiche Personen männlichen Geschlechts im Palast herum, die anscheinend keine bestimmte Aufgabe hatten. Ihre großen Schnurrbärte und die hochmütigen Mienen ließen jedoch vermuten, dass es sich um Soldaten in Zivil handelte.

Noch ein Hinweis darauf, dass eine große Sache geplant war, dachte Melchiorri, während er den misstrauischen Blicken dieser Männer begegnete, die offensichtlich eher daran gewöhnt waren, mit großen Schritten durch ein Feldlager zu stapfen, als über die spiegelnden Böden eines fürstlichen Palasts zu schreiten.

Auch der weitläufige, begrünte Hof, der zum Fluss hin lag,

brodelte vor Betriebsamkeit. Mägde und Knechte bauten die letzten Gartenpavillons auf, unter denen die vornehmen Herrschaften dem Feuerwerk und den anderen wundersamen Schauspielen beiwohnen würden, die Pater Kircher geplant hatte.

Der Großmeister war selbst gespannt auf die Ideen des einfallsreichen Jesuiten und bedauerte es, dass er wegen der Unternehmungen der letzten Tage nicht an den Vorbereitungen hatte teilnehmen können.

Als er sich umdrehte, bemerkte er, dass sein getreuer Assistent das Durcheinander genutzt hatte, um sich zu verdrücken. Melchiorri seufzte. Er wusste, dass der junge Mann seit einiger Zeit ein Techtelmechtel mit einer der Zofen der Königin unterhielt, und was gäbe es für eine bessere Gelegenheit, um sich zwischendurch ein Schäferstündchen mit einem hübschen, schmalhüftigen jungen Ding zu gönnen? Er hoffte nur, dass die beiden schlau genug waren, sich ein stilles Plätzchen zu suchen, an dem sie nicht überrascht wurden. Ein Skandal von dieser Sorte würde unweigerlich zu Salinaris Entlassung führen, und Gott wusste, wie schwer es war, einen so fähigen und vertrauenswürdigen Gehilfen wie Jacopo zu finden.

Das Wetter war strahlend schön, warm, aber luftig und versprach für die kommenden Tage ebenso angenehm zu bleiben. Lächelnd sagte sich Melchiorri, dass der unerschütterliche Wille der Königin auch diesmal die Oberhand über die Launen des Regengottes behalten hatte. Bis vor zwei Tagen hatten die Kälte und der beißende Nordwind die Stadt noch fest im Griff gehabt und ihre Bewohner gezwungen, dick eingemummelt herumzulaufen. Doch plötzlich war der Frühling wieder da, gerade rechtzeitig zum lang geplanten großen Fest.

Als er sein Laboratorium betrat, sah Melchiorri sogleich Fulminacci und Beatrice, die in einer Ecke hitzig miteinander tuschelten. Nach ihrem schrecklichen Aufenthalt in den Verliesen der Inquisition hatte die junge Wahrsagerin zwei Tage lang durchgeschlafen.

An diesem Morgen aber war sie endlich aus ihrem Tiefschlaf

erwacht, frisch wie eine Rose und voller Tatendrang, und hatte sofort begonnen, auf dem Maler herumzuhacken. Der arme Nanni, der ein ganz anderes Benehmen erwartet hatte, wehrte sich mit seiner üblichen Bärbeißigkeit, wie immer, wenn er mit einer Situation konfrontiert wurde, die über seinen Horizont ging. Das Gezanke hatte beim Frühstück angefangen und schien nicht abflauen zu wollen, wobei Beatrice allerdings ihre Belustigung über die Fassungslosigkeit des Malers hinter ihrem ungehaltenen Stirnrunzeln nicht ganz verbergen konnte. Sogar die Dienstboten hatten bemerkt, dass ihre Sticheleien nichts anderes waren als ein Kniff aus dem Repertoire weiblicher Listen, die dazu dienten, das Netz der Verführung über einen ahnunglosen Dummkopf zu werfen. Nur Fulminacci merkte nicht, dass hier Theater gespielt wurde, und reagierte mit unterdrückter Wut auf die fortdauernden Provokationen der Freundin. Und wenn der unglückliche Nanni dann endlich erkannte, was mit ihm geschah, dachte Melchiorri, zappelte er schon längst in der Falle.

Der Großmeister hatte nicht vor, das traute Beisammensein zu stören, doch als Fulminacci ihn hereinkommen sah, sprang er von der Bank hoch, auf der er wie auf glühenden Kohlen gesessen hatte, und ging kopfschüttelnd und mit resigniert ausgebreiteten Armen auf ihn zu.

»Ich halt das nicht mehr aus, Arduino.« Wenn sie allein waren, nahm sich Nanni die Freiheit, ihn bei dem Namen zu nennen, den er für seinen richtigen hielt. »Mein Gott, nach all den Gefahren, die wir auf uns genommen haben, um ihr das Leben zu retten, könnte diese Frau doch mal ein Fünkchen Dankbarkeit zeigen! Aber nein, jetzt will sie, dass ich mir die Haare schneiden lasse!«

Um seiner Empörung Nachdruck zu verleihen, wies Fulminacci auf seine volle Haarpracht, die er im Nacken zu einem Pferdeschwanz zusammengebunden hatte. »Sie sagt, ich sehe aus wie ein Fuhrknecht und dass der Pferdeschwanz meiner Stellung als Künstler nicht entspricht. Seit über zwei Stunden liegt sie mir schon damit in den Ohren!«

»Die Weiber sind rätselhafte Wesen, Nanni. Unzählige Generationen von Männern haben schon versucht, sie zu verstehen, und keinem ist es gelungen. Ich fürchte, dass du nicht mehr Erfolg haben wirst.«

»Was ist das denn für eine Antwort? Was redest du da? Spinnt ihr alle?«

Entnervt blies der Maler die Backen auf, schnaubte geräuschvoll und marschierte aus dem Raum.

Beatrice indessen hatte so getan, als interessiere sie sich nicht für den Wortwechsel, und weiter eifrig ihr zerrissenes Mieder geflickt.

Melchiorri setzte sich zu ihr und verfolgte aufmerksam die geschickte Näharbeit.

»Giovanni ist wirklich ein unmöglicher Mensch«, sagte sie schließlich.

»Er ist eben jung und heißblütig. Gib ihm ein bisschen Zeit«, erwiderte der Großmeister.

»Er ist dickköpfig wie ein Maultier, aufbrausend und jähzornig. Er verkehrt in schlechter Gesellschaft, spielt, trinkt und fängt beim geringsten Anlass Streit an. Das sagt ja wohl alles.«

»Es ist weder besser noch schlechter als viele andere, Beatrice. Und du musst zugeben, dass er auch ein paar gute Eigenschaften besitzt. Er ist aufrichtig und mutig, und er hat für dich seine Haut riskiert. Du glaubst nicht, welche Mühe Zane und ich hatten, ihn davon zu überzeugen, dass ein Frontalangriff mit gezogenen Waffen nicht der beste Weg ist, dir zu helfen.«

Beatrice musste unwillkürlich lächeln.

»Ich weiß. Aber er hat wirklich ein unmögliches Benehmen. Er ist grob wie ein Galeerensträfling und völlig unfähig zu einer freundlichen Geste.«

»Ich glaube, das liegt daran, dass du ihm Angst machst. Für einen Mann wie ihn sind Gefühle dieser Art verstörend und unerträglich.«

»Ich mache ihm Angst? So ein Unsinn. Nanni fürchtet sich vor nichts. Er ist ein … ein ungehobelter Rohling!«

Melchiorri merkte, dass es noch schlimmer um sie stand, als

er gedacht hatte. Das war nicht das kokette Liebesgeplänkel einer jungen Frau, der die etwas plumpen Annäherungsversuche eines hübschen jungen Mannes gefielen. Beatrice war ernsthaft verliebt. Und zwar im letzten Stadium, soweit er es beurteilen konnte. Diesmal würde Giovanni nicht so billig davonkommen. Der arme Kerl würde keine Ruhe mehr finden, weder bei Tag noch bei Nacht, bis er sich mit der jungen Dame vor einem Altar wiederfand.

Eine üble Sache, so etwas. Melchiorri hatte sich stets vor jeder festen Bindung gedrückt, denn seine Lebensweise passte nicht zu den Ansprüchen und notwendigen Bedürfnissen einer Familie. Schnell erobern und schnell verschwinden, das war sein Motto. Und wenn er hier und da ein gebrochenes Herz zurückließ, ach Gott. Das waren keine Wunden, die die Zeit nicht heilte. Während er Beatrices Klagen über die schlechten Angewohnheiten ihres Liebsten zuhörte, sah er den armen Giovanni schon von einer Schar greinender Blagen umringt. Die Vorstellung verursachte ihm eine Gänsehaut.

Er fragte sich, wie er überhaupt in die für ihn ungewohnte Rolle des Kupplers hineingeraten war. Es wurde höchste Zeit für einen strategischen Rückzug – sollten die beiden doch allein zurechtkommen. Er hatte jedenfalls nicht die Absicht, sich zum Komplizen eines solch vorhersehbaren Unglücks zu machen.

Trotzdem zögerte er aus irgendeinem Grund, Beatrice mit ihren Gedanken allein zu lassen. Er kannte sie erst seit ein paar Tagen, in denen sie obendrein die meiste Zeit geschlafen hatte, und doch hatte sie bei ihm ein erstaunlich lebhaftes Interesse geweckt, ohne dass er sich dessen zunächst bewusst war.

Verliebte er sich jetzt etwa auch noch in sie?

Beatrice konnte nicht älter als Anfang zwanzig sein, sie war anmutig, wohlgestalt und alles andere als gewöhnlich, sowohl was das Äußere als auch ihren Charakter anging. Sie verfügte über eine lebhafte Intelligenz und schnelle Auffassungsgabe und hatte eine liebenswürdige Art, wie sie eher selten unter Frauen aus dem Volk anzutreffen war.

Er fand sie anziehend, keine Frage, aber wenn er in sich hineinhorchte, konnte er ausschließen, dass er sie als Frau begehrte.

Nein, es waren eher väterliche Gefühle, die er ihr gegenüber hegte, eine Art fürsorgliche Zärtlichkeit, die ganz frei war von erotischen Anklängen, er wollte sie glücklich und zufrieden sehen und in Sicherheit vor den vielen Gefahren dieser an Heimsuchungen reichen Zeit.

Das war der Grund, weshalb der Großmeister gutmütig die Tiraden der jungen Frau über die zahlreichen charakterlichen Mängel ihres Verehrers ertrug.

Eine ganz neue und unerwartete Erfahrung für ihn, die sein wissbegieriges Wesen faszinierte, ihn aber nicht sonderlich aus der Ruhe brachte.

Denn schließlich, sinnierte Melchiorri, konnte man hier nur von einer glücklichen Übereinstimmung von Denken und Wesensart sprechen. Es war nichts Ernstes.

Kapitel L

Zornentbrannt stürmte Fulminacci aus Melchiorris Werkstatt. Er war wütend auf Beatrice, die seit ihrer Rettung nicht aufhörte, ihn mit ihrer ungerechten Kritik und ihren absurden Ansprüchen zu quälen. Er war wütend auf Melchiorri, der sich wie alle anderen Bewohner des Pavillons obendrein über ihn lustig machte. Er war wütend auf diejenigen, wer sie auch waren, die ihn in diesen vermaledeiten Schlamassel hineingezogen hatten, der ihn schon mehrfach beinahe das Leben gekostet hätte. Er war wütend auf die ganze Welt.

Vor allem aber war er wütend auf sich selbst und auf seine Unfähigkeit, Beatrices Eigensinn und Launenhaftigkeit mit Gelassenheit und Humor zu begegnen.

Irgendetwas stimmte nicht mit ihm. Jedes Mal wenn das Gespräch ruhig und freundlich wurde und sich in die von ihm gewünschte Richtung bewegte, machte er durch sein Verhalten alles kaputt.

Aber er konnte offenbar nichts dagegen tun, denn je mehr er sich anstrengte, heiter und gleichgültig zu wirken, desto mehr brachte sie ihn auf die Palme, indem sie an irgendeinen Nerv seiner widerborstigen, übermäßig stolzen Natur rührte.

Es war, als würde er sich mit einem geschickten Gegner duellieren, der einen kostbaren Degen aus Toledo als Waffe führte, während er nur einen Zahnstocher in der Hand hielt – ein hoffnungsloses Unterfangen.

Nur im ersten Moment nach Beatrices Befreiung aus den Kerkern der Inquisition hatten sie beide ihren Gefühlen freien Lauf gelassen. Doch das hatte leider nicht lange angehalten. Kaum war die Freundin in Sicherheit, hatte sie wieder ihr sprödes, schwer durchschaubares Verhalten an den Tag gelegt.

Mit solch verzwickten Gedanken beschäftigt, hatte der Maler nicht bemerkt, dass er auf eine Gruppe von Männern zuging, die unter einem großen Maulbeerbaum Schutz vor der brennenden Mittagssonne gesucht hatte. Das war zumindest der erste Eindruck des verärgerten Fulminacci, den aber die verstohlenen Bewegungen der Fremden widerlegten, als sie seiner ansichtig wurden.

Zwei von ihnen beeilten sich, etwas in einem Gebüsch zu verstecken, waren jedoch nicht schnell genug.

Der Maler erhaschte ein vertrautes Aufblitzen und erkannte sofort, dass es sich um lange Stichwaffen handelte.

»Was macht Ihr da?«, verlangte er zu wissen. »Was habt Ihr da gerade versteckt?«

Er hatte den Satz noch nicht beendet, als er auch schon von den Männern umstellt war und sich ein halbes Dutzend Klingen auf seine Kehle richteten. Fulminacci versuchte auszuweichen, aber der Angriff hatte ihn überrascht, und nun wurden ihm mit eisernem Griff die Arme auf den Rücken gedreht.

Ein hochgewachsener Mann mit langen Haaren und grau melierten Schläfen trat auf ihn zu und musterte ihn drohend.

»Wer seid Ihr, Messere?«, fragte er mit starkem französischem Akzent. »Eurer Kleidung nach gehört Ihr nicht zum Dienstpersonal. Haltet ihn gut fest, ich will dieser Sache auf den Grund gehen.«

»Wie könnt Ihr es wagen, mich gegen meinen Willen festzuhalten?«, brüllte der Maler. »Das ist ein Übergriff! Für diesen Affront werdet Ihr teuer bezahlen!«

»Wer seid Ihr? Antwortet, sonst lasse ich Euch von meinen Männern exekutieren.«

»Ich bin Gast des Großmeisters Baldassarre Melchiorri! Das werdet Ihr noch bereuen, das versichere ich Euch!«, tobte Fulminacci weiter.

»Sagt mir, wie Ihr heißt!«

»Giovanni Battista Sacchi, Maler, Kupferstecher, Bildhauer und Architekt! Und jetzt lasst mich gehen, bevor ich ernstlich wütend werde!«

»Ach, *der* Maler. Lasst ihn los, er ist harmlos.«

»Das werde ich Euch gleich zeigen, wie harmlos ich bin«, brüllte Fulminacci, der dem Offizier sofort an die Gurgel sprang, sobald er freigelassen war, und nur mit Mühe von den nächststehenden Männern gebändigt werden konnte.

»Nun kühlt erst einmal Euer hitziges Gemüt, Messere«, sagte der Franzose, amüsiert über Fulminaccis Tobsuchtsanfall. »Wie ich sehe, ist der Ruhm, der Euch vorauseilt, nicht unverdient. Ich weiß, dass auch Ihr das Privileg hattet, mit dem berühmten Mörder, den man den ›Skorpion‹ nennt, die Klinge zu kreuzen. Meiner Treu, es wundert mich, dass Ihr noch am Leben seid.«

»Er ist mir entwischt, als ich ihn schon fast besiegt hatte«, schnaufte Fulminacci, der immer noch von zwei Soldaten festgehalten wurde. »Aber das nächste Mal hat er nicht so viel Glück, darauf könnt Ihr Gift nehmen!«

»Welch ein Hochmut! Welche Selbstsicherheit! Auch ich habe mich mit ihm duelliert und bezweifele stark, dass es sich so abgespielt hat, wie Ihr sagt. Ich bin Capitaine de la Fleur, Musketier des Königs von Frankreich, und ich garantiere Euch bei meiner Ehre, dass es in ganz Europa nur wenige Klingen gibt, die es mit meiner aufnehmen können. Trotzdem habe ich nur durch ein Wunder überlebt, und es erscheint mir wenig glaubwürdig, dass einem einfachen Maler beinahe etwas gelungen sein soll, was einer der besten Fechter Frankreichs nicht geschafft hat. Also, Messere, gebt zu, dass Ihr übertreibt.«

»Gebt mir einen Degen, und ich zeige Euch, ob ich übertreibe!«, schäumte Fulminacci.

»Ich bedauere, Euch keine Satisfaktion geben zu können, Messer Maler, aber der Skorpion hat mir ein schmerzhaftes kleines Andenken an der rechten Schulter hinterlassen, das es mir vorläufig nicht gestattet zu kämpfen. Außerdem denke ich nicht, dass ich meine eigene Fechtkunst ins Feld führen muss, um einen Aufschneider wie Euch zu entlarven. De la Plessière, tretet vor. Wollt Ihr es mit diesem Gentilhomme aufnehmen, um die Ehre der Musketiere Frankreichs zu verteidigen?«

Der angesprochene junge Mann nickte und grinste erfreut. »Mit Vergnügen, *mon Capitaine.* Ich werde dem Prahlhans eine Lektion erteilen, an der er noch lange zu knabbern hat.«

Die anderen Männer traten zurück, um den beiden Kontrahenten, die jeder einen Degen in die Hand bekamen, genug Raum zu lassen.

»Kreuzt die Klingen, meine Herren. Möge der Bessere gewinnen.«

Fulminacci führte ein paar Hiebe ins Leere aus, um seine Muskeln zu lockern, und nahm dann die Grundposition ein.

»Seht mal«, sagte Kardinal Azzolini und trat ans Fenster seines Arbeitszimmers, »wie es scheint, wollen Eure Musketiere diesem impertinenten Maler eine kleine Lehre erteilen.«

De Simara gesellte sich zu ihm und beobachtete das Geschehen bei dem großen Maulbeerbaum.

»Da wäre ich nicht so sicher, Euer Eminenz. De la Plessière ist ein ausgezeichneter Fechter, keine Frage, doch dieser Maler …«

»Aber, aber«, unterbrach ihn der Kardinal, »ständig preist ihr mir den Kampfesmut Eurer Männer an, und nun zweifelt Ihr an ihrem Erfolg?«

»Die Vorzüge meiner Musketiere sind unbestreitbar, Eminenz, allein dieser Mann hat bewiesen, dass er überdurchschnittliche Fähigkeiten besitzt. Vergesst nicht, dass er unbeschadet aus einem Kampf mit dem Skorpion hervorgegangen ist. Er kann kein Anfänger sein.«

»Auch Euer Capitaine, dieser de la Fleur, hat ihm die Stirn geboten, wenn ich mich nicht irre.«

»Jedoch unter anderen Umständen, Eminenz. Der Skorpion hatte es eilig, seinen Auftrag zu erledigen, und nahm sich nicht die Zeit, ihn zu töten. De la Fleur ist von ihm verwundet worden, wenn auch nicht schwer. Und de la Plessière ist nicht de la Fleur. Er ist jung, technisch versiert und schnell, aber er besitzt nicht die Erfahrung seines Capitaine. Ehrlich gesagt möchte ich keine Prognose über den Ausgang dieses Duells abgeben.«

»Noch nicht einmal für einen Einsatz von … sagen wir, fünfzig Scudi?«

»Es ist das erste Mal, dass ich gegen einen meiner Männer wette, aber sei's drum, fünfzig Scudi.«

»Ich fürchte, Ihr habt Euer Geld zum Fenster hinausgeworfen, de Simara. Seht nur, wie elegant der Musketier ficht. Immer auf Linie zum Gegner, leichtfüßig, als würde er tanzen. Der Maler dagegen scheint einen Knüppel zu schwingen statt eines Degens. Es wird nicht lange dauern, glaubt mir.«

»Er ist nicht gerade ein Ausbund an Eleganz, das gebe ich zu, aber dafür flink, reaktionsschnell, konzentriert. Und was die Körperkraft angeht, so scheint er damit reichlich gesegnet zu sein. Er erinnert mich in mancher Hinsicht an einen Gefährten, mit dem ich so einige Abenteuer bestanden habe, einen Gascogner, der weder Tod noch Teufel fürchtete.«

»Pah, er wird aufgespießt werden wie eine Drossel. Da, schaut nur, der Musketier ist dabei, ihn in die Enge zu treiben. Der Maler hat schon einen schweren Arm.«

»Das kann auch bloße Taktik sein, Eminenz. Es gibt viele Möglichkeiten, ein Duell für sich zu entscheiden, und nicht immer gewinnt der gefälligste Fechter. Ich weiß, dass der Maler aus dem Norden kommt, aus Mailand, wo sie einen ganz speziellen Kampfstil pflegen. Viel gröber, gewiss, aber nicht weniger wirkungsvoll. Seht Ihr? Er ist schon wieder obenauf und führt einen Gegenangriff. Ich glaube, dieser Mann kann uns noch nützlich sein.«

»Inwiefern?«

»Erstens gehört er zu den wenigen, die den Skorpion gesehen haben. Der Auftragsmörder wird zwar maskiert erscheinen, aber eine Verkleidung kann nur Gesicht und vielleicht die Körperform verbergen, jedoch nicht den Gang zum Beispiel. Er wird nicht alle kleinen Besonderheiten verstecken können, die einen Menschen unverwechselbar machen. De la Fleur hat ihn nicht genau gesehen, weil er zu sehr damit beschäftigt war, seine Haut zu verteidigen. Der Maler hingegen ist ihm mehr als einmal begegnet.«

»Eure Erfahrung auf diesem Gebiet ist fraglos größer als die meine, auch wenn ich bei dem Gedanken schaudere, dass das Los der Kirche einem solchen Menschen anvertraut werden soll, einem einfachen Mann aus dem Volk, einem Plebejer.«

»Auf dem Schlachtfeld erweist sich die Abstammung selten als der wichtigste Vorzug. Ich habe mit eigenen Augen gesehen, wie die vornehmsten Aristokraten, deren Stammbaum bis auf Karl den Großen zurückging, sich aus dem Staub gemacht haben, sobald die Trommeln des Feindes zum Angriff schlugen, und ich habe umgekehrt gesehen, wie Bäckerssöhne den Attacken der holländischen Truppen widerstanden, unerschrocken und stolz, während das Blut ihnen aus den Wunden strömte. Wenn die Kugeln pfeifen, ist jeder mit seinem Mut und seiner Feigheit allein, und wenn die Pike zusticht, ist das Blut aller Menschen gleich rot.«

»Ihr mögt ja recht haben, aber erlaubt mir, ein zusätzliches Gebet an den Herrgott zu schicken, damit er daran denkt, uns beizustehen.«

Der Kadett begann, Fulminaccis Abwehr mit einer Reihe von schnellen Hieben zu testen, die dieser ohne Probleme parierte. Die Attacken des Franzosen sollten nicht verletzen, sondern lediglich die Reflexe des Gegners prüfen, um seine Schwachstellen auszumachen.

Fulminacci hatte damit gerechnet und antwortete mit flinken Paraden, ohne selbst anzugreifen, weil er zunächst das Verhalten des anderen beobachten wollte. Er kämpfte zwar nicht gern defensiv, aber die sprichwörtliche Gewandtheit der französischen Musketiere veranlasste ihn, zunächst eine abwartende Haltung einzunehmen.

De la Plessière legte diese Strategie als Furcht aus und erhöhte die Frequenz seiner Hiebe in der Gewissheit, dass der Gegner sich früher oder später eine Blöße geben würde.

Fulminacci wehrte jeden Angriff ab und wartete geduldig darauf, dass der Schwung des Musketiers erlahmte. Die schweren

Degen, die sie benutzten, waren ihres Gewichts wegen nicht für ausdauernde Kämpfe geeignet. Es handelte sich um lange Waffen, die normalerweise eher im Getümmel einer Schlacht zum Einsatz kamen als in einem Duell zwischen Ehrenmännern.

Der Musketier griff weiter an und wechselte dabei regelmäßig zwischen Hieben und Stößen ab, ohne einen jener schmutzigen Tricks zu versuchen, die der Maler so gut kannte. Seine Attacken kamen zwar schnell und genau, doch es fehlte ihnen an der nötigen Entschlossenheit, um einen weniger anmutigen, aber erfahrenen Fechter wie Fulminacci in Bedrängnis zu bringen. De la Plessière focht wie auf der Übungsplanche, ohne die Kraft und Heftigkeit, die man in einem Kampf auf Leben und Tod braucht.

Er glaubte wohl, allein mit seinem Geschick und seinem tadellosen Stil gewinnen zu können, aber Fulminacci wusste, dass man mit einem guten Stil allein nicht sein Leben rettete, wenn es hart auf hart ging.

Also begann er, seinen Hieben mehr Nachdruck zu verleihen, ohne viel auf Stil und saubere Ausführung zu achten. Sofort geriet de la Plessière in Schwierigkeiten, der offenbar nicht genug praktische Erfahrung besaß, um sein Kampfverhalten anzupassen, und auf die immer kräftigeren Schläge mit exakten, aber wenig wirksamen Paraden reagierte.

Der Musketier schlug sich wacker, doch die Dynamik des Duells hatte sich verändert. Jetzt war die Initiative aufseiten des Malers, der seinen Gegner so bedrängte, dass dieser nicht zum Gegenangriff ansetzen konnte.

Fulminaccis Absicht war es, die Distanz zwischen ihnen zu verringern und damit die klassische Fechtkunst des anderen zu unterlaufen. Immer öfter kämpften die Kontrahenten nur wenige Handbreit auseinander, Schwertgriff an Schwertgriff, wobei Fulminaccis größere Kraft wie auch seine größere Erfahrung ihm zum Vorteil gereichten.

Er suchte mit seinen Attacken den Körperkontakt, was ihm schließlich auch gelang.

Die Degenklinge des Musketiers glitt an seiner eigenen Klinge hinunter, und die Griffe stießen mit dumpfem Klirren gegeneinander. Fulminacci nutzte die Nähe des Gegners, um ihm einen Schulterstoß zu versetzen, der ihn taumeln ließ. Danach wartete er nicht, bis der junge Kadett wieder auf Linie war, sondern ging weiter mit schnellen, kräftigen Hieben auf ihn los, sodass dieser mit zurückweichen musste, ohne sein Gleichgewicht wiedergefunden zu haben, und schließlich strauchelte.

Darauf hatte Fulminacci gewartet.

Er drehte seinen Degen um die eigene Achse, benutzte ihn wie einen Hebel und schlug dem Gegner die Waffe aus dem nun unsicheren Griff, wodurch sie im hohen Bogen auf den Kiesboden krachte.

Grinsend richtete er sein Schwert auf die Kehle des entwaffneten Musketiers.

»Ist Eurer Ehre Genüge getan, Signore?«, fragte er.

Der Kadett, der genauso verärgert wie verblüfft über den Ausgang des Kampfes war, konnte nur etwas in seiner Muttersprache stammeln.

»Gut gemacht, Messer Sacchi«, lobte de la Fleur, der das Duell zufrieden verfolgt hatte. »Eine recht unkonventionelle Technik, aber durchaus erfolgreich.«

»Auf dem Schlachtfeld hätte er nicht überlebt«, entgegnete der Maler, »und noch nicht einmal bei einer Wirtshausrauferei.«

»Unser Kadett muss noch viel Erfahrung sammeln, da habt Ihr recht. Aber Ihr solltet seine Fähigkeiten nicht unterbewerten, sonst setzt Ihr dadurch Eure eigenen herab. Und Ihr, de la Plessière, macht Euch die Lehre zunutze, die Euch Messer Sacchi so freundlich erteilt hat. Denkt daran, dass Technik allein im Ernstfall nicht genügt, man muss auch mit ganzem Herzen bei der Sache sein. Das hat uns unser Maler hier sehr schön vorgeführt.«

»Damit ist unser Zwist von eben aber nicht beigelegt«, sagte Fulminacci. »Wie schade, dass Euer Zustand es nicht zulässt, mit mir zu kämpfen.«

»Ich werde bald wieder gesund sein, Messer Sacchi«, erwiderte der Capitaine. »Die Wunde ist nicht sehr tief. Sobald ich wieder im Vollbesitz meiner Kräfte bin, wird es mir ein Vergnügen sein, Euch Genugtuung zu geben.«

»Ich verlasse mich darauf, Capitaine, ich verlasse mich darauf.«

Kapitel LI

Seit die Vorbereitungen für das große Frühlingsfest begonnen hatten, war es im Palazzo Riario nicht mehr auszuhalten. Nirgends fand man mehr ein stilles Eckchen, um sich ein wenig auszuruhen; alle Köche und Küchenmägde waren Tag und Nacht damit beschäftigt, das riesige Bankett vorzubereiten, sodass man sich keinen guten Bissen nebenher mehr beschaffen konnte; bei Tag wie bei Nacht herrschte überall ein fürchterliches Gehämmere, Gesäge und Gehobele.

Kurzum, das Leben war für den armen Gerlando zur Hölle geworden.

Gütiger Gott, dachte er, ein armer alter Mann sollte doch das Recht haben, seine letzten Tage in Frieden zuzubringen, ohne ständig belästigt zu werden!

Vergeblich suchte Gerlando nach einem Plätzchen, wo er die warme Sonne genießen und ein kleines Nickerchen halten konnte, denn sowohl im Park als auch im Pavillon machten sich Dienstboten und Handwerker zu schaffen, und kaum hatte er einen ruhigen Winkel entdeckt, kam auch schon wieder jemand und vertrieb ihn, weil er dieses oder jenes Möbelstück verrücken, eine Nippesfigur abstauben oder eine Goldverzierung nachmalen musste.

Aber das war noch nicht das Schlimmste!

Aus irgendwelchen Gründen hatten es sich einige dieser Besessenen in den Kopf gesetzt, dass auch er tatkräftig mithelfen sollte. Daher diente sein verzweifeltes Umherstreifen nicht nur der Suche nach einem Ruheplatz – er wollte es auch vermeiden, irgendeinem übereifrigen Lakaien in die Fänge zu geraten, der ihn garantiert damit beauftragen würde, zentnerweise Silberbesteck zu putzen oder, schlimmer noch, die Fußböden zu schrubben.

Gerlando bereute es inzwischen stark, vor etwa zwei Jahren das Angebot Melchiorris angenommen zu haben. Damals war es ihm ausgesprochen verlockend erschienen: ein Dach über dem Kopf, drei gesicherte Mahlzeiten am Tag und nur wenige, unbedeutende Pflichten. Eine schöne und bequeme Art, nach einem Leben voller Abenteuer und Sorgen seine letzten Jahre zuzubringen. Solange die Renovierungsarbeiten im Palazzo angedauert hatten, hatte die Wirklichkeit auch durchaus seinen Erwartungen entsprochen, aber jetzt … Jetzt war sich Gerlando nicht mehr so sicher, dass die Vorteile dieser Existenz die Nachteile überwogen. Vielleicht sollte er doch besser sein früheres Leben wieder aufnehmen, das zwar weniger sicher, dafür aber freier war.

Immer öfter dachte er in letzter Zeit außerdem an sein heimatliches Kalabrien, das er vor fast einem halben Jahrhundert verlassen hatte, und malte sich aus, wie schön es wäre, dorthin zurückzukehren und zur letzten Ruhe an dem Ort gebettet zu werden, wo er geboren worden war. Doch Kalabrien war genauso karg und arm, wie es schön war. Von was sollte er dort leben? Ach Gott, das waren nur die Träume eines alten Mannes, die niemals wahr werden konnten.

Mit solcherlei Gedanken beschäftigt schlüpfte Gerlando hinter eine Hausecke, um sich vor einem Diener zu verstecken, der wild entschlossen schien, ihn mit irgendeiner undankbaren Arbeit zu betrauen.

Das Gelände hinter dem Pavillon war noch nie mit einer Gartenschere in Berührung gekommen, wahrscheinlich weil es weder vom Haupthaus noch vom Park aus eingesehen werden konnte. Niemand hatte es in diesen geschäftigen Tagen für nötig befunden, Hand an den kleinen Dschungel zu legen, in dem die Natur sich ungehindert ausbreiten konnte.

Es war nicht einfach, sich einen Weg durch dieses Dickicht wild wuchernder Sträucher zu bahnen, das von einem Geflecht aus Winden noch undurchdringlicher gemacht wurde, aber Gerlando baute darauf, dass die kleine Mühe mit einem für aufdringliche Personen unerreichbaren Zufluchtsort belohnt werden würde.

Endlich gelangte er zu einer Stelle, wo die Vegetation weniger dicht war, ging um die verkrüppelten Stämme zweier Akazien herum und fand den Ort, nach dem er schon den ganzen Morgen suchte: eine kleine Lichtung an der Rückwand des Pavillons, eine Insel aus Sonne und Wärme inmitten der dunklen Schatten des Laubwerks. Die Hauswand bildete dort eine kleine Auskragung, wenige Handbreit über der Erde, eine Art Verstärkung für das Fundament vermutlich, die Gerlando höchst willkommen war. Was wollte man mehr? Ein abgeschiedener Winkel, eine breite, bequeme Bank und niemand, der einem auf die Nerven ging. Das Leben konnte so angenehm sein, wenn man es verstand, sich zu begnügen.

Wohlig seufzend ließ das Männchen sich mit seinen dürren Hinterbacken auf die Bank nieder und genoss die im Stein gespeicherte Wärme, die seinen alten Knochen guttat. Er lehnte sich mit dem Rücken an die Wand und schloss die Augen im Vertrauen, dass der Schlummer ihn in Kürze in sein magisches Reich entführen würde.

»Ist jemand dort oben? Ist da jemand? Antwortet mir, Herrgott noch mal!«

Gerlando fuhr auf, als er die Stimme hörte, die aus dem Nichts zu kommen schien.

Hatte er geträumt?

Er sah sich um, aber da war niemand.

»So antwortet doch!«, rief die Stimme. »Ich weiß, dass da jemand ist. Antwortet, um Himmels willen!«

Nein, das war kein Traum, da rief tatsächlich jemand.

»Wer bist du? Wo bist du?«, murmelte er und fürchtete, dass dieser scheinbar so friedliche Ort von Geistern heimgesucht wurde.

»Ich bin hier unten! Hier unten!«

Gerlando blickte auf seine Füße, aber die Bank, auf der er saß, hatte kein »Unten«. Offenbar trieben da tatsächlich ein paar übermütige Geister ihre Scherze mit einem armen alten Mann.

»Da unten ist nichts«, sagte er.

»Doch, ich bin hier unten, seht genau hin. Im Keller! Durch ein kleines Fenster kann ich eines Eurer Beine erkennen.«

Gerlando bückte sich und sah wirklich auf der Höhe seiner linken Ferse eine kleine Fensteröffnung, einen Luftschacht, den er wegen des hohen Grases zuerst nicht bemerkt hatte. Die Entdeckung wurde von Erleichterung begleitet: Offenbar war die Stimme, die ihn geweckt hatte, doch nicht übernatürlichen Ursprungs.

»Was machst du dort im Keller?«, fragte er. »Wer bist du?«

»Ich bin Pater Bernardo Muti, der stellvertretende Inquisitor. Holt mich um Gottes willen hier raus!«

»Ja, ja, und ich bin der König von Frankreich!«, erwiderte Gerlando. »Ich mag alt sein, aber ich lass mich trotzdem nicht gerne auf den Arm nehmen.«

»Bitte hört mir zu«, fuhr die Stimme etwas weniger hochmütig fort. »Ihr müsst mir glauben, ich bin wirklich Bernardo Muti. Wenn Ihr kein Ungläubiger seid, müsst Ihr mir helfen.«

»Und wie bist du dort in den Keller gekommen?«, wollte Gerlando wissen.

»Ich bin von irgendwelchen Schurken entführt worden. Befreit mich bitte, wenn Ihr ein gläubiger Christ seid.«

»Irgendwie ist mir die Sache nicht ganz klar«, beharrte Gerlando. »Wenn du tatsächlich der bist, der du zu sein behauptest, wie zum Teufel konnte man dich dann in den Keller sperren?«

»Ich sage Euch doch, ich bin entführt worden! Ich weiß nicht, wer diese Unholde sind, aber sobald ich frei bin, werde ich es herausfinden. Und dann wird es ihnen schlecht ergehen!«

»Setzen wir mal für einen Moment voraus, dass du die Wahrheit sagst«, erwiderte Gerlando darauf, »und setzen wir ebenfalls voraus, dass ich mir die Mühe mache, dich zu befreien … Was hätte ich davon? Schließlich geht mich diese Sache nichts an. Wenn jemand dich in den Keller gesperrt hat, wird er schon seine Gründe dafür haben, schätze ich.«

»Ich flehe Euch an, lasst nicht zu, dass Euer durchaus verständliches Misstrauen Euch davon abhält, mir zu helfen. Wenn

Ihr mich aus diesem verhassten Gefängnis herauslasst, ist Euch die ewige Dankbarkeit der heiligen römischen Kirche sicher!«

»Von Dankbarkeit kann man nicht runterbeißen«, entgegnete der Alte dickköpfig.

»Da habt Ihr recht, Signore. Deshalb werde ich dafür sorgen, dass Ihr außer unserer Dankbarkeit auch eine Belohnung erhaltet, die Eurer guten Tat angemessen ist.«

»Ah, jetzt reden wir endlich vernünftig«, sagte Gerlando. »Erzähl mir mehr von dieser Belohnung. Was meinst du, wie viel du ausspucken … äh, erübrigen kannst, wenn ich dir heraushelfe?«

»Herrgott, keine Ahnung … Habt Ihr denn kein bisschen Verständnis für das Unglück, das einen Bruder in Christo befallen hat? Kennt Ihr keine Nächstenliebe?«

»In letzter Zeit nicht so sehr, nein. Aber schweifen wir nicht ab, sondern sprechen lieber wieder über die Belohnung. Ich nehme jede Währung: Scudi, Dukaten, Lire, holländische Gulden …«

»Wie Ihr wollt. Also, wenn Ihr die Tür zu diesem grässlichen Loch öffnet, werde ich Euch fünfzig Scudi bar auf die Hand auszahlen lassen.«

»Habt Ihr hundert gesagt? Ich habe es nicht recht verstanden, weil ich ein wenig taub bin.«

»Ja, meinetwegen hundert! Aber jetzt beeilt Euch und lasst mich heraus.«

»Die Hälfte im Voraus«, feilschte Gerlando weiter.

»Ich habe kein Geld bei mir«, antwortete die Stimme, »aber wenn Ihr die Freundlichkeit habt, mich zum Palast des Heiligen Offiziums zu begleiten, werde ich Euch vom Schatzmeister einhundertfünfzig frisch geprägte Scudi übergeben lassen.«

»Na, dann sagen wir doch gleich zweihundert! Aber du musst warten, bis es dunkel wird. Jetzt sind hier zu viele Leute unterwegs, und außerdem muss ich mir erst den Schlüssel besorgen. Ich bin wirklich nicht sicher, ob ich dabei ein gutes Geschäft mache. Die Risiken sind hoch, und wer weiß, ob du überhaupt bezahlen kannst …«

»Dreihundert! Dreihundert klingende Scudi, wenn Ihr mich

hier rausholt. Aber Ihr müsst Euch sputen, ich kann nicht länger warten.«

»Für dreihundert Scudi hole ich dich sogar aus der Hölle. Trotzdem müssen wir auf die Dunkelheit warten, jetzt ist es unmöglich. Hier oben herrscht ein Durcheinander, das glaubst du nicht. Sobald es Nacht wird, schließe ich dir die Tür auf. Du wartest schön hier.«

»Wo soll ich denn auch hingehen?«

Es kam keine Antwort auf Mutis gereizte Entgegnung. Gerlando hatte sich schon hinkend in Bewegung gesetzt.

Er wusste, wo er den Kellerschlüssel fand, und auch, wie er unbemerkt daran kommen konnte.

Während er die Lichtung überquerte und sich durch das Gestrüpp schlug, malte er sich bereits das herrschaftliche Leben aus, das er mit der für ihn ungeheuren Summe von dreihundert Scudi würde führen können.

Er dachte wieder an sein Kalabrien, das auf einmal gar nicht mehr so unerreichbar schien.

»Kommt überhaupt nicht infrage!«, schrie Fulminacci, »Schluss mit diesen Hanswurstverkleidungen. Davon habe ich die Schnauze voll!«

»Komm schon, Giovanni, sei vernünftig«, versuchte Melchiorri ihn zu besänftigen. »Es ist doch ein Kostümfest. Wenn wir nicht auffallen wollen, müssen wir uns halt kostümieren.«

»Schlag dir das aus dem Kopf. Ohne mich.«

»Siehst du?«, zischte Beatrice. »Ich habe es dir ja gesagt. Er ist unvernünftig und störrisch wie ein Maulesel.«

»Ich bin weder störrisch noch unvernünftig«, erwiderte der Maler. »Ich will einfach nur meine Würde wahren.«

»Würde, ha! Dürfte ich mal erfahren, wo deine Würde bleibt, wenn du in den schlimmsten Spielhöllen und schmutzigsten Bordellen verkehrst?«

»Das sind Männerangelegenheiten, das verstehst du nicht«, antwortete Fulminacci mit stolzer, selbstzufriedener Miene. »Außerdem hat es nichts mit dem zu tun, worüber wir gerade reden. Ich werde kein Kostüm anziehen, und damit basta.«

»Baldassarre, red du mit ihm«, knurrte Beatrice, die vor unterdrückter Wut ganz rot im Gesicht geworden war. »Red du mit ihm, bevor ich ihm etwas an den Kopf werfe.«

»Also, Giovanni, versuch doch mal, vernünftig zu denken …«

»Vernünftig, der! Ha!«, warf Beatrice ein.

»Wenn wir uns nicht verkleiden, werden wir uns nicht frei unter den anderen Gästen bewegen können. Dir liegt doch auch etwas daran, diese Angelegenheit endlich zum Abschluss zu bringen, oder? Außerdem verstehe ich nicht, was daran so schlimm ist. Diese Kostüme sind doch sehr schön.«

»Baldassarre, ich bitte dich, hör auf damit. In der vergangenen Woche habe ich mich der Reihe nach wie folgt verkleidet: als Türke, als griechischer Soldat und als Mitglied einer Bruderschaft, die Leichen abtransportiert, und in allen drei Fällen bin ich nur knapp mit heiler Haut davongekommen! Deshalb ist jetzt Schluss mit den Maskeraden. Ich habe nichts weiter dazu zu sagen.«

Der Großmeister hob hilflos schnaubend die Arme.

»Messer Sacchi«, schaltete sich Jacopo ein, »erlaubt mir, Euch darauf hinzuweisen, dass das für Euch bestimmte Kostüm von einem ausgezeichneten Schneider angefertigt worden ist, der auch das Kostüm für die Königin von Schweden konfektioniert hat. Wenn Ihr die Güte haben wollt, es einmal anzuprobieren, werdet Ihr feststellen, dass es sich keineswegs um eine vulgäre Larve handelt, sondern um ein ausgesprochen elegant gearbeitetes Gewand, für das nur die besten Stoffe verwendet wurden. Habt Ihr es erst einmal an, wird es gewiss Euren Beifall finden, davon bin ich überzeugt.«

»Ich würde es auch nicht anziehen, wenn es ganz aus Goldmünzen bestünde«, beharrte der Maler, der jedoch nicht mehr ganz so unnachgiebig klang.

Weil er eine Chance sah, die Abwehrhaltung des Malers aufzuweichen, versuchte es Salinari erneut.

»Lasst Euch nicht von Vorurteilen beirren. Denkt daran, dass die gesamte feine Gesellschaft Roms an diesem Fest teilnimmt und alle ausnahmslos kostümiert sein werden. Wie würdet Ihr denn in normaler Straßenkleidung dastehen? Und wenn ich Eure wohlproportionierte Gestalt so sehe, kann ich mir vorstellen, dass das fragliche Kostüm Euch eine gewisse aristokratische Vornehmheit verleihen und Euch zu einem der elegantesten Männer des Festes machen wird. Probiert es doch einmal an, ich bitte Euch.«

Mit seiner schmeichlerischen Zungenfertigkeit gelang es dem Gehilfen tatsächlich, den Maler von seiner strikten Weigerung abzubringen. Fulminacci nahm das gebügelte und ordentlich gefaltete Kostüm nun etwas genauer in Augenschein.

»Also schön, meinetwegen«, sagte er. »Aber nur, um Euch einen Gefallen zu tun. Gebt her.«

Fulminacci nahm das Kleiderbündel und verschwand mit gemessenen, würdevollen Schritten hinter dem Paravent, der in einer Ecke des Zimmers aufgestellt war.

Die anderen mussten geraume Zeit warten und lauschten gespannt auf sein Herumhantieren und Grunzen beim Umziehen.

»Wie sehe ich aus?«, fragte er schließlich, als er hinter dem Wandschirm hervortrat.

»Einfach fantastisch, Messer Sacchi«, antwortete Salinari prompt. »Es sitzt wie angegossen.«

Der Maler drehte sich um die eigene Achse und breitete den weiten Domino aus weicher Seide aus. Unter dem Cape trug er einen schwarzen, mit fächerartig angeordneten Federn geschmückten Rock, der bis zur Mitte der Oberschenkel fiel. Die eng anliegenden, nicht ganz so dunklen Hosen steckten in prächtigen Stiefeln aus glänzendem Kalbsleder, die bis über die Knie reichten und am Spann mit zwei flügelförmigen Metallspangen verziert waren. Über dem Gesicht trug er eine Maske aus Leder und Pappmaschee, welche die Züge eines Raubvogels nachahmte, eines Falken oder Habichts, mit einer Federhaube in schillernden Farben obenauf. Der hohe, steife Kragen des Capes betonte das edle Profil des fliegenden Räubers zusätzlich.

»Ein prachtvolles Kostüm, Messer Sacchi«, schwärmte der Assistent. »Es hebt, wenn Ihr mir die Bemerkung erlaubt, die edle Kühnheit Eurer natürlichen Haltung hervor. Glaubt mir, Ihr werdet einen großartigen Eindruck machen.«

»Findet Ihr nicht, dass der Rock hier hinten etwas kneift? Wäre es möglich ...«

»Ich lasse sofort die Schneiderin rufen, Messere.«

»Männer, puh!«, ließ sich Beatrice vernehmen.

Kapitel LII

Endlich war der große Tag da.

Der Morgen dämmerte klar und herrlich über den Dächern der Ewigen Stadt herauf und brachte ein strahlendes Frühlingslicht mit sich, das sich über die oberen Etagen der hohen Adelspaläste ergoss.

Seit Sonnenaufgang herrschte im Palazzo Riario schon wieder hektische Betriebsamkeit. Am Tag zuvor hatten sich die Vorbereitungen für das lang erwartete Fest bis spät in die Nacht hingezogen, sodass den vielen Dienstboten nur wenige Stunden Schlaf vergönnt gewesen waren, bevor sie beim ersten Hahnenschrei erneut an ihre Aufgaben gehen mussten. Die kurze Nachtruhe und die viele Arbeit hatten ihre Spuren hinterlassen. Die Legionen von Mägden und Hausmädchen, von Köchen und Gärtnern, von Handwerkern und Dekorateuren bewegten sich wie Gespenster durch den Palast und den Park, triefäugig vor Schlafmangel und mit noch steifen Gliedern, und es gab keinen unter ihnen, der sich nicht das Ende der Schufterei herbeiwünschte, um mal wieder ein wenig ausruhen zu können.

Viel war schon geschafft worden, und es gab immer noch viel zu tun: Tische herzurichten, Blumenschmuck zu verteilen, Gartenpavillons aufzustellen, Spiegel zu polieren, Läufer auszulegen.

Sei es aus Müdigkeit, sei es aus Angst, nicht rechtzeitig mit den zugewiesenen Aufgaben fertig zu werden, jedenfalls bemerkte niemand die beiden in dunkle Umhänge gehüllten Gestalten, die aus dem großen Pavillon schlüpften, über den Hof eilten und durch den Dienstboteneingang verschwanden.

Gerlando war auf unerwartete Schwierigkeiten gestoßen, als er sich den Schlüssel zu dem Keller besorgen wollte, in den der Inquisitor eingesperrt war.

Am Nachmittag zuvor waren die Schlüssel absolut unauffindbar gewesen, und er hatte schon bezweifelt, sein Vorhaben zur Ausführung bringen zu können. Dann hatte er herausgefunden, dass einer von Melchiorris Assistenten sie verwahrte, der ans andere Ende der Stadt in die Werkstatt eines Goldschmiedes geschickt worden war, um sich einige Geräte zurückgeben zu lassen, die der Großmeister verliehen hatte und die er nun zur Fertigstellung eines seiner verrückten Apparate brauchte.

Folglich hatte Gerlando auf die Rückkehr des Assistenten warten müssen, der den Palazzo erst lang nach Sonnenuntergang wieder betreten und sich sofort mit dem Großmeister und weiteren Kollegen ins Laboratorium eingeschlossen hatte.

Es war nicht möglich gewesen, sich der Schlüssel zu bemächtigen, solange dieser verflixte Bursche sich dort aufhielt.

Nach dem Abendessen hatte Gerlando beschlossen, zu dem Gefangenen zu gehen und ihm zu versichern, dass er alles tat, um ihm zu helfen. Kaum hatte er sich jedoch dem kleinen Luftschacht genähert, durch den er zuvor mit dem Eingesperrten gesprochen hatte, war er mit einem Hagel von Vorwürfen wegen seines angeblichen Verrats überhäuft worden, den er nur mühsam hatte abwehren können.

Er hatte dem Fremden versprochen, sobald wie möglich zurückzukommen und ihn zu befreien.

Tatsächlich war es ihm gelungen, die Schlüssel in der Nacht zu entwenden, aber auch er hatte einen anstrengenden Tag gehabt, und so hatte ihn bald die Müdigkeit übermannt. Er hatte sich aufs Ohr gelegt, um zwei Stündchen auszuruhen, und war vom Bellen eines Hundes geweckt worden, als schon das erste Morgenlicht durch die Fenster des Pavillons drang.

Voll Furcht, dass es zu spät sein könnte, war er in den Keller gerannt und hatte mit zitternden Fingern den Raum aufgeschlossen, in dem sich der Mönch befand.

Bernardo Muti war mit blutunterlaufenen Augen und einem Gesichtsausdruck herausgekommen, der seinem Befreier einen Angstschauer über den Körper jagte.

»Raus hier, schnell«, hatte der Inquisitor gezischt.

»Vorsicht, Monsignore«, bat Gerlando, »es darf uns niemand sehen, sonst sind wir verloren. Folgt mir schweigend.«

Sie waren leise die Treppe hinaufgestiegen, hatten sich zwei staubige Umhänge geschnappt und waren aus dem Pavillon und über den Hof gehuscht, während das Personal schon wieder emsig hin und her lief. Niemand achtete auf sie, sodass sie sich in aller Ruhe hatten verdrücken können.

Die Via della Lungara lag zu dieser Morgenstunde noch verlassen da, und das ungleiche Paar brauchte nicht lange, um den Palast der Inquisition zu erreichen, der nur ein paar Hundert Meter entfernt lag.

Unterwegs hielt Gerlando gebührenden Abstand zu dem ausgemergelten Mönch, der nach seinem Aufenthalt auf dem Mistwagen nicht eben angenehm roch.

Trotz seines erbärmlichen Aussehens wurde Bernardo Muti sofort von dem Wachposten vor dem Palast erkannt, der mit lauter Stimme die unverhoffte Rückkehr des Inquisitors verkündete.

Daraufhin ging ein Beben durch das sonst so stille, düstere Gebäude, und Scharen von Mönchen kamen von überall herbeigelaufen und drängten sich um den alten Dominikaner, der nicht wenig Mühe hatte, sich diesen Ansturm vom Leib zu halten.

Es dauerte mehrere Minuten, bis die Ordnung einigermaßen wiederhergestellt war, denn Muti wurde mit Fragen über Fragen bestürmt, die er bei dem Durcheinander in der finsteren Vorhalle nicht zu beantworten gedachte.

Sobald die Wachen, die ebenfalls in großer Zahl herbeigerannt waren, die Menge der neugierigen Brüder etwas gezähmt hatten, erteilte der Inquisitor flüsternd einen Befehl nach dem anderen und wandte sich mit gewohnter Schärfe mal an diesen, mal an jenen Mitbruder, als hätte ihn das überstandene Abenteuer nicht im Geringsten geschwächt.

In dem Gewühl wurde Gerlando an den Rand abgedrängt, was er sich aber in seiner Ungeduld, die versprochene Belohnung zu kassieren, nicht gefallen ließ. Mit Ellbogeneinsatz kämpfte er sich nach vorn zum Inquisitor durch.

»Euer Eminenz«, sprach er Muti an, da er nur eine sehr vage Kenntnis von Ehrentiteln hatte, »Euer Eminenz, ich hoffe, Ihr habt mich nicht vergessen, der ich Euch beherzt und unter vielen Gefahren gerettet habe. Ihr hattet mir eine Belohnung versprochen.«

Der Mönch drehte sich um, unterbrach seine raschen Anweisungen und sah dem Männchen ins Gesicht. Seine Augen durchbohrten Gerlando wie Pfeile.

»Oh nein, ich habe dich nicht vergessen. Ich habe weder deine Unverschämtheiten vergessen noch die Demütigungen, denen du mich ausgesetzt hast, noch das gemeine Feilschen, das du mir aufgezwungen hast. Wachen, nehmt diesen Hund und werft ihn in das tiefste, dunkelste Verlies. Ich werde mich persönlich um ihn kümmern!«

Der verdutzte Gerlando wurde von zwei stämmigen Wachen gepackt und ins Innere des Gebäudes geschleppt, wobei er aus Leibeskräften schrie und protestierte.

Bernardo Muti, von Wachen umringt und gefolgt von mehreren Gruppen von Mönchen, ging durch die Vorhalle auf die breite Treppe zu, die in die obere Etage führte.

»Sucht mir Fieschi!«, schnauzte er. »Ich will ihn so bald als möglich sehen!«

Die Bewohner des Pavillons erwachten spät an diesem Morgen.

All die Anstrengungen und Schrecken der vergangenen Tage waren nicht spurlos an ihnen vorübergegangen, und sowohl Melchiorri als auch der Maler, ganz zu schweigen von Beatrice, waren froh, sich bis in den Vormittag hinein unter der Decke rekeln zu können.

Der Großmeister hatte den Apparat fertiggestellt, mit dem er beauftragt worden war, während die anderen beiden gerade nichts Bestimmtes zu erledigen hatten.

Sie versammelten sich im Speisezimmer um einen reich gedeckten Tisch, wo sie ein Frühstück einnahmen, das eher einem Festessen glich.

Die lange Nachtruhe, die jeder sich gegönnt hatte, sorgte dafür, dass die gereizte Stimmung zwischen der Wahrsagerin und dem Maler zwar noch in der Luft lag, sich aber allmählich entspannte. So konnten die drei nun friedlich am Tisch sitzen und sich tüchtig stärken.

»Sehr gut, dieser Schinken«, lobte Fulminacci. »Woher beziehst du all diese Köstlichkeiten?«

»Ganz einfach«, antwortete Melchiorri. »Ich brauche nur meinen Koch auf einen Sprung in die Vorratskammern der Königin zu schicken. Christine lässt es sich an nichts mangeln. Schinken aus dem spanischen Hochland, Kaviar von der Wolga, Foie gras aus dem Périgord, Taubenpastete aus der Gascogne – sie scheut keine Kosten, um das Beste auf ihrer Tafel zu haben, was im Umlauf ist. Und ich entnehme diesem Schlaraffenland ab und zu ein paar Kleinigkeiten.«

Fulminacci gluckste mit vollem Mund.

»Du meinst, all das Zeug hier ist geklaut!«

»Diesen groben Ausdruck würde ich nicht gebrauchen. Sagen wir, ich partizipiere an den Genüssen meiner Herrin, und zwar aufgrund einer stillschweigenden Übereinkunft. Schließlich bin ich ihr Leibarzt sowie ihr Vertrauter und Astrologe. Auch wenn sie es nie ausdrücklich zur Sprache gebracht hat, bin ich doch sicher, dass ihr mein Wohlergehen genauso am Herzen liegt wie mir das ihre. Außerdem quellen ihre Vorratskammern über von allen guten Gaben Gottes, und ich glaube nicht, dass jemand eine kleine Reduzierung bemerken würde, zumal sie sehr unauffällig geschieht.«

»Mit anderen Worten«, mischte sich Beatrice ein, »wir tun uns hier an gestohlenen Dingen gütlich.«

»Bereitet dir das irgendwelche Probleme?«

»Ganz und gar nicht. Im Gegenteil, ich denke, es liegt eine gewisse Gerechtigkeit darin. Da draußen sind die meisten Menschen froh, wenn sie wenigstens eine anständige Mahlzeit am Tag zusammenkratzen können. Ich hoffe, es kommt bald eine Zeit, in der es nicht nur den paar wenigen Adeligen gut geht.«

»Ach, solche Reden langweilen mich immer. Der Reichtum ist für den, der ihn sich nimmt, meine Teuerste. Um zu überleben, muss man gewitzt und rege sein, das ist die erste Lektion, die ich in der harten Schule des Lebens gelernt habe. Alles andere sind Dummheiten. Viele sogenannte religöse Reformer haben im Laufe der letzten Jahrhunderte versucht, mit Predigten dieser Art das Volk aufzuhetzen, und was ist dabei herausgekommen? Ein Haufen Muttersöhnchen ist massakriert worden oder hat seine letzte Ansprache von der Höhe eines Scheiterhaufens aus gehalten. Viel Geschrei um nichts, sie haben die Welt weder in besserem noch in schlechterem Zustand zurückgelassen. So viel verschwendete Energie!«

Beatrice wollte gerade etwas entgegnen, als Salinari hereingestürmt kam und ein Gesicht machte wie einer, der gerade eine böse Überraschung erlebt hat.

»Meister, verzeiht, dass ich Euch bei Eurer Mahlzeit störe, aber es ist etwas Schwerwiegendes passiert.«

Melchiorri legte seine Gabel auf dem Teller ab und bedeutete ihm, frei zu sprechen.

»Der Gefangene ist nicht mehr in seiner Zelle, Meister. Ich bin in den Keller gegangen, um ihm etwas zu essen zu bringen, und habe die Tür weit offen und den Kellerraum leer vorgefunden.«

»Verflucht, was sagst du da? Bist du ganz sicher?«

»Ja, Meister. Jemand muss ihm bei der Flucht geholfen haben, denn die Tür war nicht aufgebrochen. Jemand, der unter diesem Dach lebt.«

»Ich kann nicht glauben, dass ein Bewohner dieses Hauses einen solchen Verrat begehen würde …«

»Gerlando ist verschwunden, Meister«, unterbrach ihn der Gehilfe. »Ich habe alles abgesucht, aber er ist weg.«

Melchiorri sackte sichtlich zusammen unter dem Gewicht dieser bösen Nachricht.

»Heilige Madonna, Ard… äh, Baldassarre, was machen wir

jetzt?«, rief der Maler, dem der Ernst der Lage ebenfalls klar war.

»Hab ich nicht gleich gesagt, dass es am besten ist, ihm die Kehle durchzuschneiden und ihn in den Fluss zu werfen?«, sagte Beatrice mit zornfunkelnden Augen. »Ihr wolltet ja nicht auf mich hören. Jetzt haben wir den Salat.«

»Ganz ruhig«, erwiderte Fulminacci. »Vielleicht ist es gar nicht so schlimm. Schließlich hat der Kerl keinen von uns gesehen. Als ich ihm eins übergezogen habe, hatte ich die Kapuze auf, und ihr seid erst auf der Bildfläche erschienen, als der verdammte Aasgeier schon selig schlief.«

»Das macht keinen Unterschied, Giovanni«, murmelte Melchiorri trostlos. »Dieser … Dieser verdammte Aasgeier, wie du ihn nennst, ist das Haupt des Heiligen Offiziums, verstehst du das nicht? Einer der mächtigsten Männer Roms. Er wird nicht lange nachdenken müssen, um darauf zu kommen, wer ihn entführt hat.«

»Aber er hat keine Beweise …«, versuchte der Maler einzuwenden.

»Die Inquisitoren brauchen keine Beweise«, schnitt ihm die Wahrsagerin das Wort ab. »Diese Schweinehunde können tun und lassen, was sie wollen. Ich finde, wir sollten schleunigst die Stadt verlassen, solange noch Zeit ist. Außerdem – wenn es wirklich Gerlando war, der diesem Teufel in Menschengestalt zur Flucht verholfen hat, könnt ihr davon ausgehen, dass Muti inzwischen jede Einzelheit über uns weiß.«

»Zum Glück genießt der Palazzo Riario diplomatische Unantastbarkeit, was bedeutet, dass wir sicher sind, solange wir uns hier aufhalten.«

»Wir können aber nicht bis ans Ende unserer Tage hierbleiben«, sagte Beatrice. »Verschwinden wir lieber, falls das überhaupt noch möglich ist.«

»Nein, nein, wir sollten nichts überstürzen«, widersprach der Großmeister, der nach dem ersten Schrecken allmählich zu seiner gewohnten Kaltblütigkeit zurückfand. »Ich bin sicher, dass es eine

Lösung gibt. Die Inquisition streckt ihre herrschsüchtigen Krallen inzwischen über ganz Europa und einen Teil der Neuen Welt aus, und selbst wenn es uns gelingen sollte zu entkommen, gäbe es nirgends einen Ort, an dem wir sicher wären. Nein, mit einer Flucht würden wir nur die Rache dieses Unmenschen hinauszögern. Die Sache muss hier und jetzt erledigt werden. Ich habe keine Lust, den Rest meiner Tage vor den Häschern des Heiligen Offiziums davonzulaufen. Wir müssen Ruhe bewahren, scharf überlegen und nicht in Panik geraten. Denkt daran, dass unser Leben außerhalb dieser Mauern keinen Scudo mehr wert ist. Es muss einen Ausweg geben, und ich werde ihn finden!«

Kapitel LIII

Habt Ihr Neuigkeiten?«, fragte der Skorpion.

»Nichts zu machen, tut mir leid. Ich habe jeden Mann, jede Frau, jeden Burschen darauf angesetzt und die ganze Stadt Zoll für Zoll durchkämmen lassen. Ich habe all meine Informationsquellen bis über die Grenzen der Vorsicht hinaus ausgeschöpft. Kein Hinweis, keine Andeutung. Absolut nichts.«

»Das war zu erwarten. Aber das ist kein großes Problem. Meine Vorgehensweise steht fest.«

»Ihr wollt Euren Plan wirklich ausführen?«, erkundigte sich Fieschi.

»Selbstverständlich. Mein Bernstein befindet sich dort. Und auch die Patres.«

»Das ist Selbstmord, das ist Euch hoffentlich bewusst. Wollt Ihr es Euch nicht noch einmal überlegen? Vielleicht könnte man einen anderen Aktionsplan ins Auge fassen, das Ende des Festes abwarten und dann zuschlagen …«

»Das wäre zwecklos«, unterbrach ihn der Skorpion. »Sie erwarten mich dort, und ich will sie nicht enttäuschen. Alles wird wie vorgesehen ablaufen.«

»Ich finde immer noch, dass es Wahnsinn ist. Es sind zu viele, selbst für Euch.«

»Wenn Ihr tut, worum ich Euch gebeten habe, wird es keine Schwierigkeiten geben. Ist das Boot bereit?«

»Es wartet auf Euer Kommen. Der Fährmann weiß Bescheid, er ist ein erfahrener Mann.«

Der Skorpion erhob sich von seinem Schemel.

»Kein Grund also, weiter zu zögern.«

»Ich fürchte, das ist das letzte Mal, dass ich Euch sehe.«

»Unterschätzt mich nicht. Das haben schon zu viele getan.«

Capitaine de la Fleur ging mit großen Schritten über den gepflasterten Hof an der Hinterseite des Palazzos. Es blieb nicht mehr viel Zeit. Bald würden die ersten Gäste eintreffen, und es gab immer noch einige Details zu klären.

Die Männer waren dabei, die ihnen zugewiesenen Posten einzunehmen, aber die Waffen mussten noch an den festgelegten Plätzen verstaut werden, wo sie im Bedarfsfall leicht zugänglich waren.

Die Königin hatte zugestimmt, wenn auch widerwillig und nach viel Theater, den Palast bewachen zu lassen, dabei aber unnachgiebig darauf beharrt, dass die Wachen im Hintergrund bleiben und vor allem keine Waffen tragen sollten. Nur die fünfzehn Mitglieder ihrer Leibwache hatten die Erlaubnis, im Palast selbst Waffen zu tragen, denn auf dieses Privileg wollte die Monarchin nicht verzichten. Der Umstand, dass man ihr die Gründe für die Notwendigkeit eines ansehnlichen bewaffneten Wachkorps nicht offen darlegen konnte, hatte selbst für den diplomatisch geschickten Bischof de Simara ein unüberwindliches Hindernis dargestellt, der am Ende diesen Kompromiss hatte akzeptieren müssen.

Die Leibwache der Königin war ungefähr so nützlich wie ein Hund mit drei Schwänzen: aufgeputzte, schleifengeschmückte Gecken, hübsch anzusehen, aber ohne Courage und militärische Ausbildung. Wenn eintraf, was der Bischof und Kardinal Azzolini prophezeiten, würden diese Nichtsnutze sich im Nu aus dem Staub machen.

Unter diesen Umständen hatten sich die Musketiere damit abfinden müssen, ihre Degen an ein paar strategischen Punkten im Palast und dem umgebenden Park zu verstecken und darauf gefasst zu sein, sie beim ersten Anzeichen von Gefahr zu ergreifen.

Ein anderer Streitpunkt war der der Kleidung gewesen.

De la Fleur hatte gewollt, dass seine Musketiere Masken trugen, um sich unter die Gäste mischen zu können, aber auch bei diesem Thema hatte sich die Königin vollkommen unvernünftig gezeigt und verlangt, dass sie die kunterbunte Livree ihrer Diener anzogen.

Musketiere gekleidet wie Lakaien!

De la Fleur hatte protestiert, aber der Bischof hatte sich nach langer Diskussion damit abgefunden, den Wünschen der starrköpfigen Königin nachzukommen.

Nun, da fast alles bereit war, spürte der Capitaine, wie die Anspannung in ihm wuchs.

Niemand konnte voraussehen, was der Skorpion unternehmen würde; nur eines war sicher, nämlich dass er etwas unternehmen würde.

Zwischen Erfolg und Fehlschlag der Operation verlief nur ein schmaler Grat.

Die beiden Jesuiten, die letzten Überlebenden von einer langen Liste, hielten sich bereits im Palazzo auf, doch diesmal fand man es zu riskant, sie unter Geleitschutz an einem scheinbar sicheren Ort abzuschotten. Der Skorpion hatte bewiesen, wie leicht er solche Vorsichtsmaßnahmen zu umgehen wusste. Daher war beschlossen worden, dass die beiden Mönche sich zu den vielen Gästen des Abends gesellen sollten. Nach Meinung des Bischofs war es einfacher, ihre Sicherheit zu garantieren, wenn sie sich inmitten der Menschenmenge bewegten, und der Capitaine hatte ihm nach den vorhergehenden katastrophalen Erfahrungen nicht widersprechen können.

Die beiden alten Patres im Auge zu behalten stellte allerdings eine weitere riskante Unwägbarkeit dar, zusätzlich zu den vielen, die ihm bereits den Schlaf raubten.

Zu allem Übel hatte er sich noch nicht wieder von der Schulterverletzung erholt, die ihm der Skorpion zugefügt hatte, und war außerstande, seinen Degen zu benutzen. Aus diesem Grund hatte er sich mit zwei Pistolen bewaffnet, die er unter seinem Wams trug. Sie waren viel kleiner als die langen Pistolen, die man üblicherweise im Kampf verwendete, aber auf kurze Distanz genauso tödlich.

Während er in Gedanken alles noch einmal durchging, machte

der Offizier einen letzten Kontrollgang durch den Palast und den Park, um sich davon zu überzeugen, dass nichts übersehen worden war und jeder sich auf seinem Posten befand, um im entscheidenden Moment eingreifen zu können.

Nichts war dem Zufall überlassen worden; jede Möglichkeit war in Erwägung gezogen worden; für jeden eventuellen Vorstoß des Gegners hatte man eine geeignete Abwehrmaßnahme vorbereitet.

Trotzdem ließ die innere Unruhe, die ihn peinigte, nicht nach.

Wie würde der Skorpion sich diesmal verhalten?

Bernardo Muti schritt ungeduldig in seinem Arbeitszimmer auf und ab und wartete auf Nachricht.

Seit seiner Befreiung und Rückkehr in den Palast des Heiligen Offiziums hatte er keine freie Minute mehr gehabt.

Sogar während er sich wusch, um den Mistgestank loszuwerden, war er von einer Schar Mitarbeiter umgeben gewesen, die kamen und gingen und die Befehle ausführten, die er mit rasender Geschwindigkeit erteilte.

Die Zeit war knapp, und es gab viel zu erledigen, aber er bezweifelte nicht, dass im richtigen Moment alles in die Wege geleitet sein würde.

Dann würde er Rache nehmen.

Schon vor einigen Tagen hatte er die Einladung zu diesem Frühlingsfest erhalten, das die Königin von Schweden gab.

Normalerweise wäre das nur eine höfliche Formalität gewesen, und er hätte nicht einmal in Erwägung gezogen, eine solche Einladung anzunehmen. Er verabscheute weltlich-frivole Vergnügungen dieser Art, die für ihn ein Ausdruck des sittlichen Verfalls und der Verderbtheit waren, der sich so viele hohe Würdenträger der Kirche schon allzu lange hingaben.

Umgekehrt erwartete und wünschte die Königin nicht, dass ein sittenstrenger Mönch wie er gewillt war, an den Festlichkeiten teilzunehmen.

Diesmal jedoch würde Bernardo Muti zusagen.

Allein die Vorstellung, dem großen Bankett und den darauf folgenden kindischen Belustigungen beizuwohnen, stieß ihn zutiefst ab. Die Hohlheit dieser zügellosen Zerstreuungen stellte für ihn eine Beleidigung des Blutes Jesu Christi dar, das für die Sünden der Menschheit vergossen worden war. Nur die Buße, die Kasteiung des Fleisches und der Verzicht auf weltliche Freuden konnten den Menschen dem unsagbaren Geheimnis des allmächtigen Gottes und der Heiligen Dreifaltigkeit näherbringen.

Dennoch würde er hingehen.

Er würde seine beste Kutte anziehen, würde die Kutsche mit dem Abzeichen seines hohen Amtes besteigen, den prunkvollen Palast betreten und Wohlwollen und freundliche Geneigtheit zur Schau stellen. Er würde sich auf das eitle Geschwätz dieser aufgeblasenen Leute einlassen, an ihren albernen Spielen teilnehmen und mit all diesen als große Damen gekleideten Huren scherzen. Er würde sogar, ohne mit der Wimper zu zucken, die Königin selbst, diesen personifizierten Skandal, ertragen, die nicht nur frech mit ihren sapphischen Liebschaften prahlte, sondern auch eine schändliche Beziehung zu einem Kirchenfürsten unterhielt.

Auf die erzwungene Mitarbeit Fieschis würde er zwar verzichten müssen, da es dem Spion gelungen war, seine Tochter der *longa manus* der Inquisition zu entziehen, aber das hatte keine große Bedeutung mehr. Die Ereignisse der vergangenen Stunden, so demütigend und beleidigend sie auch gewesen waren, hatten ihm das Werkzeug geliefert, um dieses Vipernnest mit einem einzigen Handstreich auszuheben.

Alles war vorbereitet, jede Einzelheit genauestens bedacht, nichts dem Zufall überlassen worden.

Und wenn der Zeitpunkt gekommen war, würde die Falle zuschnappen, blitzartig und unerbittlich.

Die Personen, die ihn entführt, misshandelt und eingesperrt hatten, würden in den Verliesen des Heiligen Offiziums landen, wo man über genügend Zeit und Mittel verfügte, um ihnen ein volles Geständnis abzuringen, auf das die unvermeidliche und gerechte Strafe folgen würde.

Der Scheiterhaufen.

Dieser Skandal würde die schwedische Königin, ihren verderbten, liederlichen Hofstaat und auch Kardinal Azzolini und seine Anhänger mit ins Verderben reißen.

So gesehen konnte er den unbesonnenen Dummköpfen, die es gewagt hatten, Hand an ihn zu legen, regelrecht dankbar sein. Sie hatten ihm den Vorwand geliefert, nach dem er schon seit Monaten suchte, um mit eisernem Besen den wurmstichigen Klüngel hinauszukehren, der den Heiligen Stuhl Petri zu einem widerlichen Marktplatz der Seelen und Gewissen gemacht hatte.

Er wusste, dass viele Menschen sich nach einem Aufbruchssignal sehnten. All die, denen die heilige, erlösende Mission der Kirche am Herzen lag und die bisher verwirrt und in alle Winde zerstreut die Zähne zusammengebissen hatten, weil sie sich den weltlichen und korrupten Kräften, die das Sagen hatten, nicht zu widersetzen wussten, würden sich unter dem Banner des wahren Glaubens zusammenfinden und eine gemeinsame Front bilden, um eine Veränderung herbeizuführen.

Dann, dann endlich würde die Geschichte eine neue Wendung nehmen.

Eine reinigende Welle würde über ganz Europa hinwegschwappen, die Ketzereien hinwegspülen, dem Irrtum ein Ende machen und den Leib der heiligen Kirche des Erlösers von den Schlacken befreien, die sich in diesem lasterhaften, eitlen Zeitalter angesammelt hatten und ihre klare, unverbiegbare Botschaft erstickten.

Der strafende Arm der heiligen Inquisition würde wie der Flügel eines Racheengels auf die Schlupfwinkel der Ungläubigen niedergehen und mit gewaltigem Schlag die Abertausend Sündenpfuhle vernichten, in denen sogenannte »Wissenschaftler«, beschützt von Laxheit und Gleichgültigkeit, den Willen des Schöpfergottes durch die »Vernunft« zu ersetzen beabsichtigten.

Eine gewaltige Aufgabe lag vor ihm, ein ungeheures Werk der

Läuterung, doch er würde nicht zögern und nicht schwanken, um es in Angriff zu nehmen.

Das Feuer würde die Bastionen derjenigen reinigen, die durch die Herrschaft des Zweifels die unverbrüchlichen Gewissheiten des wahren Glaubens und mit ihnen seine weltliche Festung, die Kirche Christi, untergraben wollten.

Das Nachdenken über die große Mission, die der Allmächtige ihm anvertraut hatte, ließ den zerbrechlichen Leib des Dominikaners vor Erregung beben und trieb ihn fast zur Raserei vor Ungeduld, endlich zur Tat schreiten zu können.

Nicht einmal die alten Rivalen seines heiligen Ordens, diese sogenannten Streiter Christi, welche die erhabene Aufgabe, die ihnen vom heiligen Ignatius von Loyola übertragen worden war, verraten hatten, indem sie Glauben und Vernunft, Gehorsam und Erkenntnis durcheinanderbrachten – nicht einmal sie würden von dem läuternden Strafgericht verschont werden.

Niemand, niemand würde entkommen.

Es würde keine Gnade, keine Ruhe, kein Entrinnen geben, bis das reine Banner des Lammes Gottes triumphiert hatte.

Die Stunde war nicht mehr fern.

Kapitel LIV

Nanni, wir wollen gehen, bist du denn immer noch nicht fertig?«, rief Beatrice entnervt.

»Einen Augenblick noch«, antwortete Fulminacci hinter dem Paravent. »Dräng mich nicht zur Eile.«

»Eile?«, murmelte die Freundin. »Eile ist gut. Du bist dort schon seit einer Ewigkeit zugange. In der Zeit hättest du dich fünfzigmal aus- und wieder anziehen können!«

»Immer mit der Ruhe. Schließlich kommt es auf die Feinheiten an. Außerdem habe ich leider keinen großen Spiegel zur Verfügung und muss mich abschnittsweise begutachten, zuerst unten und dann oben.«

»Mein Gott, Nanni, nicht einmal die Lieblingsfrau des Sultans braucht so viel Zeit, um sich fertig zu machen. Ich wusste gar nicht, dass du so selbstverliebt bist.«

»Bin ich gar nicht, ich will nur keinen schlechten Eindruck machen. Die wichtigsten Persönlichkeiten der Christenheit werden bei diesem Fest zugegen sein, ist dir das klar? Ich will nicht, dass jemand glaubt, es mit einem Gernegroß zu tun zu haben.«

»Aber du bist ein Gernegroß. Außerdem wird dich niemand eines zweiten Blickes würdigen, da kannst du beruhigt sein. Die Mächtigen interessieren sich ausschließlich für ihresgleichen. Und du bist nur ein armer Hungerleider von einem Maler, ein Nichts.«

»Schließ nicht von dir auf andere. Das hier ist meine große Chance. Vielleicht gelingt es mir ja, an einen wirklich guten Auftrag heranzukommen! Die Kirche, die sie da im Trevi-Viertel bauen, für die Bernini die Pläne gezeichnet hat… Ich habe gehört, dass sie die Kuppel mit einem Jüngsten Gericht ausmalen lassen wollen, meiner Spezialität. Jüngste Gerichte sind meine Stärke.«

»Mach dir keine Illusionen, Nanni. Sie werden dich nicht einmal bemerken. Und jetzt beeil dich.«

»Bin fast fertig. Nur noch einen Moment.«

Beatrice setzte sich seufzend wieder auf den niedrigen Diwan.

»Und, wie findest du mich?«

Sie betrachtete den Maler eingehend, der in der Pose eines Schmierenkomödianten hinter dem Paravent hervorgetreten war.

Trotz ihrer Ungehaltenheit über das lange Warten musste sie zugeben, dass er ausgesprochen gut aussah. Das mit dunklen Federn bestickte Wams streckte seinen kräftigen Rumpf und ließ ihn größer und schlanker wirken, wozu noch die hohe Kopfbedeckung mit der Maske beitrug. Auch die weichen Stiefel, die knapp über dem Knie umgeschlagen waren, und die dunkle, schillernde Seide des langen Dominos verliehen ihm ein geheimnisvoll-elegantes Aussehen.

Gar nicht mal übel, alles in allem, dachte sie.

Plötzlich fiel ihr etwas auf, und sie ging auf ihn zu und beschnupperte ihn.

»Großer Gott, Nanni, mit was hast du dich denn zugeschüttet?« Sie zog eine Grimasse. »Du stinkst wie eine Nutte!«

»Nur zwei Tropfen Parfum, das ist alles.«

»Zwei Tropfen? Mir scheint, du hast darin gebadet. So kannst du nicht unter die Leute. Du wirst noch alle Katzen des Viertels anlocken. Besser, ich schrubbe dich erst einmal gründlich ab.«

»Du meinst, ich habe es übertrieben?«, murmelte der Maler.

»Allerdings.«

»Dann muss ich also noch mal ganz von vorn anfangen …«

»Halt dich ran, wir haben nicht die ganze Nacht Zeit.«

»Seid ihr immer noch nicht fertig?«, wollte Melchiorri wissen, als er ins Zimmer trat.

»Ich bin schon seit Stunden fertig«, sagte Beatrice. »Nur Nanni kann sich nicht entschließen, hinter diesem Paravent hervorzukommen.«

»Giovanni, ich bitte dich, beweg dich! Wir können nicht länger warten. Bischof de Simara hat den Wunsch geäußert, dich kennenzulernen, ehe die Gäste im Palazzo eintreffen.«

Fulminacci verließ erneut den Schutz des Wandschirms und zupfte seinen Umhang zurecht.

»Bin ich so präsentabel?«

»Aber ja, wen zum Teufel kümmert das schon? Lass uns gehen. Denk daran: Sprich nur, wenn du gefragt wirst, und lass deine üblichen Aufschneidereien. Solchen Herrschaften reißt schnell der Geduldsfaden.«

Die drei eilten aus dem Pavillon und überquerten den großen gepflasterten Hof.

Die große Vorhalle wurde bereits von zahlreichen Kerzenleuchtern erhellt, obwohl es bis zum Sonnenuntergang noch ein paar Stunden hin waren.

Fulminacci, der seit zwei Tagen Gast seines Freundes Melchiorri war, hatte nun zum ersten Mal Gelegenheit, den eigentlichen Palast zu betreten.

Auch wenn er in den letzten Tagen öfter den Degen als den Zeichenstift in der Hand gehalten hatte, besaß er doch immer noch das Auge eines Künstlers, und so traten die Sorgen um sein Äußeres recht bald hinter dem Staunen über die Einrichtung dieses Paradebeispiels der Renaissancearchitektur zurück.

Der erste Saal, durch den sie kamen, war eine Hommage an die klassische Antike: Sechzehn Säulen aus gelbem Marmor und zwei aus Alabaster trugen die hohe Kuppeldecke, die mit mythologisch inspirierten Fresken ausgemalt war. Zwischen den Säulen standen meisterhaft gestaltete Skulpturengruppen, Werke von Künstlern, deren Namen vergessen waren, während ihre wunderbare Kunstfertigkeit sich erhalten hatte: eine Venus aus Marmor, eine Gruppe, die Castor und Pollux mit ihrer Mutter Leda darstellte, ein Bacchusaltar und ein von acht Musen umgebener Apoll, der aus der Hadriansvilla in Tivoli stammte. In der Mitte der großen Halle erhob sich ein Thron aus vergoldetem Holz, der für das königliche Gesäß der schwedischen Herrscherin vorgesehen war, und darüber ein monumentaler Baldachin aus grünen und goldfarbenen Draperien.

Fulminacci hatte schon viel von diesen Wunderwerken gehört, die dem Zahn der Zeit widerstanden hatten, und als er sie jetzt mit eigenen Augen sah, wurde er von Erstaunen und Ehrfurcht vor diesem fast übermenschlichen Können erfüllt. Melchiorri musste ihn mehrmals zur Eile antreiben. Der Maler folgte seinen Auforderungen schweren Herzens, weil er sich in der Betrachtung dieser Bildhauerwerke verlieren wollte, die auf der Welt nicht ihresgleichen hatten.

Nach der Säulenhalle gelangte das Trio in einen mindestens hundertfünfzig Fuß langen Salon, prächtig mit Möbeln eingerichtet, die auf verschiedene Weise die Farben der skandinavischen Dynastie wieder aufnahmen. Doch es waren nicht diese kostbaren Möbelstücke, von denen die Aufmerksamkeit des verblüfften lombardischen Künstlers gefesselt wurde. Die hohen Wände waren buchstäblich mit Meisterwerken der Malerei übersät, die zu bewundern schon immer sein Traum gewesen war, auch wenn er nie zu hoffen gewagt hätte, sie tatsächlich einmal zu sehen.

Raffael, Paolo Veronese, Correggio, Tizian: Die unvergleichlichen Schöpfungen von vier Generationen der größten Künstler der letzten hundertfünfzig Jahre waren hier in all ihrem Glanz ausgestellt.

Der ergriffene Blick des Malers schnellte von einem Werk zum anderen und wusste vor so viel Schönheit nicht, wo er verweilen sollte.

Seine Schritte wurden immer langsamer, sodass Melchiorri sich gezwungen sah, ihn erneut anzutreiben.

Überwältigt und beschämt von der Kunst dieser unsterblichen Meister bemerkte Fulminacci die Gruppe von Personen zunächst nicht, die am anderen Ende des Salons ins Gespräch vertieft war. Erst die volltönende Stimme des Großmeisters, der ihn vorstellen wollte, riss ihn aus seiner Trance.

Als Erstes musste er dem französischen Bischof die Ehre erweisen, von dem er schon einiges gehört hatte, dem er aber noch nie persönlich begegnet war.

»Monsignor de Simara, darf ich Euch Maestro Giovanni Battista Sacchi vorstellen, Maler, Bildhauer und Kupferstecher«, sagte Melchiorri.

»Und ein hervorragender Fechter, wie ich selbst zu sehen Gelegenheit hatte«, fügte der Geistliche mit einem leicht ironischen Lächeln hinzu.

»Monsieur ist zu freundlich«, murmelte der Maler.

Das Lächeln des Bischofs wurde um den Bruchteil eines Millimeters breiter.

»Mademoiselle Beatrice, welche Freude, Euch gesund wiederzusehen.« Der Bischof wandte sich der jungen Kartenlegerin zu, die sich respektvoll etwas abseits gehalten hatte. »Ich habe von Eurem unglücklichen Abenteuer gehört und stelle zufrieden fest, dass es Eurer strahlenden Schönheit nichts anhaben konnte.«

Beatrice machte einen anmutigen Knicks und errötete tief über das Kompliment, enthielt sich jedoch einer Antwort.

Bei all dem Trubel um die Kostümierung und seinem Staunen über die Anhäufung von Kunstwerken, die er nur flüchtig hatte bewundern können, hatte Fulminacci nicht besonders auf das Aussehen seiner jungen Freundin geachtet, doch nun, da es keine Ablenkung mehr gab, schnappte er nach Luft.

Die Zigeunerinnenlumpen, die Bänder in den wirren Haaren, das geflickte Mieder und der bunt gemusterte Rock waren verschwunden und durch ein Kleid in einem hellen Türkis ersetzt worden, das im flackernden Kerzenlicht changierte und hier und da in ein transparentes Wassergrün überging. Ihre kupferrote Lockenmähne hatte – offensichtlich unter den Händen eines guten Frisörs – endlich eine vollendete Fasson angenommen, die das perfekte Oval ihres Gesichts mit der im Kerker der Inquisition erworbenen feinen Blässe gut zur Geltung brachte. Ihre großen grünen Augen, die genau im richtigen Abstand zueinander lagen, leuchteten wie zwei Smaragde daraus hervor.

Die aufbrausende, kratzbürstige Wahrsagerin, die in einer verfallenen Hütte lebte und am Tiberufer Kräuterbündel sammelte, hatte sich wie im Märchen in eine wunderschöne Prinzessin verwandelt.

Fulminacci spürte, wie sein Magen sich zusammenkrampfte, sein Herz klopfte und sein Atem sich beschleunigte, als wäre er meilenweit gerannt.

Mochten ihn in den vergangenen Tagen auch manchmal Zweifel und Verwirrung heimgesucht haben, so wusste er jetzt mit absoluter Sicherheit, dass er nicht mehr ohne dieses wunderbare Wesen leben konnte, nicht einmal für kurze Zeit.

»Giovanni«, riss ihn Melchiorri aus seinen Tagträumen, »darf ich dir Gian Pietro Bellori vorstellen, den renommiertesten Kunsthändler der Stadt?«

Der Blick des Malers löste sich widerstrebend von Beatrices tiefgrünen Augen und richtete sich auf die korpulente Gestalt eines Mannes im mittleren Alter mit einem runden, übermäßig geröteten Gesicht, der ihn wohlwollend anlächelte.

»Ich habe schon viel von Euch gehört, Maestro Sacchi«, sagte Bellori, »obwohl ich noch keine Gelegenheit hatte, eines Eurer Werke zu sehen. Wenn es Eure Zeit erlaubt, erweist Ihr mir hoffentlich einmal die Freundlichkeit, mit einer Eurer neuesten Arbeiten in meinem bescheidenen Geschäft vorbeizuschauen.«

»Mit Freuden, Signore. Ich habe vor kurzem eine Serie von Kupferstichen nach dem Alten Testament fertiggestellt, die Euch vielleicht interessieren könnten«, antwortete Fulminacci, hocherfreut über die Begegnung mit diesem Händler, der in den wichtigsten Kreisen verkehrte. Es bedeutete viel, von dem mächtigen Bellori unter die Fittiche genommen zu werden, denn ein Mann wie er konnte mit einem einzigen Wort das Glück eines Malers machen.

»Pater Michelangelo Ricci«, fuhr Melchiorri mit dem Vorstellen fort, »der Lieblingsschüler des großen Torricelli. Sein Ruhm als Himmelsforscher ist gewiss auch an deine Ohren gedrungen.«

»Sehr erfreut, Pater Ricci«, sagte der Maler höflich. »Pater Kircher hat mir viel von Euch erzählt. Er hält Euch für eine Leuchte der Wissenschaft unseres Jahrhunderts.«

Der kleine Augustinermönch errötete über das Kompliment und lächelte.

»Athanasius ist zu großzügig. Ich bin nur ein bescheidener Forscher.« An den französischen Bischof gewandt sagte er: »Ich hoffe, Pater Kircher wird uns heute Abend die Ehre seiner Gegenwart erweisen.«

»Er wird in Kürze im Palast eintreffen. Wie Ihr wisst, hat mein Mitbruder in Christo sich aktiv an der Gestaltung des Festes beteiligt und viele technische Effekte zur Unterhaltung der Gäste konstruiert.«

Die Anspielung auf den Mitbruder wunderte Fulminacci, worauf er den Bischof genauer ansah und an seinem Hals das Kreuz der Jesuiten erkannte, das er zuvor nicht bemerkt hatte.

Die Jesuiten schienen in diesem Palast das Sagen zu haben. Immerhin war der Übertritt der schwedischen Königin zum Katholizismus im Wesentlichen ihr Werk gewesen. In Frankreich dagegen hatte die Gesellschaft Jesu, nach allem was er wusste, mit nicht geringen Schwierigkeiten zu kämpfen, besonders seit Ludwig XIV. den Thron bestiegen hatte. Dieser Bischof mit dem gebieterischen Auftreten und dem Wohnsitz in der französischen Gesandtschaft bildete offenbar eine Ausnahme. Die einzige Erklärung dafür war, dass der Jesuit eine Rolle in einer Verschwörung oder irgendwelchen Machtintrigen in Rom spielte, wobei die Auswirkungen dieser Intrigen vermutlich weit über die Stadtgrenzen hinaus reichten.

Die Morde an den Jesuiten, der französische Bischof, der grausame Meuchelmörder, der sich in den Straßen Roms herumtrieb – all das deutete darauf hin, dass mächtige Kräfte am Werk waren.

Gott sei Dank gingen ihn diese Angelegenheiten nichts an. Ihn interessierte nur, unbeschadet aus diesen Scherereien, in die er hineingestolpert war, wieder herauszukommen, um sich ganz der Eroberung von Beatrices Herz widmen zu können.

Ein Mann soll sich Ziele setzen, die er auch erreichen kann –

das hatte ihm sein Großvater Guido beigebracht, ein tüchtiger Kaufmann und kluger Mensch.

Politische Verwicklungen waren nichts für ihn. Sollten die Mächtigen doch auf ihre Weise damit zurechtkommen, er hatte einfachere und naheliegendere Dinge im Sinn.

Die Unterhaltung hatte sich derweil auf höfisch-gesellschaftliche Ereignisse verlagert, bei denen der Maler nicht mitreden konnte, da er über den neuesten Klatsch kaum informiert war.

Auch Monsieur de Simara schien sich an dem Geplauder nicht zu beteiligen und mit eigenen Gedanken beschäftigt zu sein.

Unauffällig näherte er sich dem Maler, nahm ihn sachte beim Arm und führte ihn ein paar Schritte von der Gruppe weg.

Fulminacci war nicht wenig überrascht von diesem Verhalten des reservierten Geistlichen.

»Auf ein Wort, Maestro Sacchi«, murmelte der Bischof und überzeugte sich aus dem Augenwinkel davon, dass niemand ihr Gespräch unter vier Augen mitbekam.

»Ganz wie es Euch beliebt, Monsignore«, antwortete Fulminacci prompt.

»Ich habe erfahren, dass Ihr in den vergangenen Tagen mehrfach in die Lage geraten seid, die Klinge mit dem Skorpion zu kreuzen«, begann de Simara. »Die Tatsache, dass Ihr diese Begegnungen überlebt habt, ist an sich schon ein Grund zur Verwunderung, und ich würde Euch lieber nicht mit dem Gefallen belasten, um den ich Euch bitten möchte …«

Als Fulminacci den Namen des Skorpions hörte, brach ihm sogleich der kalte Schweiß aus.

»… doch wie Ihr sicher gehört habt, ist diese üble Geschichte alles andere als erledigt. Der Skorpion wird heute Abend hier sein.«

»Und das, verzeiht mir meine Kühnheit, ist wahrlich keine gute Nachricht«, erwiderte Fulminacci, »zumal ich von dieser Geschichte, die Ihr da erwähnt, immer noch so gut wie nichts verstanden habe. Wenn ich tatsächlich schon wieder mein Leben aufs Spiel setzen soll, dann will ich nicht weiter im Dunkeln tappen.«

»Ich bin nicht sicher, ob ich Euch so weit vertrauen kann«, sagte de Simara nachdenklich.

Derweil drehte sich das Gespräch zwischen Melchiorri, Bellori und Pater Ricci um die Technik der Wachsmalerei, die der Großmeister seit einiger Zeit intensiv studierte. Sowohl der Augustiner als auch der Kunsthändler hatten einiges dazu zu sagen, wodurch Beatrice sich von ihnen entfernen und diskret zu den beiden abseits sprechenden Männern treten konnte.

»Erlaubt mir, mich einzumischen, Monsignore. Ich glaube, Maestro Sacchi hat in letzter Zeit hinlänglich bewiesen, dass er Eures Vertrauens würdig ist. Darüber hinaus ist Euer großes Geheimnis gar nicht mehr so geheim, da inzwischen mehrere Personen davon Kenntnis haben.«

Der Bischof musterte die Kartenlegerin und wog offensichtlich das Für und Wider ihres Einwands ab.

»Nun gut«, sagte er schließlich. »Aber Ihr müsst mir versprechen, mit keiner Menschenseele darüber zu reden.«

Kapitel LV

Wir haben wenig Zeit«, sagte de Simara, »bald kommen die ersten Gäste. Sagt, Maestro Sacchi, was wisst Ihr über die Situation in Schweden?«

»Äh ... nun ja ... nicht viel. Ich weiß, dass Christine abgedankt hat, um den katholischen Glauben anzunehmen, und dass Karl X. ihr auf den Thron gefolgt ist. Der jetzige König ist dessen Sohn, Karl XI., um dessen Gesundheit es, wie man hört, nicht zum Besten steht.«

»So ist es. Die Nachrichten, die uns aus Schweden erreichen, besagen, dass Karl XI. das Ende des Jahres wohl nicht mehr erleben wird. Der Wettlauf um seine Nachfolge hat bereits begonnen. Aufgrund der Jugend des Königs liegen die Regierungsgeschäfte in den Händen seines ersten Ministers, Magnus de la Gardie, eines der erbittertsten Feinde des Papsttums. Falls Karl stirbt, wird Magnus zweifellos eine ihm genehme Marionette auf den Thron heben. Diese Situation könnte durch eine Rückkehr Christines nach Schweden vermieden werden. Der Königin könnte es gelingen, den niederen Adel um sich zu scharen und aufzuwiegeln, der ihr immer noch treu ergeben ist und vor allem unter der hohen, von Magnus auferlegten Steuerlast leidet. Doch leider hat die Königin derzeit nicht die Absicht, in ihre Heimat zurückzukehren, und mit jedem Tag, der vergeht, verringern sich ihre Chancen, Schwedens Thron zurückzugewinnen. Im Moment interessiert sich Christine ausschließlich für ihr Vergnügen und nicht für die diplomatische Schlacht, die um sie herum im Gange ist, unter anderem auch, damit ihr weiter die bei ihrer Abdankung vereinbarten Gelder ausbezahlt werden. Wie Ihr seht, sind die Erfolgsaussichten der heiligen Mutter Kirche, die skandinavische Nation in ihren Schoß zurückzuholen, gering. Allein ... da wäre noch etwas.

Karl IX., der Großvater der Königin, besaß nicht nur große Fähigkeiten als Regent, sondern auch als Liebhaber. Seine galanten Abenteuer waren zahlreich, aber uns interessiert nur ein spezielles. Kurz nach seiner Thronbesteigung hatte er eine stürmische Affäre mit einer polnischen Prinzessin, die dem Geschlecht der Jagiellonen angehörte. Ihren Namen zu erwähnen wäre in diesem Palast nicht angebracht.

Aus diesem Verhältnis ging ein Sohn hervor, der gleich nach seiner Geburt fortgebracht wurde. In Anbetracht der damals herrschenden Verhältnisse war es nicht ratsam, die Geburt eines möglichen Thronerben, noch dazu aus katholischem Geschlecht, bekannt werden zu lassen.

Ein Haushofmeister Karls, einer seiner treuesten Diener, wurde damit beauftragt, den Knaben in Sicherheit zu bringen, der zuerst einem kleinen bayerischen Adeligen anvertraut wurde und später unter falschem Namen in das Novizeninternat von Paderborn eintrat, um Jesuit zu werden.

Die Affäre wurde jedoch nicht so streng geheim gehalten, wie Karl sich das erhofft hatte. Als der König bereits verstorben war und Gustav Adolf seine Nachfolge angetreten hatte, erfuhr jemand auf irgendeine Weise von der Existenz des Bastards und beschloss, seinen Vorteil daraus zu ziehen. Bedauerlicherweise muss ich sagen, dass dies ein Schachzug des katholischen Lagers war. Der Gegenschlag der Protestanten ließ nicht lange auf sich warten. Um den Erben auszuschalten, wurde ein Meuchelmörder engagiert, der Skorpion, der in jenen Jahren gerade seine gewissenlose Laufbahn begann.

Der Haushofmeister Karls war zum Glück so vorsichtig gewesen, die Identität des Jungen gründlich zu vertuschen. Man wusste nur, dass der Thronanwärter dem Novizeninternat in Paderborn übergeben worden war. Doch der Mörder ließ sich davon nicht entmutigen und beschloss, alle Novizen zu töten, die in etwa das Alter von Karls illegitimem Sohn hatten.«

»Mein Gott, das ist ja furchtbar!«, rief der Maler dazwischen.

»Allerdings, aber es stand so viel auf dem Spiel, dass die Verschwörer nicht davor zurückschreckten, ein Blutbad unter diesen Unschuldigen anzurichten. Ihr Plan wurde jedoch von der Ankunft Christians von Braunschweig durchkreuzt, der Paderborn belagerte und innerhalb von wenigen Tagen eroberte. Die Novizen wurden im ganzen Land verstreut, sodass man nicht mehr feststellen konnte, was aus dem illegitimen Sohn geworden war.

Auf Gustav Adolf folgte Christine, und als die Königin abzudanken beschloss, stellte sich das Problem für beide Seiten erneut. Doch zu diesem Zeitpunkt besaß man entweder nicht die nötigen Informationen, um den verschwundenen Erben zu finden, oder man entschied sich für eine andere Strategie.

Nun aber, da Karl XI. in Lebensgefahr schwebt, ist es für die von Magnus de la Gardie angeführten Protestanten erneut sehr wichtig, den möglichen katholischen Thronfolger auszuschalten. Karl ist erst elf Jahre alt und hat natürlich noch keinen leiblichen Erben.

Die römische Kirche verfolgt genau das gegenteilige Ziel, wie Ihr verstehen werdet, nämlich den Erben am Leben und bei guter Gesundheit zu erhalten.«

»Dazu müsste man ihn doch nur an einen sicheren Ort bringen«, warf Fulminacci ein.

»Unglücklicherweise«, erklärte Beatrice, »wissen auch wir nicht, wer es ist.«

»Wir haben die Suche auf eine bestimmte Anzahl von Namen aus den Archiven der Gesellschaft Jesu beschränkt«, fuhr der Bischof fort, »aber wir wissen immer noch nicht genau, wer unser Mann ist. Erschwerend kommt noch hinzu, dass nicht einmal der Erbe etwas von seiner herausragenden Stellung weiß. Seit über sechzig Jahren lebt ein Jesuitenbruder unter uns, der nichts von seiner königlichen Herkunft ahnt. Aber unsere Feinde sind im Besitz irgendeiner Information, die wir nicht haben, vielleicht über ein besonderes Körpermerkmal des Nachfahren von Karl Vasa. Aus diesem Grund haben wir in den vergangenen Tagen versucht, den Skorpion lebendig zu fangen, aber er war uns immer eine Nasenlänge voraus. Jedenfalls gibt es jetzt nur noch zwei

Überlebende der damaligen Novizenschar, und beide werden mit bewaffneter Eskorte in Kürze hier im Palast eintreffen. Auch der Skorpion wird kommen, um sein Werk zu vollenden und sich den Bernsteinanhänger zurückzuholen, der nach dem ersten Mord so glücklich in Eure Hände gelangt war.«

»Kurz und gut, jetzt geht es um die Wurst, wie man so schön sagt«, murmelte Fulminacci.

»Ganz recht«, bestätigte der Bischof. »Was in den nächsten Stunden geschieht, wird unabsehbare Auswirkungen auf das Kräftegleichgewicht in Europa und auch auf das Schicksal der katholischen Kirche haben. Deshalb habe ich mir erlaubt, Euch um Hilfe zu bitten.«

»Ein Einwand, Monsignore«, sagte der Maler. »Dieser Thronerbe muss die sechzig schon weit überschritten haben und weiß, wie Ihr sagt, nichts von seiner königlichen Herkunft. Was kann Euch ein Mann ohne Regierungserfahrung nützen, der nur noch wenige Lebensjahre vor sich hat?«

»Nun, dieser illegitime Erbe ist sozusagen eine Notlösung für den Fall, dass alles andere fehlschlägt«, antwortete de Simara. »Unsere bevorzugte Option ist die Rückkehr der Königin in ihre Heimat. Doch wir müssen uns für die Möglichkeit wappnen, dass Christine sich weigert, diesen Schritt in Betracht zu ziehen. Mag sein, dass mit dem Erben auf längere Sicht nichts gewonnen ist, aber es würde die delikate Frage der Thronfolge komplizieren und Magnus de la Gardies Pläne behindern, der gerade verzweifelt versucht, eine strategische Allianz mit Ludwig XIV. von Frankreich zu knüpfen. Wenn wir etwas mehr Zeit hätten und den gesamten diplomatischen Apparat in Bewegung setzen könnten, wäre es nicht unmöglich, den französischen König zum Einlenken zu bringen. Schweden wäre dann isoliert, und das würde eine Rückkehr Christines auf den Thron erleichtern.«

Verwirrt und wenig überzeugt schüttelte Fulminacci den Kopf.

»Ich bin gewiss kein Experte in diplomatischen Angelegenheiten«, sagte er schließlich, »und deshalb erscheint mir dieser

Plan als der reine Wahnsinn. Aber selbst wenn alles, was Ihr sagt, zutrifft, verstehe ich nicht, wie ich Euch behilflich sein kann.«

»Abgesehen von Capitaine de la Fleur seid Ihr der Einzige, der den Skorpion aus der Nähe beobachtet hat. Er wird selbstverständlich verkleidet erscheinen, zumal es sich um einen Kostümball handelt. Ich habe meine Musketiere im Palast und im Park verteilt, aber keiner von ihnen wäre in der Lage, ihn zu erkennen. Sie haben bloß die Zeichnung, die Ihr von ihm angefertigt habt, und heute Abend muss man auf andere Eigenarten achten, auf die Haltung oder den Gang zum Beispiel. Und nur Ihr könnt diese Eigenarten wiedererkennen. Ich bitte Euch lediglich darum, die Augen offen zu halten, Euch umzusehen und darauf zu achten, ob etwas Euren Verdacht erregt. Sobald Euch etwas merkwürdig vorkommt, sagt einem meiner Musketiere Bescheid – sie wissen, was zu tun ist.«

»Ich habe den Skorpion bloß zweimal gesehen«, gab Fulminacci zu bedenken. »Beim ersten Mal war er als Bettler verkleidet, und beim zweiten Mal war es dunkle Nacht und der Mistkerl hat versucht, mich umzubringen. Es ist nicht so, dass ich ihn in aller Ruhe beobachten konnte, und ich weiß nicht, ob ich ihn wiedererkennen werde, besonders hinter einer Maske.«

»Darüber bin ich mir im Klaren«, antwortete der Bischof, »aber eine bessere Möglichkeit haben wir nicht. Außerdem seid Ihr Maler und müsst daher über eine gute Beobachtungsgabe und einen Blick für Physiognomien verfügen. Seid Ihr bereit, uns zu helfen? Ihr könnt Euch darauf verlassen, dass wir uns erkenntlich zeigen werden.«

»Einverstanden«, sagte der Maler. »Ich werde mein Bestes tun, aber erwartet keine Wunder. Bleibt noch das Problem, dass Ihr die Identität des Thronerben nicht kennt. Ihr habt zwei Jesuiten, doch welcher ist der richtige?«

»Darum kümmern wir uns bereits. Wie ich sagte, unterscheidet sich der Erbe möglicherweise durch ein körperliches Merkmal, ein Kennzeichen, durch das wir ihn identifizieren können. Ein Mitarbeiter von Kardinal Azzolini durchforstet gerade die

Archive der Gesellschaft Jesu nach einem Hinweis. Der Kardinal ist überzeugt, dass er einen finden wird, wenn es einen gibt. Vielleicht erhalten wir noch heute Abend eine gute Nachricht. Und in der Zwischenzeit müssen wir uns mit dem Problem des Skorpions beschäftigen. Ich zähle auf Euch.«

Der Bischof lächelte dem Maler und der Wahrsagerin aufmunternd zu und gesellte sich wieder zu der Gruppe.

Fulminacci wartete, bis er außer Hörweite war.

»Du hast das alles gewusst«, platzte er dann vorwurfsvoll heraus, »und mir nichts davon gesagt.«

»Ich konnte dir nichts sagen, Nanni«, entgegnete Beatrice. »Bitte versuch das zu verstehen.«

»Ich wusste noch nicht einmal, dass du als Spionin arbeitest«, flüsterte der Maler.

»Das ging dich ja auch nichts an. Außerdem, hast du wirklich geglaubt, dass ich von dem bisschen Geld, das ich mit dem Tarot und den Heilkräutern verdiene, leben kann? Ich habe schon einmal Hunger gelitten in meinem Leben, und es hat mir nicht gefallen. Im Übrigen ist ›Spionin‹ nicht der richtige Ausdruck. Ich sammle hier und da ein paar Informationen und gebe sie an höhere Stellen weiter.«

»Ich vermute, auch der gute Zane gehört zu deiner Bande«, sagte Fulminacci bissig.

»Ja, auch Zane arbeitet für den Bischof«, bestätigte Beatrice.

»Also gibst du zu, mich von Anfang an belogen zu haben.«

»Nanni, sprich bitte nicht in diesem Ton mit mir. Ich habe dir ein paar Dinge verschwiegen, das ist wahr, aber ich war dir gegenüber nie unehrlich. Ich wollte dich nicht in diese Sache mit hineinziehen – du selbst hast dich kopfüber reingestürzt, als du den Bernstein gestohlen hast, erinnerst du dich? Von da an habe ich beschlossen, dass es sicherer ist, dich im Auge zu behalten. Ein guter Entschluss, wie sich zeigte, als Zane dich aus diesem Hinterhalt heraushauen musste, in den du aus eigener Dummheit hineingetappt bist.«

»Ach, dann ist jetzt also alles meine Schuld?«

»Es ist niemandes Schuld, nur eine Verkettung unglücklicher Zufälle. Es steckte kein Plan oder gar eine Verschwörung gegen dich dahinter.«

»Bleibt die Tatsache, dass du mich angelogen hast.«

»Jetzt reicht's aber. Ich sehe keinen Sinn darin, dieses Gespräch fortzusetzen. Sieh zu, dass du dich beruhigst und keinen weiteren Unfug anstellst. Gehab dich wohl.«

Mit schnellen Schritten ging die junge Frau zu den anderen hinüber, die sich gerade lebhaft unterhielten.

Allein geblieben setzte sich der Maler auf eine Chaiselongue in der Nähe, stützte die Ellbogen auf die Knie und ließ den Kopf hängen.

Wieder einmal hatte Beatrice ihm ein anderes Gesicht gezeigt.

Fulminacci spürte Wut in sich aufsteigen – eine dumpfe, schmerzliche Wut, die er kaum unterdrücken konnte. Zugleich jedoch fühlte er sich unwiderstehlich von der Freundin angezogen, und diese Anziehung wurde durch die Enthüllungen, die sie ihm gemacht hatte, keineswegs gemindert, sondern eher noch verstärkt.

Selbst wenn es ihm gelänge, auch diese Wut, diese zigste bittere Pille herunterzuschlucken, welche Zukunft erwartete ihn an der Seite einer derart unabhängigen Frau?

Vorausgesetzt natürlich, dass Beatrice es überhaupt in Erwägung ziehen würde, die Zukunft mit ihm zu teilen, was es noch herauszufinden galt.

Trotz alledem konnte er sich nicht vorstellen, sie in den Jahren, die da kommen würden, nicht an seiner Seite zu haben. An diese Möglichkeit wollte er gar nicht denken.

Es würde eine finstere Zukunft werden, so oder so.

Stets würde er die Arme nach einer Person ausstrecken, die sich ihm entzog; stets unter dem Verdacht leiden, dass seine Gefährtin ihm irgendein schreckliches Geheimnis verschwieg; stets auf der Hut sein für den Fall, dass sie wieder etwas ausheckte, das sie beide in Schwierigkeiten brachte.

Die Hölle auf Erden, das war es, was ihn erwartete.

War das die Mühe wert?

Fulminacci hob den Kopf und warf einen verstohlenen Blick auf die schlanke, biegsame Gestalt der Freundin, die gerade charmant mit dem kleinen Augustinerpater plauderte, als hätte sie keine Sorgen auf der Welt.

Ja, sagte sich der Maler, alles in allem war es die Mühe wert.

Von diesem Entschluss gestärkt stand er auf, zwang sich zu einem Lächeln und ging auf die kleine Gruppe zu.

An diesem Abend würde er tun, was in seiner Macht stand, und was den Rest betraf, so wusste nur Gott, was das Schicksal für ihn bereithielt.

Kapitel LVI

Fuchtele nicht herum und zeig vor allem nicht mit dem Finger auf die Leute«, flüsterte Melchiorri. »Sorg einfach dafür, dass man dich nicht erkennt.«

Nach dem heftigen Wortwechsel und den gegenseitigen Vorwürfen, die auf die Begegnung mit Bischof de Simara gefolgt waren, war Beatrice dem Maler aus dem Weg gegangen, der daraufhin Trost in der Gesellschaft des alten Freundes gesucht hatte.

Mit dem Eintreffen der ersten Gäste hatte sich auch die Diskussion um die Wachsmaltechniken allmählich erschöpft, und man hatte sich anderen Dingen zugewandt.

Wie immer stand die Reihenfolge der Ankunft in einem umgekehrten Verhältnis zu der Wichtigkeit der Eingeladenen.

Die Ersten waren die sogenannten »Gnadenfälle«, das heißt, diejenigen, die sich wegen ihrer bescheidenen Herkunft oder ihres geringen Vermögens glücklich schätzen konnten, zu diesem großen Ereignis überhaupt eingeladen worden zu sein.

Die Gästeliste war seit Anfang Februar von der Königin und ihren engsten Mitarbeitern zusammengestellt worden. Jeder Name war dabei aufmerksam geprüft worden. Die erste Liste, die über dreitausend Namen enthalten hatte, war vom Hofpersonal einer ersten Auslese unterzogen und dann ihrer Hoheit wieder vorgelegt worden, die eine zweite, engere Auswahl getroffen hatte. Auf diesen Vorgang war eine sorgfältige Prüfung der Verwandtschaftsverhältnisse gefolgt, um eventuelle Unvereinbarkeiten, im Gange befindliche Fehden und andere kritische Punkte festzustellen. Aus dieser zeitraubenden Arbeit war die endgültige Liste hervorgegangen, und alle, die daraufstanden, hatten zur gebotenen Zeit die in Blau und Gold gedruckte Karte erhalten, die mit schönen Lettern die Einladung zu dem ersehnten Fest übermittelte.

Auf dieser Liste hatten neben den Reichen und Mächtigen auch Angehörige des niederen römischen Adels und eine spärliche Zahl ausgesuchter Vertreter des gehobenen Kaufmannsstandes Platz gefunden, sei es aufgrund von verwandtschaftlichen Beziehungen oder aus purer Rache an anderen, wenig willkommenen Personen, die jedoch nicht übergangen werden durften.

Dieser Brauch, umso später zu kommen, je höher man seinen gesellschaftlichen Rang einschätzte, brachte eine Reihe von Unannehmlichkeiten mit sich, die schwer zu vermeiden waren. Wenn daher die Gastgeber ein Fest beispielsweise um zehn Uhr abends beginnen lassen wollten, schrieben sie auf die Einladungen, dass die Gäste ab sechs Uhr nachmittags erwartet wurden, damit den gesellschaftlichen und dynastischen Eitelkeiten Genüge getan werden konnte, ohne den eigentlichen Zweck des Abends zu gefährden.

Eine Art stillschweigender Übereinkunft wachte über dieses komplizierte Ritual und verhinderte, dass solche gesellschaftlichen Ereignisse im totalen Chaos endeten. Jeder kannte seinen Rang und konnte annähernd sein Verhalten darauf abstimmen, wenn es natürlich auch immer wieder zu unklaren Situationen kam, die schwierige Berechnungen, verfrühte Abfahrten und langes Warten in den Kutschen in angemessener Entfernung vom Ort des Geschehens zur Folge hatten.

Nur die »Gnadenfälle« eilten ungeniert zu den Festlichkeiten, da sie sich nicht an die komplizierten Riten der Höhergestellten halten mussten und außerdem die Vergnügungen und die lang ersehnten köstlichen Erfrischungen von Anfang an auskosten wollten.

Die ersten Ankömmlinge waren also kleine Adelige und Bürgerliche, denen die unverhoffte Ehre einer Einladung aufgrund einer undurchsichtigen Verwandtschaft mit einem Reichen und Mächtigen oder einer engen geschäftlichen Beziehung zu einem Kirchenfürsten zuteilgeworden war.

Die Ankunft dieser Gäste erfolgte in einem engen Zeitrahmen und wurde von allgemeiner Gleichgültigkeit begleitet. Die Dienstboten, die die Erfrischungen reichten und von den Haushofmeistern befehligt wurden, servierten ihnen nur Speisen von minderer Qualität, aber in ansehnlicher Menge, damit die hungrigen Mägen dieser unbedeutenden Leute möglichst schnell gefüllt würden. Denn ihr blaues Blut war so verwässert, dass es bei genauem Hinsehen genauso rot wirkte wie das von Obsthändlern oder Fuhrknechten.

Die Gäste eines gewissen Ranges pflegten erst nach Sonnenuntergang einzutreffen. Fulminacci und Melchiorri hatten sich auf einem niedrigen Diwan nahe des Eingangs niedergelassen, um das Defilee bequem beobachten zu können. Nach ihrer Ankunft im Palast hatten sie ihre Masken hochgeschoben, die bei all ihrer faszinierenden Schönheit doch sehr warm waren. Jetzt jedoch, da der Saal sich zu füllen begann, zogen sie sie wieder über die Augen, sodass nur die untere Gesichtshälfte frei blieb. Der Maler betrachtete seinen Gefährten, der sich, wie zu erwarten, als Eule – dem heiligen Vogel der Athene, der Göttin der Weisheit – maskiert hatte. Aufgrund seiner nicht eben zierlichen Gestalt erinnerte er allerdings eher an einen großen Uhu. Ganz andere Erscheinungsbilder erblickte Fulminacci hier und da auf der gegenüberliegenden Seite des Saals in der Menge. Auch Beatrice hatte ihre kleine Maske übergezogen, die die Züge einer anmutigen Blaumeise nachahmte, und sie flatterte tatsächlich wie ein fröhlich zwitscherndes Vögelchen im Frühling von einer Gruppe zur anderen.

Er spürte einen Stich der Eifersucht und zwang sich, den Blick von der Quelle seiner Unruhe zu lösen und wieder auf die ankommenden Gäste zu richten.

Alle hatten sie zu diesem besonderen Anlass ihrer Fantasie freien Lauf gelassen und sich mit den märchenhaftesten Kostümen, den extravagantesten Masken und den seltensten und kostbarsten Stoffen geschmückt, um Eindruck bei der großzügigen schwedischen Königin zu machen. Doch auch wenn die Eingeladenen nicht maskiert gewesen wären, hätte Fulminacci vermutlich niemanden erkannt. Er trieb sich normalerweise an ganz anderen Vergnügungsstätten herum und hätte ohne die Hilfe des Freundes einen Kardinal nicht von einem Kellner unterscheiden können. Der Großmeister dagegen bewegte sich in dieser Welt wie ein Fisch im Wasser und erkannte jeden, egal wie verhüllend und ausgefallen sein Kostüm sein mochte.

»Das ist der Herzog von Poli«, murmelte Melchiorri und deutete mit dem Kopf zur Tür, »der Bruder des Kardinals Conti, er spielt eine wichtige Rolle am Hof der Königin. Die Dame in seiner Begleitung ist Isabella Muti, seine Frau.«

»Muti?«, sagte Fulminacci erschrocken. »Ist sie etwa verwandt mit …?«

»Nein, nein, sie hat nichts mit dem Inquisitor zu tun. Bloß eine zufällige Namensgleichheit, aber auch sie ist ein schwieriger Charakter, kann ich dir sagen. Ihr Mann dagegen ist ein aufgeblasener Lackaffe mit dem Gehirn einer Fliege. Sehr elegant allerdings, das muss man ihm lassen. Und da kommt auch schon der Kardinal Conti. Man munkelt, er habe eine Affäre mit der Frau seines Bruders.«

»Und wer ist das da?«, fragte Fulminacci und deutete auf einen Purpurgewandeten.

»Das ist Kardinal Giulio Rospigliosi, einer der aussichtsreichsten Kandidaten für die Nachfolge von Papst Alexander. Sollte er wirklich den Stuhl Petri besteigen, dann Gnade uns Gott.«

»So etwas hat Jacopo, dein Assistent, auch schon gesagt. Ist er tatsächlich so gefährlich?«

»Schlimmer als das, er wäre das Ende! Ich verstehe nicht, wieso Azzolini ihn unterstützt. Wenn er Papst wird, können wir dem schönen Leben Ade sagen.«

»Da redest du aber nur von dir«, erwiderte der Maler. »Ich habe noch nichts von einem schönen Leben bemerkt, seit ich in Rom bin.«

»Du hast ja keine Ahnung«, sagte der Großmeister. »Sollten

wir uns Rospigliosi als Heiligen Vater einhandeln, wirst du dich noch nach den mageren Zeiten von heute zurücksehnen. Er ist geiziger als ein Wucherer, strenger als ein Dominikaner, reizbarer als ein Dragoner. Es würde mich nicht wundern, wenn er den Hunden Unterhosen anziehen lassen würde, um die öffentliche Moral nicht zu gefährden. Aber lassen wir das Thema, es verdirbt uns nur die Laune. Genießen wir lieber diesen großen Auftritt dort.«

»Was für eine wunderschöne Dame«, sagte Fulminacci. »Wer ist sie?«

»Schön ja, aber giftiger als eine Schlange. Du hast die Ehre, deine pöbelhaften Augen auf Maria Mancini zu richten, Nichte von Kardinal Mazarin und Frau von Lorenzo Onofrio Colonna, Oberreichsmarschall von Spanien. Seit sie vor drei Jahren nach Rom gekommen ist, rivalisiert sie mit der Königin um den Ruf als beliebteste Gastgeberin und versammelt ebenfalls die vornehmste Gesellschaft der Stadt in ihren Salons. Christine hasst sie, ein Gefühl, das die Mancini von Herzen erwidert.«

»Warum hat sie sie dann eingeladen?«

»Machst du Witze? Soll sie ihr diese Genugtuung gönnen? Niemals. Die Einladung für die Mancini ist als erste rausgegangen. Christine wird versuchen, sie auf jede erdenkliche Weise zu blamieren und bloßzustellen. Da werden wir noch was erleben, wart's ab. Aber hier kommt der Herzog von Créqui, der französische Gesandte beim Heiligen Stuhl, noch so ein eitler Pfau ohne nennenswerte Qualitäten, abgesehen von seiner adeligen Herkunft. Dahinter hält Monsignor Lascaris Einzug, ein enger Vertrauter Azzolinis, der, wie man hört, schon den Kardinalshut für ihn bereithält. Ein kluger und schweigsamer Mann. Nicht ungefährlich. Man sollte ihm nicht auf die Füße treten.«

»Und wer ist der Fettsack, der da gerade hereinkommt?«

»Das ist Kardinal Imperiali, der Gouverneur von Rom. Ein großer Esser, ein großer Hurenbock, ein großer Spieler, ansonsten eine komplette Null. Jetzt pass mal auf. Achte auf den Gesichtsausdruck von Maria Mancini. Siehst du? Sie macht eine Miene, als hätte sie in eine saure Zitrone gebissen. Und weißt du, warum? Guck dir die Dame an, die gerade eintritt.«

»Hübsch, wenn auch nicht mein Typ«, kommentierte der Maler.

»Das ist Donna Ottavia Giustiniani, eine Gesellschaftsdame der Königin und die einzige Person auf der Welt, die von der Mancini noch mehr gehasst wird als Christine. Sie ist die Tochter eines Barbiers in Pesaro und heißt eigentlich Pazzaglia mit Nachnamen, aber die Königin hat alle Hebel in Bewegung gesetzt, um ihr einen Adelstitel verleihen zu lassen. Alle wissen, dass sie das Bett mit Christine teilt, aber niemand traut sich, etwas zu sagen.«

»Das Bett mit ihr teilt? Wie meinst du das?«

»Na ja, wie ich es sagte. Was die Fleischeslust angeht, pflegt unsere gute Monarchin so ihre eigenen, ungenierten Vorlieben. Aber jetzt sollten wir mal zusehen, dass wir etwas in den Bauch bekommen, bevor diese adeligen Geier alles kahl fressen.«

Christine hatte wie immer keine Kosten und Mühen gescheut. Je mehr ihre Schulden wuchsen, desto mehr gab sie das Geld mit vollen Händen aus. Spanischer Schinken, andalusische Feigen, Fleisch- und Leberpasteten aus dem Périgord, französische, italienische, spanische und ungarische Weine – jede Region Europas war durch ihre vorzüglichsten und berühmtesten Spezialitäten vertreten.

Die beiden gingen auf einen der voll beladenen Tische zu, um den noch kein allzu großes Gedränge herrschte.

Fulminacci streckte die Hand nach einem Rebhuhnschenkel in Aspik aus. Als seine Finger sich um das begehrte Geflügel legten, fiel sein Blick auf das andere Ende des Tisches.

Was er dort sah, ließ ihn zusammenfahren.

»Ard... äh, Baldassarre ... Oh Gott«, flüsterte er schwach. »Sieh nur ... Guck doch ... Oh nein ...« Weil ihm die Stimme versagte, stieß er den Freund mit dem Ellbogen an.

Ohne mit dem Kauen aufzuhören, hob der Großmeister den Kopf.

»Ganz ruhig, Giovanni. Sieh woanders hin. Tu so, als wäre nichts. Benimm dich ganz unbefangen.«

»Unbefangen, du spinnst wohl. Wir sind geliefert!«

»Jetzt nicht die Nerven verlieren. Wir gehen schön langsam von hier weg, als würden wir einfach weiterschlendern. Ganz langsam, so ist's gut. Mischen wir uns unter die Gäste.«

»Warum hast du mir nicht gesagt, dass er auch hier sein wird?«, zischte Fulminacci.

»Ich wusste es selbst nicht. Normalerweise verschmäht er solche Einladungen.«

»Er ist unseretwegen hier, Gott steh uns bei, er ist unseretwegen hier«, murmelte der Maler. Sein entsetzter Blick schnellte zwischen den prächtigen Kostümen der vielen Gäste hin und her und suchte zwanghaft nach einer weißen Kutte. Er hatte den Inquisitor auf den ersten Blick erkannt, obwohl dessen Gesicht wie bei allen Gästen hinter einer Maske verborgen war. Die stechenden Augen jedoch bohrten sich durch die Sehschlitze der Maske hindurch; seine bleichen, klauenartigen Hände bewegten sich ruhelos.

»Bernardo Muti, die schwarze Seele des Heiligen Offiziums. Er ist hier, um uns zu verhaften, verstehst du das nicht? Was sollen wir jetzt tun, Baldassarre? Beatrice hatte recht, wir hätten fliehen sollen, solange noch Zeit war. Aber vielleicht ist es noch nicht zu spät. Neapel ist schließlich nicht weit weg …«

»Red keinen Unsinn«, unterbrach ihn Melchiorri. »Ich habe dir doch erklärt, dass es auf der Welt keinen Ort gibt, an dem man vor der Inquisition sicher wäre, abgesehen vielleicht von Japan, wo Europäer jedoch nicht gerade mit offenen Armen empfangen werden, soweit mir bekannt ist. Nein, Giovanni, die Sache wird hier und heute Abend geklärt.«

»Aber wie denn, Herrgott, wie nur? Du weißt, dass ich kein Hasenfuß bin, aber als ich diese Kutte gesehen habe, ist mir das Herz in die Hose gerutscht. Wie sollen wir diesen schrecklichen Mönchen entgehen? Ich will nicht den Schwarzseher spielen, aber ich glaube wirklich, diesmal ist es aus mit uns. Ich rieche schon den Gestank von verbranntem Fleisch.«

»Bloß nicht verzagen. Ich bin nach wie vor überzeugt, dass es einen Ausweg gibt. Wir müssen uns nur die nötige Zeit zum Nachdenken nehmen.«

»Nehmen wir uns die nötige Zeit«, sagte der Maler, während er unruhig den Saal musterte, »aber beeilen wir uns, um Gottes willen.«

»Rekapitulieren wir die Situation. Aller Wahrscheinlichkeit nach hat Gerlando die Flucht des Inquisitors aus dem Keller ermöglicht, verflucht sei der Tag, an dem ich den Burschen in meinem Haus aufgenommen habe. Selbst wenn er noch einmal einen Funken von Loyalität für mich empfunden haben sollte, werden die Verhörmethoden der Inquisitoren ihm alsbald die Zunge gelöst haben, sodass Muti jetzt genau weiß, wer ihn entführt hat. Aber er weiß auch, dass wir unantastbar sind, solange wir uns im Palast aufhalten. Er könnte natürlich die Königin bitten, uns auszuliefern, aber das ist ziemlich unwahrscheinlich. Die Königin ist den Jesuiten treu ergeben, und wie jeder weiß, sind sich Jesuiten und Dominikaner spinnefeind. Außerdem hat Muti schon mehrfach von der Kanzel aus über Christines schändliches Lotterleben gewettert, wie er es nennt. In dieser Hinsicht brauchen wir uns also keine Sorgen zu machen. Seine einzige Chance, uns in seine Klauen zu bekommen, wäre, uns irgendwie dazu zu bringen, das Gelände des Palazzo Riario zu verlassen. Aber mit welcher List könnte er uns zu einer derartigen Dummheit verleiten? Mir fällt keine ein, sosehr ich auch überlege.«

Als er das hörte, überlief den Maler ein eisiger Schauder.

»Hast du Beatrice in der letzten halben Stunde gesehen?«, fragte er den Freund mit Grabesstimme.

Melchiorri schien nicht sofort zu verstehen.

»Wieso, was willst du denn von …?« Wie vom Blitz getroffen unterbrach er sich. »Heilige Muttergottes, du meinst doch nicht …?«

»Da hast du deine List!«, rief Fulminacci und setzte sich in Bewegung. »Dieser Scheißkerl will Beatrice entführen, um uns von hier wegzulocken. Sind wir erst mal außerhalb des Palasts, sitzen wir in der Falle. Schnell, suchen wir sie. Vielleicht ist es noch nicht zu spät.«

Kapitel LVII

Vielleicht sollten wir uns aufteilen«, schlug Fulminacci vor, der sich hektisch im Saal umblickte.

»Nein, lieber nicht«, sagte Melchiorri. »Am Ende verlieren wir uns in dem Gedränge. Wenn wir Beatrice finden, muss einer von uns immer an ihrer Seite bleiben, wir dürfen sie keinen Moment aus den Augen lassen.«

Mühsam bahnten sie sich einen Weg zwischen den Grüppchen von feinen Damen und edlen Herren hindurch und suchten den riesigen Salon ab. Der Maler hielt in dem Meer aus bunten Kostümen fieberhaft nach einem blitzenden Streifen Türkis Ausschau und fürchtete dabei gleichzeitig, auf das düstere Schwarz des Dominikanerumhangs zu stoßen.

Die Gäste umkreisten unablässig die gedeckten Tische, was es den beiden Freunden erschwerte, einen festen Orientierungspunkt zu finden. Überdies mussten sie den Eindruck vermitteln, zwanglos durch den Saal zu promenieren, einzig um das Fest zu genießen. Jedes eilige oder gar verstohlene Verhalten würde Verdacht erwecken, und sie zweifelten nicht daran, dass sich unter den verkleideten Aristokraten auch einige Häscher der Inquisition befanden, die Mutis gemeinen Plan ausführen sollten.

Endlich entdeckte der Maler hinter einer Lücke in der Mauer aus Menschenleibern das zarte Wassergrün des Kleides der Freundin, worauf er dem Gefährten ein Zeichen machte und sich unauffällig auf die Stelle zubewegte. Melchiorri folgte ihm auf den Fersen und gab vor, sich angeregt mit ihm über einen wenig bekannten Aspekt der Bewässerungsmethoden lombardischer Bauern für ihre Reisfelder zu unterhalten.

Sie kamen nur langsam und alles andere als auf geradem Weg voran, denn sie mussten immer wieder große Halbkreise um Gruppen von Kostümierten beschreiben, die sich zusammenfanden und wieder auflösten, und durften dabei keine Unvorsichtigkeit begehen, aber auch nicht zu weit von der ursprünglichen Richtung abweichen. Ohne die zügelnde Gegenwart des Großmeisters hätte Fulminacci sich rücksichtslos zu Beatrice durchgekämpft, hätte auf zartgliedrige Zehen getreten und mehr als einen vornehmen Namen zur Seite gestoßen. Melchiorri aber hatte sich bei ihm untergehakt und erlaubte ihm nicht, seinem hitzköpfigen Drang nachzugeben, sondern lenkte seine Schritte mit der Gewandtheit eines Höflings, der es gewohnt war, sich mit zierlichen Schritten in einer solchen Umgebung zu bewegen.

Nach vielen Umwegen, schwer zu ertragenden Pantomimen, lächelnden Verbeugungen und anderem Getue erreichten sie schließlich ihr Ziel.

Beatrice unterhielt sich gerade mit Pater Kircher und Michelangelo Ricci in der Nähe einer großen Gruppe von Edelleuten, die sich vor dem Kamin versammelt hatte. Dieser war zur Feier des Tages mit Bergen von Blumen bestückt worden, die ihren intensiven Duft in der Luft verströmten.

Fulminacci und der Großmeister gesellten sich zu den dreien und nahmen Beatrice in die Mitte, die den Maler demonstrativ ignorierte, Melchiorri dagegen ein herzliches Lächeln schenkte.

»... dennoch glaube ich, eine inhärente Schwachstelle in Keplers Theorie von den Planetenumlaufbahnen gefunden zu haben«, erörterte Michelangelo Ricci die Lehre, die ihn in ganz Europa berühmt gemacht hatte, während Kircher schweigend zustimmte, »insbesondere, was die Neigung der Ekliptik angeht. Meine jüngsten Beobachtungen weichen von dem ab, was der große Deutsche in seiner Abhandlung *De Motibus Stellae Martis* schreibt, vor allem hinsichtlich seiner Behauptung ...«

Fulminacci hatte nicht die geringste Ahnung von Astronomie und im Moment auch ganz andere Sorgen. Möglichst unauffällig versuchte er, Beatrices Aufmerksamkeit auf sich zu ziehen, die jedoch völlig gebannt von der gelehrten Disputation zwischen dem Augustiner und dem Jesuiten zu sein schien.

Erst als er sie kurz, aber fest in den verlängerten Rücken kniff, konnte er sie von der Debatte der Wissenschaftler ablenken. Ihr Blick hätte ihn vernichtet, wenn seine Besorgnis ihn nicht vollkommen unempfindlich gegen solche Signale gemacht hätte.

Sie entfernten sich ein paar Schritte von den Mönchen, derweil der Großmeister durch die Darlegung einiger eigener Beobachtungen das Gespräch in Gang hielt, um die Gelehrten weiter zu beschäftigen.

»Du hast mir wehgetan«, zischte die Kartenlegerin. »Ich hoffe nur, es gibt einen guten Grund dafür.«

»Einen ausgezeichneten Grund, glaub mir«, erwiderte der Maler. »Muti ist hier.«

Beatrice schluckte und legte eine Hand auf die Brust.

»Was … Was zum Teufel macht er hier?«

»Er ist wegen uns hier, Beatrice, keine Frage.«

»Solange wir uns im Palast aufhalten, kann er uns nichts tun«, sagte sie, wirkte aber selbst nicht recht überzeugt von ihren Worten.

»Darum geht es ja gerade. Ich habe mit Melchiorri darüber gesprochen, und wir sind sicher, dass sie versuchen werden, dich zu entführen, damit wir ihnen folgen, um dich zu befreien, was wir zweifellos tun würden. Wenn sie uns dazu bringen, den Palazzo Riario zu verlassen, sind wir Brennholz. Du darfst also nie von unserer Seite weichen, aus keinem Grund der Welt. Melchiorri denkt über einen Plan nach, der uns aus dieser Patsche heraushilft, aber dazu braucht er ein bisschen Zeit, und ihm wird nichts einfallen, wenn er sich den ganzen Abend Sorgen um dich machen muss, verstehst du?«

»Wie soll Muti mich denn ungesehen hier rausschaffen? Es sind mindestens tausend Gäste im Palast, das würde doch auffallen.«

»Wusste ich's doch, dass du anfangen würdest zu diskutieren. Du bist starrköpfiger als eine Eselin. Mach dir keine Gedanken darüber, wie sie es anstellen würden. Dieser Mann ist listig wie ein Fuchs und bösartig wie Satan persönlich – er hat garantiert etwas ausgeheckt, das funktioniert, wenn wir nicht aufpassen. Solange du dicht bei uns bleibst, bist du einigermaßen sicher, aber sobald du dich auch nur für einen Augenblick entfernst, bringst du dich und damit auch uns in Gefahr, kapiert? Antworte mir!«

Es war offensichtlich, dass die junge Frau mit sich rang: Einerseits wollte sie dem jähzornigen Maler nicht das letzte Wort lassen, andererseits war der Gedanke, erneut in den Fängen der Inquisition zu landen, allzu schrecklich. Am Ende obsiegte die noch frische Erinnerung an den Folterkerker, und sie gab nach.

Die beiden gingen wieder zu den anderen und taten, als wäre nichts.

»Gewiss scheinen die Anomalien in den Umlaufbahnen der Jupitermonde, wie sie der große Galileo beobachtet hat, Eure These zu bestätigen«, sagte Kircher gerade. »Doch wenn man weitere Aspekte des Phänomens untersucht, kommt man zu anderen Schlussfolgerungen. Ich weiß, dass ein junger englischer Astronom, ein gewisser Newton, eine Methode zur Reihenbeobachtung entwickelt hat sowie einen Satz, mit dem man einen beliebigen Exponenten eines beliebigen Binoms dieser Reihen reproduzieren kann. Wenn wir nun diese Methode auf das fragliche Problem anwenden, besteht kein Zweifel, dass …«

Fulminacci, der sich zuerst bemüht hatte, den Darlegungen des Jesuiten zu folgen, gab bei den Feinheiten der reinen Mathematik auf und ließ den Blick durch den Raum schweifen.

Als er Pater Kircher etwas genauer in Augenschein nahm, bemerkte er, dass dieser ebenfalls sehr bedrückt wirkte, sosehr er auch in den Disput vertieft sein mochte.

Schon seit Tagen befand sich der Pater in einem Zustand der Angst und Besorgnis, der ihm sonst nicht eigen war, und der Maler bedauerte es von Herzen, dass diese undurchsichtige Intrige auch das ruhige Gelehrtenleben des guten Jesuiten beeinträchtigte, der zu den wenigen Menschen gehörte, die je ein ernsthaftes Interesse an ihm gezeigt hatten.

Auch Melchiorri, ein alter Hase auf dem Parkett der mondänen Gesellschaft, war nicht gerade glänzend in Form. Er beteiligte sich zwar lebhaft an der Diskussion und trug seine übliche lässige Ungezwungenheit zur Schau, aber man sah, dass er dabei jede Menge Gedanken wälzte, um eine Lösung für eine scheinbar ausweglose Situation zu finden.

Plötzlich erklangen helle, laute Trompetenstöße: Der Moment, auf den alle gewartet hatten, war gekommen. Die Königin von Schweden hielt Einzug in den Saal, um das Fest offiziell zu eröffnen.

Die Flügeltür zu der Vorhalle mit der großen Prunktreppe wurde geöffnet, und zwei Reihen von Wachen in der blau-goldenen Gardeuniform der Familie Vasa stellten sich zu beiden Seiten auf und präsentierten die glänzenden Hellebarden. Wieder ertönte Trompetengeschmetter, und im Saal wurde es still.

Einige Augenblicke lang schien gar nichts zu passieren, doch dann wurden die Trompeten leiser und stimmten einen feierlichen Marsch an, worauf die Monarchin in all ihrer königlichen Pracht erschien.

Im Laufe der vergangenen beiden Tage hatte Fulminacci öfters Gesprächsfetzen der Palastdienerschaft über die Festrobe der Königin aufgeschnappt. Die Gerüchte hatten sich überschlagen und häufig auch widersprochen, aber in einem waren sich alle einig: Mit dem Geld, das diese Robe gekostet hatte, hätte man eine kleine Armee mit allem Drum und Dran ausrüsten können.

Als er nun die Königin zwischen den beiden Gardereihen einherschreiten sah, vermutete der Maler, dass diese Schätzung noch zu niedrig angesetzt war.

Das Kleid bestand aus kostbarsten Seiden- und Brokatstoffen in zarten Nuancen von Hellblau und Gold, den Farben des königlichen Geschlechts, und war buchstäblich mit Perlen überhäuft, Hunderten, vielleicht Tausenden von Perlen unterschiedlicher Größe und Qualität. Die vielen Kerzenleuchter im Saal entlockten ihnen einen opalisierenden Schimmer, der die Königin in ein geradezu übernatürliches Licht tauchte.

Fulminacci betrachtete aufmerksam das stolze, unbewegte Gesicht der Monarchin und stellte fest, dass es nicht wirklich schön genannt werden konnte. Die Nase war etwas zu groß und deutlich gekrümmt, und darüber saßen zwei tief liegende Augen, deren schwere Lider ihnen einen melancholisch-gelangweilten Ausdruck verliehen. Auch die kleinen, aber fleischigen Lippen ihres Schmollmunds trugen nicht zu einem anziehenden Äußeren bei.

Dennoch zog sie, als sie langsam und majestätisch einherschritt, die Blicke aller Anwesenden auf sich. Sie schien nicht wie normale Sterbliche zu gehen, sondern wie ein Boot auf dem stillen Wasser eines Sees dahinzugleiten. Kein Schulterzucken, nicht die kleinste unruhige Bewegung störte dieses feierliche Schreiten, das Schreiten einer Frau, die königliche Erhabenheit aus jeder Pore atmete.

Sie ging durch diesen menschlichen Korridor, bestehend aus den Männern ihrer Ehrengarde, bis zur Mitte des Saals. Dort blieb sie stehen, und die große Schar der Gäste, die sich bei ihrer Ankunft verneigt hatte, richtete sich auf ein kaum merkliches Nicken von ihr wieder auf.

Wie aus dem Nichts tauchte die untersetzte Gestalt Kardinal Azzolinis an der Seite der Königin auf, während an die andere Donna Ottavia Giustiniani trat, ebenfalls strahlend in ihrem Kleid aus dunklem Brokat, die ihrer Beschützerin und Wohltäterin eine winzige Maske aus Seide in den allgegenwärtigen Farben Blau und Gold reichte. Christine setzte sie auf, wobei sie es geschickt vermied, ihre hoch aufgetürmte Frisur zu zerstören, an der vermutlich ein kleines Heer von Frisören mehrere Stunden lang gearbeitet hatte.

Nun, da die Königin zumindest symbolisch ebenfalls Anonymität erlangt hatte und alle Formalitäten erfüllt waren, konnte das Fest beginnen.

Kapitel LVIII

Das Erscheinen der Königin setzte die angestauten Energien frei.

Die großen Terrassentüren, die bis dahin verschlossen geblieben waren, wodurch sich der Saal nach und nach in ein tropisches Gewächshaus verwandelt hatte, wurden nun weit geöffnet, sodass die Gäste hinaus auf die weiten Grünflächen schwärmen konnten. Dort standen die Zeltpavillons, die weitere Erfrischungen und Annehmlichkeiten zur Verschönerung des Abends boten.

Der Auftritt der Königin war exakt so inszeniert worden, dass er die eindrucksvollste Wirkung erzielte. Denn kaum hatten die Eingeladenen den Park betreten, begann die Sonne in einer triumphalen Farbexplosion aus Rot und Violett am Horizont unterzugehen. Aufgrund der Lage des Palasts sah es zu dieser Jahreszeit so aus, als hätte das Himmelsgestirn sich den Tiber als Kulisse für seinen dramatischen Abgang gewählt. Sobald der untere Teil der Scheibe auf die Wasseroberfläche traf, wurden die nur leicht von der Strömung gekräuselten Fluten in ein tiefes, leuchtendes Rot getaucht.

Obwohl der Anblick dieses Naturereignisses den Bewohnern Roms durchaus vertraut war, löste er bei den meisten Anwesenden ein beeindrucktes Murmeln aus. Da der Einzug der Königin so berechnet worden war, dass er mit dem Höhepunkt des Naturschauspiels zusammenfiel, waren die Gemüter der Gäste auf Erstaunen und Bewunderung eingestimmt.

Nur der Maler empfand das Spektakel als zu makaber für seinen Geschmack. Dieser Triumph von Rot, dieser purpurn gefärbte Fluss löste Assoziationen von strömendem Blut bei ihm aus – von solchem, das bereits geflossen war, und solchem, das noch vergossen werden würde.

In dem Gedränge der aus dem Saal strömenden Gäste hatte Fulminacci zwar darauf geachtet, nicht von Beatrice getrennt zu werden, dafür aber seinen Freund Melchiorri aus den Augen verloren. Sobald die beiden im Freien waren, machten sie sich auf die Suche nach ihm.

Es wurde Zeit, dass Melchiorri wie versprochen mit einem Ausweg aus ihrem Dilemma aufwartete. Das Fest würde nicht ewig dauern, es wimmelte überall vor möglichen Hinterhalten und tödlichen Gefahren, und eine geniale Idee, wie man sich aus dieser verdammten Klemme befreien könnte, käme jetzt genau recht.

Der Maler konnte nicht ahnen, dass sein Freund längst tätig geworden war. Der lange und gelehrte Disput mit den beiden vortrefflichen Wissenschaftlern über astronomische Phänomene hatte dazu geführt, dass er seine heitere Gelassenheit und ruhige Urteilskraft wiedergefunden hatte, die ihm im Verlauf der letzten aufgeregten Stunden etwas abhandengekommen waren.

Mit der inneren Ruhe hatte der Großmeister auch seine besondere Fähigkeit zurückgewonnen, brillante Lösungen für die kompliziertesten Probleme zu finden.

Die Erleuchtung war ihm ganz plötzlich gekommen, als er zusammen mit der großen Gästeschar durch die hohen Terrassentüren in den Park entschwunden war. Es war eine Art Geistesblitz gewesen, der alle Zweifel und Unschlüssigkeiten vertrieben hatte.

Wie so häufig besaß der Plan, der in seinem Kopf Gestalt angenommen hatte, den schönen Vorzug der Einfachheit. Seit Stunden hatte er sich den Kopf zerbrochen, hatte immer kompliziertere Ideen entwickelt und schließlich wieder verworfen, weil sie allzu viele Vorbereitungen erforderten oder schlichtweg undurchführbar waren.

Nicht, dass sein Vorhaben völlig frei von Risiken gewesen wäre. Im Gegenteil, auch der verwegenste Abenteurer hätte es wohl als Husarenstück angesehen, aber der Verstand des Großmeisters arbeitete eben nur auf diese Weise. Hatte er einmal einen

Plan gefasst, so waghalsig und verrückt er auch scheinen mochte, führte er ihn ohne Rückzieher, ohne Zaudern und Schwanken angesichts der Gefahren durch. Je höher die Risiken, desto größer seine Erregung in Erwartung der Schritte, die zur Erlangung des Ziels unternommen werden mussten.

Der Großmeister ließ keine Minute zwischen der Idee und ihrer Ausführung verstreichen. Sogleich setzte er sich in Bewegung und durchdachte dabei die noch unklaren Einzelheiten, die nötige Zeit, die genaue Vorgehensweise sowie die Abfolge der Ereignisse und passte den Plan entsprechend an, damit er gelingen konnte.

Es war noch früh, das Fest hatte gerade erst begonnen und würde die ganze Nacht weitergehen. Melchiorri sagte sich, dass er an Bernardo Mutis Stelle abwarten würde, bis die Trinkgelage und anderen Vergnügungen ihren Höhepunkt erreicht hatten. Wenn der Wein erst einen Großteil der Gäste trunken gemacht hatte, würde es ein Leichtes sein zuzuschlagen. Nach dem Feuerwerk, den Gesellschaftsspielen, den musikalischen Darbietungen und dem großen Bankett würde sich die Festgesellschaft langsam zerstreuen, die Älteren würden auf irgendeiner Chaiselongue einschlafen und die Liebestollen würden sich die Gelegenheit nicht entgehen lassen, ihre zügellosen Affären zu verfolgen – das wäre der richtige Moment, um die Missetat zu begehen.

Folglich hatte Melchiorri noch mehrere Stunden zur Verfügung, um alles Nötige zu veranlassen.

Mit lässiger Haltung schlenderte er auf den Rand der großen Rasenfläche zu. Die untergehende Sonne tauchte gerade endgültig in den purpurnen Wassern des Tibers ab, doch die Dienerschaft hatte die Laternen und Fackeln noch nicht entzündet, sodass die Dämmerung eine ideale Deckung bot, um sich unbemerkt davonzustehlen.

Niemand hielt ihn auf, da alle in die andere Richtung blickten, und so konnte Melchiorri unbehelligt um die linke Ecke des Palasts biegen und schnelleren Schritts auf sein Laboratorium zueilen.

Seinen Assistenten und dem Dienstpersonal war es verboten

worden, den Pavillon zu verlassen, damit sie sich nicht unter die hochwohlgeborenen Gäste der Königin schmuggelten, aber sie waren verständlicherweise neugierig und drängten sich an den Terrassenfenstern, um einen Blick auf die angekündigten wundersamen Vorführungen werfen zu können.

Daher musste Melchiorri nicht erst nach den Leuten schicken, die er brauchte, denn er fand sie alle an einem Ort versammelt vor.

Er winkte Jacopo herbei, der sich als erster Gehilfe den besten Platz ganz vorne gesichert hatte. Der junge Mann wusste die Gesten und die Mimik seines Meisters genau zu deuten und begriff sofort, dass es sich um etwas Dringendes handelte, worauf er seinen Logenplatz schweren Herzens aufgab.

»Jacopo, schnell«, sagte der Großmeister atemlos, »es gibt viel zu tun, und die Zeit ist knapp. Ich brauche alle Männer, die wir haben.«

»Sie werden enttäuscht sein, wenn sie das Feuerwerk verpassen«, erwiderte der Gehilfe.

»Das ist jetzt egal. Außerdem können sie es vielleicht trotzdem sehen, wenn wir uns beeilen. Vor allem müssen wir auf der Stelle jemanden losschicken, um Giovanni da Camerino zu holen. Jemanden, dem wir absolut vertrauen können.«

»Ich glaube, Battistino wäre da der Richtige.«

»Er ist erst fünfzehn. Bist du sicher, dass er das kann?«

»Er ist zwar noch ein Junge, aber sehr aufgeweckt und mit einem guten Gedächtnis. Wir können uns auf ihn verlassen.«

»Gut, dann lass ihn rufen.«

Jacopo gab den Befehl an einen Diener weiter, der in der Nähe der Tür stand. Melchiorri beobachtete ihn zufrieden; trotz seiner Jugend und seiner zur Schau getragenen Lässigkeit war sein Gehilfe in steter Dienstbereitschaft.

»Er wird gleich hier sein, Meister.«

»Gut, gehen wir solange ins Laboratorium. Wir müssen einen Trank zubereiten.«

»Ein Gift?«, erkundigte sich Jacopo.

»Nicht wirklich ein Gift, auch wenn seine Wirkung manchmal tödlich sein kann.«

In diesem Moment kam der Junge herein, nach dem geschickt worden war.

»Zu Befehl, Herr«, sagte der Knabe und strich sich die widerspenstigen Locken aus der Stirn.

»Ah, da bist du ja. Habe ich dir nicht schon hundertmal gesagt, dass du mich nicht ›Herr‹ nennen sollst? Die Gemeinschaft der Wissenschaftler wird von freien Männern gebildet, und die Rangordnung unter ihnen beruht allein auf Wissen und Fähigkeit und nicht auf sonstigem Blödsinn.«

»Jawohl, Herr … äh, Meister.«

»So ist es besser. Kannst du dir eine Nachricht merken?«

»Selbstverständlich, Meister.«

»Auch wenn es eine lange Nachricht ist?«

»Stellt mich auf die Probe.«

»Dann hör mir gut zu und präg dir Wort für Wort ein, was ich dir sage. Weißt du, wo du Giovanni da Camerino findest?«

»Wenn er nicht mehr auf dem Campo dei Fiori ist, treffe ich ihn bestimmt im Wirtshaus zur Gans.«

»Also, sperr gut die Ohren auf. Jacopo, ich wäre dir dankbar, wenn du inzwischen Zane holen könntest.«

Fulminacci fing an, sich Sorgen zu machen. Melchiorri war wie vom Erdboden verschluckt.

In Beatrices Begleitung war er schon zweimal den gesamten Platz vor dem Palast abgegangen, aber umsonst.

Nun gab es zwei Möglichkeiten: Entweder hatte Melchiorri endlich den genialen Ausweg gefunden, der sie vor dem Scheiterhaufen retten würde, oder … oder der heimtückische Dominikaner war ihm zuvorgekommen und hatte ihn aus dem Verkehr gezogen.

So oder so wirkte sich diese Ungewissheit nicht gerade beruhigend auf seine armen Nerven aus.

Die Anspannung führte zu ständiger unterschwelliger Gereiztheit zwischen ihm und Beatrice, und obwohl sie sich beide bemühten, ungezwungen und vergnügt zu wirken, gifteten sie sich immer wieder an, sobald sie allein waren.

Lächelnd und nickend gingen sie durch die Menschenmenge, um sich im nächsten Moment heimlich schmerzhaft zu kneifen und gemeine Beleidigungen an den Kopf zu werfen.

Schließlich stieß das Paar auf ein Grüppchen, in dessen Mitte Bischof de Simara das Wort führte und die Umstehenden mit dem neuesten Klatsch vom französischen Hof unterhielt, über den er gut informiert zu sein schien.

Die Gruppe der Zuhörer bestand aus Pater Kircher, der sich ein wenig abseits hielt, Pater Ricci, dem Kunsthändler Bellori und zwei weiteren Jesuiten, die der Maler noch nie gesehen hatte und die sich im Gegensatz zu ihrem Mitbruder vor Lachen ausschütteten.

Der eine war groß, mager und glatt rasiert, der andere klein, rundlich und sein Gesicht nach der aktuellen Mode mit Oberlippen- und Kinnbart geziert. Das mussten die beiden letzten Überlebenden von der Liste sein, die der Bischof erwähnt hatte.

Es war schwer vorstellbar, dass einer von diesen beiden der schwedische Thronerbe sein sollte. Sie wirkten eher wie zwei Landpröpste, die rein zufällig in eine Gesellschaft hineingeraten waren, der sie sich nicht ganz gewachsen fühlten.

Fulminacci konnte seinen müßigen Gedanken nicht weiter nachhängen, denn der laute Knall eines Schusses aus einer Feuerwaffe ließ alle aufschrecken.

Kapitel LIX

Unwillkürlich griff der Maler an seine Seite, wo er normalerweise den Degen trug, aber seine Hand tastete ins Leere. Niemand hatte bewaffnet auf dem Fest der Königin erscheinen dürfen, und Fulminacci bildete da natürlich keine Ausnahme.

Er zog Beatrice an den Schultern zurück, um sie mit seinem Körper zu schützen, merkte aber bald, dass alles nur falscher Alarm war.

Die Wände des Zeltpavillons, der bisher mit herabgelassenen Vorhängen am Rand des Platzes gestanden hatte, öffneten sich plötzlich und entließen eine kleine Schar maskierter Personen ins Freie, die mit lautem Geschrei in die Menge stürmte.

Fulminacci erkannte sogleich die große, groteske Gestalt von Capitan Scaramuccia, einer der bekanntesten Figuren der Commedia dell'Arte. Zwei Jahre zuvor hatte er ihren berühmten Darsteller bei einer Aufführung gesehen, aber nach allem, was er gehört hatte, hielt sich dieser zur Zeit in Frankreich auf und sorgte auf den Festen des jungen Königs für Unterhaltung. Christine musste ein Vermögen ausgegeben haben, um seine Schauspieltruppe zu engagieren und auf die andere Seite der Alpen zu bringen.

Hinter dem Hauptmann Prahlhans kamen weitere vertraute Figuren aus dieser Art von Komödie: Tartaglia, der geschwätzige, hohlköpfige Arzt, dann der geizige Kaufmann, die Diener Coviello und Pulcinella, der eine klug und spöttisch, der andere dumm und ungeschickt, ein junges Liebespaar, das sich vor den Fallstricken der Alten hüten musste, sowie eine neue, merkwürdige Figur, die der Maler noch nie zuvor gesehen hatte. Es handelte sich um eine unbekannte Maske, die offenbar eine Art Gegenpol zu Capitan Scaramuccia darstellen sollte. Die protzige, aber zerfetzte Kleidung, das große, um den dicken Bauch gegürtete Blechschwert, das künstlich gerötete Gesicht und die buschigen, ständig gerunzelten Augenbrauen deuteten auf eine ebenso aufgeblasene wie beschränkte Soldatenfigur hin, die vermutlich einen komischen Kontrast zu der körperlichen und verbalen Akrobatik des Leiters der Schauspieltruppe bilden sollte.

Fulminacci wandte sich an Bellori, weil er dachte, dass der Kunsthändler, der mit der Königin auf vertrautem Fuß stand, bestimmt etwas über diese unerwartete Neuerung wusste.

»Wer ist diese neue Figur?«, fragte er ihn.

»Das ist der neueste Einfall von Tiberio Fiorilli – so heißt unser Capitan Scaramuccia wirklich –, den er frisch vom französischen Hof mitgebracht hat. Die Figur heißt Capitan Spingarda. Ich habe vor einigen Tagen den Proben beiwohnen dürfen und kann Euch versichern, dass die Wortgefechte zwischen den beiden Capitani äußerst erheiternd sind.«

Inzwischen hatte ein irgendwo verborgenes kleines Orchester begonnen, einfache Volkslieder zu spielen.

Die Handlung war wie üblich bei dieser Art von Darbietung Nebensache. Im Vordergrund standen die Possen der Schauspieler, ihre Mimik, ihre schwungvollen, fast kämpferischen Bewegungen, ihre in schwindelerregendem Tempo hervorgestoßenen Zungenbrecher, die harmlosen, aber einfallsreichen Streiche, die den besonders engstirnigen Figuren gespielt wurden – das war es, was das Publikum von seinen Lieblingen erwartete.

Der große Tiberio Fiorilli enttäuschte die Erwartungen der Zuschauer nicht, und die Aufführung wurde mehrmals von Applaus und schallendem Gelächter unterbrochen.

Als das Stück sich seinem Ende näherte, erfuhr Fulminacci von dem Kunsthändler, dass die Schauspieler sich nach der Aufführung im Publikum verteilen und es im Laufe des weiteren Abends mit Improvisationen, Possenreißereien und Pantomime unterhalten würden.

Auch Beatrice, die im Gegensatz zu Fulminacci solche Vorführungen wenig zu schätzen wusste, war dankbar für das Intermezzo, das wenigstens dazu gedient hatte, die schwarze Wolke über dem Kopf ihres Begleiters zu vertreiben.

Diese Art von Schauspiel war ungeheuer beliebt, und zwar sowohl beim einfachen Volk als auch bei den gehobenen Schichten. Beatrice hatte zwar Achtung vor den Fähigkeiten der Darsteller, fand aber die immer gleiche Handlung wenig interessant, die auf ein infantiles Publikum zugeschnitten und nicht viel anspruchsvoller war als die Kasperltheaterstücke, die man auf vielen Plätzen Roms zu sehen bekam.

Persönlich bevorzugte sie Dramen im französischen Stil wie zum Beispiel von Racine, in denen die Personen nicht stereotype Masken, sondern eigenständige Charaktere waren und die Zuschauer durch die Darstellung und Betrachtung menschlichen Leids bewegten.

Doch wenn sie die schlechte Laune ihres Gefährten vertrieb, war ihr auch die Commedia dell'Arte willkommen. Solange er sich über die Scherze der Komödianten amüsierte, vergaß er glatt, sie mit seinen unerträglichen Marotten zu quälen.

Neues Gelächter begleitete den zigsten Schlagabtausch zwischen den beiden Hauptmännern, obwohl der Ausgang allen wohlbekannt war: Spingarda hatte zwar nach seiner großen Arkebuse gegriffen, aber Scaramuccia wich dem Angriff mit einem Luftsprung aus, worauf der Gegner mit Getöse zu Boden fiel und die anderen Figuren höhnische Grimassen schnitten.

Die Niederlage des tumben, prahlerischen Soldaten leitete das glückliche Ende des Stücks ein, an dem die beiden jungen Liebenden, die lange durch die boshaften Machenschaften der alten Pedanten behindert worden waren, mithilfe von Capitan Scaramuccia triumphierten und in den Hafen der Ehe einliefen.

Am Schluss applaudierte das Publikum begeistert, und die Schauspieler kehrten nach der letzten Verbeugung in ihr Zelt zurück.

Nur Pater Kircher schien nicht an der allgemeinen Heiterkeit teilzuhaben.

Beatrice war aufgefallen, dass der bejahrte Jesuit sich während der gesamten Aufführung mit betrübter, nachdenklicher Miene abseits gehalten hatte. Nun ging er auf einen der äußeren Pavillons zu, wo er zögernd stehen blieb, als wüsste er nicht, was er tun sollte.

Den immer noch lachenden Maler hinter sich herziehend, trat sie zu dem Mönch, um ihm ein wenig Trost zu spenden, auch wenn sie den Grund für seine bedrückte Stimmung nicht kannte.

Als Pater Kircher die beiden neben sich bemerkte, wandte er den Kopf und sah sie mit einem Blick an, als wäre er gerade Zeuge eines furchtbaren, nur für ihn sichtbaren Schauspiels geworden.

Der Skorpion wartete geduldig.

Bis jetzt war alles nach Plan verlaufen.

In den Palast einzudringen war nicht besonders schwer gewesen. Bei über tausend Geladenen, bei all dem Kommen und Gehen von Kutschen, Dienern und Lakaien konnte es nicht als große Herausforderung betrachtet werden, sich in die prunkvolle Residenz der Königin von Schweden einzuschmuggeln. Fieschi hatte ihm wie versprochen seine volle Unterstützung gewährt, und er war mit den Kostümen der Schauspieltruppe hineingelangt, ohne dass die Schauspieler selbst etwas davon bemerkten. Man hatte lediglich ein paar Lastenträger bestechen müssen.

Nun kam der schwierigere Teil.

Der Skorpion bebte innerlich vor Erregung, doch er zwang sich zur Beherrschung. Jeder Schritt war minutiös ausgearbeitet worden, und Ungeduld konnte sich zu diesem Zeitpunkt als fatal erweisen.

Er musste den richtigen Moment abwarten.

Der Auftragsmörder hörte den Applaus von draußen, der durch die schweren Stoffdraperien des Pavillons nur wenig gedämpft wurde, und wusste, dass die Vorführung sich dem Ende näherte. Er kauerte sich tiefer hinter einen großen Schrankkoffer und ging in Gedanken noch einmal sein Vorhaben durch, um es auf kritische Punkte abzuklopfen.

Die Schwachstellen traten ihm noch deutlicher vor Augen als bei der Planung, aber jetzt gab es kein Zurück mehr. Die Würfel waren gefallen, und egal, wie viele Risiken er eingehen musste, er würde nicht von seinem Vorsatz ablassen.

Er würde seinen Auftrag endgültig erfüllen, nur darauf kam es an.

Der Applaus verebbte, und kurz darauf hörte er, wie die Vorhänge bewegt wurden und die Schauspieler hereinkamen, die sich aufgeregt über ihren Erfolg unterhielten.

Das Warten würde bald ein Ende haben.

»Hast du alles verstanden?«, fragte Melchiorri und sah dem Jungen in die Augen.

»Kein Problem, Herr ... äh, Meister. Ihr könnt beruhigt sein, ich werde nichts vergessen.«

»Gut, Battistino, dann geh jetzt. Und verlauf dich nicht unterwegs.«

»Ich werde den direkten Weg nehmen, gerade wie eine Musketenkugel. Ihr werdet sehen, ich bin zurück, bevor Ihr zwei Vaterunser beten könnt.«

Der Junge rannte aus dem Zimmer und hielt dabei seine Mütze mit einer Hand fest.

»So weit, so gut«, sagte der Großmeister mehr zu sich selbst. »Jetzt werden wir den Trank herstellen. Jacopo, nimm den Mörser.«

Melchiorri ging zu einem der hohen Regale und begann, zwischen den Tongefäßen herumzustöbern, bis er fand, was er suchte. Mit einem langen, schmalen Löffel entnahm er einem der Gefäße ein dunkles Pulver und gab es in den Mörser.

»Das ist die Basis«, sagte er, »die den Geschmack verdecken wird. Jetzt fügen wir die Wirkstoffe hinzu. Mal sehen ... Ja, das hier ist gut«, murmelte er und reichte seinem Assistenten ein hellblaues Behältnis. »Nimm zwölf Samen und zerstoße sie zu Brei. Dies hier wird die Wirkung verstärken, und mit diesem stellen wir sicher, dass die Reaktion zur gewünschten Zeit eintritt. Jetzt alles noch mit ein wenig Rosenwasser verdünnen, aber pass auf, nur ein paar Tropfen, sonst wird es zu flüssig.«

Jacopo betrachtete das Gemisch interessiert. Er hatte Kenntnisse in der alten und geheimnisvollen Kunst der Kräuterkunde erworben und verstand daher sehr gut, was das Mittel, das sie da zusammenbrauten, bewirken würde. Er enthielt sich jeden Kommentars, dachte aber, dass er nicht in der Haut desjenigen stecken mochte, der diese Lösung zu sich nahm.

»Ich glaube, jetzt hat es die richtige Konsistenz«, bemerkte Melchiorri, der kritischen Auges die helle Pampe auf dem Grund des Gefäßes musterte. »Wir können es jetzt filtrieren. Nimm diese Leinenläppchen.«

Das Gemisch wurde durch zwei kleine, übereinandergelegte Läppchen in eine Glasschale gedrückt, in der sich Tröpfchen für Tröpfchen eine Flüssigkeit ansammelte.

Die Lösung war fast durchsichtig und behielt von der ursprünglich breiigen Konsistenz nur eine leicht bernsteinfarbene Nuance zurück.

Jacopo reichte den Glasbehälter dem Meister, der den Inhalt ausgiebig beschnupperte.

»Gut gemacht«, lautete sein Urteil, »der Geruch ist kaum wahrnehmbar. Wenn der Trank mit Wein vermischt wird, kann ihn niemand mehr herausschmecken.«

Melchiorri goss die Flüssigkeit in eine kleine Ampulle um, die er mit einem Korken verschloss. In diesem Augenblick kam Zane herein und war mit zwei Schritten bei ihnen. Sein Gesichtsausdruck war wie immer gleichmütig und wurde nur durch die leise Melancholie in seinen Augen getrübt.

»Da bist du ja«, sagte der Großmeister. »Ich habe eine wichtige Aufgabe für dich. Es handelt sich um ein schwieriges und gefährliches Unterfangen, von dem jedoch unsere Rettung abhängt. Bist du bereit dafür?«

Der riesenhafte Slawe nickte nur. Sein Blick zeigte die gewohnte Entschlossenheit.

»Gut, dann hör mir aufmerksam zu. Ich habe gesehen, dass

du heute Nachmittag eine Runde durch den Park gedreht hast. Sicher sind dir diese beiden Pavillons aufgefallen, die ein bisschen abseits stehen …«

Der Slawe nickte erneut.

»Wie du festgestellt haben wirst, sind in diesen Pavillons die stillen Örtchen untergebracht, in denen die Damen und Herren gewisse körperliche Bedürfnisse verrichten können.«

Zane schloss halb die Augen und verstand nicht, worauf der Großmeister hinauswollte.

Kapitel LX

Der Skorpion schloss den Schrankkoffer geräuschlos; bis jetzt war alles wie am Schnürchen gelaufen.

In der Zeit, in der die Schauspieler draußen ihre Komödie aufgeführt hatten, hatte er jeden Koffer, jede Kiste, jeden Garderobenständer untersucht. Als er die gewünschte Kiste gefunden hatte, hatte er sie umgekippt und den gesamten Inhalt um sie herum verstreut.

Anschließend hatte er sich wieder in der Ecke des Pavillons versteckt, in der die Kostüme lagerten, die an diesem Abend nicht gebraucht wurden, sodass dort aller Wahrscheinlichkeit nach niemand herumkramen würde.

Am Ende des Stücks kehrten die Schauspieler wie vorausgesehen in den Pavillon zurück, um sich frisch zu machen. Ihre Darbietungen umfassten nicht nur die schauspielerische Leistung, sondern auch eine Reihe von anstrengenden akrobatischen Kunststücken. Die Komödianten mussten sich also umziehen, da sie sich schlecht in ihren zerknitterten und schweißdurchtränkten Kleidern zu all den adeligen Damen und würdevollen Herren gesellen konnten.

Sie beeilten sich mit dem Wechseln der Garderobe, um danach sofort wieder hinauszugehen und mit ihren Possen weiterzumachen.

Nur der Schauspieler, der die Rolle des Capitan Spingarda verkörperte, hatte Schwierigkeiten mit seinem Kostümwechsel, da seine Kleiderkiste umgestoßen worden war und die Sachen in einem Haufen durcheinanderlagen.

Mit einem Schwall von Flüchen über den unachtsamen Trottel, der dieses Fiasko angerichtet hatte, brachte er Ordnung in den Wust, um die Kleidungsstücke, die er brauchte, herauszufischen.

All das wurde vom Spott seiner Kollegen begleitet, die sich über seine Unbeholfenheit lustig machten und darauf anspielten, dass ihm ein solches Missgeschick nicht zum ersten Mal passierte.

Als der letzte Schauspieler das Zelt verlassen hatte, war der arme Komödiant immer noch dabei, Ordnung zu schaffen, was durch die Eile und Hektik nicht eben erleichtert wurde.

Auf diesen Moment hatte der Skorpion gewartet. Er verließ sein Versteck und schlich auf die gebückte Gestalt zu.

Als er nahe genug heran war, versetzte er dem Unglücksraben mit dem Schwertgriff einen festen Schlag in den Nacken. Der Mann brach sofort zusammen.

Nachdem er sein Opfer gefesselt und geknebelt hatte, zog der Skorpion es zu dem Schrankkoffer, warf es hinein und klappte den Deckel zu.

Dann kehrte er in sein Versteck zurück und zog die zum Wechseln vorgesehenen Kleider des Schauspielers an, die er vor dem Umkippen der Kiste herausgenommen hatte.

Er hatte nicht viel Zeit gehabt, um sich die Verkleidung von Capitan Spingarda anzusehen, aber es war inzwischen richtig dunkel, und im flackernden Schein der Fackeln würden die kleinen Fehler, die ihm bestimmt unterliefen, nicht auffallen.

Schnell legte er den weiten Rock mit den Schnürverschlüssen an und befestigte sorgfältig die Polsterung, die den dicken Bauch nachahmen sollte.

Mithilfe eines kleinen Spiegels begann er sich anschließend das Gesicht zu pudern. Da es schmaler und hagerer war als das des Schauspielers, stopfte er sich zusätzlich zwei Wattebäusche in die Wangen.

Schließlich malte er noch zwei rote Bäckchen an die Stellen, wo sich die Wattepolster befanden.

Er betrachtete sich kurz im Spiegel und fand das Ergebnis passabel.

Den Rest würde die Maske erledigen.

Vorsichtig setzte er die Larve aus Pappmaschee auf und sorgte dafür, dass sie unverrückbar über der oberen Gesichtshälfte saß.

Der große Federhut war ihm ein wenig zu weit, was er dadurch behob, dass er sich einen Stoffstreifen um den Kopf wickelte.

Nun war er bereit zuzuschlagen.

Das Gespräch zwischen dem Großmeister und Zane dauerte nicht lange, was dadurch begünstigt wurde, dass der Slawe stumm war und bloß nickte, wenn er die Ausführungen des Gefährten verstand, beziehungsweise eine fragende Miene machte, wenn ihm irgendwelche Teile unklar vorkamen. Doch ob stumm oder nicht, der blonde Riese erwies sich als aufgeweckt genug, um sofort zu begreifen, was Melchiorri von ihm verlangte. Mit einem letzten zustimmenden Nicken ging Zane hinaus und traf seine Vorbereitungen.

Auch der Großmeister verließ seinen Pavillon, um sich wieder ins Festgetümmel zu stürzen.

Es galt noch, eine letzte, heikle Einzelheit in die Wege zu leiten, bei der man ausgesprochen geschickt vorgehen musste, aber er hatte bereits eine genaue Vorstellung davon, wie er es anstellen wollte.

Als er auf den Platz vor dem Palazzo zurückkam, war die Commedia dell'Arte gerade zu Ende, und die Zuschauer zerstreuten sich. Alle schienen sich über die Narreteien der Komödianten köstlich amüsiert zu haben und neugierig darauf zu sein, was die Königin sich noch zu ihrer Unterhaltung ausgedacht hatte.

Der Großmeister schlenderte eine Weile durch die Menge und hielt nach einer bestimmten Person Ausschau, die er zur Durchführung des ersten und vielleicht schwierigsten Teils seines Plans für besonders geeignet hielt.

Ludovico Santinelli stand nonchalant an eine Steinbalustrade gelehnt und unterhielt zwei junge Damen mit seiner amüsanten Konversation. Gemeinsam mit seinem Bruder Francesco war er – höchstwahrscheinlich auf Empfehlung des allgegenwärtigen Kardinals Azzolini – in den Dienst der schwedischen Königin getreten, als diese sich in Rom niedergelassen hatte.

Francesco hatte vor kurzem aufgrund einer nicht näher benannten Auseinandersetzung mit der Königin den Hof verlassen müssen, doch Ludovico hütete sich, dem Beispiel seines Bruders zu folgen, und stand nach wie vor in Christines Diensten, stets bereit, die weniger sauberen Aufträge für sie auszuführen.

Graf Ludovico Santinelli war es auch, so erzählte man sich, der vor fast zehn Jahren den Marchese Monaldeschi hingerichtet hatte, weil dieser des Verrats an der Königin beschuldigt worden war. Christine selbst hatte über diesen undurchsichtigen Vorfall einen Mantel des Schweigens gebreitet, den niemand zu lüften wagte, aus Furcht, einem ihrer berüchtigten Zornesausbrüche zum Opfer zu fallen.

Ludovico war ein typischer Vertreter des römischen Adels: gut aussehend, geistreich, unverschämt, geschickt und völlig skrupellos. Mord, Verrat, Verführung – ihm war alles recht, solange er einen persönlichen Vorteil daraus ziehen konnte.

Genau der Mann, den der Großmeister brauchte.

Kaum hatte er ihn entdeckt, setzte er sein weltmännischstes Lächeln auf und ging auf die Dreiergruppe zu. Der Adelige erzählte gerade irgendeine – gewiss schlüpfrige – Geschichte, während seine beiden Begleiterinnen dazu kicherten, sich die kleinen, behandschuhten Händchen vor den Mund hielten und spitze, ekstatische Schreie ausstießen, wenn die Erzählung besonders spannend oder skandalös wurde.

Wahrscheinlich handelte es sich um die Töchter eines reichen Kaufmanns, hübsch anzusehen und wie Prinzessinnen gekleidet, aber nur Stroh im Kopf. Man sah, dass die beiden Dämchen vor Aufregung fast vergingen, weil sie an dieser Versammlung von Fürsten, Herzögen, Marchesi, Kardinälen und anderen hohen Herren und Damen teilnehmen durften. Der schöne Graf Ludovico hingegen ließ sich kaum je die Gelegenheit entgehen, solch leichte, unerfahrene Beute mit seiner lüsternen Schmeichelei zu umgarnen. Meistens wanderten diese Mädchen, die im Kloster erzogen worden waren, direkt vom Beichtstuhl in Santinellis Schlafgemach. Diese beiden, sagte sich Melchiorri, würden dabei keine Ausnahme bilden.

Immerhin konnte ihre Anwesenheit hilfreich sein, um den schönen Tunichtgut dazu zu bringen, die Aufgabe zu übernehmen, die er ihm zugedacht hatte.

Santinelli stellte den Großmeister bereitwillig seinen jungen Zuhörerinnen vor, denn ein gutes Verhältnis zu einem der engsten Berater der Königin strich auch seine besondere Stellung bei Hofe zusätzlich heraus.

Melchiorri, ganz Kavalier, verbeugte sich, küsste den Damen die Hand und erging sich in Komplimenten über ihren Liebreiz und die Eleganz ihrer Roben.

»Bitte erzählt weiter, Ludovico«, sagte eine der beiden, als das Ritual des Vorstellens sich erschöpft hatte. »Beendet Eure Geschichte, sie war ja so mitreißend!«

Santinelli, als der große Hurensohn, der er war, zierte sich zunächst und legte eine Zurückhaltung und Bescheidenheit an den Tag, die er im Leben noch nicht besessen hatte. Sein Spiel war leicht zu durchschauen, und Melchiorri zögerte nicht, ihm Vorschub zu leisten.

»Nur zu, Ludovico«, mischte er sich ein, »seid nicht so schüchtern. Achtet nicht weiter auf mich und erzählt weiter. Ich leiste diesen beiden bezaubernden jungen Damen hier gern beim Zuhören Gesellschaft.«

Santinelli ließ sich noch ein wenig bitten und nahm die Erzählung dann genau an der Stelle wieder auf, wo er sie unterbrochen hatte.

Wie Melchiorri es sich gedacht hatte, war es ein Anekdötchen aus fünfter Hand, das einen ellenlangen Bart hatte. Ludovico war ein guter Erzähler, aber Erfindungsreichtum war nicht gerade seine Stärke.

Der Großmeister kannte die freizügige Novelle in- und auswendig, zumal er eine ganz ähnliche im *Cunto de li Cunti* gelesen hatte, einem reizenden Buch des Neapolitaners Giovan Battista Basile.

Santinelli jedoch gab sie als eigene Erfahrung aus und machte sich, wie nicht anders zu erwarten, zur unbestrittenen Hauptfigur.

Schließlich gelangte die Geschichte unter dem gespielt schockierten Gekicher der beiden Dämchen zu ihrer Pointe, worauf Santinelli, der sich nicht damit zufriedengab, sie erfolgreich kolportiert zu haben, sich in Erklärungen zu den verwickelteren Stellen und den Beweggründen der handelnden Personen erging.

»Ach Gott«, hauchte die Hübschere der beiden, während ihr Busen sich atemlos vor Lachen hob und senkte, »wie konntet Ihr diesem armen Mönch nur solch einen gemeinen Streich spielen? Ihr seid wirklich ein unverbesserlicher Scherzbold!«

»Aber hatte er ihn nicht verdient?«, entgegnete Ludovico übertrieben empört. »Was wäre aus mir geworden, wenn er wirklich mit der Mutter Oberin gesprochen hätte? Ich würde in den finsteren Kerkern der Inquisition schmachten und nur noch darauf warten, dass mein grausames Schicksal sich erfüllt. Denkt einmal daran, Signorine!«

Das war Melchiorris Stichwort.

»Ja, Ihr seid noch jung und unberührt von den Schrecken dieser Welt«, ergriff er die Gelegenheit beim Schopf. »Ihr könnt Euch den Abgrund an Schmerz und Verzweiflung, den die Kerker des Heiligen Offiziums verkörpern, nicht einmal vorstellen! Aber unser Graf hier ist ein Mann von Welt, der sich mit Gefahren auskennt und gut daran getan hat, sich einem so furchtbaren und ungerechten Los zu entziehen. Nicht wahr, Ludovico?«

»Aber gewiss«, antwortete Santinelli, dankbar, dass der Großmeister ihm eine neue Gelegenheit verschaffte, sich vor den Opfern seiner Verführungskünste zu brüsten. »Zwei zarte Täubchen wie Ihr wissen zum Glück nichts von dem Unheil, das dort geschieht.«

»Apropos Inquisition«, warf Melchiorri ein, »Ihr werdet sicher auch bemerkt haben, dass unsere Königin sich heute Abend an der Anwesenheit eines unerwarteten Gastes erfreuen kann.«

Santinelli verzog seinen wohlgeformten Mund zu einer angewiderten Grimasse.

»Ich hätte es lieber nicht bemerkt, das könnt Ihr mir glauben«, antwortete er. »Die Kutte der Dominikaner schafft es jedes Mal, mir die Laune zu verderben. Und die von Bernardo Muti lässt mir buchstäblich das Blut zu Kopf steigen. Die Art, wie er von der Kanzel gegen unsere geliebte Königin hetzt, stellt eine Beleidigung dar, für die er früher oder später bezahlen muss.«

»Ich bin ganz Eurer Meinung, Ludovico, doch wie es scheint, ist in Rom leider niemand in der Lage, sich gegen den Fanatismus dieses wahnsinnigen Predigers zu erheben. Und das Ansehen unserer geliebten Christine wird unvermeidlich Schaden leiden.«

»Aber so kann es nicht weitergehen! Das Maß ist voll!«

»Zweifellos verdient Muti es, in die Schranken gewiesen zu werden. Aber wer hätte je den Mut, sich gegen das Oberhaupt des Heiligen Offiziums zu stellen?«

»Ich!«, rief der Graf, den seine Prahlerei zum Übermut verleitete. »Zwar weiß ich noch nicht, auf welche Weise, aber ich schwöre Euch, dass ich die Ehre unserer Königin verteidigen und diesem unverschämten Kerl eine Lektion erteilen werde, die er nicht mehr vergisst, so wahr ich Ludovico Santinelli heiße!«

»Genau, mein guter Ludovico, die Frage ist, wie? Ehrlich gesagt, ich hätte da schon eine Idee, aber ich weiß nicht, ob ich es wagen soll …«

»Sprecht, Meister! Und betrachtet sie als ausgeführt!«

»Nun ja, wenn Ihr … Aber nein, das ist verrückt. Ich bereue es, es erwähnt zu haben. Bitte tut so, als hätte ich nie den Mund aufgemacht.«

»Sprecht, sage ich, sonst betrachte ich Eure Weigerung als persönliche Beleidigung!«

»Es ist eine riskante Sache …«

»Ich liebe das Risiko!«

»Wirklich gefährlich …«

»Die Gefahr ist meine Geliebte!«

»Wenn Ihr darauf besteht …«

»Ich bestehe darauf!«

Kapitel LXI

Selbstverständlich ist es komplizierter, einen Klang wie beim melismatischen Gesang zu erzeugen. Zu diesem Zweck entwerfe ich gerade eine Reihe von Membranen verschiedener Durchmesser, um sie in die Orgelpfeifen einzufügen. Der Luftstrom in den Pfeifen wird von einem System aus mehreren Ventilen reguliert, das für die typischen Tonsprünge sorgen soll. Doch obwohl es sich nur um ein einfaches mechanisches Problem handelt, ist es mir noch nicht gelungen, ein Verfahren zu entwickeln, das auf eine gebräuchliche Orgeltastatur angewendet werden kann, und ich habe mich gefragt, ob Ihr mit Eurer Erfahrung vielleicht einen Vorschlag hättet …«

Jeder Versuch, Pater Kircher aufzumuntern, war zuvor fehlgeschlagen. Sowohl Beatrice als auch der unbeholfenere Maler hatten sich bemüht, den betrübten Jesuiten in eine gefällige Plauderei zu verwickeln, doch das Resultat war so entmutigend gewesen, dass sie es bald wieder aufgegeben hatten.

Das darauf folgende Schweigen hatte die Verlegenheit bei allen dreien nur noch vergrößert.

Zum Glück hatte das Erscheinen von Maestro Fabrizio Fontana, dem Organisten von Sankt Peter, sie aus dieser unerquicklichen Lage befreit, da Pater Kircher sich sogleich mit ihm in ein ebenso reges wie unverständliches Gespräch über irgendwelche instrumententechnischen Probleme vertieft hatte.

Fulminacci verstand ungefähr jedes fünfte Wort, doch er meinte herauszuhören, dass es um eine der jüngsten Erfindungen des umtriebigen Jesuiten ging, einen Apparat, mit dem man die menschliche Stimme nachahmen konnte.

»Ja, das könnte funktionieren«, antwortete Kircher gerade auf eine Anregung des gelehrten Organisten, »auch wenn ich befürchte, dass dadurch die Luftmenge, die in die Pfeifen geblasen wird, eventuell nicht ausreicht. Wie Ihr sicher wisst, haben die neuesten Forschungen des großen Otto von Guericke gezeigt, dass der Klang sich nicht im Vakuum ausbreitet und die Kraft des Ausstoßes direkt proportional zur Dichte der Luft ist. Um die von Euch vorgeschlagene Lösung anzuwenden, müsste man das gesamte System der Blasebälge neu konstruieren, obschon es vielleicht genügen könnte, die Basis der Pfeife zu erweitern, um eine Art Luftkammer zu erhalten …«

Die ursprüngliche Runde war durch das Hinzukommen weiterer Personen, die Fulminacci nicht kannte und die ihm auch niemand vorgestellt hatte, vergrößert worden. Bellori, der Kunsthändler, unterhielt sich mit Michelangelo Ricci und zwei anderen Herren, während Beatrice aufmerksam einer geistreichen Debatte über klassische Dramaturgie folgte.

Außer ihm schienen sich angesichts so geballter Gelehrtheit nur zwei andere Gäste wie Fische auf dem Trockenen zu fühlen, nämlich die beiden deutschen Jesuiten. Als er die Mönche beobachtete, bezweifelte der Maler erneut, dass einer von ihnen ein Spross des schwedischen Königsgeschlechts sein könnte. So verschieden sie von Statur und Gesichtszügen waren, einte sie offensichtlich ein gemeinsames Interesse: sich so viele Speisen und Getränke wie möglich einzuverleiben. Ein nicht gerade königliches Verhalten, fand er.

In der Nähe der beiden Jesuiten hielten sich einige von de Simaras Männern auf, die diskret, aber aufmerksam alle Vorbeigehenden musterten, stets mit dem Gedanken, es könnte sich um den verkleideten Mörder handeln.

Nur die beiden Mönche wirkten ganz sorglos und schienen überhaupt keine Angst zu haben.

Plötzlich, ohne Vorankündigung, erschollen die Klänge eines großen Orchesters aus Streichern und Bläsern und übertönten das Stimmengewirr der Gäste.

Alle sahen sich um und wollten herausfinden, wo das Orchester aufgestellt war, aber niemand konnte es entdecken. Die Musik schien von überall und nirgends zu kommen, was so befremdlich war, dass die Abergläubischeren unter den Geladenen sich bekreuzigten und glaubten, irgendeiner Zauberei zum Opfer gefallen zu sein.

Das unsichtbare Orchester spielte eine derzeit besonders beliebte Melodie, eine fröhliche, rhythmische Gavotte des großen französischen Komponisten Jean-Baptiste Lully, die dazu beitrug, die gute Stimmung der Gäste noch zu steigern.

Während seine Begleiter verwundert umherblickten, erlaubte Pater Kircher sich ein zufriedenes Lächeln und freute sich, dass eine seiner umwälzendsten Erfindungen so gut funktionierte.

»Wie Ihr feststellen könnt, Maestro Fontana, finden die Theorien, die ich Euch soeben dargelegt habe, durchaus praktische Anwendung und erzeugen eine gewisse Wirkung«, sagte der Jesuit. »Aber das ist erst der Anfang. Wenn der liebe Gott mir noch ein paar Jährchen zugesteht, werde ich hoffentlich mein ehrgeizigstes Projekt verwirklichen können: die Wiedergabe von Musik durch mechanische Apparate.«

»Ich bin wirklich beeindruckt, Pater Kircher, beeindruckt und erstaunt. Ihr müsst mir unbedingt erklären, wie Ihr dieses Wunderwerk vollbracht habt!«

Der Jesuitenpater lächelte geschmeichelt und begann einen langen Vortrag über die Ausbreitung von Klang und die Möglichkeit, ihn mithilfe mechanischer Vorrichtungen weit über das natürliche Maß hinaus zu verstärken.

Fulminacci, der bei Kirchers ersten Worten wieder zugehört hatte, verlor sich erneut in einem Labyrinth unbekannter Ausdrücke und schwer zu begreifender Gedankengänge.

Die scheinbar aus dem Nichts kommende Musik verleitete viele Gäste dazu, sich auf die Suche nach dem Orchester zu machen, besonders, nachdem es sich herumgesprochen hatte, dass eine von Pater Kirchers wundersamen Apparaturen im Spiel war. Alle wollten die Erfindung mit eigenen Augen sehen und bezeugen, inwieweit der geniale Jesuit sich wieder einmal selbst übertroffen hatte.

Beatrice und Fulminacci ließen sich gemeinsam mit dem Rest des Kreises von der allgemeinen Neugier anstecken. Pater Santini, Bellori, Pater Ricci, Maestro Fontana und die anderen Herren schlossen sich dem Strom an. Es gab neue Verbeugungen, Reverenzen und ein paar wirre Vorstellungsversuche, die halb in der lauten Musik und dem Stimmengemurmel untergingen.

Zu der Gruppe gesellte sich auch eine Dame, die ihr Lächeln nach rechts und links verteilte, aber in der Menge kaum beachtet wurde. Sie suchte unauffällig die Nähe der beiden Jesuiten.

Die Dame war mittleren Alters, soweit man es nach ihrer matronenhaften Gestalt schätzen konnte, denn das Gesicht war fast vollständig hinter einer großen Maske aus dunkler Seide verborgen.

Fulminacci nahm sie nur flüchtig wahr, da er Beatrice auf keinen Fall aus dem Blick verlieren wollte und befürchtete, dass die Feinde diesen Moment allgemeinen Durcheinanders nutzen könnten, um ihr schändliches Vorhaben in die Tat umzusetzen. Beatrice wollte wie die meisten anderen gern das neue Wunderwerk bestaunen, und er musste Blut und Wasser schwitzen, bis er sie davon überzeugt hatte, dass es zu gefährlich war, sich ins Gewühl zu stürzen.

Als die Freundin sich schließlich von ihm hatte überzeugen lassen und er wieder auf seine Umgebung achten konnte, war das Unglück schon passiert.

Bernardo Mutis Geduld war mittlerweile so gründlich erschöpft, dass er sich fragte, ob es wirklich eine gute Idee gewesen war, an diesem Fest der schwedischen Königin teilzunehmen.

Kaum war er im Palazzo Riario eingetroffen, hatte ihn der allgegenwärtige Pomp angewidert: Hunderte von Dienern, Tausende von Kerzenleuchtern, zahllose Tische, die sich unter Speisen und Getränken bogen, die prunkvollsten Kostüme. Alles sprach von einer obszönen Zurschaustellung von Reichtum, die in einem schreienden Gegensatz zu der Gefährdung der Kirche Petri stand.

Nur eitle, gefühllose Menschen konnten eine solch skandalöse Üppigkeit genießen, während die Feinde der Kirche Komplotte schmiedeten, um das Erbe von sechzehn Jahrhunderten christlicher Frömmigkeit zu zersplittern.

Der Kampf hatte gerade erst begonnen!

Und als wäre das alles nicht schon ekelhaft genug, wimmelte es hier von Frauen! Dutzende, Hunderte von Frauen. Alle in tief ausgeschnittenen Kleidern, die beleidigend viel Haut zeigten und davon kündeten, dass die Trägerin weder Keuschheit noch Bescheidenheit kannte. Die Gespräche, die er mithörte, waren fast durchweg eine Abfolge von Zweideutigkeiten, begleitet von anstößigem Zwinkern und zügelloser, öffentlicher Entblößung der eigenen Verderbtheit, der Abgründe der menschlichen Seele.

Ob Jungfrau oder Matrone, ledig oder verheiratet: Alle gaben sie sich ungeniert mit sündigen Gesten, Schmeicheleien und Affektiertheiten der Lüsternheit des Fleisches hin.

Dann, draußen im Freien, hatte der Inquisitor sich der Demütigung aussetzen müssen, den Darbietungen dieser Schmierenkomödianten der Commedia dell'Arte beizuwohnen, deren Vulgarität nur durch die Banalität der behandelten Themen, die Tavernenwitze, die Possenreißereien und die grotesken akrobatischen Verrenkungen überboten wurde. Doch statt die Missbilligung der vielen anwesenden Familienväter zu erregen, wie man berechtigterweise hätte erwarten können, hatte die Aufführung nur allgemeine Heiterkeit ausgelöst, obszönes Gelächter, Applaus und laute Beifallsrufe.

Muti wusste nicht, wie er das alles ertragen sollte.

Wäre er nicht von dem Wunsch einer gerechten Rache an den Schurken beseelt gewesen, die ihn entführt, misshandelt und grausam eingesperrt hatten, hätte er dieses ungehörige Spektakel nicht lange ausgehalten, ohne dass sein Zorn wie glühende Lava aus dem Schlund eines Vulkans hervorgebrochen und darauf niedergegangen wäre.

Die Commedia dell'Arte war noch nicht die letzte Prüfung, der er sich an diesem endlosen Abend ausgesetzt sah.

Nach einer kurzen Atempause wurde er von einem neuen teuflischen Machwerk gereizt, einer lauten, zügellosen Musik, die auf einmal den ganzen Park erfüllte und von Gott weiß woher kam.

Angesichts des unnatürlichen Ursprungs der Musik dachte Muti sogleich an eine Erscheinung des Bösen, bis einige Adelige in seiner Nähe ihm erklärten, dass es sich um nichts anderes handelte als eine neue, erstaunliche Erfindung des vielseitigen Genies von Pater Athanasius Kircher.

Statt ihn zu beruhigen, löste diese Nachricht wieder eine Welle der Empörung in ihm aus.

Die Naturgesetze waren seit Anbeginn der Zeit vom Schöpfer festgelegt worden, so verkündete es die Heilige Schrift, und der Mensch durfte sie in seinem gotteslästerlichen Allmachtswahn nicht nach seinem Willen formen, um Vergnügen aus ihnen zu ziehen.

Kirchers Tat war keine einfache Erfindung, sondern ein ausgemachtes Sakrileg!

Fluch über ihn und den Hochmut der Jesuiten!

Wenn er seine Ziele erst einmal erreicht hatte, würden auch Pater Kircher und seine Mitbrüder nicht ungeschoren davonkommen.

Nichts und niemand würde von der reinigenden Flut der Buße und Läuterung verschont werden, die diesen Sündenpfuhl, dieses neue Babylon am Tiberufer, in das sich die Hauptstadt der Christenheit verwandelt hatte, in seinen Grundfesten erschüttern würde!

Falls Muti jedoch dachte, nun am Tiefpunkt angelangt zu sein, hatte er die Rechnung ohne den Wirt gemacht.

Eine neue, noch erniedrigendere Prüfung erwartete ihn.

Derweil er krampfhaft versuchte, seine Empörung über diese letzte Marter zu bezähmen, kam ein Aristokrat mit einem spöttischen Lächeln im Gesicht auf ihn zu.

»Pater Muti, was für eine freudige Überraschung, Euch auf dem Fest unserer verehrten Königin zu sehen.«

Muti war diesem Menschen schon früher begegnet, hatte sich aber stets gehütet, ein Wort mit ihm zu wechseln. Was er über Ludovico Santinelli wusste, genügte, um seinen tiefsten Widerwillen zu erregen. Ein Lügner, Ehebrecher, Gottloser und Mörder – in anderen, frommeren Zeiten wäre das mehr als genug gewesen, um seinen Kopf auf den Richtblock des Henkers zu befördern. Doch die Laxheit der Sitten hatte in Verbindung mit der Protektion der Königin dazu geführt, dass der Graf, statt seine gerechte Strafe zu erhalten, zu einem Liebling der römischen Gesellschaft geworden war. Muti ging nicht auf sein Konversationsangebot ein und hoffte, der elende Laffe würde nach dieser kühlen Abweisung andere mit seiner unerwünschten Aufmerksamkeit belästigen.

Doch Santinelli ließ sich nicht abwimmeln.

»Ein wunderbarer Abend, findet Ihr nicht, Pater Muti?«, fuhr er fort, ohne das dümmliche Lächeln abzulegen. »Aber das Beste kommt erst noch, glaubt mir. Unsere Königin hat noch größere Überraschungen für ihre Gäste auf Lager. Die Größe einer Herrscherin zeigt sich schließlich nicht zuletzt darin, wie zuvorkommend sie sich ihren Freunden gegenüber erweist.«

Muti reagierte nur mit einem kurzen Nicken.

»Ja, mein lieber Pater, unsere Christine, Gott möge sie schützen, ist wirklich die glanzvollste Herrscherin Europas, findet Ihr nicht?«

Nun stand für Muti fest, dass Santinelli ihn provozieren wollte.

Da hatte der Geck sich aber geschnitten.

Dies war der Abend seiner Rache, und er würde nicht zulassen, dass irgendjemand seine Pläne durchkreuzte.

»Wie ich sehe, seid Ihr ganz meiner Meinung, Pater«, plapperte der Graf weiter, »und was wäre da angebrachter, als das Glas auf die Gesundheit unserer Königin zu erheben? Kellner, herbei, zwei Gläser von dem guten Burgunder!«

Also daher wehte der Wind.

Santinelli rechnete damit, dass er sich weigern würde, auf die Königin zu trinken, und wollte einen Skandal heraufbeschwören, doch an diesem Abend würde er sogar auf den Sultan von Konstantinopel, den Führer der ungläubigen Muselmanen, anstoßen, wenn es seinen Zwecken diente.

»Seht einmal dort, Pater«, sagte der Graf, während er ihm einen Kelch reichte, »ist das nicht Kardinal Cybo, der auf uns zukommt?«

Muti drehte abrupt den Kopf in die angezeigte Richtung.

Kardinal Cybo? Unmöglich. Noch heute Morgen war der Kardinal bettlägerig gewesen, umringt von Ärzten, die vergeblich versuchten, seine schlimmen Bauchschmerzen zu lindern. Schon seit Monaten war sein Gesundheitszustand ernst, wie sollte er sich da so schnell erholt haben, dass er sogar an einem Fest teilnehmen konnte?

Muti ließ den Blick forschend durch die Menge schweifen, fand aber keine Spur von dem Kardinal.

Als er sich wieder dem Grafen zuwandte, lächelte dieser noch ironischer als gewöhnlich. »Verzeiht mir, Pater, ich muss mich getäuscht haben. Aber halten wir uns nicht mit meinen Sinnestäuschungen auf. Nehmt diesen Kelch und stoßt mit mir auf die Ehre Christines an, der Beschützerin der Christenheit!«

Brüsk ergriff Muti das Glas. Vor Ärger über den erlittenen Hohn würde er sich noch an dem Wein verschlucken, den er aufgrund seiner Abneigung gegen die Freuden des Bacchus ohnehin nur widerwillig trank.

Mühsam zügelte der Dominikaner das Bedürfnis, es seinem Peiniger auf der Stelle heimzuzahlen, und zwang sich, den Inhalt des Kelches schnell hinunterzustürzen, wobei er hoffte, dass der unerträgliche Kerl sich damit zufriedengeben und endlich verschwinden würde.

Santinelli kippte den Trank ebenfalls hinunter, jedoch mit einem schmatzenden Genuss, der alles über sein verkommenes Wesen sagte, und setzte wieder sein schmieriges Lächeln auf.

»Es war mir eine Freude, mit Euch zu trinken, Pater, doch jetzt müsst Ihr mich entschuldigen, denn neue Aufgaben rufen mich. Ich habe dort drüben gerade eine liebreizende Dame gesehen, die sich zu langweilen scheint. Wenn Ihr erlaubt, werde ich zu ihr gehen und sie von ihrer Pein erlösen.«

Der Graf verbeugte sich galant und entschwand mit einer anmutigen Drehung.

Muti zitterte vor Wut und Empörung.

Unter anderen Umständen hätte er diese Beleidigung nicht ungestraft hingenommen, aber im Moment musste er gute Miene zum bösen Spiel machen. Anderes war wichtiger.

Wenige Augenblicke später merkte er, dass etwas nicht mit rechten Dingen zuging.

Kapitel LXII

Pater Wiedenmann fiel plötzlich um.

Das Gesicht des Jesuiten war aschfahl geworden, und aus seinem Mund drang ein leises Röcheln, begleitet von gelblichem Schaum.

Die umstehenden Gäste waren im ersten Augenblick wie erstarrt über den jähen Zwischenfall und unfähig, etwas zu tun.

Der Erste, der sich regte, war Fulminacci. Er kniete sich neben den Mönch und stützte seinen Kopf, um ihm das Atmen zu erleichtern.

Gleich darauf war Beatrice an seiner Seite.

»Beatrice«, sagte er, »was ... warum ... Herr im Himmel, tu doch etwas! Du müsstest mehr davon verstehen als ich!«

Beatrice besah sich die verdrehten Augen und das Zittern, das den Körper des Jesuiten schüttelte. Dann nahm sie ein Taschentuch, wischte etwas von dem schaumigen Speichel ab und führte es an ihre Nase.

»Was ... was ...?«, stammelte Fulminacci hilflos.

»Gift«, murmelte die Wahrsagerin kaum hörbar.

»Kannst du etwas dagegen tun?«

Sie schüttelte den Kopf und rückte ein Stück von Pater Wiedenmanns verzerrtem Gesicht ab.

»Es tut mir leid«, sagte sie, »das ist nicht mein Gebiet. In so etwas habe ich nicht genug Erfahrung. Ich fürchte, da ist nichts zu machen ...«

»Melchiorri! Er ist doch Arzt!«, rief Fulminacci. »Er kann ihm bestimmt helfen. Schnell, sucht den Großmeister! Es geht um Leben und Tod!«

Doch der Rest der Runde war immer noch vor Schreck und Überraschung wie gelähmt.

Von der ursprünglichen Gruppe waren nur noch der andere Jesuit namens Pater Pfotenhauer und die vier Musketiere übrig geblieben, die mit dem Schutz der beiden Mönche beauftragt waren. Von dem kleinen, rundlichen Pater war keine Hilfe zu erwarten. Er starrte mit entsetzter Miene auf die Zuckungen des Gefährten, und nicht einmal ein Kanonenschuss hätte ihn vermutlich aus seinem Schockzustand reißen können.

»Steht nicht herum und haltet Maulaffen feil!«, brüllte der Maler. »Bewegt Euch!«

Diese zweite Aufforderung riss wenigstens die Musketiere aus ihrer Lähmung. Ein hochgewachsener Mann, offenbar der Anführer, bellte ein paar knappe Befehle in seiner Muttersprache, worauf zwei der Soldaten sich in Bewegung setzten.

Derweil lockerten der Maler und die Wahrsagerin Pater Wiedenmanns Kleidung in dem vergeblichen Versuch, seine Atmung anzuregen.

Einige endlos scheinende Minuten vergingen, in denen die Zuckungen des Jesuiten immer schwächer wurden.

Das Auftauchen des Großmeisters wurde von allen mit Erleichterung begrüßt. Er wechselte einen schnellen Blick mit Beatrice, die lautlos ein Wort mit ihren Lippen formte. Melchiorri verstand sofort: Gift!

»Helft mir«, sagte er, nachdem er den Sterbenden kurz gemustert hatte. »Wir müssen ihn in mein Laboratorium tragen. Vielleicht können wir noch etwas tun!«

Zwei der Musketiere hoben den schon fast leblosen Geistlichen an und trugen ihn durch die Menschenmenge auf das Gästehaus zu, in dem der Großmeister logierte.

Das ging nicht unbemerkt vonstatten, und viele Schaulustige drängten sich um den kleinen Zug.

»Keine Aufregung, keine Aufregung«, wiederholte der Großmeister mit einem aufgesetzten Lächeln. »Nur eine kleine Ohnmacht aufgrund der Hitze. Ein wenig Magnesiumsalz, und alles ist wieder in Ordnung. Keine Sorge, es ist nichts. Nur eine kleine Unpässlichkeit. Macht bitte Platz, kein Grund zur Aufregung.«

Er fand es immer wieder erstaunlich, wie schnell jeder das glaubte, was er glauben wollte. All diese vornehmen Damen und Herren waren auf dem Fest, um sich zu amüsieren, um die außergewöhnlichen Vergnügungen zu genießen, die für sie inszeniert wurden, und niemand wollte sich die sorglose Feierstimmung verderben lassen. Deshalb wurden Melchiorris beruhigende Flunkereien mit Erleichterung aufgenommen. Viele erwiderten sein Lächeln sogar augenzwinkernd, als wollten sie sagen, dass sie als Leute von Welt volles Verständnis für die manchmal unangenehmen Folgen hatten, die allzu herzhaftes Speisen und Zechen mit sich brachte.

Endlich gelang es der Gruppe, das Gedränge hinter sich zu lassen und das Laboratorium zu erreichen.

Pater Wiedenmanns regloser Körper wurde auf einen eilig freigeräumten Tisch gebettet.

Melchiorri beugte sich über den Pater und drückte ein Ohr auf dessen Brust.

»Der Herzschlag ist sehr schwach, aber er lebt noch, Gott sei Dank.«

»Wisst Ihr, um welches Gift es sich handelt?«, fragte Beatrice.

»Ich glaube ja, kann es aber nicht mit Gewissheit sagen. Gott möge uns beistehen, es ist die einzige Chance!«

Der Großmeister ging zu einem seiner Regale, ließ den Blick über die darin aufbewahrten Gefäße gleiten und griff nach einer Ampulle aus dunklem Glas.

»Geht mir zur Hand«, sagte er, »wir müssen ihn das Gegengift schlucken lassen.«

Das war leichter gesagt als getan.

Pater Wiedenmann hatte aufgehört zu geifern und presste nun seine Kiefer wie bei einer vorzeitigen Leichenstarre fest aufeinander. Indem Fulminacci und einer der Musketiere auf seinen Unterkiefer drückten, schafften sie es, dass der schwächer werdende Mönch seine Zähne einen kleinen Spalt breit öffnete, aber sie brauchten ihre ganze Kraft dazu. Melchiorri beeilte sich, ihm den Inhalt des Fläschchens einzuflößen.

»Das dürfte genügen«, sagte er schließlich. »Ihr könnt ihn loslassen. Giovanni, halt ihm die Nase zu, damit er schlucken muss.«

Der Maler gehorchte. »Und jetzt?«, fragte er dann.

»Jetzt müssen wir abwarten und hoffen, dass ich mich nicht geirrt habe. Und dass es nicht zu spät war. Und dass sein Organismus die Belastung verkraftet.«

Der Großmeister, Fulminacci, Beatrice und die vier Musketiere verteilten sich um den großen Tisch und warteten darauf, dass der Trank seine Wirkung tat, während der übrig gebliebene Jesuit, Pater Pfotenhauer, in einen Sessel gesetzt wurde.

Es wurde ein langes, banges Warten.

Zuerst schien es, als reagierte der Mönch überhaupt nicht auf das Medikament oder wäre sogar in tiefe Bewusstlosigkeit gefallen.

Nach einigen Minuten jedoch wurde er von neuen Krämpfen geschüttelt, die eine Weile andauerten, bis er sich plötzlich mit großen Augen aufrichtete und den Mund aufriss.

Schnell schob Melchiorri mit ausgebreiteten Armen alle zurück, die vor dem vergifteten Jesuiten standen.

Gerade noch rechtzeitig, denn gleich darauf erbrach sich der Pater in hohem Bogen über den Tisch und noch ein paar Meter darüber hinaus. Auf dieses erste gewaltige Speien folgten noch weitere, schwächere Ausbrüche, aber von nicht geringerer Reichweite.

Die Umstehenden wichen rasch noch weiter zurück. Nur Pater Pfotenhauer rührte zunächst kein Glied und starrte mit weit geöffneten Augen ins Leere, doch als eine Fontäne von Erbrochenem die nächste jagte, zeigte auch er eine Reaktion.

Ein beängstigender Schwall brach aus dem Mund des kleinen Mönchs hervor und kreuzte sich mit dem, den Pater Wiedenmann gerade ausstieß, sodass sich eine gewaltige Lache auf dem Fußboden ausbreitete.

»Großer Gott!«, rief Fulminacci, »so etwas habe ich noch nie gesehen, noch nicht mal in den übelsten Kaschemmen.«

»Sehr gut«, bemerkte der Großmeister gelassen angesichts dieser apokalyptischen Szene, »das Brechmittel hat gewirkt. Wenn sein Herz durchhält, ist Pater Wiedenmann höchstwahrscheinlich außer Gefahr. Jetzt sollte ich wohl besser einen Diener rufen, der diese Schweinerei hier aufwischt.«

»Oh Gott, den beneide ich nicht«, flüsterte Beatrice.

»Pater Wiedenmann wäre gerettet«, fuhr der königliche Arzt und Astrologe fort, »aber damit ist die Angelegenheit noch lange nicht erledigt. Wie es aussieht, hat der Skorpion uns einen bösen Streich gespielt. Alles hätte ich erwartet, nur nicht, dass dieser grausame Mörder auf eine so wenig männliche Waffe wie Gift zurückgreift.«

»Vielleicht war es gar nicht der Skorpion«, murmelte Fulminacci gedankenverloren.

»Was sagst du da?«

»Ich meine, es besteht doch die Möglichkeit, dass es nicht der Skorpion war, der ihn vergiftet hat. Ich habe keine männliche Person in der Nähe unserer Gruppe bemerkt, bevor der Pater zusammenbrach. Pater Santini, Pater Ricci, Bellori und Fontana sind weitergegangen, während ein paar andere auf uns zukamen, aber niemand war dicht genug heran, um das Gift zu verabreichen, mit Ausnahme einer recht korpulenten Dame. Wenn ich nicht so sehr damit beschäftigt gewesen wäre, einer gewissen Wahrsagerin meiner Bekanntschaft Vernunft einzutrichtern« – hier durchbohrte der Maler Beatrice mit einem Blick so scharf wie ein Stilett –, »hätte ich vielleicht einschreiten können, obwohl ich offen gestanden nicht weiß, ob ich erkannt hätte, dass da jemand vergiftet werden soll. Muss das verwendete Gift notwendigerweise geschluckt werden?«

»Ja, absolut«, antwortete Melchiorri, »anders kann man es nicht verabreichen. Bist du ganz sicher, dass es eine Frau war? Könnte es nicht auch ein verkleideter Mann gewesen sein?«

»In letzter Zeit bin ich mir über gar nichts mehr sicher, aber eine Frau werde ich wohl noch erkennen. Die Person war weiblich, daran besteht kein Zweifel.«

»Sergeant«, wandte sich Melchiorri an den befehlshabenden Musketier, »Ihr wart nur eine Spanne von Pater Wiedenmann entfernt. Ist Euch nichts aufgefallen?«

Der kräftige Mann schüttelte den Kopf, sichtlich niedergeschlagen, weil er seinen Auftrag nicht erfüllt hatte.

»Ich erinnere mich, dass einige Damen vorbeigingen, als die Gruppe sich auflöste, aber sie schienen sich nicht besonders für uns zu interessieren.«

»Habt Ihr nicht bemerkt, dass der Pater einen Kelch zum Mund geführt hat?«

Die beschämte Miene des Unteroffiziers wurde plötzlich aufgebracht.

»Pater Wiedenmann«, antwortete er langsam und deutlich, damit er trotz seines französischen Akzents gut zu verstehen war, »hat den ganzen Abend pausenlos einen Kelch nach dem anderen zum Mund geführt, und der andere Pater hat es ihm gleichgetan und ihn manchmal sogar noch übertroffen. In meinem ganzen Leben habe ich noch nie zwei Männer in so kurzer Zeit so viel trinken sehen!«

»Schon gut, schon gut, echauffiert Euch nicht«, beschwichtigte ihn der Großmeister. »Auch mir ist aufgefallen, dass die beiden guten Mönche es sich heute Abend an nichts fehlen ließen. Signori, ich glaube, wir haben unseren Gegner unterschätzt. Wir dachten, er würde wie üblich auf eigene Faust handeln, doch stattdessen hat der Skorpion mindestens einen Komplizen dabei. Und während dieser Komplize – oder die Komplizin – die Tat beging …«

»Der Bernsteinanhänger!«, rief Fulminacci.

»Genau das befürchte ich, Giovanni. Während wir uns um Pater Wiedenmann gekümmert haben, hat der Skorpion …«

»Nichts wie hin, schnell!«, unterbrach ihn der Maler. »Vielleicht kommen wir noch rechtzeitig.«

Kapitel LXIII

Eines der größten Probleme, die bei der Organisation dieses Fests mit über tausend Gästen gelöst werden mussten, war das des Orts für die Verrichtung gewisser körperlicher Bedürfnisse. Denn schließlich war es auf einem von einer Königin ausgerichteten Fest, an dem die Crème des römischen Adels teilnahm, undenkbar, dass die Angelegenheit mit einem Graben im Boden und zwei darübergelegten Brettern erledigt wurde wie bei einem Volksfest. Genauso undenkbar war es, dass jeder der Geladenen von einem Diener begleitet wurde, der ihm seinen persönlichen Nachttopf hinterhertrug.

Hinzu kam, dass an einem solch langen Abend gewiss alle den Getränken ausgiebig zusprechen würden, was einen diskreten Ort noch dringender erforderlich machte.

Nach reiflicher Überlegung hatte man beschlossen, das diffizile Problem dem Großmeister Baldassarre Melchiorri anzuvertrauen, einem Mann von Welt, der über Feingefühl und zahlreiche Talente verfügte.

Der gute Melchiorri hatte sich davon keineswegs herabgewürdigt gefühlt und sich sogleich an eine eingehende Untersuchung der Lokalitäten des Fests gemacht, um die Wege der Gäste abhängig von den Standorten der Tische mit den Erfrischungen und den für den Abend geplanten Vergnügungen im Voraus einschätzen zu können.

Nach diesen vorbereitenden Überlegungen hatte der Großmeister sich für eine dezentrale Lösung entschieden, die möglichst wenig ins Auge fallen sollte.

Da ohnehin die Aufstellung mehrerer Zeltpavillons für Speisen und Getränke geplant war, beschloss er, noch ein paar zusätzliche in einer anderen Farbe aufbauen zu lassen, und zwar an günstig gelegenen Stellen an den Rändern der großen Esplanade.

Jedem dieser Pavillons wurde eine gewisse Zahl von Dienern zugeteilt, welche die benutzten Nachttöpfe ausleeren und frische wieder hinstellen würden, ohne sich dabei dem eigentlichen Ort der Feierlichkeiten zu nähern.

Das Kommen und Gehen dieser Dienstboten würde den Gästen gar nicht auffallen, und die Einrichtung mehrerer solcher stiller Örtchen hatte außerdem den Vorteil, dass peinliches Schlangestehen vermieden wurde.

Als Bernardo Muti den Palazzo Riario betreten hatte, war ihm natürlich nicht bewusst gewesen, wie viel geistige und körperliche Arbeit in der Lösung dieses ebenso menschlichen wie unumgänglichen Problems steckte.

Er musste sich jedoch ganz plötzlich mit der Frage des Aborts befassen, als wenige Minuten, nachdem er gezwungenermaßen mit Graf Santinelli auf die Gesundheit der Königin angestoßen hatte, eine tückische Darmkolik seine Eingeweide zerriss. Er verfluchte den unverschämten Adeligen erneut und sagte sich, dass er, der sich normalerweise nur von pflanzlicher Kost und Quellwasser ernährte, den Wein und das reichhaltige Essen nicht vertragen hatte und diese verhängnisvolle Unannehmlichkeit daher rührte.

Den Drang zu unterdrücken war unmöglich, denn die Krämpfe kamen in immer kürzeren Abständen und nahmen an Heftigkeit zu.

Da er solche Empfänge normalerweise nicht besuchte, war Muti mit den Gepflogenheiten in dieser Hinsicht nicht vertraut und musste sich schließlich dazu herablassen, einen Diener diskret zu befragen, der ihm gleichermaßen diskret den Weg zu dem gesuchten Ort wies.

Mit steifen Schritten und Schweißperlen auf der Stirn ging der Dominikaner in die angezeigte Richtung und versuchte dabei, eine möglichst würdevolle Haltung zu bewahren.

Zane verließ das Laboratorium zur verabredeten Stunde.

Seine Verkleidung hatte viel Zeit und die tatkräftige Mithilfe von Jacopo erfordert, der sich nicht nur auf Astronomie, Astrologie, Alchemie und Metallurgie verstand, sondern auch von seiner Mutter, einer Friseuse, genug Schminktechniken gelernt hatte, um die Maske realistisch gelingen zu lassen.

Wer den Seiteneingang des Gästepavillons, der die Werkstatt und die Wohnräume des Großmeisters beherbergte, beobachtet hätte, hätte ein schönes Exemplar eines dicken, bärenhaften Mönches herauskommen sehen, wie man es nicht selten in den Fluren der vielen kirchlichen Paläste der Stadt antreffen konnte. Ein volles, rotwangiges Gesicht, eine fröhliche Miene und der unvermeidliche dicke Bauch – es fehlte keine der Eigenschaften, die diese Sorte von Gottesdienern kennzeichnete. Gewiss, dieser Bruder maß fast sieben Fuß von den Sandalen bis zur Tonsur, eine nicht eben durchschnittliche Größe, doch an diesem Körpermerkmal konnte auch die Schminkkunst des guten Salinari wenig ändern, und so blieb nur der wenig originelle Rat, gebückt zu gehen.

Zum Glück herrschte ein solches Gewimmel, dass Zanes mächtige Statur nicht vielen Gästen auffallen würde, solange er in den weniger gut beleuchteten Bereichen des Parks blieb.

Das größte Problem bei der Verkleidung war der falsche Bauch gewesen. Man hatte sich nicht einfach damit begnügen können, die Kutte vorn mit ein paar Kissen auszustopfen, die von der Gürtelschnur gehalten wurden. Der künstliche Wanst war das A und O für das Gelingen der Unternehmung, weshalb man schnell ein paar Mägde, die gut nähen konnten, hatte hinzuziehen müssen.

Der Plan erforderte nämlich, dass Zane, sobald er den angestrebten Ort erreicht hatte, die behindernde Polsterung schnell ablegen konnte, um genauso rasch zum gefährlichsten Teil der Operation überzugehen.

Sich mit dem sperrigen Bündel zu bewegen war alles andere als einfach, aber Zane störte sich nicht daran und machte sich auch keine Sorgen, dass etwas schiefgehen könnte. Es stand so viel auf dem Spiel, dass es kein Risiko gab, das er nicht einzugehen bereit wäre, um sich und seinen Freunden zu helfen.

Zane überquerte den Hof vor dem Laboratorium und hielt sich dabei im Schatten der hohen Hecken. Der Mond würde erst in einer halben Stunde aufgehen, und der Großteil der Fackeln und Laternen war um den mittleren Bereich des Parks angebracht worden, wo das Fest hauptsächlich stattfand, während die Randbereiche nur gerade ausreichend erhellt waren, damit das Personal sich bei seinen vielen Verrichtungen nicht verlief.

Auch an den Seiten herrschte ein unauffälliges Kommen und Gehen von Pagen und Kellnern, die zwischen den Pavillons und der Küche hin- und herliefen, sodass Zane häufig ausweichen und sich in dunklere Winkel zurückziehen musste. Dabei versteckte er sich nicht richtig, denn ein verstohlenes Gebaren wäre aufgefallen, sondern er achtete einfach darauf, den Dienstboten nicht über den Weg zu laufen, die ohnehin viel zu beschäftigt waren, um sich über einen unbekannten Mönch im Halbdunkeln Gedanken zu machen.

Als Zane den Rand der großen Rasenfläche erreicht hatte, blieb er unter einer hohen Ulme stehen und wartete auf das Zeichen, das den Beginn des Unternehmens ankündigte.

Das war der heikelste Teil des Plans.

Melchiorri hatte vier von seinen Leibdienern, die die blau-goldene Livree der Königin trugen, an strategisch wichtigen Stellen postiert, damit sie dem falschen Mönch rechtzeitig signalisieren konnten, in welche Richtung er gehen musste. Doch bei dem allgemeinen Gedränge gab es natürlich keine Garantie dafür, dass dies schnell und genau genug geschah.

Zane war dennoch ruhig und gelassen, kein Anflug von Nervosität plagte ihn.

Wer wie er fünf Jahre auf türkischen Galeeren gerudert hatte, bekam ein anderes Verhältnis zur Zeit und nahm sie als einen nebensächlichen Faktor wahr.

Im Schutz der Dunkelheit wartete Zane in der Gemütsverfassung eines Fischers, der die Spitze seiner Angel an einem müßigen Sommernachmittag beobachtet.

Der Skorpion trat vorsichtig aus dem Pavillon und sah sich nach allen Seiten um. Er wollte unbedingt eine Begegnung mit den Mitgliedern der Theatertruppe vermeiden, denn nur sie wussten, dass er nicht dazugehörte.

Die Gefahr schien allerdings im Moment gering. Die Schauspieler hatten sich unter die Menge gemischt und taten sich vermutlich an den Speisen und Getränken gütlich, bevor sie wieder in Aktion traten.

Er kannte das Programm für den Abend nicht genau, aber demzufolge, was er in der improvisierten Künstlergarderobe belauscht hatte, sollten die Komödianten in den Pausen zwischen den diversen unterhaltenden Darbietungen kleine amüsante Zwischenspiele aufführen.

Im Augenblick war die Aufmerksamkeit der Gäste allerdings ganz auf diese geheimnisvolle, scheinbar aus dem Äther kommende Musik gerichtet, weshalb er nicht glaubte, dass die Truppe demnächst auftreten würde.

Es blieb ihm genug Zeit, um das zu erledigen, was er sich vorgenommen hatte.

Der Bernsteinanhänger befand sich im Innern des Gebäudes, in einem Raum, in dem seltene und kuriose Gegenstände aus der reichhaltigen Sammlung Pater Kirchers ausgestellt waren.

Der Skorpion wusste genau, dass es sich um eine Falle handelte. Seit zwei Tagen mobilisierten Azzolini und de Simara alle ihnen zur Verfügung stehenden Männer, um ihn zu fangen oder zu töten, und man konnte nicht behaupten, dass sie nicht verflucht nahe dran gewesen wären. Aber weil sie mit traditionellen Methoden keinen Erfolg gehabt hatten, waren seine beiden Widersacher auf die schlaue Idee gekommen, ihm eine Falle zu stellen, in der Überzeugung, dass er der Herausforderung nicht würde widerstehen können.

Damit hatten sie recht.

Nicht einen Moment, trotz Fieschis Warnungen und dessen Rat zur Vorsicht, hatte er daran gedacht, sein Vorhaben aufzugeben.

Sein letztes Vorhaben.

Das schwierigste und gefährlichste von allen.

Ein Vorhaben, das fast unmöglich war.

Fast.

Der Raum würde überwacht werden, seine Feinde würden jede Vorkehrung getroffen haben, um sicherzustellen, dass die Falle im richtigen Augenblick zuschnappte.

Genau das wollte der Skorpion sich zunutze machen.

In seiner über vierzig Jahre währenden Mörderlaufbahn hatte er viele Dinge gelernt, und das wichtigste von allen war, dass es keinen perfekten Plan gab.

An diesem Abend würde er den Beweis dafür liefern.

Kapitel LXIV

Immer mit der Ruhe, Giovanni«, sagte Melchiorri. »Wir dürfen nicht überstürzt handeln.«

»Ruhe, Ruhe, zum Teufel mit deiner Ruhe! Ich hab die Schnauze voll von Ruhe. Weißt du, was sich da draußen alles herumtreibt? Ein Inquisitor, der uns auf den Scheiterhaufen bringen will, skrupellose Verbrecher, die Beatrice zu entführen beabsichtigen, und der gefährlichste Meuchelmörder Europas, der sich zurückholen will, was ihm gehört, um uns nebenbei, wenn wir ihm die Gelegenheit dazu geben, das Fell über die Ohren zu ziehen! Und ich soll ruhig bleiben? Ich bin kein bisschen ruhig, Baldassarre, kein bisschen!«

»Was Muti angeht, so kann ich dir versichern, dass bereits geeignete Gegenmaßnahmen eingeleitet wurden.« Melchiorri sah seelenruhig auf die Pendeluhr in einer Ecke des Zimmers. »In einer knappen halben Stunde ist der Inquisitor kein Problem mehr. Und was die anderen betrifft, sollten wir erst einmal die Lage überdenken. Ich halte es nicht für klug, blindwütig loszurennen, ohne zu wissen, was man vorhat.«

Fulminacci bebte vor Ungeduld und wollte endlich etwas unternehmen, aber er zwang sich, dem weisen Freund noch einen Moment lang zuzuhören.

»Vor allem«, fuhr Melchiorri fort, »müssen wir Pater Wiedenmann und Pater Pfotenhauer an einen sicheren Ort bringen. In Anbetracht ihrer Verfassung darf es allerdings kein weit entfernter Ort sein. Ich denke, dass der Keller dieses Hauses für unsere Zwecke geeignet ist. Wärt Ihr damit einverstanden, Sergeant?«, sagte er, an den Befehlshaber der vier anwesenden Musketiere gewandt.

»Meine Befehle lauteten ursprünglich anders«, antwortete der

Soldat, »aber nach diesem Zwischenfall dürfte eine Abweichung davon angebracht sein. Was schlagt Ihr vor?«

»Der Keller ist mit einer massiven Tür ausgestattet, die sich durch einen starken Riegel von innen absperren lässt. Ich würde vorschlagen, dass Ihr Euch dort einschließt und niemandem aufmacht, bis ich Euch persönlich Bescheid gebe, dass keine Gefahr mehr besteht. Das ist vielleicht nicht die bestmögliche Lösung, aber unter den Umständen fällt mir nichts Gescheiteres ein.«

»Ich finde, wir sollten es erst einmal so machen«, sagte der Unteroffizier.

»Gut. Jacopo, du begleitest die Herren. Und jetzt zu Beatrice. Wenn wir uns auf die Jagd nach dem Skorpion machen, dürfen wir sie nicht unbewacht lassen, aber es scheint mir ebenso unklug, sie mitzunehmen. Das Beste wäre, wenn auch sie …«

»Kommt nicht infrage!«, unterbrach ihn Beatrice, die sofort wusste, was Melchiorri im Sinn hatte. »Auf keinen Fall lasse ich mich in einen stinkenden Keller mit zwei versoffenen Mönchen und vier Soldaten einschließen. Nichts für ungut, Sergeant.«

»Das hatte ich mir schon gedacht«, seufzte der Großmeister. »Nun gut, da du offenbar nicht vernünftig sein willst, musst du eben bei mir bleiben – aber ohne auch nur eine Sekunde von meiner Seite zu weichen! Wenn Zane seinen Auftrag erfüllt hat, wird er zu uns stoßen, und zu zweit werden wir dich hoffentlich beschützen können. Du, Giovanni, suchst Capitaine de la Fleur und gehst mit ihm in die Wunderkammer. Der Raum wird erst nach dem Feuerwerk für das Publikum geöffnet werden, das heißt, nach Mitternacht. Gegenwärtig ist er verschlossen und wird bewacht. Ihr habt noch ein bisschen Zeit, euch vorzubereiten.«

Augenzwinkernd und Schmeicheleien verteilend ging der Skorpion durch die Menge, und wer ihm begegnete, antwortete mit einem vergnügten Nicken. Hin und wieder lud ihn eine Dame höflich ein, einen der plumpen Luftsprünge vorzuführen, die das Kernstück seines Repertoires bildeten, worauf er mit gespielt drohender Miene seine große Büchse aus Pappmaschee anlegte.

Niemand schien seine Tarnung zu durchschauen; er musste nur darauf achten, leicht gebückt zu gehen, damit sein treues Schwert, das er auf dem Rücken trug, nicht den Stoff des Umhangs spannte und für ein wachsames und misstrauisches Auge sichtbar wurde. Obwohl man auch hinsichtlich der Beleuchtung keine Kosten und Mühen gescheut hatte, war es dennoch dunkle Nacht, und in den Lichtspielen der flackernden Fackeln und Öllampen ließen sich Einzelheiten nur schwer erkennen.

Er bewegte sich in konzentrischen Kreisen voran, um den anderen Mitgliedern der Theaterkompanie aus dem Weg zu gehen, und gelangte schließlich in die Nähe des Ausstellungsraums. Dort, in einiger Entfernung von den Pavillons, war das Gedränge weniger dicht und die Beleuchtung spärlicher.

Die beiden Männer standen auf ihren Posten.

Sie waren von gleicher Größe und Statur und trugen die gleichen nachtschwarzen Umhänge und Masken. Da sie sich zu beiden Seiten eines Durchgangs in den Hecken aufgestellt hatten, verschwanden sie fast in den Schatten der Buchsbaumsträucher.

Bei dem Gedanken, endlich wieder losschlagen zu können, wurde der Skorpion von einer fast kindlichen Aufregung erfasst.

Er hob die Büchse an und bewegte sie wie eine Signalfahne von links nach rechts, um den beiden das verabredete Zeichen zu geben.

Es war eine schnelle, aber sorgfältige Auswahl unter Fieschis Männern getroffen worden, um zwei Helfer zu finden, die die nötigen körperlichen Voraussetzungen aufwiesen, und der Genueser hatte anschließend all seine Fähigkeiten einsetzen müssen, damit die beiden Auserwählten Zugang zum Palast fanden.

Diesmal hatten sie sich nicht irgendwelcher Geheimgänge oder komplizierter Ablenkungsmanöver bedient, sondern auf das alte, bewährte Mittel der Bestechung zurückgegriffen.

Denn die Königin von Schweden unterhielt zwar einen ebenso glanzvollen wie kostspieligen Hof, doch die Bezüge, die ihr zustanden, trafen häufig mit Verspätung aus dem fernen Skandinavien ein, weshalb sie immer öfter gezwungen war, sich auf die Großzügigkeit von Freunden zu verlassen, um ihre Ausgaben zu bestreiten. Das brachte auch regelmäßig wiederkehrende Verzögerungen bei der Entlohnung ihres kleinen Heers von Dienstboten mit sich.

Unter diesen Umständen sollte man vermuten, dass es nicht besonders schwerfallen würde, einen Haushofmeister oder dergleichen zu finden, der bei reicher Entschädigung bereit war, ein Auge zuzudrücken, eine kleine Seitentür unbeobachtet zu lassen oder eine Pforte nicht ganz zu schließen.

Doch wie sich herausstellte, verhielt es sich ganz anders.

Fieschi hatte Himmel und Hölle in Bewegung setzen müssen, um jemanden zu finden, der sich schmieren ließ. Die Treue des Personals, das doch oft mehrere Monate hintereinander ohne Lohn blieb, schien unerschütterlich zu sein.

Schließlich hatte er mehr durch Zufall als durch direktes Nachforschen das schwache Glied in der Kette gefunden, nämlich in der Person eines Höflings, eines kleinen Adeligen aus der Provinz, dessen Treue nicht ganz so groß war wie die Notwendigkeit, seine im Lauf einer langen Pechsträhne angesammelten Spielschulden zu begleichen.

Das Geld war heimlich von Hand zu Hand gegangen, und die beiden Komplizen waren durch den Lieferanteneingang eingelassen worden, als das Fest bereits begonnen hatte.

Der Skorpion wusste nichts von diesen unerwarteten Hürden in letzter Minute, und selbst wenn er davon erfahren hätte, hätte er ihnen nicht mehr als einen flüchtigen Gedanken gewidmet.

Es kam allein darauf an, dass die beiden Männer dort standen, wo sie sein sollten.

Der Mörder senkte die Büchsenattrappe, und der erste der beiden trat aus dem Schatten und ging auf den Palast zu, während der zweite sich bereithielt.

Ein junger Kammerdiener, den Zane schon mehrmals in Melchiorris Wohnung gesehen hatte, gab ihm das erwartete Zeichen.

Ohne Eile ging der Slawe in die angezeigte Richtung.

In der Nähe des Pavillons überzeugte er sich davon, dass sich keine Warteschlange vor dem Eingang gebildet hatte, teilte dann ohne Zögern die Vorhänge aus schwerer Leinwand und trat ein.

Das Innere war durch weitere Vorhänge in mehrere Kabinen unterteilt worden, eine Idee von Melchiorri, der ganz richtig vermutet hatte, dass die Gäste der Königin die dadurch garantierte Privatsphäre zu schätzen wüssten. Auch Zane dankte dem Feingefühl des Großmeisters, denn wenn es, wie meist üblich, nur einen Abort für alle gegeben hätte, wäre seine Aufgabe wesentlich schwieriger und riskanter gewesen.

Das Zelt war nicht voll in diesem Moment. Nur zwei Edelmänner befanden sich hinter den Vorhängen. Jede Kabine wurde von einer Öllampe beleuchtet, sodass man durch den hellen Leinenstoff erkennen konnte, ob sie besetzt war oder nicht. Die Unterteilungen waren zu beiden Seiten des kleinen Vorraums am Eingang angebracht, in dem die Gäste warten konnten, falls alle Kabinen besetzt waren.

Zane legte sich neben dem Eingang auf die Lauer, damit eine Person, die hereinkam, ihn nicht sofort sah. Diese hätte zwar nur den Kopf nach links drehen müssen, um ihn zu bemerken, zumal er bei seinem Umfang wirklich nicht zu übersehen war, aber Melchiorri hatte ihm versichert, dass derjenige, auf den er wartete, ganz andere Dinge im Kopf haben würde, als sich umzuschauen.

Der Slawe musst nur wenige Augenblicke warten. Auf einmal wurden die Vorhänge ruckartig aufgerissen, und eine kleine Gestalt in einer langen Kutte stürzte buchstäblich herein, als wäre der Teufel persönlich hinter ihr her. Sie verlor keine Zeit damit, einen Blick in die Runde zu werfen, sondern schoss direkt auf die erste freie Kabine zu.

Zane wartete zwei Wimpernschläge lang und folgte dann dem Mann in das Abteil.

Als er hörte, wie der Vorhang beiseitegeschoben wurde, konnte

Bernardo Muti sich gerade noch umdrehen, dann traf ihn Zanes Faust an der Schläfe, und die Dunkelheit der Bewusstlosigkeit fiel jäh wie eine zuschlagende Tür über ihn herab. Zane löschte sogleich die an einer Zeltstange hängende Lampe, damit das Licht seinen Schatten nicht nach außen warf.

Im Halbdunkel knotete er den Strick auf, der seinen künstlichen Bauch zusammenhielt, zog die Kutte hoch und klemmte sie zwischen Kinn und Hals fest. Dann löste er die vier seitlichen Schnallen, mit denen die Polsterung an seinem Untergewand befestigt war, und ließ den dicken Ballen Wolle aus einer alten Matratze zu Boden gleiten. Nachdem er einen festen Hanfsack aus dem Gürtel gezogen hatte, beugte er sich über den reglosen Mönch. In der Dunkelheit ächzend hob er Mutis mageren Körper an und schob ihn in den Sack, und zwar so, dass er möglichst in kauernder Haltung blieb. Damit der Sack eine annähernd runde Form bekam, stopfte er ihn noch mit der Wolle aus, die er soeben abgelegt hatte.

Nachdem dies bewerkstelligt war, kniete er sich vor den Sack und schnallte ihn sich mit den Riemen, die daran hingen, um den Bauch. Das war kein leichtes Stück Arbeit, denn die Dunkelheit, die Eile und das Kunststück, die Kutte mit dem Kinn hochzuhalten, erschwerten ihm die Handgriffe, doch schließlich hatte er es geschafft.

Zane ließ die Kutte über seinen neuen, noch dickeren Wanst fallen und band die Gürtelschnur wieder unter dem Bündel fest, damit es beim Gehen nicht zu sehr hin und her wackelte.

Als er die Kabine verließ, war seine Stirn schweißnass. Die ganze Aktion hatte nur wenige Minuten gedauert, aber ihm kam es vor, als hätte er Stunden darin zugebracht.

Beim Verlassen des Zelts begegnete Zane einem älteren, sichtlich angeheiterten Adeligen, der sich kaum noch auf den Beinen halten konnte. Der Mann grüßte ihn mit einer ungeschickten Verbeugung, bei der er um ein Haar das Gleichgewicht verlor. Zane erteilte ihm daraufhin einen wohlwollenden Segen mit der rechten Hand, während er mit der linken seinen Bauch stützte.

Der erste Teil des Plans wäre damit ohne Zwischenfälle erledigt, genau wie es der Großmeister prophezeit hatte.

Unter dem Gewicht seiner Last schwankend wünschte sich Zane, dass Melchiorris Vorhersagen für den nächsten Schritt genauso zutreffend sein würden.

Kapitel LXV

Fulminacci verließ das Laboratorium mit entschiedenen Schritten und ging auf den Festplatz zu, inständig hoffend, dass sein Freund Melchiorri gut aufpasste und die Augen stets offenhielt. Es passte ihm gar nicht, die Bewachung Beatrices jemand anderem zu überlassen, auch wenn er einsah, dass die vom Großmeister geplante Vorgehensweise die einzige Erfolg versprechende war.

Falls ihre Mutmaßungen sich als richtig herausstellten, würde er in Kürze zum dritten Mal innerhalb weniger Tage seinem Feind, dem furchtbaren Skorpion, gegenüberstehen, und wenn ihre Klingen aufeinanderkrachten, sollte Beatrice so weit wie möglich vom Schauplatz des Kampfes entfernt sein.

Der Maler legte keinen gesteigerten Wert darauf, noch einmal die Waffen mit diesem einzigartigen Fechter zu kreuzen, und wenn es nur nach ihm gegangen wäre, hätte er lieber viele Meilen zwischen sich und den Meuchelmörder gebracht. Aber wie die Dinge standen, konnte die Abrechnung nicht länger aufgeschoben werden. Mit diesem entschlossenen Gedanken bahnte er sich einen Weg durch die Schar der Gäste und hielt nach dem französischen Hauptmann Ausschau.

Unter den Geladenen machte sich gerade eine neue Welle freudiger Erwartung breit, denn gleich würden die Feuerwerkskörper entzündet werden, die, nach allem, was man hörte, ein Schauspiel von unvergleichlicher Schönheit an den Himmel zaubern sollten. Das aufgeregte Gewimmel erleichterte die Suche des Malers nicht gerade, der den Eindruck hatte, ständig denselben Leuten zu begegnen.

Alle strömten zu den Balustraden mit Blick auf das Flussufer hin, von denen aus man das pyrotechnische Spektakel am besten verfolgen konnte, und Fulminacci musste sehr energisch werden, um voranzukommen. Die erste Salve von Böllern ging genau in dem Moment los, als er den Musketier am Geländer einer kleinen Seitenterrasse neben Bischof de Simara stehen sah.

Mit einem letzten kräftigen Ellbogenstoß, der eine beleibte Matrone beinahe umwarf, erreichte Fulminacci die Terrasse.

Er konnte den Hauptmann jedoch nicht gleich ansprechen, da er in ein Gespräch mit dem Geistlichen vertieft war. Sosehr ihn die Ungeduld plagte, zumal die Zeit immer knapper wurde, wusste er doch, dass es im Hinblick auf seine gesellschaftliche Stellung und seine Rolle in dieser vertrackten Angelegenheit nicht ratsam wäre, den ehrsüchtigen Offizier und vor allem den Bischof, der als äußerst reizbar galt, durch eine Überschreitung seiner Befugnisse gegen sich aufzubringen.

Eine weitere Verzögerung drohte durch die Ankunft von Kardinal Azzolini, der in Begleitung eines jungen, aufgeweckt wirkenden Mannes war, doch Fulminacci konnte nun nicht länger warten und trat mit kühner Entschlossenheit vor.

Eine brüske, herrische Handbewegung de Simaras genügte, damit ihm die Worte im Halse stecken blieben, und der strenge Blick, der die Geste begleitete, überzeugte ihn endgültig davon, dass es möglicherweise doch keine schlechte Idee war, noch ein Weilchen zu warten.

Obwohl er so abrupt zum Schweigen gebracht worden war, schickte ihn niemand weg, und so konnte er dem Gespräch zwischen den geistlichen Herren beiwohnen.

»Unserem unschätzbaren Bellariva hier ist es gelungen, endlich das Geheimnis zu lüften, das uns seit langem beschäftigt«, sagte der Kardinal und deutete auf den jungen Mann an seiner Seite. »Wohlan, Raul, berichtet dem Bischof, was Ihr entdeckt habt. Übrigens werde auch ich die ersehnte Enthüllung zum ersten Mal hören, denn ich habe Bellariva sofort hierhergeführt, als er im Palast eintraf. Nur zu, zaudert nicht länger.«

Der junge Geistliche, der bis dahin mit gesenktem Kopf dagestanden hatte, blickte auf und zeigte einen konzentrierten Gesichtsausdruck, der ihn auf einmal viel reifer erscheinen ließ.

»Der Schlüssel zu dem Geheimnis liegt in einem Muttermal«, begann Bellariva, »und um darauf zu kommen, musste ich einen großen Teil des Archivs der Gesellschaft Jesu durchblättern. Einem Befund eines Chirurgen, der infolge eines Unfalls im Herbst des Jahres 1621 aufgesetzt worden war, habe ich schließlich entnommen, dass einer der damals in Paderborn lebenden Novizen ein großes Muttermal auf der Höhe der Leiste hatte. Sein Alter und die Zeit stimmten mit dem überein, was wir wussten.«

»Drückt Euch klarer aus, Bellariva«, sagte Azzolini ratlos, »ich kann Euch nicht folgen.«

»Euer Eminenz, erinnert Ihr Euch, wie die Leichen der ermordeten Jesuiten aufgefunden wurden?«

»Natürlich erinnere ich mich daran. Wie könnte man einen solch grauenhaften Anblick vergessen? Die Köpfe waren abgeschlagen, überall Blut …«

»Das ist aber nicht alles, Eminenz.«

»Jetzt reicht es mit dem Rätselraten, Bellariva!«

»Heilige Muttergottes, die Kutten!«, rief de Simara dazwischen.

»So ist es, Monsieur, die Kutten.«

»Bei allen Toten waren die Kutten hochgeschoben und die Beine entblößt worden. Der Mörder suchte nach einem Erkennungsmerkmal!«

»Richtig, Monsieur, das Merkmal, das Muttermal an der Leiste. Diese Information hat mich dazu veranlasst, meine Recherchen auf besondere körperliche Merkmale der Opfer beziehungsweise der noch lebenden Jesuiten auf der Liste zu konzentrieren. Mit ein wenig Geduld und viel Glück ist es mir gelungen, den Gesuchten zu bestimmen.«

»Sehr gut, Bellariva, doch nun sagt uns endlich, wer es ist.«

»Der Mann, den wir suchen, ist Pater August Wiedenmann.«

»Gott sei Dank!«, rief Azzolini aus. »Pater Wiedenmann lebt und ist wohlauf. Wir haben gesehen, wie er von Euren Musketieren gut beschützt wurde, de Simara.«

Hier konnte Fulminacci sich nicht länger zurückhalten.

»Verzeiht mir die Einmischung«, sagte er so ehrerbietig wie

möglich, »aber ich glaube, ich weiß darüber noch mehr zu berichten.«

Die vier Männer sahen ihn an, als bemerkten sie seine Anwesenheit erst jetzt.

Er erzählte von der Vergiftung Pater Wiedenmanns und wie der Großmeister ihm das Leben gerettet hatte sowie von den Vermutungen, die er und Melchiorri über die Absichten des Skorpions angestellt hatten.

»… und deshalb glaube ich, dass der Skorpion in diesem Moment versucht, den Bernstein wieder in seinen Besitz zu bringen. Wir müssen sofort handeln!«

»Aber … Aber Pater Wiedenmann geht es gut?«, fragte Azzolini schwach.

»Ich glaube, er ist außer Gefahr, doch es hätte nicht viel gefehlt … Jedenfalls ist er jetzt in Sicherheit. Wir müssen so schnell wie möglich etwas unternehmen!«

»De la Fleur, begleitet Messer Sacchi«, sagte de Simara, der das Kommando übernahm. »Ich werde die Männer zusammenrufen lassen. Euer Eminenz, in Anbetracht dieser besonderen Umstände möchte ich Euch bitten, Euch zu Melchiorris Laboratorium zu begeben und nach Pater Wiedenmanns Gesundheitszustand zu sehen. Sobald ich kann, werde ich Euch Verstärkung schicken.«

Für die Einrichtung der Wunderkammer hatte die Königin persönlich den prächtigsten und schönsten Saal im ganzen Palast ausgewählt, ein Meisterwerk an sich, das vier Generationen generöser Fürsten sowie unzählige ausgezeichnete Künstler und Handwerker ausgeschmückt und einzigartig gemacht hatten.

Zwei versetzte Reihen übereinanderstehender Säulen mit Rundbögen umrahmten das imposante Eingangsportal, durch das man in einen geräumigen, mit vergoldetem Stuck verzierten Vorraum und schließlich in den Saal selbst gelangte. Der Fußboden aus glänzendem Marmor spiegelte die Kuppel wider, die den Raum beherrschte und ihn noch größer wirken ließ, als er ohnehin schon war. Zu diesem Eindruck trugen auch die von einem venezianischen Meister gemalten Fresken an der Decke, eine Allegorie der vier Kontinente, bei.

An der linken Saalseite führten drei monumentale Türen mit Pfosten und Sturzen aus schneeweißem Marmor in den inneren Teil des Gebäudes, während an der rechten zwei große Fenster einen weiten Blick über den Park boten.

Der Saal und die Ausstellung sollten erst nach Mitternacht für die Gäste geöffnet werden, nach dem Feuerwerk und vor dem großen Bankett, das in der ersten Etage des Palasts, im großen Ballsaal, stattfinden würde.

Während draußen die Feuerwerksraketen explodierten, wachte ein kleines, aber ausgewähltes Korps über die Wunderkammer und wartete darauf, dass der Skorpion versuchte, den Bernsteinschmuck zu entwenden, der in der Mitte des großen Raums zur Schau gestellt war.

Die Anweisungen des Kardinals waren sehr präzise gewesen, und Sergeant Bruyère befolgte sie gewissenhaft: den Saal diskret zu überwachen und sich bereitzuhalten, sofort Verstärkung zu rufen, sobald der Skorpion einzudringen versuchte.

Alles Quatsch!

Sergeant Bruyère war ein Veteran vieler Feldzüge und hatte dem Tod mehr als einmal ins Auge gesehen. Er wusste, wie weit ein Mann sich vorwagen würde, auch wenn ihn der Fieberwahn der Schlacht gepackt hatte. Er hatte zu oft die eisigen Felder Flanderns überquert, auf einen Wald von angelegten Bajonetten zu, während die Musketenkugeln wie Hornissen um ihn herumschwirrten. Er hatte an Scharmützeln, Belagerungen und Plünderungen teilgenommen. Er wusste, wie weit ein Mann gehen konnte.

Der Skorpion würde nicht kommen, weder jetzt noch später.

Sergeant Bruyère hatte zu viel Respekt vor einem so fähigen Gegner, als dass er ihn für dumm genug hielt, in diese Falle zu tappen.

Das Wachkorps im Inneren des Saals bestand aus sechs erfahrenen Musketieren, und außerhalb, im Park verteilt, warteten weitere zwei Dutzend Soldaten. Nicht einmal ein Verrückter hätte sich auf so etwas eingelassen, geschweige denn der legendäre Auftragsmörder, der Europa seit fast einem halben Jahrhundert in Angst und Schrecken versetzte.

Sergeant Bruyère war sicher, dass es wieder einmal eine nutzlos vertane, langweilige Nacht werden würde, in der er vergeblich auf jemanden wartete, der niemals kommen würde.

»Renard, bist du noch wach?«, fragte er, ohne die Stimme zu senken, da er überzeugt war, dass sie nur ihre Zeit verschwendeten.

»Zu Befehl, Sergeant«, antwortete der Musketier verdrießlich.

Plötzlich hörten sie einen dumpfen Schlag aus dem Vorraum.

Einer von diesen Mistkerlen ist eingeschlafen, dachte Bruyère. Kann es ihm kaum verübeln.

Sein Verständnis für den Untergebenen hinderte ihn aber nicht daran, mit langen Schritten auf den Urheber des Geräuschs zuzugehen, um dem Pechvogel den Kopf zu waschen.

Der Soldat lehnte am Sockel einer Säule aus rosafarbenem Marmor, den Kopf im Nacken, die Arme schlaff an den Seiten.

Leise fluchend marschierte Bruyère zu ihm hin und bereitete in Gedanken schon die Standpauke vor, die er ihm halten würde. Zuerst aber versetzte er ihm einen ordentlichen Tritt in den Hintern.

»Aufgestanden, Faulpelz! Ich zeig dir gleich, was mit Drückebergern wie dir passiert.«

Der Soldat reagierte nicht und kippte nur seitlich auf den spiegelnden Marmorboden.

Bruyère beugte sich über ihn, packte ihn am Kragen und schüttelte ihn kräftig.

Der Untergebene reagierte immer noch nicht. Sein Kopf schaukelte vor und zurück wie bei einer Marionette.

»Bei allen Teufeln!«, fluchte der Sergeant. »Der Mann ist bewusstlos! Renard, Renard! Komm her, hier stimmt etwas nicht!«

Sogleich näherten sich die Tritte von Stiefeln. Die anderen

Musketiere am entgegengesetzten Ende des Saals rührten sich nicht vom Fleck, denn sie hatten strikten Befehl, ihren Posten nur mit Erlaubnis des Kommandanten zu verlassen.

»Was ist los?«, fragte Renard seinen Vorgesetzten. »*Merde!* Battiston! Ist er ohnmächtig geworden?«, rief er, als er den reglosen Kameraden sah.

»Sieh mal, er hat einen blauen Fleck hier am Nacken«, sagte Bruyère. »Den kann er sich nicht selbst beigebracht haben, jemand hat ihn niedergeschlagen.«

»Aber das heißt ja …«

»Das heißt, dass unser Mann hier ist! Brissière, schlag Alarm! Du, Renard, bleibst bei mir. Wenn er hier reingekommen ist, kann er sich nicht in Luft aufgelöst haben. An Geister glaube ich nicht. Hände an die Waffen und Augen auf, wir durchsuchen den Saal. Wer ihn sieht, ruft die anderen.«

Kapitel LXVI

Fulminacci und de la Fleur machten sich auf den Weg. Azzolini wartete, bis die beiden ein Stück weiter gegangen waren, und hielt dann den Bischof, der sich ebenfalls entfernen wollte, sachte zurück.

»Wie es scheint, wird diese Angelegenheit bald abgeschlossen sein«, murmelte er. »Vielleicht fassen Eure Männer den Skorpion, vielleicht auch nicht. Das ist jetzt von zweitrangiger Bedeutung. Eines sollten wir uns jedoch klarmachen …«

Der Bischof sah ihn fragend an.

»Der Maler …«, sagte der Kardinal und deutete mit dem Kopf in Fulminaccis Richtung. »Der Maler«, wiederholte er fester, »und Eure Agentin Beatrice. Und auch dieser sogenannte Großmeister Melchiorri. Wir dürfen nicht zulassen, dass diese drei in Rom herumlaufen und ausplaudern, was sich in den vergangenen Tagen ereignet hat, und vor allem, was in den kommenden Wochen in Europa passieren könnte …«

»Was wollt Ihr damit sagen, Eminenz? In Bezug auf Beatrice kann ich Euch versichern, dass sie absolut zuverlässig ist. Ihre Verschwiegenheit kann ich persönlich garantieren …«

Der Kardinal unterbrach kopfschüttelnd die Fürsprache seines Kollegen.

»Wir dürfen dieses Risiko nicht eingehen. Ein einziges Wort zu viel wäre eine Katastrophe … Ihr versteht … Wir können unmöglich mit einem solchen Damoklesschwert über uns leben.«

Azzolinis Blick war streng und entschieden.

»Ihr denkt doch hoffentlich nicht daran …«, flüsterte de Simara.

»Um Gottes willen, was glaubt Ihr? Aber diese drei müssen

Rom verlassen. Wir haben den Thronerben und damit genug Zeit, um weitere Schritte in die Wege zu leiten. Mehr brauchen wir nicht. Niemand darf die Macht haben, uns einen Knüppel zwischen die Beine zu werfen. Die drei müssen aus dem Verkehr gezogen werden. Möglichst noch heute Nacht.«

»Beatrice ist mir treu ergeben und wird gehorchen, wenn ich ihr befehle, die Stadt zu verlassen. Aber die anderen beiden ... Wie wollt Ihr sie dazu bringen?«

»Was den Maler angeht, hätte ich da schon eine Idee. Das Problem ist Melchiorri. Der Ehrwürdige Großmeister hat hier einen Meisterstreich vollbracht, und es wird nicht leicht sein, ihn zu überreden, Christines Hof zu verlassen, wo er großes Ansehen genießt. Aber es muss einen Weg geben ...«

»Die Königin scheint große Stücke auf ihn zu halten. Sie macht keinen Schritt, ohne ihn zu befragen, und wird sich seiner Verbannung gewiss widersetzen.«

»Nicht, wenn die Gefahr eines Skandals droht. Christine ist eine willensstarke, eigensinnige Frau, aber sie weiß genau, was ihr guter Ruf wert ist. Sie hat die Hoffnung, den schwedischen Thron zurückzugewinnen, noch nicht ganz aufgegeben, und ihr ist sehr wohl bewusst, welche Bedeutung ihre Landsleute den Gerüchten über ihr Privatleben beimessen. Wenn es uns gelingt, etwas einzufädeln, das zwingend genug ist, wird sie – wenn auch widerstrebend – einwilligen. Aber was könnte das sein?«

»Ich weiß, dass Melchiorris Geschäft mit geheimem Glücksspiel blüht. Vielleicht wäre das ...«

»Nein, nein«, wehrte Azzolini ab, »daran sind fast alle wichtigen Persönlichkeiten der Stadt beteiligt. Wie sollten wir Melchiorri einen Strick daraus drehen, ohne einen Großteil der römischen Gesellschaft mit hineinzuziehen? Wir müssen etwas anderes finden, in seiner Vergangenheit stöbern ...«

»Euer Mitarbeiter, dieser Bellariva, scheint ziemlich tüchtig zu sein«, sagte de Simara. »Möglicherweise gelingt es ihm, etwas aufzutreiben, das man gegen Melchiorri verwenden könnte ...«

»Gute Idee! Ich werde ihn sofort in die Archive der apostolischen Signatur schicken. Wenn es etwas zu finden gibt, findet er es bestimmt. Es wird mir schwerfallen, mich von einem so wertvollen Mitarbeiter zu trennen«, seufzte Azzolini.

»Wie meint Ihr das, Eminenz?«

»Nun, auch Bellariva ist offenbar dahintergekommen, was auf politischer Ebene ausgeheckt wird. Er ist ein helles Köpfchen, aber auch sehr ehrgeizig, und wer weiß, ob er sein Wissen nicht irgendwann dazu verwenden wird, seine Karriere voranzutreiben? Auch er stellt ein Risiko dar, und deshalb wird bereits ein Posten als Sekretär bei der päpstlichen Nuntiatur in Havanna, in der Neuen Welt, für ihn bereitgehalten.«

»Ihr seid ein unbeugsamer Mann«, bemerkte der Bischof.

»Denkt nicht, dass ich Gefallen an der Sache finde, Monsignore. Aber ich frage Euch: Haben wir eine andere Wahl?«

De Simara schien einen Augenblick nachzudenken.

Dann schüttelte er den Kopf.

Sergeant Bruyère sah sich forschend im Saal um und versuchte, die dunklen Ecken mit seinen Blicken zu durchdringen und irgendeine Bewegung zu erhaschen, aber die wenigen, schwachen Lampen schufen mehr Schatten als helle Bereiche, die wie Inseln in einem großen, dunklen Meer lagen.

Der Unteroffizier wusste, dass es möglich war, die Beleuchtung zu verstärken, aber er hatte am Nachmittag kaum darauf geachtet, wo genau Melchiorri und sein Gefolge von Assistenten bei den letzten Feineinstellungen herumhantiert hatten, und kannte die Vorrichtungen nicht, mit denen man das Licht heller stellen konnte. Der Großmeister hatte wochenlang an einem Beleuchtungssystem gearbeitet, das sich zentral regulieren ließ, ein Zauber, der den Verstand eines armen Sergeanten der königlich-französischen Musketiere überstieg.

Zum Teufel mit den Komplikationen dieser künstlichen, frivolen Welt!

Bruyère konnte es kaum erwarten, in sein ruhiges Burgund zurückzukehren, in sein Heimatdorf, wo er Karten spielen, in den klaren Bächen angeln, guten Wein trinken und einfaches, unverfälschtes Essen fern aller Komplotte genießen würde.

Ich werde langsam zu alt für diesen Beruf, dachte er, während er die dämmerigen Winkel des Saals absuchte, in dem es zu viele Säulen, zu viele Nischen, zu viele Vertiefungen, zu viele schwere Möbel gab. Alles mögliche Verstecke, aus denen man jemanden schwer hervorlocken konnte, wenn man nicht direkt mit ihm zusammenstoßen wollte.

Renard folgte dicht hinter ihm, während die anderen beiden Musketiere sich an den Seiten hielten, bereit, jederzeit einzugreifen.

Bruyère verfluchte die Nachgiebigkeit seines Vorgesetzten, der ihnen die verlässlichen Degen verboten und nur die kurzen Schwerter erlaubt hatte, welche zwar leichter unter den Mänteln zu verbergen, aber weniger schlagkräftig waren. Ihm selbst war das Tragen einer Pistole gestattet worden, jedoch nicht der seiner Wahl. Der Capitaine hatte ihm nicht die übliche Dienstpistole zugestanden, die fast einen halben Meter lang und von beträchtlichem Kaliber war, da sie als zu auffällig galt und nicht unter der Kleidung getragen werden konnte. Stattdessen musste er sich mit einem kleinen Spielzeug von einer Waffe begnügen, die vielleicht für einen Hinterhalt und kurze Distanzen geeignet war, aber praktisch nutzlos bei einem richtigen Duell.

Und irgendwo, ganz in der Nähe, trieb sich der Skorpion herum.

»Hoffen wir, dass sich Brissière beeilt«, murmelte Renard leise. »Ich hab kein gutes Gefühl, solange die Verstärkung nicht da ist.«

Bruyère legte einen Finger an den Mund.

Plötzlich bemerkten die vier eine hastige Bewegung unter einem der schmalen Durchgänge zwischen zwei Säulen am anderen Ende des Saals.

»Jetzt geht's los«, flüsterte Renard. »Gott steh uns bei!«

Der Sergeant griff sein Schwert fester und bedeutete mit der linken Hand seinen Männern, sich zu verteilen und dem Eindringling die Fluchtwege abzuschneiden. Die vier Musketiere schlichen sich langsam an, gespannt auf die kleinste Bewegung achtend, als ein lautes Rascheln zu ihrer Linken sie zusammenfahren ließ.

Bruyère blieb abrupt stehen und zeigte Renard zwei Finger.

Der verstand sofort: Es waren zwei Eindringlinge im Saal.

Renard deutete mit dem Kopf nach links und ging in die Richtung, gefolgt von einem der Soldaten, während Bruyère sich mit dem zweiten langsam vorwärtsbewegte.

Eine neue, diesmal kaum wahrnehmbare Bewegung hinter den Säulen veranlasste den Sergeanten zu handeln. Er lief mit großen Sätzen auf die Stelle zu, das Schwert gezückt und mit der anderen Hand den Hahn der Pistole spannend.

Zusammen mit seinem Gefolgsmann rannte er um die Säulen herum und machte einen Ausfall, fand aber nur ein Stück Stoff, das nachlässig um den Tragbügel einer gelöschten Lampe gebunden war und in dem leichten Lufzug aus einem halb geöffneten Fensterchen über ihren Köpfen wehte.

»Hierher, Sergeant!«, rief Renard von der anderen Seite. »Wir haben ihn gesehen!«

Bruyère und sein Musketier eilten ihren Kameraden zu Hilfe; das Klappern ihrer Stiefel auf dem kostbaren Boden erfüllte den großen Raum mit lautem Hall.

»Dorthin, Sergeant«, schrie Renard, »zum Ausgang.«

Bruyère legte noch einen Zahn zu und folgte ihm auf den Fersen.

»Er entwischt uns«, sagte Renard, »ich habe gesehen, wie er zur Tür rannte!«

»Schnell, wenn wir uns beeilen, schnappen wir ihn noch!«, befahl der Sergeant.

Hals über Kopf nahmen die vier die Verfolgung auf, fest entschlossen, sich diese Beute nicht entgehen zu lassen. Die Angst von vorhin war Jagdfieber und Erregung über das bevorstehende Aufeinandertreffen gewichen.

»Da ist er, Sergeant!«

Eine Gestalt in einem dunklen Domino huschte gerade durch das große Portal, das in den Park führte.

»Mir nach!«, brüllte Bruyère. »Fünf Gulden für den, der ihn als Erster fasst!«

Die Musketiere stürmten durch die Tür und versetzten sich dabei gegenseitig Rippenstöße.

Die verhüllte Gestalt lief direkt vor ihnen her und hielt einen Vorsprung von ein paar Dutzend Schritten, wobei der schwarze Umhang um ihre Schultern flatterte. Bruyère versuchte, schneller zu werden, aber sein Atem ging bereits keuchend. Renard dagegen, der mindestens fünfzehn Jahre jünger war, hatte keine Schwierigkeiten, sein Tempo zu beschleunigen, und verringerte bald den Abstand zu dem Flüchtigen.

Der rannte auf das Zentrum des Festes zu, offenbar mit der Absicht, in der Menge unterzutauchen.

»Marchand«, wandte sich Bruyère keuchend an einen der beiden Soldaten, die ihm folgten, »lauf zurück und bewach das Schmuckstück.«

In der Hitze des Gefechts hatte Bruyère nicht daran gedacht, den Saal weiter unter Beobachtung zu stellen, doch jetzt, da das lange Postenstehen sich offenbar einem dramatischen Abschluss näherte, fiel ihm ein, dass er den Bernstein nicht länger unbewacht lassen durfte. Falls jemand das Schmuckstück entwendete, würde ihm Capitaine de la Fleur persönlich das Fell über die Ohren ziehen, Stück für Stück.

Renard war dem Flüchtigen inzwischen dicht auf den Fersen, als der plötzlich nach links ausscherte und in eine Gruppe ordentlich beschnittener Büsche eindrang, um kurz darauf wieder die Richtung zu wechseln und auf den äußeren Bereich des Parks zuzulaufen.

Renard verlor durch dieses jähe Hakenschlagen an Schwung, rutschte auf dem Kies aus und brauchte ein paar Sekunden, um die Verfolgung wieder aufzunehmen. Dieser Zeitverlust ermöglichte es dem anderen, beinahe seinen gesamten verlorenen Vorsprung zurückzugewinnen.

»Bleib an ihm dran, Renard«, rief der Sergeant völlig außer Atem.

Der Musketier hörte den anfeuernden Zuruf, beschleunigte noch einmal, obwohl er selbst der Erschöpfung nahe war, und gewann wieder an Terrain.

Der Domino des Flüchtigen flatterte nur noch wenige Spannen vor seiner ausgestreckten Hand, sosehr dieser auch weiter Haken schlug und ihn abzuhängen versuchte.

Renard mobilisierte seine letzten Kräfte, legte noch einen Spurt ein, bekam den Mantel zu fassen und riss grob daran.

Der Verfolgte, der gerade wieder einen Ausfall nach links machen wollte, wurde durch den Ruck abrupt gebremst und fiel der Länge nach hin.

Mit einem Satz war der stattliche Renard über ihm und packte ihn an den Armen, während er noch über den Kies des Pfades schlitterte.

»Ich habe ihn, Sergeant«, schrie er. »Ich hab ihn geschnappt!«

Kapitel LXVII

Die zischenden, bunten Leuchtschweife der Feuerwerkskörper stiegen vom Flussufer in den Himmel auf, wo sie ein funkelndes Kaleidoskop bildeten und als gewaltige Kaskaden wieder herabfielen, die sich im Tiber spiegelten und ausbreiteten.

Das Feuerwerk enttäuschte die hohen Erwartungen der Gäste nicht, und sie reckten bis zum großen Finale die Nasen in die Höhe, bei dem ein hellblauer und goldener Sternenregen in unvorstellbarer Höhe explodierte und den Himmel in den Farben der Vasa einfärbte.

Nur zwei unter ihnen hatten weder Zeit noch Muße, dieses Ereignis zu genießen.

Capitaine de la Fleur und Fulminacci eilten auf den Palast zu, getrieben von dem Gedanken, dass das, was sie befürchtet hatten, schon eingetreten sein könnte.

Der Offizier ging etwas steif, weil ihn der feste Verband um seine Schulter immer noch behinderte, legte aber, soweit es ihm möglich war, ein zügiges Tempo vor, und der Maler, der kräftig unter seiner schweren Maske schwitzte, tat es ihm gleich. Die Lichter des Feuerwerks warfen ihre Schatten auf die Kieswege und zeichneten die Umrisse der Männer als groteske Karikaturen, die eine verrückte Sarabande tanzten, auf die Hecken und Sträucher.

Die beiden umrundeten eine Gruppe blühender Sträucher, überwanden die Barriere einer hohen Buchsbaumhecke und sahen sich endlich dem Eingang zum Ausstellungssaal gegenüber, vor dem sich eine kleine Menschenansammlung gebildet hatte. In deren Mitte wand sich eine Gestalt in einem nachtschwarzen Umhang.

»Capitaine, Capitaine«, schrie Sergeant Bruyère, als er seinen

Vorgesetzten herbeilaufen sah, »wir haben ihn gefasst! *Mon Dieu*, wir haben ihn!«

Der Sergeant, Caporal Renard und der Musketier Pecuchet hielten einen Mann mit einer grimmigen Maske, die sein Gesicht ganz bedeckte, an den Armen gepackt.

»Wir haben ihn, Capitaine«, wiederholte Bruyère. »Der Skorpion ist in unseren Händen!«

Der Mann versuchte sich zu befreien, doch der eiserne Griff der Musketiere ließ ihm keine Chance, sodass er nur ein wenig zappeln konnte.

»Gut gemacht, Bruyère!«, lobte de la Fleur. »Haltet ihn gut fest, ich will dem berühmten Meuchelmörder ins Gesicht sehen.«

Der Sergeant griff nach der Maske und riss sie dem Gefangenen grob herunter.

»Teufel, das ist er nicht!«, rief de la Fleur, und der Maler pflichtete ihm mit kurzer Verzögerung bei. »Das ist nicht der Skorpion!«

Die drei Musketiere sahen sich verdutzt an und lockerten sogar ihren Griff um die Arme des Gefangenen, der sich mit einem Ruck befreite.

»Wollt Ihr mir vielleicht mal erklären, was das soll?«, rief er empört. »Wie könnt Ihr es wagen, einen Gast der Königin so zu behandeln? Was ist denn das für ein Benehmen? Ich werde mich an höchster Stelle beschweren, ich verlange Wiedergutmachung für diesen Übergriff!«

»Bruyère, würdest du mir erklären, was hier vorgefallen ist?«, fragte de la Fleur in eisigem Ton.

»Ganz recht«, fiel der Unbekannte mit ein, »würdet Ihr mir bitte erklären, wieso ich angegriffen werde, wenn ich einen kleinen Mondscheinspaziergang mache?«

»Ich... Ich verstehe das nicht, Capitaine... er... wir... Also, wir dachten, dass er der Skorpion ist... Seid Ihr sicher, dass er es nicht ist?«

»Natürlich bin ich sicher, bei allen Heiligen des Paradieses! Erst vor zwei Tagen habe ich ihm von Angesicht zu Angesicht gegenübergestanden. Dieser Mann sieht ihm noch nicht einmal ähnlich!«

»Bleibt die Tatsache«, erwiderte Bruyère, der allmählich seine Selbstsicherheit zurückgewann, »dass er sich heimlich in den Saal eingeschlichen und den armen Battiston niedergeschlagen hat. Wenn er nicht der Skorpion ist, dann auf jeden Fall sein Komplize! Wir haben ihn verfolgt, ohne ihn aus den Augen zu verlieren. Jemand, der unschuldig ist, flüchtet doch nicht durch den halben Park!«

De la Fleurs Blick wanderte von dem hochroten Gesicht seines Sergeanten zu dem verächtlichen des Unbekannten.

»Signore, ich denke, Ihr schuldet uns eine Erklärung. Wie rechtfertigt Ihr Euer Verhalten?«

»Oh nein, so nicht, nicht mit mir! Wenn hier jemand eine Erklärung verlangen kann, dann bin ich das!«, antwortete der Mann. »Vor allem weist Euch erst einmal aus.«

»Wie Ihr wollt: Ich bin Capitaine de la Fleur von den Musketieren des Königs von Frankreich, verantwortlich für die Überwachung des Palazzo Riario. Und wer seid Ihr, bitte schön?«

»Ihr habt die Ehre, mit Bernardino della Spina zu sprechen, Marchese di Grottaferrata. Wie ich bereits sagte, habe ich einen Spaziergang im Park gemacht, um meinen Kopf ein wenig vom Dunst des Weins zu lüften, als ich von diesen … diesen Barbaren hier angegriffen wurde. Aus Furcht, dass sie mir an die Geldbörse oder gar ans Leben wollten, habe ich die Flucht ergriffen, bis sie mich festhielten und misshandelten. Ich erwarte eine formelle Entschuldigung, Signore, andernfalls müsst Ihr Euch für die Untaten Eurer Männer auf dem Feld der Ehre verantworten!«

De la Fleur seufzte und sank unmerklich ein Stück in sich zusammen.

»Wie hat sich das Ganze abgespielt, Bruyère? Ich möchte einen genauen Bericht!«

»Ich habe befehlsgemäß im Saal Wache gehalten, Capitaine, als ich plötzlich einen Schlag hörte. Weil ich dachte, dass einer der Männer eingeschlafen sei, bin ich in den Vorraum gegangen und habe den armen Battiston bewusstlos angetroffen. Er hatte eine dicke Prellung im Nacken. Ich habe dann Renard gerufen, und wir haben den Raum durchsucht, um den Schuldigen zu finden. Plötzlich haben wir eine Bewegung bemerkt und sind mit gezückten Schwertern darauf zugestürzt, aber es war nur ein flatternder Stofffetzen an einer Lampe. Wir hatten uns aufgeteilt, um den Saal besser absuchen zu können, und in dem Moment ruft mich Renard laut von seiner Seite. Ich laufe hin und sehe, wie er und Pecuchet einen Mann verfolgen, der einen dunklen Umhang trägt wie dieser Monsieur hier. Marchand und ich schließen uns der Verfolgung an, aber der Flüchtige gelangt zum Ausgang und läuft davon wie ein Hase. Zuerst hält er auf das Fest zu, dann zwängt er sich durch die großen Büsche dort draußen, wechselt die Richtung und rennt in den Park. Wir laufen ihm nach, und Renard fasst ihn schließlich. Das ist alles, Capitaine.«

»Gut. Was habt Ihr dazu zu sagen, Marchese?«

»Ich … ich … Also, ich habe mich in die Büsche geschlagen, um mich zu erleichtern, als ich ein lautes Rascheln hörte, wie wenn jemand sich mit Gewalt einen Weg bahnt. Weil ich um mein Leben fürchtete, bin ich losgerannt. Seit vier Jahren nämlich, seit dem Tod meines armen Vaters, versucht mein jüngerer Bruder, mich umzubringen, um an das Familienerbe zu gelangen. Ich bin schon zwei Hinterhalten und einem Giftanschlag entronnen. An meiner Stelle hättet Ihr Euch wohl kaum anders verhalten.«

»Bruyère, kann es sein, dass der Mann im Saal und der Marchese zwei verschiedene Personen sind?«

»Capitaine, wir haben den Mann dort drin nur kurz gesehen und konnten lediglich seine Kleidung und den dunklen Umhang erkennen, mehr nicht.«

»Es wäre also möglich, dass der Eindringling euch im Gebüsch entkommen ist und ihr anschließend den falschen Mann verfolgt habt?«

»Theoretisch ja«, räumte der Unteroffizier ein. »Wir hatten ihn zwar nur kurz aus dem Blick verloren, aber es könnte eventuell zu einer Verwechslung gekommen sein.«

»Schön, damit wäre die Sache wohl geklärt. Marchese della Spina, ich entschuldige mich im Namen der Musketiere des Königs für die Unannehmlichkeiten, die wir Euch bereitet haben, und hoffe, Ihr könnt meinen Männern ihren Übereifer verzeihen, der sich allenfalls durch die besonderen Umstände dieses Abends rechtfertigen lässt.«

»Äh ... nun ja«, murmelte der Aristokrat, »es ist ja niemand zu Schaden gekommen, und vielleicht habe auch ich etwas übereilt reagiert. Ich nehme Eure Entschuldigung an, Capitaine, und würde mich nun gerne verabschieden, wenn Ihr erlaubt. Das Fest ist noch in vollem Gange, und ich möchte den Rest nicht versäumen.«

»Entschuldigt mal«, meldete sich der Maler zu Wort, während der Marchese leicht humpelnd davonging, »da wir nun mit den gegenseitigen Höflichkeiten fertig sind, könntet Ihr mir vielleicht verraten, wer gerade den Bernstein bewacht? Wie ich sehe, ist der gesamte Trupp hier draußen und spielt Verstecken!«

»Keine Angst, Messer Sacchi«, erwiderte der Sergeant, »gleich zu Beginn der Verfolgungsjagd habe ich Marchand zur Bewachung des Schaukastens zurückgeschickt.«

»Wir sollten besser selbst nachsehen, Sergeant. Geht bitte voraus«, befahl de la Fleur.

Die kleine Abordnung setzte sich in Bewegung, während am Himmel die letzten Raketen explodierten und eine vielgestaltige Form bildeten, in deren Mitte die Farben der Vasa-Dynastie, Himmelblau und Gold, und die des Heiligen Stuhls, Rot und Gelb, eine enge Verbindung von blendender Schönheit eingingen.

Als sie den Vorraum betraten, sahen sie Battiston, der immer noch neben der Säule lag und gerade wieder zu Bewusstsein kam. Er regte sich schwach und stöhnte dabei leise.

»Pecuchet, hilf dem armen Kerl auf«, sagte de la Fleur.

Die übrigen vier gingen weiter durch die Wand aus spiralförmigen Säulen, die das Vestibül abteilte.

»Heiliger Himmel!«, rief der Capitaine, kaum dass er einen Fuß in den Saal gesetzt hatte.

»Verflucht noch mal!«, schrie der Maler.

Sie stürzten allesamt auf den Schaukasten zu, wohl wissend, dass sie damit nichts mehr ändern würden.

Trotz der schummerigen Beleuchtung sah man deutlich, dass die kleine Doppeltür des Schaukastens aus den Angeln gehoben worden war und ein Mann reglos darunterlag.

»Marchand!«, rief der Sergeant und lief zu dem leblosen Soldaten.

»Der Bernstein!«, brüllten de la Fleur und Fulminacci gleichzeitig.

Die sorgfältig angebrachte Aufhängung war zerrissen, der Bernsteinanhänger verschwunden.

»Dieser Teufel!«, schäumte der Capitaine außer sich. »Das war ein abgekartetes Spiel. Der Marchese steckte mit ihm unter einer Decke. Er hat die Wachen hinausgelockt, damit der Skorpion freie Bahn hatte!«

»Marchand ist tot, Capitaine.«

»Armer Kerl. Er hatte nicht die geringste Chance gegen den Skorpion.«

»Wir müssen etwas unternehmen, Capitaine«, sagte Fulminacci. »Wir können uns doch nicht so reinlegen lassen. Der Skorpion muss sich noch im Palast oder im Park befinden. Wir sollten sofort eine groß angelegte Durchsuchung beginnen.«

»Mein Gott, de la Fleur«, rief de Simara, der gerade in Begleitung einer ansehnlichen Eskorte von Musketieren eintraf, »was ist passiert?«

»Der Skorpion hat uns mal wieder an der Nase herumgeführt, Monsieur«, antwortete der Offizier mit hängendem Kopf und untröstlicher Miene.

Dann setzte er den Bischof über das Vorgefallene in Kenntnis.

»Wir müssen eine Durchsuchung organisieren, Monsignore«, insistierte Fulminacci, »solange es noch nicht zu spät ist. Wir sollten fächerförmig ausschwärmen und den Park Zoll für Zoll durchkämmen.«

»Das ist leider nicht möglich, Messer Sacchi. Hier findet ein

Fest mit über tausend Gästen statt, die wir nicht in Panik versetzen dürfen. Außerdem soll die Königin unter keinen Umständen von diesen Ereignissen erfahren. Was aber nicht heißt, dass wir nichts unternehmen werden. Teilen wir uns in kleine Gruppen zu zweien oder dreien auf, die weniger auffallen, und suchen den Park ab. Aber bitte mit höchster Diskretion. Wir dürfen kein Aufsehen erregen. Messer Sacchi, Ihr kommt mit mir. De la Fleur, nehmt zwei Männer und begebt Euch zu Melchiorris Laboratorium. Nun, da der Skorpion seinen Talisman wiederhat, könnte er versuchen, die beiden überlebenden Jesuiten zu töten. Bruyère, Renard, de la Plessière, Ihr befehligt die anderen Gruppen. Auf, beeilen wir uns!«

Kapitel LXVIII

Die kleine Versammlung löste sich schnell auf. Sobald sie aus dem Saal kamen, holten die Musketiere ihre Degen und Schwerter aus den Verstecken.

»Versucht, die Waffen unter den Mänteln zu verbergen«, legte ihnen der Bischof ans Herz, »und vermeidet es, falschen Alarm zu schlagen. Wir bewegen uns hier auf ganz dünnem Eis. Ein falscher Schritt, und der gesamte Einsatz schlägt fehl.«

Die Männer teilten sich auf und gingen in verschiedene Richtungen davon.

Fulminacci trottete hinter de Simara her.

»Verflixt, das ist wie eine Nadel im Heuhaufen zu suchen«, klagte er. »Außerdem hätte ich lieber meinen eigenen Degen – mit diesen dummen Zahnstochern hier fühle ich mich überhaupt nicht wohl.«

»Der französische Stahl ist nicht schlechter als der Mailänder, Messer Sacchi. Ihr seid ein guter Fechter und werdet Euch ohne Probleme daran gewöhnen.«

»Wohin gehen wir jetzt?«

»Der Skorpion sucht nach den Jesuiten. Er ist kein Mann der halben Sachen.«

»Aber er hat sie vergiften lassen. Vielleicht denkt er, die Aufgabe ist damit erledigt, und haut ab.«

»Er kann sich des Erfolgs nicht gewiss sein. Gift ist keine so zuverlässige Waffe wie zwei Spannen gehärteter Stahl. Sperrt gut die Augen auf, Ihr und de la Fleur hattet als Einzige die zweifelhafte Ehre, dem Skorpion persönlich zu begegnen. Ich baue darauf, dass Ihr ihn erkennt, auch wenn er maskiert sein wird.«

Sie kehrten in das Festgetümmel zurück und schlenderten unter den Gästen umher, wobei sie sich bemühten, möglichst unbekümmert zu wirken. Das gelang dem Bischof perfekt, dem Maler aber weniger, dessen Nerven zum Zerreißen gespannt waren, sodass er beim geringsten Geräusch und der kleinsten unerwarteten Bewegung zusammenzuckte.

Das große Feuerwerkfinale war von höflichem Applaus begleitet worden, wie es sich für Damen und Herren dieses Rangs gehörte. Ihr bewunderndes Raunen war jedoch noch nicht ganz verstummt, ein Zeichen dafür, dass das Schauspiel den Panzer der Gleichgültigkeit durchdrungen hatte, mit dem sich die Reichen und Mächtigen gewöhnlich umgaben.

Zumindest in dieser Hinsicht fiel es Fulminacci nicht schwer, distanzierte Gelassenheit zur Schau zu stellen, denn bei der Jagd nach dem ungreifbaren Mörder hatte er nur einen schwachen Widerschein des prächtigen Lichterzaubers mitbekommen.

Sein angestrengtes Ausschauhalten nach dem Skorpion minderte seine Sorge um Beatrice nicht, die immer noch in Gefahr schwebte, auf Befehl des tückischen Muti entführt zu werden.

Melchiorri war ein kluger, mit allen Wassern gewaschener Mann, der Beatrice keiner Gefahr aussetzen würde, aber Fulminacci hätte es trotzdem bei weitem vorgezogen, selbst an ihrer Seite zu sein, um sie zu beschützen.

Angesichts all dieser Bedenken und Ängste ließ er irgendwann in seiner Wachsamkeit nach, doch sobald er es merkte, verbot er sich jede Ablenkung und konzentrierte sich wieder auf die Personen in seiner Umgebung.

Genau in diesem Moment fiel ihm etwas auf.

Melchiorri und Beatrice kamen gerade aus dem Keller heraufgestiegen, als Zane eintrat, der sich mit beiden Händen den schweren Bauch hielt.

Angesichts seiner gewaltigen Erscheinung fuhr Beatrice erschrocken zusammen, weil sie den Gefährten so vieler Abenteuer unter der Maskierung nicht gleich erkannte.

Der Großmeister legte ihr beruhigend eine Hand auf die Schulter und wandte sich an den falschen Mönch.

»Ist alles gut gegangen?«

Zane nickte, schlug sich mit der flachen Hand auf den Bauch und grinste schief.

»Gab es irgendwelche Schwierigkeiten?«, fragte Melchiorri weiter.

Der Slawe schüttelte den Kopf.

»Sehr gut. Aber jetzt müssen wir uns beeilen. Folgt mir.«

Der Großmeister ging zurück zu der Tür, aus der sie gerade gekommen waren, griff nach einer bereits brennenden Laterne und stieg die Treppe hinunter. Unten angekommen bogen sie nach links in einen schmalen Gang ein, den Beatrice bei ihrem vorherigen Aufenthalt nicht bemerkt hatte. Am Ende des Gangs gelangten sie in einen großen Raum mit einer niedrigen, gewölbten Decke, der mit allem möglichen Hausrat vollgestopft war.

Mit der Trittsicherheit eines Mannes, der seinen Weg genau kennt, schlängelte sich Melchiorri zwischen kaputten Stühlen, Kommoden mit durchgebrochenem Boden, wurmstichigen Betten und umgekippten Schränken hindurch und führte die Freunde zu einem großen Kleiderschrank an der hinteren Wand, dessen Türen er aufzog. Er bewegte einen Hebel, der als Kerzenleuchter getarnt war, worauf die Rückwand des Schranks sich quietschend auftat und einen niedrigen, engen Stollengang dahinter freigab, der direkt in das feuchte, schwere Erdreich gegraben worden war. Seine Wände und die Decke wurden durch mit Keilen und Spanneisen befestigte Balken abgestützt. Der Großmeister leuchtete in den Gang hinein und bedeutete den beiden anderen, ihm zu folgen.

»Passt du da durch?«, fragte er den umfangreichen Mönch.

Zane musterte die schmale Öffnung, nickte dann aber.

Die drei drangen in den Bauch der Erde ein, nur geführt von der Laterne, deren Schein in dieser feuchten, stickigen Umgebung schwächer geworden zu sein schien, als fürchtete sich die Flamme vor den gewaltigen Erdmassen, die auf die Stützbalken drückten.

»Wohin gehen wir?«, fragte Beatrice.

»Si vis pacem, para bellum«, zitierte Melchiorri und drehte sich

mit einem schlauen Grinsen zu ihr um. »Wenn man vom wetterwendischen Wohlwollen der Mächtigen abhängig ist, sollte man sich immer einen Fluchtweg offenhalten. Sobald ich in den Palast eingezogen war, habe ich diesen Gang graben lassen, der direkt zum Fluss führt. Christine ist eine edle und großzügige Herrscherin, aber man weiß nie, was in ihrem Kopf vorgeht. Außerdem ziehe ich es vor, dass gewisse meiner … sagen wir … Geschäfte nicht vor aller Augen abgewickelt werden. Halten wir uns ran, der Tunnel ist zwar sicher, aber mir ist nie so ganz wohl hier unten.«

Der Gang machte eine Biegung und wurde noch niedriger und enger, sodass der arme Zane praktisch vornübergebeugt gehen musste, wobei seine breiten Schultern die Stützbalken an der Seite streiften.

»Bisher hat mir noch niemand erklärt, warum Zane in dieser Aufmachung herumläuft«, hakte Beatrice nach.

»Hab noch ein bisschen Geduld, mein Kind. Deine Neugier wird bald befriedigt werden. Aber ich kann dir bereits verraten, dass ich eine brillante Lösung für unser kleines Problem gefunden habe.«

»Welches Problem genau, Baldassarre? Soweit ich weiß, haben wir einen ganzen Haufen davon.«

»Dein Problem, um genau zu sein. Sagen wir, ich habe einen Weg gefunden, die Differenzen zwischen einer gewissen Kartenlegerin und dem Gericht des Heiligen Offiziums zu beseitigen. Kommt, wir sind gleich da.«

Nach einer letzten, abrupten Kurve standen die drei vor einer Mauer aus Laubwerk und Dornenbüschen. Melchiorri bewegte einen Hebel an einem schlichten Gerüst aus grobem Holz, und die Pflanzenmauer öffnete sich und entließ sie ins Freie.

»Einfach, aber genial«, bemerkte Beatrice.

»Das hält die Neugierigen fern«, sagte der Großmeister, »und im Spätsommer kann man hier die köstlichsten Brombeeren ernten. Folgt mir.«

Sie gingen etwa hundert Schritt an dem grasbewachsenen Ufer

entlang und kamen schließlich zu einer flachen Mole aus Stein, an der ein kleiner Lastkahn mit drei dunkel gekleideten Männern darin festgemacht war.

»Hallo, Giovanni!«, rief Melchiorri und hob die Hand zum Gruß. »Wie ich sehe, bist du pünktlich.«

»Pünktlichkeit ist die Höflichkeit der Geschäftsleute«, antwortete eine der dunklen Gestalten, die dabei ihren breitkrempigen Hut abnahm und sich als Giovanni da Camerino zu erkennen gab, das Oberhaupt der Compagnia degli Sbasiti. »Hast du die Ladung dabei?«

»Die Ladung ist bereit. Und auch dein Lohn natürlich. In barer Münze.«

»Es ist immer ein Vergnügen, mit dir Geschäfte zu machen, Baldassarre. Gut, beeilen wir uns. Es ist ein weiter Weg, und ich möchte, dass bis morgen früh alles erledigt ist.«

Zane ging dicht an das Boot heran, hob seine Kutte und begann die Schnallen zu lösen, mit denen der Sack um seinen Bauch befestigt war, wobei ihm der Großmeister mit seinen geschickten Fingern half. Mit einem dumpfen Aufprall fiel der Sack ins Gras.

Beatrice beobachtete das Geschehen verdutzt. Sie hatte tausend Fragen, wollte aber lieber warten, bis ihre Gefährten mit der Übergabe der Ladung fertig waren.

Die beiden packten den Sack an den Enden und hievten ihn mit der Unterstützung eines von Giovannis Kumpanen an Bord.

Melchiorri gab dem Anführer der Bettler einen Lederbeutel, der, als er den Besitzer wechselte, unüberhörbar klirrte und seinen metallischen Inhalt verriet.

»Denk daran, dass er auf der Fahrt aufwachen könnte«, sagte der Großmeister.

Zur Antwort zeigte ihm Giovanni wortlos einen dicken Knüppel.

»Gute Reise, und lasst euch nicht erwischen«, mahnte Melchiorri winkend, als das Boot mit einem langen Paddel vom Ufer abgestoßen wurde und in die Strömung glitt.

Der flache Kahn erreichte in Kürze die Flussmitte und entfernte sich immer schneller von der Mole in Richtung der Tibermündung.

»So, jetzt habe ich aber genug gewartet«, sagte Beatrice. »Nun erklär mir, was das Ganze soll, und vor allem, was sich in dem Sack befindet, Baldassarre.«

»Dieser Sack stellt die Lösung deiner Probleme mit der Inquisition dar, liebe Beatrice.«

»Könntest du dich vielleicht für einen Moment klar ausdrücken, statt immer in Rätseln zu sprechen?«

»In dem Sack steckt Bernardo Muti. Zane hat ihn … sagen wir … abgeholt, nicht ganz mit seinem Einverständnis, versteht sich. Die Verkleidung unseres großen Freundes hat dazu gedient, den Inquisitor unbemerkt wegzuschaffen.«

»Bernardo Muti!«, rief Beatrice aus. »Tot, hoffe ich!«

Melchiorri schüttelte den Kopf.

»Lebendig und gesund, auch wenn er mit ordentlichen Kopfschmerzen aufwachen wird, fürchte ich.«

»Wäre es nicht besser gewesen, ihn endlich abzustechen und in den Fluss zu werfen?«, sagte Beatrice mit Augen, die Blitze schleuderten. »Ich werde erst Ruhe finden, wenn diese blutrünstige Bestie in der Hölle schmort!«

»Tut mir leid, Beatrice, aber wie ich dir bereits sagte, lehne ich Blutvergießen ab. Du kannst jedoch beruhigt sein, denn auf Bernardo Muti wartet Schlimmeres als der Tod.«

»Wohin bringen sie ihn?«

»In den Hafen von Ostia, wo er auf eine Tartane mit Kurs auf Tunis verladen wird.«

»Ich verstehe nicht …«

»Bernardo Muti wird als Sklave auf dem Markt verkauft werden. An die Türken.«

»Madonna! Dieser Mistkerl wird es noch bitter bereuen, nicht gleich abgemurkst worden zu sein.«

»Darauf könnte ich wetten«, erwiderte Melchiorri. »Auch abgesehen von meiner persönlichen Abneigung gegen Mord wäre es übrigens keine Lösung gewesen, ihm einfach die Kehle durchzuschneiden. Wir hätten die Leiche entweder vernichten müssen, was viel schwieriger ist, als man glaubt, oder sie wäre früher oder später aufgefunden worden. Und einen Mord am stellvertretenden Inquisitor hätte niemand auf die leichte Schulter genommen, egal, wie viele Feinde Muti in Rom hat. Man hätte eine Untersuchung eröffnet, weitreichende Ermittlungen angestellt, und irgendjemand wäre irgendwann darauf gekommen, den Mord mit uns in Verbindung zu bringen. Dann hätten wir wirklich Ärger am Hals gehabt. Auf diese Weise aber löst Muti sich einfach in nichts auf. Man wird trotzdem eine Untersuchung einleiten, das ist klar, aber ohne eine Leiche wird man wahrscheinlich zu dem Schluss kommen, dass der Inquisitor einen Unfall erlitten hat, aus Versehen in den Fluss gefallen ist oder sonst etwas. Muti hat zudem, wie gesagt, viele Feinde, mächtige Feinde. Einer davon wird das Gerücht streuen, dass es sich um eine Flucht handele, und den Namen irgendeiner Frau damit in Zusammenhang bringen. Ich habe bereits dafür gesorgt, die eine oder andere Andeutung in den richtigen Kreisen fallen zu lassen. Die ganze Angelegenheit wird als Burleske enden. Und wir sind ihn los, ohne dass auch nur der Schatten eines Verdachts auf uns fällt.«

»Ein wahrhaft teuflischer Plan«, sagte Beatrice lachend, deren Ärger sich in Bewunderung verwandelt hatte. »Aber wie habt ihr es geschafft, ihn unbemerkt zu entführen?«

»Wenn man es mit dem Teufel zu tun hat, muss man zu teuflischen Methoden greifen«, lautete der lakonische Kommentar des Großmeisters. »Die Entführung war in der Tat der komplizierteste Teil. Die entscheidende List stellte ein Abführmittel dar.«

»Ein Abführmittel?«, fragte Beatrice mit vor Erstaunen geweiteten Augen.

»Genau. Unter Mithilfe eines Verbündeten ist es mir gelungen, Muti ein Laxativ zu verabreichen. Er musste plötzlich dringend die Latrinen aufsuchen, wo Zane ihn schon erwartete, der ihn schnell überwältigte und in dem Sack fortschaffte. Den Rest hast du selbst gesehen.«

»Unglaublich! Muti hat aber doch sicher noch seine Leute im Palast. Um mich zu entführen, meine ich.«

»Gewiss. In diesem Moment warten sie vermutlich ungeduldig auf ein Zeichen ihres Auftraggebers. Tja, da können sie lange warten.«

»Werden sie nicht irgendwann auf eigene Faust zuschlagen?«

»Das kann man nicht ganz ausschließen, ist aber unwahrscheinlich. Muti bedient sich gewöhnlich der übelsten Schurken Roms, die sich vor nichts und niemandem fürchten – außer vor dem Inquisitor, der jagt ihnen Angst ein. Ohne ein ausdrückliches Signal von ihm werden sie nicht in Aktion treten, weil sie wissen, dass ein Fehlschlag durch eigenmächtiges Handeln sie mehr kosten wird als das Leben. Trotzdem sollten wir auf alle Fälle die Augen offen halten.«

Kapitel LXIX

Der Skorpion strich zum zigsten Mal über den glatten, warmen Bernstein in der Tasche seines Überrocks und fühlte sich gestärkt. Der Schachzug zur Wiedererlangung seines Talismans war ein voller Erfolg gewesen. Die Musketiere waren sofort auf den Trick hereingefallen und hatten blindlings die Verfolgung der beiden Männer aufgenommen, die Fieschi als Komplizen gedungen hatte. Der erste hatte sich heimlich in den Saal geschlichen, die Wachen in die Irre geführt und sich in das hohe, dichte Gebüsch geflüchtet, wo der zweite ihn abgelöst hatte, um die Verfolger vom Palast und dem so gut wie unbewachten Saal wegzulocken.

Es war nicht schwer gewesen, dem einzigen zurückgebliebenen Musketier die Kehle durchzuschneiden, den Bernstein herauszuholen und zum Fest zurückzukehren, wo er in der Menge der Gäste verborgen darauf wartete, den letzten Teil seines Plans auszuführen.

Wie erhofft, war die Vergiftung des einen Jesuiten erfolgreich verlaufen. Aus hier und dort aufgeschnappten Gesprächsfetzen hatte er erfahren, dass ein Mönch kurz vor dem Beginn des Feuerwerks von einer plötzlichen Übelkeit befallen worden war. Die Ursache sei offenbar in dem übermäßigen Weingenuss des Jesuiten zu suchen, hieß es; niemand sprach von Gift. Der Zwischenfall schien sogar eine gewisse Heiterkeit ausgelöst zu haben, zumindest unter den zynischeren Gästen, die ihre Gesprächspartner mit den üblichen Scherzen über die besondere Neigung der Kirchenmänner zu den Freuden des Bacchus unterhielten. Aus weiteren Unterhaltungen, die er belauschte, erfuhr der Skorpion, dass der Mönch in das Laboratorium des Großmeisters Baldassarre Melchiorri gebracht worden war.

Die Dinge entwickelten sich noch besser als erwartet.

Der Skorpion hatte damit gerechnet, dass man den Jesuiten in den Palast tragen würde, um ihn zu behandeln, doch dass er nun in dieses Nebengebäude gebracht worden war, stellte einen unverhofften Glücksfall dar.

In sicherer Entfernung von neugierigen Blicken und der Menschenmenge würde es ihm noch leichter fallen, den Auftrag zu Ende zu führen, den er vor so vielen Jahren übernommen hatte.

Außerdem bestand nach wie vor die Möglichkeit, dass das Gift, das die ebenfalls von Fieschi engagierte Frau dem Mönch verabreicht hatte, seiner irdischen Existenz ein Ende bereitete. Falls nicht, war das auch kein Problem; Hauptsache, man hatte die beiden Jesuiten vom Gros der Geladenen weggebracht.

Nun musste er nur noch in den Pavillon eindringen und diese beiden letzten Überlebenden ausschalten.

Keine einfache Aufgabe, das wusste er.

Azzolini und de Simara würden ein ansehnliches Wachkorps zu deren Schutz abgestellt haben, aber er baute auf den Überraschungseffekt und auf seine Fechtkunst. Schon früher hatte er das stärkste militärische Aufgebot auf diese Weise überlistet.

Diesmal würde es nicht anders sein.

Der Skorpion sah sich um, spähte durch die schmalen Schlitze seiner Maske hindurch. Gruppen von Männern gingen mit verräterisch aufmerksamem Gesichtsausdruck in der Menge herum. Seine Gegner mussten den Diebstahl des Bernsteins bereits bemerkt haben und hatten die als Diener verkleideten Musketiere ausgeschickt, um nach ihm zu suchen.

Das war ein weiterer günstiger Umstand für sein Vorhaben: Je mehr Männer nach ihm Ausschau hielten, desto weniger standen für die Bewachung der Mönche zur Verfügung.

Er musste jetzt nur darauf achten, nicht den Verdacht dieser Spürhunde zu erregen. Er musste Geduld haben, den günstigsten Moment abwarten.

In aller Ruhe, ohne Eile.

Der Auftragsmörder ging auf eine Gruppe von vergnügt schwatzenden Leuten neben einem Tisch zu, an dem livrierte Diener Wein und Häppchen servierten, und führte eine der typischen Einlagen seiner Figur auf. Er richtete die Flinte auf die belustigten Gäste und sagte mit tiefer, drohender Stimme: »Geld her oder Leben, meine Herrschaften! Auf mein Wort, ich verwandele Euch sonst alle in Drosseln am Spieß!« Einen deutschen Akzent nachzuahmen fiel ihm nicht schwer. Unter dem Gelächter der Umstehenden legte der angebliche Capitan Spingarda seine Waffe an, aus der eine Rauchwolke hervorpuffte. Er täuschte einen gewaltigen Rückstoß vor und taumelte tollpatschig zu Boden, was erneut stürmische Heiterkeit hervorrief.

Während er sich noch auf dem Boden wand, sah er aus dem Augenwinkel drei vorbeigehende Musketiere, die sich ein amüsiertes Lächeln nicht verkneifen konnten.

Begleitet vom Gespött der Zuschauer rappelte der Skorpion sich mühsam auf die Beine und begann auf den Pavillon zuzugehen, der sein eigentliches Ziel darstellte, als ihn plötzlich ein seltsames Gefühl überkam und ihn kurz erstarren ließ.

Als Fulminacci seine sorgenvollen Gedanken verdrängt hatte, wandte er sich wieder bewusst seiner Umgebung zu, gerade noch rechtzeitig, um etwas zu bemerken, das all seine Sinne mit einem Schlag hellwach werden ließ.

Es war nur eine Kleinigkeit, die Andeutung einer Bewegung, die seine überreizte Wahrnehmung aus den zahllosen Eindrücken ringsum herausfilterte.

Ein leichtes Hinken.

Eine kaum merkliche Asymmetrie der Hüfte, die zu einem nicht ganz flüssigen Gang führte.

Ein Humpeln, das er schon einmal gesehen hatte.

Es bedurfte einiger Augenblicke angestrengten Nachdenkens, bis er sich erinnerte, wo. Sein Gedächtnis arbeitete mit höchster Geschwindigkeit, unterstützt von seiner langjährigen Erfahrung als Porträtmaler und einer natürlichen Begabung dafür, Besonderheiten aus dem Allgemeinen herauszuschälen und die wenigen charakteristischen Züge zu erfassen, die ein mittelmäßiges Bild in ein Werk verwandeln, das vom Leben des Dargestellten erzählt.

Ein leichtes Hinken. Ein Gang, den er bereits in einer überfüllten Kirche bemerkt hatte, einer Kirche, in der ein schreckliches Verbrechen geschehen war; den er im Gassenlabyrinth des Ghettos wieder gesehen hatte, in einer Nacht voll Tod und Hinterhalten; und den er – das wurde ihm erst jetzt bewusst – erneut in einem Theater während einer Opernaufführung beobachtet hatte.

Der Skorpion!

Die Augen des Malers schnellten durch die Menge, um dieses besondere Merkmal wiederzufinden, das ihm gerade aufgefallen war.

Sein Blick richtete sich auf einen der Schauspieler der Commedia dell'Arte, diesen Capitan Spingarda, der ihn so amüsiert hatte.

Der Mann, der ihm den Rücken zukehrte, war plötzlich stehen geblieben, wie von unsichtbaren Bändern zurückgehalten, mit steifen Schultern, mitten im Schritt. Es dauerte nur einen Augenblick. So abrupt, wie er innegehalten hatte, löste sich der Komödiant aus seiner kurzen Erstarrung und ging weiter.

Der Maler brauchte nur wenige seiner Schritte zu sehen, um unzweifelhaft den gefürchteten Mörder in ihm zu erkennen. Trotz des voluminösen Überrocks, den er trug, trotz des großen Federhuts, trotz des falschen Bauchs, trotz des langen schwarzen Bartes. Er war sicher, dass sich unter diesem Kostüm sein unversöhnlicher Feind verbarg.

Der Skorpion!

Fulminacci packte seinen Begleiter am Arm, der gerade woanders hinsah, und deutete mit dem Kopf auf den sich entfernenden Schauspieler.

»Der ist es«, sagte er knapp.

»Seid Ihr sicher?«

»Todsicher. Ich würde all meine kostbaren Pinsel aus Marderhaar darauf verwetten.«

»Dann nichts wie hinterher. Er darf nicht in der Menge untertauchen.«

Inzwischen hatte die Musik gewechselt. Die Liebesarien von eben waren von einer lärmenden Fanfare abgelöst worden, die offenbar den Beginn einer neuen Vorführung ankündigte. Am Rand der Festwiese beeilte sich ein Heer von Dienern, die Laternen abzuschirmen, während in dem Wäldchen, das an die äußerste Terrasse grenzte, einige weiße Stoffbahnen herabgelassen wurden. Die Fanfare endete mit schallenden Trompetenstößen, worauf eine leise, schmelzende Musik die laue Nachtluft erfüllte. Das laute Stimmengewirr wurde gedämpfter, und alle Köpfe wandten sich in dieselbe Richtung. Langsam strömten die Gäste auf das Wäldchen zu.

Auf den Stoffbahnen begannen bewegte Bilder aufzuflackern, während die Orchestermelodie von der hellen Stimme eines Countertenors oder Kastraten übertönt wurde, der eines der berühmtesten Musikstücke der Epoche anstimmte, eine Arie nach dem Drama *Das befreite Jerusalem* von Torquato Tasso. Dieser ersten Stimme antwortete bald eine zweite, höher noch und melancholischer, eine Sopranstimme, und zugleich konnte man auf der Leinwand die Umrisse zweier Krieger erkennen, die mit den Waffen in der Hand einen tödlichen Zweikampf ausfochten.

Derweil Tancredi und Clorinda ihr herzzerreißendes Duett von Liebe und Tod schmetterten, folgten der Maler und der Bischof dem maskierten Mörder, der sich weiter von der Zuschauermenge entfernte.

Keiner der anderen Suchtrupps war in der Nähe zu sehen. Offenbar patrouillierten de Simaras Männer dort, wo die Menschenansammlung am dichtesten war, weil sie davon ausgingen, dass der Mörder versuchen würde, in der Masse der Gäste unterzutauchen, statt sich in einer einsameren Gegend des Parks in die Enge treiben zu lassen.

Fulminacci erkannte, dass sie allein mit ihm fertig werden mussten.

Er akzeptierte diese Tatsache mit fatalistischer Resignation, weil er schon die ganze Zeit geahnt hatte, dass er und der Skorpion sich früher oder später wieder begegnen und mit offenem Visier gegeneinander kämpfen würden, Mann gegen Mann, bis zum bitteren Ende. Dabei zog er es gar nicht in Erwägung, Hilfe vonseiten des Bischofs zu erwarten. Stets darauf bedacht, den Skorpion nicht aus den Augen zu verlieren, musterte er seinen Begleiter kritisch. De Simara wirkte zwar noch sehr rüstig, musste aber die sechzig schon überschritten haben, wenn man nach dem Netz von Falten ging, das sein Gesicht überzog. Und überhaupt, welchen Nutzen konnte ein Geistlicher schon bei einem Kampf mit Hieb- und Stichwaffen haben? Fulminacci seufzte, versuchte ruhig zu bleiben und war überzeugt, dem Tod noch nie so nahe gewesen zu sein.

Der Mörder hatte inzwischen seine Schritte beschleunigt, war an den letzten, zur Aufführung eilenden Nachzüglern vorbeigegangen und hielt auf den nördlichen Teil des Parks zu, wo der Pflanzenbewuchs dichter und üppiger war.

»Seid auf der Hut«, warnte der Bischof. »Ich bin sicher, dass er irgendeine Finte versuchen wird, sobald wir zwischen den Bäumen sind.«

»Was soll er schon groß versuchen? Wir sind ihm dicht auf den Fersen und haben ihn immer im Blick. Er kann höchstens anfangen zu laufen, aber er ist nicht mehr der Jüngste, und ich werde ihn im Nu eingeholt haben.«

»Unterschätzt ihn nicht, Messer Sacchi. Das wäre ein Fehler, der Euch teuer zu stehen kommen könnte.«

»Ich unterschätze ihn gewiss nicht, Monsignore. Vergesst nicht, dass ich bereits gegen ihn gekämpft habe. Das ist eine Erfahrung, die man nicht so schnell vergisst.«

»Am besten, wir treiben ihn noch weiter von den Gästen fort. In einem entlegenen Winkel können wir fern vom Fest die Rechnung mit ihm begleichen.«

»Ich glaube, er denkt genauso, und das finde ich nicht gerade beruhigend.«

»Ist er wirklich so gut?«

»Er ist höllisch gut, ein unvergleichlicher Fechter, der jeden schmutzigen Trick kennt. Genügt Euch das? Obendrein hat er dieses Schwert, schmal, kurz und leicht gebogen. Sieht fast aus wie ein Kinderspielzeug, nur dass es in seinen Händen zu einem tödlichen Spielzeug wird.«

»Ich habe davon gehört. Es heißt, es komme aus Japan und sei nach einem geheimen, komplizierten Verfahren geschmiedet worden, wodurch es härter und zugleich biegsamer sei als jede europäische Waffe.«

»Ich weiß nicht, ob es aus Japan kommt oder von den Inseln der Seligen oder aus dem Land des Priesters Johannes. Jedenfalls ist es rasiermesserscharf und kann einem mühelos das Haupt vom Rumpf trennen.«

»Schön, das werden wir ja bald sehen.«

Der Skorpion war in einen von hohen Buchsbaumhecken gesäumten Pfad eingebogen, der zu einem Rondell mit dichter Bepflanzung führte. In diesem Teil des Parks waren die Wege still und verlassen. Nur das Rascheln der Blätter in dem sanften Windhauch und das Knirschen des Kieses unter den Stiefelsohlen begleiteten die leisen Bewegungen der drei maskierten Gestalten. Hin und wieder trug der Wind ein paar Töne der fernen Musik herüber. Der Mond war gerade aufgegangen und hing weiß schimmernd über dem Horizont. Sein blasses Licht warf lange Schatten auf die Pfade und Lichtungen und verwandelte eine Parklandschaft, die bei Tag von idyllischer Schönheit war, in eine düstere, fast schaurige Umgebung.

Die Rufe der Nachtvögel waren eine passende Untermalung für diesen letzten Akt des finsteren Schauspiels, an dessen Ende, anders als im Theater, die Besiegten sich nicht von den Bühnenbrettern erheben würden, um den Applaus der Zuschauer entgegenzunehmen.

Kapitel LXX

Die beiden Verfolger und der Verfolgte drangen in eine Gegend vor, wo der ordentlich angelegte und sorgfältig gepflegte Park die wildere Gestalt eines echten, naturbelassenen Waldes annahm.

Hier machten die Zypressen, die Weiden und Buchsbaumhecken dicht belaubten Eichen Platz, deren riesenhafte Schirme große, dunkle Schattenflächen schufen. Nur hier und da gab es schmale Lichtungen, auf denen das geisterhafte Mondlicht kleine, von Moos und Flechten bedeckte Brunnen und zerbrochene Statuen beschien. Von der Schaufel irgendeines Antiquitätenhändlers aus ihrer jahrtausendealten Ruhestatt ausgegraben, waren sie sogleich wieder der Vergessenheit dieser grünen Alkoven anheimgegeben worden.

De Simara und der Maler hielten etwa zwanzig Schritt Abstand zu dem Flüchtigen und warteten darauf, dass er sich zum Kampf stellte.

Anfangs waren sie noch vereinzelten Liebespaaren begegnet, die sich ungeachtet des Festes an einsame Stellen zurückgezogen hatten, um weniger vergängliche Freuden zu genießen. Je weiter sie jedoch in die dunklen Randgebiete des Parks eindrangen, desto seltener trafen sie auf andere Menschen.

Der Skorpion legte ein zügiges Tempo vor, schien aber seine Beschatter nicht abhängen zu wollen und genau zu wissen, wohin er ging. Auf einmal verschwand seine durch das Kostüm plump wirkende Silhouette blitzschnell in einem dicht bewachsenen Hain.

»Jetzt geht's los!«, rief de Simara. »Der Skorpion hat seinen Köder ausgeworfen, und wir müssen anbeißen. Folgt ihm, Maestro Sacchi, ich werde um die Baumgruppe herumgehen. Versuchen wir, ihm jeden Fluchtweg abzuschneiden.«

Der Bischof lief auf die rechte Seite des Wäldchens zu.

Dem Maler blieb nichts anderes übrig, als zu gehorchen, und mit einem flauen Gefühl im Magen nahm er die Verfolgung auf.

Die Vegetation wucherte hier ungezähmt, sodass sein Lauf bald gebremst wurde und er sich mühselig durch ein Gewirr von Kletterpflanzen hindurchkämpfen musste, das die nahe beieinanderstehenden Bäume in unauflösliche Fesseln geschlagen zu haben schien. Fulminacci fürchtete schon, die Spur des Feindes in diesem Dickicht zu verlieren, doch der Skorpion hatte andere Pläne, denn plötzlich löste sich der Urwald aus Schmarotzerpflanzen und verkrüppelten Stämmen auf und gewährte dem keuchenden Verfolger Zugang zu einer kleinen, grasbewachsenen Lichtung.

Mitten auf dieser Ebene wartete die im Mondlicht bläulich schimmernde Gestalt des Mörders mit gezücktem Schwert auf ihn.

Fulminacci blieb stehen, zog, nicht ohne eine gewisse Verlegenheit, den geliehenen Degen aus der Scheide und riss sich zugleich die Maske vom Gesicht.

In dem opalisierenden Halbdunkel schien es ihm, als lächelte der Skorpion zufrieden.

Er ließ ihm keine Zeit für ein Vorgeplänkel. Kaum hatte Fulminacci die Ausgangsstellung eingenommen, ging der Skorpion zum Angriff über.

Die ersten Hiebe hagelten mit geradezu übermenschlicher Geschwindigkeit und Kraft auf die Klinge des Malers herab, und nur ein günstiges Schicksal rettete ihn vor dieser vehementen Attacke. Dem Skorpion stand nicht der Sinn nach Spielchen an diesem Abend. Er hatte offensichtlich vor, sich des einen Gegners schnellstmöglich zu entledigen, damit er den Rücken freihatte, um es dann mit dem zweiten aufzunehmen.

Nachdem Fulminacci dem ersten Ansturm standgehalten hatte, bemühte er sich um eine saubere Deckung, damit er dem Mörder besser die Stirn bieten konnte.

Dieser Taktikwechsel zeigte jedoch nicht die erhoffte Wirkung. Im Gegenteil, der Skorpion attackierte noch schneller, sodass der Maler, um sich vor den von allen Seiten kommenden Hieben und Ausfällen in Sicherheit zu bringen, immer weiter zurückwich und bald mit dem Rücken zu dem undurchdringlichen Gestrüpp stand.

Fulminacci musste all seine Fähigkeiten aufbieten und erneut die Strategie ändern, weil er wusste, dass er auf diese Weise nicht mehr lange Widerstand leisten konnte. Er setzte seine nicht geringe Körperkraft ein, die der seines Gegners überlegen war, und verlieh seinen Abwehrschlägen mehr Wucht, um die Distanz zwischen ihnen zu verringern. Bei einem Duell aus nächster Nähe konnte er seine Jugend und überlegene Kraft besser zu seinem Vorteil nutzen.

Der Skorpion schien auf seine verzweifelte List hereinzufallen, und bald kämpften sie Schulter an Schulter, nur durch die gekreuzten Griffe ihrer Waffen voneinander getrennt. Zum ersten Mal empfand Fulminacci so etwas wie leise Zuversicht. Aus der Nähe konnte er all die schmutzigen Tricks anwenden, die er als einer der Hauptakteure bei vielen Wirtshausraufereien gelernt hatte: Schulterstöße, Beinstellen, Ohrfeigen mit dem Rücken der freien Hand, Fußtritte und Spucken. Doch der Skorpion wusste offenbar auch mit dieser Art von Kampftechnik umzugehen. Er wich geschickt all seinen Schlägen und Attacken aus, erwiderte sie ebenso kraftvoll und führte seinerseits ein paar unfeine Kniffe ins Feld, mit denen der Maler nicht gerechnet hatte.

Mittlerweile wusste Fulminacci nicht mehr, welchen Heiligen er noch anrufen sollte. Jeder Dreh, jeder Kniff, jede Finte, die er sich ausdachte, lief an der Klinge des Gegners ab wie Brunnenwasser am Waschbrett.

In dieser schwierigen Lage griff er zu einem verzweifelten Mittel, einem Stoß, den ihm sein Fechtlehrer einmal beigebracht hatte, allerdings mit der Warnung, ihn nur im Falle höchster Gefahr zu wagen. Mit einer heftigen Drehung des Unterarms, in die er übermenschliche Kraft legte, entwand er sich seinem Gegenüber, der ihn mit gekreuzter Klinge abgeblockt hatte, ging plötzlich in die Knie, als die feindliche Waffe nicht auf ihn zielte, und stieß mit seinem Degen von unten zu, in der Absicht, den Skorpion direkt ins Herz zu treffen. Dieser Stoß war zweifach gefährlich. Erstens musste man dazu ein Knie auf dem Boden absetzen, wodurch man sich im Falle eines Misserfolgs dem Gegenschlag aussetzte, ohne zurückweichen zu können. Zweitens blieb dabei die gesamte linke Körperhälfte ohne Deckung. Und selbst wenn der Stoß ins Ziel traf, hatte der Gegner, falls er genauso schnell war und die Absicht erahnte, einen Bruchteil einer Sekunde Zeit, um selbst noch einen Hieb anzubringen. Sein Fechtlehrer hatte ihm damals, in seinen fernen Jugendjahren in Pavia, erzählt, wie es schon so manches Mal vorgekommen sei, dass zwei Kontrahenten sich gegenseitig aufgespießt hätten.

Das Schwert des Skorpions wurde durch die kraftvolle seitliche Drehung seines Degens ein paar Handbreit zurückgeschoben und gab ihm Gelegenheit, auf ein Knie zu fallen und den Stoß auszuführen.

Die Reaktionsgeschwindigkeit des Mörders war erstaunlich.

Statt durch eine Lücke in dessen Deckung ins Ziel zu treffen, krachte Fulminaccis Degen erneut gegen das Schwert des Skorpions. Der Aufprall von Stahl auf Stahl war klirrend und schrill, und die Klinge des Malers brach eine Handbreit über dem Griff ab und machte ihn vollkommen wehrlos gegenüber dem unvermeidlichen Gegenangriff.

Der Skorpion schlug nicht sofort zu, sondern hielt einen Augenblick inne und lächelte; dann, nachdem er die Wirkung seines Hiebs im Voraus ausgekostet hatte, hob er sein Schwert, um dem Maler den Garaus zu machen.

Dieses kleine Zögern erwies sich als entscheidend.

Die Klinge des Skorpions, die zischend auf Fulminaccis ungeschützten Hals zusauste, traf auf ein unerwartetes Hindernis.

Bischof de Simara, der inzwischen das Dickicht umrundet und die Lichtung von der anderen Seite betreten hatte, war mit seiner Waffe vorgestürzt und hatte die tödliche Bahn des Mörderschwerts unterbrochen.

Der Skorpion war jedoch kein Fechter, der sich leicht überrumpeln ließ. Mit einem schnellen Satz entfernte er sich von seinem neuen Widersacher und ging sofort wieder in die Ausgangsstellung.

Der Maler blieb keuchend auf dem Boden liegen. Sein Herz schlug in einem so wilden Rhythmus wie maurische Musik, und er wusste, dass er um die sprichwörtliche Haaresbreite davongekommen war.

Nicht, dass die momentane Situation Anlass zu großem Optimismus gegeben hätte.

Was konnte ein Bischof, ein Kirchenmann, obendrein noch ein alter, gegen den gefährlichsten Meuchelmörder Europas ausrichten?

Nein, das böse Ende war nur aufgeschoben, sagte sich Fulminacci, während er sich wieder hochrappelte, fest entschlossen, das Weite zu suchen.

Der Bischof aber schien dem Skorpion unerwarteterweise standzuhalten, und das mit größerer Gewandtheit als er selbst. Die schnellen, genauen Hiebe des Mörders trafen jedes Mal auf die Klinge des Geistlichen, der sogar mit schöner Regelmäßigkeit die Möglichkeit hatte, einen ebenso wirkungsvollen Gegenstoß zu führen.

Fasziniert von diesem Schauspiel unvergleichlicher Meisterschaft in einem Kampf auf Leben und Tod, schob Fulminacci seine Fluchtpläne vorerst auf. Er konnte die Augen nicht von diesen beiden wirbelnden Klingen lösen, die tödlich in der Mondnacht blitzten.

Als der Skorpion merkte, dass er es auf einmal mit einem ebenbürtigen Gegner zu tun hatte, gab er die Taktik der schnellen Attacken auf und ging zu einem aufmerksameren und zielgerichteteren Fechtstil über, bei dem er weniger Hiebe austeilte, um eine Schwachstelle in der Deckung des Gegners zu finden und den alles entscheidenden Stoß anbringen zu können. Der Bischof stellte sich schnell darauf ein, und das Duell wurde zu einer Art Tanz, bei dem jeder Schritt, jeder Hieb, jeder Stoß, jede Parade, jeder

Ausfall die Entscheidung bringen konnte. Jeder Hieb des einen Gegners wurde vom anderen sofort erwidert; die Klingen sausten und zischten in der lauen Nachtluft auf der Suche nach ihrem Ziel, aber keiner von beiden schien die Oberhand zu gewinnen.

Der Skorpion war es nicht gewohnt, gegen einen ebenbürtigen Fechter zu kämpfen. So etwas war in all den Jahren kaum je vorgekommen, und seine vorsichtigere Haltung spiegelte seine Ratlosigkeit gegenüber diesem unerwarteten Umstand wider.

Der Mörder versuchte, die Distanz zu verringern, wie es der Maler kurz zuvor bei ihm getan hatte, musste aber feststellen, dass der Bischof auch auf diese Kampftechnik vorbereitet war und sie ihm sogar noch mehr behagte als ein Duell auf Abstand.

Das Kräfteverhältnis hatte sich umgekehrt. Wie zuvor der Maler, wagte nun auch der Skorpion eine gefährliche Finte.

Mit einem Sprung entfernte er sich von seinem Gegner, stürzte mittels einer Drehung auf dem rechten Fuß jäh wieder auf ihn zu, wechselte das Schwert von der rechten in die linke Hand und stieß zu.

All das spielte sich im Bruchteil einer Sekunde ab, kaum mehr als ein Wimpernschlag.

Die Klinge des Mörders schnellte vor, aber de Simara war genauso schnell. Er durchschaute die Absicht des anderen, warf sich zur Seite, bog gleichzeitig den Oberkörper nach hinten und stieß seinen Degen dem Gegner in den Bauch.

Die beiden Gestalten, die im Schein des schon fast untergegangenen Mondes nur noch schemenhaft zu erkennen waren, verharrten so, während die Zeit stillstand.

Dieser Moment der Reglosigkeit, der dem Maler wie nicht von dieser Welt vorkam, schien ewig zu dauern. Dann sank einer der beiden Schemen in einer fließenden, ergebenen Bewegung zu Boden.

Das Duell war vorbei.

Kapitel LXXI

Der schon leblose Körper des Skorpions fiel mit unwirklicher Langsamkeit, als befände er sich unter Wasser. Die Arme flogen zur Seite, die linke, nun willenlose Hand öffnete sich, und das von so vielen gefürchtete, legendäre Schwert traf mit einem dumpfen Geräusch auf dem niedergetretenen Gras auf.

Die Knie des Mörders gaben nach, und der ganze Körper folgte und sank seitlich auf die Hüfte, den Kopf auf die Schulter gebettet.

Bischof de Simara blieb lange vor dem Toten stehen und betrachtete ihn, als wollte er sich diesen Moment ins Gedächtnis einprägen. Auch der Maler stand immer noch wie erstarrt und konnte nicht glauben, mit welcher Plötzlichkeit die dramatische Begegnung ein Ende gefunden hatte.

Irgendwann kam ein Nachtfalter mit seinem eigentümlich taumelnden Flug herbei und setzte sich auf den Kopf des Toten. Dieser kleine Vorfall genügte, um den Zauber zu brechen.

Unvermittelt ging de Simara in die Knie, führte die linke Hand an seine rechte Schulter und ließ ebenfalls seine Waffe fallen.

Fulminacci eilte zu ihm, da er sich offensichtlich bei dem letzten furchtbaren Schlagabtausch verletzt hatte.

»Seid Ihr verwundet, Monsignore?«, fragte er und hockte sich neben ihn.

»Ja, an der Schulter. Dieser Teufel war wirklich schnell wie der Blitz. Es ist aber keine schwere Verletzung, glaube ich. Helft mir aufzustehen, Messer Sacchi.«

Fulminacci stützte den Bischof unter der Achsel und dem Ellbogen der unverletzten Seite und half ihm auf die Beine.

»Ihr blutet stark, Signore.«

»Es ist nichts, achtet nicht darauf«, erwiderte der Geistliche. Doch sein Gesicht war blass und eingefallen und seine Stimme nur noch ein Flüstern.

»Wir müssen die Wunde sofort fest verbinden. In solchen Fällen ist der Blutverlust das Gefährlichste. Lasst mich nur machen, ich verstehe mich ein wenig auf solche Dinge.«

Der Maler knotete seinen Umhang auf und ließ ihn zu Boden gleiten, dann zog er seinen Überrock und das Leinenhemd aus, das er entlang des Fadenverlaufs zu Verbandsstreifen zerriss.

»Zieht Euren Rock aus, Monsignore. Ich werde Euch einen Notverband anlegen, um die Blutung zu stillen, bis wir einen Chirurgen finden.«

»Seht, Messer Sacchi«, sagte de Simara, während der Maler sich an seinem Arm zu schaffen machte. »Der grausamste Meuchelmörder Europas, die lebende Legende, der Skorpion. Was ist von ihm übrig geblieben?«

Fulminacci band die improvisierte Kompresse fest und drehte sich zu der Leiche im Gras um.

Der Mann, vor dem die Mächtigen der Erde gezittert hatten, dessen Name genügte, um den Menschen nackte Angst einzujagen, der erbarmungslose Henker, der unfehlbare Auftragsmörder war zu einem Häuflein Nichts geworden.

Mit dem Leben hatte der Skorpion auch seine mythische Aura eingebüßt, sein düsteres Charisma, seine diabolische Anziehungskraft, und übrig blieb nur noch das, was er war: ein klapperdürrer Greis mit zahnlosem Mund und wässrigen Augen, die ins Leere blickten.

»*Sic transit gloria mundi*«, verkündete de Simara. »Gott möge seiner Seele gnädig sein, obwohl er in diesem Fall wohl seine ganze unendliche Barmherzigkeit aufbieten muss, um ihm zu vergeben.«

»Offen gestanden, mir ist er tot lieber«, bemerkte Fulminacci. »Als Lebender ist er mir einmal zu oft über den Weg gelaufen. Ich danke Euch, dass Ihr mir rechtzeitig zu Hilfe gekommen seid, Monsignore. Ihr habt mir das Leben gerettet.«

Der Bischof schüttelte den Kopf. »Macht Euch nicht zu viele Gedanken über solche Dinge, Messer Sacchi. Wir alle haben Gott unser Leben zu verdanken, auch die Sünder. Auch der Skorpion.«

»Wollt Ihr sein Schwert?«

»Nein, behaltet Ihr es. Ich werde es wohl nicht mehr brauchen, hoffe ich. Was den Bernstein betrifft, so werde ich ihn Pater Kircher schenken. In seiner Sammlung wird er sich prächtig ausnehmen.«

Der Maler hob das Schwert des Skorpions auf, wischte die Klinge am Umhang des Toten ab und schob es in die Scheide. Es war erstaunlich leicht, strahlte aber immer noch etwas Bedrohliches aus, das Respekt einflößte.

»Wir sollten jetzt besser zurückkehren, Monsignore. Meint Ihr, Ihr könnt gehen?«

»Ich denke schon, wenn mir auch ein wenig Hilfe nicht unwillkommen wäre. Wohlan, gehen wir.«

Sie legten den Weg zum Palast mit qualvoller Langsamkeit zurück. Obwohl de Simara von Fulminacci gestützt wurde, musste er oft anhalten, da ihn die tiefe Verletzung schwächte. Trotz des festen Verbands sickerte das Blut schon durch den Stoff und rann ihm über den rechten Arm.

Die Gäste waren nach den zahlreichen Amüsements im Freien hineingegangen, wo in dem riesigen Festsaal das Bankett stattfand. Nur eine kleine Schar von Mägden, Dienern und Knechten eilte auf dem Rasen hin und her und räumte auf, machte sauber, deckte Tische ab, um gleich darauf alles neu herzurichten und frisch zu decken, da die Herrschaften nach dem Essen wieder herauskommen würden.

So konnten Fulminacci und de Simara vorübergehen, ohne durch neugierige Fragen wegen ihres Zustands aufgehalten zu werden – der eine sichtlich verwundet, der andere ohne Hemd, den Rock nachlässig um die Schultern gehängt.

Fulminacci hatte darauf bestanden, dass der Bischof sich als Erstes, ehe er sich um etwas anderes kümmerte, von Melchiorri behandeln ließ, dessen Fähigkeiten als Chirurg weit über den engeren Kreis der Königin hinaus bekannt waren.

Angesichts der Entschlossenheit, mit der sein Begleiter diese Forderung vorbrachte, schien dem Bischof jeder Widerstand zwecklos und er gab nach. Außerdem wollte er sich gern persönlich davon überzeugen, dass es Pater Wiedenmann gut ging, dessen Überleben im Moment das Wichtigste war.

Als sie das Laboratorium betraten, sahen sie auf den ersten Blick, dass etwas passiert sein musste.

Im Speisezimmer, das rechts vom Eingang lag, wimmelte es von Musketieren, die vier gefesselte Männer an der Wand bewachten.

Capitaine de la Fleur kam seinem Vorgesetzten sogleich entgegen.

»Mein Gott, Monsieur, Ihr seid verwundet! Schnell, Bruyère, holt Melchiorri, wir brauchen sofort einen Arzt!«

»Keine Sorge, Capitaine«, sagte der Bischof, »es ist nichts Ernstes. Aber was ist hier vorgefallen?«

»Der Skorpion?«, wollte der Offizier zuerst wissen.

»Der Skorpion stellt keine Gefahr mehr dar. Seine Leiche liegt auf einer kleinen Lichtung im hinteren Teil des Parks. Wer sind nun aber diese Männer?«

»Die Komplizen des Skorpions, Monsignore. Wir haben sie vor kurzem verhaftet. Einem unserer Musketiere ist bei der Suche nach dem Mörder aufgefallen, dass der Mantel eines Gasts eine verdächtige Ausbeulung aufwies. Zusammen mit Sergeant Bruyère ist er auf den Mann zugegangen, der, als er sich entdeckt sah, die Flucht ergriff. Andere Musketiere sind herbeigeeilt, und es kam zu einem kleinen Handgemenge, bei dem wir diese vier hier festgenommen haben. Wir wollten sie gerade verhören, als Ihr eingetroffen seid.«

»Sehr gut. Endlich ist das Glück auf unserer Seite. Wie geht es Pater Wiedenmann?«

»Leider gibt es da keine guten Neuigkeiten. Es schien ihm besser zu gehen, doch dann verschlechterte sich sein Zustand plötzlich wieder. Ich glaube, er ringt mit dem Tod.«

»Verdammt, wollt Ihr etwa sagen, dass alles umsonst war?«, entfuhr es dem Bischof.

»Ich fürchte, ja«, antwortete die warme, ruhige Stimme von Melchiorri, der in diesem Augenblick hereinkam. »Pater Wiedenmann ist bewusstlos und atmet nur noch schwach. Die Attentäter müssen eine mir unbekannte Giftmischung verwendet haben, eine Lösung aus verschiedenen toxischen Substanzen, von denen eine eine verzögernde Wirkung hatte. Ich konnte zwar etwas dagegen tun, aber es war wohl leider zu spät. Einer der Bestandteile des Tranks hatte schon die Gehirndünste angegriffen.«

»Und es besteht keine Möglichkeit, dass der Pater sich wieder erholt?«

Melchiorri hob die Arme. »Das liegt in der Hand Gottes, Monsignore. Ich habe schon ähnliche Fälle eines solchen Tiefschlafs beobachtet, die allerdings durch natürliche Ursachen und nicht durch Gift hervorgerufen worden waren. Meistens verstarben die Patienten, ohne das Bewusstsein wiederzuerlangen. Bei einigen wenigen trat eine allmähliche Besserung ein, und in einem speziellen Fall, den ich vor vielen Jahren in Ferrara erlebt habe, geschah mit einem Mann, der an einem vergleichbaren Übel litt, weder das eine noch das andere. Er starb nicht, wachte aber auch nie aus seiner Ohnmacht auf. Was Pater Wiedenmann betrifft, wage ich keine Prognose zu stellen. Doch nun erlaubt mir, mich um Eure Verletzung zu kümmern, Monsignore.«

Der Bischof legte seinen Umhang ab und ließ Melchiorri den Notverband entfernen.

»Eine tiefe, aber Gott sei dank saubere Wunde«, sagte Melchiorri. »Ich werde sie nähen müssen. Ihr habt Glück gehabt, zwei Fingerbreit weiter rechts, und Ihr hättet den Arm womöglich nicht mehr gebrauchen können.«

De Simara setzte sich auf einen Hocker und ließ die schmerzhafte Prozedur über sich ergehen, ohne mit der Wimper zu zucken.

»Was machen wir jetzt, Monsignore?«, fragte de la Fleur.

»Wir beten, Capitaine. Wir wollen beten, dass Pater Wiedenmann wieder gesund wird, aber vor allem, dass die Königin sich endlich davon überzeugen lässt, nach Schweden zurückzukehren.«

Fulminacci nutzte das Gespräch zwischen den beiden, um Sergeant Bruyère beiseitezunehmen.

»De Simara ist ein ziemlich außergewöhnlicher Bischof«, murmelte er. »Noch nie habe ich einen so guten Fechter gesehen, abgesehen vom Skorpion selbst.«

»Monsignore ist nicht immer ein Mann der Kirche gewesen«, antwortete der Unteroffizier. »Es gab einmal eine Zeit, vor vielen Jahren, während der Herrschaft Ludwig XIII., als der Mann, den Ihr heute im Bischofsgewand seht, ein Musketier war. Zusammen mit drei Kameraden hat er damals ein Komplott des Kardinals Richelieu gegen die Königin vereitelt. Inzwischen sind zwei von ihnen tot, einer hat sich auf sein Weingut im Bordeaux zurückgezogen, und de Simara ist der Gesellschaft Jesu beigetreten.«

»Seltsam, ich habe nie von ihm gehört«, bemerkte der Maler nachdenklich. »Ein so tapferer Musketier müsste doch berühmt geworden sein.«

»Sein Name war zu jener Zeit nicht de Simara.«

»Wollt Ihr mir seinen richtigen Namen nicht sagen?«

»Der Bischof hat allen, die sein Geheimnis kennen, verboten, darüber zu sprechen. Aber Ihr könnt ihn ja selbst fragen.«

Melchiorri hatte inzwischen die Wunde des Bischofs genäht.

»Das Kataplasma, das ich Euch jetzt auflege, beruht auf einer von mir erfundenen Geheimformel, Monsignore«, sagte der Großmeister. »Ihr werdet sehen, dass es Infektionen verhindert und ein schnelles Abheilen der Wunde begünstigt.«

»Woraus besteht es?«, fragte der Bischof.

»Wollt Ihr das wirklich wissen?«

»Ich habe mich gerade mit dem Skorpion duelliert und glaube, diese Enthüllung auch noch verkraften zu können.«

»Es handelt sich um eine Paste aus Kräutern, der ich ein wenig Spinnweben und die Sporen eines bestimmten Schimmelpilzes hinzugefügt habe. Ich konnte schon öfter feststellen, dass eine solche Mischung wahre Wunder bei dieser Art von Verletzungen bewirkt.«

»Spinnweben und Schimmelpilze«, sagte der Bischof, »ja, davon habe ich schon gehört. Ein Freund, der gerade aus der Neuen Welt zurückgekehrt ist, hat mir erzählt, dass die eingeborenen Indianer ähnliche Heilmittel verwenden.« Er räusperte sich und stand auf. »So, da dieses alte Gerippe nun wieder zusammengeflickt ist, können wir in den Palast zurückkehren. Die Königin fühlt sich am Ende noch beleidigt, wenn wir ihre vorzügliche Gastfreundschaft nicht würdigen.«

»Seid Ihr sicher, dieser Anstrengung gewachsen zu sein, Monsignore?«, fragte de la Fleur.

»Ah, Capitaine, denkt daran: Ein Soldat Jesu tut nicht das, was ihm beliebt, sondern das, was ihm die Pflicht auferlegt.«

Kapitel LXXII

Die kleine Gruppe bestehend aus de Simara, Beatrice, de la Fleur, Fulminacci und Melchiorri verließ das Laboratorium und ging auf den Festsaal im Hauptgebäude zu, wo das große Bankett inzwischen begonnen haben musste.

»Diese Geschichte mit den Komplizen des Skorpions, die sich wie Hühner einfangen lassen, überzeugt mich irgendwie nicht«, flüsterte der Maler dem Freund zu.

»Nein, ich glaube auch nicht, dass es sich um Komplizen des Skorpions handelt, Giovanni.«

»Aber wer sind die Kerle dann?«

»Sicher weiß ich es nicht, aber ich glaube, es handelt sich um die Häscher, die Beatrice entführen sollten. Mutis Männer. Als sie keine Anweisungen vom Inquisitor erhielten, sind sie nervös geworden und haben in Gegenwart von Bruyères wachsamen Musketieren den Kopf verloren.«

»Wenn sie alles ausplaudern, geht es uns an den Kragen.«

»Ich glaube nicht, dass sie den Mund aufmachen werden.«

»Aber wenn sie nicht reden, landen ihre Köpfe noch vor Ende der nächsten Woche auf dem Henkersblock«, wandte der Maler ein.

»Ich vermute mal, dass sie lieber dieses Risiko eingehen, als den Zorn der heiligen Inquisition auf sich zu ziehen. Sie wissen ja nicht, dass Muti in diesem Moment schon zum Sklavenmarkt von Tunis unterwegs ist. Du hast die Kerker des Heiligen Offiziums gesehen und weißt, dass ein schneller, sauberer Tod nicht das schlimmste aller Übel ist.«

»Dann wäre diese ganze Geschichte jetzt also wirklich vorbei?«, sagte Fulminacci ungläubig.

»Ja, sieht so aus.«

Die Gesichtszüge des Malers entspannten sich zum ersten Mal seit vielen Tagen, wenn sich auch ein leichtes Zittern seiner Hände bemächtigte. Er musste die Handflächen gegen die Oberschenkel pressen, um dieses unkontrollierbare Zucken zum Stillstand zu bringen.

»Das haben wir alles deiner Schlauheit zu verdanken, Baldassarre.«

»Und deinem Degen. Und dem des Bischofs. Außerdem sollten wir nicht vergessen, dem Glück zu danken. Ohne eine ordentliche Portion Fortune hätten wir es nie geschafft.«

»Was willst du jetzt tun?«, fragte Fulminacci.

»Ich? Gar nichts, zum Donnerwetter! Ich werde schön im Dienste der Königin bleiben und das süße Leben an ihrem Hof genießen. Dir, mein Lieber, würde ich raten, dich gut mit Bellori zu stellen. Er ist der angesehenste Kunsthändler der Stadt. Ein Wort von ihm genügt, um einen Maler reich zu machen, auch wenn er so ein Stümper ist wie du.«

Zum ersten Mal seit rund einer Woche konnten die beiden Freunde aus vollem Herzen miteinander lachen.

Der Festsaal erstrahlte in aller Pracht; die Tische waren mit den feinsten Servietten aus flandrischem Leinen gedeckt, mit dem glänzendsten Silberbesteck und mit den zerbrechlichsten, kostbarsten Tellern aus China-Porzellan, bemalt mit Zechinengold. Tausend Kandelaber erfüllten den immensen Raum mit einem warmen goldenen Licht. Die Tischgäste hatten gerade ihre Plätze eingenommen, nachdem den ermüdenden höfischen Zeremonien Genüge getan war, als die vier den Saal betraten und an der Tür von einem höchst erstaunt guckenden Kardinal Azzolini in Empfang genommen wurden.

»Monsignore«, rief er, an de Simara gewandt, »ich habe Euch schon mit Sorge erwartet. Habt Ihr vom Zustand des armen Pater Wiedenmann gehört?«

Der Bischof nickte. »Zum Ausgleich ist nun wenigstens der Skorpion zu seinen Ahnen gegangen beziehungsweise schmort im untersten Kreis der Hölle. Seine Komplizen sind festgenommen und werden streng bewacht. Hat die Königin von den Vorfällen erfahren?«

»Sie stand nur wenige Schritte entfernt, als es zu dem kleinen Gefecht gekommen ist. Sie hat sich gleichgültig gegeben, aber ich glaube, sie war sehr erschrocken.«

»Wir müssen das Eisen schmieden, solange es heiß ist. Erzählt ihr, dass gerade ein Attentat auf sie vereitelt worden ist. Sagt, dass der Skorpion persönlich auf sie angesetzt worden war, zeigt ihr seine Leiche. Christine weiß, von wem die Rede ist, und wird einen Heidenschreck bekommen, der sie vielleicht endlich dazu bringt, die Reise nach Schweden anzutreten.«

»Eine ausgezeichnete Idee. Wir müssen allerdings auch noch diese andere Angelegenheit regeln«, flüsterte der Kardinal und deutete auf den Maler, der gemeinsam mit Melchiorri und Beatrice den ungeheuren Luxus bestaunte, den die Königin aufgeboten hatte.

»Das kann bis nach dem Essen warten, Eminenz. Lassen wir sie noch das Bankett genießen, sie haben es sich verdient.«

Ein paar Kammerdiener geleiteten die neuen Gäste an ihre Plätze, während die letzten Nachzügler in den Saal drängten, die – nach ihrem zerzausten, atemlosen Äußeren zu urteilen – aus irgendeinem Alkoven kamen, wo sie sich eine pikante Vorspeise gegönnt hatten. Azzolini nahm neben der Königin Platz und de Simara neben ihm. Die übrigen drei Plätze wurden der Reihe nach an den Großmeister, die strahlend schöne Beatrice und Fulminacci vergeben, der seine Kleidung wieder vervollständigt hatte, bevor er das Laboratorium verließ.

Die Gänge, die nun nacheinander aufgetragen wurden, schienen direkt aus dem Schlaraffenland zu kommen: Austern aus der Adria, serviert mit einem leichten, moussierenden französischen Weißwein, den der Maler noch nie gekostet hatte. In hauchfeinen Speck gewickelte Krebse, Seebarsch in süß-saurer Soße, mit Jungfischen gefüllte Langusten und weitere ähnliche Köstlichkeiten. Auf die Gaben des Meeres folgten die der Erde: Stockentenpastete, Krickentensülze mit getrüffelten Äpfeln, Foie gras im Teigmantel mit einem Kompott aus süßen Zwiebeln, Wild vom Spieß mit karamellisierten Pflaumen und Johannisbeersoße.

Die Weine, die jeden Gang begleiteten, waren vom Besten, was man bekommen konnte: trockene Weißweine von der Mosel, würzige Tropfen aus dem Elsass, vollmundige, blutrote Nektare aus dem Médoc, dem Burgund, aus Alicante, honigsüße Weine, fachmännisch gereift in den kühlen, feuchten Kellern Siziliens, Spaniens und der Provence.

Auf die Fleischgänge folgte ein Apfelsorbet, das perfekt begleitet von einem Schnaps namens Calvados eingenommen wurde und den Gästen erlaubte, mit frischem Elan dem triumphalen Einzug der süßen Nachspeisen entgegenzusehen: geeister sizilianischer Ricottakuchen mit Schokolade und kandierten Früchten, lauwarme normannische Apfeltartes mit Zabaione und als würdiger Abschluss die überwältigenden Wundergebilde aus Zucker, die den Stolz jedes namhaften Konditors darstellten.

Ganze Trupps von Bediensteten schleppten große, elegante Tabletts herein, auf denen diese Meisterwerke des Zuckerbäckerhandwerks angerichtet waren: filigrane, hohe Konstruktionen in Form der Spitztürmchen gotischer Kathedralen, luftige Brücken und schließlich die größte und verblüffendste Kreation: ein riesiger Thron aus gesponnenem Zucker, auf den der unvergleichliche Bartolomeo Stefani, der Koch der Könige, sein ganzes Können verwandt hatte. Während die vorhergehenden, schon sehr erstaunlichen Werke nur aus einfarbigem, leicht karamellisiertem Zucker bestanden, war dieses in den unverkennbaren Farben der Vasa gehalten: Himmelblau und Gold. Als Huldigung an den Papst, welcher der schwedischen Königin so wohlwollend seine Gastfreundschaft gewährte, war in der Mitte des Throns, an der Stelle, wo die Königin ihren Nacken angelehnt hätte, das aus Zuckerwerk nachgebildete Wappen der heiligen römisch-katholischen und apostolischen Kirche zu sehen.

Dieses letzte Meisterwerk wurde von den Speisenden mit lautem Applaus empfangen, auf den eine ausgedehnte Ovation an Christine folgte, die allerkatholischste Königin von Schweden, wenn auch zur Zeit ohne Thron, sowie an den Heiligen Vater Alexander VII., der leider zu sehr mit einem aussichtslosen Kampf gegen seine Nierensteine beschäftigt war, um die Feier mit seiner erhabenen Anwesenheit zu krönen.

Fulminacci hatte nach diesem Abend voller Schrecken und Gefahren den vielen Köstlichkeiten, vor allem den flüssigen, tüchtig zugesprochen, sodass er sich nun in einem Zustand befand, den man vielleicht nicht gerade als Trunkenheit bezeichnen konnte, wohl aber als fortgeschrittene Heiterkeit. Kurzum, wenn er nicht besoffen war, so doch deutlich beschwipst.

In seinem Eifer, die Lebensmittelbestände der Königin zu dezimieren, bekam er das Gespräch nicht mit, das sich neben ihm zwischen dem Großmeister und Beatrice entspann.

»Finden die Speisen deine Zustimmung, Beatrice?«, fragte Melchiorri höflich, während der Maler noch einmal mit Nachdruck den Verzehr der Entenpastete in Angriff nahm.

»Puh«, schnaufte sie, »ich kann nicht sagen, dass sie nicht gut sind, im Gegenteil. Aber mit dem Geld für dieses Bankett hätte man alle Armen der Stadt satt bekommen können. Was für eine Verschwendung! Außerdem ist es unerträglich heiß hier drin.«

Sie nahm ihre feine Serviette aus flandrischem Leinen und fächelte sich Luft zu. Dabei verfing sich der mit Spitze und Stickerei verzierte Rand der Serviette in ihrer Halskette und zog den Anhänger hervor, der bis dahin in ihrem Dekolletee verborgen gewesen war: eine kleine Scheibe in Form des abnehmenden Mondes, die mit winzigen Edelsteinen besetzt war.

»Wo… Woher hast du diesen… diesen reizenden Anhänger, Beatrice?«, hauchte der Großmeister mit plötzlich ganz dünner Stimme.

Die junge Frau nahm das kleine Schmuckstück in die Hand und betrachtete es, als sähe sie es zum ersten Mal.

»Das? Ach, das ist ein Familienerbstück. Meine Mutter hat es mir gegeben.«

Melchiorri schluckte schwer.

»Es ist sehr… sehr hübsch… Verzeih, wenn ich dir eine so

persönliche Frage stelle, aber weißt du, woher deine Mutter es hatte?«

»Sie hat es eigentlich schon immer gehabt. Ich glaube, dieser Mistkerl von meinem Vater hat es ihr mal geschenkt.«

Melchiorri war sichtlich blass geworden und musste seine bebenden Hände unterm Tisch verstecken.

»Das sind harte Worte über jemanden, der dir das Leben geschenkt hat.«

»Liegt wohl daran, dass das das Einzige ist, was er mir gegeben hat«, erwiderte Beatrice mit finsterem Gesicht. »Dieser Bastard hat meine Mutter kurz vor meiner Geburt sitzen lassen und sich nie mehr gemeldet. Ich hoffe, er ist tot oder, besser noch, ein Gefangener der Türken.«

»Und deine Mutter? Ist sie …?«

»Oh nein, meiner Mutter geht es gut, Gott sei Dank. Sie hält sich zur Zeit in Frosinone auf, am Krankenbett einer alten Tante, die im Sterben liegt, aber sie wird in wenigen Tagen nach Rom zurückkehren. Ich stelle sie dir gern einmal vor, Baldassarre. Sie wird dir bestimmt gefallen. Sie ist eine außergewöhnliche Frau.«

Melchiorri schluckte erneut und konnte seine Augen nicht von dem Anhänger lösen, der im makellosen Dekolletee der Kartenlegerin baumelte.

»Das bezweifele ich nicht«, murmelte er schwach.

Am Ende des üppigen Mahls erhoben sich die Gäste und folgten der Königin hinaus auf die weitläufige Rasenfläche, wo auch der erste Teil des Fests stattgefunden hatte. Dort wurden neue Erfrischungen gereicht, süße, duftende Sorbets und Tassen voll bitterer, gewürzter Schokolade.

Azzolini nutzte die Gelegenheit, um an den Maler heranzutreten, der sich nach wie vor in Gesellschaft der jungen Wahrsagerin befand. Melchiorri dagegen war, kurz nachdem sich das Bankett aufgelöst hatte, auf mysteriöse Weise verschwunden. Im Gefolge des Kardinals befand sich der allgegenwärtige de Simara, der sich überraschend schnell von seiner Verwundung zu erholen schien.

»Messer Sacchi«, begann der Kardinal, »ich möchte Euch den Dank der heiligen Mutter Kirche und meine persönliche Anerkennung für den Beitrag aussprechen, den Ihr zur Beilegung dieser schmerzlichen Angelegenheit geleistet habt. Um unserer Dankbarkeit auf konkrete Weise Ausdruck zu geben, habe ich mit dem General des souveränen Ordens der Malteserritter gesprochen, der einen fähigen Künstler braucht, um einige wichtige Werke in mehreren Gebäuden seiner Bruderschaft ausführen zu lassen. Er will sich gern Eurer Meisterschaft anvertrauen und erwartet Euch so bald wie möglich, damit mit den Arbeiten begonnen werden kann.«

Endlich!

Fulminaccis Herz machte einen Sprung. Endlich, nach so viel Mühe, Leid und Entbehrungen wendete sich das Blatt, und er bekam die Chance, der Welt sein Können zu zeigen!

Nur mit Mühe bezähmte er seine Begeisterung.

»Ich werde dem General mit Freuden zur Verfügung stehen, für jeden Auftrag, mit dem er mich betraut«, brachte er stammelnd hervor.

»Sehr gut, das wäre also abgemacht«, sagte der Kardinal sichtlich zufrieden. »Morgen bei Sonnenaufgang legt ein Schiff im Hafen von Ostia ab. Der Kapitän wird Euch gern an Bord nehmen.«

»Ein Schiff? Ich verstehe nicht …«

»Gewiss, Messer Sacchi! Die Malereien müssen im Sitz des souveränen Ordens ausgeführt werden, auf der Insel Malta. Und wie wollt Ihr die Insel erreichen, wenn nicht mit einem Schiff? Ihr seid doch wohl nicht Astolfo, der die Lüfte auf dem Rücken eines Hippogryphen durchpflügt?«

Der Kardinal lachte laut über seinen eigenen Scherz, und alle Umstehenden stimmten mit ein, manche mehr, manche weniger belustigt.

»Ich vermute, dass unser Fräulein Beatrice Euch bei dieser neuen, friedlicheren Unternehmung begleiten möchte«, bemerkte Azzolini, als sein Heiterkeitsausbruch verebbt war.

Beatrice wollte widersprechen, doch ein langer Blick des Bischofs genügte, und die Worte erstarben auf ihren Lippen.

Sie schluckte ein paarmal, dann senkte sie den Blick.

»Wie Euer Eminenz befiehlt …«, murmelte sie.

Das Herz des Malers jubelte erneut vor Freude.

»Und der gute Großmeister«, fuhr Azzolini fort, »den wollen wir doch nicht vergessen?«

Es wurden Diener ausgeschickt, um Melchiorri herbeizuholen. Sie suchten den Palast von oben bis unten ab, fanden aber nicht die geringste Spur von ihm.

EPILOG

Die Küste Latiums verschwand langsam in der Ferne, als das Schiff in See stach. Giovanni Battista Sacchi, genannt Il Fulminacci, Maler, Bildhauer, Architekt sowie Haudegen, Abenteurer, Glücksspieler und noch vieles andere mehr oder weniger Ehrenwerte, blickte interessiert, aber ohne das geringste Bedauern auf seine kleiner werdende Heimat zurück.

In seinem Kopf wimmelte es von Plänen und zunehmend hochfliegenden Ideen.

Seine Zukunft lag auf der sonnigen Insel Malta, wo er die Gelegenheit haben würde, sich auf höchstem Niveau mit den größten Künstlern der Vergangenheit zu messen. In diesem Moment hatte er das Gefühl, dass kein Ziel, und sei es noch so ehrgeizig, für ihn zu hoch gesteckt war.

Er fuhr sich mit der Hand über die Augen, um die Müdigkeit zu vertreiben.

Die letzten Stunden waren hektisch gewesen.

Nachdem er von seiner baldigen Abreise erfahren hatte, war er zu seinem kargen Herbergszimmer geeilt, um seine wenigen Habseligkeiten zusammenzupacken. Dann hatte er seinem Freund Valocchi einen Besuch abgestattet, der ihn in der Folge eines homerischen Rausches mit roten Augen und belegter Zunge empfangen hatte. Fulminacci hatte ihm die große Neuigkeit mitgeteilt und ihm eine bestimmte Geldsumme anvertraut, mit der er einige schon viel zu lange bestehende Schulden für ihn begleichen sollte.

Der Abschied zwischen ihnen war trotz des angeschlagenen Zustands des Flamen sehr gefühlvoll ausgefallen, und sie hatten beide versprochen, sich regelmäßig zu schreiben.

Kaum hatte er diese Pflichten erledigt, war Fulminacci in eine

Kutsche verladen worden, die Kardinal Azzolini zur Verfügung gestellt hatte, um ihn zum Hafen von Ostia zu befördern.

Darin hatten bereits Beatrice und Zane gesessen.

Die Freundin war schlechter Stimmung gewesen, doch vor lauter Aufregung über das bevorstehende Abenteuer, das ihm zweifellos viel Ruhm und Geld einbringen würde, hatte er kaum darauf geachtet und auf der gesamten Fahrt munter vor sich hin geplappert.

Das Einzige, was sein Glück ein wenig trübte, war das plötzliche Verschwinden des Großmeisters Baldassarre Melchiorri, der wie vom Erdboden verschluckt blieb, obwohl die Männer des Kardinals überall nach ihm gesucht hatten.

Wenn er untergetaucht ist, wird er schon seine Gründe haben, dachte Fulminacci.

Jetzt aber wollte er alle Sorgen hinter sich lassen und seine Gedanken angenehmeren Dingen zuwenden.

Er verließ seinen Platz und ging zur anderen Bordwand, um aufs offene Meer zu blicken, über das eine kräftige Brise fegte.

An seiner Seite hing das Schwert des Skorpions.

Sein Schutz und Schirm.

Unter Deck schlief Beatrice.

Seine Liebe.

Und dort draußen, hinter dem Horizont, lag die Insel Malta.

Seine Zukunft.

Historische Anmerkungen

Die Idee zu diesem Roman entstand aus der Faszination, die Athanasisus Kircher von Anfang an auf mich ausübte, als ich vor vielen Jahren von ihm erfuhr.

Kircher (* 1602, Geisa bei Fulda – † 1680, Rom) trat als sehr junger Mann in die Gesellschaft Jesu ein und widmete sein ganzes Leben der Wissenschaft. Von ihm sind bedeutende Werke zu den verschiedensten Gebieten erhalten: über Vulkanologie und Optik, Musiktheorie und Akustik. Er ist möglicherweise der Erfinder der Laterna magica, einer Vorläuferin des heutigen Kinos, und erwiesenermaßen der Erste, der wirksame Apparate zur akustischen Verstärkung entwickelte. Jahrzehntelang versuchte er, die ägyptischen Hieroglyphen zu entziffern, was ihm nicht gelang, aber er ahnte, dass es sich nicht um Ideogramme, sondern um phonetische Zeichen handelt. Kirchers Vermutung wurde von Champollion aufgenommen, der ihn in seinen Schriften zitiert. Kircher stand in Kontakt mit den wichtigsten Denkern der Epoche, darunter Gassendi, Leibniz und Newton, um nur einige zu nennen. Er selbst galt allgemein als der gelehrteste Mann seines Jahrhunderts.

Beim Verfassen dieses Romans habe ich, wie man sich vorstellen kann, ein oft unentwirrbares Geflecht aus Wirklichkeit und Fantasie geknüpft, aus historischen Fakten und erfundenen Ereignissen, aus realen Personen und rein literarischen Figuren.

Der Skorpion, der ungreifbare Mörder, ist ein Produkt meiner Fantasie, auch wenn finstere Gestalten wie er zu jener Zeit alles andere als selten waren. Der Meuchelmord war ein beliebtes politisches Mittel, dessen sich die Machthaber mit großer Skrupellosigkeit bedienten. Um mir ein kleines Urteil am Rande zu erlauben: Der menschliche Fortschritt in den Jahrhunderten, die seitdem vergangen sind, scheint in keinem Verhältnis zum wissenschaftlichen zu stehen.

Auch Giovanni Battista Sacchi, genannt Il Fulminacci, Maler, Bildhauer etc., ist natürlich eine Erfindung. Einige Charakterzüge hat er aber durchaus mit bekannten Künstlern des Barock gemein, die genauso gern und schnell zum Schwert griffen wie zum Pinsel, man denke nur an Michelangelo Merisi da Caravaggio.

Das Gleiche gilt nicht für Beatrice, für die man schwerlich ein historisches Vorbild finden dürfte, da die Rolle der Frau zu jener Zeit eine eher untergeordnete war. Weil ich dem Maler eine unabhängige, intelligente, besonnene und couragierte Frauenfigur zur Seite stellen wollte, habe ich mir erlaubt, die Grenzen der Historizität etwas zu dehnen, und hoffe auf die Nachsicht meiner Leserinnen und Leser.

Baldassarre Melchiorri, der Großmeister, wurde nach einer schillernden Persönlichkeit geformt, die in dieser Epoche eine gewisse Berühmtheit genoss: Giuseppe Francesco Borri, ein Mann, der den Aberglauben und die Verführbarkeit der Leute auszunutzen und sich zu bereichern wusste, indem er sich die denkwürdigsten Tricks und Schelmereien ausdachte. Heute würde man ihn als Scharlatan und Hochstapler bezeichnen, aber damals hatte er beträchtlichen Erfolg mit seiner Masche.

Bernardo Muti ist zwar ebenfalls meiner Feder entsprungen, erforderte aber am wenigsten Erfindungsgabe. Sowohl in der Romanliteratur als auch in der historischen Essayistik finden sich reihenweise solche Fanatiker und Glaubenstyrannen, die das Wort »Zweifel« nicht kannten. Die sogenannte heilige Inquisition war seit ihrer Gründung ein gefundenes Fressen für diese sadistischen, blutgierigen Männer, angefangen bei ihrem Gründer. Daher fiel es nicht schwer, eine Figur zu zeichnen, die abgrundtief böse und zugleich vollkommen glaubwürdig ist.

Valocchi, der flämische Maler, ist eine für seine Zeit sehr typische Gestalt. Um die Mitte des siebzehnten Jahrhunderts wurde Rom von Künstlern aus den Niederlanden regelrecht überschwemmt, die nach ihrem bekanntesten Vertreter, Pieter Van

Laer, genannt »Il Bamboccio« (»das Dickerchen«), als »Bamboccianti« bezeichnet wurden. Diese Bamboccianti nahmen den Lebensstil der Bohemiens im Paris des neunzehnten Jahrhunderts um zwei Jahrhunderte vorweg. Sie hatten eine Vorliebe für Völlerei und Glücksspiel, für Bordellbesuche und Raufhändel und stellten mehrere Jahrzehnte lang eine wahre Geißel für die Stadt dar. Eine ebensolche Geißel, aber auf längere Zeit und europaweit, waren die Bettlerbruderschaften. Schon seit dem hohen Mittelalter schlossen sich die zahlreichen Bettler sowohl in den Städten als auch auf dem Land zu Vereinigungen zusammen, die sich »Bruderschaften« nannten und richtige Satzungen und gewählte Obleute hatten. Manchmal hatten diese Bruderschaften so viele Mitglieder, dass ihre Vorsitzenden von Gleich zu Gleich mit den Ratsherren und Vögten der großen Städte verhandeln konnten. Die Confraternita degli Sbasiti, deren Oberhaupt zur beschriebenen Zeit tatsächlich Giovanni da Camerino hieß, war eine der mächtigsten und bestorganisierten.

Kardinal Decio Azzolini (* 1623, Fermo – † 1689, Rom) war lange Jahre einer der einflussreichsten Vertreter der katholischen Kirche. Seine »Squadron Volante« (»Fliegende Schwadron«) begünstigte sowohl die Wahl von Papst Alexander VII. (Fabio Chigi, * 1599, Siena – † 1667, Rom) als auch die seines Nachfolgers Clemens IX. (Giulio Rospigliosi, * 1600, Pistoia – † 1669, Rom). Azzolini war der Beschützer und Freund Christines von Schweden, mit der er die Liebe zu den Künsten und zur Wissenschaft und, wie böse Zungen behaupteten, auch das Bett teilte. Er lenkte die Geschicke der Kirche in einem der schwierigsten Momente ihrer Geschichte, als mit dem Westfälischen Frieden, der dem Dreißigjährigen Krieg ein Ende setzte, die Macht und Führungsstellung des Heiligen Stuhls unaufhaltsam zu schwinden begann.

Auch Christine von Schweden (* 1626, Stockholm – † 1689, Rom) gehörte zu den großen Persönlichkeiten des Jahrhunderts. Nach dem vorzeitigen Ableben ihres Vaters Gustav Adolf (* 1594, Stockholm – † 1632, Leipzig) bestieg sie schon mit sechs Jahren den

Thron und herrschte bis 1644 unter der Regierung des Kanzlers Oxenstierna. 1654 dankte sie zugunsten ihres Vetters Karl Gustav (später Karl X.) ab, trat zum Katholizismus über und zog von Schweden nach Rom, wo sie mit allen Ehren empfangen wurde und – mit kurzen Unterbrechungen – bis zu ihrem Tod lebte. Nicht zu Unrecht wurde sie als Liebling und Schutzbefohlene der Gesellschaft Jesu angesehen, die ihren Konfessionswechsel herbeiführte und bis zuletzt ihre dynastischen Ansprüche unterstützte.

Zum Schluss noch ein Wort zu den beiden Figuren, die die fiktivsten des Romans sind: Zane, der Slawe, und Bischof de Simara. Was Zane betrifft, so denke ich, dass man Männern wie ihm zu jener Zeit häufig begegnen konnte, wenn vielleicht auch eher in Venedig als in Rom. Im siebzehnten Jahrhundert war die Adria ein Schauplatz brutaler Seeschlachten um den Besitz Dalmatiens, und zwar zwischen der Republik Venedig, die das Gebiet ihrem See- und Handelsimperium einverleibt hatte, und den Türken, die bereits den gesamten Balkan erobert hatten und nun auch die Seewege kontrollieren wollten, um Österreich den Todesstoß zu versetzen. Zu diesen endlosen Scharmützeln und ausgewachsenen Seeschlachten leisteten Tausende von Matrosen, Söldnern, einfachen Bürgern und Händlern, die dem wechselnden Glück des Krieges folgten, ihren unfreiwilligen Beitrag an Schweiß, indem sie an die Ruderbänke der Galeeren beider Seiten gekettet wurden. Für die meisten war in Ermangelung einer reichen Familie, die sie freikaufen konnte, der Untergang des Schiffs die einzige Möglichkeit, sich ihrem schrecklichen Schicksal zu entziehen. Viele ertranken dabei, wie man sich denken kann, aber einige wenige, die kräftig genug waren oder mehr Glück hatten, konnten sich retten.

Zwar ist auch de Simara eine Fantasiefigur, doch kann ich sie nicht allein für mich beanspruchen, da sie auf der Erfindung eines maßgeblicheren Autors beruht. Leser, die noch nicht von allein darauf gekommen sind, wer sich hinter ihr verbirgt, brauchen nur den Namen von hinten nach vorne zu lesen …

Auswahlbibliografie

Baigent, M., Leigh, R.: Als die Kirche Gott verriet. Die Schreckensherrschaft der Inquisition. Bastei Lübbe 2002.

[andere Titel nicht auf Deutsch erschienen, A. d. Ü.]

Danksagung

Ein Dankeschön so groß wie das Ritz vor allem an Andrea Carena, der sich nicht nur einen Großteil der historischen Recherchen aufgehalst hatte, sondern mir auch mit Intelligenz, Begeisterung und Geistesblitzen bei der Entwicklung der Handlung und der Figuren geholfen hat.

Ein zweites Dankeschön an Claudia Coccia, Lektorin und vor allem Freundin, für das Lesen und Wieder-Lesen flutartig eintreffender Manuskriptseiten und dafür, dass sie den widerspenstigen Autor davon überzeugt hat, die notwendigen Kürzungen und Verbesserungen vorzunehmen.

Dank an Veronica und Tecla, ohne die ich diese Zeilen nicht schreiben würde.

Mein Dank gilt außerdem Guido und Raffi, Gianluca, Silvio, Giovanni und Miano, Frank und Sofia, Paola, Francesco und Stefania, allesamt Freunde, die nicht nur der Versuchung widerstanden haben, mich dahin zu schicken, wo der Pfeffer wächst, sondern auch das Manuskript gelesen haben und es nicht an Kritik, Kommentaren und Ermutigungen fehlen ließen.

Ein dankbarer Gruß an Elena, meine Frau, die mich in den Momenten der Verzagtheit unterstützt hat, und ein noch größeres Dankeschön dafür, dass sie mich in den Phasen unerträglichen Größenwahns in den Hintern getreten hat.

Dank an meine Mutter und meinen Vater, die mir ihre Liebe zu Büchern vererbt haben.

Ein Dankeschön zum Schluss an meine Leser, die sich dieses Buch ausgesucht haben. Ich hoffe, sie hatten beim Lesen genauso viel Spaß wie ich beim Schreiben.

»Ein verdienter Kandidat für die Krimibestenliste!« DER STANDARD, Wien, über UND VERGIB UNS UNSERE SCHULD

Claus Cornelius Fischer
UND VERFÜHRE UNS NICHT ZUM BÖSEN
Kriminalroman
352 Seiten
Gebunden mit Schutzumschlag
ISBN 978-3-431-03740-1

Im Kielraum eines Amsterdamer Hausboots wird die grässlich entstellte Leiche eines jungen Inders gefunden. Commissaris Bruno van Leeuwen, dem die Trennung von seiner kranken Frau Simone sehr zusetzt, stürzt sich in die Ermittlungen. Die Spur führt in die farbenprächtige Welt indischer Einwanderer – zum Clan der Sharmas, deren Patriarch Radschiv mit seiner holländischen Geliebten und seinen Söhnen den »Palast der 1000 Gewürze« betreibt. Aber dann geschieht ein zweiter Mord – und Van Leeuwens Fall und sein Leben verwandeln sich in eine Tragödie ungeahnten Ausmaßes …

Ehrenwirth

Ein Geheimnis, das vom Vatikan über 500 Jahre gehütet wurde, wird seinen Entdeckern zum tödlichen Verhängnis ...

Philipp Vandenberg
DAS VERGESSENE
PERGAMENT
Roman
512 Seiten
Gebunden mit Schutzumschlag
14 Kapitelillustrationen,
illustrierte Vorsätze
und Leseband
ISBN 978-3-7857-2224-4

Als zu Beginn des 15. Jahrhunderts die großen Kathedralen, Dome und Münster Europas dramatische Zerfallserscheinungen zeigen, bricht unter den Menschen Hysterie aus. In Köln, Straßburg, Regensburg, Chartres und Amiens stürzen Pfeiler ein, bersten Treppen, lösen sich Schlusssteine aus den Gewölben – Strafe Gottes oder Teufelswerk?
Philipp Vandenberg erzählt die Geschichte des Dombaumeisters Ulrich von Ensingen und der schönen Bibliothekarstochter Asra, die durch Zufall in den Besitz eines geheimnisvollen Pergaments gelangen, das den größten Betrug der Kirche aufdeckt. Als die beiden Liebenden begreifen, was es mit dem brisanten Dokument auf sich hat, befinden sie sich bereits in Lebensgefahr ...

Gustav Lübbe Verlag

ORVM
LVNAE
MERCVRII
VENERIS
SOLIS
MARTIS
IOVIS
SATVRNI
Firmamentum
Primum Mobile